Zu diesem Buch

Im 2. Band der *Illusion vom Großen Paar* untersucht Ulrike Prokop die bürgerliche Lebenswelt am Beispiel der Familie Goethe in Frankfurt: Familiengeschichte als Kulturgeschichte. Am Schicksal Cornelia Goethes, in dem sich die menschlichen, geistigen und kulturellen Widersprüche des Zeitalters zu solchen der Geschlechterordnung verdichten, beschreibt sie das düstere Panorama der Entwürdigung der Frauen. »Cornelia bleibt eine Gefangene ihrer Verwundung. Ihre Gegenwehr geht unter, ihre Aktivität erlischt, kaum entfaltet, in dem mutig-mutlosen, offenen und gleichzeitig sich verbergenden Gerede ihres Romanfragments.«

Die Autorin

Ulrike Prokop, geboren 1945, Studium der Sozialwissenschaften in Frankfurt bei Th. W. Adorno, J. Habermas, A. Mitscherlich. Seit 1975 in der Frauenbewegung aktiv; Mitarbeit an feministischen Kulturprojekten; Tätigkeit in Regie und Dramaturgie bei der Freien Volksbühne Berlin, am Schauspiel Frankfurt und bei der Bremer Shakespeare Company. Von 1978 bis 1988 Hochschulassistentin am Fachbereich Gesellschaftswissenschaften der Johann Wolfgang Goethe-Universität in Frankfurt am Main. In dieser Zeit Mitarbeiterin von A. Lorenzer und Ausbildung im psychoanalytisch-tiefenhermeneutischen Verfahren. Seit 1988 Professur am Fachbereich Erziehungswissenschaften der Philipps-Universität Marburg. Wichtige Publikationen: *Soziologie der Olympischen Spiele*, München 1972; *Weiblicher Lebenszusammenhang. Von der Beschränktheit der Strategien und der Unangemessenheit der Wünsche*, Frankfurt 1978; gemeinsam mit H. D. König et al., *Kultur-Analysen. Psychoanalytische Studien zur Kultur*, Frankfurt 1988.

ULRIKE PROKOP

Die Illusion vom Großen Paar Band 2:

Das Tagebuch der Cornelia Goethe

FISCHER TASCHENBUCH VERLAG

FISCHER WISSENSCHAFT

Originalausgabe
Veröffentlicht im Fischer Taschenbuch Verlag GmbH,
Frankfurt am Main, Dezember 1991

Umschlaggestaltung: Buchholz / Hinsch / Hensinger
Gesamtherstellung: Wagner GmbH, Nördlingen
Printed in Germany 1991
ISBN 3-596-27420-6

Inhalt

DIE BRIEFE DER CORNELIA GOETHE
AN KATHARINA FABRICIUS.
1. OKTOBER 1767 – 28. JULI 1768

DAS TAGEBUCH FÜR KATHARINA FABRICIUS:
16. OKTOBER 1768 – 16. AUGUST 1769

ZUM TAGEBUCH DER CORNELIA GOETHE ODER:
GEDANKEN ZU EINEM UNGESCHRIEBENEN ROMAN

Vorbemerkung

Von größter Bedeutung ist, daß im 18. Jahrhundert weibliche Praxis- und Selbstverständigungszusammenhänge zerfallen, während männliche Kooperationsformen sich als Machtzentren ökonomisch und politisch organisieren, und daß die Interpretation der veränderten Lebensverhältnisse den Männern vorbehalten bleibt. In einer Kultur, die sich als Schriftkultur und verwissenschaftlichte Weltauffassung ausbildet, wird die weibliche Tradition wie selbstverständlich disqualifiziert und zum Verschwinden gebracht.

Die Ausblendung der weiblichen Weltdeutung vollzieht sich nicht nur durch die Entwertung und Deklassierung des Frauenwissens, hinzu tritt die erklärungsbedürftige Pädagogisierungswut der Männer. Sie wird allzu häufig mit Aufklärungsinteresse und Solidarität verwechselt. Eine nähere Betrachtung läßt den aggressiven und unterdrückenden Charakter jener Bildungsbestrebungen deutlich hervortreten, ein Unterwerfungsvorhaben, das sich als »Erziehung« gibt.

Wenn wir uns den äußeren Rahmen weiblichen Lebens in dieser Zeit ansehen, so erscheinen im Zentrum die Lebensordnungen und Lebenszusammenhänge von Männern. Die Frauen sind Teilhabende – an Privilegien, an Ideologien. Sie sind nicht Agierende, und vor allem: sie machen diese Ordnung nicht, jedenfalls nicht die Strukturen des Rechts und der politischen Macht. In der Ökonomie funktionieren sie, was die Verfügungsgewalt angeht, als Lückenbüßerinnen – die Witwe übernimmt als Stellvertreterin des Mannes die Rolle, das Familieninteresse zu wahren, bis der Sohn herangewachsen ist oder eine neue Heirat die Ordnung der Dinge wiederherstellt. Auch wenn die Frau reich ist, auch wenn die Scheidung möglich ist, ihre Bewegungsfreiheit in den Bereichen, die die bürgerliche Ordnung den Männern vorbehalten hat, ist eingeschränkt auf den Ort, den die Interessenverteidigung der Männer für sie ausgespart hat. Freie Berufe mit Universitätsbildung und Beamtenposten sind der Frau verschlossen, es bleibt ihr nur die Rolle als Gesellschafterin und Kindererzieherin, falls sie über höhere Bildung verfügt und einen Beruf ergreifen will (muß). Die einzige Ausnahme davon ist, am Rande oder außerhalb der bürgerlichen Gesellschaft, die Künstlerin – sei sie Mitglied einer wandernden Theatergruppe, sei sie Musikerin oder Malerin. Diese Berufe werden fast ausschließlich von Frauen ergriffen, deren Väter sie in ihr Wissen eingewiesen haben und die ihre Töchter von früh an ausbildeten.

Die Lebenssituation der handarbeitenden Klassen war im übrigen der-

art, daß mit dieser Arbeit kaum eine Frau ihre Unabhängigkeit von Familienzwängen erkaufen mochte. Vielmehr hielt die Angst vor dem damit verbundenen Elend alles in der Ordnung. Auch wenn sie sehr litten, Ausbruch hieß Armut, Armut aber hieß das Ende der »körperlichen Unversehrtheit«, hieß, einen Verschlag mit anderen teilen zu müssen, statt ein Zimmer für sich zu haben, hieß gehorchen und zur Verfügung stehen vom Morgen bis zum Abend. Das Privileg des Besitzes bedeutete zugleich das Privileg, überhaupt über sich verfügen zu können. Zumal für Frauen ohne Ausbildung und ohne Beziehungen war ein Aufstieg aus der Armut nur über Heirat möglich. Und von der Furcht vor dem Abstieg in die Armut nährte sich die Autorität des Mannes im Bürgertum. Alles hing von ihm ab. Die weibliche Welt organisierte sich im 18. Jahrhundert um die Reproduktion der häuslichen Tätigkeiten – sofern Besitz vorhanden war.
Betrachten wir also die Welt der Männer, die Struktur jener Machtzonen und die Spielregeln. Betrachten wir sie unter dem doppelten Aspekt: als soziale Ordnung und als Lebensfeld, in dem Identität erzeugt wird.

Aspekte der männlichen Welt: Bürgerliche Lebensführung in Frankfurt am Main

Die politischen und sozialen Spannungen, die sich bis zur Mitte des 18. Jahrhunderts verschärft hatten, wurden in der »Meßstadt« Frankfurt unmittelbar sichtbar. Hier stellte sich der Luxus des Jahrhunderts zur Schau: »Wenn man damals allerorten in Deutschland Luxus und Verschwendung verspüren konnte, so erst recht in der Meßstadt, die ganz vom Handelsgeist erfüllt war. Das Bankgeschäft blühte, und als Bankiers und Wechselherren standen jetzt Reformierte, Katholiken, Lutheraner und Juden einträchtig nebeneinander – die Bethmann, Metzler, Goll, Ohlenschlager, de Neufville, Guaita neben dem Münzenhändler Mayer Amschel Rothschild, der seit kurzem im Haus zum grünen Schild wohnte. Daneben hatte der ständige Warenhandel einen gewaltigen Umfang angenommen. In Spedition wie Kommission wurde viel Geld gemacht; vor allem wurden kostbare Spezereien gehandelt. Und die Messen standen im Flor: von einem einzigen Artikel, Kattun und Zitze, soll in einer Messe für 4–5 Millionen Gulden umgesetzt worden sein. In den Römerhallen, dem Barfüßerkreuzgange, den Galerien des Braunfels wurde man schier geblendet von all dem Wundervollen, was dort nebeneinander ausgestellt lag.«[1] Der Glanz war um so blendender, als das deutsche Gewerbe der ausländischen Konkurrenz nicht standhalten konnte. Die holländische Tuchfabrikation hatte das deutsche Wollgewerbe fast vollständig vernichtet.[2] Neben Holland trat England mit der Baumwollindustrie, trat Frankreich mit feinen Luxuswaren: Schmuck, Glas, Gold- und Silberdrahtarbeit, dem Boissieren in Wachs, der Seidenweberei und -stickerei hervor.[3]
Die großen Vermögen wurden in Frankfurt vor allem im Kommissionshandel gemacht. Damit eng verbunden war die Entwicklung des Geldhandels, denn Provisionen, Faktoreigebühren, Vorschußzinsen, Wechselagio machten stetiges gegenseitiges Verrechnen nötig. Bothe schreibt zu dem Ruf Frankfurts als prosaische Geldstadt: »Das war auch das Frankfurt, welches Schiller vor Augen stand, als er 1795, bei der Übersendung seines Gedichts ›Die Teilung der Erde‹, an Goethe schrieb, er werde es am besten in Frankfurt, mit dem Blick auf die Zeil, lesen; da sei ›das Terrain‹ dazu. Da ging nämlich der Poet auch leer aus beim Verteilen der Güter dieser Erde.

›Da ist jedes Köstliche zu sehen,
Und es herrscht der Erde Gott, das Geld.‹«[4]

Die Verarmung der unteren Schichten dagegen nahm in Frankfurt wie überall im Reich ab der Jahrhundermitte deutlich zu – in Frankfurt gemildert nur durch die Verdienstmöglichkeiten, welche die Messen mit den zahlreichen auswärtigen Besuchern mit sich brachten. Die Grundtendenz zeigte sich dennoch auch hier. Die Schere zwischen Bevölkerungswachstum und stagnierender landwirtschaftlicher Produktivität führte zu Teuerungen gegen Ende des Jahrhunderts.[5] Für die wachsende Bevölkerung gab es keine Arbeits- und Erwerbsmöglichkeiten. Weder bestand Nachfrage jenseits der Luxusgüterproduktion bzw. der Produktion von wenigen Massenbedarfsartikeln und Halbfertigprodukten, noch zeichnete sich im landwirtschaftlichen Bereich ein Ansatz zur Erneuerung ab. »In den Preiskurven des 18. Jahrhunderts zeichnet sich die Agrarkrise seit 1740/50 deutlich ab: Steigende Preise für Korn und Boden wurden notiert.«[6] Die Bevölkerungslücke, die der Dreißigjährige Krieg verursacht hatte, war geschlossen. Die guten Böden waren seit der Jahrhundertmitte alle wieder unter den Pflug genommen. »Der beginnende Preisschub für Land und Brot war ein frühes Warnungszeichen der überlangen Krise, die sich in den kommenden Jahrzehnten aufstauen, von 1768–1772 ganz West- und Mitteleuropa in dramatischer Zuspitzung heimsuchen und während der folgenden Generationen die mittelalterlichen Ordnungen unter sich begraben sollte [...] Überall trieb damals der Mangel die Nahrungsmittelpreise höher, als sie seit Menschengedenken gewesen waren. Das Ergebnis war die Pauperisierung breiter Schichten. Auf der Gewinnerseite standen in den langen Mangelkrisen der Getreidehandel, die großen Landbesitzer, die Inhaber ländlicher und städtischer Pfründen, die ihr Deputat aus Holz und Korn, soweit sie es selbst nicht aufbrauchten, zu steigenden Preisen auf dem Markt absetzen konnten. Es gewannen Frachtführer, Hausspekulanten und die städtischen Nahrungsgewerbe wie Fleischer und Bäcker, wenn auch die Obrigkeit stets rasch bei der Hand war, ihnen eine Schmälerung ihrer Gewinne aufzuerlegen und mit harten Strafen einzuschärfen. Auf der Verliererseite fand sich die Riesenzahl der Eigentumslosen in Stadt und Land, fanden sich Kleinbauern und kleine Pächter, die zur Sicherung des Überlebens hinzukaufen mußten, fanden sich alle, die nichts als ihre Arbeitskraft zu verkaufen hatten, Gesellen, Arbeiter, Tagelöhner und die Menschen der knappen und mühseligen Hausindustrie. Es litten aber auch alle, die von einem festen Geldeinkommen lebten, da der Preis des Überlebens rasch anstieg, zuweilen auf das Drei- und Vierfache des Gewohnten. Das Alte Handwerk insgesamt hat sich von dieser Knappheits- und Umverteilungskrise nicht mehr erholt. Nur den Luxusgewerben brachte die ansteigende Nachfrage der Oberschichten noch einmal jene Spätblüte, die im höfisch-pretiösen, jeder Überfeinerung offenen Klassizismus ihren Ausdruck fand.«[7]

Die Armut der Menschen, das bescheidene Leben des Gesindes, der Gesellen, das Elend derer, die aus der Bahn gerieten, weil sie krank wurden, die Not der Familien, die auf Almosen angewiesen waren, weil der Ernährer ausfiel – all das wurde um 1750 als in der Ordnung der Dinge, als unvermeidlich hingenommen. In Frankfurt wurde das Maß des üblichen Unglücks nicht überschritten. Protest richtete sich nicht gegen die ökonomische Ungleichheit, sondern allenfalls gegen die geistige Bevormundung. Auch diese Versuche waren zaghaft: ein paar Pamphlete. Deren Verleger und Schreiber wurden gerichtlich belangt.[8] Noch funktionierte diese Gesellschaft im Alltag nach den Regeln der geschlossenen Ständeordnung. Die Klassenschranke war akzeptiert. Die Grenzen zu den unteren Ständen zumal wurden mit Entschiedenheit behauptet und vielfältig signiert.

Frankfurt war reichsunmittelbar. Statt eines Landesherrn herrschte eine Oligarchie. Zwar stand dem Kaiser das Recht der Aufsicht über Politik und Verwaltung zu, zwar war Frankfurt allein schon wegen der Stellung als Krönungsstadt (und das brachte nicht unbeträchtliche Vorteile) stärker als andere Reichsstädte vom Kaiser und den Reichsschiedsorganen abhängig; aber faktisch lag alle Macht in den Händen der herrschenden Schichten, zumal des Patriziats. Beutler urteilte über das Patriziat im 18. Jahrhundert: »Ihre Herrschaft war schlecht, die Korruption sehr groß.« Das Patriziat war nur mehr Privileg, enthielt jedoch kaum noch Verpflichtungen: »Mit der Genußsucht und dem Prunken der regierenden Klasse und ihrer daraus entspringenden Bequemlichkeitsliebe und Trägheit war eine mangelhafte Geistesbildung verbunden, welche bei einzelnen vornehmen Herren geradezu als Ignoranz zu bezeichnen ist. Die Zeiten waren vorüber, in welchen Patricier, wie Johann und Raimund Pius Fichard und Heinrich Kellner, als Rechtsgelehrte und Geschichtskundige glänzten, und kehrten erst am Ende des Jahrhunderts zurück. Der Sinn war auf ganz andere Dinge gerichtet, und da zuletzt 14 Limburger und 6 Frauensteiner geradezu ein Erbrecht auf Senatoren-Stellen besaßen, so hielten viele Patricier auch aus diesem Grunde wissenschaftliche Bildung und Kenntnisse nicht für nöthig. Ein damaliger Gymnasiallehrer pflegte deshalb zu patricischen Schülern höhnend zu sagen, sie brauchten nichts zu lernen, da sie ja doch Rathsherren würden. Auch Andere spotteten in ähnlicher Weise. Der Arzt Senckenberg z. B. nennt in seiner bitteren Ausdrucksweise die Mehrzahl der Patricier seiner Zeit sechzehnlöthige Bürger und ihre beiden Körperschaften hochadelige Eselschaften, und der Senior des Bürger-Collegs Rhost von Eisenhard, welcher selbst ein Edelmann war, sprach 1762 sogar, mit Nennung der Namen, das harte Wort aus: es gebe in Frankfurt gewisse vornehme Familien, deren Kinder man, unmittelbar nach ihrer Geburt, zum Wohl der Bürgerschaft im Main ertränken solle. Der Herzog von Noailles endlich, welcher 1743 als Feldherr bei Frankfurt agirte, soll gesagt haben, der dortige Rath bestehe aus Hasen, Schwachköpfen und Verräthern (timides, faibles et traitres). In allen diesen scharfen Aussprüchen ist offenbare Übertreibung enthalten; aber man mag als solche noch soviel von ihnen abziehn, es bleibt doch noch genug übrig, um uns die Überzeugung aufzudringen, daß sowohl das Patriciat als auch die übrige vornehme Welt damals tief gesunken war.«[9]

Das Zentralorgan des Stadtregimentes war der Rat. Der Rat erhob Steuern, Zölle, Abgaben, schloß Verträge, schlug Münzen, erließ Gesetze wie ein Landesherr. Er war zuständig für die Gerichte.

Dieses Gremium setzte sich aus drei sogenannten Bänken zusammen: »Die ersten beiden Bänke wurden ausschließlich von Adeligen und Gelehrten besetzt, und nur aus ihnen wurden die leitenden Ämter besetzt. Allein die dritte Bank wurde von einigen ratfähigen Zünften besetzt. Allerdings wurden auch die Mitglieder der dritten Bank durch die erste und zweite berufen. Damit nicht genug stellten innerhalb der ersten und zweiten Bank (28 Sitze) die Mitglieder der Patriziergesellschaft Alt-Limpurg 14 Sitze, 6 Ratssitze waren fest für die Mitglieder der Vereinigung Frauenstein. Es blieben also gerade 8 Sitze, die nach Qualifikation für die laufenden Aufgaben vergeben wurden – für Gesetzgebung, Richteramt, Verwaltungskontrolle, Steuern und Finanzen.«[10] Voelcker faßt die Machtsituation folgendermaßen zusammen: »Den obersten Rang unter der Bürgerschaft nahmen in rechtlicher und sozialer Hinsicht die Geschlechter, das Patriziat ein. Zu ihnen zählten aber nur die aus Stubengesellschaften hervorgegangenen Mitglieder, die Gesellen des hochadeligen Hauses Alt-Limpurg und der hochadeligen Gesellschaft Frauenstein. Nach den Polizei- und Kleiderverordnungen gehörten sie zum ersten Stande, bei feierlichen Handlungen, wenn sich die gesamte Bürgerschaft auf dem Römerberg versammelte, hatten sie den vordersten Stand. Bis zu 14 Limpurgern und 6 Frauensteinern konnten auf den zwei obersten Ratsbänken an der städtischen Regierung teilnehmen. Von den Lasten, die die übrigen Bürger zu tragen hatten, wie Quartiergeldern, Zug und Wacht waren sie befreit und in mehrfachen kaiserlichen Resolutionen waren ihre Gerechtsamen und Vorrechte bestätigt worden. Aber zwischen den Limpurgern und Frauensteinern bestanden Rangstreitigkeiten, denn die Limpurger hielten sich für vornehmer und leiteten ihre Abstammung von uralten adeligen Familien ab, sonderlich von denjenigen, welche sich vor uralten Zeiten in die Stadt begaben und am

Regiment von jeher Anteil gehabt hatten, wie die Familien v. Holzhausen, Glauburg, Humbracht, Voelcker, Lersner, Fichard, Günderode, Sywerdes, Stallburg. Deshalb beanspruchten sie den Titel als adelige Geschlechter und wollten den Frauensteinern nur den Anspruch als ehrbare Geschlechter zugestehen, indem die Gesellschaft Frauenstein nur aus vornehmen Kaufleuten, Rentierern und etlichen Familien bestünde, so durch absonderliche kaiserliche Privilegien in den Adelstand gesetzt worden seien. Zu den bekanntesten Frauensteinern zählten die Familien v. Klettenberg, Uffenbach, Grambs, Bender v. Bienenthal, Eberhard v. Schwind, Orth, Fleischbein v. Kleeberg. Die Limpurger stützten ihren Vorrang auf ihr höheres Alter und wiesen auf das kaiserliche im Jahre 1743 erteilte Privileg hin, aus dem hervorgehe, daß viele von ihnen, schon ehe sie sich nach Frankfurt begaben, in einem adeligen und rittermäßigen Stande gelebt, die Gesellschaft auch ihre Turnier- und Stechfahne von uralten Zeiten hergebracht, auch viele unter ihnen in ansehnlichen Kriegs- und Zivilbedienungen mit Ruhm gebraucht worden; sie wiesen darauf hin, daß sie bis zur Stunde ihrem erlangten Adelsstande gemäß lebten, sich aller Handelsschaft und anderem bürgerlichen Gewerbe gänzlich enthielten, hingegen aber in allen ritterlichen Tugenden und wohlanständigen adeligen Übungen dergestalt rühmlich und tapfer hervorgetan hätten, wie sie auch in den Reichs- und Türkenkriegen ihre Tapferkeit und für das Vaterland tragenden Eifer rühmlich erwiesen, auch eine ziemliche Anzahl ihr Leben vor dem Feinde ritterlich verloren hätte.
Johann Orth, der große Rechtsgelehrte und Verfasser der Anmerkungen über die erneuerte Reformation, das bürgerliche Gesetzbuch der Stadt Frankfurt, wies hingegen 1751 in einer gelehrten Abhandlung die Ansprüche der Limpurger zurück und die Gleichberechtigung der Frauensteiner, als Geschlechter und zum Patriziat gehörig, nach. In den kaiserlichen Resolutionen seien sie ausdrücklich als Geschlechter bezeichnet und den Limpurgern gleichgestellt worden. Auch hätten die Vorfahren der Frauensteiner nicht gemeine Krämerei oder andere geringe Handtierung sondern nur große Kaufmannschaft getrieben, diese sei aber dem Patrizier- und Geschlechterstand weder für unanständig noch nachteilig angesehen worden, indem schon in älteren Zeiten die vornehmsten und angesehensten Bürger solche große Handlungen betrieben, dadurch stattlichen Reichtum und Ansehen erwarben, sich der Handlung auch gar nicht geschämt noch ihrem Stand verkleinerlich angesehen hätten.
Machten sich die beiden Gesellschaften so den Rang, als erste in der Stadt zu gelten, streitig, so waren sie doch einig darin, sich vor der

übrigen Bürgerschaft auszusondern und sich dem Adel im Reiche gleich und ebenbürtig zu stellen.«[11]

Johann Wolfgang Goethe erhielt erst 1779 Zutritt zu einem Fest der Gesellschaft Alt-Limpurg, als er in Begleitung des Herzogs von Sachsen-Weimar dort erschien – ein Ereignis, das für seine Mutter von eindrucksvoller Bedeutung war. Nun hatten sich die sozialen Verhältnisse in Frankfurt dadurch kompliziert, daß im Laufe des 18. Jahrhunderts große Vermögen – aus dem Handel – in der Hand der reformierten Familien angesammelt worden waren, die sich in den Fluktuationen der religiösen Emigrationen und Einwanderungen in Frankfurt niedergelassen hatten. Als »Reformierte« waren sie vom Rat ausgeschlossen, nicht aber von den sozialen Vorzügen der Besitzenden.

Eine der größten offenbaren Ungerechtigkeiten in der Stadt war die Besteuerung; sie benachteiligte die kleinen Einkommen. Während selbst die Ärmsten Kopfsteuer zu zahlen hatten und von allem eidlich anzugebenden Vermögen auf 100 Florin je 20 Kreuzer zu zahlen waren, wurden bei Vermögenden, die über 2000 Florin besaßen, Häuser und Grundstücke nicht nach dem Wert, sondern nach der Jahreseinnahme versteuert. Hinzu kam die grundsätzliche Vergünstigung für große Vermögen. Ein Vermögen über 15 000 Florin lag jenseits des Höchstsatzes. 50 Florin blieb die höchste Steuer, selbst wenn inzwischen das Vermögen mehr als das Doppelte oder Dreifache betrug. Auf der anderen Seite wurde den ärmsten Bürgern ein Vermögen von 300 Florin unterstellt; sie hatten 60 Kreuzer zu zahlen. »Alle Versuche, das Unrecht dieser Bevorzugung abzustellen, sind gescheitert. Es liegt den maßgebenden Stellen doch zu sehr an der Heranziehung großer Vermögen und ihrer Festhaltung in der Stadt. Eine 1725 eingeführte Staffelung der Vermögenssteuer ist auf Betreiben der Rentner, Bankiers und Kaufleute 1732 wieder beseitigt worden, da ›eine Schatzung nach dem wahren Quanto den Ruin der Handlung‹ nach sich zöge.

Wenn die normalen Einkünfte zur Deckung besonderer durch Kriegslasten, Wahl- und Krönungstage, Reichs- und Kreissteuern notwendig gewordener Ausgaben nicht ausreichen, wurden außerordentliche Steuern im Betrage einer jährlichen Schatzung oder als Doppeltes oder Mehrfaches dieses Betrages erhoben, so daß auch hier die Belastung der großen Vermögen unverhältnismäßig gering war. Der Rat hat auch hier wiederholt versucht, eine nach der Höhe des Vermögens gestaffelte Steuer einzuführen, doch ist der Plan jedesmal an dem durch die interessierten Kreise veranlaßten Widerspruch des 51er-Kollegs und des Kaisers gescheitert; 1758 ist nur zugestanden worden, daß ›für diesmal, ohne alle Konsequenz für das Künftige‹ die höchsten

Vermögen 500 fl zahlen sollten. Wer sich zur Zahlung dieses Betrags bereit erklärte, dem blieb die gefürchtete Kundgabe seines Vermögensstandes wiederum erspart. Erst am Ende des Jahrhunderts, als die Lasten der französischen Kriege die Erfassung jeder Steuerquelle unumgänglich nötig und alle anderen Rücksichten schweigen machten, ist man auch in Frankfurt zur gerechteren Steuerverteilung gekommen.«[12] Hinzu kamen Verbraucherabgaben, Kopfsteuer (Beisassen zahlten das Doppelte), Halsgeld, Tuchgeld, Zapfgebühr, Weinsteuer, Stadtzoll, Brückengeld und Weggeld. Die Verwaltung der Stadt war unbeweglich, es bedurfte der französischen Besatzung und des vernünftigen Grafen Thoranc, um in Frankfurt schlichteste städtische Leistungen einzuführen: die Bezeichnung der Straßen mit Schildern, Häusernumerierung, Straßenpflaster, Reinigung und Beleuchtung der Straßen, eine Feuerlöschordnung usw. Das System der städtischen Verwaltung war unbeweglich. Zwar war durch kaiserlichen Erlaß, zur Kontrolle des Rates und seiner Mißwirtschaft, das Instrument der Bürgerkollegien geschaffen worden – doch herrschte in diesen nach kurzer Zeit die reiche Kaufmannschaft, vor allem die vom Stadtregiment wegen ihrer Religion ausgeschlossenen, wirtschaftlich mächtigen Reformierten. Die unteren Schichten hatten keinerlei institutionelle Vertretung. Selbst die Zünfte waren seit der Niederwerfung des Fettmilch-Aufstandes 1616 politisch entmachtet.[13] Die drei großen Frankfurter Volksaufstände waren alle vom Handwerk getragen und jedes Mal blutig unterdrückt worden: 1355, 1525, 1612. Der letzte Aufstand endete mit der Hinrichtung der Aufrührer und dem Verlust des politischen Mandats der Zünfte. Diese sollten sich weder mit Beschwerden noch Kommentaren zu dem politischen Regiment der Patrizier äußern, obwohl die Vorwürfe gegen die Oligarchie als berechtigte Klagen anerkannt wurden. Aber der Kaiser hatte vor allem die Sicherung der Obrigkeit und das Exempel gegen den Aufruhr der arbeitenden Klassen in Sinn. Die Einschränkung der Oligarchie der Reichsstadt, welche die kaiserliche Souveränität durch Rechtsbrüche und Eigenmächtigkeit bedrohte, war demgegenüber zweitrangig. Seit dem mißglückten Aufstand waren die gebleichten Schädel der 1625 Hingerichteten auf der Mainbrücke zu besichtigen – zur Mahnung, daß der Aufruhr mit dem Tode geahndet werde. Noch in *Dichtung und Wahrheit* begegnen wir diesen Mahnzeichen: »Unter den altertümlichen Resten war mir, von Kindheit an, der auf dem Brückenturm aufgesteckte Schädel eines Staatsverbrechers merkwürdig gewesen, der von dreien oder vieren, wie die leeren eisernen Spitzen auswiesen, seit 1616 sich durch alle Unbilden der Zeit und Witterung erhalten hatte. Sooft man von Sachsenhausen nach Frankfurt zurückkehrte, hatte man den

Turm vor sich, und der Schädel fiel ins Auge. Ich ließ mir als Knabe schon gern die Geschichte dieser Aufrührer, des Fettmilch und seiner Genossen, erzählen, wie sie mit dem Stadtregiment unzufrieden gewesen, sich gegen dasselbe empört, Meuterei angesponnen, die Judenstadt geplündert und gräßliche Händel erregt, zuletzt aber gefangen und von kaiserlichen Abgeordneten zum Tode verurteilt worden. Späterhin lag mir daran, die nähern Umstände zu erfahren und, was es denn für Leute gewesen, zu vernehmen. Als ich nun aus einem alten, gleichzeitigen, mit Holzschnitten versehenen Buche erfuhr, daß zwar diese Menschen zum Tode verurteilt, aber zugleich auch viele Ratsherren abgesetzt worden, weil mancherlei Unordnung und sehr viel Unverantwortliches im Schwange gewesen; da ich nun die nähern Umstände vernahm, wie alles hergegangen: so bedauerte ich die unglücklichen Menschen, welche man wohl als Opfer, die einer künftigen bessern Verfassung gebracht worden, ansehen dürfe.«[14]

In Frankfurt galt um 1750 ein Drittel der arbeitenden Bevölkerung als »Fremde«. Das war die große Menge der abhängig Beschäftigten: Gesinde, Gesellen, die sogenannten »Permissionisten« (d. h. Lehrlinge mit ihren befristeten Arbeitsverträgen). Von den 10 000 »Fremden« rechneten 7600 zum weiblichen Gesinde. Diese Menschen durften kein Gewerbe treiben, keinen Grundbesitz erwerben, hatten nur eine befristete Aufenthaltserlaubnis, die an die Arbeitserlaubnis gebunden war. War der Vertrag abgelaufen, wurden sie aus der Stadt gewiesen. Einzig dem städtischen Bürger – und dem Zugezogenen, der durch Geldzahlung das Bürgerrecht erworben hatte (ermäßigt im Falle der Heirat mit einer Bürgerstochter) – stand es zu, ein Gewerbe zu treiben.[15]

Die großen Kriege des 18. Jahrhunderts führten zu Massenverarmung. Es kamen die sogenannten »Brand-Bettler«; mit allen Mitteln suchte man sie aus der Stadt herauszuhalten. Bothe schreibt dazu unter dem Stichwort »Bettelei und Verbrechen« in der *Geschichte der Stadt Frankfurt:* »Infolge der zahlreichen Kriege gab es viele Bettler. Schon 1726 hatte der Oberrheinische Kreis eine scharfe Verordnung gegen das schädliche Dieb-, Raub- und Zigeunergesindel erlassen müssen, ferner gegen das herrenlose Gauner-, Wildschützen- und müßige Bettlervolk. 1746 wurde vom Kur- und Oberrheinischen Kreise eingeschärft, daß man nach der Peinlichen Halsgerichtsordnung verfahren und kurzen Prozeß machen solle: die Todesstrafe durch Galgen oder Rad wurde empfohlen; selbst an Weibern sollte sie vollzogen werden; bei schweren Verbrechen sei es angebracht, die Strafe durch Zwicken mit glühenden Zangen zu ›exasperieren‹. Die Hausierer auf dem Lande, die mit Porzellan usw. handelten, ferner die Pfannenflicker

u. a. sollten künftig Zeugnisse zu führen verpflichtet sein. 1753 erließ der Rat die große ›Bettlerordnung‹, die in den nächsten Jahrzehnten mehrere Male erneuert wurde. In ihr wurde bei Strafe des Armenhauses und der Schanzarbeit jedes Betteln verboten; niemand durfte Almosen geben oder gar einen Bettler beherbergen.«[16] In Frankfurt gab es die eigens dazu angestellten »Armen-Knechte« und das sie unterstützende Soldaten-Commando. Wer bettelnd aufgegriffen wurde, wurde vor den »Kothkarren« gebunden und hatte die Straßenreinigung zu besorgen; Kräftige wurden den Werbe-Offizieren übergeben. Bettelnde Mädchen und Frauen kamen zur Zwangsarbeit in die Spinn-Stuben des Armenhauses.

Die sozialen Leistungen der Stadt waren erbarmungswürdig unentwickelt. Seit 1769 gab es am »Pestilenzloch«, einem stinkenden Sumpf nahe der Mauer des Friedberger Tores, ein Waisenhaus. Das Geld kam durch Spenden und Kollekten zusammen, die Stadt gab einen Zuschuß. Dort mußten die armen Kinder ihren Lebensunterhalt durch Wollezupfen verdienen, und deshalb hatten sie bald die Krätze und andere ansteckende Krankheiten. Im gleichen Bau befand sich das Armen- sowie das Arbeits- und Zuchthaus. Hier versammelte man »arme Manns- und Weibspersonen, nicht weniger zur Züchtigung die unartige Jugend und andere in liderliches Tun und Wesen geratene Personen«.[17]

Das Leben war bürokratisch streng kontrolliert. Niemand konnte sich in der Stadt aufhalten, ohne registriert zu werden. Wer zur Messe kam und im Gasthaus oder in privaten Unterkünften Wohnung nahm, hatte beim Polizeiamt die Pässe zur Registratur und Überprüfung einzuliefern und erhielt einen »Sicherheitsschein«. Wer außerhalb der »Meßzeit« in Privathäusern logierte, mußte beim Polizeiamt um die Ausstellung eines »Permissionsscheins« nachsuchen. Der Aufenthalt war im allgemeinen auf sechs Wochen befristet. Lehrlinge, Handlungs-Gehilfen, Schreiber und andere, die nicht im Haushalt des »Hausvaters«, also ihres Arbeitgebers lebten, hatten jährlich um Verlängerung ihres Aufenthalts einzukommen. Es gab neben Bürgern und Fremden noch zwei weitere große Gruppen des städtischen Rechts: die Juden und die Dorfbewohner der zu Frankfurt gehörenden ländlichen Gemeinden. Die Dorfbewohner waren weitgehend leibeigen. Sie waren durch Steuern und Fronverpflichtungen hoch belastet. Nach dem Grundsatz »Keine Henne fliegt über die Mauer« wurde den Leibeigenen Freizügigkeit und Aufnahme in das Bürgerrecht verwehrt, es sei denn, sie brachten enorm hohe Beträge auf.[18] Es gab etwa 5000 Frankfurter Dorfbewohner. Rechtlich abgegrenzt lebten die Juden in der jüdischen Gemeinde im Ghetto (etwa 2000 bis 3000 Men-

Aussicht der Stadt Frankfurt am Mayn,
von der Abend Seite.
ad Naturam delineavit & aqua forti incidit. 1777.

3.

Vue de la Ville de Francfort sur le Meyn
du Coté de l' Occident

L' Original se trouve dans le Cabinet de Mr. Jean Chretien Gerning Negt. de cette ville.

schen); sie hatten Selbstverwaltung ihres Finanz-, Steuer- und Bildungswesens, eine eigene Polizei und eine eigene Feuerwehr. Sie zahlten als Gesamtheit Steuern an die Stadt. Ihre Wirtschaftstätigkeit war eingeschränkt, die Zahl der Haushalte vorgeschrieben. Maximal 12 jüdischen Paaren war jährlich die Heirat gestattet.
Die höchsten Vergnügungen der Oberschicht waren, nach dem empörten Urteil des Stadtarchivars Kriegk, der um 1871 zahlreiche Quellen zur Stadtgeschichte veröffentlichte: »Sinnliche Genüße jeder Art, Prachtliebe, eine durch beides hervorgerufene und genährte Habgier sowie Egoismus und Grundsatzlosigkeit bildeten, nebst dem Atheismus oder einer bloß formellen Religions-Übung, die herrschenden Charakterzüge der höheren Kreise des bürgerlichen Lebens.«[19] Die Oberschicht war – wenn überhaupt – französisch gebildet und an der französischen Aufklärung orientiert. Ihre Geistigkeit war nicht ohne Zynismus, was sich etwa bei Maximilian von Lersner, dem politischen Führer des Patriziats um die Jahrhundermitte, deutlich zeigt. Zum Atheismus bekannten sich die wenigsten, der größte Teil hielt sich an einen äußerlichen Kirchenglauben, war dabei aber »im Herzen ebenso egoistisch, im Leben ebenso ehrgeizig, herrschsüchtig, habgierig als jene [ohne Gottesfurcht, U. P.]«.[20] Eine kleine Gruppe der Wohlhabenden kehrte sich gegen diese Haltung und wandte sich dem Pietismus zu. Im Jahr 1742 entstand in Frankfurt die erste Freimaurer-Loge.[21]
Die Abgrenzung gegen die Armen stellten auch die moralisch empfindenden Bürger nicht in Frage. Sofern sie wohltätig waren, waren sie es auf ihre eigene Art, wie der Baron von Häckel zum Beispiel, »der, verheiratet aber kinderlos, ein schönes Haus in der Antoniusgasse bewohnte, mit allem Zubehör eines anständigen Lebens ausgestattet [...] [er] war wohltätig, indem er in seinem Hause die Armen kleidete, ihre alten Lumpen aber zurückbehielt und ihnen nur unter der Bedingung ein wöchentliches Allmosen reichte, daß sie sich in jenen geschenkten Kleidern ihm jedesmal sauber und ordentlich vorstellten«.[22]
Die drei Brüder Senckenberg verkörpern die Spannweite des bürgerlichen Lebens, von der Anpassung bis zur Opposition, in besonderer Weise. Der älteste, Heinrich Christian, ein Jurist, stieg zu den höchsten Ämtern auf. Seit 1745 war er Reichshofrat in Wien – ein schwieriges Amt, das er 23 Jahre innehatte, ohne je einen Zweifel an seiner Redlichkeit zu erwecken. Er war nicht zu bestechen, ein Verdienst, das man nicht hoch genug anrechnen kann. Er ist charakteristisch für ein Arbeitsethos, das bis zur Auflösung der Person in der Pflichterfüllung ging. Er war

»rastlos thätig, ein Feind der Ruhe, unablässig auf das vorgesteckte Ziel losgehend, nach dessen Erreichung sofort wieder nach einem noch höheren strebend.
In der mittleren Zeit seines Lebens soll Senckenberg kaum je vier Stunden dem Schlafe gewidmet haben; nachher bis zu seinem Tode schlief er niemals über sechs Stunden. In der besseren Jahreszeit verließ er immer vor Sonnenaufgang das Bett, Winters aber um sechs Uhr. Selbst während des Essens war er thätig, indem er beim Mittag- wie beim Abendessen stets in einem Buche oder in einer Zeitung las. Das Gleiche that er, wenn er sich zu Bett begeben hatte, bis zum Einschlafen. Ebenso suchte er auch sonst die Zeit gleich einem der größten Schätze auszukaufen. Niemals besuchte er das Theater; er ging überhaupt nur selten und bloß um einen nöthigen Besuch zu machen aus. [...] ›Ich habe‹, schrieb er 1761, ›so bedeutende und so schwierige Geschäfte, daß ich aus Mangel an Zeit mich kaum umzudrehen vermag; dabei habe ich für diese und für meine wissenschaftlichen Arbeiten nicht weniger als vier Männer in Dienst, und doch komme ich nicht zum Ziel.‹ Als der Reichshofraths-Agent von Neukirch 1753 zum Besuche nach Frankfurt kam, versicherte er dem Arzt Senckenberg: nur wenige im Reichshofrath arbeiteten so viel wie sein Bruder, dieser habe wohl 1500 Streitsachen zu behandeln, er sei aber gern thätig, und als er einst wegen der nachtheiligen Folgen des vielen Arbeitens gewarnt worden sei, habe er geantwortet, er hege auch das freudige Bewußtsein, daß er dadurch manchen Menschen von Verdruß und Ungelegenheiten befreie.«[23]

Dieser kluge Jurist entwarf seinem Bruder Hans Christian den juristischen Rahmen für die berühmte Stiftung eines für Frankfurter Bürger bestimmten Hospitals, eines botanischen Gartens, eines chemischen Laboratoriums sowie einer ansehnlichen Bibliothek und einer Wohnung für deren Direktor. Düntzer charakterisiert Hans Christian, den Stifter und Tagebuchschreiber, aber als einen, der zugleich die vornehmen Bürger haßte:

»Die Welt war ihm ein Narrenhaus, aus welchem sich der Geist des Weisen, für den er sich hielt, zurückziehe, seine Amtsgenossen Sklaven der Habgier, alle Ratsmitglieder Esel oder Schurken, die Geistlichen herrschsüchtige Pfaffen, die Juristen Rabulisten; seine Vaterstadt, glaubte er, hasse die Guten, beschütze die Bösen, wogegen er auf seiner selbstgemachten Grabschrift sich als guten Bürger und treuen Arzt bezeichnete. Trotz der Verachtung seiner Vaterstadt vermachte er ihr sein Vermögen.«[24]

Hans Christian Senckenberg bewegte sich im Umfeld der religiös Erweckten, war aber kein an Gemeinschaft und Frömmigkeit wirklich interessierter Mensch. So wie sein Bruder, der Jurist, durch Arbeit alle persönlichen Bedürfnisse beherrschte, so züchtigte Hans Christian sich (und andere) mit einer an strengem Moralismus geschulten Beobachtung. Er durchschaute die Rollen und psychologischen Mechanismen mit großem Scharfblick. Und er nahm auch seinen eigenen Verein nicht aus: Die Pietisten, bemerkte er, wollten herrschen, nicht Untertan sein, und sähen doch wohl in allem auch ihren Vorteil:

> »Wo pietistischer heiliger Unverstand und Eigensinn zusammenkommen, kommt leicht eine greuliche Hinterlist und Bosheit heraus. Ein gutes Herz und ein guter Kopf gehören zur Pietät, sonst ist es Wind und eine Grille. Leute von jener Art sitzen hinterm Ofen und fangen heilige Grillen, sie dünken sich allein weise zu sein, verachten dagegen alle Weltleute, da sie doch auch das Geld liebhaben, einen heiligen Geist exerzieren und beim ersten Anlaß über den Tölpel fallen. Eingebildete Frömmigkeit ohne Lebenserfahrung ist Torheit und ein nichtiges Gebilde; beten, denken und Versuchung-bestehen machen den Theologen.«[25]

Goethes Darstellung der Senckenberg:

> »Noch einer bedeutenden Familie muß ich gedenken, von der ich seit meiner frühesten Jugend viel Sonderbares vernahm und von einigen ihrer Glieder selbst noch manches Wunderbare erlebte; es war die Senckenbergische. Der Vater, von dem ich wenig zu sagen weiß, war ein wohlhabender Mann. Er hatte drei Söhne, die sich in ihrer Jugend schon durchgängig als Sonderlinge auszeichneten. Dergleichen wird in einer beschränkten Stadt, wo sich niemand weder im Guten noch im Bösen hervorthun soll, nicht zum besten aufgenommen. Spottnamen und seltsame, sich lang im Gedächtniß erhaltende Mährchen sind meistens die Frucht einer solchen Sonderbarkeit. Der Vater wohnte an der Ecke der Hasengasse, die von dem Zeichen des Hauses, das einen, wo nicht gar drei Hasen vorstellt, den Namen führte. Man nannte daher diese drei Brüder nur die drei Hasen, welchen Spitznamen sie lange Zeit nicht los wurden. Allein, wie große Vorzüge sich oft in der Jugend durch etwas Wunderliches und Unschickliches ankündigen, so geschah es auch hier. Der älteste war der nachher so rühmlich bekannte Reichshofrath von Senckenberg. Der zweite ward in den Magistrat aufgenommen und zeigte vorzügliche Talente, die er aber auf eine rabulistische, ja verruchte Weise, wo nicht zum Schaden seiner Vater-

stadt, doch wenigstens seiner Collegen in der Folge mißbrauchte. Der dritte Bruder, ein Arzt und ein Mann von großer Rechtschaffenheit, der aber wenig und nur in vornehmen Häusern prakticirte, behielt bis in sein höchstes Alter immer ein etwas wunderliches Äußeres. Er war immer sehr nett gekleidet, und man sah ihn nie anders auf der Straße als in Schuhen und Strümpfen und einer wohlgepuderten Lockenperrücke, den Hut unterm Arm. Er ging schnell, doch mit einem seltsamen Schwanken vor sich hin, so daß er bald auf dieser, bald auf jener Seite der Straße sich befand, und im Gehen ein Zickzack bildete. Spottvögel sagten: er suche durch diesen abweichenden Schritt den abgeschiedenen Seelen aus dem Wege zu gehen, die ihn in grader Linie wohl verfolgen möchten, und ahme diejenigen nach, die sich vor einem Krokodil fürchten. Doch aller dieser Scherz und manche lustige Nachrede verwandelte sich zuletzt in Ehrfurcht gegen ihn, als er seine ansehnliche Wohnung mit Hof, Garten und allem Zubehör auf der Eschenheimergasse zu einer medicinischen Stiftung widmete.«[26]

Das Lebensgefühl Senckenbergs drückt sich im Stiftungs-Text so aus:

»Mag auch ein Testament noch so ängstlich gemacht sein, so werden doch durch schlechte Menschen die Verfügungen desselben oft unwirksam gemacht. Allein dessenungeachtet will ich lieber einiges Gute zu thun suchen, was zu Bösem mißbraucht werden kann, als daß ich gar nichts Gutes anordne und mein Hab und Gut Angehörigen hinterlasse, bei welchen es nicht angewandt wäre, anstatt es für arme und gute Menschen und für das allgemeine Beste zu verwenden. Gott ist ja der Eigenthümer von Allem, was wir besitzen, und wir haben nur die zeitliche Verwaltung. Uns genügt, diese gut geführt zu haben; Gott aber wird über das uns Geliehene nach seiner Weisheit verfügen, er wird es, je nachdem er gut findet, vermehren oder verringern oder ganz zu Grunde gehen lassen. Mögen auch eigennützige und ungerechte Menschen meine Stiftung zu misbrauchen suchen, Gott vermag das, was er aufrecht erhalten haben will, in allen Fällen zu schützen, weil er Wege hat, die im Verborgenen zu seinem Endzweck mit Gewißheit führen.«[27]

Als Hans Christian Senckenberg die Erhebung in den Adelsstand angetragen worden war (die er ablehnte), notierte er in sein Tagebuch:

»›Wenn ich dies annähme, so würde ich mir vorkommen, als mesallirte ich mich und träte von redlichen, weisen und vernünftigen Leuten in einen Haufen Diebe und Esel über‹. Ein andermal sagt er in ebenso rücksichtsloser Weise: der durch Geld erworbene Adel bestehe darin, daß ein Narr, der sich einbilde mehr als andere Leute zu sein, sich vom Kaiser ein Attestat darüber geben lasse, daß er ein Narr sei.«[28]

Bei dem dritten Senckenberg, Erasmus, sind die bürgerlichen Sublimierungen zerbrochen. Auch er war ein hochbegabter Jurist wie der älteste Bruder. Seine Karriere zeigt phantastische und zugleich für die Verhältnisse in Frankfurt charakteristische Züge. »Am 5. September 1746 wurde Erasmus in den Rath seiner Vaterstadt gewählt, als er noch nicht 30 Jahre alt und erst ein Jahr vorher (13. August 1745) Bürger geworden war. Seine Erwählung fand theils durch den Einfluß seines ältesten Bruders statt, welcher seine Talente bewunderte und ihn für die politische Laufbahn geschaffen glaubte, theils durch die Patricier, besonders deren damaliges Haupt, Friedrich Maximilian von Lersner. Selbst die in Senckenberg waltende sittliche Grundsatzlosigkeit in politischen Dingen war für einen Mann wie Lersner ein Grund mehr gewesen, Senckenberg in den Rath zu bringen. Lersner legte nämlich im politischen Leben nur auf intellectuelle Befähigung und auf rein praktische Eigenschaften Werth, und Senckenberg's Bruder, der Arzt, geht sogar so weit, auszusprechen, Lersner habe stets die politische Maxime gehabt, Spitzbuben müsse man mit Spitzbuben fangen, und deshalb sei für ihn Erasmus ein Mann, wie er ihn brauchte, gewesen. Lersner ward jedoch durch Letzteren dadurch getäuscht, daß dieser seinen Ehrgeiz und seine Herrschsucht bisher zu verdecken gewußt hatte. Kaum war derselbe in den Rath aufgenommen, als er, nach Alleinherrschaft strebend, sich gegen seine Gönner wandte und diesen wie allen seinen Collegen das Leben so sauer zu machen begann, wie es weder vorher noch nachher jemals von Seiten eines Senators geschehen ist. [...] Die Patricier hatten ihm sowohl ihre geheimen Gedanken unverholen ausgesprochen, als auch ihr Gesellschafts-Archiv geöffnet, und er benutzte dieses Vertrauen, um ein reiches Material zu erhalten, das er für seine persönlichen Zwecke, ja unter Umständen auch gegen die Limpurger selbst gebrauchen konnte. Er legte sich damals, wie später in jedem ähnlichen Falle und auch in jedem von ihm bekleideten Amte, vermittelst gemachter Collectaneen eine förmliche Rüstkammer an, aus welcher er nachher die Waffen wider jeden Gegner hervorholen konnte.«[29]
Das unterhaltsame Thema des Rachezuges des Erasmus gegen das Frankfurter Patriziat soll hier nicht weiter vertieft werden. Erasmus provozierte, denn er tat alles offen, was die andern heimlich taten. Am meisten empörten seine Angriffe auf die Doppelmoral und Bestechlichkeit von Ratsmitgliedern. Andererseits verschafften ihm politische

Geschicklichkeit und der Einfluß seines Bruders den in Frankfurt heiß begehrten Adelstitel. Er nutzte den Titel, um alle zu demütigen. Insbesondere Lersner und Textor waren Gegenstand seiner Erbitterung. Darin traf er sich mit dem Tagebuch schreibenden Bruder Christian. Der Stifter Senckenberg erklärte rundheraus:

»Beide Teile [mein Bruder und der Rat] sind wie sie sind, und ein ehrlicher Mann schickt sich nicht zwischen sie, dessen Herz wie sein Mund und sein Mund wie sein Herz ist. Ich mag mich in diesen Dreck nicht legen. Mein Bruder und der Senat sind zusammen faule Eier und stinkende Butter.«[30]

Erasmus störte die öffentliche Ordnung. In einer Welt, in der es von Bedeutung war, daß die Ratsherren im schwarzen Kleid der Ratsherren »mit Krägelchen« in der Öffentlichkeit erschienen (und in der Lersners modische Neigung, »in einem farbigen Rock und mit weißseidener und goldgestickter Weste« in der Kirche aufzutreten, die Gemüter entzweite), gab sich Erasmus als Senator so nachlässig und schmutzig, daß »sein Bruder Arzt von ihm sagte, er gehe wie ein Schwein daher«.

Die Legitimationen dieser Welt waren brüchig. Entweder mußten die Ideale und die Einsichten oder die althergebrachte Ordnung fallen. Die Eigenarten der Senckenberg-Brüder in Frankfurt spiegeln Verhältnisse, die sich nicht mehr rechtfertigen ließen: den Ausschluß der Katholischen aus dem zünftigen Handwerk, das Kirchenverbot für die Reformierten, Bestechlichkeit und Steuerbetrug, die Facetten der Machtausnutzung durch die Angehörigen des Stadtregiments, wobei sich die Aggressionen des Erasmus Senckenberg vorwiegend gegen den Privilegienmißbrauch des Patriziats, zumal der Alt-Limpurger richtete. Erasmus schlug unverkennbar aufrührerische Töne an. Eines seiner bekannteren Pamphlete (vom 19. Januar 1767) lautet:

»Herr Fleisch und Bein will Ratsherr werden,
Will auch zugleich ins Narrenhaus.
Es ist zwar keins auf unsrer Erden,
Jedoch der Römer sieht so aus.

So seyn die Blätter unsrer Welt,
Die uns und Stadt regieren;
Ist's möglich, daß euch diß gefällt,
Ohn' euch zu chagriniren?

Der Umsturz eurer Stadt und Land
Ist nah; denckt doch an Köpfe,

Die euch regieren mit Verstand
  Und nicht als leere Töpfe.

Ein Narrenhaus bauet nur frey,
  Den Römer laßt vor Männer,
Auf daß euch Gott genädig sey
  Und ihr dadurch Erkenner

Von denen, die ihr wählen sollt
  Zur Stütze eures Wohl und Heil:
So wird euch Gott und Menschen hold,
  Auch Glück und Ruh' werden zu Theil.

Ist's möglich, daß ihr die Augen nicht aufthut
  Und ewig in dem Schlummer ruht?
Diß saget euch ein Patriot,
  Fahrt nicht in euerm Dencken fort!

Die Alten sind Rinder
Die Jungen sind Kinder,

Die Limburger sind leere Köpfe,
Die Frauensteiner arme Tröpfe,
Die Syndici sind ohne Verstand:
So wird regiert unser Vatterland.«[31]

Sechsundzwanzig Jahre verbrachte Erasmus als städtischer Gefangener in der Hauptwache. Er wurde 78 Jahre alt und starb in der Haft. Was ihn schließlich in die Gewalt seiner Gegner brachte, wirft ein Licht auf die Verhältnisse: Im Jahre 1747 vergewaltigte Erasmus eine junge Frau. Sie hieß Johanna Maria Katharina Agricola. Sie diente erst kurze Zeit bei Senckenberg als Köchin. Sie war die Tochter eines Pfarrers auf dem Land, und da sie vier Schwestern und mehrere Brüder hatte, nahm sie Dienst in der Stadt.

»In der ersten Zeit des Jahres 1747 nun geschah es, daß Senckenberg Nachts mit der Pistole in der Hand in ihr Zimmer eindrang und sie, trotz alles Flehens, Schreiens und Gegenkämpfens zwang, sich seinem Willen zu fügen. Sein Schreiber und sein Bedienter hatten die Hülferufe der Köchin gehört, aber nicht gewagt ihr beizuspringen.«[32]

Als Johanna Maria feststellte, daß sie schwanger war, verlangte sie Entschädigung und Alimentation. Erasmus entließ sie, mit ihr den Zeugen, seinen Schreiber Bredekow. Er fälschte Papiere, um seine

Opfer darüber hinaus gerichtlich zu verfolgen und ins Gefängnis zu bringen. Diese Fälschung kam an den Tag. Dies war der Anlaß, ihn 1761 (14 Jahre später!) von seinem Amt als Senator zu suspendieren. Die Vergewaltigung der Dienstmagd spielte dabei keine Rolle, weder für die Machthaber in Frankfurt noch für den unbestechlichen Bruder Reichshofrat in Wien. Das Geschehen, von der Tat bis zum Tode aller Beteiligten, ist so vielfältig kennzeichnend, daß wir uns die Vorgänge genauer ansehen wollen. Für Eindeutigkeit hat Erasmus Senckenberg selbst gesorgt: Er suchte das Opfer und den Zeugen, seinen Schreiber, mundtot zu machen, indem er ein Geständnisprotokoll (der Beteiligung an einem Totschlag) fälschte, um die Verhaftung beider zu erwirken. Er schickte

> »in das benachbarte Dorf Oberrad, in welchem Agricola damals verweilte, einen Unterbeamten mit diesem Protokoll und ließ den Schultheißen auffordern, die Agricola zu verhaften, nachdem er, wie es hieß, sogar noch außerdem mit einem ihm befreundeten Richter in der nahen isenburgischen Stadt Offenbach verabredet hatte, daß dieser, wenn Agricola sich dahin durch die Flucht rettete, sie sofort festnehmen und dann ferner gefangen halten solle. Der Schultheiß nahm jedoch die Verhaftung nicht vor, weil er nur vom Landamt oder von den Bürgermeistern Befehle zu empfangen habe. Er zeigte vielmehr die Sache bei Amt an, und nun kam an den Tag, daß jenes Protokoll falsch war. Senckenberg hatte, wie die hierüber sogleich angestellte Untersuchung ergab, seinen Betrug auf recht plumpe Weise gemacht; denn die beiden Examinatoren, auf deren Namen hin er das Protokoll abgefaßt hatte, waren an dem betreffenden Tage nicht einmal in Frankfurt anwesend gewesen, ebenso erklärte der unterschriebene Actuar, von diesem Actenstücke nichts zu wissen, und Senckenberg's Schreiber [der Nachfolger jenes Bredekow, U. P.] sagte aus, das Original, von welchem er die Abschrift gemacht habe, sei von seines Herrn eigener Hand geschrieben gewesen.«[33]

Damit war alles klar. Senckenberg selbst war eines Verbrechens überführt, das jenes erste, die Vergewaltigung, verschleiern sollte. Ein doppelter Kriminalprozeß und zuvor die Rehabilitierung der Opfer waren zu erwarten. Doch wie verlief die Geschichte? Erasmus erreichte über seinen Bruder, daß Agricola und Bredekow (unter der weiteren Anschuldigung eines Diebstahls) gefangengesetzt wurden:

> »Der Rath beschloß, in dieser Sache nicht selbst zu entscheiden, sondern das Urtheil einer Juristen-Facultät zu überlassen; und um

ganz unparteiisch zu sein, bestimmte nicht er eine solche, sondern er ersuchte den Rath der Stadt Ulm, es zu thun. Dieser wählte die Universität Altorf, und von ihr kam im Herbst 1749 ein Urtheilsspruch in Frankfurt an.

Derselbe verfügte die sofortige Freilassung Bredekow's und der Agricola, welche Beide damals bereits zwei Jahre in gefänglicher Haft gewesen waren, sowie eine Schadloshaltung und Genugthuung derselben, wegen der falschen Beschuldigung des Diebstahles und des Meuchelmordes. Diese war ihnen jedoch nachher noch nach 20 Jahren nicht gewährt worden, wie eine flehentliche Bittschrift Bredekow's von 1769 zeigt.«[34] [...] »Was die Agricola und ihre Ansprüche an Senckenberg betrifft, so half sich Letzterer damit, daß er die Beschaffenheit des damaligen Proceßverfahrens benutzte, um die Sache ganze Jahrzehnte hindurch in die Länge zu ziehen. Dadurch gelang es ihm z. B. zu bewirken, daß die Aussagen der vernommenen Zeugen ihm erst 1769, also 22 Jahre nach dem Beginn der Klage, zur Vertheidigung zugestellt werden konnten. Die Sache wurde durch Appellationen an den Reichshofrath gebracht, und bei diesem blieb sie zuletzt unentschieden liegen. Agricola starb 1776, ohne daß ein Richterspruch erfolgt war.«[35]

Und Erasmus Senckenberg?

»Senckenberg blieb, nachdem er für einen Falsarius erklärt worden war, noch 12 Jahre lang Mitglied des Senats. [...] Über das eben besprochene Altorfer Urtheil z. B. sagte er noch 1752 in einem Schreiben: dasselbe sei dadurch zu Stande gebracht worden, daß man das Nürnbergische Patriciat gewonnen und dieses der Facultät den Spruch dictirt habe; anerkennen werde er dasselbe in Ewigkeit nicht, dagegen aber verschiedene Personen, welche in die Sache verwickelt seien, in einer Druckschrift ewiger Schande preisgeben, namentlich den betreffenden Referenten, welcher bekanntlich keinem alten Weibe und keiner weinenden H... etwas versagen könne.«[36]

Im Übrigen verhielt sich Senckenberg keineswegs ruhig, seine politischen Pamphlete stammen aus eben dieser Zeit nach 1747.

»Zum vollständigen Bruch zwischen Senckenberg und den Patriciern kam es im Frühling 1748 bei Gelegenheit eines Trinkgelages, welches er, F. M. von Lersner, von Stallburg und von Günderrode in des Letzteren Hause hielten. Hier suchten die Limburgischen Patricier vergebens ihn noch einmal für ihre Pläne zu gewinnen. Seit diesem Tage arbeiteten sie gegen ihn wie er gegen sie. Man forderte ihm bald nachher die noch in seinen Händen befindlichen Limburgischen Acten ab. Er gab dieselben zurück, behielt aber Abschriften von ihnen und, wie sein Bruder Arzt versichert, sogar die besten Originalia. Man ging ihm nachher in der Sache der Agricola und in Betreff des falschen Protokolls scharf zu Leib. Er zeigte jedoch einem der Genannten brieflich an, welche Papiere von ihnen er besitze. Dieser erkrankte beim Empfang der Nachricht. Der Arzt Senckenberg schließt daher diese von ihm gemachte Mittheilung mit den Worten: ›Falsche Leute werden von der Wahrheit krank, und vor Schrecken sterben die Hunde; ein redlich Herz aber ist allzeit einerlei, erschrickt und fürchtet sich nicht.‹«[37]

Man unternimmt nichts gegen ihn, obwohl das Opfer Agricola dem Senat öffentlich zusetzt:

»Die unglückliche Frau war 1747 bald nach ihrer Verhaftung ihres körperlichen Zustandes wegen in das Heiliggeist-Spital gebracht und daselbst bewacht worden. Dort gebar sie im December eine Tochter. Diese ließ sie auf Senckenberg's Namen einschreiben, auch nannte sie dieselbe nachher immer nur Jungfer Senckenberg. Als Agricola 1749 ihre Freiheit wiedererlangt hatte, suchte sie auf jede Weise zu ihrem Recht zu gelangen, und Senckenberg sowohl, als auch die Herren des Rathes hatten große Noth mit ihr und ihrer Tochter. Sie suchte oft in des Ersteren Wohnung einzudringen, wurde aber stets zurückgewiesen und erhob dann scheltend auf der Straße lautes Geschrei. Auch ihre Tochter ließ sie zuweilen auf Senckenberg's Türschwelle niedersitzen. Der Letztere richtete wiederholt Beschwerdeschriften an den Rath und verlangte Schutz: man konnte, wenn man auch gewollt hätte, ihm nicht helfen. Doch wurde Agricola verwarnt, und als einst ihre Dienstmagd einen Brief in Senckenberg's Wohnung abgab und bei dieser Gelegenheit beleidigende Worte aussprach, wurde dieselbe auf einige Tage ins Verbesserungshaus gesetzt. Die Rathsherren selbst wußten sich vor dem Gebahren der unglücklichen Frau nicht zu helfen. Diese rühmte sich nicht nur überall, daß ihr Kind die Tochter eines Senators sei, sondern sie stand auch an vielen Tagen vor der Amtsstube der Schöffen, klagte schreiend, drohte mit dem Gerichte Gottes und packte jeden herauskommenden Schöffen an, so daß manchmal, um ihr nicht zu begegnen, der eine hier, der andere dort sich hinausstahl. Die ganze Geschichte that natürlich der Ehre des Senats großen Eintrag, und die Feinde desselben in der Bürgerschaft rieben sich vergnügt die Hände.«[38]

Die Angst des Stadtregimes wird erst recht deutlich, wenn man bedenkt, daß Senckenberg zugleich politisch zu handeln beginnt:

»Zu Ende des Jahres 1754 richtete Senckenberg seine Waffen gegen die Patricier des Hauses Limburg überhaupt, indem er diese nicht etwa blos in der Verfolgung ihrer Pläne zu hemmen, sondern geradezu ihre ganze Stellung zu erschüttern und ihre Vorrechte zu vernichten suchte. Er brachte zu diesem Zweck im December 1754 etwas zu Stande, was in einer Reichsstadt unerhört war, nämlich eine Verbindung des Raths mit dem zur Opposition gegen ihn geschaffenen und bisher auch immer feindlich gegen ihn aufgetretenen Bürgerausschusse, und erwarb dadurch zugleich sich selbst eine Stellung, die ihn, wenn seine Natur die dazu erforderliche Ruhe und Selbstbeherrschung gehabt hätte, bleibend zum leitenden Oberhaupt der Republik gemacht haben würde. Er stellte seinen Collegen vor: man müsse den ewigen Argwohn gegen den Bürgerausschuß aufgeben und sich möglichst freundlich zu ihm stellen; dies erfordere aber, daß man bei Allem, was Letzterer vorbringe, die Motive und Gründe prüfe und, wenn in einem streitigen Falle der Bürgerausschuß stärkere Argumente habe als der Rath, der Wahrheit und dem Rechte Gehör gebe und zurückweiche. Die Spitze dieser Ansicht war gegen die Patricier gerichtet, welche beim Zwiespalt beider Behörden ihre Vorrechte am sichersten aufrecht erhielten, im umgekehrten Falle aber sich im Besitze derselben um so mehr bedroht sahen, als man an der entscheidenden Stelle, dem kaiserlichen Hofe, ihnen damals nicht gewogen war. Die Vorstellungen Senckenberg's, für welche er im Voraus die nicht-patricischen Mitglieder gewonnen hatte, drangen durch, und zwar auf so entschiedene Weise, daß sogar die Patricier nicht dagegen aufzutreten wagten, und gegen sich selbst stimmen mußten.«[39]

»Im November 1758 beging er die größte Beleidigung, welche jemals ein Frankfurter Rathsglied gegen seine Collegen begangen hat, und die wohl in der Geschichte aller Reichsstädte ihres Gleichen nicht hat. Er reichte unter der Aufschrift Articuli informatorii (d.h. faktische Angaben zum Behuf einer anzustellenden Untersuchung) 634 Fragen, welche die städtische Verwaltung betrafen, und 578 Fragen, die sich auf die Sache der Agricola bezogen, beim Rath ein, damit aus Anlaß derselben die in Frankfurt waltenden Mängel und Gebrechen abgestellt würden. Diese beiden Schriften gehören in Bezug auf die staatsrechtliche Stellung und die Verfassungsverhältnisse der Reichsstadt Frankfurt und in Hinsicht auf die Art, wie im 18. Jahrhundert regiert und administrirt wurde, zu den lehrreichsten Actenstücken, welche das dortige Archiv enthält, und verrathen zugleich die tiefeingedrungenen Kenntnisse, welche Senckenberg sich in Betreff der städtischen Geschichte erworben hatte. Allein sie sind zugleich ein Inbegriff der gröbsten Schmähungen und härtesten Beleidigungen, sowohl gegen den Rath überhaupt, als auch gegen einzelne Mitglieder desselben [...]. Als Beispiele mögen folgende Angaben dienen: Schöff von Stallburg (damals älterer Bürgermeister) sei eines Anschlages auf die Stadtfreiheit höchstverdächtig; acht Ratsherren hätten 1748 von den Reformirten wegen ihrer Kirchensache Geld genommen; die Gemahlin eines im Rathe sitzenden Herrn, auf dessen Stimme sehr vieles ankomme (es ist die Stadtschultheißin Textor gemeint), lasse sich in allen Gnaden- und anderen wichtigen Stadtsachen Geschenke geben; ein bestimmtes Rathsglied habe bei einer Rathswahl seine Stimme mit 100 Dukaten erkaufen lassen.«[40]

Am 23. Juni 1761 kommt endlich die Fälschung der Agricola-Protokolle ernstlich zur Diskussion. Am 10. September wird Senckenberg suspendiert. Noch einmal interveniert der Bruder in Wien und veranlaßt den Frankfurter Senat zu folgender Mitteilung:

»Man habe des Hrn. Reichshofrathes Unzufriedenheit mit dem Geschehenen im Voraus besorgen müssen, habe auch aus vorzüglicher Hochachtung gegen denselben von Herzen gewünscht, dasjenige unterlassen zu können, was Pflicht, Gewissen und die Beruhigung des Publikums erheischt hätten. Ein Beweis, wie ungern man sich zu dem am 10. September gefaßten Beschlusse verstanden habe, sei: daß man Jahre lang die empfindlichsten Beleidigungen, sowie die auf Zerrüttung des Gemeinwesens gerichteten Absichten des Senators S. gelassentlichst erduldet, auch alle Grade der Verwarnung angewandt und den wegen des Falsum's ergangenen Spruch auswärtiger Unparteiischer nicht zum Vollzug gebracht habe.«[41]

1769 wird Senckenberg inhaftiert – keineswegs auf Grund seiner Taten, sondern wegen wilder Pamphlete. Die Verhaftung »fiel übrigens in die Zeit, als der Reichshofrat Senckenberg gestorben und damit die Hauptschutzwehr des Senators Senckenberg verschwunden war«.[42] 1795 starb Erasmus Senckenberg in der Haft, in einem Zimmer der Hauptwache.
Ich habe die Vorgänge deshalb so ausführlich zitiert, weil sie ein bezeichnendes Licht auf die Machtsituation in Frankfurt, auf das soziale Klima dieser Stadt werfen. Die Zerfallenheit des Kollektivs bekundet

sich hier ebenso exemplarisch wie die Unruhe der Zeit, in der die alte Machtbalance, die lange auf der Basis verbriefter Rechte und überkommener Privilegien bestanden hatte, aufbrach in der advokatischen Geschicklichkeit und dem rebellischen Eigensinn Einzelner. Denn als Rebellen müssen wir auch Erasmus Senckenberg einschätzen. Alle drei Brüder waren von der Spannung zwischen Herkommen und Autonomie bestimmt. Gerade deshalb ist es ungemein aufschlußreich, wie sie sich in der Agricola-Affäre verhalten haben. Die Vergewaltigung spielte für die beiden anderen Brüder, den Unbestechlichen in Wien und den misanthropen Wohltäter in Frankfurt, keine Rolle – gegenüber der Frau und dem landfremden Dienstboten gab es keine Solidarität.

Die Familie, das heißt ihre Blutsbruderschaft, war den drei so unterschiedlichen Männern die entscheidende Bindung – wie feindselig sie auch miteinander umgehen mochten. Hans Christian Senckenberg drückt das in seinem Tagebuch aus:

> »Man wird auch bei meiner Stiftung es versuchen, man wird sogar, um sie dazu vorzubereiten, schon jetzt mir Hindernisse bereiten und sie zu unterdrücken suchen; aber es wird nicht gelingen; denn drei Brüder, für das gemeine Wohl und für die Liebe zum Nächsten handelnd, werden stark durch die Güte und Weisheit Gottes den Sieg über den Teufel davon tragen. Da wir drei Brüder in der Stiftung eines Collegium medicum und eines Bürgerspitals zusammenhalten, so können wir machen, was wir wollen; es heißt hier, wiewohl in anderem als dem gewöhnlichen Sinn: Tres faciunt collegium.«[44]

Johann Wolfgang Textor

Das Haus Textor war Teil des bürgerlichen Lebens der Stadt. Und wenn am Neujahrstag die Musikanten, Honoratioren und Freunde in genau abgestufter Reihenfolge erschienen, dann zeigte sich das Lebensfeld des erfolgreichen Bürgers, der sich mit seiner Klasse und den ständischen Ordnungen in harmonischer Übereinstimmung befand.
Die Textor waren Beamte und Gelehrte, über mehrere Generationen Juristen, seit 1691 in Frankfurt ansässig. Den Juristen war (seit der Einführung des Römischen Rechts) nicht nur die Rechtsprechung, sondern auch die hohe Verwaltung vorbehalten. Im Rang nachgeordnet waren der Arzt und der Geistliche. In der städtischen Gesellschaft

nahmen diese akademischen Berufe die erste Stelle ein, nahe der obersten Kaste, dem Patriziat, das sich streng von den unteren Schichten absonderte.
Bereits 1691 war ein Wolfgang Textor »Syndicus«, das heißt Rechtsberater der Stadt Frankfurt gewesen – nach diesem Ahn wurde der Großvater des Dichters Johann Wolfgang genannt. Er wurde 1693 geboren, studierte die Rechte in Altdorf, promovierte 1715 und ging dann nach Wetzlar als Kammeraladvokat ans Reichskammergericht. In Wetzlar heiratete er Anna Margaretha Lindheimer (1727), die Tochter des Reichskammergerichtsprokurators Cornelius Lindheimer. Von ihrer Seite gab es Verbindungen zum Frankfurter Patriziat: Die Lindheimer waren mit den von Uffenbach verwandt. Textor hatte noch eine zweite Verbindung zur Frankfurter Oberschicht; er war mit Friedrich Maximilian von Lersner aus der »hochadeligen Gesellschaft Alt-Limpurg« befreundet, mit dem er in Altdorf im selben Hause gewohnt und Tischgemeinschaft gehabt hatte. Diese Verbindungen waren es wohl, die bewirkten, daß Textor im Jahre 1727 in Abwesenheit in den Rat der Stadt gewählt wurde. (Er besaß damals noch nicht das Frankfurter Bürgerrecht.)
Textor gelangte schnell zu hohen Ehren. 1731 war er Schöffe geworden (im Geburtsjahr der Tochter Catharina Elisabeth). 1738 sowie 1743 wurde er zum Älteren Bürgermeister gewählt, und am 10. August 1747, also ein Jahr vor der Heirat seiner Tochter Catharina Elisabeth, avancierte er in das höchste Amt der Stadt – er wurde aus drei Bewerbern durch Kugelung zum Reichs-Stadt-Gerichtschultheißen bestimmt.[45] Wie die Kugelung ablief, macht deutlich, daß Textor neben seinem Talent auch das Glück auf seiner Seite hatte. Formal konnte jedermann in den Rat gewählt werden, der Bürger war, der keine Verwandten im Rat hatte und der lutherischer Konfession war. Der Wahlmodus war eine Vorsichtsmaßnahme gegen Fälschung und Korruption[46] und wurde bei allen wesentlichen Ämtern angewandt: zwischen den Kandidaten sollte das Los entscheiden. Textor war vom Glück begünstigt. Unter den drei Bewerbern zog er bei der Kugelung um das höchste Amt die goldene Kugel. »Der Stadtschultheiß war das Haupt der vierzehn Schöffen, d. h. der Ratsherren, die die erste Ratsbank und zugleich den höchsten Gerichtshof bildeten, von dem man nur an das Reichsgericht appellieren durfte. Der auf Lebenszeit gewählte Schultheiß ist somit der höchste Justizbeamte und hat eigentlich mit der Verwaltung gar nichts zu thun. Sein moralisches Gewicht indes als vornehmstes, überall zuerst gefragtes Mitglied des Rats, seine Wahl auf Lebenszeit gegenüber dem alle Jahre wechselnden Bürgermeister, die geschichtliche Erinnerung an seine frühere bis 1372 nach-

weisbare Stellung als Vertreter des Königs und höchster Justiz- und Verwaltungsbeamter, all das erklärt den thatsächlichen Einfluß des Stadtschultheißen und so auch Textor's auf die Verwaltung und die Geschicke der Stadt.«[47]

Die Studienfreunde, Maximilian von Lersner und Textor, bildeten ein politisches Gespann. »Im Rate waren damals wenig Geist und Bildung vertreten, sodaß die meisten der regierenden Herren ohne eigene Meinung der Leitung einiger Führer folgten; es hieß allgemein, daß Friedrich Maximilian von Lersner und Textor das Heft in Händen hätten.«[48] Trotz dieser hohen Ämter und der vornehmen verwandtschaftlichen Beziehungen zu den Lindheimer hielt sich die Familie Textor im Rahmen einer Familie des gehobenen Bürgertums, des Mittelstands. Die Heiraten der vier Textortöchter entsprechen dieser sozialen Position. Catharina Elisabeth heiratete am reichsten; die Zweitälteste, Johanna Maria, heiratete den Materialienhändler (Kaufmann) Melber; Anna Maria den Pfarrer Johann Jakob Starck; die Jüngste, Anna Christine, den Leutnant Schuler. Der Sohn Johann Jost Textor, Jurist, verehelichte sich mit der Buchhändlerstochter Möller. Dem bürgerlich realistischen Geist Textors entsprach es, daß er seinen Töchtern keine besondere Ausbildung zukommen ließ. Der Stadtadel ließ seine Kinder mit Hilfe französischer Informatoren erziehen, Textors Töchter lernten dagegen Lesen, Schreiben und Rechnen beim Schulmeister Bischoff in der Quartierschule. Catharina Elisabeth konnte keine Fremdsprache, und in ihrem Haushaltsbuch wurden die Summen von fremder Hand addiert. Elisabeth Mentzel vermerkt dazu: »In jenen Tagen zählte eine besuchte Volksschule wie die von Bischoff oft hundert bis hundertfünfzig Kinder. Was Wunder, daß die Orthographie des einzelnen Schülers mangelhaft blieb, wie die der ältesten Tochter des Stadtschultheißen!«[49]

Über der idealisierenden Darstellung in *Dichtung und Wahrheit* von der Vornehmheit der Textor soll nicht vergessen werden, daß diese sich, wie andere vornehme Bürger, eine Art Dekoration zugelegt hatten, um der aristokratischen Verachtung zu begegnen. Wenn die Klettenberg sich den Adelstitel verschafft hatten, so waren die Textorschen Ahnen wenigstens latinisiert: im 17. Jahrhundert hatten sie noch schlicht Weber geheißen. Ab 1727 nahm also Johann Wolfgang Textor an der politischen Macht in der Stadt teil. Die Geschäfte, die hier geführt wurden, dienten, wie sich uns ja schon gezeigt hat, vor allem dem Wohlleben der herrschenden Klasse – die Stadt war ihr Lebensfeld, insofern lag ihnen an diesem Gemeinwesen.

Textor, Schultheiß, zeitweilig Bürgermeister, stand sein Leben lang im Zentrum politischer Machenschaften, so im Falle der »Überrumpe-

Johann Wolfgang Textor um 1730

lung der Stadt« durch ein französisches Kommando im Siebenjährigen Krieg (die Franzosen standen gegen Preußen auf der Seite Österreichs und sicherten sich durch die Besetzung der Stadt einen Stützpunkt). Die französische Einquartierung brachte den Bürgern enorme Kosten. Zwischen Textor und seinem Schwiegersohn, Johann Caspar, kam es über dieser Frage zum Abbruch der Beziehungen. Hans Christian Senckenberg notiert in seinem Tagebuch:

»Da redeten sie von dieser Materie [der französischen Besatzung, U. P.], und Textor gab Goethe keine guten Worte. Dieser sagte wild: er verfluche das Geld, so Textor, die Stadt den Franzosen zu verraten, genommen habe, wolle nichts davon (nachträglich: ›und verfluche die, so sie hereingelassen‹). Textor warf ein Messer nach ihm, Goethe zog den Degen. Pastor Starck wurde über diese Begebenheit damals aus Schrecken krank. Pfarrer Claudi, so dabei war, stiftete Frieden. [...] Vera est historia, und Herr v. Rhost [Senior des Bürgerkollegs, das gegen den Magistrat äußerst erbittert war] hat mir sie mit allen Umständen erzählt. Die Stadtschultheißin soll sich nachher alle Mühe gegeben haben, *socerum* und *generum* [Schwiegervater und Schwiegersohn, U. P.] wieder zu vereinigen.«[50]

Mit Sicherheit war Textor nicht so entrückt, wie ihn der Dichter in seiner Erinnerung vor uns stellt, der ihn mit den Bildern eines »unverbrüchlichen Friedens und einer ewigen Dauer«, einer »mittleren Person zwischen Alcinous und Laertes« innerlich verband. Die Frankfurter Gerüchte über den Schultheißen überliefert Senckenberg in seinem Tagebuch, sehr zu Bekümmernis und Zorn der Historiographen, die seit dem Ende des 19. Jahrhunderts am Bild der Frankfurter Idylle arbeiten. Empört urteilt etwa Düntzer:

»Senckenberg giebt Textor für einen wüsten Trinker aus und schreibt seinem Trinken das Frösteln zu, woran er stets, auch im Sommer, gelitten habe. Die letztere Thatsache möchten wir ebenso bezweifeln wie ihre pathologische Erklärung. Senckenberg war nicht Textors Arzt und Vertrauter, konnte dies also nur von anderer Seite, etwa gar von seinem sauberen Bruder wissen, und nach allem, was uns bekannt, erfreute sich Textor der besten Gesundheit. Doch diese Liebe zum Weine wollte wenig sagen, sähe man in dieser Anschuldigung nicht die Absicht, Textor etwas anzuhaben. Viel Schlimmeres berichtet er über seine Vergangenheit als Prokurator in Wetzlar. Dort sei er durch Schlemmen im Essen und Trinken arm geworden; nicht genug damit, soll er sich durch geschlechtliche Ausschweifung oft und schwer vergangen, unter anderem ein Bürger ihn bei seiner Frau ertappt und seiner Anklageschrift die ihm abgerissene Perücke als Beweis beigelegt haben. Und einen solchen Klatsch wagt ein Mann, den man für streng sittlich halten soll, im Ernst niederzuschreiben, weil sein Haß gegen Textor ihn eben den frechsten Verleumdungen zugänglich machte. So wagte es denn dieser selbstgerechte Weiberfeind, auch dessen Gattin der schlimmsten Verletzung ihrer Frauenehre zu zeihen. Solchen Frommen ist eben nichts heilig als ihr eigenes Streben nach dem Himmel und seinen glänzendsten Ehrensitzen. Eine Folge der Armut, in welcher Textor nach Frankfurt zurückgekehrt sei, soll auch seine und seiner Frau Bestechlichkeit gewesen sein. Schwere Beschuldigungen dieser Art wird sich kein wahrhaft sittlicher Mann ohne die zwingendsten Beweise gestatten, am wenigsten ohne genaue Angabe derselben für die Nachwelt aufzeichnen. Verdächtigungen wegen Bestechung waren damals so allgemein, daß selbst Senckenbergs Bruder in Wien ihnen nicht entgehen konnte. Auch der Modesucht wird Textor beschuldigt. Wir hören, Lersner habe 1751 von seinem Pariser Aufenthalt das französische Modekleid mitgebracht, sei als älterer Bürgermeister nicht in seinem venerablen alten Ratsherrnkleide mit Krägelchen, sondern in einem farbigen Rocke mit weißseidener und goldgestickter Weste in die Kirche gefahren, habe einst, weil er vom Rathause auf ein Festessen gehen wollte, in das Audienzzimmer sein Festkleid bringen lassen, um sich dort umzukleiden, und habe so contre le respect aus dem Römer eine Garderobe gemacht. Dem Beispiele Lersners folgend, sei Textor ohne das Krägelchen auf dem schwarzen Rathauskleide im Römer erschienen. Das war freilich in Senckenbergs Augen, der doch selbst immer nett gekleidet ging, ein großes Verbrechen, obgleich Textor das schwarze Ratsherrnkleid nicht aufgab, in welchem er sich auch 1763 mit dem Krägelchen und der goldenen Kette malen ließ. Daran schließt sich der arge Vorwurf, er und andere ihm ähnliche »liebten Pläsanterie, wollten die alten Bürger exterminieren, und dagegen lüderliche, voluptueuse, unachtsame Bürger und Lumpen haben, die keine Ehre hätten, sich hudeln und wie Esel traktieren ließen«. Kann man unwürdiger verleumden! Gerade Lersner und Textor widersetzten sich der vernichtenden Sittenverderbnis, und wenn Lersner als vornehmer Mann außerhalb seines Amtes ein Galakleid zu tragen nicht scheute, so war dies kein Grund, ihn deshalb sittlich zu verdächtigen.«[51]

Freilich war Textor kein anstößiger Sonderfall in dieser Stadt, die Autoren wie Elisabeth Mentzel vergeblich zum beschaulichen Ort altdeutscher Redlichkeit umzudeuten suchen:

»Gewiß, es gab auch hier wie überall Mißstände der verschiedensten Art, besonders solchen, die mit der engen und meist von kleinlichem Geiste geleiteten Politik der alten freien Reichsstadt zusammenhingen. Es soll auch nicht geleugnet werden, daß sich in Frankfurt wie überhaupt in bedeutenden Handelsstädten, wo sich alles um Geld und Gelderwerb dreht ein unangenehmes Protzentum breitmachte und die geistigen Interessen in manchen Kreisen in den Hintergrund drängte. Allein, was gelten diese unerfreulichen Erscheinungen, die den feinsinnigen Goethe nur vorübergehend und einzig da, wo sie schroff zutagetraten, peinlich berührten, gegenüber der Fülle wohltuender und anregender Elemente.«[52]

»Wohl hatte auch das bessere Bürgertum, die Frankfurter Beamten mit eingezählt, seine Schattenseiten, ließ es hie und da zuviel reichstädtisches Selbstbewußtsein und eine große Neigung für Besitz und Erwerb durchblicken, jedoch im ganzen war es eine durch und durch gesunde Atmosphäre, zuweilen still, dann wieder bewegt vom Zeitgeist, stets aber durchwärmt von der heiteren und gemütlichen Fröhlichkeit, die dem Franken eigen ist und die auch hier am Maine den Verkehr der Menschen untereinander erleichterte und belebte.«[53]

Johann Caspar Goethe

Als Aufsteiger der ersten Generation konnte Johann Caspar Goethe auf keinerlei gehobene Familientradition zurückblicken. Er fand in der eigenen Familie keine Vorbilder für die Kultur jener Gruppe, in die er nach dem Willen seines Vaters aufstieg: die bürgerlichen Gelehrten und freien Berufe – in den ersten Stand der Ständeordnung also.

Johann Caspar Goethe war der Sohn eines Handwerkers und alle seine Verwandten waren Handwerker – der Großvater Schmied in Achtern, der Halbbruder Zinngießermeister in Frankfurt. Der einzig Gebildete in der Familie war er selbst – und der einzig Wohlhabende.[54]

Das Goethesche Familienvermögen wurde vom Schneidermeister Goethe zusammengebracht – zwei vorteilhafte Heiraten, finanzielles Geschick, Ehrgeiz. 1686 kam der Schneidergeselle Friedrich Göthé –

wie er unterschrieb – in Frankfurt um das Bürgerrecht ein, unter Hinweis auf seine Heirat mit der Schneidermeisters-Tochter Anna Elisabeth Lutz. Seine Eingabe an den Rat lautete:

»Der Rat der Stadt Frankfurt möge großgünstig vernehmen, was maßen ich nach erlerntem Schneiderhandwerk in vielen vornehmen Reichs- und anderen Stätten, fürnehmlich aber auch allhier gearbeitet und nachdem ich mich bey dem Handwerk einschreiben lassen, um mich besser zu perfectionieren, in Frankreich gereiset, auch vierthalb Jahren darinnen zugebracht, und nach meiner Wiederkunft den Geschworenen des Handwerks eröffnet, daß ich mit Consens und Einwilligung meiner lieben Eltern, meinem Vatterland als einen geringen Ort, wo selbsten wenig zu verdienen, valedicieret und mich entschlossen allhier häuslich niederzulassen, die auch ihres Ortes mir befürderlich zu erscheinen sich gantz willig erkläret bevorab da ihnen wohl wissend, daß ich mich mit eines ehrlichen Bürgers und Meisters Tochter in christliche Eheverlöbnis eingelassen. Friedericus Georg Goethé.«[55]

Mit Sicherheit war dieser Friedrich Goethe mit hohem sozialem Geschick und Spürsinn begabt. Seine Gesellenzeit in Frankreich, dem Zentrum der Seiden und Moden – in Nantes, Lyon, Paris –, empfahl ihn. Die Heirat mit der Meisterstochter ebnete ihm den Weg zum Bürger und zum Meister der Zunft. Der unternehmerische Ehrgeiz Friedrichs ist aktenkundig. Sechs Gesellen beschäftigte er in seinem Haus »Zum Goldenen Rad«. Kein anderer Meister hatte so viele Gehilfen, erlaubt waren nur drei. Er wurde angezeigt. Die Haussuchung ergab, daß er heimlich in der oberen Stube arbeiten ließ.
Die Mode der Zeit war kunstvoll und luxuriös und die Luxusschneiderei eine gewinnbringende Kunst. Friedrich Goethe arbeitete für die Oberschicht. Um die Mitte des Jahrhunderts gab es in Frankfurt 200 Schneidermeister und etwa 70 Perückenmacher: »In der Auswahl und Verarbeitung der Kleiderstoffe sowie in der Farbenwahl zeigte sich ein hochentwickelter Geschmack. In der gefälligen Form und der Freudigkeit an bunten Farben offenbarte sich die Sinnenlust und Lebensbejahung des 18. Jahrhunderts. Männer- und Frauenkleidung der höheren Stände waren gleich kostbar. An Stelle des geschlossenen Männerrockes trug man offene Röcke, die die langschoßige Weste erblikken ließen. Für die weit ausladenden Röcke bevorzugte man bald reseda- und apfelgrüne oder rosa und himmelblaue Seidenstoffe, bald kaffeebraune und blaue oder rote. Manchen Liebhaber fanden auch mit Gold- und Silberblumen gemusterte Kleiderstoffe, in mannigfaltigsten Formen und Schnitten. Prunkhaft wie die männliche war auch

Das Goethische Stammhaus in Artern, 1684 erbaut.
Schmiedewerkstelle des Hans Christian Goethe

die weibliche Kleidung, sie war bestimmt durch den Reifrock, der den schweren Seiden- und Brokatstoffen Form und Halt gab und sie zugleich zu sinnfälliger Geltung brachte. Für gesellschaftliche Zwecke waren solche Stoffe mit Blumen durchwirkt oder mit Goldpailletten garniert. Das Mieder war mit den Röcken vereinigt und schnürte spitz, nach oben war es tief ausgeschnitten, die Ärmel waren kurz und schlossen am Ellenbogen mit breiten Spitzenmanschetten. Neben dem Reifrock für große Toilette bevorzugten die Damen als Hauskleid und für kleine Gesellschaft die Adrienne oder Kontusche, Rock und Taille hingen hier zusammen, ihr eigentliches Kennzeichen war die breite Rückenfalte. Auch Panierröcke waren beliebt, vorn und rückwärts waren sie flach und an den Seiten weit aufgebauscht, und wie die Formen auch sein mochten, die Röcke boten bei der verschwenderischen Fülle des Stoffes Raum für reiche Garnituren, Spitzen und Besätze.«[56]

Was Friedrich Goethe neben seiner Kunstfertigkeit begünstigte, war eine gewisse Gewandtheit, er sprach Französisch, er hatte ein Flair von Eleganz (Goethé!), und er verstand einiges von Musik. Als er nach Frankfurt kam, zahlte er für sein Vermögen den Mindestsatz der Steuer (im Jahr 1687), doch bereits im Jahr 1704 hatte er mit einem Kapital von 1500 Florin den Höchstsatz erreicht. Nach 13 Jahren Ehe starb Anna Elisabeth, seine erste Frau. Sie hatte fünf Kinder geboren, von denen nur zwei den Vater überlebten: Hermann Jakob, der Zinngießermeister, und Johann Michael, »zu keinem Beruf tauglich«, er lebte bei Hermann Jakob.

Im Jahr 1705 heiratete Friedrich Goethe zum zweitenmal. Auch dies eine äußerst vorteilhafte Heirat. Seine Frau brachte ihm den Gasthof »Zum Weidenhof« an der Zeil, der Prachtstraße der Stadt. Damals war Friedrich Goethe 48 Jahre alt; die Witwe Cornelia Schellhorn 36 Jahre alt und kinderlos. Ernst Beutler schreibt über sie:

»Die frische, rüstige, kinderlose Witwe war eben sechsunddreißig Jahre alt, elf Jahre jünger als Goethe. Die zweiundzwanzigjährige Tochter des Schneidermeisters Georg Walther, Cornelia, hatte am 11. Juni 1688 den des Schreibens unkundigen Witwer Johannes Schelhorn, Gastwirt zum Weidenhof, geheiratet, der aus niederem Stande (er war Stallknecht gewesen) nach seiner Verbindung mit einer Bürgerstochter, die ihm 600 Gulden zubrachte, durch Fleiß und Sparsamkeit sich heraufgearbeitet hatte.«[57]

Friedrich Goethe gab nach der zweiten Heirat sein Handwerk auf und verdiente als Gastwirt und durch geschickte Spekulation im Weinhandel. Er hinterließ bei seinem Tod im Jahre 1730 ein Vermögen von 90000 Gulden. (Von diesem Vermögen lebten die folgenden Generationen – Johann Caspar Goethe und der Dichter.) Ernst Beutler schreibt: »Als er im Jahre 1730 stirbt, hinterläßt er 17 Sack Geld: einen Sack voll Louisdors, einen Sack voll Louisblanks, einen Sack voll Dukaten, einen Sack mit Vikariatstalern, einen Sack mit Talern in preußisch Kurant, einen Sack französisches Geld und so noch elf weitere Geldsäcke in den verschiedensten Münzsorten, alles zusammen gestrichen 19000 bare Gulden wert; im ganzen aber – Grundstücke, Hypotheken und Waren eingerechnet – war es ein Nachlaß von 90000 Gulden. Für Frankfurt war das kein besonders großes Vermögen – der Vater der Lili Schönemann hat das Zwei- bis Dreifache besessen. Es gab damals in Frankfurt bei 35000 Einwohnern über 400 Familien, die ein Vermögen von mehr als 30000 Gulden besaßen, darunter, schon um 1730, an 83 Familien mit einem Vermögen von 100000 bis 800000 Gulden.«[58]

1710 wurde der Vater des Dichters, Johann Caspar, im Weidenhof geboren. Er war das dritte Kind der zweiten Ehe – aber der einzige, von den Kindern dieser Ehe, der das Jugendalter überlebte. Für die Mutter war diese Geburt gewiß bedeutsam. Sie war damals schon 41 Jahre alt, und angesichts der medizinischen Kenntnisse in der Geburtshilfe war es eine lebensgefährliche Geburt. Als der erstgeborene Sohn Johann Friedrich unerwartet starb (im Alter von 19 Jahren), 1727, war Johann Caspar 16 Jahre alt und seit zwei Jahren auf einer Eliteschule der protestantischen Oberschicht, dem Casimirianum in Coburg im Fränkischen.[59] In seinem Tagebuch vermerkt der Spötter Christian Senckenberg über den erfolgreichen Schneidermeister, dieser sei gegen Ende seines Lebens vor Hochmut fast verrückt gewesen. Der Sohn Johann Caspar war dazu ausersehen, den Aufstieg fortzusetzen, wirkliche Würde zu erlangen. Das Gymnasium in Frankfurt hatte der Knabe vorher nicht besucht. Vielleicht hatte ihm der Pfarrer Balthasar Ritter die Anfangsgründe des Lateinischen beigebracht. (Am Casimirianum zu Coburg war die Unterrichtssprache Latein, auch außerhalb des Unterrichts durften die Lehrer in Gegenwart der Schüler nur Latein sprechen.)

Die Schule wurde von 150 Schülern besucht – darunter Sprößlinge des

fränkischen und thüringischen Adels. Hier wurde Johann Caspar als »Francofurtensis Cauponis Filius«, als Wirtssohn, am 4. Mai 1725 eingetragen. Der Geist der Schule war streng lutherisch. Der Knabe wohnte im Hause eines Lehrers in der Stadt: »Die Schüler des Gymnasiums lebten meistens bei Bürgern der Stadt. Schwarz war Lehrer am Gymnasium, wurde Professor, und Johann Caspar hatte bei ihm Bett und Tisch. Das bewahrte ihn vor dem Essen im Convikt, drei Tische für etwa 30 Knaben, das nach den Akten jeden Tag und jede Woche immer unabänderlich zu Mittag Rindfleisch mit Brühe und abends immer wieder nur Linsen oder Graupensuppe mit Rindfleisch bot. Freilich gab es mittags wie abends für jeden Einzelnen in zinnerner Kanne auch je einen Liter Bier auf den Tisch. Trotzdem, Bier hin, Bier her, wir freuen uns noch heute, daß Johann Caspar bei seinem Patrones sicher besser aufgehoben war.«[60]
Die Schulzucht, die Dressur der männlichen Sozialisation, wurde gemildert durch die Aussicht, schließlich in den Stand der Gelehrten aufzurücken. Johann Caspar imitierte sein Leben lang starr die Vorbilder, die er hier spät und äußerlich annahm. Er imitierte mit seiner Italienfahrt den in Frankfurt bekannten von Uffenbach[61]; er bereiste dieselben Orte und schrieb wie dieser eine »Italienische Reise«. Er brauchte Muster. Seine Laufbahn verlief geordnet. Er verließ das Casimirianum mit guten Lateinkenntnissen – Prüfungen kannte man noch nicht, an der Schule sowenig wie an der Universität. Wohlhabende beschlossen das Studium mit einer Promotion – wohlhabend mußten sie sein, denn die Kosten waren hoch.
1730 ging Johann Caspar zum Studium der Jurisprudenz nach Gießen, 1731 nach Leipzig, 1738 promovierte er in Gießen und gewann dann Einblick in die juristische Praxis am Reichskammergericht in Wetzlar. Zur Promotion deutet Beutler die Unterstützung des ältesten Senckenberg an: »Es ist die Frage aufgeworfen worden, ob nicht Senckenberg zu einem guten Teil an der Abfassung der Dissertation beteiligt gewesen sei. Außergewöhnlich wäre das nicht gewesen, da die Professoren in jener Zeit, wo es wissenschaftliche Zeitschriften kaum gab, die Doktorarbeiten ihrer Schüler gern benutzten, um in Streitfragen zu Wort zu kommen.«[62]
Wie auch immer, Johann Caspar durchlief sämtliche Stationen der höheren Bildung, ohne ein eigenes Tätigkeitsfeld auszumachen. War der Vater noch als Wandergeselle gereist, so macht der Sohn nun eine Cavalierstour. Zuvor hatte er den Reichstag in Regensburg besucht und sich in Wien aufgehalten. 1739 sah man ihn wieder in Frankfurt. 1730 war der Vater Friedrich Goethe gestorben. Bis 1735 führte die Mutter den »Weidenhof« weiter, dann verkaufte sie ihn und erwarb

ein Haus am ruhigen Hirschgraben, einer Straße der Wohlhabenden, mit Blick in Gärten, schön gelegen am alten Wall und daher mit einem tiefen Keller für den Weinhandel. Zu ihr, der nun Achtzigjährigen, zog der Sohn nach seinen Auslandsreisen.

Was war das Ergebnis des Bildungsweges – der Reisen, der Erfahrungen des Knaben in der Schulzeit? Wir kennen nur das Ergebnis: Eine ritualisierte Persönlichkeit, ein pädagogischer Eifer. Zugleich eine gewisse Angst, sich in seinem eigenen sozialen Stand, der Jurisprudenz auf Dauer zu bewähren. Soll man sagen: Er mochte diese Leute nicht? Fühlte sich fremd? Seine soziale Anpassung war anstrengend, zu anstrengend, um über den sozial privaten Kontakt hinaus auch noch Arbeitsbeziehungen und Geschäfte zu machen? Er übte keinen Beruf aus und er vermehrte das Vermögen nicht.[63]

Daß der Vater des Dichters nie einen Beruf ausgeübt hat, beunruhigte die Biographen des 19. Jahrhunderts. Schon bald war klar, daß die Auskunft des Sohnes (die wir vorhin zitiert haben) unhaltbar war. Die Fama, in *Dichtung und Wahrheit* vorgelegt und von Bothe noch 1930 wiederholt, lautet: Vom Kaiser Karl VII., der aus seiner Heimat Bayern vertrieben war und der in Frankfurt residierte, habe Johann Caspar gehofft, eine Stellung im Reichsregiment zu erhalten – da er dem Grafen Seckendorff persönlich bekannt war. 1742 erhielt er das Patent als kaiserlicher Rat. Die Absicht, in den Reichsdienst zu treten, sei mit dem Tod des Kaisers entfallen. Auf den Wittelsbacher Karl VII. folgten die Habsburger, die Gegenpartei der Wittelsbacher, und also sei auf eine Berücksichtigung nicht mehr zu hoffen gewesen. Für die städtischen Dienste war der Titel Kaiserlicher Rat zu hoch, ihn führten der Stadtschultheiß, die sieben ältesten Schöffen und der älteste Syndikus. Eine subalterne Stellung war, wie der Sohn anmerkt, ausgeschlossen. Die Aufnahme in den Rat aber war von vornherein unmöglich, da der Bruder Herman Jacob auf der Dritten Bank des Rates saß; die Ratszugehörigkeit von Brüdern war vom Gesetz ausgeschlossen.

Beutler argumentiert einleuchtend, daß Johann Caspar nach dem Tod des Wittelsbachers ohne weiteres sich hätte dem Haus Österreich zur Verfügung stellen können. Er bot jedoch seine Dienste auch keinem anderen deutschen Fürsten an, wie später sein Schwiegersohn Schlosser und andere das taten. Beutler sieht den Grund dafür in der kritischen Haltung Johann Caspars gegenüber dem Fürstendienst. Wie dem auch sei, nach Abwägung aller Argumente kommt Beutler zu der begründeten Annahme: »Die Vorstellung, Johann Caspar Goethe sei durch die politische Entwicklung um seinen eigentlichen Lebensinhalt, eine diplomatische Laufbahn gekommen, ist irrig. Wer ehrgeizig ist, setzt sich nicht mit 35 Jahren zur Ruhe. Wer ehrgeizig ist, der handelt. Johann Caspar handelte nicht. Er hatte die Verbindung mit Seckendorff benutzt, um sich innerhalb der Stadt Frankfurt eine Position zu schaffen. Der Titel [Kaiserlicher Rat, U. P.] machte ihn gesellschaftlich unabhängig. Er sollte ihm ein Air geben, aber beileibe nicht irgendwelche Verpflichtungen und Dienste auferlegen. Johann Caspar wurde Particulier.«[64]

Johann Caspars Energie und schöpferische Arbeitskraft waren eigenartig gehemmt. »Er stimmte seine Laute länger als er darauf spielte«, »er hatte alles nur durch unendliche Anhaltsamkeit erworben ...« So der Sohn über den Vater.[65]

Johann Caspar war aber nicht nur im Beruf desinteressiert, auch seine sozialen Beziehungen zeigen ihn als einen sich zunehmend abschließenden, unflexiblen Mann, mit dem kaum jemand gern umging. Es ist aufschlußreich, wenn Susanna von Klettenberg an Lavater schreibt[66]:

> »Deine Zeillen an G[oethe] Gabe ihm ins geheim zu leßen – seinen Vater verdrießt es wann du nicht an ihn (den Alten) schreibst und dich Förmlich ob nur mit 3 wort bedanckst – versäume es nicht – der Jüngling bekomt sonst Verdrus.«

Es mag sein, daß er mehr Briefe geschrieben hat, als von ihm überliefert sind, aber in diesem Fall ist es kennzeichnend, daß seine Schreiben niemand aufgehoben hat. 10 Briefe Johann Caspars stehen gegen die 600 Druckseiten der Schreiben der Catharina Elisabeth Goethe. Und diese 10 Briefe zeigen einen korrekten, unlebendigen Stil, der so wirkt, als seien die Schreiben aus dem Vorlagebuch für richtige Briefe entnommen. Sein Aufstieg zum Kaiserlichen Rat sowie die Eheschließung verraten sozialen Spürsinn (der schon für seinen Vater kennzeichnend war); aber mit dieser Eheschließung scheinen sein sozialer Ehrgeiz, sein Lerneifer, seine Offenheit erloschen. Er versucht nicht, das Vermögen zu vergrößern (im Gegenteil). Er baut das Haus um, das ist seine Tat. Wie? Im überholten Stil, als Traumhaus *seines* Vaters? Wohl kaum bewußt – auf ihn bezog er sich merkwürdig abgrenzend: Ohne Amt, ohne eingesessene Familienzugehörigkeit, war Johann Caspar ein Außenseiter. Er war von den Spielfeldern der männlichen Selbstbestätigung in Beruf und Politik ausgegrenzt. Genauer: Er hatte sich selbst ausgeschlossen.

Sollen wir annehmen, er habe nicht gewagt, weiter aufzusteigen? Die Ernennung habe ihm nichts anderes bedeutet als eine Abgrenzung »nach unten«? Tatsache ist, daß wir bei Johann Caspar eine erhöhte soziale Empfindlichkeit vorfinden, die so ausgeprägt war, daß er sich nicht einmal dem Zufall der »Kugelung« stellen mochte, obgleich

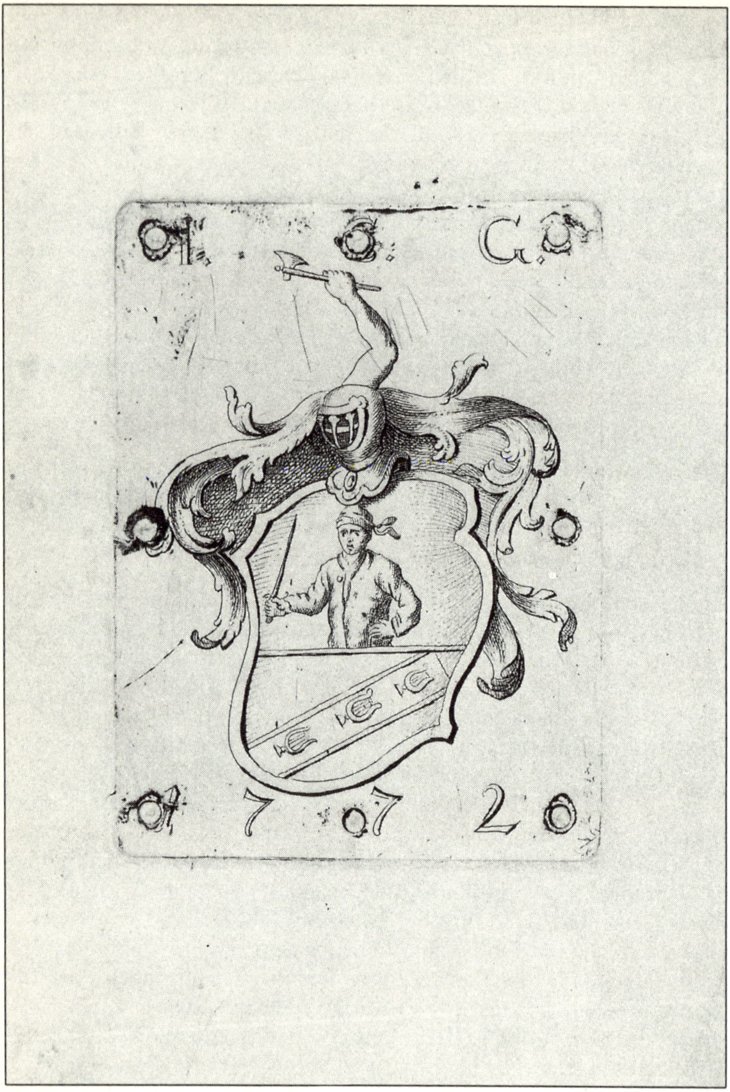

Wappen – Johann Caspar Goethe. 1772.
Radierung spiegelverkehrt

diese bindende Vorschrift für ein bedeutendes städtisches Amt war.[67] Er mochte sich nicht mit anderen auf eine Stufe stellen. Dazu paßt, daß er seine Herkunft ablehnte. In *Dichtung und Wahrheit* erfahren wir, daß der Vater dem studierenden Sohn das Übernachten in Gasthöfen streng untersagt hatte. Die Abgrenzung von der Herkunft, von der Lebensgemeinschaft, zu der er doch bis zum 14. Lebensjahr gehörte, hat zwanghafte Züge. Der Sohn über den Vater:

> »Ob er gleich selten in Bildern sprach, und dieselben nur wenn er sehr heiter war zu Hülfe rief, so pflegte er doch manchmal zu wiederholen: in dem Tore eines Gasthofs glaube er immer ein großes Spinnengewebe ausgespannt zu sehen, so künstlich, daß die Insekten zwar einwärts, aber selbst die privilegierten Wespen nicht ungerupft herausfliegen könnten [...] er pries die Hospitalität alter Zeiten.«[68]

Die Soziologie spricht vom sozialen Trauma, von Anomie, wenn ein Mensch aus seinen gewohnten sozialen Zusammenhängen heraustritt. Es fehlt ihm die Selbstverständlichkeit des Zusammenspiels, die Kenntnis der fast unmerklichen Regeln des Verhaltens. Er versteht die anderen nicht, benimmt sich falsch, kennt die Geschichten nicht, die den Eingesessenen selbstverständlich sind. Es wird eine starke Anpassungsleistung verlangt. Auch der soziale Aufstieg ist eine Bedrohung der Identität. Es kann in solchen Fällen einerseits einen Zuwachs des Narzißmus geben, der angesichts der Begeisterung über sich selbst die Maßstäbe verschiebt, wie bei Johann Caspars Vater, von dem wir schon hörten, daß er »im Alter vor Hochmut verrückt« geworden sei. Es gibt andererseits den Zug des Neureichen, des Aufsteigers, der nie die Preise der Kulturgüter vergißt und bei dem immer ein »als ob« zurückbleibt, ein verdrängtes Staunen darüber, zu den Mächtigen zu gehören statt zu den Verachteten. Panische Abgrenzung »nach unten« ist das Symptom solcher Verdrängung: vergessen, wo man herkommt und nie wieder hin will. Johann Caspar ritualisierte sein Verhalten, um seine Würde zu steigern, die er nie aus dem Auge verlor; er spielte sich die Rolle des Gelehrten vor.

Als Privatier und Hausvater hielt er sich eher im vertrauten Rahmen – mit dem Wein im Keller, der eine Kapitalanlage darstellte, führte er auf seine Weise die Tradition seines Vaters weiter. Auch mit seinen Grundstücks- und Hausgeschäften bewegte er sich im Kleinbürgertum.

Wie Johann Caspar in den bürgerlichen Frankfurter Kreisen angesehen war, ist schwer zu sagen. Was spielte sich in den sozialen Zirkeln ab, die er besuchte? Was er zu Hause tat, ist in *Dichtung und Wahr-*

heit beschrieben und verweist auf einen eigenbrötlerisch depressiven Charakter. Immer aufs neue mußten die Aufzeichnungen seiner italienischen Reise gelesen und die Blätter mit den Städten und Landschaften betrachtet werden. Die Idee, Raupen zu züchten, läßt an einen etwas verrückten, bastelnden Außenseiter denken. Der Versuch, Kunst als Kapitalanlage zu sammeln, diese Idee war nichts besonderes, wohl aber die behaglich formulierte Vorstellung, daß moderne Maler schließlich auch altern und dann im Preis steigen[69]; es kommt darin Unbeholfenheit zum Ausdruck, auch Unverständigkeit, auch Abwehr, sich wirklich auf die höheren Ränge einzulassen: »Johann Caspar, der Vater des Dichters, bekanntlich ein Mann ohne Amt. Unter seiner Verwaltung verminderte sich das Vermögen auf etwa 70000 Gulden. 14000 Gulden kostete der Hausumbau, 7000 Gulden die Erziehung des Sohnes; keine Ausgabe für ihn war dem liebenden Vater zu teuer. Wir wissen, daß Johann Wolfgang als Student einen Monatswechsel bezog, von dem man berechnet hat, daß er in heutigem Gelde über 900 Mark [im Jahr 1936, U.P.] betragen würde; jedenfalls hat der Vater die Hälfte seines Einkommens jährlich dem Sohne auf die Universität geschickt.«[70]
Die Lebenstätigkeit Johann Caspar Goethes kreist seit seiner Heirat – dem Abschluß seiner Karriere – um zwei Pole: die Bekämpfung der inneren Leere und Langeweile durch mehr oder weniger eigenwillige, manchmal nutzlose Liebhabereien, zu denen auch der »furor paedagogicus« zählte, mit dem er seine Familie traktierte; er suchte Beschäftigung und vertrödelte seine Zeit. Offensichtlich verlagerte er seinen Ehrgeiz auf seinen Sohn, der für ihn zu realisieren hatte, was er selbst nicht gewagt hatte – die wirkliche Integration in die gebildeten Schichten. Den Sohn stattete er, der sparsame Hausvater, mit einem wahrhaft »feudalen« Wechsel für sein Studium aus. Johann Wolfgang, der Sohn, war nun *sein* Verwirklicher, wie er es für *seinen* Vater gewesen war.
Die Einsamkeit Johann Caspar Goethes läßt sich als Element seiner Persönlichkeitsstruktur verstehen; sie war aber auch die Folge der Entfremdung eines Aufsteigers von seinem traditionell handwerklichen Lebenszusammenhang. Schon in Goethes Darstellung des Vaters wird dies angedeutet. In dem autobiographisch bestimmten 11. Kapitel von *Wilhelm Meisters Lehrjahre* konfrontiert der Dichter die beiden Lebenswelten eines nach oben orientierten (des alten Meister) und eines in den handwerklich ständischen Lebensformen verharrenden Mannes (des Freundes Werner). Meister verliert sich an die Symbole des erfolgreichen Lebens, aber er versteht nicht zu leben. Die Dinge, die er besitzt, vermag er nicht zu brauchen.[71]

»Nichts wünschte aber der alte Meister so sehr, als seinem Sohne Eigenschaften zu geben, die ihm selbst fehlten, und seinen Kindern Güter zu hinterlassen, auf deren Besitz er den größten Werth legte. Zwar empfand er eine besondere Neigung zum Prächtigen, zu dem, was in die Augen fällt, das aber auch zugleich einen innern Werth und eine Dauer haben sollte. In seinem Hause mußte alles solid und massiv sein, der Vorrath reichlich, das Silbergeschirr schwer, das Tafelservice kostbar; dagegen waren die Gäste selten, denn eine jede Mahlzeit ward ein Fest, das sowohl wegen der Kosten als wegen der Unbequemlichkeit nicht oft wiederholt werden konnte. Sein Haushalt ging einen gelassenen und einförmigen Schritt, und alles, was sich darin bewegte und erneuerte, war gerade das, was niemandem einigen Genuß gab.«[71]

Werner dagegen repräsentiert eine andere Moral und eine andere Kultur, einen Rhythmus zwischen Arbeit und Genuß, wie er das Ideal der Volkskultur bildete. Wer hat, der muß auch geben, damit Ausgleich geschaffen wird:

»Ein ganz entgegengesetztes Leben führte der alte Werner in einem dunkeln und finstern Hause. Hatte er seine Geschäfte in der engen Schreibstube am uralten Pulte vollendet, so wollte er gut essen und wo möglich noch besser trinken, auch konnte er das Gute nicht allein genießen: neben seiner Familie mußte er seine Freunde, alle Fremde, die nur mit seinem Hause in einiger Verbindung standen, immer bei Tische sehen; seine Stühle waren uralt, aber er lud täglich jemanden ein, darauf zu sitzen. Die guten Speisen zogen die Aufmerksamkeit der Gäste auf sich, und niemand bemerkte, daß sie in gemeinem Geschirr aufgetragen wurden. Sein Keller hielt nicht viel Wein, aber der ausgetrunkene ward gewöhnlich durch einen bessern ersetzt.«[72]

Ein charakteristisches Element im Bild vom »alten Meister« ist seine Untätigkeit – sein Vermögen übergab er Werner, damit dieser für ihn spekuliere.

Wir haben bisher die Einsamkeit Johann Caspars betrachtet, seinen Rückzug von aller öffentlichen Wirksamkeit, seine Versponnenheit in ein skurriles häusliches Treiben, in Liebhabereien, und haben dies mit seiner Situation zwischen zwei Kulturen und sozialen Klassen in Verbindung gebracht. Doch ist eines nicht zu übersehen: Diese Inaktivität, diese absonderliche Zurückgezogenheit entsprachen durchaus auch einem »Rollenangebot« jener Klasse, in die Johann Caspar aufgestiegen war. Johann Wolfgang Goethe beschreibt seinen Vater als Ein-

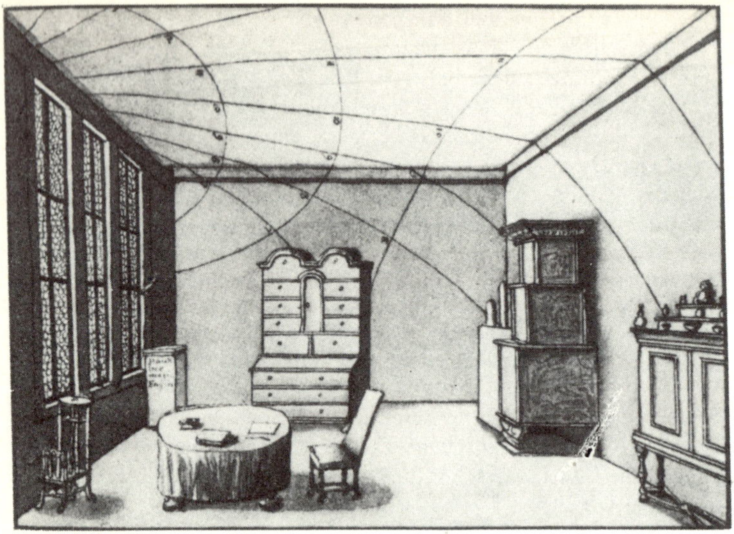

Physikalische Versuche in seinem Zimmer
Johann Friedrich von Uffenbach.

samen und zugleich als Charakter, der für eine ganze Gruppe des Frankfurter Bürgertums typisch ist:

> »Er gehörte nun unter die Zurückgezogenen, welche niemals unter sich eine Societät machen. Sie stehen so isoliert gegeneinander, wie gegen das Ganze, umso mehr, als sich in dieser Abgeschiedenheit das Eigentümliche der Charaktere immer schroffer ausbildet.«[73]

Es folgt dieser Darstellung eine Reihe bekannter Namen: von Uffenbach, von Heckel, von Loen, Doctor Orth, die Brüder von Ochsenstein. Sie haben manches gemeinsam. Sie sind wohlhabend, gebildet, es umgibt sie eine Atmosphäre der Isolation und der Vergeblichkeit. Manche waren kritische Autoren, wie von Loen oder von Moser.[74] Kaum anders war die Gruppe der gelehrten Sammler beschaffen, die Goethe in einer charakteristischen Begegnung zwischen den Herren von Reineck und von Malapart porträtiert hat:

> »Von Reineck, aus einem altadligen Hause, tüchtig, rechtschaffen, aber starrsinnig, ein hagrer, schwarzbrauner Mann, den ich niemals lächeln gesehen. Ihm begegnete das Unglück, daß seine einzige

Tochter durch einen Hausfreund entführt wurde. Er verfolgte seinen Schwiegersohn mit dem heftigsten Prozeß, und weil die Gerichte, in ihrer Förmlichkeit, seiner Rachsucht weder schnell noch stark genug willfahren wollten, überwarf er sich mit diesen, und es entstanden Händel aus Händeln, Prozesse aus Prozessen. Er zog sich ganz in sein Haus und einen daranstoßenden Garten zurück, lebte in einer weitläufigen, aber traurigen Unterstube, in die seit vielen Jahren kein Pinsel eines Tünchers, vielleicht kaum der Kehrbesen einer Magd gekommen war. [...] Von gleichem, wenn nicht noch von höherem Alter als er war ein Herr von Malapart, ein reicher Mann, der ein sehr schönes Haus am Roßmarkt besaß und gute Einkünfte von Salinen zog. Auch er lebte sehr abgesondert; doch war er sommers viel in seinem Garten vor dem Bockenheimer Tore, wo er einen sehr schönen Nelkenflor wartete und pflegte.
Von Reineck war auch ein Nelkenfreund; die Zeit des Flors war da, und es geschahen einige Anregungen, ob man sich nicht wechselseitig besuchen wollte. Wir leiteten die Sache ein und trieben es so lange, bis endlich von Reineck sich entschloß, mit uns einen Sonntagnachmittag hinauszufahren. Die Begrüßung der beiden alten Herren war sehr lakonisch, ja bloß pantomimisch, und man ging mit wahrhaft diplomatischem Schritt an den langen Nelkengerüsten hin und her. Der Flor war wirklich außerordentlich schön, und die besondern Formen und Farben der verschiedenen Blumen, die Vorzüge der einen vor der andern und ihre Seltenheit machten denn doch zuletzt eine Art von Gespräch aus, welches ganz freundlich zu werden schien; worüber wir andern uns um so mehr freuten, als wir in einer benachbarten Laube den kostbarsten alten Rheinwein in geschliffenen Flaschen, schönes Obst und andre gute Dinge aufgetischt sahen. Leider aber sollten wir sie nicht genießen. Denn unglücklicherweise sah von Reineck eine sehr schöne Nelke vor sich, die aber den Kopf etwas niedersenkte; er griff daher sehr zierlich mit dem Zeige- und Mittelfinger vom Stengel herauf gegen den Kelch und hob die Blume von hinten in die Höhe, so daß er sie wohl betrachten konnte. Aber auch diese zarte Berührung verdroß den Besitzer: von Malapart erinnerte, zwar höflich, aber doch steif genug und eher etwas selbstgefällig an das oculis, non manibus. Von Reineck hatte die Blume schon losgelassen, fing aber auf jenes Wort gleich Feuer und sagte mit seiner gewöhnlichen Trockenheit und Ernst: es sei einem Kenner und Liebhaber wohl gemäß, eine Blume auf die Weise zu berühren und zu betrachten; worauf er denn jenen Gest wiederholte und sie noch einmal zwischen die Finger nahm. Die beiderseitigen Hausfreunde – denn auch von

Das Goethische Haus am Hirschgraben

Das Haus nach dem Umbau. 1755

Malapart hatte einen bei sich – waren nun in der größten Verlegenheit. Sie ließen einen Hasen nach dem andern laufen (dies war unsre sprichwörtliche Redensart, wenn ein Gespräch sollte unterbrochen und auf einen andern Gegenstand gelenkt werden); allein es wollte nichts verfangen: die alten Herren waren ganz stumm geworden, und wir fürchteten jeden Augenblick, von Reineck möchte jenen Akt wiederholen; da wäre es denn um uns alle geschehn gewesen. Die beiden Hausfreunde hielten ihre Herren auseinander, indem sie selbige bald da, bald dort beschäftigten, und das klügste war, daß wir endlich aufzubrechen Anstalt machten; und so mußten wir leider den reizenden Kredenztisch ungenossen mit dem Rücken ansehen.«[75]

Goethe führt die politische Ohnmacht an, um die Abkehr, Isolation und mancherlei Skurrilität der Sonderlinge der älteren Generation zu erklären:

»[...] in einer Stadt wie Frankfurt, wo drei Religionen die Einwohner in drei ungleiche Massen teilen, wo nur wenige Männer, selbst von den Herrschenden, zum Regiment gelangen können, muß es gar manchen Wohlhabenden und Unterrichteten geben, der sich auf sich zurückzieht und durch Studien und Liebhabereien sich eine eigene und abgeschlossene Existenz bildet. Von solchen wird gegenwärtig und auch künftig die Rede sein, wenn man sich die Eigenheiten eines Frankfurter Bürgers aus jener Zeit vergegenwärtigen soll.«[76]

Sie waren unfähig, »unter sich eine Sozietät zu machen«, wie es an anderer Stelle heißt. Die Grenze nach unten vermochten sie nicht in Frage zu stellen. Sofern sie wohltätig waren, waren sie es auf ihre eigene Art, so wie der Baron von Heckel.
Die bekanntesten Frankfurter gelehrten Sammler waren die Brüder von Uffenbach, die für Johann Caspar Goethe ein bewundertes Vorbild waren. Diese von der Aufklärung berührten, wohlhabenden Männer sammelten Handschriften und Bücher und legten Bibliographien an. Charakteristisch ist der esoterische Charakter ihres Wissens, der Rückzug aus der Gesellschaft und die Tatsache, daß ihre Arbeit nie fertig wird. Johann Friedrich von Uffenbach zum Beispiel war

»auf die Bereicherung seiner Bücherei bedacht, er scheute keine Kosten noch Mühen und es gebührt ihm das Verdienst, manche wertvollen Schriften vor dem Untergang gerettet zu haben. Viele Klöster, einst die Pflanzstätten des Wissens und der Künste, verschleuderten im Anfang des 18. Jahrhunderts ihre wertvollsten Be-

stände und verkauften sie als Makulatur auf dem Frankfurter Markt. Von Buchbindern, Goldschlägern, Siebmachern und Stickerinnen wurden mit Vorliebe solche alten Pergamente erworben, um sie, in Stücke zerschnitten, zur Herstellung von Buchrücken, Sieben oder zum Spitzenklöppeln zu verwenden. Auch Bäcker benutzten solche Pergamente zum Feueranmachen, und Uffenbach gelang es einmal, einem Bäcker einen Codex der Aeneide des Virgil aus dem 14. Jahrhundert, abzuhandeln. Auch aus dem zum Verbrennen bestimmten literarischen Nachlasse von Hiob Ludolf rettete er mehrere wichtige Dokumente. Zur Erweiterung seiner Schätze bediente er sich eines »honestum commercium«, eines ehrlichen Bücherwechsels, wie er es nannte. Er kaufte seltene Bücher, die er bereits besaß, um sie gegen solche anderer Gelehrter auszutauschen. Er ließ von seinen Handschriften Abschriften anfertigen und tauschte sie gegen solche sowie gegen Briefe anderer Männer ein. Er beschäftigte auf seine Kosten eine Anzahl wißbegieriger Jünglinge mit Abschriften seiner Urkunden, erklärte ihnen die Abkürzung der Wörter und unterrichtete sie in der Urkundenlehre, Schrift- und Siegelkunde. [...] Beide Brüder von Uffenbach hatten gleiches Interesse für naturwissenschaftliche Sammlungen, die namentlich in den Seestädten Liebhaber fanden, für Sammlungen von Konchylien, Mineralien, Schmetterlingen, Insekten, Pflanzen, Herbarien, ausgestopften Vögeln, anatomischen Präparaten. In den Münzstätten unterrichteten sich beide über das Schmelzen der Metalle; sie besuchten Tapetenwirker und beobachteten, auf welche Art die mit Gemälden gestickten und mit Gold und Silber durchwirkten Tapeten hergestellt würden. Sie fuhren in Bergwerke und Steinbrüche und gaben eine anschauliche technische Beschreibung der Manufakturen und Fabriken, die sie besichtigt hatten. Aber auch die Kirchen und sonstige architektonisch sehenswerte Gebäude besichtigten die Brüder, beschrieben die Denkmäler und zeichneten Inschriften auf. Selbst den Vergnügungsstätten blieben sie nicht fern, sie besuchten die Theater und Karnevalsbelustigungen und nahmen in England an Pferderennen, Hahnen- und Boxerkämpfen teil, selbst einer Hinrichtung verschmähten sie nicht beizuwohnen.«[78]

Zwar rettete Johann Friedrich von Uffenbach einige Manuskripte vor der Kulturbarbarei, aber auch seine Bibliothek wurde zerstreut und verschleudert. Das ist kennzeichnend für diese Sammler. Es entstehen große Bibliotheken, Gemäldesammlungen, Mineralien- und Pflanzensammlungen; doch fast nie halten sie länger als eine Generation. Mit Mühe zusammengebracht, werden sie entweder noch vom Besitzer selbst, manchmal unter ökonomischem Druck, oft aber mutwillig, auseinandergerissen oder die nächste Generation zerstört sie (exemplarisch tut das im Hause Goethe Catharina Elisabeth[79]). Die Vergeblichkeit dieses Sammelns ist nicht nur darin begründet, daß die Zeiten unsicher oder die Sammler nicht in der Lage waren, etwas auf Dauer zu stellen, sondern darin, daß diese Männer die Objekte des Sammelns erotisierten und sie niemandem gönnten. Die Szene der aufgeklärten bürgerlichen Leser, der reichen Sammler war eine Männer-Szene. Frauen traten hier allenfalls als Haushälterinnen auf (oft sind die Männer unverheiratet; oft sind es Witwer, die sich nicht neu verheiraten). Frauen werden in diesem Bereich niemals als gleiche anerkannt. Und die Sammelobjekte wurden als Liebesobjekt eifersüchtig gehütet und bewacht. Zum Beispiel:

»Zacharias Konrad [von Uffenbach, U. P.] hatte auf seinen Reisen die Klugheit, sich bei seinen Besuchen stets nach der Neigung der

gelehrten Leute und Sammler zu richten und hierauf den Inhalt der Gespräche zu lenken, dadurch erwarb er sich das Zutrauen der Gelehrten, sie wurden aufgeschlossener und gesprächiger. Nur einmal wich Uffenbach von diesem Grundsatz ab und gerade bei dem Besuche, den er mit seinem Bruder gemeinsam dem berühmten Leibnitz in Hannover abstattete. »Wir ließen es«, so erzählt er, »billig unser erstes sein, bei dem weltberühmten und Grundgelehrten Herrn Geheimden Rat von Leibnitz uns zu melden, der uns auch sogleich erlaubte, zu ihm zu kommen. Ob er wohl über sechzig Jahre alt ist und mit seinen Pelzstrümpfen und Nachtrock mit Pelz gefüttert, wie auch mit seinen großen Socken von grauem Filze (der Besuch fand im Januar 1709 statt) und einer sonderbaren langen Perrücke ein wunderliches Aussehen hat, so ist er dannoch ein sehr leutseliger Mann: wie er uns denn mit der größten Höflichkeit empfinge, und von allerhand politischen und andern gelehrten Dingen uns unterhielte. Ich suchte mit Fleiß, dergleichen Diskurse abzubrechen und ihn zu bitten, uns sowohl seine eigne, als die churfürstliche Bibliothek zu zeigen, wonach ich die größte Begierde hatte. Allein, es geschah, wie uns war vorhergesagt worden, daß er beides bei jedermann abzulehnen gewohnt seie.«

Uffenbach nannte Leibnitz einen »Euclionen«, einen Mann, der auf lichten, sonnigen Höhen wandle, aber seine Güter nur für sich zusammenscharre und niemandem zu nützen suche.
Auch bei späterer Begegnung war Leibnitz nicht zu bewegen, worüber die Brüder Uffenbach sehr verstimmt waren. Noch bei einem späteren Besuche Hannovers im Jahre 1728 klingt dieser Verdruß bei Johann Friedr. v. Uffenbach in einer Schilderung des Nachlasses von Leibnitz nach.
Es können nicht alle die Gelehrten und Sammler genannt werden, welche die Brüder aufsuchten, ihre Zahl ist weit über hundert. Zacharias Konrad zeigte sich bei den literarischen Gesprächen als ein scharfer Kritiker. Mit kurzen und zutreffenden Worten kennzeichnet er die Eigenart jedes Gelehrten; scharf unterscheidet er zwischen wertvollen Stücken einer Sammlung oder gefälschten und unsicheren. Er geht auf den Inhalt der besichtigten Bücher ein, prüft die Ächtheit der Manuskripte und macht auf etwaige Fehler aufmerksam. Seine bibliothekarischen Kenntnisse sind oft bedeutender als die der Bibliothekare, auf sie ist er überhaupt nicht immer gut zu sprechen, vielen wirft er geringes Entgegenkommen und mangelnde Kenntnisse vor.«[80]

Im Jahre 1725 regte Johann Friedrich von Uffenbach die erste Frankfurter gelehrte Gesellschaft an. Die Mitglieder wollten ihr Wissen teilen, erstickten aber bald im Ritual. Mit den folgenden Worten wurde das Unternehmen begründet:

»wir fanden aber, daß unsere Bemühung so der Vergessenheit unfehlbar zu Teil würde, dannenhero die Mitglieder es für ratsam hielten, sich durch gewisse Gesetze genauer miteinander zu verbinden«.

Heinrich Voelcker kommentiert das Vorhaben so: »Man beschloß regelmäßig Freitag nachmittags von 4 Uhr ab, im Sommer von 5 Uhr ab bis 8 Uhr in bestimmter Reihenfolge in den Wohnungen der Mitglieder zusammen zu kommen. Der Hausherr sollte dann jedesmal einen Vortrag halten, auch für Feder, Tinte und Papier sorgen. Die gesellschaftlichen Formen der Zeit spiegeln sich in den Satzungen wieder. Zwar sollten alle unnötigen Komplimente vermieden werden, nur beim Gesundheitstrinken sollte von dem, der dem Hausherrn der nächste zur linken Hand sitze, angefangen und der Reihe nach gefolgt werden, wie auch beim Ein- und Ausgehen der der Türe zunächst Stehende den Anfang machen und die übrigen der Reihe nach folgen sollten. Für Fernbleiben, Zuspätkommen, oder Verstöße gegen obige

Reihenfolge waren Geldbußen festgesetzt, deren Betrag zur Belohnung von Künstlern und Handwerkern verwendet werden sollte, die ihre Werke der Gesellschaft vorzeigten. Auch wurde beschlossen, die Vorträge und die daran geknüpfte Unterhaltung in einer wöchentlichen Sammlung der in nützlichen Nebenstunden angefüllten Untersuchungen der Natur und Kunst, welche zu einer vernünftigen Gemütsergötzung diejenige Gesellschaft veranlasset hat, deren Denkspruch ist: ›quo simplicius eo perfectius‹, niederzuschreiben.«[81]
Diese gelehrte Frankfurter Gesellschaft ging 1739 am Mangel an Mitgliedern ein.[82] Über solche Gelehrsamkeit und die geschichtlichen Hintergründe schreibt Engelsing in seiner Studie *Der Bürger als Leser*: »In der Geschichte gibt es Wiederholungen, wenn auch öfter in Verzerrungen und Verkleinerungen. So wie das Massensterben im 14. Jahrhundert Lähmung und Stillstand zur Folge hatte, so im 17. Jahrhundert der Dreißigjährige Krieg, dessen Folge das Erlahmen der politischen, ideologischen und geistigen Lebendigkeit war.«[83] Die Masse der Bürger suchte Ruhe, das Bildungsniveau sank, die humanistischen Schulen und Bibliotheken verfielen. Je mehr die bürgerlichen Hausbüchereien und das Bildungsinteresse schrumpfte, »desto mehr wurde die Beschäftigung mit der überkommenen Bildung, ihre bibliothekarische Pflege und Aufbereitung zur Sache von einzelnen, die in einem Elfenbeinturm der Gelehrsamkeit lebten. Eine Gelehrtenschicht entstand, die den Wiederhall, der ihr mangels eines engeren Zusammenhangs mit sozial und politisch wegweisenden Gruppen und Persönlichkeiten versperrt blieb, auch zu suchen aufhörte und sich andere Ziele setzte. Das Ideal des zurückgezogenen Forschers und Sammlers wurde maßgebend.«[83a]
Die Erklärung für die Verbreitung des Typus der »Sonderlinge« in den frühen und mittleren Jahrzehnten des 18. Jahrhunderts ähnelt unverkennbar den Gründen, die für die »Melancholie« der Bürger jener Zeit geltend gemacht werden.[84] Lepenies spricht von einem unmittelbaren Zusammenhang zwischen politischer Machtlosigkeit und ökonomischem Wohlstand; er vermutet hier die Ursache einer Handlungshemmung des Bürgertums: »Der Bürger im Deutschland des 18. Jahrhunderts, der die Macht noch nicht besessen hat, sie aber – nicht zuletzt dank wachsender ökonomischer Bedeutung – erstrebt, verfällt in eine Melancholie, die sich von der Welt abwendet, weil diese dem Adel ›gehört‹. Refugien der bürgerlichen Melancholie sind außerhalb der Gesellschaft zu finden. Die Wertschätzung der Einsamkeit ist die Voraussetzung für die Flucht aus der Gesellschaft. ›Der Einzelne verdankt [...] der Gesellschaft indirekt sein ganzes Sein. Eben deshalb aber reicht auch seine Feindseligkeit gegen sie über die

Christian Stöcklin und J. D. Bager. J. S. Hüsgen besucht die Familie Gogel in ihrer Gemäldesammlung 1776

nur ethische Feindseligkeit weit hinaus. Wiewohl er ihr so viel verdankt, vielleicht aber auch gerade deswegen, wird er ihr von einer bestimmten Höhe der Individualisierung und der Reflektivität ab gram‹.
Diese Stufe der Reflektivität war für das Bürgertum in jenem Moment gegeben, da es die Macht wünschte, ohne sie bereits erlangen zu können.«[85]
Wolfram Mauser hält dieser Einschätzung freilich die Frage entgegen: Ist es wahrscheinlich, »daß der Bürger des 18. Jahrhunderts, der geschäftlich Erfolg hat und kulturell aufsteigt, politische Macht in einer Weise zu erzwingen sucht, die immer dann psychisch auf ihn zurückschlägt, wenn sie ihm verweigert wird? Ist der Machtanspruch des Bürgertums so selbstverständlich, daß man diese Annahme unüberprüft voraussetzen kann? Und was heißt: ›Erzwingen von politischer Macht‹, wenn deren Nichtgewährung so heftig empfunden wird, daß

man – gegen alle ökonomische Vernunft – auf den Gebieten Literatur, Kultur, Bildung und Wissenschaft Erfolg sucht und zugleich schwermütig daran leidet? Trat nicht in der europäischen Tradition Melancholie dort besonders eindrucksvoll auf, wo Bürger selbst bzw. im Einvernehmen mit dem Adel regierten (England, Florenz, Holland, Nürnberg)?«[86]

»Für die Entstehung der Melancholie ist nicht in erster Linie die objektive Tatsache der Benachteiligung oder Unterdrückung entscheidend, sondern vielmehr die Empfindung des einzelnen, als Individuum und Persönlichkeit in nicht oder nur schwer aufhebbarer Weise betroffen und reduziert zu sein. Diese Erfahrung ist zunächst weitgehend unabhängig davon, ob die absolutistische Machtausübung totalitärer, verständnisloser und verletzender geworden ist als sie früher war (was in Wirklichkeit nicht der Fall ist) und ob die Bürger im Rahmen ihrer beruflichen Tätigkeit wohlhabender geworden sind (die es wurden, waren nicht eigentlich die Träger der Aufklärung), sie ergibt sich vielmehr aus den veränderten Ich-Erwartungen des einzelnen den im wesentlichen unverändert gebliebenen Zwängen und Machtstrukturen gegenüber.«[87]

Das Ende der mittelalterlich-ständischen Welt mit ihren Gruppenzusammenhängen und Regeln ist für diese Bürger auch das Ende alter Solidar-Zusammenhänge. Anders als die Frauen organisieren Männer zwar soziale Verfügungsmacht (ökonomisch-politisch wie geistig) in Männerbünden; sie haben auch ein inneres Bild von sich und ihrer Macht – sei es religiös, sei es im Stil der Aufklärung als Naturrecht – jedoch erfahren sie ihre Gestaltungsmacht nur partiell als *eigene*, beglückende Kraft.

Selbst politisch aktive Figuren wie Textor, werden nicht ohne Grund in der Einsamkeit des Gartens, im Rückzug von anderen erlebt. In seinen Tagebüchern beschäftigte sich Textor fast ausschließlich mit komplizierten und absonderlichen Pfropfversuchen (Pfirsichauge auf Weinrebe). Sogar in der Familie wird er mit »frommer Scheu« betrachtet, was nichts anderes heißt, als mit einer gewissen Fremdheit. Während Textor vor der Kampfzone der Arbeit in die heile Welt als pflegender und züchtender Gärtner flüchtet, jedoch nur partiell, denn er bleibt Teil des Machtkollektivs, ist sein Schwiegersohn Johann Caspar Goethe – ohne Praxiszusammenhang und Gestaltungsmacht – tendenziell zur Melancholie verurteilt. Diese Zeitkrankheit ist ein Symptom gesellschaftlicher Ungleichgewichte. Sie ist, wenn wir die Gruppe der bürgerlichen Außenseiter betrachten, wie sie uns in Frankfurt begegnet, von der »süßen Melancholie« der nächsten Generation, von den Empfindsamen und von der leidenschaftlichen Qual des »Sturm und Drang« deutlich unterschieden. Bei den Älteren geht es um die Krankheit einsamer Rationalisten, nicht um die Krankheit von Empfindsamen. Empfindsamkeit und »Sturm und Drang« sind die Erfahrung der Kinder, der nächsten Generation, und es sind andere Leiden. Die »gelehrten Sammler« indes hatten alles aufgewandt, um der Gefühle Herr zu werden. Starrer Rationalismus (sei es als lutherische Orthodoxie, sei es als mechanischer Materialismus), die Abgrenzung von den anderen, der Rückzug, der Ekel vor den Lächerlichkeiten der Gesellschaft sind die Merkmale dieser Melancholiker. Im Unterschied zur nächsten Generation ist hier das religiöse Moralsystem noch verbindlich.

Betrachten wir die Identität dieser Sonderlinge, so fällt die Diskrepanz zwischen hoher Moralität, Leistungsbewußtsein, Betonung der Autonomie einerseits und Zügen des blind Autoritären andererseits auf. Verschiedene Elemente wirken hier zusammen: die harte Erziehung, die diese Generation erhalten hat, eine Erziehung, die ohne Einfühlung das Kind den Regeln unterwarf – sei es im Elternhaus, sei es in den Schulen –, eine Pädagogik, die ihnen Selbstzucht, Leistung und Erfolg als Werte vermittelte und dafür als Preis den Aufstieg und das Bewußtsein, zur Elite zu zählen, anbot. Der soziale Schrecken, die Furcht vor der Deklassierung, der Armut wurden ergänzt durch den moralischen Schrecken – die Verachtung der Verlierer, die Ausgrenzung derer, die »nicht dazugehörten«, Ängste, die in der männlichen Sozialisation durch Identifikation mit dem Aggressor gelöst wurden – Einsamkeit der Tugend, des tugendhaften Ich.

Ich bin auf den Typus der »Sonderlinge« eingegangen, weil es verhängnisvoll wäre, wollte man den Charakter Johann Caspar Goethes allein aus dem soziologischen Muster eines seiner Herkunft entfremdeten »Aufsteigers« verstehen. Man muß sehen, daß sich in seiner Biographie mehrere Facetten bündelten. Das bestimmte die Situation des Hauses am Großen Hirschgraben als Brennpunkt sozialer und kultureller Konflikte.

Bildung als Bemächtigung

Die Erziehung einer Leserin: Johann Caspar Goethe erzieht seine Tochter Cornelia

Cornelia Goethe erhielt jene Bildung, die der Mutter vorenthalten worden war. Von Kind an wurde sie unter der Aufsicht des Vaters in Erziehungsinstituten, durch Hauslehrer, meist gemeinsam mit dem Bruder unterrichtet. (Sie war wenig mehr als ein Jahr jünger als Johann Wolfgang; am 4. Dezember 1750 wurde sie geboren.) Allerdings nahm für sie diese Bildung eine ganz andere Bedeutung an als für den Bruder und Gefährten der ersten Jahre.

Betrachten wir Johann Caspars Erziehungsmaßnahmen in den Jahren 1753–1768, so wird deutlich, daß sie zur »frühen Phase« der Mädchenbildung gehören: Bis auf geringe Unterschiede forderte Johann Caspar von Tochter und Sohn das gleiche Maß an Leistung und Disziplin. Er vernachlässigte die sogenannte »Gefühlsbildung« – mit anderen Worten die Prämierung »weiblicher« Regression auf Pseudo-Naivität und Hilflosigkeit, wie sie Rousseau in so vielen Beispielen den Eltern vor Augen stellte und wie sie ab 1770 die Regel in der Mädchenerziehung wurde. Im Zentrum der Erziehung standen für beide Goethe-Kinder die Sprachen, die Geschichte, die Literatur. Es war kein Wunder, daß der Sohn keine Neigung zu juristischen Studien verspürte, sondern sich nach Göttingen wünschte:

> »Bei diesen Gesinnungen hatte ich immer Göttingen im Auge. Auf Männern wie Heyne, Michaelis und so manchem anderen ruhte mein ganzes Vertrauen; mein sehnlichster Wunsch war, zu ihren Füßen zu sitzen und auf ihre Lehren zu merken. Aber mein Vater blieb unbeweglich. Was auch einige Hausfreunde, die meiner Meinung waren, auf ihn zu wirken suchten, er bestand darauf, daß ich nach Leipzig gehen müsse. Nun hielt ich den Entschluß, daß ich, gegen seine Gesinnungen und Willen, eine eigene Studien- und Lebensweise ergreifen wollte, erst recht für Notwehr. Die Hartnäckigkeit meines Vaters, der, ohne es zu wissen, sich meinen Plänen entgegensetzte, bestärkte mich in meiner Impietät, daß ich mir gar kein Gewissen daraus machte, ihm stundenlang zuzuhören, wenn er mir den Kursus der Studien und des Lebens, wie ich ihn auf Akademien und in der Welt zu durchlaufen hätte, vorerzählte und wiederholte.«[1]

Das Ergebnis dieser Erziehung war, daß beide Kinder mit Leidenschaft der neuen bürgerlichen Literatur zugewandt waren und daß beide dem bürgerlichen Alltag feindlich gegenüber standen.

Ich möchte im folgenden Johann Caspars pädagogisches Konzept und dessen Wirkung auf das Bewußtsein und die Lebensentwürfe der Tochter Cornelia betrachten. Gewiß geht in die Erziehungsabsichten Johann Caspars der »Überschuß« aus seiner eigenen Lebensgeschichte ein – das Unbeschäftigtsein und das Selbstbewußtsein, wie auch die Verunsicherung eines Neulings in der Kultur der gehobenen Klassen. Jedoch war es nicht so, daß daraus einfach Skurrilität erwuchs. Vielmehr spiegelt sich in der Bildungssituation im Hause Goethe die soziologisch wahrnehmbare Veränderung der bürgerlichen Welt wie in einem Modell. Diese Familie war typisch für ihre Zeit.

Erinnern wir uns noch einmal an die gesicherten Elemente des Lebensentwurfs Johann Caspar Goethes: Wir haben auf seiner Seite ein auffallendes Sich-Zurücknehmen. Nach der Ehe gibt es keine Aktionen nach außen mehr. Man kann sagen, er hat alles erreicht; doch verweist die zunehmende Einsamkeit, die ihn umgibt darauf, daß er für sich selbst die Verwirklichung aufgegeben hat, daß er eine Selbst-Einschränkung akzeptiert. Dem entspricht, was die Gruppe der Gleichaltrigen, gleich Starken angeht, sein Rückzug in die Einsamkeit, die Melancholie, die Zugehörigkeit zu den Sonderlingen. Wie ein Symbol ist es, daß Johann Caspar als letzte Tat »für sich« sein Haus ausbaut. Er hat sich in dieses Haus, auf diese Familie zurückgezogen, so als könne man das Innere ausbauen, während das Draußen aufgegeben ist. Der Familie wendet sich Johann Caspar nun in einer speziellen Weise zu. Sie wird sein Feld der Aktivität und der Kommunikation. Und diese Kommunikation nimmt die Gestalt des Pädagogisierens an. Er verwandelt das Familienleben in eine permanente Bildungsveranstaltung.

> »Mein Vater war überhaupt lehrhafter Natur, und bei seiner Entfernung von Geschäften wollte er gern dasjenige was er wußte und vermochte auf Andere übertragen. So hatte er meine Mutter in den ersten Jahren ihrer Verheiratung zu fleißigem Schreiben angehalten, wie zum Klavierspielen und Singen; wobei sie sich genötigt sah, auch in der italienischen Sprache einige Kenntnis und notdürftige Fertigkeit zu erwerben.«[2]

Wie der Bruder lernte Cornelia vor allem Italienisch, Französisch, Englisch, ein wenig Latein, Geschichte, Religion und zusätzlich erhielt sie eine musikalische Ausbildung im Singen und Klavierspielen; der Vater selbst unterwies sie im Tanz. »Mein Vater lehrte die Schwester in dem selben Zimmer Italienisch, wo ich den Cellarius auswendig zu lernen hatte.«[3] Folgen wir der Darstellung in *Dichtung und Wahrheit*, so fällt die Starrheit bis zur Pedanterie auf, die das Wesen des Vaters charakterisierte.

»[...] Krankheiten und andere unangenehme Störungen wurden in ihren Folgen doppelt lästig: denn mein Vater, der sich einen gewissen Erziehungs- und Unterrichtskalender gemacht zu haben schien, wollte jedes Versäumnis unmittelbar wieder einbringen, und belegte die Genesenden mit doppelten Lektionen, welche zu leisten mir zwar nicht schwer, aber in so fern beschwerlich fiel, als es meine innere Entwicklung, die eine entschiedene Richtung genommen hatte, aufhielt und gewissermaßen zurückdrängte. Vor diesen didaktischen und pädagogischen Bedrängnissen flüchteten wir gewöhnlich zu den Großeltern.«[4]

Betrachten wir den Bildungsgang noch einmal genauer: da war zuerst der Besuch der Spiel- und Kleinkinderschule der Maria Magdalena Hoff. In diese Schule schickten die Eltern Johann Wolfgang und Cornelia vom 3. bis zum 5. Lebensjahr. Aus den Klageschriften – den beim Konsistorium (der Aufsichtsbehörde der protestantischen Gemeinde) erstatteten Anzeigen der »deutschen Schul- Sprach- und Rechenmeister« gegen die Reformierten sowie aus Verhören von sogenannten »Schulstörern« – erfahren wir, worin man bei Frau Hoff in den sogenannten Spiel- und Strickstunden unterrichtet wurde: »Die Kleinen wurden ohne Zwang und Anstrengung durch Erzählen biblischer Geschichten in die Religion eingeführt, man ließ sie auch Verse aus dem Gesangbuch, besonders aber aus den volkstümlichen Erbauungsbüchern des Frankfurter Pfarrers Johann Friedrich Starck durch Vorsprechen lernen und prägte ihnen auf gleiche Weise Bibelsprüche ein. Daneben wurde zu lesen, zu schreiben und zu zählen angefangen. Doch scheinen diese Unterweisungen nur einigen, und von diesen wieder zumeist den Knaben, erteilt worden zu sein, während die Mädchen stricken lernten.«[5]
Die Kinder, auch Johann Wolfgang und Cornelia, blieben in der Schule vom Morgen bis zum späten Nachmittag. Nur zum Mittagessen gingen sie nach Hause.
Es ist charakteristisch, daß Johann Caspar Goethe seine Kinder zu einer reformierten Lehrerin schickte, die im lutherischen Frankfurt einen schweren Stand hatte. Eine reformierte Lehrerin durfte den Kindern bloß die Anfangsgründe der Buchstabenkunde und des Rechnens beibringen. Da Frau Hoff dieses Gebot immer wieder durchbrach (und durchbrechen mußte, um ihre Schule über Wasser zu halten), wurde sie wiederholt von der geistlichen Schulaufsicht verwarnt, schikaniert und an den Rand des Ruins gebracht. Doch für Johann Caspar zählten die Leistung und der gute Ruf, nicht die Konfession.
Die Kinder wuchsen nicht in ständiger Nähe zu den Eltern auf. Von

Die Geschwister.
Mittelausschnitt aus dem Monatsbild
»Mai« von J. C. Seekatz

der Amme bis zu den weiblichen Mitgliedern des Haushalts verteilte sich die »Erziehung« auf zahlreiche Personen (die Hausmädchen, die Tante Melber, die Nachbarschaft, die französische Besatzung und natürlich die Großeltern, um nur die wichtigsten zu nennen). Sofern systematischer Unterricht erteilt wurde, war er, der Zeit entsprechend, streng und forderte ein hohes Maß an Disziplin. Auf Frau Hoff folgte für den Sohn die Elementarschule mit dem Schulmeister Schellhaffer. Die Kinder lernten hier schreiben, lesen und rechnen, »die ersten Grundlagen des lutherischen Katechismus, gereimte Gebete, Sprüche auf hohe Festtage, Lebensregeln und kleine Geschichten von edlen menschlichen Taten. Der Unterricht war von 7–10 Uhr vormittags und von 1–4 Uhr nachmittags. Es kamen 30–35 Kinder zusammen. Die dann in Gruppen und einzeln unterrichtet wurden. Die Menge des Unterrichts richtete sich nach dem eingezahlten Geld der Eltern. Zur Elementarschule gehörten die Prügel, selbstverständlich. Für Knaben der Stock, für Mädchen die Rute. Schellhorn hielt immer ein Lineal in der Hand mit dem er ›zuweilen strafende, zuweilen auch aufmunternde Klapse gab‹.«[6] Doch offenbar hielt sich das Prügeln in Grenzen, denn es sind gegen Schellhorn bei der Aufsichtsbehörde keine Klagen wegen grausamer Züchtigung bekannt geworden. Ein Jahr lang blieb Johann Wolfgang bei Schellhorn.
1756 wurde die noch nicht sechsjährige Cornelia in das Rolandsche Institut geschickt. Sie lernte dort Schreiben, Rechnen, Französisch und war vom April 1756 bis Ende Februar 1757 unter Rolands Aufsicht.
Von 1753 bis 1755 verkehrte im Hause Goethe ein Italiener namens Giovanazzi, der Johann Caspar bei der Übersetzung seiner »Italienischen Reise« ins Italienische behilflich war. Er unterrichtete 1760–1762 Johann Wolfgang und Cornelia im Italienischen; als der Sprachunterricht bei Giovanazzi aufhörte, war Wolfgang 13, Cornelia 12 Jahre alt. Zeichnen lernten die Kinder in der Rolandschen Schule, insbesondere bei dem »Kalligraphen und Privatinformator Johann Heinrich Thym – er war ein Meister der Schönschreibekunst, zugleich Schreib- und Rechenlehrer«.[7]
Der Kupferstecher Eben unterwies die Kinder in den architektonischen Stilarten[8], Übungen im Zeichnen von Grundrissen gehörten dazu (für den Knaben) und das »Zeichnen von Köpfen«. Frau Gachet, die schon die Mutter Catharina Elisabeth unterrichtet hatte, brachte Cornelia das Sticken mit Gold- und Silberfäden bei. Alle diese Lehrer waren ausgeprägte Charaktere, meist mit dem Elend kämpfend, immer in materieller Unsicherheit lebend. Das belegen die Untersuchungen zur Lebensgeschichte von Goethes Lehrern, die Elisabeth Ment-

zel vorgelegt hat. Schon früh genossen Johann Wolfgang und Cornelia das Privileg, Kinder einer bekannten und wohlhabenden Familie zu sein. Sie erlebten sich als vom Schicksal begünstigt und zu einer besonderen Zukunft ausersehen.[9] Witkowski schreibt in der Darstellung von Cornelias Lebensgeschichte: »Die neue Pädagogik zog auch die Künste stärker als zuvor in den Bereich der Erziehung. Von früher Jugend an unterrichtete der Vater selbst Wolfgang und Cornelia im Tanzen, indem er auf der flûte-douce dazu blies. Doch äußerte Cornelia später niemals irgend welche Neigung zu dieser Kunst [...] Den höchsten Wert legte der Vater für die Tochter auf die musikalische Ausbildung, und das Talent, das sie von dem väterlichen Großvater ererbt hatte, fand die sorgsamste Pflege. Vom Juli 1763 an unterrichtete sie der Kantor Bißmann, der am höchsten bezahlte unter allen Lehrern [...]. Gewiß hat die Aufsicht des Vaters und des Hausfreundes Pfeil bei den Übungen Cornelias Freude an der holden Kunst nicht gesteigert, aber trotzdem hat sie innige Liebe zu ihr gefaßt und im Gesang und Klavierspiel eine höhere Fertigkeit erlangt. Sie sang, indem sie sich selbst auf der Zither begleitete, mit Vorliebe Volkslieder und wußte ihre Zuhörer tief zu rühren.«[10] Witkowski kommentiert das so: »Überblickt man alle die Gegenstände, mit denen das heranwachsende Mädchen sich zu befassen hatte, so glaubt man es gern, daß die Stunden der Eingezogenheit und Mühe gegen die Augenblicke der Erholung und des Vergnügens sehr lang waren.«[11]

Johann Caspar Goethes Modell der Weiblichkeit

In *Dichtung und Wahrheit* wird wenig von den Hauslehrern gesprochen, viel dagegen von den Erziehungsabsichten und Bemühungen des Vaters. Stellen wir uns also vor, daß der Vater steten Anteil nahm, oft bei den Stunden anwesend war, zum Teil mit den Kindern gemeinsam lernte. Er war jedenfalls die Zentralfigur in diesem Bildungsprozeß. (Ab 1762 lernte Johann Caspar mit seinen Kindern gemeinsam Englisch bei dem Sprachmeister Schade. Später wurde der Unterricht für die Kinder in der Pfeilschen Pension fortgesetzt. Sie waren die ersten Englischschüler in Frankfurt.) Die Nähe zum Vater war sehr groß. Das gilt für die Tochter ebenso wie für den Sohn. Vor allem Cornelias musikalische Ausbildung wurde von Johann Caspar regelmäßig beobachtet.

Gewiß spielen in der Erziehung nicht nur die ausgesprochenen, sondern ebensosehr die verschwiegenen oder nicht bewußten Motive ihre

Rolle. Wir haben daher nach Johann Caspars Ideal der Weiblichkeit zu fragen – zumal er sich in die Ausbildung seiner Tochter zu einer Zeit vertiefte, als diese zwölf bis achtzehn Jahre alt war, also sehr empfänglich für Modelle des Frauseins.
Offensichtlich hatte Johann Caspar ein Modell der männlichen Erziehung. Hatte er auch eines für die weibliche Bildung? Johann Caspar förderte die Bildung seiner Tochter systematisch. Zum Haushalt lernte Cornelia nichts, was ihrem Ehemann Johann Georg Schlosser Anlaß zu steten Klagen geben wird:

> »meine Frau ist auf einem besonderen Fuße erzogen worden ... sie fürchtet sich zu sehr vor Küche und Keller ... aber mit der Zeit soll's schon gehen ...«

bemerkte er in resigniertem Ton über seine unpassende Gefährtin.[12]
Johann Caspar hatte keine Hausfrau gebildet – auch bei Katharina Elisabeth hatte er ja gleich mit dem Bemühen eingesetzt, aus ihr eine »Frau von Welt« zu machen. Im Alltag haben wir Johann Caspar kennengelernt als den Typus des Hausvaters, der autoritär, in klassischer deutschbürgerlicher Art sein Haus leitet, kontrolliert, bestimmt. Seine Bildungsprogramme für Frau und Tochter stehen dazu in einer Spannung. Sie scheinen aus einer anderen Welt zu stammen als aus der eines nüchternen und sparsamen Bürgers. Einen Einblick in seine innere Welt, in seine Phantasien gibt uns die *»Italienische Reise«*, jenes Werk, das er 1762–1768 niederschrieb.[13] Er arbeitete aber schon seit 1756 (mit Unterbrechungen) an der Übertragung und Bearbeitung seiner Reisenotizen. Die Reise hatte im Jahr 1740 stattgefunden. Er hatte die berühmten Bilder mitgebracht, die im Treppenhaus am Hirschgraben hingen, Prospekte und Stiche der römischen Städte. Eine frühe Erinnerung des Sohnes handelt davon, wie der Vater von der Reise nach Italien erzählt. Johann Caspar wollte seinen Sohn auf die gleiche Tour schicken. Unzweifelhaft hatte diese Reise für Johann Caspar den Charakter eines glänzenden Ereignisses. Und sicherlich hat der Glanz zugenommen. Im Rückblick schien es ihm schließlich, als sei er in Italien der gewesen, der er sein wollte – die Landschaft seines idealen Ich war Italien. Die Real-Erfahrung war dagegen zumindest ambivalent gewesen, wie ein eher enttäuschter Brief bezeugt, den er aus Italien an einen Freund schrieb.[14] Das imaginäre Italien war eine Kristallisation seiner Wünsche und Phantasien.
Nicht als ob Johann Caspar bei der Beschreibung seiner Reise ganz aus sich herausgegangen wäre. Das vermochte er nicht. Es sind mehr der Zauber und die Bedeutung, die er dem Italienischen zuwies, als die Darstellung selbst, die das Imaginäre sichtbar machen. Er konnte sein

Giovanni Battista Piranesi.
Carceri Blatt XV. Radierung um 1760

Gefühl auch im Schreiben nur ungelenk äußern. Vorsichtig bewegte er sich mit steifer Würde in der Welt der gelehrten Reisebeschreibungen. Der Herausgeber der *Italienischen Reise* bemerkt dazu: »Ein wirklich poetischer Wert ist von dieser Reisebeschreibung nicht zu erwarten, da J. C. Goethe viel zu sehr von dem gelehrten Geschmack der Aufklärung geprägt war, dem das Sammeln von Inschriften (etwa dem heutigen Photographieren vergleichbar) wichtiger war als das Sammeln von subjektiven Eindrücken. Dennoch lag Goethes Vater die literarische Ausgestaltung seines großen Werkes durchaus am Herzen. Das beweist zum einen der aller Wahrscheinlichkeit nach rein fiktive Liebesbriefwechsel mit einer Mailänderin, der sowohl von der Liebesphilosophie des 16. Jahrhunderts als auch von der empfindsamen Literatur des 18. Jahrhunderts (die ihren mustergültigen Ausdruck in Rousseaus ›Nouvelle Héloïse‹ gefunden hat) bestimmt ist. Für den literarischen Stilwillen zeugt zum anderen die grundsätzliche Orientierung an dem durch Mission vorgegebenen formalen Modell, eine Reise von Station zu Station durch Briefe an einen fiktiven Adressaten in der Heimat zu strukturieren. Erwähnungen von Antwortschreiben des angeblichen Brieffreundes, Ratschläge an diesen und die seinerzeit üblichen devoten Höflichkeitsfloskeln sollen diese Fiktion spielerisch glaubhaft machen – gewiß hat J. C. Goethe neben den weidlich ausgeschlachteten Reiseführern und persönlichen Notizen auch authentische Briefe in die Heimat in den ›Viaggio per l'Italia‹ eingearbeitet. In stilistischer Hinsicht ist zudem der Versuch bemerkenswert, die jeweiligen Briefschlüsse assoziativ an den vorhergehenden Bericht anzuschließen: so läßt sich J. C. Goethe z. B. von der Segelwerkstatt im Großen Arsenal zu Venedig daran gemahnen, »nun auch selbst die Segel zu setzen, um meiner langen Erzählung ein Ende zu machen und Sie noch an andere Orte zu führen« (›Viaggio‹, S. 36). Derlei rhetorische Anstrengungen können freilich nicht darüber hinwegtäuschen, daß es dem Autor sehr schwerfällt, das Beobachtete genau zu beschreiben oder Erzählungen über mehrere Sätze hinweg flüssig zu gestalten und dabei überzeugend zwischen Wichtigem und Belanglosem zu unterscheiden.«[15]

Stellen wir uns Johann Caspar vor, wie er mit dem alten Giovanazzi Ortsbeschreibungen, allerlei Anmerkungen zu seinen eigenen Aufzeichnungen hinzufügt, diese übersetzt. Damals (1764) war die eheliche Beziehung mit Catharina Elisabeth an einem Tiefpunkt angelangt.

Die deprimierenden Erfahrungen mit dem Grafen Thoranc, vor dem der Patriarch Johann Caspar sich lächerlich gemacht hatte und von dem er beschämt worden war (man mußte ihm aus einer verfahrenen Situation heraushelfen, während Catharina Elisabeth mit dem fremden Gast gut zurechtkam, ebenso die Kinder), sodann der Tod der vier Kleinkinder – dies alles bildeten den Hintergrund für die Rekonstruktion der Italienreise, deren Beschreibung mit der Darstellung einer Frau und eines Liebesabenteuers endet – mit Johann Caspars Begegnung mit der Mailänderin Maria Merati.

Johann Caspars Erziehungsvorstellungen folgten einem Ideal. Das Muster beschreibt er in der Gestalt der Merati, einer italienischen Dame aus vornehmem Hause, die sich als ebenso wortgewandt wie elegant erweist. Es ist eine dem Höfischen abgeschaute Verhaltensstruktur, in der die Kunst der Rede über die Liebe sowie die Kunst der Inszenierung von Nähe und Distanz zwischen den Geschlechtern die wichtigste Spielfigur im Umgang zwischen Mann und Frau ist.

Betrachten wir die Schilderung, die uns Einblick in die Ideale Johann Caspars gibt. Zunächst die Eingangsszene. In seiner Mailänder Wohnung habe er, so berichtet Johann Caspar, an einem Fenster gegenüber eine schöne Frau gesehen:

»Am Anfang des Briefwechsels standen folgende Fragen, die man sich in riesigen Buchstaben aus der Ferne zeigte, durch ein Fernrohr las und ebenso beantwortete.

I. Frage:	Quando puossi adorarla piu vicino? Wann könnte ich Sie aus der Nähe anbeten?
Die Antwort der Dame:	Quando saro santa. Wenn ich eine Heilige bin.
II. Frage:	Es ist unmöglich, Ihre Schönheit nicht anzubeten; sollte Sie dieses Wort aber beleidigen, so will ich mich vor Ihrer Schönheit nur verneigen.
Die Antwort:	Es gibt hier keine Schönheit und daher auch keine Beleidigung; Ihr Auge täuscht sich, ich kann es nicht anders glauben.
III. Frage:	Wollen Sie denn wirklich mein Herz im Zweifel darüber lassen, ob es von den Augen betrogen wird?
Die Antwort:	Schreiben Sie, wenn Sie wollen; fragen Sie nach, damit Sie Gewißheit erlangen; ich will mich nicht länger plagen; es ist nicht schwer, dies mag Ihnen genügen.«[16]

In dieser Konstruktion tritt die Irrealität des Geschehens deutlich hervor. Doch je mehr wir uns von der Irrealität überzeugen, desto interessanter wird die Schilderung für uns als genaue Abbildung dessen, was sich Johann Caspar erträumt. »Da das Sprechen über Liebe als wichtigstes Element der höfischen Unterhaltung, der ›intertenimento‹ ausgewiesen ist, besitzen die Konventionen, deren Regeln Castiglione im ›Cortegiano III, 53 und 55‹ erläutert, sicher auch für das Schreiben im geselligen Austausch Gültigkeit. In den wenigsten Fällen will die Sprache der Liebe auch Gefühle ausdrücken, eher stellt sie sich als Geste der Wertschätzung, der Ehrerbietung dar und erfüllt damit vor allem ein gesellschaftliches Erfordernis. Das scheinbar Intime der sprachlichen Annäherung steht im Signum der Unverbindlichkeit. Das petrarkistische Grundmuster, das die reale oder imaginäre Distanz des Schreibenden zum Objekt seiner Verehrung als Motiv des Schreibens selbst behandelt, entspricht hier zugleich den Forderungen des höfischen Rituals.«[17]

Das Sprachspiel zwischen »zwei Personen unterschiedlichen Geschlechts« ist zugleich ein Ausweis sozialer Fertigkeiten. Im Fortgang gefällt sich Johann Caspar in der ausgefeilten Darstellung gebildeter Galanterie, die von den Romanisten gnadenlos als Lesefrüchte aus diversen Texten der italienischen und französischen höfischen Litera-

Rom. Ponte Lucano.
Radierung von G. B. Piranesi. 1763

tur dechiffriert wurde.[18] Aber das ist eben der Gegenstand des Traumes: die Vollkommenheit einer romanhaft höfischen Umgangsweise.

Der erste Brief, den er seiner Dame schreiben durfte, nachdem diese des Fernglases müde war, lautet:

> »*Signora.*
> Seit dem Augenblick, in dem ich das Glück hatte, Ihre liebenswürdige Person zum ersten Mal zu erblicken, herrscht eine große Verwirrung in meinem Herzen, und seitdem schmachtet es, ich bekenne es gern, nach Eurer Hochedelgeboren Liebe. Aus diesem gerechten Grund bitte ich Sie höflichst um die Ehre, Ihnen persönlich meine Reverenz erweisen zu dürfen, damit meine große Qual dadurch ein wenig gelindert werde. Es wird Ihnen doch nicht fremd sein, was man fühlt, wenn ein gewisses unbekanntes Etwas in unsere Brust eindringt und sich ihrer vollständig bemächtigt, und dies läßt mich hoffen, daß es Ihnen nicht unangenehm sein wird, meinem unschuldigen und ehrbaren Wunsch zu willfahren. Es wäre auch gar zu unmenschlich, wenn Sie mich dessen berauben wollten,

und widerspräche im übrigen der Höflichkeit, die man einem Fremden schuldet, dessen wundes Herz der Arznei bedarf. Haben Sie die Güte, gnädigst zu erwägen, ob Ihrerseits nicht gar eine moralische Verpflichtung vorliegt, mir beizustehen, da doch Ihr holdes Wesen die alleinige Ursache meines Unglücks ist. Bedenken Sie auch, daß Sie damit einem Menschen helfen, der, selbst wenn dies schwer zu glauben ist, während seiner ganzen Reise durch Italien in Ihnen die erste Dame findet, deren Schönheit seine Augen blendet und deren holde Erscheinung sein bis zur Stunde noch freies Herz bezaubert hat. Ich bin daher ganz trunken vor Verlangen nach einem Besuch bei Ihnen und bitte Sie, über mich zu verfügen und mir den Ort und die Stunde zu nennen, mir mitzuteilen, wann und wo Sie meine Unterhaltung wünschen! Ich will alles Ihrer Klugheit und Güte überlassen, die denjenigen einer gnädigen Antwort würdigen möge, der auf der Suche nach Arznei mit den heißesten Wünschen und der größten Hochachtung unterzeichnet als

E. H.

untert. Diener.

N. N.

Mailand, am 8. Juli 1740.«[19]

Und die Dame seines Spiels antwortete ihm so:

»Kein Glück, sondern ein Unglück war es also, daß Sie mich erblickt haben, da daraus (sofern es denn wahr sein sollte) eine so große Verwirrung in Ihrem Herzen entstanden ist. Wenn Sie sich aber (was ich nicht glaube) schon aus der Ferne in Liebe zu mir verzehren, was sollte erst bei größerer Nähe daraus werden? Es wird daher besser sein, wenn ich mich ganz zurückziehe, um Ihnen keinen Anlaß zum Schmachten mehr zu geben. Würden Sie mir nämlich, wie Sie dies begehren, persönlich Ihre Reverenz erweisen, so könnte Ihnen das die Ruhe nicht zurückgeben, sondern müßte Ihr Herz erst recht unrettbar in Verwirrung stürzen. Ich gebe auf solche plötzlichen Liebeleien nicht viel; ich erfreue mich daran und nehme sie als ergötzliche Anwandlungen hin (wie ich lese), die ebenso schnell wieder hinsterben, als sie entstanden sind. Sollten Sie ihr wundes Herz aber wirklich heilen wollen, dann tun Sie am besten daran, sich auf Ihre schöne Seele zu besinnen, die an Ihrem Leiden, wie Sie sagen, ganz unschuldig ist. Sie sind ja geistreich genug, um sich selbst zu behelfen. Gesellschaft ist mir nicht unangenehm, aber nur aus der Ferne; auch kann ich mich nicht daran gewöhnen, mit der Liebe aus der Nähe, wie man sagt, zu scherzen, nicht einmal zum Spiel und selbst dann nicht, wenn ich dabei mit beinahe engelreinen Geistern umgehen dürfte. Daß Sie auf Ihrer ganzen Reise durch Italien keine Dame getroffen haben wollen, die Ihre Augen geblendet hätte, ist ganz offensichtlich falsch, wenn man bedenkt, mit welcher Meisterschaft Sie sich Ihrer Augen im rechten Augenblick zu bedienen wissen; mit größerem Recht dürfte ich sagen, daß ich noch niemanden getroffen habe, der in dieser Kunst erfahrener gewesen wäre als Sie. Wenn schließlich Ihr Herz aus derart geringem Anlaß so sehr leiden muß, sich gar so leicht verwunden läßt und so schnell zur Liebe neigt, dann muß ich daraus schließen, daß ich nichts von alledem glauben kann, ja glauben darf. Ich verfüge auch weder über die Freiheit noch die Möglichkeit, Ihnen Zeit und Ort für ein Beisammensein anzugeben. Sollten Sie aber dennoch einen Versuch unternehmen, so werden Sie uns dadurch sehr schnell unseres gegenwärtigen Briefwechsels berauben. Ich bin und bleibe hochachtungsvollst Ihre

ergebenste Dienerin
M. M.
Mailand, am 10. Juli 1740.«[20]

Für uns wirft diese Imagination Johann Caspars ein bezeichnendes Licht auf sein Ideal der Weiblichkeit. Es ist ein eigentümlich altertümliches Ideal der »Cortegiana« oder der vornehmen Italienerin des 18. Jahrhunderts. Das Leitbild läßt sich in diesem Sinn verstehen; und auch er selbst tritt in einer Rolle aus der Vergangenheit auf. Er gefällt sich im Spiel mit dem Doppelsinn der Worte. Sie bewegen sich zwischen gesellschaftlichem Stil und wahrer Liebe. Die Worte zu dechiffrieren ist ja gerade die Lust des galanten Spiels – beiden Seiten steht der Rückzug auf den konventionellen Sinn der Höflichkeit offen – bis zur Hingabe der Dame, dem wirklichen Beweis.[21]
In solche Phantasien und Gedankenspiele vertiefte sich Johann Caspar, wie die Briefe zeigen, mit großer Intensität, und er vermochte das Spiel überzeugend und anmutig auszuführen. Auf die Skepsis der Dame antwortet er in seinem dritten Brief regelgerecht:

»Meine hochgeschätzte Gebieterin.
Ich kann und will mein Glück, Sie erblickt zu haben, kein Unglück nennen, obwohl Euer Hochedelgeb. mir meinen unschuldigen Wunsch verweigern. Zu Anbeginn war ich glücklich, glücklich, von einer solchen Schönheit verwundet worden zu sein; nun bin ich

freilich unglücklich, weil sie mir keine Hilfe reichen will. Ich will es noch einmal gestehen, daß ich vor Liebe brenne, aber diese Liebe ist rein, und wenn ich Ihnen näher wäre, dann würde sie sich noch mehr läutern, ganz so wie das Gold im Feuer. Wollten Sie sich deshalb zurückziehen, so müßte gerade dies mein Leiden vergrößern; Ihre Nähe hingegen wäre für mich das rechte Mittel, um mein Herz nicht gänzlich, wie Sie schreiben, in Verwirrung zu stürzen. Wenn Sie mir das zugestehen würden, dann wären Sie wenigstens von aller Schuld frei. Schön ist Ihr Ausdruck von den plötzlichen Liebeleien, und ich will Ihnen glauben, da ich nicht aus dem Stoff bin, der mich Ihnen so liebenswürdig machen könnte, wie Sie geliebt zu werden verdienen. Übrigens glaube auch ich, daß meine schöne Seele mich trösten könnte, aber nur wenn Einigkeit zwischen uns herrscht; mehr begehre ich auch gar nicht, denn zu diesem Zweck wird meine Seele geistreich genug sein. Wenn Ihnen unsere bisherige Gesellschaft nicht unangenehm war, warum legen wir uns dann den Zwang auf, nur aus der Ferne beisammen zu sein?«[22]

Wir sehen, wie er mit der Vieldeutigkeit des Liebesbegriffs spielt. Auch wenn unaufhörlich von moralischen Qualitäten die Rede ist, ist der Doppelsinn immer mitgemeint, die Schönheit und das sexuelle Begehren, auf das stumm verwiesen wird, und zwar in der Form der restlosen Unterwerfung des Mannes, die ja nur vor dem Hintergrund dessen, was er haben will, ihren Sinn erhält. Und wenn im weiteren Verlauf die Dame davon spricht, daß sie der Liebhaber doch wohl mit der »wohlwollenden Liebe« (»amor concupicentia«) erlebe, dann ist das ebenso doppelbödig, denn es geht in Wirklichkeit um die Frage, wie weit seine Unterwerfungsbereitschaft geht, die neben dem unmittelbaren Vergnügen an der einfallsreichen Werbung ja auch erweisen muß, wie sich der Mann in Teil II des Spiels verhalten wird – als ein treuer Liebhaber oder als ein Verräter, der sie der Verachtung preisgibt. Untreue des erfolgreichen Liebhabers ist tiefe Kränkung, nämlich Zerstörung der Position der Außerordentlichen, Einzigartigen, die das Liebesspiel im ersten Teil ja aufbaut. Das ist der latente Sinn des Spiels, das mit einer Vielfachbedeutung des Wortes Liebe arbeitet[23] und das Johann Caspar erstaunlich engagiert betreibt. Auch er gehört zu den modernen »Empfindsamen«, die der Liebe ein entscheidendes Wort gegen die Elternautorität zubilligen – in seiner Phantasie ist er schon halb der Entführer der gehüteten Tochter Merati:

»[...] daß Sie nicht frei sind, kann entweder heißen, daß Sie Ihr Herz bereits vergeben haben, oder aber, daß Sie unter der Aufsicht

Ihrer Eltern stehen. Wenn ersteres der Fall wäre, dann würde ich mich versündigen, wenn ich den ruhigen Besitz eines geliebten Herzens stören wollte; sollte jedoch letzteres zutreffen, dann gibt es nicht wenige Mittel, um der Unterdrückung zu entfliehen.«[24]

Jedenfalls war die Pedanterie, mit der er seine Frau und Tochter quälte, das Gegenstück seiner Verführer-Phantasien – die realen Umgangsweisen und seine Wünsche scheinen nichts miteinander zu tun zu haben. In der Darstellung der Merati-Episode fällt neben dem höfisch-romanischen Ideal noch etwas anderes auf: daß hinter dem Spielerischen in der Erzählung eine Enttäuschung liegt. Lakonisch berichtet der Autor Johann Caspar als Kommentator seiner eigenen Liebes-Briefe in völlig verändertem Ton:

»Wie man einigen Stellen entnehmen kann, wohnten die beiden einander gegenüber, und als der Buhle seiner Dame persönlich die Reverenz erweisen will, wird ihm das aus verschiedenen Gründen und Vorwänden verweigert. Dies ging bis zu seiner Abreise so fort, und die Erfüllung seines Wunsches wurde ihm erst in dem Augenblick gewährt, als es schon zu spät war, so daß er nicht mehr darauf eingehen wollte. Es scheint, als sei der Herr Briefsteller abgereist, als er bemerkte, daß sich sein Stroh allzusehr erhitzen wollte. Es ist ihm also ergangen, wie es Verliebten auf einer verzauberten Insel zu ergehen pflegt: zuerst suchen sie sich ohne Unterlaß, aber wenn sie sich schließlich gefunden haben, dann hindert sie ein Fluß oder Ähnliches daran, miteinander vertraut zu werden und sich zu umarmen, so daß beide betrogen bleiben.«[25]

Erzählt wird von der Liebe, von einem Konflikt, genauer gesagt von einem ziemlich quälenden Beziehungs-Ärger. Das Ganze endet im Streit, wenn wir die Wortwolken richtig deuten. Rätselhaft bleibt, worum es eigentlich geht. Dargestellt wird eine Kränkung, soviel ist klar. Johann Caspar wird von der Dame nicht zum Besuch aufgefordert, so sehr er darum bittet. Gründe gibt sie nicht an. In vielen Varianten erklärt sie einen Besuch für sinnlos, für unmöglich etc. In seinem letzten Brief heißt es nicht ohne Wut im Unterton:

»Außerdem versuchen Sie in Ihrem letzten Brief, den ich am 20. August in Genua erhalten habe, Ihre Verweigerung meines Wunsches, Ihnen meine Reverenz persönlich erweisen zu dürfen, damit zu entschuldigen, daß Sie unter der Obhut Ihrer Eltern stünden; Sie fordern mich dazu auf, darüber nachzudenken, welcher Art meine wahre Liebe zu Ihnen sei. Um nun zunächst auf ersteres zu antworten, so muß ich Ihnen sagen, daß der von Ihnen genannte

Grund im vorliegenden Fall nicht stichhaltig ist, da Ihre Familie, wie man annehmen darf, über alles unterrichtet gewesen sein dürfte, was sich zwischen uns ereignete; wenn aber Ihre Familie dem Briefwechsel zustimmte, dann hätte sie auch erlaubt, daß Sie meinen Besuch empfangen. In diesem Fall wäre Ihnen dasjenige nicht länger dunkel geblieben, was Sie bislang nicht verstehen konnten: daß ich Sie mit meiner ehrbaren Liebe vor allen anderen auszeichnen will, ist keineswegs, wie Sie behaupten, von jedem redlichen Mann zu erwarten. In welcher Weise ich Ihre Überlegungen erwogen und bedacht habe, glaube ich hiermit deutlich genug gezeigt zu haben. Sie werden mir verzeihen, wenn ich sonst nichts schreibe, das Sie aufrichten könnte, obwohl Sie dies angeblich von mir begehren; diejenige wird einen derart schwachen Trost gewiß nicht nötig haben, der sich so zahlreiche Landsleute, die von Ihrem holden Wesen bezaubert wurden, geneigt und wohlgesonnen zeigen. Diese Herren wissen wohl besser als ich Armer, wie man Sie hinreichend trösten kann. Ich entsinne mich freilich sehr wohl, wie wenig es mir genützt hat, Ihnen zu Willen zu sein, als Sie mich mit der geringen Entfernung zwischen uns beiden erfreuten, obwohl wir uns damals doch gegenwärtig waren. Gesetzt den Fall, ich schriebe erneut zu Ihrem Trost, sagen Sie mir doch, welchen Vorteil das dann in so großer Entfernung haben sollte! Ich will dennoch nicht versäumen, mir unablässig und mit lebhafter Einbildungskraft Ihre liebenswürdige Person vorzustellen und Sie mit der größten Achtung zu ehren, die man für jemanden empfinden kann, der den Menschen und dem Himmel teuer ist.«[26]

Und die Antwort der Dame klingt nicht weniger verärgert:

»A Monsieur
Gian Gaspar de Goeda
Docteur de Loy
per M. Kornmann, Banquier,
Argentina.

Mein einziger Herr und vorzüglicher Gebieter.
Dank sei dem Jahreswechsel, der E. H. endlich verpflichtet hat, all Ihre guten Wünsche zu erneuern und jemanden mit einer höflichen Erinnerung zu erfreuen, der Sie bislang weder vergessen konnte noch je vergessen wird; es ist höchst lobenswert, daß Sie entschlossen sind, keinesfalls Zeit und Tinte an einen tändelnden Brief (wie Sie sagen) zu vergeuden, den ich ja auch gar nicht verlangt habe.

Vielmehr zeigen Sie mir, wie es in Ihrem Herzen aussieht (das ich bislang weder begreifen noch ausspüren konnte), und wünschen mir herzlich und eifrigst die Fortdauer meines Glückes. Das ist nun zwar eine liebenswürdige Geste, aber bei einem Freund, wenn ich Sie als den meinen bezeichnen darf, ist sie doch auch wieder selbstverständlich. [...] Ich muß doch mit gutem Grund schließen, daß Sie entweder meinen besagten Brief nur oberflächlich gelesen haben und über die so oft wiederholte eindringliche Bitte einfach hinweggesehen oder daß Sie mich nie geliebt haben, ja noch nicht einmal begonnen haben, mich zu lieben. Ich tue Ihnen nicht unrecht, wenn ich Ihnen dies sage und dabei an den Briefwechsel denke, den ich bislang mit Ihnen geführt habe und der bei weitem übertrifft, was meine Landsleute und Freunde bislang bei mir erreicht haben, die sich keiner zwei Zeilen, geschweige denn mehrerer Briefe rühmen können ... Aber ich tue wohl besser daran, mich über Ihre glückliche Ankunft [...] zu freuen; möge Sie der Himmel viele Jahre lang mit seinem Segen begleiten! Wenn Sie mir schreiben, dann werde ich die Freude haben, Ihnen antworten zu dürfen ... Ich könnte noch lange fortfahren, aber meine Feder sträubt sich angesichts Ihrer Weigerung, mir eine derart berechtigte Forderung zu erfüllen, so daß mir auch weiterhin verborgen bleibt, welcher Art von Liebe zu mir Sie sich rühmen. Ich werde wohl nie erfahren, was Sie sich aus meiner Person machen. Dabei hätte ich Ihnen noch so vieles zu sagen, wenn Sie ebenfalls ein wenig mehr zu einem unverstellten und aufrichtigen Briefwechsel bereit wären. Hiermit glaube ich, mich zur Genüge erklärt zu haben, und Sie werden bei mir keine Entschuldigungen und keine Ausflüchte mit der verweigerten Nähe oder der hinderlichen Ferne finden.«[27]

Es ist eine interessante Frage, was diese Darstellung bedeutet. Auch wenn keine Merati im Verzeichnis vornehmer Mailänderinnen zu finden ist, spricht der Ärger für ein wirkliches Erlebnis. Von welcher Art es war – ob Johann Caspar sich in eine vornehme Dame oder in eine Kurtisane verliebte, ob er das wußte oder nicht wußte oder erst später ahnte, ob eine elegante Frau ein Briefspiel spielen wollte, oder ob das Ganze ein Gedankenspiel war –, es gibt viele Möglichkeiten. Sicher ist, daß von einer Frustration berichtet wird, deren Grund rätselhaft bleibt, und zugleich von der Idealrolle Johann Caspars gegenüber einer imaginären Geliebten, die er erringen will – was nicht gelingt. Zweifellos trägt die Darstellung phantastische Züge, die Mystifikation ist deutlich. Handelte es sich um eine reale Erfahrung, so stellt sich die Frage, warum Johann Caspar diese unerfreuliche Geschichte in seine Erinnerungen aufnahm; handelte es sich um eine Fiktion, so fragt es sich, warum er sie nicht positiv gestaltete. Die Antwort lautet: weil er eine Erfahrung zum Ausdruck bringen wollte, die eben *diese* war – Vergeblichkeit und das Gefühl des Verlorenen, Melancholie. Vielleicht hat er niemals eine solche Frau getroffen, die Wunschfigur, die schöne vornehme Dame, die ihn aus der Ferne als den Geliebten annimmt. Vielleicht hat er auch keine Dame getroffen, die sich auf einen Briefwechsel einließ, und vielleicht fand er in Italien gar nicht, was er dort gesucht hatte. Vieles spricht dafür. Denn es besteht ein eigenartiger Gegensatz zwischen dem großen Wesen, das er aus der Italienreise machte, und den langweiligen Episoden der Darstellung im *Viaggio*. Immer wieder bricht der Ärger durch, eine anstrengende touristische Tour, wenig Glück.[28] Dem nachzugehen ist hier nicht unsere Aufgabe. Vermerkt sei nur, daß sich bei Johann Caspar Züge finden, die die gleiche Spannung zwischen Tag und Traum verraten, wie Catharina Elisabeth sie zeigt, daß er nicht weniger mit Mystifikationen spielte, sich schreibend in den Traum versenkte und daß er Realität literarisierte, bis die Grenzen fließend wurden, und daß er sich bei der Darstellung seiner Träume einer fremden Sprache bediente. Daß er dabei zugleich den zwanghaften Drang, zu lernen, betätigte, soll nicht übergangen werden.

Johann Caspar Goethe erweist sich in der *Italienischen Reise* als Leser. Wie führt er die Begegnung mit Maria Merati ein? Er habe, so berichtet er, in einem Hotel in Mailand ein Kästchen mit den Briefen zweier Liebenden gefunden. Er spielte mit einem literarischen Topos, einer Mystifikation, die suggerierte, daß *er selbst* der Amante der Briefe und das Erlebnis mit der Dame *seines* war. Wie er das machte? Er legte die Fährte, indem er die Briefe mit den Daten und Orten seines eigenen Aufenthaltes in Mailand und Straßburg versah. Er spielte nach Art der zeitgenössischen Autoren mit dem Leser. Und er erwies sich zugleich als Rousseau-Begeisterter, was sich auch im Titel niederschlug. Als »Briefe zweier Liebenden [...] am Fuße der Alpen« hatte Rousseau die *Nouvelle Heloïse* bezeichnet. Johann Caspars Variation ist aufschlußreich: »Briefe zweier Liebenden unterschiedlichen Geschlechts« nennt er seine Darstellung (mit seiner Mischung von überschießender Phantasie und ängstlicher Nüchternheit). War die geschilderte Liebesepisode Wirklichkeit oder Phantasie? Der Herausgeber der Übersetzung des *Viaggio in Italia*, Albert Meier, mochte sich von Johann Caspar keine Falle stellen lassen. Er schreibt in einer Anmerkung zur Datierung der gefundenen Liebesbriefe: »Die Datierung auf den 8. Juli 1740, auf den Zeitpunkt von Johann C. Goethes Aufenthalt in Mailand [...] kann nicht als wesentliches Indiz dafür genommen

Tempel von Paestum.
Giovanni Battista Piranesi. Radierung

werden, die im Liebesbriefwechsel geschilderten Ereignisse seien authentische Erlebnisse Johann C. Goethes (der Verlauf der Liebelei und der Sprachstil sind literarisch zu konventionell, als daß den Briefen wirklich biographischer Wert zugemessen werden könnte – vgl. die Überlegung zu möglichen Quellen bei Farinelli).«[30]
Albert Meier widerspricht Ernst Beutler, dem die emotionale Beteiligung Johann Caspars bei der Gestaltung dieser Liebesphantasie aufgefallen ist, woraus er auf deren Realitätsgehalt schloß, zumal die Dame, wie Beutler feststellt, dem Johann Caspar überlegen gewesen sei; wir ergänzen: so sehr, daß er sie nicht hätte erfinden können.[31]
Darin jedenfalls ist Ernst Beutler zuzustimmen: Es handelt sich nicht um eine leere Konvention, sondern um eine hochbesetzte Darstellung im Szenarium der Reisebeschreibung. Nicht zufällig hat der Autor sein Werk mit dieser Episode beschlossen und er fügt den Briefen den Wunsch hinzu, sie möchten »einem jeden, der sie lese bis in das Tiefste der Seele dringen«.[32] Eines aber ist sicher: So wie Johann Caspar die Ereignisse schildert, haben sie sich nicht abspielen können. Die Mystifikation läßt sich nicht real auflösen.

Erinnern wir uns, daß Johann Caspars Vater die vornehme Welt der französischen Damen als Schneider kennengelernt hatte – mit anderen Worten: wohl erfüllt war von den Geschichten, die die Damen hatten oder haben wollten – und wir wundern uns weniger über die Phantasien dieses Handwerkersohnes, die so wenig zum protestantischen Hausvater passen. Aber die Rede ist dann von der Enttäuschung, niemals zum Ziel zu kommen, vom Unvereinbaren und dem Mißverständnis, vom Streit zwischen »den Personen beiderlei Geschlechts«. Diese Enttäuschung steht auch in Verbindung zu Johann Caspars Verhältnis zu seinem Vater. Dieser war ein Macher – Johann Caspar war nichts als ein Erbe. Auch der Vater war auf Reisen gegangen – als Handwerkergeselle, den es nach Frankreich trieb, Abenteuer und Glück zu finden. Und nun sein Sohn. Wohl ausgestattet, ordentlich und gravitätisch auf den Spuren berühmter Frankfurter Bildungsreisender, der von Uffenbach. Johann Caspar, dürfen wir vermuten, erlebte nichts. Er inszenierte die Maske des Gebildeten. Er verliebte sich real oder in der Phantasie in eine Dame aus der Oberschicht, eine italienische Prinzessin sozusagen. Die Erotik ist mit der Aufstiegsphantasie verschmolzen. Haßte Johann Caspar nicht die neue Klasse, in die er aufgestiegen war, verdrängt allerdings? So wie das Trauma, das dem Jungen, dem »Wirtssohn«, in der vornehmen Schule zugefügt worden war, nur in der Verkümmerung, der Starrheit, der Zerstörung seiner Kreativität sichtbar wurde. (Johann Caspar zeigt deutlich die Symptome der »Dummheit« wie sie für Aufsteiger-Kinder beschrieben worden sind.)[33] Die Merati-Episode war allein deshalb schon frustrierend, weil ihn das, was er erstrebte, zugleich von sich entfernte.

In seinen Reiseerinnerungen wagte Johann Caspar eine halbe Gestaltung seines Lebenskonflikts und distanzierte sich dann doch von seinen Empfindungen, die zu weit führten, zur Wut und zur Trauer. Wir sehen, wie seine Abwehr funktioniert: er schließt seine Erfahrungen in einen Schmetterlingskasten ein:

> »Oh wie anmutig ist dieses Wechselspiel voller Klugheit und Tugend! Schön ist der Stil, wohlgeordnet sind die Gedanken und sehr geistreich; die Ausdrücke sind im allgemeinen von solcher Kraft, daß sie jedem, der sie liest, tief in die Seele dringen.«[34]

Er beschließt seine Darstellung mit der Beschwörung seiner falschen Identität.

> »Es finden sich in diesem Briefwechsel zwar keine erhabenen Gedanken, sondern nur wechselseitige herzliche Bezeugungen der

Liebe, die zwischen den beiden ganz plötzlich entstanden war und die, wie man im folgenden erfährt, platonisch genannt werden darf; diese Briefe sind aber dennoch, insonderheit seitens der Dame, sehr reizvoll und aller Bewunderung wert, da sie sich unendlich fein auszudrücken weiß und ein vorzügliches Geschick in der Leichtigkeit und Anmut des Stils und in der Höflichkeit ihrer Darlegungen zeigt. Auch werden ihre Zärtlichkeit und ihre Güte nirgendwo ihresgleichen finden.«[35]

In dieser Beschreibung der eleganten Merati können wir wohl das Leitbild für die väterliche Pädagogik Cornelias erblicken. Engelsing schreibt dazu – etwas irritiert: »Die Lektüre, zu der sich Cornelia Goethe 1765 bereitfinden sollte, entsprach zur einen Hälfte der Lektüre einer belesenen gutbürgerlichen Frau in Hamburg um 1780, die außerdem aufgeklärte kirchliche Erbauungsliteratur hatte, zur anderen Hälfte der Lektüre einer jungen italienischen Adeligen um 1780, die aus der Burgbibliothek französische Memoiren und italienische Gedichte, Tasso und Ariost, Guarinis Pastor fido und Goldonis Komödien, ein Gebetbuch und etliche Andachtsbücher zur Lektüre entnahm.«[36]
Mit dem Hinweis auf die »italienische Burg Bibliothek« hat es Engelsring auf den Punkt gebracht: Eine »italienische Adlige um 1780« – Johann Caspars Ideal war nicht die Gelehrte, sondern die Bewohnerin imaginärer Höfe und Salons, die Gespielin des »Gian Gasparo de Goeda«. Eine widersprüchliche Rolle. Sie entfernte die Tochter von der Realität der Frauen im Haus nicht weniger als von den gleichaltrigen Mädchen. Cornelia wurde trainiert als zukünftige Gegenspielerin imaginierter Männerwelten. Was sie dafür zu lernen hatte? Johann Caspar sah keinen Grund besondere Unterschiede zwischen Sohn und Tochter zu machen. Wenn unsere Vermutungen zutreffen, so bedeutet das, daß nicht nur der Sohn, sondern auch die Tochter für Johann Caspar ein bedeutsames Objekt seiner Phantasien war. Diese Annahme macht auch einige dunkle Anspielungen verständlich: Johann Wolfgang spricht von dem Haß, den Cornelia auf ihren Vater geworfen hatte, von dem Konflikt zwischen ihnen, der nicht ein Elternkonflikt war, sondern ein Streit zwischen Tochter und Vater, bei dem die Mutter eigentümlich unbeteiligt bleibt. Die Distanz zwischen Mutter und Tochter, so dürfen wir vermuten, war derart ausgeprägt, daß sich sogar der Konflikt erübrigte. Dazu werden wir später, in den Selbstzeugnissen Cornelias einiges aufdecken.
Nachdem der Sohn zum Studium ging, betrieb Johann Caspar die kontrollierenden und bevormundenden Erziehungsbemühungen bei

Johann Caspar Goethe.
Relief von Johann Peter Melchior

Cornelia noch energischer als in der Vergangenheit:

> »Mein Vater hatte nach meiner Abreise seine ganze didaktische Liebhaberei der Schwester zugewendet, und ihr bei einem völlig geschlossenen, durch den Frieden gesicherten und selbst von Mietleuten geräumten Hause fast alle Mittel abgeschnitten, sich auswärts einigermaßen umzutun und zu erholen. Das Französische, Italienische, Englische mußte sie abwechselnd treiben und bearbeiten, wobei er sie zu einem großen Teil des Tags sich an dem Klaviere zu üben nötigte [...]«[37]

Das Tabu der erotischen Anziehung verschärfte sich, so können wir vermuten, nachdem Johann Caspar mit der Tochter allein zu tun hatte. Von daher werden seine verdoppelten Rigiditäten verständlich, die Cornelia in verzweifelte Erbitterung trieben. Er schenkte ihr einen kostbaren Flügel, aber er quälte sie, indem er sie stundenlang zu üben zwang und sie dabei beaufsichtigte. Als Cornelia heiratete, kümmerte sie sich keineswegs um den Transport ihres Hausgeräts, vielmehr schreibt sie an Caroline Herder, ihre Freundin:

> »Mir ist um nichts bang als um meinen Flügel und den Laokoons Kopf.«[38]

Aber alles was Johann Caspar ihr zuliebe tat, mußte er zugleich mit einem Dressurakt unkenntlich machen.

Cornelia wurde also nicht nur der weiblichen Tradition entfremdet, sondern sie wurde auch in ein eigentümlich sexualisiertes Bildungsverhältnis versetzt, ein Verhältnis, das sowohl ihre Kreativität anregte, weil sie libidinös verwickelt war, als auch von Anfang an die Hemmung einbaute, die sich aus der Tabuisierung ergab.

Vor diesem Hintergrund entfaltete sich Cornelias Wendung zu den literarischen Imaginationen in Stücken und Dramen. Vor diesem Hintergrund kam es auch zu jener Sperre ihres Exhibitionismus bis zu hysterischen Symptomen, sobald sie sich in den »dem Vater gehörenden« Fähigkeiten beweisen sollte. Wurde von ihr verlangt zu spielen oder zu singen, charmant zu plaudern, elegant und schön zu sein, so produzierte sie Serien von Symptomen und von zwanghaften Ungeschicklichkeiten, die sie selbst beschämten, aber auch alle anderen in dieser schönheitssüchtigen Familie.

So begann Cornelia in die verborgene Welt der literarischen Phantasie zu flüchten.

Wir sehen die Sechzehnjährige sich einüben in eine Welt, die ihr ausschließlich über den Vater und über die Bücher vermittelt wird.[39]

Daß sie ihre Bildung in besonderem Maße aus der Literatur bezog, hängt auch damit zusammen, daß die Welt ihrer Mutter und deren Antworten ihr nichts bedeuteten. Zwischen Mutter und Tochter war eine Fremdheit, deren Wurzel nicht leicht zurückzuverfolgen ist. Die Situation der Achtzehnjährigen, wie sie in *Dichtung und Wahrheit* skizziert wird, zeigt die Tochter im Konflikt mit dem Vater und die Mutter als resigniert hilflose Vermittlerin, die den Hausfrieden wiederhergestellt sehen möchte. Dieser Hausfriede dürfte vor allem im ruhigen, geordneten, nicht offen aggressiven Alltag bestanden haben. Über allem lag eine düstere, melancholische Stimmung, unterbrochen von heftigen Auseinandersetzungen mit den Heranwachsenden, mit der Tochter still verbissen, laut mit dem Sohn.

Johann Caspar vermochte nicht, verstehend auf seine Kinder einzugehen. Es kehrten sich selbst seine Vorzüge gegen ihn. Er übernahm in der Familie die Rolle des Tyrannen, auch deshalb, weil er letztlich mehr ein selbstquälerischer als ein wirklich gewalttätiger Mensch war. Sehr charakteristisch ist die folgende Bemerkung in *Dichtung und Wahrheit*:

> »Was das Vollbringen betrifft, darin hatte mein Vater eine besondere Hartnäckigkeit. Was einmal unternommen ward, sollte ausgeführt werden, und wenn auch inzwischen das Unbequeme, Langweilige, Verdrießliche, ja Unnütze des Begonnenen sich deutlich offenbarte. Es schien, als wenn ihm das Vollbringen der einzige Zweck, das Beharren die einzige Tugend deuchte. Hatten wir in langen Winterabenden im Familienkreise ein Buch angefangen vorzulesen, so mußten wir es auch durchbringen, wenn wir gleich sämtlich dabei verzweifelten und er mitunter der erste war, der zu gähnen anfing. Ich erinnere mich noch eines solchen Winters, wo wir Bowers ›Geschichte der Päpste‹ so durchzuarbeiten hatten. Es war ein fürchterlicher Zustand ...«[40]

Lehrhaftes Bilderbuch aus der Bibliothek
von Johann Caspar Goethe

Die gehangene Katz und Rattenmäuse

Hie Hangt die Katz als Todt, dadurch sie Ratten fängt
Sie hat sich auch mit Mähl, zu Ihrem Todt besprengt
Jedoch ein lose Mauß im sehen dieses spricht,
Und wärstu Mählsack selbst, so kom ich dir doch nicht

V. Die gehangene Katz und Rattenmäuse.

Hie Hangt die Katz als Todt, dadurch sie Ratten fängt,
Sie hat sich auch mit Mähl, zu Ihrem Todt besprengt,
Jedoch ein lose Mauß im sehen dieses spricht,
Und wärstu Mählsack selbst, so kom ich dir doch nicht.

Der Vater behandelte die Kinder so, wie das Kind eben zu seiner Jugend gesehen wurde – als Objekt und Besitz des Vaters ohne eigenen Willen und ohne ein Innenleben, auf das Rücksicht zu nehmen wäre. (Eine harte Schule war es gewiß – doch vergessen wir nicht, daß Johann Caspar die übliche Elternwillkür schon stark zurückgenommen hatte[41]. Zum Beispiel schlug er seine Kinder nicht – um so empfindlicher und rebellischer reagierten sie gegen die seelischen Torturen, die er an ihnen ausübte.)
Während das väterliche Leitbild für die Tochter mit Phantasien zu tun hatte, aber keine konkrete soziale Gestalt hatte, bot es dem Sohn bei aller väterlicher Gewaltsamkeit eine klare Lebensperspektive: »Der Sohn soll werden wie der Vater nur vollkommener«[42]:

> »Mein Vater (konnte) kaum erwarten, daß ich auf Akademie gehen würde. Sehr bald erklärte er, daß ich in Leipzig, für welches er eine große Vorliebe behalten, gleichfalls Jura studieren, als dann noch eine andere Universität besuchen und promovieren sollte. Was diese zweite betraf, war es ihm gleichgültig, welche ich wählen würde; nur gegen Göttingen hatte er, ich weiß nicht warum, eine Abneigung, zu meinem Leidwesen: denn ich hatte gerade auf diese viel Zutrauen und große Hoffnungen gesetzt.
> Ferner erzählte er mir, daß ich nach Wetzlar und Regensburg, nicht weniger nach Wien und von da nach Italien gehen sollte; ob er gleich wiederholt behauptete man müsse Paris voraussehen, weil man, aus Italien kommend, sich an nichts mehr ergötze.
> Dieses Märchen meines künftigen Jugendganges ließ ich mir gern wiederholen, besonders da es in eine Erzählung von Italien und zuletzt in eine Beschreibung von Neapel auslief ...«

So heißt es im ersten Buch von *Dichtung und Wahrheit*. Der Knabe war damals 8 Jahre alt.
Die starre Autorität des Vaters hatte also für Sohn und Tochter durchaus unterschiedliche Bedeutung, und die Beziehung zu beiden Kindern war sehr verschiedener Art. Die Herausgehobenheit des Sohnes zeigt sich zum Beispiel darin, daß Johann Caspar, wie ein Verliebter, alle Blättchen Papier – seien es Übungen, Zeichnungen, Briefe des Sohnes sorgsam sammelte und abheftete. Johann Wolfgang macht sich darüber lustig, daß der Vater in rührender Art seine mehr oder weniger angedeuteten und halbfertigen zeichnerischen Produktionen ordentlich zuende zeichnete.[43]

»Er fragte wohlwollend nach meinen Versuchen und zog Linien um jede unvollkommene Skizze: er wollte mich dadurch zur Vollständigkeit und Ausführlichkeit nötigen; die unregelmäßigen Blätter schnitt er zurechte und machte damit den Anfang zu einer Sammlung, in der er sich dereinst der Fortschritte des Sohnes erfreuen wollte.«[43]

Johann Caspar hob die Schulhefte des kleinen Wolfgang auf, von Cornelia ist nichts erhalten,[44] – und im Übungsbuch des Jungen findet sich eine aufschlußreiche Szene, die Johann Caspar seinem Sohn diktierte und die dieser ins Lateinische übersetzte. Damals war Johann Wolfgang 8 Jahre alt. Erzählt wird, wie Vater und Sohn in den Keller gehen. Hier befindet sich der Stein, den der Kleine zu betrachten so liebt – der Grundstein des neuen Hauses mit den Initialen des Kindes JWG. Der Vater ist höchst vergnügt, daß sein Sohn den Stein ebenso sehr liebt wie er selber. Der Kleine behauptet, vom Vater Nützliches lernen zu wollen, aber der weiß gleich worum es geht:[45]

Colloquium
Pater et Filius
Mens. Jan. MDCCLVII.

F. Ist es erlaubt mit in den Keller zu gehen?	Licetne tecum ire in cellam vinariam?
P. Ja es ist erlaubt wen du mir sagst was du daselbst machen wilst.	P. Immo licebit: utprimum dixeris, quid illic facturus sis.
F. Ich höre, daß sie die Weine auffüllen wollen, und davon möchte ich einen Begriff haben.	F. Audio, quod vina replenda sint, cuius rei notionem veram habere cuperem.
P. Verschlagener! hierunter stickt etwas anders verborgen: sage die Wahrheit.	P. Astute, latet sub hoc quid monstri: dic verum.
F. Ich kans nicht bergen, den Grund und Schluß-Stein habe ich Lust einmal wieder zu sehen.	F. Ingenue fatear: volupe est tandem aliquando videre lapidem fundamentalem et clausularem.
P. Folge mir, dir soll in einem als andern willfahret werden.	P. Sequere me, voluntati tuae in utroque satisfiet.
F. Ich will gern folgen. Siehe, wir sind schon an der Treppe. O was vor eine große Finsternüß, es kan nicht dunkler im Grab aussehen.	F. Lubens sequar. Verum Ecce sumus ad scalas. Quae tenebrae cimmeriae, sepulcrum ipsum non potest esse obscurius.

XXI. Der Wolff ünd Kranich-Vogel.

Dem Wolff im Rachen steckt ein Bein als eingegraben,
Der Kranich bringts herauß, in meinung Lohn zü haben.
Nein Brüder sagt der Wolff, nim dises darfür an,
Daß ich dich födten künt, habs aber nicht gethan.

P. Hinweg dermalen mit dieser traurigen Vorstellung: Gehe mein Sohn nur behutsam der Treppe hinunter, du wirst bald Licht finden.

P. Mitte hanc, hac vice, funestam immaginem: descende mi fili provide et mox infra lucem invenies.

F. Sie haben recht: ich sehe alle umliegende Sachen als Kessel, Töpfe, Bütten u.d.m.

F. Rectissime: iam iam omnes res circumiacentes video ut, ahena, ollas, doliola, orcas labra e.i.g.a.«

Das ist ganz Johann Caspar. »Hinweg dermalen mit dieser traurigen Vorstellung [...] du wirst bald Licht finden«. Abergläubische Ideen waren ihm ein Greuel, irrationale Ängste bekämpfte er, denn sie waren ihm unerträglich. Nachdem er den Sohn mutig gemacht hat, fährt er mit sehr freundlichen Worten fort:

P. Warte ein wenig, es wird sich dir noch mehr und dieses weit deutlicher als bißher geschehen entdecken.

P. Exspecta paulisper, plura adhuc eaque clariora hactenus tibi patefient.

F. Fürwahr das wenige Licht so durch das Keller Loch fält erleuchtet alles.

F. Profecto, clarum illud perpausillum quod per cellae spiraculum intrat illuminat omnia.

P. Wo glaubest du nun das gesuchte zu finden?

P. Ubinam igitur opinaris genio tuo satisfacere?

F. Den Schluß-Stein sehe ich wol über meinem Kopf aber den Grund Stein kan ich noch nicht antreffen.

F. Lapidem quidem, quem dicunt clausularem, super caput meum optime cerno, at lapidem fundamentalem reperire non licet.

Lehrhaftes Bilderbuch aus der Bibliothek von Johann Caspar Goethe

Der Wolff und Kranich-Vogel

Dem Wolff im Rachen steckt ein Bein als eingegraben,
Der Kranich bringts herauß, in Meinung Lohn zu haben.
Nein Bruder sagt der Wolff, nim dieses darfür an,
Daß ich dich tödten künt, habs aber nicht gethan,

XXV. Rath-pflegung der Rattenmäuse.

Dieweil die böse Katz, Viel Ratten hat gefangen,
Beschliessen sie Die Schell an ihren hals zu hangen;
Doch wolt es niemand thun. Was vortheil gibt ein Rath,
Der unaußführlich ist, in Wercken und der That.

P. Siehe da in diesem Winkel ist er ein gemauret.
F. Nunmehro sehe ich ihn wohl und erinnere mich, daß ich ihn unter vielen Feyerlichkeiten mit eigener Hand eingemauret habe.

P. Ecce in isto angulo in murum inclusus eminet.
F. Video et recordor, illum multis solenitatibus adhibitis a me eo collocatum fuisse.

So erfolgt die Einweihung des Sohnes in die Männer-Ordnung. Da wird die Geschichte erzählt (die immer wieder erzählt wird), die lustige Geschichte, die die Auszeichnung und die Bedeutung des Sohnes belegt – als des Erben der väterlichen Macht:

P. Kanstu dich noch mehrer Umstände die dabey vorgefallen erinnern.
F. Warum nicht. Ich sehe mich nehmlich in der Tiefe als einen Maurer gekleidet mit der Kelle in der Hand unter vielen Maurer-Gesellen stehen, und hatte den Steinmetzen-Meister zur Seiten.
P. Wurde den dabey sonst nichts geredet?
F. Ja wohl. Es fing der Obergeselle zwar nach Gewohnheit aine Rede an konte sie aber nicht ausfüren und unterlies nicht sich die Haare auszurauffen da er von so vielen Zuschauern inzwischen ausgelacht wurde.

P. Potesne alia atque alia eodem tempore gesta, tibirevocare in memoriam.
Quidni: Me ipsum video scilicet in abisso ut murarium amictum spatulam manutenentem magnoque murariorum sociorum agmine stipatum, lapicida latus meum claudente.
P. Nihilne amplius tunc eveniebat?
Quod sic. Primarius nempe eorum murariorum Ciceronem |: ut solent :| agere voluit, cui tamen concione vix coepta, vox faucibus haesit, steteruntque comae, quas prae pudore sibi evellere non cessavit spectatoribus interim eum deridentibus.

Lehrhaftes Bilderbuch aus der Bibliothek
von Johann Caspar Goethe

Rath-pflegung der Ratten mäuse

Dieweil die böse Katz, Viel Ratten hat gefangen,
Beschliessen sie Die Schell an ihren Hals zu hangen;
Doch wolt es niemand thun. Was vortheil gibt ein Rath,
der unaußfürlich ist, in Wercken und der That.

P. Was denckstu den nun gutes bey diesem Stein, nach dem dich so sehr verlanget?

F. Ich gedencke und wünsche daß er nicht eher als mit dem Ende der Welt verrucket werden möge.

P. Das wollen wir Gott anheimstellen. Du aber gehe mit mir weiter.

P. Quid boni nunc ad hunc lapidem cogitas quem intueri adeo anhelasti?

F. Cogito mecum et opto, ut iste haud prius, quam cum mundi ipsius interitu universali de loco suo moveatur.

P. Id soli Deo commitendum esse certe scio. Tu vero progredere mecum ulterius.

Das Gespräch schließt mit der Einigung der beiden auf praktisch-handwerkliche Fragen – und auch das ist kein Zufall, wir sehen darin die weitere Seite des Männer-Bündnisses, in der verständigen Einübung des Sohnes in den Bereich des Herstellens.

F. Potz, wie bequem komt man nicht aus diesem in den g[r]osen Keller. Es muß viel Mühe und Oel gekostet haben biß diese Öfnung zustande kommen.

P. Du hasts getroffen: Setze bey viele Gefahr, welche die Handwercks-Leute gehabt, vornehmlich in Erbauung der Haupt-Treppe wie du hier siehest, da das gantze Gewölbe fast mit unzehligen Stützen unterbauet wurde.

F. Und wir sind bey aller der Gefahr dennoch wohnen geblieben. Es ist gut wen man nicht alles weiß, ich hätte gewiß nicht so ruhig geschlafen, als geschehen.

P. Weistu nicht wie süße es ist, an die Gefahr, wen sie vorüber, zu gedencken. Aber mein Sohn, siehe nun auch wie Weine aufgefüllet werden.

F. Papae, quam commode nobis ex hac in maiorem transire licet cellam. Multa sane opera multoque oleo constiterit usque dum haec apertura conficeretur.

P. Rem acu tetigisti: adde adhuc periculum, quod operarii inivervunt, inprimis in exstruendis, quas hic vides, scalis primariis, ubi tota fere haec fornix fulcris innumeris sustinebatur.

F. Et tamen in tantis periculis habitationem ipsi non mutavimus. O salutarem inscitiam! etenim si ego hoc scivissem, non tam secure in utramvis aurem dormivissem.

P. An nescis quam dulce sit praeteritorum meminisse periculorum. At, mi filli, respice nunc et alterum scopum, quomodo videlicet implea[n]tur dolia.

F. Ach, was bedeut das: Warum gehet so viel in einjegliges Faß: Wo komt den der Wein alle hin da wir ihn so mäsig trincken.

F. Hem, quid hoc sibi vult quod tantum vini singulis doliis infundatur: quorsum igitur abit, cum in hac re teneamus modum.

P. Du hast bemercket: Wisse also daß es sich von Tag zu Tage verzehret, und wen man den Abgang nicht jezuweilen wieder ersetzte, würde er endlichen alle versch[w]inden.

P. Optime animadvertis, scito igitur, vina in dies etiam non utendo sese consumere, quae, nisi dicta ratione restituerentur, omnia tandem evanescererent.

F. Und solchergestalt wäre ja besser, daß man zuvor käme, und das, so verr[a]uchen wolte, genöße: den was nützet mir [ein] ganzer Keller voll wen er zu Lufft werden solte.

F. Atqui, hoc pacto consultius esset, istam absumtionem, utendo atque fruendo praevenire quam ab illa praeveniri, nam quid prodest cella vinis plena, si in auram abirent.

P. Thörigter! dieser Abnahme muß man, wie du hier siehest, mit wenigen Kosten abhelfen.

P. Sulte! huic decremento minori, ut vides, sumtu, obviam eundum est.

F. Ich gebe es zu: Allein was sind den in diesen Fässern vor Weine.

F. Do manum; sed quae vina his in doliis asservantur.

P. Ob zwar die Unwissenheit hirinnen besser ist so solstu doch wissen, daß sie viele Jahre haben, und desfals sehr raar sind, und dieses sage ich dir damit du dich dermaleinst mäßig bedienest, und Sorge habest, daß solche auf die Zukunft überliefert werden.

P. Docta quidem est ignorantia, hoc tamen habeto, quod multos annos computent proptereaque rarissima sint, idque tibi tico, ut aliquando illis moderate utaris et in seram posteritatem illa transferri quoque studeas.

F. Ja ich will es thun: doch eines möchte noch wissen, ob es nehmlich solche Weine sind welche Theologische genennet und mit denen dreyen Buchstaben COS bezeichnet werden.

F. Curabo: sed pace tua scire velim, utrum id vini genus forsan sit, quod Theologicum vocari tribusque istis literis Cos indicari solent.

P. Ey wie lustige Einfälle: die armen Geistlichen müssen sich sehr leiden, da die wenigsten solchen geniesen können.

P. Eia quam facete respondes Boni isti Theologi multum in hac re pati debent, cum tamen plerique eorum ab illis bibendis abstinere cogantur.

F. Dieses ist auch wahr und pflegen jene solche Beschuldigung auf die Juristen zu schiben.	F. Hoc quoque verum est, quare iidem illud dicterium in Iureconsultos referre amant.
P. Genug vor diesesmal. Gehe wieder hina[u]f an deine ordentliche Arbeit. Und damit du nicht unbelohnt fortgehest so empfange hiermit ein zwar unansehnlich Stück-Holtz, das aber darum schätzbar ist, weil es ein Überbleibsel von dem auf Columbus Schiff befindlich gewesen Mastbaum ist.	P. Haec sufficiant: tu autem redi ad labores consuetos. Ne tamen indonatus hinc prima vice discedas, accipe hanc exilem licet cossisque erosam ligni particulam propter vetustatem tamen pretiosam. Restat enim ut ferunt ex malo navis scil. qua Columbus in novi orbis inventione usus est.
F. Ha ha, ich will es aufheben mit den andern Alterthümer biß daß ein Damasippus kome und sie kaufe. Lebe wohl.	F. Hem conservabo eam cum ceteris antiquitatibus donec Damasippus venerit illam emendo. Vale.

Es ist nicht ohne Bedeutung, daß in dem Grundstein des neuerbauten Hauses die Initialen des Erstgeborenen eingemeißelt wurden. Das Gespräch auf dem Weg in den Keller zeigt einen Vater, der mit dem Sohn zusammen von dessen zukünftiger Größe phantasiert. Er selbst, Johann Caspar, trat zurück – als der, der den Weg ebnet, um dem Sohn als Vollender die Bahn frei zu machen. Die väterliche Liebe ist allerdings an die Realisierung der Phantasie des Vaters gebunden. Die altruistische Identifikation benutzt psychologisch den Sohn, um das eigene ideale Selbst zu verwirklichen. Dieses Moment war bei Johann Caspar weit über das Maß der normalen Identifikation hinaus gesteigert – es war eine verzweifelte Abwehr der eigenen Traumatisierung, einer tiefen narzißtischen Kränkung, die er auf diesem Wege auszugleichen suchte. Dafür sprechen die folgenden Elemente der väterlichen Pädagogik: Der Sohn muß den Lebensweg des Vaters nachvollziehen. Das ist ganz konkretistisch gemeint und wird starr verteidigt: das gleiche Studium Jura, die gleichen Studienorte, ob er will oder nicht. Er wird auch die gleichen Vergnügungen haben wie der Vater: die Italienreise plant der Vater schon dem Kind vor. Wenn der Sohn die Wünsche des Vaters erfüllt, das heißt als Stellvertreter agiert, ist der Vater entsprechend bereit, ihm alles zu gewähren – wie der hohe Wechsel zeigt, den er ihm für das Studium zukommen läßt; nach Weimar aber gibt er ihm nur das Nötigste. Das Geld für die Druckkosten des »Götz« war geliehen, weil es vom Vater verweigert wurde.

Auffallend ist auch die unbezähmbare Wut, die Johann Caspar Goethe überkommt, wenn sein Sohn von seinen Plänen abweicht; ganz egal, ob kindlicher Widerstand oder Krankheit die Ursache sein mochten. Der Sohn:

> »... Es waren mir diese hübschen Zimmer und Räume, wo ich so viel gelitten hatte, unerfreulich geworden, und mit dem Vater konnte sich kein angenehmes Verhältnis anknüpfen; ich konnte ihm nicht ganz verzeihen, daß er bei den Rezidiven meiner Krankheit und bei dem langsamen Genesen mehr Ungeduld als billig sehen lassen, ja daß er, anstatt durch Nachsicht mich zu trösten, sich oft auf eine grausame Weise über das, was in keines Menschen Hand lag, geäußert, als wenn es nur vom Willen abhinge. Aber auch er ward auf mancherlei Weise durch mich verletzt und beleidigt.«[46]

Auch hier zeigt sich die Struktur der väterlichen Liebe, einer begrenzten Identifikation. Es ist eine Liebe, welche die Grenze nicht respektieren kann. Dennoch: Er gibt dem Sohn eine realistische Orientierung und klare Modelle.

Neben der persönlichen besonderen Beziehung zwischen Vater und Sohn gibt es stets die Verbindlichkeit der Institutionen der männlichen Sozialisation, die der Vater zwar repräsentiert, die aber außer ihm existieren, in Lehren, Verhaltensmustern, Erwartungen der Umwelt und in den kollektiven Mythen. Wenn gleich diese Einrichtungen disziplinierenden Charakter haben – sie markieren zugleich soziale Entschädigungen und ideale Bilder, die Selbstverantwortung und Unabhängigkeit am Ende des Weges versprechen und fördern. *Dichtung und Wahrheit* führt drei solcher Mythen vor: das Paris-Märchen, die Geschichte von Joseph und seinen Brüdern, schließlich den Mythos von der Erzeugung der Welt durch die Engel, von der Geburt ohne Frauen.[47]

Das Paris-Märchen trägt den Untertitel: *ein Knaben-Märchen.* Das Märchen ist durchzogen von der heftigen Rivalität mit einem gleichaltrigen Mädchen; der Ausgang des Zweikampfes bleibt offen, der Held kommt mit heiler Haut davon. Auch diese Geschichte handelt, wie die Szene mit dem zerbrochenen Geschirr im 1. Buch, von der »Entstehung eines Erzählers«. Emil Staiger beschreibt das Märchen. Er beginnt mit einem Zitat aus der abschließenden Szene:

> »Mein ergrimmter Wunsch war, ihr ganzes Heer zu vernichten; sie dagegen, nicht faul, sprang auf mich los und gab mir eine Ohrfeige, daß mir der Kopf summte. Ich, der ich immer gehört hatte, auf die

Ohrfeige eines Mädchens gehöre ein derber Kuß, faßte sie bei den Ohren und küßte sie zu wiederholten Malen. Sie aber tat einen solchen durchdringenden Schrei, der mich selbst erschreckte; ich ließ sie fahren, und das war mein Glück: denn in dem Augenblick wußte ich nicht wie mir geschah. Der Boden unter mir fing an zu beben und zu rasseln ...

Was Brücke gewesen, verwandelt sich wieder in den starrenden Widerstand. Die Gunst, die den Übergang gewährt hat, scheint also verfrüht gewesen zu sein. Indes geschieht weiter nichts Fürchterliches. Wasser zischen von allen Seiten. Der Knabe reißt sich das ohnehin leichte Gewand vom Leib und wandelt nackt, gravitätisch, mit sichtlichem Wohlbehagen, in dem erfrischenden Strahlbad umher. Wird er erneuert in Lethes Flut, die ja für Goethe immer wieder das Wasser des gütigen Lebens bedeutet? Gewaschen, gereinigt, im Zustande des paradiesischen Adams, hat er schon alle Unbill vergessen und fühlt sich wohl, bis die Strahlen abschnappen und der Alte – ein Mensch, nicht so leicht zum Verzeihen geneigt – mit drohenden Worten vor ihn hintritt. Doch in der Gewißheit, ein Liebling der Götter und zu Großem erkoren zu sein, wieder Narziß vom Haupt bis zur Sohle, weist er die Drohung gekränkt zurück und wandelt schließlich, ›sonntägig geputzt und frisiert wie vorher‹, aufrecht von dannen. Gewonnen hat er also nichts; er hat nur zu früh, wie Parzival, einen Raum betreten und wieder verlassen, in dem er später vielleicht eine große Rolle zu spielen berufen sein könnte.«[48]

Eine entwicklungspsychologische Deutung der Episode wird die Themen der Rivalität, des Kampfes sowie den Rückzug auf eine narzißtische Position betonen. Unschwer läßt sich die Darstellung des Übergangs zur Latenz in der kindlichen psychosexuellen Entwicklung erkennen, in diesem besonderen Falle mit einer starken Betonung des Machtkampfs mit dem Weiblichen. Auf das Bild von Paris, der den Frauen zugewandt ist, wenn auch in der Rolle des distanzierten Beurteilers (eine Rolle, die zu der Erzählung in einer gewissen Spannung steht), folgt als nächster Einschub der Joseph-Mythos.

Diese Erzählung im 4. Buch von *Dichtung und Wahrheit* beschreibt eine Männer-Genealogie, die Geschichte der Patriarchen bis zum jüngsten, und bedeutendsten: Joseph. Hier gibt es das Volk, Wanderungen, Kriege, einen Schöpfer-Gott, aber keine Frauen außer als Mittel der Erzeugung legitimer Erben, keine weibliche Macht wie im Paris-Märchen. »Auf gesetzmäßiger Fortpflanzung des Menschengeschlechts ruht größtenteils die Geschichte«, heißt es im Joseph-Mythos. »Die Geschichte Josephs zu bearbeiten war mir lange schon wünschenswert gewesen; allein ich konnte mit der Form nicht zurechtkommen [...] aber nun fand ich die prosaische Behandlung sehr bequem und legte mich mit aller Gewalt auf die Bearbeitung« (4. Buch, *Dichtung und Wahrheit*). Der Zwölfjährige gestaltete in Joseph das imaginäre Bild seiner eigenen Rolle als Kind und Erbe: »Joseph, das Kind der leidenschaftlichsten ehelichen Liebe. Ruhig erscheint er uns und klar und prophezeit sich selbst die Vorzüge, die ihn über seine Familie erheben sollten.« (4. Buch) Auch der Lucifer-Mythos am Ende des 8. Buches kann als Kommentar zur Identitätsfindung gelesen werden. Es ist die Zeit der Prometheus-Fragmente und das Thema ist die Erzeugung der Welt und des Lebens aus dem Geist. Rolf Christian Zimmermann hat den Mythos vor dem Hintergrund der hermetischen Tradition erläutert.[49] Die Abweichungen von dem Vorbild bei Sincerus Renatus liegen in der Betonung des Konflikts um die »Selbst-Werdung«.

Die drei Mythen sind unvermittelt, sie unterbrechen den Gang der Handlung der Autobiographie als Blöcke. Sie zeigen den kulturellen Raum der Projektionen für die männliche Identität. Die kulturellen Symbole treten zu den realen Handlungsräumen hinzu. Vergleichbare Traditionen existieren für Johann Wolfgangs Schwester nicht. Betrachten wir dagegen die seelische Entwicklung Cornelias – und sie ist in vielerlei Hinsicht für ihre Generation charakteristisch –, so erkennen wir als Hauptkennzeichen eine Fragmentarisierung des Bewußtseins. Eine Serie von Widersprüchen treibt sie zur Desintegration. Wir haben einige Elemente der Verwirrung bereits hervorgehoben:

- die Irrealität des väterlichen Erziehungsmodells
- die Ausgrenzung aus der lebenspraktischen Gemeinschaft mit den Frauen, der Zerfall der weiblichen Kultur
- die Diskrepanz zwischen Leistung und Zurücksetzung
- die Diskrepanz zwischen Selbstbild und sozialer Realität, das heißt den Erwartungen der Umwelt.

Wir sahen in den Briefen an Cornelia die verwirrende Widersprüchlichkeit der Anerkennung als Gleiche, aber auch Verachtung als Mädchen und die Idealisierung als Sexualobjekt. Wir sahen auch, daß sich das vor dem Hintergrund eines kulturellen Wandels abspielt, der insbesondere für Frauen die Gefahr eines Orientierungsverlusts bedeutete. Historisch geht es um die Entwertung der weiblichen Welt, ein Zerfallen weiblicher Lebensform, eine Orientierung an den Werten der männlichen Lebensordnung, ohne daß diese für Frauen lebbar gewesen wären. Dabei entsteht gerade bei den Frauen, die in die »mo-

ralisch-ästhetischen« Bildungsprozesse einbezogen werden, das Bedürfnis nach Auseinandersetzung und Mitgestaltung. Dieses Bedürfnis gründet in der Kompetenz ebenso wie der Wunsch nach Selbstverwirklichung. Darum wird von Frauen schließlich »Liebe als Selbstverwirklichung« aufgefaßt – als verborgene Macht. In ihrer sozialen Isolation bedeutete für Cornelia der Bruder zugleich die Teilhabe an der Welt der Produzenten. Aber es wird deutlich, daß für ihn – und seine Haltung ist hier charakteristisch – ein innerer Zwang besteht, sich mit einer auffallenden Aggressivität von ihr abzugrenzen. Das ist vor allem bedeutungsvoll vor dem Hintergrund der weiblichen Sozialisationsagenturen, wie sie sich bei Cornelia zeigen.
Solche Szenen, wie sie Vater und Sohn teilen und wie sie ihre Beziehung zugleich in die kollektive Ordnung einbinden, suchen wir bei Cornelia vergebens. Sie ist ganz Objekt der männlichen Pädagogik – ohne doch die Chance zu haben, wie ein Sohn zu sein und eine Welt zu finden, die dem Mutigen das Recht auf Gestaltung und auf Spiegelung der Größenphantasien einräumt. In *Dichtung und Wahrheit* heißt es:

> »Da aber die Stunden der Eingezogenheit und Mühe sehr lang und weit waren gegen die Augenblicke der Erholung des Vergnügens, besonders für meine Schwester, die das Haus niemals auf eine so lange Zeit als ich verlassen konnte, so ward ihr Bedürfnis, sich mit mir zu unterhalten, noch durch die Sehnsucht geschärft, mit der sie mich in die Ferne begleitete.«[49a]

Die Erziehung einer Leserin: Johann Wolfgang Goethe und seine Schwester Cornelia

Charakteristisch war um 1750 erstens der Übergang von Werten der an der Kollektivität orientierten alten Ordnung zu den neuen Orientierungen, die das Individuum und seine Persönlichkeit ins Zentrum stellten, zweitens der Wechsel von einer nach Geschlechtern getrennten Bildung zu einer Klassenbildung und zu einer Frauenbildung unter Leitung einer männlichen Pädagogik, drittens der Wandel von frommer Versenkung in die immer gleichen heiligen Texte und Andachtsbücher zu einer Art der Lektüre, die Engelsing als »Übergang von intensiver zu extensiver Lektüre« beschrieben hat, also zum modernen bürgerlichen Publikum mit neuen Buch- und Zeitschriften-Interessen.
Für die Veränderung der Lebensordnung ist die Lektüre ein wesentlicher Indikator: »Es ist eine konsequente Fortsetzung der Entwick-

lung, daß sich dem gebildeten Bürger schließlich seine Lebensgeschichte mehr und mehr als Lesergeschichte verdeutlichte.«[50] Den Umbruch Mitte des 18. Jahrhunderts bezeichnen wir zunächst in drei formalen Aspekten:

- Säkularisierung der verbreiteten Lesestoffe,
- Entstehung eines »ungebildeten« (d. h. nicht gelehrten) Lesepublikums,
- Jugendliche und Frauen bilden den Hauptteil des Publikums.

Diese dürren Fakten signalisieren eine kulturelle Umwälzung von höchster Bedeutung. Sie bestimmen das geistige Klima in der Epoche der Französischen Revolution, die Transformation von der Kollektivität zur Individualität. In den sozioökonomischen Prozessen hatten sich neuartige Strukturen ausgebildet, denen nun die Umorganisation der kulturellen Werte und des Persönlichkeitsbildes folgte. Die Veränderung der geistigen Welt zwischen 1750 und 1780 läßt sich mit drei Autorennamen bezeichnen: Richardson, Rousseau, Goethe. Die sensationellen Bucherfolge des Jahrhunderts: die drei Richardsonschen Romane *Pamela, Clarissa* und *Sir Charles Grandison*, die *Nouvelle Heloïse* und der *Emile* von Rousseau sowie Goethes *Die Leiden des jungen Werther* zeigen (jenseits der nationalen Unterschiede) eine rasant fortschreitende Innovation an – die radikale Betonung des einzelnen, abgegrenzten, besonderen Menschen, bis hin zur Legitimation des Selbstmords. In dieser Zeit entsteht das neue Publikum; es konsolidiert sich und bildet »Lesetypen« sowie »Lesegesellschaften«.

Erst seit Mitte des Jahrhunderts drangen die Dichter in die Bibliotheken vor und es entstand in der Schicht der Wohlhabenden der neue Typ des »gebildeten Menschen«. Und: Diesen Lesern behagte die lateinische Sprache nicht mehr. Johann Caspar Goethe verharrte an der Schwelle zur modernen Form, im Übergang zwischen dem Gelehrten und dem Gebildeten. Sein Vorbild blieb die Lateinschule: »Die Dichter, die J. C. Goethe besaß und seinen Sohn lesen ließ, waren der deutsche Nachahmer des Boileau Canitz, Hagedorn, Gellert, Haller, die süddeutschen Lyriker Drollinger und Creuz, bis auf Canitz lauter Dichter des 18. Jahrhunderts und als Standardwerke der italienischen und französischen Literatur Tassos Befreites Jerusalem in der Bearbeitung von Kopp und Fénelons Telemach in der Bearbeitung von Neukirch. Der Vater ließ den Sohn diese Werke lesen und lernen, wie man den Katechismus und die Lateiner zu lesen gewohnt war: ›Ich hatte diese sämtlichen Bände‹, berichtet Goethe, ›von Kindheit auf fleißig durchgelesen und teilweise memoriert, weshalb ich denn zur Unterhaltung der Gesellschaft öfters aufgerufen wurde.‹«[51] Den nächsten Schritt in der Entwicklung des Publikums vollzog z. B. Johann Caspar Goethe nur zögernd mit, wie sich in seiner Ablehnung des »regellosen Dichters« Klopstock zeigt. Die Klopstockbegeisterten repräsentierten schon die nächste Lesergeneration der sechziger Jahre. Engelsing hat darauf hingewiesen, daß das 18. Jahrhundert als Bewegung von Lesergenerationen beschrieben werden kann, die immer rascher einander ablösen und die neuen Formen und Themen hervorbringen, die für die Selbstbilder des Bürgertums entscheidend werden. Die religiöse Literatur reichte nicht mehr aus. Der neue Mittelstand war weltlich orientiert und suchte eine kulturelle Repräsentanz seines Selbstbewußtseins in einer aristokratisch gegliederten Gesellschaft und gegen sie. Für die Frauen spielte das Moment der Freisetzung aus den weiblichen Arbeits- und Lebenszusammenhängen die Hauptrolle – die Suche nach einer neuen Selbstdefinition. Und die Jugendlichen fühlten die Aufbruchstimmung und fanden intuitiv heraus, was oppositionellen Charakter hatte.[52]

Betrachten wir die Geschwister im Jahre 1765. Da schreibt der sechzehnjährige Johann Wolfgang vom Studium in Leipzig am 6. Oktober an Cornelia nach Hause:

»Antwort auf den Brief
vom 6. Xbr.

Du sagsts!

Erzähle mir doch ausführlicher von dem jüngfraulichen Concerte. Auch von dem Teater, dem Trauerspiele, das sie gespielet haben pp. Ich gehe manchmahl in die Comödie. Ich wünschte daß ich dich mitnehmen könte. Dein Leibstück den Kaufmann von London habe ich spielen sehen. Beym größten Teil des Stücks gegähnt, aber beym Ende geweint. Ferner Miß Saara, Zayre, Cenie, die Poeten nach der Mode, die Verschwörung wieder Venedig pp. Sie haben hier einen Acteur, der Brückner heist, sogut wie Bersac, und eine Actrice, Starcken sogut wie Madam de Rosne. Neulich sah ich Tartüffen. Top! da fiel mir ein Kerl ein der eben so aussieht. Rähtst du ihn, er macht so kleine Augen! Ha! Ha! ha! Ein Schurcke wie der andre. Ich will jetzo von was anders reden, nehmlich von dem was ich dir am nohtwendigsten glaube, das ist von deiner jetzigen Unterhaltung im Lesen. Du bist über die Kinderjahre, du must also nicht nur zum Vergnügen, sondern zur Besserung deines Verstandes, und deines Willens lesen. Bitte dir vom Papa Zeit dazu aus, er wird dir sie geben. Zuerst sollst du den Zuschauer [eine bekannte moralische Wochenzeitschrift, U.P.] lesen laß dir ihn durch Hrn Ohme Textor von der Stadt Bibliothek schaffen. Dieses Buch ließ mit Aufmercksamkeit. Du wirst viel gutes darinn finden. Allein ich muß dich auch lesen lernen. Nichtwahr das kommt dir wunderlich für, daß ich so rede. Ich kenne dich ich weiß wie und warum du liesest. Siehe so must du es machen. Nimm ein Stück nach dem andern, in der Reihe, ließ es aufmercksam durch, und wenn es dir auch nicht gefällt, ließ es doch. Du mußt dir Gewalt antuhn |: Ich sag es noch einmahl: wenn du haben willst daß ich für dich sorgen soll; so must du mir folgen, und nicht nur Vergnügen beym Lesen suchen. :| Wenn du es gelesen hast; so mach das Buch zu, und stelle Betrachtungen darüber an. Im Anfange wird es dir schweer fallen, aber bald wird es leichter gehen, wie mit dem Schreiben. Fange damit an aber balde. Schreibe wie es dir gefällt, deine Gedancken über einzelne Stücke. Manchmahl werde ich Stücke aussuchen, und dein Urteil darüber erforschen. Dieses ist besser und dir nützlicher als wenn du 20 Romanen gelesen hättest. Diese verbiete ich dir hiermit völlig, den einzigen Grandison ausgenommen den du noch etlichemahl lesen kannst, aber nicht obenhin, sondern bedächtig.«[53]

Die Geschwister sind Leser aus Leidenschaft. Johann Caspar hat offensichtlich zwei vorbildliche Mitglieder des neuen bürgerlichen Publikums erzogen; in ihrem Kopf sind die verschiedenen Strömungen der neueren Literatur versammelt. Sie betrachten die neuen Stücke auf der Bühne mit Verstand und Interesse. Des Sohnes Kurzkritik am empfindsamen Drama des Engländers Lillo *Der Kaufmann von London* wäre der Mutter Catharina würdig: »beim größten Teil des Stükkes gegähnt, aber beim Ende geweint«. In einem Atemzug begegnen wir den wichtigsten Autoren: Lessing, Voltaire, Lillo und Richardson, den Moralischen Wochenschriften *Spectator* und *Magazin pour les jeunes dames.* Naturwissenschaftliche Studien kommen nicht vor, so wenig wie religiöse Literatur. Es geht nur um den moralisch-ästhetischen Bereich, um die wichtigsten Repräsentanten der neuen Gedanken sowie um einige Klassiker wie Cicero oder Tasso:

»Sonnst kannst du auch die beyden Magazinen der Fr v. Beaumont lesen sie sind sehr gut. |: das dritte: Magasin pour les jeunes Dames:| lese nicht. Die Briefe der Fr von Montier von eben der Fr von Beaumont sind auch lesenswert. Die Lett. de Md. Montague gleichfalls. Im Ital. den Pastor fido doch der ist manchmahl schweer, laß dir ihn vom Vater erklären. Ferner Epistole di Cicerone. Der Papa hat sie. Wenn du Tassos Gerusaleme lib. verstehst, lese sie auch. Sonst kanst du das Buch I studii delle donne stückweise für dich nehmen, das ganze möchte für dich zu lang seyn. bey jedem auf die Sprache, die Sachen und die Wendungen womit die Sachen gesagt sind gesehen. Nur das mercke bey Ciceros briefen du must sie aussuchen. sonst ließ italienisch was du willst, nur den Decameron vom Boccacio nicht. Französch nim Les Lettres de Pline. Von den Comödien des Moliere will ich dir einen Auszug machen. So weit für dießmahl. Der Papa wird mit meinen Anstalten zufrieden seyn.«[54]

Offensichtlich sind Junge und Mädchen noch auf dem gleichen Wissensstand, wenn auch der Bruder sich zum Erzieher aufschwingt. Das verdankt sich offensichtlich weniger seinem Wissensvorsprung als seiner Auffassung wie ein Junge mit Mädchen umgehen soll.
In *Dichtung und Wahrheit* heißt es:

»Und so wie in den ersten Jahren Spiel und Lernen, Wachstum und Bildung den Geschwistern völlig gemein war, so daß sie sich wohl für Zwillinge halten konnten, so blieb auch unter ihnen diese Gemeinschaft, dieses Vertrauen bei Entwickelung physischer und moralischer Kräfte. Jenes Interesse der Jugend, jenes Erstaunen beim Erwachen sinnlicher Triebe, die sich in geistige Formen, geistiger Bedürfnisse, die sich in sinnliche Gestalten einkleiden, alle Betrachtungen darüber, die uns eher verdüstern als aufklären, wie ein Nebel das Tal, woraus er sich emporheben will, zudeckt und nicht erhellt, manche Irrungen und Verirrungen, die daraus entspringen, teilten und bestanden die Geschwister Hand in Hand und wurden über ihre seltsamen Zustände um desto weniger aufgeklärt, als die heilige Scheu der nahen Verwandtschaft sie, indem sie sich einander mehr nähern, ins klare treten wollten, nur immer gewaltiger auseinander hielt.«[55]

Diese Geschwisterliebe spielt in einer extrem nach Geschlechtern trennenden Welt. Wie selbstverständlich ist die Rolle Cornelias in diesem Bündnis die der Eingeschlossenen, der Wartenden. Zu ihr gehört der Innenraum, das Haus, und sie wartet auf den Bruder. Für diesen Augenblick, daß er zu ihr zurückkommt und ihr erzählt, daß er für sie die Welt betrachtet und beschreibt (und das ist auch *seine* Lust, die Macht, sie in seinen Bann zu schlagen) – zahlt sie einen hohen Preis: die Anerkennung dieser Arbeitsteilung, zugleich der Geschlechterordnung. Sie betrachtet den Bruder bewundernd und nimmt teil durch Identifizierung. Er ist schuldlos. Ihre Einschränkungen sind die des Vaters. Mit dem Bruder rebellierte Cornelia »gegen den Tyrannen«. Goethe beschrieb die Dynamik zwischen ihnen mit dem Wort »daß sie sich wohl für Zwillinge halten konnten«. Die Verbindung der Beiden trägt Züge der symbiotischen Einheit, wie sie oft für Zwillinge charakteristisch ist: Zu den Zwillingen gehört die starke

Abgrenzung der Innenwelt des Kinder-Paares von anderen auch von den Eltern; die Entwicklung eines eigenen Zeichensystems, der Zwillingssprache; das »intuitive« Wissen und Fühlen, was der andere denkt, die Verschmelzung und Aufhebung der Ich-Grenze also. Es besteht auch die Arbeitsteilung, die sich in symbiotischen Paaren herstellt: Außen/Innen. Zunächst eine Arbeitsteilung neigt diese Verteilung dazu, in eine Machtteilung überzugehen, wobei der innere Teil mit der Zeit der abhängigere wird.[56]
Es gibt in den Briefen aber auch die andere Position der Gleichheit, in der die Geschlechterdifferenz keine Rolle spielt. Diese Ebene ist die der wechselseitigen Kritik, der offenen Mitteilung, des vernünftigen Urteils der Schwester, an dem ihm gelegen ist. Es ist da auch die Vertrautheit, die Gemeinsamkeit gegen die anderen – Lehrer, Eltern, Erwachsene. So schreibt er einmal:

> »Vorm Jahre als ich die scharfe Critick von Clodiusen über mein Hochzeitgedichte laß, entfiel mir aller Muht und ich brauchte ein halbes Jahr Zeit biß ich mich wieder erholen und auf Befehl meiner Mädgen einige Lieder verfertigen konnte. Seit dem November habe ich höchstens 15 Gedichte gemacht, die alle nicht sonderlich groß und wichtig sind, und von denen ich nicht eins Gellerten zeigen darf, denn ich kenne seine jetzige Sentiments über die Poesie. Man lasse doch mich gehen, habe ich Genie; so werde ich Poete werden, und wenn mich kein Mensch verbessert, habe ich keins; so helfen alle Criticken nichts. Mein Freund, der Gellerten sehr genau kennt, sagt oft wenn ich ihm ein Stück bringe: das sollte er Gellerten zeigen, wie würde der ihm ein saubres Loblied singen. Ich weiß nicht ob das nicht Gründe genug sind, daß man mich dispensiren könnte ihm etwas zu zeigen, ist's aber nicht anders, so will ich ihm etwas durch eine dritte Hand schicken, er soll es öffentlich striegeln, ich will zuhören, und euch alles schreiben.«[57]

Diese Momente der Kinderbande, der erlebten Ähnlichkeit und Gleichartigkeit der Wahrnehmung und des Empfindens, die »Koterie-Sprache« beschwört er so:

> »d. 13. October.
>
> Ha! Ha! Ha! – Schwestergen du bist erz närrisch. ich habe gelacht. Reinecke der Fuchs Ha! Ha! Ich habe über das ganze Heldengedicht nich so gelacht wie über deinen Rost der Fuchs und der Stallmeister sein Bruder. Warrlich ich schreibe kein Trauerspiel. Wenn Voltaire gewust hätte daß er so sollte aufgeführet werden, wer weiß! – la! la! la! wenn Rostens Haar Feuer gefangen hätte! Ha!

da wäre es gegangen wie dort da mann einst in der Provinz Zairen fürstellte. Es fiel ein Licht herab und Oroßmanns Turban fing an zubrennen. Die Comödiantin welcher das seidene Sacktuch gehörte wovon die Kopfbinde verfertiget war sprang herfür rupfte dem Sultan die Haube vom Kopfe und löschte! – Aber – Ha! Ha! ich kan für lachen nicht mehr Ha! Ha! –«[58]

Und dann wieder dieser dominant triumphierende Ton, die Selbstverständlichkeit, mit der er die Position des Lehrers ergreift ... Die unvermittelten Launen verraten uns, wie ihm in der Beziehung die Macht zukommt. Nachdem er ihr zwei Briefe mit Narreteien geschrieben hatte, hat Cornelia ihn offensichtlich daran erinnert, daß er ihr mitteilen wollte, was er lernt. Die Antwort lautet:

»Antwort auf den Brief von 21 Nov.

Was willst du von mir lernen? Wilst du etwan wissen daß die fallenden Cörper in ungleichen Zahlen geschwinder werden. Oder daß die Quadrat wurzel von 16, 4 ist. Was machtest du mit denen Sachen? Nein ich will dich was bessers lehren. So wollen wir es machen Schwester. Schreib deine Briefe auf ein gebrochenes Blat und ich will dir die Antwort und die Critick darneben schreiben. Aber lasse dir vom Vater nicht helfen. Das ist nichts. Ich will sehen wie du schreibst. Jetzo werde ich den Anfang machen. Mercke diß; schreibe nur wie du reden würdest, und so wirst du einen guten Brief schreiben.

Critick über deinen Brief.

Du wirst doch eine Abschrift davon haben.

denn ich sehe dieses hängt nicht mit dem nachfolgenden so zusammen. Abzwecken ist kein Briefwort. Sagst du es im gemeinen Leben? Weil du an viel hohe Dinge denckst, wäre natürl. weitläufiger werdenden das Participium ist nicht gut angebracht. Seze lieber, die bald weitläufiger werden wird. Zu Ohren bringen wenn der Ausdruck auch gebräuchlich wäre; so wär der Gedancke doch nicht richtig. Indem ist nicht gut. Verlauten will ist Curial. Als ist nicht besser. Durchleben ist poetisch. Und giebt man sich Mühe es wäre besser: Man giebt sich Mühe. subsistiren ist nicht deutsch. Herbst setze lieber Weinlese. Exequien deutschgeschrieben! Castr. dol. besser Trauer Gerüste. beschauen ist nicht gewöhnl. Daß dir bald p. warum lässest du die Verba auxiliaria aus, hätte, mit der Zeit hinwissen besser: weil ihnen die Zeit lange wird. Alschon ist curial. Veranstaltung ist nicht gut. gesonnen ist, besser: will. zu Ende gebracht, besser: geendigt angewandelt, setze: angekommen.

b. 7 Dec.[59]

Wir erkennen in den Briefen ohne Schwierigkeit die Verunsicherung und die Sexualprotzerei des Jungen – der Schwester gegenüber zeigt sich das als Willkür, als Unernst, als Destruktivität; vor allem darum so problematisch zu bewerten, weil es für sie kein Gegengewicht gibt; keinen neutralen Boden, keinen Bereich der Anerkennung *ihrer* Züge von Selbstverwirklichung jenseits der Geschwisterbeziehung. Gern verwendet er Cornelia als Mittlerin zu den Frankfurter Freundinnen. So heißt es etwa im Brief vom 7. Dezember 1765:

> Du siehst ich studiere doppelt für mich und für dich. Die Stunden die mir frey bleiben, sorg ich für dich, belohne mich, und folge. Noch eins. Laß das Liebe Mädgen die Runckel von dem was du ließt, auch genießen. Es ist mit für sie, daß ich arbeite. Nimm die Stücke des Zuschauers (einer Moralischen Wochenschrift, U. P.) ließ sie ihr vor, frag ihre Gedancken und schreibe mir es. Auch das was sie sonsten denckt, alle ihre Gesinnungen, ich will für sie sorgen. Ich habe euch gar zu lieb. siehe ich schreibe bey Nacht für euch. Aber ich höre keine Hippine. Es ist schon 12. Noch was. Ich will auser dem Briefwechsel mit dir, noch einen mit euch beyden, anfangen, und euch so viel ich kann zu nutzen suchen. Du hast zeit dazu. Ihr sollt mich auch lieb haben, und alle Tage wünschen: o wär er doch bald bey uns. Leb wohl. G.[60]

Solche Aufträge erteilt er ihr unentwegt. Auf diese Weise ordnet er Cornelia in die Reihe der Mädchen ein und nimmt sie zugleich als seine Vertraute in Anspruch – was bedeutet das für Cornelia? Sie ist seine Stellvertreterin bei den anderen Mädchen und bindet ihn so an sich. Zugleich muß sie fürchten, ihn zu verlieren.[61] Daß sie ihm das Recht der Leitung ihres Inneren und ihrer Entwicklung einräumt, das verraten seine Briefe aus Leipzig. Aber auch *sein* Problem mit Angst und Aggression spricht aus der Bemächtigung, die sich bei ihm als Pädagogik, als Mädchenbildung tarnt. Ein Stück weit ist die Schwester die Vertraute, die Gleiche, die, die seine Arbeit versteht und die selbst schreibt. Dem stehen die wachsenden inneren Spannungen und die Aggression entgegen, die Johann Wolfgang dazu treiben, sich mit dem ganzen kulturellen Instrumentarium männlicher Dominanz auf das lächerlichste seines Vorrangs und seiner männlichen Herrlichkeit zu versichern.

Einen für diese Ambivalenzen besonders charakteristischen Brief hat Johann Wolfgang am 14. März 1766 an Cornelia geschickt. Dieser

Brief unterscheidet sich schon durch die Form. Er ist in französisch geschrieben, während sonst in den Briefen im allgemeinen drei Sprachen abwechseln – Französisch, Englisch, Deutsch, manchmal Italienisch. Daß für diesen Brief das Französische gewählt wird, ist seinem Inhalt nicht äußerlich. Es handelt sich um einen Brief mit einer erotischen Thematik, der die ganze Ambivalenz der Verführung Weiblichkeit und gleichzeitig der Neigung zur aggressiven Unterwerfung der Schwester enthält[62]:

»Chere Soeur
Il faut que vous aiez, vous autres filles, un certain charme secret, dont vous nous ensorcelèz quand il vous plait. Que ce charme vienne de la complaisance que nous avons pour votre sexe, ou qu'il consiste dans cet air de flatterie que vous scavez feindre quand il vous semble necessaire, cela m'est indifferant; suffit que je l'ai senti en plusieures occasions et je le sens en t'ecrivant ces lignes. J'avois pris le dessein, de gronder dans cette lettre, d'une maniere à te faire peur. J'avois deux, trois, quatre raisons; justes raisons, en poche, dont une auroit suffi pour gronder terriblement; Mais tu ecris, tu demandes pardon, st! voila mes raisons qui s'envolent. Je m'assieds et au lieu d'ecrire que je suis faché, j'ecris que je t'aime, et que je te pardonne.«

»Liebe Schwester,
Ihr Mädchen, ihr müßt einen gewissen geheimen Zauber haben, mit dem ihr uns verhext, wenn es euch gefällt. Ob eure Macht in dem Wohlgefallen gegründet ist, das wir für euer Geschlecht empfinden oder ob sie der Kunst der Schmeichelei entstammt, die ihr vorzutäuschen wißt, wenn es euch notwendig erscheint, das ist gleichgültig für mich. Mir genügt es, daß ich diese Macht bei verschiedenen Gelegenheiten gespürt habe und daß ich sie im Augenblick spüre, während ich Dir schreibe. Ich hatte mir vorgenommen, in diesem Brief zu schelten, und zwar so, daß Du Angst bekommst. Dafür habe ich zwei, drei, vier Gründe, gerechte Gründe, in der Tasche; einer allein würde ausreichen, um furchtbar zu grollen. Jedoch Du schreibst, Du bittest um Vergebung, st! Und schon sind meine Gründe entschwunden. Ich setze mich, und anstatt Dir zu schreiben, daß ich verärgert bin, schreibe ich Dir, daß ich Dich liebe und daß ich Dir vergebe.«

Hier wird also zu Cornelia von der Macht der Frauen geredet, und er zeigt ihr die Macht der Frauen an der Wirkung auf sich selbst: er kann ihr nicht zürnen – denn die geheimnisvolle Macht der Weiblichkeit

hindert ihn, vor allem aber auch ihre Unterwerfung. »Du schreibt, Du bittest um Vergebung und schon sind meine Gründe in nichts aufgelöst.« Es folgt nun ein längerer Abschnitt mit Vorwürfen über Cornelias Ungehorsam. Sie liest nicht was er will und, wie er im nächsten Absatz erläutert, gehört sie offensichtlich zu den flatterhaften, albernen weiblichen Geschöpfen, die er zutiefst verachtet. Die Eitelkeit herrsche in den Herzen der jungen Mädchen. Sie verwöhne sie, sie verführe sie zu dem falschen Glanz der Äußerlichkeit und lenke sie von den wirklichen Vorzügen, nämlich der Bildung ab. Die jungen Mädchen arbeiten nichts, sie lesen nur zum Vergnügen und um die Neugier zu befriedigen und sie schmücken sich den ganzen Tag auf die albernste Art und Weise, um zu einem Fünfuhrtreffen geputzt zu sein. Was hier auf Cornelia niedergeht ist eine Mischung aus Rousseau und dem Geschmack des Vaters, vermischt mit einer jungenhaften Lust an der Abgrenzung von dem albernen Geschlecht, das den ganzen Tag vor dem Spiegel steht. Die Mitteilung ist im hohen Grade doppeldeutig und verwirrend für Cornelia. Er führt einerseits die Abgrenzung von dem Mädchen vor. Der Bruder etabliert sich als der Richter, der beurteilt, ob Mädchen sich richtig verhalten. Die Schwester, die nur zu gern mit ihm über die Weiblichkeit lachen würde, wird doch zugleich damit konfrontiert, daß sie auf die andere Seite gehört, zu den »Gänsen«, auf die Seite derer, die gefallen müssen. So erhält dieser Brief einen bedrohlichen Zug für sie. Er führt auch Verhaltensweisen auf, die Cornelia in ihrem Tagebuch an sich selbst beschreibt: das Schweigen in Gesellschaft, die Hilflosigkeit, die Ungeschicklichkeit. Der Bruder quält sie. Nicht zufällig schließt er seinen Vortrag mit der Frage: »Was hältst Du davon, meine Schwester? Sicher gibt es solche Mädchen unter Deinen Freundinnen. Was würdest Du sagen, wenn man Dich fragen würde: Wie sollen sie gebessert werden?«[63]
Da heißt es im Brief vom 14. März 1766 weiter (Übersetzung S. 116f.):

»La vanité est presque toujours la maitresse du coeur des jeunes filles. Elle les gate, en leur montrant, d'un jour avantageux, la fausse gloire de la parure exterieure, et d'un jour desavantageux la vraie gloire des soins pour l'esprit.
Ne sont elles pas de creatures singulieres que ces filles? Q'uon leur dise: En compagnie Mademoiselle! – En compagnie? – Oui da! – Y trouverai je plusieures de ma connaissance? – Sans doute –! Aussi des etrangeres? – Rien est plus vraisemblable! ... Dabord elle fera la mine serieuse. – Que pense t elle? Ce qu'elle parlera pour divertir les autres? – Non! – Ce qu'elle dira pour etre admiree? – Ni cela non plus! – Que penset elle donc? – Rien est plus aisè à scavoir.

Regardez seulement ce qu'elle fera. Vojez vous, dabord elle s'envole vers sa garderobe! Vojez vous, comme elle parcourt des yeux ses habits? Entendez vous elle parle à soi meme? Que dit elle? – Je ne metrai pas cette robe là, Mad S. a la robe plus belle. Mais celle la? Non, elle est mal garnie. Celle la? Oui, ce sera la meilleure; mais il faut, que j'y change encor quelque chose. – Attendez seulement, j'usqu'a deux heures apres midi! Elle est coiffèe, il y a encore longtemps jusqu'a cinq. Mais il faut que tout l'apresmidi se perde en sa parure. Regardez cette centaine des boites, regardez ce qu'il en sortira. Des bouqets, des Palatins, des Barbes, des evantails, des Pierreries, et quantitè de semblables colifichets. Elle choisit, elle rejette, elle batit, elle detruit, elle joint, elle dechire. A la fin on voit sa tete gothiquement paree, d'un quolibet, que presqu'on prendroit pour un tourban. Je passe ses soins pour des autres bagatelles. Enfin elle se croit prete, parceque son miroir ne lui montre plus de fautes, a son ajustement. Elle va voir la compagnie d'un esprit si peu preparè, pour n'avoir pas meme pensè plutot au compliment d'entree qu'en entrant dans la salle de compagnie. Allors vous la verrez, joindre a ses reverances embarrassees un air et des compliments plus embarrassès encore. Vous l'entendrez dire d'un ton timide, et mal articulè: ›Parceque vous l'avez commandè, je viens vous paièr mes tres humbles respects.‹ Elle dit cela sans penser, quelle dit la plus grande sottise du monde. La compagnie s'assied. On commence a babbiller; allors il y a deux extremitès où elle est en peril de tomber. Ou elle reste collèe sur sa chaise comme une statue sans parler mot; ou elle enrage les autres d'un babil sans raison. Ces deux fautes ne tirent leur origine de rien, que du peu de soin qu'elle prend pour cultiver son esprit, si bien en se preparant pour aller en compagnie, comme aussi etant seule dans son cabinet. Je developperai un peu mes pensèes la dessus. – Ce qu'elle fait, n'est il pas assez? Me dirat on. Elle scait des langues elle lit, elle ecrit; peut on demander d'avantage? – Oh que oui! repondrai je. Que lui sert son scavoir, meme plus etendu encore qu'il n'est; s'il reste toujours un scavoir mort, sans attitude et sans pratique. Que lui sert sa lecture si elle ne pense en lisant, comment appliquer ce qu'elle lit; et que lui sert son ecriture; si elle ne scait joindre en ecrivant, d'un bon gout, ce qu'elle a lu a ses pensèes – Mais d'ou vient il que cela lui manque? Demandera peutetre quelq'un. – Rien est plus aisè a comprendre. Elle ne se sert point des langues qu'elle scait, pour lire les livres du bon gout qu'on trouve chez les etrangers, c'est seulement un scavoir mechanique, qu'elle cherche, a augmenter sans chercher a le faire utile. Si elle lit ce sont tout au plus des livres allemands et francois. Bon! Mais pourquoi lit elle? Quels sont les livres qu'on trouve dans ses mains? – J'ose pretendre que la lecture est chez elle une façon d'agreable passetemps, qui sans produire aucun effet, s'evanouit comme les heures qu'on lui a sacrifiees. On voit cela aux livres dont elle est amoureuse. Ce sont des Histoirettes, Romans, petits traitès legerement écrits. Elle lit pour satisfaire a la curiositè, et si la curiositè est mere de la lecture, ce n'est pas un trop bon presage; On la satisfait, et si elle est satisfaite, on n'est pas trop empressè, de chercher quelque nourriture, pour le coeur et pour l'esprit. N'est elle pas digne d'etre grondee une telle fille, qui malgrè les dons qu'elle possede, passant ses plus beaux jours en amusements, laisse son coeur et son esprit, dans des tenebres qu'elle pourroit dissiper. Qu'en pensez vous, ma soeur? Surement il y aura des telle filles, parmi tes compagnonnes. Que dirois tu; si on te faisoit la question: comment les corriger. Je pourrois t'en dire mes sentiments; mais j'ai deja babbillè trop longtemps pour ne pas penser a d'autres choses et pour ne pas chercher a finir bientot ma lettre. Parlons quelques mots de Mdlle Brevilliers! Je vois qu'elle tient parole, et je l'estime pour cela encore plus, que je ne l'estimois jusqu'ici. Tu scais elle a etè toujours de mes amies, tu scais je l'ai tant admirè, pour me faire un honneur de ce qu'elle disoit: que nos sentiments se ressembloit fort. Son charactere qui s'est developpè a mes yeux, pendant notre connaissance, que j'ai trouvè aimable; ses autres bonnes qualites; les promesses qu'elle me fit, lorsque je laissois ma patrie, de t'aimer toujours, et de te faire entrer dans la grande compagnie; toutes ces circonstances m'ont empechè, de croire tes plaintes bien fondèes, dont tu reprochois sa condouite envers toi; et je me rejouis que je ne me sois pas trompè dans la bonne opinion que j'avois d'elle. Tu vois par sa presente condouite, que c'est toujours la meme Mdlle Breviller que nous admirions tant. Regarde ma soeur, si on fait le juge trop vite, on court risque de faire le juge injuste. Je te prie en cette occasion de faire mes compliments, a Mdlle Brevillier, a la grande compagnie et a toute ma belle connoissance. – Parceque je suis en train de parler de ton sexe, je vaire dire encore quelques mots de notre chere, petite amie, que j'aime tant. Quand je forme des souhaits, que ma soeur cherchat a rendre la lecture plus utile a son coeur et a son esprit, qu'elle n'a fait j'usqu'ici; c'est aussi pour le bien de la chere Runckel que je le souhaite. Combien ne pouroit on attendre de son charmant genie, si on le cultivoit avec soin; si on arrangoit ses pensees delicates, et ses sentiments nobles, par les oeu[v]res les plus excellents de la religion, de la morale, et du bon gout. Tu me montres quelques foibles raions d'esperance, en m'ecrivant dans une de tes dernieres lettres, que tu lis en compagnie avec elle les lettres de Mad. Gomez. Je te loue et ma joie seroit incomparable; si tu continuois a satisfaire a mes souhaits. Ecris moi quelque fois les raisonnements de ma petite et les tiens sur certaines matieres, je ne manquerai pas de joindre les miens aux votres. Croyez ma chere, que je vous ai fortement au coeur. C'est une si jolie creature q'une fille, que je ne puis souffrir a en voir des gateès; ie voudrois cepourquoi les pouvoir rendre toutes bonnes. On prend apresant tant des soins pour ammeliorer les ecoles, pourquoi ne penset on pas aux ecoles de filles. Qu'en pense tu? J'ai eu la pensee, de devenir maitre d'une ecole du beau sexe apres le retour en ma patrie. Ce ne seroit pas si mauvais, qu'on pense; toutefois je serois plus utile a ma patrie qu'en faisant l'avocat. Mais il faudroit prendre garde, de ne pas mener dans mon ecole, de si belles filles, comme ma cher Runkel en est, autrement, je serois en danger de jouer, l'amour Precepteur.«

»Die Eitelkeit herrscht fast immer im Herzen der Mädchen. Sie verdirbt sie, denn sie zeigt ihnen den falschen Glanz der äußeren Erscheinung im schönsten Licht, während der wahre Ruhm, die Pflege des Geistes, in ungünstigem Licht erscheint.
Sind sie nicht merkwürdige Kreaturen, diese Mädchen? Sagt einer ihnen: Gehen wir in Gesellschaft, mein Fräulein! – In Gesellschaft? – eben das! – Werde ich da auch einige meiner Bekannten treffen? – ganz ohne Zweifel –! auch Unbekannte? – Nichts ist wahrscheinlicher ... Zuerst wird sie eine ernste Miene aufsetzen – was denkt sie? Denkt sie daran, was sie sagen wird, um die anderen zu unterhalten? – Nein! Was sie sagen wird, um bewundert zu werden? – Das noch weniger! – Ja, was denkt sie denn? – Nichts läßt sich leichter erraten. Seht nur zu, was sie nun tut. Seht nur, sie fliegt zu ihrem Schrank! Seht ihr, wie sie ihre Kleider prüft? Hört ihr sie mit sich selbst sprechen? Was sagt sie? – Dieses Kleid werde ich nicht anziehen, weil Madame S. das gleiche hat, und dazu schöner. Und dies? Nein, der Besatz ist nicht gut. Dieses vielleicht? Ja, das wird das Beste sein, nur muß ich noch etwas daran ändern. – Wartet nur bis zwei Uhr nachmittags! Sie ist frisiert, bis fünf ist noch viel Zeit. Aber der ganze Nachmittag muß beim Putz verloren gehen. Seht diese Kästchen, was daraus hervorquellen wird. Blumensträuße, Halskrausen, Stirnläppchen, Fächer, Geschmeide und allerhand Flitter mehr. Sie wählt, sie wirft weg, baut auf, zerstört, bindet, zerreißt. Schließlich sieht man ihr Haupt in gotischer Weise aufgeputzt mit einem Quodlibet, das man für einen Turban halten

könnte. Mit welchen anderen Bagatellen sie sich beschäftigt, will ich unerwähnt lassen. Endlich glaubt sie fertig zu sein, weil ihr der Spiegel keine Mängel in ihrer Toilette mehr zeigt. Der Gesellschaft, die sie besucht, wird sie gänzlich unvorbereitet entgegentreten, da sie erst an der Tür des Salons an ihr Eingangskompliment denkt. So seht ihr sie, wie sie mit ungeschickten Reverenzen noch ungeschicktere Mienen und Komplimente verbindet. Sie wird mit schüchterner und kaum hörbarer Stimme reden: ›Da Ihr es mir befohlen habt, komme ich, Euch meiner untertänigsten Ehrerbietung zu versichern.‹ Das sagt sie, ohne daran zu denken, daß sie die größten Albernheiten von sich gibt. Die Gesellschaft nimmt Platz. Man beginnt zu schwatzen; nun läuft sie Gefahr, in zwei Extreme zu verfallen. Entweder sie bleibt an ihrem Stuhl kleben wie eine Statue, ohne ein Wort zu sagen; oder sie macht die anderen mit ihrem Geschwätz toll. Beide Fehler haben eine Wurzel: die geringe Aufmerksamkeit, die sie darauf verwendet, ihren Geist zu bilden, sowohl bei ihren Vorbereitungen auf die Gesellschaft als in der Stille ihres Zimmers. Ich werde meine Gedanken hierzu ein wenig darlegen – ist es denn nicht genug, was sie tut? wird man mich fragen. Sie kann Sprachen, sie liest, sie schreibt, was will man mehr? O ja, gewiß! werde ich antworten.

Was nützt ihr das Wissen, selbst wenn sie mehr wüßte, als es der Fall ist; wenn es doch immer ein totes Wissen bleibt, ohne Nutzen und ohne Praxis, und was hilft ihr das Lesen, wenn sie beim Lesen nicht daran denkt, wozu sie, was sie liest, verwenden kann, und was nützt ihr das Schreiben, wenn es ihr beim Schreiben nicht gelingt, das Gelesene mit eigenen Gedanken in sinnvoller Weise zu verbinden. – Aber wie kommt es, daß es ihr an diesen Fähigkeiten fehlt? wird vielleicht einer fragen. – Nichts ist einfacher zu beantworten als dies. Sie nutzt die Sprachen, die sie kann, nicht dazu, geschmackvolle Bücher zu lesen, wie man sie bei den fremden Nationen findet, sie besitzt nur ein mechanisches Wissen, das sie nur mehren, aber nicht nutzen kann. Sie liest nur deutsche und französische Bücher. Gut! Aber warum liest sie? Welcher Art sind die Bücher, die man bei ihr findet? – Ich wage zu behaupten, daß sie sich mit dem Lesen nur auf angenehme Art die Zeit vertreibt, wobei die Wirkung spurlos verfliegt, wie die Zeit, die sie so hinbringt. Dies sieht man an den Büchern, die sie gern hat. Es sind Geschichten, Romane, leicht geschriebene Elaborate. Sie liest nur aus Neugier, und wo die Neugier die Wurzel der Lektüre ist, da ist nicht viel zu erwarten. Man stellt sie zufrieden, und wenn sie zufrieden ist, so sieht man keinen besonderen Eifer, Nahrung für Herz und

Geist zu erlangen. Ist ein solches Mädchen etwa nicht zu tadeln, die ohne der Gaben zu achten, die ihr zuteil wurden, ihre besten Tage mit Vergnügungen verbringt, Herz und Geist im Finstern läßt, während sie solche Dunkelheit sehr wohl vertreiben könnte. Was hältst Du davon, mein Schwesterchen? Gewiß werden auch solche Mädchen unter Deinen Freundinnen sein. Was würdest Du sagen, wenn man Dich fragen würde, wie man sie bessern kann? Darüber könnte ich Dir meine Meinung sagen, aber ich habe schon zu lange geschwatzt, es wird Zeit, daß ich mich anderen Gedanken zuwende und außerdem Anstalten mache, meinen Brief zu beendigen. Reden wir ein wenig von Jfr. Brevilliers! Ich sehe, daß sie Wort hält, und darum schätze ich sie noch mehr. Du weißt, daß sie immer zu meinen Freundinnen gehört hat, Du weißt, daß ich sie so sehr bewundert habe, daß ich es für eine Ehre ansah, als sie sagte: unsere Empfindungen seien gleicher Art. Alle diese Umstände waren für mich der Anlaß, Deinen Klagen keinen Glauben zu schenken, als Du Dich über ihr Benehmen Dir gegenüber beklagtest, und ich freue mich, daß ich mich in der guten Meinung, die ich von ihr hatte, nicht getäuscht habe. Du siehst durch ihr jetziges Betragen, daß sie immer noch die gleiche Jfr. Brevilliers geblieben ist, die wir so sehr bewunderten. Daran merkst Du, meine Schwester, wenn man sich so rasch zum Richter aufwirft, läuft man Gefahr ungerecht zu sein. Ich bitte Dich bei dieser Gelegenheit, der Jfr. Brevilliers meine Komplimente zu machen ... – weil ich gerade von Deinem Geschlecht spreche, will ich noch einmal einige Worte sagen von unserer lieben kleinen Freundin, die ich so gern habe. Wenn ich mir wünsche, meine Schwester möge mehr als bisher durch Lesen Herz und Geist bilden, so geschieht das außerdem zum Wohl der lieben Runckel. Wie vieles könnte man von ihrem lieblichen Genius erhoffen, wenn sie gebildet würde, wenn man ihre delikaten Gedanken und edlen Gefühle durch die Werke der Religion, der Moral und des guten Geschmacks vollkommener machen würde. Eine schwache Hoffnung zeigt sich mir, indem Du mir in einem Deiner letzten Briefe schreibst, daß Du in ihrer Gesellschaft die Briefe der Mad. Gomez liest. Schreibe mir bisweilen die Gedanken meiner Kleinen und Deine über gewisse Gegenstände, ich werde nicht verfehlen, meine Überlegungen mit euren zusammenzubringen. Glaubt mir, meine Lieben, daß ihr mir sehr ans Herz gewachsen seid. Ein Mädchen ist eine so reizende Kreatur, daß ich nicht leiden mag, wenn manche unter ihnen von Verderbnis bedroht sind. Heute ist man so sehr besorgt, die Schulen zu bessern, warum denkt man nicht an die Mädchenschulen? Was meinst Du?

Ich habe den Gedanken gehabt, nach meiner Rückkehr in meine Vaterstadt Lehrer einer Schule für das schöne Geschlecht zu werden. Es wäre nicht so wenig als man denkt; immerhin wäre ich so meinem Vaterlande nützlicher, als wenn ich Advokat würde. Doch müßte man darauf achten, in meine Schule keine so schönen Mädchen aufzunehmen, wie meine liebe Runkel eines ist, denn sonst wäre ich in Gefahr den Amor als Praeceptor zu spielen.«

Wird Cornelia hier nun dazu ermutigt selbständig zu werden, ihre »inneren Werte« zu entwickeln? Der Brief ist viel hintergründiger. Gerade weil Cornelia das alles nicht ist, er sie aber anspricht als sei sie eine solche Gans, macht er ihr doch auch ein Portrait wie Mädchen sind, die ihn interessieren – eben flatterhaft und reizend. Was soll nun aus ihr werden? Auch dazu gibt er ihr eine klare Empfehlung. Sie muß ihm gehorchen. Zugleich ist klar, daß er *das Leben*, also das repräsentiert, wonach sich die Schwester sehnt – dazugehören, anerkannt sein. Diese Dimension wird in den Briefen angesprochen, aber oft unmittelbar mit Demütigungen vermischt wie im folgenden Brief: Hier kommentiert er eine Erzählung, die ihm Cornelia geschickt hat, mit den folgenden Worten[64]:

»Leipzig ce 27 du 7bre. 1766.

Bon jour ma petite savante.
Vraiment tu merites ce nom, a l'egard de ta lettre admirable. Je n'en sus que dire. Une lettre d'une demidouzaine de feuilles, remplie de tant de bons sentiments, de tant de reflections, de tant de saillies, que je l'aurois attribuée a Mdlle Lussan, si je ne te savois pas trop bonne chretienne, pour te croire capable d'un plagiat. J'espere que par ce temoignage donnè sincerement a ton savoir et a ton genie, ta colére exitee par mon jugement trop promt, s'appaisera. Au fond je n'avois pas toutafait tort, mais tu m'entendis mal, et ce n'est pas ma faute.«

Leipzig, den 27. September 1766.

»Guten Tag meine kleine Gelehrte,
wahrhaftig, Du verdienst diesen Namen für Deinen bewundernswerten Brief. Ich wußte nicht, was ich dazu sagen sollte. Ein Brief von einem halben Dutzend Bögen, mit so vielen schönen Empfindungen, so vielen Reflexionen, so vielen geistreichen Einfällen, daß ich dieses Schreiben der Mdlle. Lussan zugeschrieben hätte, wenn ich Dich nicht als eine zu gute Christin kennen würde, die über den Verdacht des Plagiats erhaben ist. Ich hoffe, daß durch diese auf-

richtige Würdigung, die ich hiermit Deinem Wissen und Deinem Genie darbringe, Dein Zorn besänftigt wird, zu dem Dich mein übereiltes Urteil gereizt hat. Aber im Grunde hatte ich nicht ganz unrecht, nur hast Du mich falsch verstanden, und das ist nicht meine Schuld.«

Es ist charakteristisch wie Johann Wolfgang seine Launen an der Schwester ausläßt. In diesem Brief verrät er ihr, daß er das Dichten nunmehr aufgegeben habe – auch das ist für sie eine problematische Kränkung. Sie hat ihm – wie es ja hier heißt – gerade eine Geschichte geschickt und einen Brief von 20 Seiten. Aber er demonstriert, daß er das gerade hinter sich habe. Insgesamt hat die Beziehung zwischen Johann Wolfgang und Cornelia etwas Quälerisches. Wir wissen nicht, wie ihre Rolle dabei war. Wir sehen nur, wie er mit ihr umgeht. Durch alle Briefe zieht sich das Motiv, sich seiner Macht über sie zu versichern. Nur der Bereich des kritischen Urteils ragt wie eine Insel aus der Beziehung, die für das Mädchen überaus verwirrend gewesen sein muß, denn immer wieder bedroht er sie mit Ironie und vernichtet er sie in ihrem Selbstentwurf:[65]

»Juste ciel que tu es devenue savante! Je ne me melerai jamais a la venir, a te donner quelques conseils sur la lecture, car tu sais plus que moi.«
»Gerechter Himmel, wie gelehrt bist Du geworden! Ich werde Dir in Zukunft keine weiteren Ratschläge mehr geben, denn Du weißt ja mehr als ich.«

Der nächste Brief changiert zwischen Verführung und Scherzen, die zugleich kränken, die jedenfalls eine Abwertung ihrer Arbeit bedeuten – stets aus der Position der Überlegenheit:

»Je suis exedé de ta lettre, de tes ecrits, de ta maniere de penser. ie n'y vois plus la petite fille, la Corneille, ma soeur, mon ecoliere, j'y vois un esprit mur, une Riccoboni, une etrangere, un Auteur du quel je puis apprendre a mon tour. Oh ma soeur, point de ces lettres a la venir, ou je me tais. Ne crois pas que je parle en flateur; le ton d' entousiaste, qu'il me falut prendre, apres avoir lu cet entretien en forme de lettre, part des vrais sentiments de mon coeur, qui n'a de longtemps senti tant de vraie joie qu'en voiant sa soeur si proche de la perfection.
Si j'avois connu tes talens entiers, je n'aurois jamais comparé Mlle Lussan a toi, elle etoit bonne Historienne, charmante parleuse, mais il lui manquent ces sentiments, que j'admire en toi. Poursuis, poursuis ma soeur, ton coeur simple ta droiture extraordinaire ta naivete

vaincra l'etude du monde, le savoir et la critique de ton frere. Je t'avoue, je ne saurois pas de tout mon art produire une scene, comme la nature t'en a dictée une. J'adore dieu, ma soeur, Leipsig ne me fournira une seule, qui puisse etre mise en comparaison avec toi. Entens, le caractere de celles que je connois, ou de pres ou de loin, et juge toi meme.«

»Ich bin hingerissen von Deinem Brief, Deinen Schriften, Deiner Art zu denken. Ich sehe darin nicht mehr das kleine Mädchen, die Cornelia, meine Schwester, meine Schülerin, ich sehe einen reifen Geist, eine Riccoboni, eine Fremde, einen Autor, von dem ich meinerseits lernen kann. Oh, meine Schwester, bitte keine solchen Briefe mehr, oder ich werde schweigen. Glaube ja nicht, ich spräche schmeichlerisch; der begeisterte Ton, den ich anschlagen mußte, nachdem ich Deine Unterhaltung in Briefen gelesen hatte, rührt von den wahren Gefühlen meines Herzens her, das schon lange nicht mehr so viel wahre Freude empfunden hat, als durch den Anblick einer Schwester, die der Perfektion so nahe gekommen ist.
Wenn ich all Dein Talent gekannt hätte, so hätte ich Mdlle. Lussan niemals mit Dir verglichen, sie war eine gute Geschichtenschreiberin, sie versteht es, angenehm zu plaudern, aber es fehlen ihr jene Empfindungen, die ich bei Dir bewundere. Fahre fort, fahre weiter fort, meine Schwester, Deine einfache Empfindung, Deine ungewöhnliche Aufrichtigkeit, Deine Naivität werden die Weltkenntnis, das Wissen und die Kritik Deines Bruders besiegen. Ich gestehe Dir: Alle meine Kunst würde nicht ausreichen, eine Szene zu beschreiben, wie sie die Natur Dir eingegeben hat. Ehre sei Gott, meine Schwester, Leipzig kann mir kein einziges Mädchen bieten, das sich mit Dir vergleichen könnte. Höre nun vom Wesen einiger, die mir bekannt sind, sei es näher, sei es ferner, und urteile selbst.«

Die Beziehung zu Cornelia ist von einem strukturellen Widerspruch durchzogen. Die Schwester wird einerseits als Vernunftswesen, als Gleiche unter Gleichen in der Republik der Argumente angesprochen; gleichzeitig, soweit sie als Frau wahrgenommen wird, werden Einschränkungen geäußert und verbotene Zonen errichtet. Das Argument, daß sie mit dem »männlichen Wissen« ja schließlich nichts anfangen kann, spiegelt den unaufhebbaren Gegensatz zwischen der Entfaltungsbedürftigkeit der weiblichen Individualität, (uneingeschränkte und aktive Aneignung der Wirklichkeit) und der vorgeschriebenen Geschlechtsrolle der Frau. Wir sehen darin nicht nur eine

Cornelia Goethe,
Silhouette, getuscht

Beschränkung des Wissens, sondern auch eine Störung der Motivation, sich Wissen anzueignen. Cornelias Beschäftigung mit Gegenständen der Kultur, ihre Hingabe an den Gegenstand, wird durch Gewalt, durch äußeren Druck auf das Motiv zurückgebogen: Sich bilden, um zu gefallen. Die Welterfahrung wird eingeengt, keine Freizügigkeit, Mangel an äußeren Eindrücken, an Erfahrungen. Als der Bruder sie verläßt, ist sie von jeder sachbezogenen Kommunikation ausgeschlossen. Die Unvereinbarkeit der beiden Prinzipien: Individualität versus Geschlechtsrolle spiegelt sich in aller Schärfe.

Tagtraum von Pädagogen: die aufgeklärte Damen-Bibliothek

Die sozialen Prozesse, die für die Transformation der weiblichen Identität von entscheidender Bedeutung sind, sind unter dem ökonomischen Aspekt (Herausbildung der bürgerlichen Privatsphäre) und dem ideologischen Aspekt (Utopie einer freien wechselseitigen Anerkennung) in der gesellschaftskritischen Tradition ausführlich dargestellt worden.[67] In den Analysen von Horkheimer, Marcuse und Habermas wurde die moderne bürgerliche Lebensordnung als Bedingung der Individuierung und damit letztlich als Fortschritt für beide Geschlechter gewertet.[68] Diese Auffassung übersah, daß im 18. und 19. Jahrhundert von einer Verschlechterung der Lage der Frauen in der Arbeit und in der Kultur auszugehen ist. Die Verschiebung von der Hausökonomie zur Marktökonomie, die Ausgrenzung der Frau aus den neuen ökonomischen Machtzentren (der Verwaltung und der marktorientierten Produktion), auch die Abkoppelung der Frau vom Professionalisierungsschub, der sich aus der gesellschaftlichen Differenzierung von Berufslaufbahnen ergab, sowie die Familialisierung von Arbeit und Sozialbeziehungen der Frauen (Vorgänge, die zunächst vor allem das gehobene Bürgertum betrafen) bedeuteten für die Frauen einen Rückschritt. Für Individuierungsprozesse fehlte ihnen die sozio-ökonomische Basis.
Eine Berufslaufbahn für Frauen in qualifizierten Berufen stand bei den Aufklärern niemals ernstlich zur Diskussion.[69] Für das Bewußtsein der Intelligenz war vor allem bedeutsam, daß das Überangebot an akademisch Gebildeten bereits erdrückend war.[70] Es bestand kein Bedarf, Frauen in der Verwaltung oder in den höheren Berufen zu beschäftigen – jedenfalls kein ökonomischer. Alle Pläne für die weibliche Bildung entsprangen anderen Vorstellungen: moralischen, pädagogi-

schen, manchmal logischen (in der Rede von der Gleichheit der Menschen). Die im Ökonomischen verankerte Macht der Männer über die Frauen wurde tabuiert. Man war bereit, die Frauen zu beklagen und zu bedauern, weil sie »von der Natur« benachteiligt und gestraft seien und daher Rücksicht verdienten – womit der Graben zwischen dem glücklichen und dem unglücklichen Geschlecht nur noch tiefer gezogen wurde. Diderot schreibt:

> »Die Frauen unterliegen einer epidemischen Wildheit. Das Beispiel einer einzigen reißt eine Masse mit sich. Nur die erste ist strafbar, die andern sind krank. O Frauen, ihr seid merkwürdige Kinder! Mit ein wenig schmerzlichem Gefühl und Empfindsamkeit [...], wieviel Rührung hätten Sie uns dann nicht geschenkt, wenn Sie uns [den Männern, U. P.] die Frauen gezeigt hätten, wie sie mehr als wir den Schwächen und Krankheiten der Kindheit unterworfen sind, mehr als wir beengt und vernachlässigt in ihrer Erziehung, dabei den gleichen Launen des Schicksals unterworfen bei einer labileren Seele, zarterem Körper und ohne jene natürliche oder erworbene Festigkeit, die uns für die Schwierigkeiten des Lebens wappnet – zum Schweigen gezwungen, sobald sie erwachsen sind, empfinden sie ein Unbehagen, das sie dazu bestimmt, Frauen und Mütter zu werden: sie sind dann traurig, unruhig, melancholisch neben ihren Eltern, die nicht nur um die Gesundheit und das Leben ihres Kindes, sondern auch um seinen Charakter bangen: denn in diesem kritischen Augenblick wird das junge Mädchen das, was sie ihr ganzes Leben lang bleiben wird: scharfsinnig oder einfältig, traurig oder fröhlich, ernst oder leicht, gut oder böse, die Hoffnung der Mutter wird entweder enttäuscht oder verwirklicht. Lange Jahre hindurch bringt nun jeder Monat das gleiche Unwohlsein. Der Augenblick ist gekommen, der sie von der Vormundschaft ihrer Eltern befreit. Ihre Phantasie öffnet ihr eine Zukunft voller Illusionen, ihr Herz schwimmt in geheimer Freude. Freu dich, unglückliches Wesen! Die Zeit hätte die Abhängigkeit mehr und mehr verringert, der du dich entziehst. Die Zeit wird unaufhaltsam die Abhängigkeit vergrößern, in die du dich begibst. Man wählt ihr einen Gatten. Sie wird Mutter. Die Schwangerschaft ist für fast alle Frauen mühsam. In Schmerzen, mit Gefahr ihres Lebens, auf Kosten ihrer Reize und oft ihrer Gesundheit schenken sie Kindern das Leben. Die erste Wohnung des Kindes und die beiden Quellen seiner Nahrung, diese beiden wesentlichen Organe des Geschlechtes, sind zwei unheilbaren Krankheiten ausgesetzt. Der Mutter Freude, die ihr Erstgeborenes erblickt, ist vielleicht kein Glück

vergleichbar, aber dieser Augenblick wird teuer bezahlt. Der Vater vertraut die Sorge um seine Söhne einem Mietling an, die Obhut der Töchter bleibt Aufgabe der Mutter. Sie wird älter, die Schönheit schwindet, es kommen die Jahre der Verlassenheit und Launenhaftigkeit und der Langenweile. Durch Unwohlsein hat die Natur sie zur Mutterschaft befähigt, durch eine lange und gefährliche Krankheit nimmt sie ihnen diese Fähigkeit wieder. Was ist die Frau dann? Von ihrem Gatten vernachlässigt, verlassen von ihren Kindern, ohne Bedeutung in der Gesellschaft, bleibt ihr als einzige und letzte Ausflucht die Frömmigkeit. In fast allen Ländern hat sich die Grausamkeit des bürgerlichen Gesetzes mit der Grausamkeit der Natur gegen die Frau verbündet. Sie werden behandelt wie idiotische Kinder. Keine Art Quälerei, die der Mann bei den zivilisierten Völkern nicht straflos an der Frau begehen könnte. Die einzige Vergeltung, die sie üben kann, bringt das Zerwürfnis der Ehe und wird gestraft mit einer mehr oder weniger sichtbaren Verachtung, je nach der mehr oder weniger großen Gesittung der Nation. Es gibt keine Art von Quälerei, die der Wilde nicht gegen seine Frau anwendet. Die Frau ist unglücklich in den Städten, aber noch unglücklicher in der tiefen Wildnis.
[...]
Frauen, ich beklage euch! Es gab nur eine Entschädigung für eure Leiden! Wäre ich Gesetzgeber gewesen, ihr hättet sie vielleicht erhalten. Von aller Sklaverei befreit wäret ihr heilig und unantastbar gewesen, wo immer ihr erschienen wäret. Wenn man über Frauen schreibt, muß man seine Feder in den Regenbogen tauchen und den Staub von Schmetterlingsflügeln auf das Papier streuen: wie bei dem kleinen Pilgerhund muß jedesmal, wenn man die Pfote schüttelt, ein Perlensegen herabfallen. Und da fällt keiner aus der von Herrn Thomas. Es genügt nicht, von Frauen zu sprechen und gut von ihnen zu sprechen, Herr Thomas: machen Sie, daß ich sie sehe! Stellen Sie sie mir vor Augen, wie ebenso viele Thermometer der geringsten Wandlungen in Sitten und Gebräuchen, setzen Sie mit aller Ihnen zu Gebote stehenden Gerechtigkeit und Unparteilichkeit die Vorrechte des Mannes und der Frau fest; aber vergessen Sie nicht, daß seine Unfähigkeit zu Überlegung und Grundsätzen nichts bis in eine bestimmte Tiefe des weiblichen Verstandes dringen läßt. Die Ideen von Gerechtigkeit, Tugend, Laster, Güte, Bosheit schwimmen an der Oberfläche ihrer Seele. Eigenliebe und Egoismus dagegen haben sie in ihrer ganzen natürlichen Kraft erhalten. Sie sind zwar äußerlich zivilisierter als wir; aber innerlich sind sie wahre Wilde geblieben, mindestens ganze Machiavellisten. Das

Symbol der Frauen im allgemeinen ist das der Apokalypse, über der geschrieben steht: Mysterium.«

Das Unglück wird der Natur zugeschoben, latent liegt hier eine ausgeprägte Demütigung und Verachtung des weiblichen Körpers vor. Kein Gedanke der scharfsinnigen Betrachtung gilt den Fragen der Veränderung des »weiblichen Schicksals« also dem Beruf und der Verhütung von Schwangerschaften.

Da die Ideen und die Praxis nicht zu einer ernsthaften Debatte weiblicher Gleichheit voranschritten, kam es nur darauf an, die »weibliche Natur« ins gesellschaftlich Zugelassene einzufügen. Diese sogenannte Natur der Frau mußte allerdings erst einmal mit großem Aufwand hergestellt werden. Seit etwa 1720 wurde weibliche Tradition systematisch durch Männer organisiert. Wie wir gesehen haben, war in der Vergangenheit die geistige Welt der Frauen eigenständig – freilich war sie zunehmend aus der öffentlichen Kultur ausgegrenzt worden. Engelsing schreibt zu diesem Zusammenhang: »Die orthodoxe und gelehrte Kultur hatte im Bürgertum im 16., 17. und 18. Jahrhundert durchaus männliche Züge. Der Unterricht der Lateinschulen und Universitäten und die literarische Hervorbringung der Gelehrten richteten sich an Knaben und Männer. Auch die Art und Weise, in der die Gelehrten Sammlungen anlegten, war eine männliche Angelegenheit, bei der kein weiblicher Einfluß zur Geltung kam. Die Forderung, die Thomas More in der Reformationszeit erhoben hatte, man solle die Frauen studieren lassen und sie dazu bringen, daß sie Lieder dichten, reden und die Dialektik anwenden könnten, war vergessen oder Utopie geblieben. Es kam in Deutschland wohl kaum vor dem 18. Jahrhundert vor, daß in gelehrten Städten gelehrte Männer gelehrte Töchter hatten, die im Privatunterricht Latein und Griechisch gelernt hatten. Das fand hier und da Nachahmung, blieb aber eine Ausnahme. In Bremen gab es ja sogar noch zur Zeit des Siebenjährigen Krieges Frauen von Ratsherren, die nicht schreiben konnten.«[72]

So erscheint die alte Lebensform der weiblichen Kultur den Betrachtern – auch Engelsing – ausschließlich negativ, als Lücke, als Defizit, jedenfalls als zweitrangig: »Die Tätigkeit der mittelständischen Hausfrau ging in ihrer Rolle als erste Arbeiterin im Haushalt auf. Zu anderen Beschäftigungen fehlte es ihr an Zeit, Gelegenheit und Antrieb. Anregungen empfing sie kaum, da man sie höchstens Lesen, Schreiben, den Katechismus und Handarbeit lehrte. Noch in der zweiten Hälfte des 18. Jahrhunderts sprachen in Bremen viele Bürgerfrauen nie Hochdeutsch, da sie es nicht genügend beherrschten und sich schämten zu radebrechen.«[73]

Geistige Entwicklung wäre also nur durch Teilnahme an der offiziellen, der männlich dominierten Kultur möglich gewesen. Mit dieser Meinung ist Engelsing gewiß ein Nachfahre der alten Aufklärer, zumindest jener der ersten Jahrzehnte des 18. Jahrhunderts. Um 1720 sieht die Situation nämlich so aus: Die Frauen werden zum Gegenstand des pädagogischen Eingriffs. Dem konservativen Hausvater, der gegen das Lesen wettert, erwidert der aufgeklärte Moderne mit einem Curriculum für Frauen, wobei freilich auch da die Frauen selbst keine Möglichkeit haben, bei dieser kulturellen Neubestimmung, dieser Zulassung zur offiziellen Kultur, aktiv zur Geltung zu kommen und solche Chance noch weiter abnehmen wird. Gegen Ende des Jahrhunderts erklärt Justus Möser: »Die Frauen gehören nur ihrem Hause an.« Ein besonderes Kapitel ist überschrieben: »Die Töchter vom Hause«. Darin: »Die Töchter gehören zum Hause.« Ihr Unterricht soll sich vor allem auf ihre häuslichen und mütterlichen Pflichten beziehen und »immer gleich angewandt sein«.[74] Andere machten sich Gedanken über die Bildung des weiblichen Herzens. Das Gemeinsame beider Positionen war, daß sie die Frauen als Objekt ihres Erziehungstriebes betrachteten. Die Überlegenheit und Verantwortung des männlichen Geistes war ebenso selbstverständlich wie die Beschränkung der Frauen aufs Haus und die Betonung weiblicher Emotionalität. Deshalb blieb selbst von den beschränkten Entwürfen zur Mädchenerziehung, von der Integration der Frauen in die Männerkultur, wie sie bürgerliche Autoren um 1720 manchmal forderten, wenig übrig. Allenfalls der Zugang zu den »Anfangsgründen« der Wissenschaft sollte den Frauen gewährt werden, mit der Aufgabe, diese Anfangsgründe den Kindern zu vermitteln, wie das Percy Ernst Schramm 1950 (in einem Nachvollzug der ideologischen Figur) von seiner Urahnin schildert: Maria Misler (1734–1777), geborene Schramm heiratete mit zwanzig Jahren; sie brachte zehn Kinder zur Welt; ihr Ehemann ehrte sie mit einem Nachruf, in dem er das Lob aller erstrebenswerten neuen Tugenden bündelt:

> »Sie war es, die allen das Lesen beibrachte, sie in Bibellesen und Gebet einführte und die heranwachsenden Töchter wie jüngere Freundinnen behandelte. Sie geleitete die Kinder in die Predigt, fragte den jüngeren den Inhalt ab und ließ die älteren ihn aufschreiben. Die Bildung der Mädchen wurde von ihr ebenso ernst genommen wie die der Jungen. Alle, besonders auch die Töchter, hielt sie an zur Arbeit, zur Ordnung, zu gefälligem äußerem Anstand und zum Lesen guter deutscher und französischer Bücher, die zur Bildung in der Religion, in Sitten, in der Klugheit des Lebens, in den

Anfangsgründen einiger Wissenschaften und in dem wahren Geschmack des Schönen und Witzigen dienten.«[75]

Bei der Lektüre dieses ideologischen Textes entpuppt sich die weibliche Rolle als Verzichtkultur. Darin deutet sich an, wie die sozialpsychologische Formierung und Deformierung weiblicher Subjektivität im 19. Jahrhundert aussehen würde: lustvolle Besetzung von Opfern und Dienen, Inbesitznahme der Kinder, endlose Kette von Verzicht und Schuldvorwurf. Aber wer weiß, wie Maria Misler selber fühlte? Die Erinnerungsschrift ihres Mannes hält fest, was *er* besonders schätzte. Denken wir an Catharina Elisabeth Goethe, die jedenfalls keine Züge einer solchen »Mutter« zeigte; um 1750 war das Modell des weiblichen Familiengefühls noch nicht fest umrissen. Das Leben durch Stellvertreter (die Männer, die Kinder) begann erst.
Doch selbst in dieser passivisch-verkürzten »Zulassung« zur Kultur war eine den Erziehern unerwünschte Zugabe enthalten. Die Lektüre und die Einübung in die männliche Welt war nämlich ganz dazu angetan, die Frauen unzufrieden und unglücklich zu machen. Es entstanden Wünsche, für die es keine gesellschaftliche Chance und Legitimation gab, da ja die Frauen selbst sich an denen orientierten, die sie ausgrenzten, an den Männern. Die Dysfunktionalität einer »männlichen Bildung« für Frauen, die »weiblich«-häuslich und in verehrender Liebe zum Ehemann gewünscht wurden, spiegelt sich offen in den »Moralischen Wochenschriften« und ihren Leseempfehlungen.[76]
Unter Moralischen Wochenschriften versteht man die zahlreichen, im 18. Jahrhundert in ganz Europa verbreiteten Zeitschriften vom Typus des englischen *Spectator.* (Einige solcher Moralischen Wochenschriften haben sogenannte Frauenzimmerbibliotheken zusammengestellt, aus denen wir Aufschlüsse über die aufklärerische Lesepädagogik erhalten.) Diese Zeitschriften wenden sich »an den ungelehrten Leser«, an denjenigen, der die Wissenschaft nicht als Beruf ausübt, sondern allgemein informiert werden will, also an das neue Lesepublikum (die soziale Schicht: das Besitzbürgertum und vielleicht den Landadel, jedenfalls eine Schicht mit französischen Sprachkenntnissen und Hausangestellten, die bei der Haushaltsführung zur Hand gehen). Gedacht ist nicht an die unteren Stände, etwa Handwerker, kleinere Kaufleute, Krämer oder gar Bauern oder Bediente. Der Einfluß dieser Blätter auf das Selbstverständnis der gebildeten Bürger war bedeutend. Hier bildete sich in Deutschland die erste literarisch-moralisch diskutierende Leserschaft jenseits gelehrter oder religiöser Traditionen.[77] Die Lesevorschläge, die hier für Frauen ersonnen wurden, geben Einblick in die Entwicklung der Bildungskonzepte für Frauen. Wir kennen elf

deutsche Frauenbibliotheken, die von den Vertretern der Moralischen Wochenschriften zusammengestellt worden sind: Musterlisten empfehlenswerter Bücher für Leserinnen.[78] Die elf Wochenschriften hießen:

1713–14	*Vernünftiger* (Hamburg) (die erste deutschsprachige Moralische Wochenschrift),
1721–23	*Discourse der Mahlern von Bodmer und Breitinger* (Zürich),
1724–65	*Patriot* (Hamburg),
1725–26	*Vernünftige Tadlerinnen* (Halle, Leipzig),
1727–29	*Biedermann* (Leipzig),
1741–43	*Mahler der Sitten* (Zürich),
1749	*Der Eidgenosse* (Basel),
1751	*Der Redliche* (Nürnberg),
1755–58	*Der Westphälische Beobachter* (Cleve),
1763–65	*Der Greis* (Magdeburg),
1765–67	*Erinnerer* (Zürich).

Wolfgang Martens hat die Lesevorschläge systematisch untersucht. Über die Empfehlungen aus der Zeit um 1720 schreibt er: »Zunächst fällt auf: Die hier für den weiblichen Leser bereitgestellte Literatur ist, von heute, aber auch nur vom letzten Drittel des 18. Jahrhunderts aus gesehen, verhältnismäßig schwere Kost. Das schon einmal rein umfangmäßig. Schriften in Folio und Quarto, aber auch die in kleineren Formaten erweisen sich als vielfach dickleibig und oft auch als vielbändige Opera. Sehen wir ganz ab von den traditionell stattlich-umfangreichen Erbauungsbüchern und den Lexika: die Lettres par Richelet sind zweibändig mit zusammen rund 1500 Seiten, die Lettres de Rabutin fünfbändig mit 2200 Seiten; Christian Wolffs Anfangsgründe der Mathematischen Wissenschaften bestehen aus 4 Teilen mit fast 2000 Seiten und sind nicht eben schmackhaft angerichtet. Was das Frauenzimmer in der Abteilung ›Zur Wissenschafft und Belustigung‹ vorgesetzt bekommt, ist zum überwiegenden Teil gar nicht sehr belustigend, vielmehr ernsthaft, gründlich, umständlich-pedantisch, mit gelehrter Miene niedergelegtes Material, das nur den Vorzug hat, wenigstens nicht lateinisch geschrieben zu sein. Ein so eingängig, leicht und plaudernd belehrendes Buch dagegen wie Fontenelles De la pluralité des mondes ist die Ausnahme. Überhaupt sind die französischen Titel im allgemeinen wesentlich weltläufiger und gewandter geschrieben und entsprechend leichter konsumierbar.«[79]

Kultivierte Frauen, die sich als Gattin, Hausfrau und Mutter verwirklichen wollten, waren das neue Leitbild. Eine solche Frau mußte verstehend auf Mann und Kinder eingehen. Ihr kam es zu, ein Klima der Harmonie – körperlicher in der Kultur des Haushalts und seelischer in der Kultur der emphatischen Beziehungen – zu erzeugen. Die Kultur der Gefühle verlangte von der Frau den Umgang mit Mann und Kindern unter dem Aspekt der Pflege und der Idealisierung. Ihre eigentliche emotionale Leistung bestand darin, im Mann und in den Kindern das zu sehen, was diese sein *konnten* oder einmal sein würden, Anerkennung der idealen Personen also.[80] Lebenspraktisch bedeutete das ständige Verfügbarkeit der Frau nicht nur als Arbeitskraft und Organisatorin, sondern auch emotional. Alle Formen von Abgrenzung wurden tabuiert. Ihr kam jetzt die Kinderpflege zu – vom Stillen bis zur steten Anregung und Aufsicht. Sie war zuständig für die Ausbildung einer differenzierten kindlichen Persönlichkeit. Abgrenzung war auch gegenüber dem Ehemann unerwünscht. Die Grenze ihres Interesses an der Welt sollte bei der Familiengrenze gezogen werden. Alle Eigeninteressen wie sie etwa mit geistiger Arbeit, aber auch mit außerhäuslichen Beziehungen einhergehen, wurden abgelehnt. Die Hausarbeit wurde dehnbare Arbeit – die nie aufhört, aber jederzeit unterbrochen werden kann, wenn es der Mann wünscht.

Um dieses Bildungsziel zu erreichen, mußte eine künstliche Beschränkung der geistig-seelischen Entwicklung in weibliche Bildungsprozesse eingebaut werden. Eine Erweiterung der Fähigkeiten und der Sachinteressen zu Arbeitslust und Leistungswillen mußte in diesem System fundamentale Konflikte hervorrufen.

Von Anfang an mühten sich die Moralischen Wochenschriften, dem Vorwurf zu entgehen, sie wollten »gelehrte Frauen« – welcher Schrekken – hervorbringen. Aber zunächst bestand Unklarheit darüber wie weibliche Bildung inhaltlich aussehen könnte oder sollte. Es handelte sich um eine Experimentierphase, die etwa von 1720–1740 anhielt. So wurde die Bibliothek für Frauenzimmer 1724 in eine Rahmenerzählung eingebaut, die zugleich verrät, wozu denn die ganze Anstrengung zu dienen hat:

»Die Präsentation der Musterbibliothek (1724) ist eng verknüpft mit der Vorstellung der liebenswürdigen Araminte, eines tugendhaften jungen Mädchens, das alle Vorzüge des Geistes und Herzens aufweist, so klug wie bescheiden, so gewandt im Umgang wie freundlich zu jedermann ist, und das später auf Grund seiner vortrefflichen Qualitäten, wiewohl bürgerlich, vom adligen Neffen des Patrioten [so hieß die Zeitschrift, U. P.] geheiratet wird.«[81] Das Ziel ist klar – der Weg noch nicht. Von Anfang an ist die weibliche Bildung zielgebunden, jedoch sind die Lesevorschläge zunächst noch nicht eindeutig auf das neue Modell – die Frau als Repräsentantin des Gefühlvollen in der

Familie – zugeschnitten. Die Bibliotheken bringen zunächst Bildungsgüter, die traditionell männlich waren und der angestrebten weiblichen Gemütsbildung fern standen: humanistische Autoren oder Produkte der von Engelsing so erschreckend beschriebenen gelehrsamen Werke. Bei Wolfgang Martens heißt es: »Es gibt um 1720 im deutschsprachigen Bereich einfach noch keine passende Literatur für den weiblichen, und das heißt: für den ungelehrten Leser. Es gibt noch keine populärwissenschaftlichen Darstellungen; sie entstehen erst mit dem sich plötzlich zeigenden Bedarf und mit der den Aufklärer kennzeichnenden Leidenschaft, die Wissenschaften nutzbar zu machen, sie aus den engen Gelehrtenstuben zu holen und unter ein Publikum zu bringen. Gewandte, eingängige, unterhaltsame Wissensvermittlung für das Frauenzimmer ist zwar im Zeichen des höfisch-galanten Lebensideals für die vornehme Dame im französischen Bereich bereits versucht worden – im deutschen Bereich herrscht, ganz abgesehen vom Mangel an entsprechender Artikulationsfähigkeit der deutschen Sprache, noch weitgehend der Einfluß der foliantenfrohen Schulgelehrsamkeit, was indirekt auch der neuen literarischen Gattung der Moralischen Wochenschriften ihre Daseinsberechtigung erteilt, denn sie, die Moralischen Wochenschriften, versuchen (und sie tun sich anfangs ebenfalls schwer), ihre Gegenstände gerade nicht umständlich, pedantisch-systematisch und in dicken Schwarten zu traktieren, sondern leicht, unterhaltsam, plaudernd, gefällig. Sie bereiten den Weg für eine popularisierende Vermittlung von Wissen und Philosophie. Die Frauenzimmerbibliothek präsentiert nolens-volens eine Literatur, die den Intentionen der Wochenschrift im Hinblick auf die Beschaffenheit solchen Lesestoffs noch nicht entspricht.«
Leichtere und lesefreundlichere Literatur produzierten bereits die Engländer und Franzosen. Entsprechend findet sich in den Empfehlungen reichlich französische Literatur, aber auch die englischen Wochenschriften *The Spectator, The Guardian,* häufig in französischer Übersetzung. In den Leselisten zur Haushaltung erscheint z. B. John Locke, *Gedanken über die Erziehung*, ebenfalls in Französisch, denn Englischkenntnisse waren beim deutschen Publikum zu Anfang des 18. Jahrhunderts kaum vorauszusetzen, selbst in Hamburg nicht. Jedenfalls standen »deutsche Bücher zum Bereich ›Von der Klugheit zu leben‹ offenbar nur in bescheidenem Maße zur Verfügung«.[82] Es existierte also anfangs noch gar keine brauchbare Literatur, um die Frauen im Ernst zu Leserinnen machen zu können – dazu bedurfte es, nach W. Martens, einer anderen Schreibweise »leicht, unterhaltsam, plaudernd, gefällig«. Diese läßt auch nicht auf sich warten. (Dieser Wandel wird von Martens einseitig positiv beurteilt; aber was so ent-

steht ist ja nicht eine andere Kultur, die auch die Männer lebensnäher gemacht hätte – sondern eine Spaltung: in professionelles Wissen (Männer / Ernst des Lebens) und in »schöngeistiges Schrifttum« (Frauen / Kultur der Gefühle). Und die Grenze zu überschreiten ist strikt untersagt.

Bestand ein Zusammenhang zwischen den alten »Folianten«, die die Frauen – um 1720 – lesen sollten und der Tendenz zur Gleichbehandlung der Geschlechter?

»Klang es [...] übrigens in den Blättern der 20er Jahre im Hinblick auf die weibliche Eignung zum Umgang mit Büchern zuweilen sozusagen frauenemanzipatorisch, – Frauen seien in gleicher Weise wie die Mannspersonen zu den Wissenschaften befähigt, auch wenn sie davon nicht Profession machen sollten, – so verliert sich das in den späteren Wochenschriften. Bezeichnend dafür ist der ›Mahler der Sitten‹ von 1746, die Neufassung der ›Discourse der Mahlern‹. Er geht nun, wohl unter der Einwirkung empfindsamer Tendenzen, hinsichtlich der Zusammenstellung von Lektüre von einer spezifisch weiblichen Mentalität aus.«[83]

Bis etwa 1750 hat man diese Vorstellung einer spezifisch weiblichen Mentalität ausgebildet, den Frauen wird die Wissenschaft nun in noch vorsichtigerer Dosierung empfohlen:

> »Nachdem die Ansprache des Frauenzimmers auf die Wissenschaft sich nicht über das Maaß und den Charakter ihres Geschlechtes erstrecket, welcher in seinem Grunde, und nach der Übung aller Nationen eine gewisse Eingezogenheit und Einsamkeit erfordert, die sie von der Besorgung öffentlicher Ämter und Geschäfte entfernet, so habe ich ihnen etliche Hundert solcher Bücher ersparen können, welche die Staats- und Regierungswissenschaft bis auf die niedrigsten Grade der Processierkunst den Mannspersonen nöthig machet.«[84]

So heißt es im »Mahler der Sitten« von 1746. Mädchen, die wie Knaben erzogen werden, möchten auch leben wie Knaben – das war die Erkenntnis, die dem raschen Wandel von Modellen der Koedukation zu Modellen weiblicher Halb-Bildung zugrunde lag: Eine verstümmelte Männer-Kultur für Frauen, dafür aber Expertin in »Einfalt«.

Die progressiven Forderungen nach weiblicher Bildung tragen im 18. Jahrhundert von Anfang an den inneren Widerspruch in sich, daß in der Welt des Denkens keine zwei Klassen erzogen werden können – zukünftige Schöpfer und ewige Schülerinnen lassen sich nicht im gleichen Bildungsprozeß herstellen. Die Kompetenzen, die in der geistigen Auseinandersetzung gebildet werden, sind im bürgerlichen Zeitalter immer zugleich *kritische* Kompetenzen. Zur Kritik gehört das Argument, und das Argumentieren ist eine Redeweise, die in sich keine Ausschlüsse nach Geschlecht, Rasse oder Klasse duldet. Argumentative Situationen drängen strukturell zur Gleichheit aller, die in der Situation beteiligt sind. Neben der kritischen Dimension ist es die Lust des Herstellens, und manche Schülerin bescheidet sich nicht freiwillig mit der Rezeption, um so weniger je mehr sie – wie etwa Cornelia Goethe ins Herstellen eingeübt wird – und je mehr sie in einem Umfeld lebt, das der geistigen Produktion des schöpferischen Individuums den höchsten Rang aller menschlichen Tätigkeiten einräumt.

Diese Strukturprobleme weiblicher Bildung blieben den pädagogisierenden Männern nicht verborgen. Die Tatsache, daß Wissen und Machen, zusammengehören und daß dem Wissen eine eigene Dynamik innewohnt, die über die unmittelbaren Beziehungen herausdrängt wurde bald erkannt und führte zu heftigen Warnungen und zu einer systematischen Beschränkung des Lesekanons der Mädchen sowie zu der systematischen Züchtung unterschiedlichen Verhaltens bei weiblichen und männlichen Kindern. Es ist klar, daß bei den beiden Geschlechtern eine unterschiedliche Motivation aufgebaut werden mußte. Die Art, wie sie sich Wissen aneignen, muß verschieden sein, damit sie die »natürlichen« Unterschiede der Geschlechter habituell produzieren. Ein Mädchen darf nicht ins Wissen eingeführt werden wie ein Knabe, denn sie wird niemals zu männlichen Aufgaben berufen sein.[85]

Hier wie W. Martens vom »Übergang zum Ästhetisch-Moralischen« zu sprechen, oder wie Engelsing von der »Entstehung des neuen Publikums aus Ungelehrten und Frauen« genügt nicht. »Die Dominanz des Ästhetisch-Moralischen ist natürlich gleichzeitig die Schulung eines Publikums im Hinblick auf Geschmack und Sitten.«[86] Doch was bedeutet das aus der Perspektive einer Entwicklung der weiblichen Kultur? Unter dem Aspekt der Geschlechterfrage geht es ja um eine entscheidende Differenzierung, die sich vor allem als Polarisierung der Arbeitsteilung zwischen den Geschlechtern und als Unterwerfung der Frauen unter die Welt männlicher Kulturbilder darstellt. Auch das moralisch-ästhetische war ja eine »Männer-Welt« und eine »Männer-Moral«; zwar ein den Frauen zugeschriebener Bereich – aber eine Schule der Frauen mit männlichem Lehrpersonal. Wolfgang Martens betont vor allem die Lesesituation: der »ungelehrte Leser« (der »weibliche Leser« das ist für ihn ein und dasselbe). Aus diesem Grund erscheint als »leserfreundlich« was ein viel ambivalenterer Prozeß ist – wenn wir ihn als Einfügung der Frauen in die etablierte Männer-Kultur ansehen – das heißt als Konfliktfall.

Wie Engelsing konstatiert, war es in Deutschland »der Pietismus, der das Feld bereitete, dessen sich der englische Frauenroman bemächtigte, um den angebahnten Wandel der weiblichen Kultur zu beschleunigen und das Bürgertum aus seinen patriarchalischen Denkgewohnheiten herauszubringen«.[87]

Dem ersten Teil der Aussage stimmen wir zu. Wie es mit dem zweiten Teil steht – dem Ende der patriarchalischen Denkgewohnheiten – soll eine genauere Untersuchung klären. Folgen wir Engelsings Darstellung über die Entstehung des weiblichen Lesepublikums in Deutschland.

Manchen Autoren war es von vornherein bewußt, daß sie ein überwiegend weibliches Lesepublikum ansprachen. Das gilt z. B. für Richardson, für Rousseau, für Gellert, später für Sophie von La Roche und andere. Die Frauen vermittelten ihre Wertschätzung der Literatur weiter an die Kinder, die sie erzogen. Sie waren diejenigen, die in das Lesen einführten, das sich zwischen 1760 und 1790 rasant verbreitete. So heißt es schließlich bei Wieland im »*Neuen Teutschen Merkur* von 1791«: »Jetzt sei das Lesen auch unter der Mittelklasse und bis nahe an diejenigen, die gar nichts gelernt haben, allgemeines Bedürfnis geworden.«

Die Zunahme der weiblichen Lektüre – überhaupt die Entstehung eines weiblichen Publikums – kann nicht abgetrennt von den sozioökonomischen Realprozessen gesehen werden: Erst vor diesem Hintergrund wird klar, daß es sich um einen Unterwerfungsprozeß, nicht um einen Angleichungsvorgang zwischen den Geschlechtern handelt. Auch Engelsing konstatiert die neue Situation: Frauen werden zum Publikum in der Männerkultur. Er interpretiert diesen Vorgang eindeutig positiv: »Wenden wir uns einen Augenblick der schönen Literatur in älterer Zeit zu, so gab es allerdings schon im Spätmittelalter für hochgestellte adelige Frauen erbauliche und unterhaltende weltliche Lektüre, vor allem Übersetzungsromane. Aber von der bürgerlichen Frau läßt sich sagen, daß sie kaum Gegenstand der schönen Literatur wurde und daß sie, solange das nicht der Fall war, auch als Subjekt der schönen Literatur, d. h. als Leserin (und theoretisch auch als Verfasserin) nur eine bescheidene Rolle spielte. Natürlich läßt sich diese Behauptung bei einem Überblick über größere Räume und längere Zeiten anhand dieses und jenes Beispiels einschränken. Aber wir wollen hier nicht Blüten lesen und zu Sträußen binden, wie die Kulturhistoriker es taten. Beobachtet man mit Konsequenz die wirkliche Gesellschaft an einer bestimmten Stelle und nimmt man z. B. die lokale Gelegenheitsdichtung als Kriterium, so kann man nur feststellen: Weder das spannungsreiche und harte Pathos der Barockdichtung

noch ihre parodistisch-satirischen Elemente schmeichelten weiblichen Ohren; und die Anzüglichkeiten der Hochzeitscarmina waren ganz und gar darauf eingerichtet, Männer zu belustigen, indem sie es durchaus auf deren Lust und deren Maßstäbe absahen.«[88]
Schon im Pietismus hatten sich »die weicheren, seelisch-emotionellen Stimmungen« durchgesetzt: Phantasien der Anerkennung und der liebenden Verschmelzung mit der Jesus-Imago, Indikatoren für das Bedürfnis auch der Frauen, sich als einzigartiges Subjekt zu erleben. Die Veränderung ab 1750–1760 beschreibt Engelsing so: »In Deutschland bürgerten sich ähnliche Verhältnisse wie in England ein, wo es sich ein schöngeistiger Schriftsteller schon seit der Mitte des Jahrhunderts nicht mehr leisten durfte, die Frau als Publikum zu verachten, wenn er seinen Erfolg nicht verscherzen wollte. Es ist typisch, daß Gellert unter den Frauen Liebhaberinnen fand, bevor die Männer ihn lasen und daß in Goethes Vaterhaus sich Frau und Kinder an Klopstocks Messias vergnügten, während der Rat selbst ihn ablehnte. Die deutsche Belletristik gewann einen weiblichen Zuschnitt, weil sie vor allem den Frauen zusagen mußte. Bereits von den Bremer Beiträgen des städtischen Verlegers Saurmann ist überliefert, daß sie sich befleißigten, ›den Frauenzimmern zu gefallen und nützlich zu sein‹. Wenig später entstand in Deutschland mit den Damenkalendern ein wichtiger neuer Literaturzweig, der als Sprachrohr der modernen Dichter das Publikum zuerst mit den berühmtesten Erzeugnissen der klassischen deutschen Literatur bekannt machte. Verleger wie Unger und Cotta, seit 1792 auch der bremische Buchhändler Wilmans erzielten mit ihren Taschenbüchern für Damen, die außer Beiträgen heute vergessener Autoren wie Pfeffel und Lafontaine Arbeiten von Wieland, Goethe, Schiller, Jean Paul, Hölderlin usw. veröffentlichten, glänzende Erfolge. ›Unsere Buchhändler speculieren auf nichts eifriger als auf Damenlectüre. Ein Dichter, den die Frauen kaufen, ist ein gemachter Mann. Die Frauen sind jetzt ein Publikum für den Poeten‹, urteilte Riehl später. ›Die Literatur und Kunst für Frauen und von Frauen wird immer selbständiger ... Namentlich ist schier unsere ganze Belletristik geradezu unter den Pantoffel gekommen.‹ Eichendorff sah es nicht anders. ›Gerade die eifrigsten Leser sind die Frauen ... Jetzt befindet sich die Unterhaltungsliteratur sowol hinsichtlich der Producenten als der Consumenten in der That zum größten Theil in der Hand der Frauen.‹«[89]

Am Beispiel der Richardson-Lektüre zeigen sich wesentliche Züge des »neuen Lesens« seit der Jahrhundertmitte. Cornelia Goethe begann 1768 ihr Tagebuch für Katharina Fabricius mit einem Hinweis auf

Richardson. Doch wir entdecken die Identifikation mit den Richardsonschen Romanfiguren keineswegs nur bei Frauen. Für Klopstock z.B. verschmolz seine Freundin Meta so sehr mit dem Bild der Clarissa, daß er beschloß sie »Clärchen« zu nennen. Er schreibt an Meta am 25.4.1752:

»[...] ich wollte, daß ich Ihnen den Rosenkranz meiner St. Cäcilie, die nun beynah vierzehn Tage gegen mir über gestanden hat, u meine Muse gewesen ist, daß ich Ihnen diesen mitschicken könnte, daß er ein Vorbild (sehen Sie, wie heilig ich die Sache ansehe!) ein Vorbild von denen würde, die ich meiner süssen St. Clarissa, oder wenn Sie lieber wollen, Clärchen, flechten will. Denn merken Sie sich das, Clärchen Mollern, u nicht M. Mollern, so sollen u u[!] müssen Sie künftig heissen, u so sollen Sie sich in Ihren Briefen nennen.«[90]

An anderer Stelle bemerkt er: »Hätte Lovelace mit seiner Clarissa nur einmal so aufrichtig gesprochen, wie ich mit meinem Clärchen ...« Und Fielding, Zeitgenosse und Rivale Richardsons, beschreibt seine Lektüre des fünften Bandes der Clarissa folgendermaßen:

»Ich bin geschockt, voller Angst; äußerste Befürchtungen für die arme verratene Kreatur überkommen mich. Dann vergehe ich vor Mitleid, empfinde endlich eine Art weibische Erleichterung, verfolge die Szene bis zu Ende und bin beim nächsten Brief wie vom Blitz getroffen. Viele Zeilen vermöchten nicht auszudrücken, was ich bei *den* zwei Zeilen empfinde.«[91]

Die zwei Zeilen lauten: »So verging ihr vor Schrecken die späte Stunde – und was danach kam«, die Vergewaltigung der Clarissa.[92]
Die Bedeutung der Romane Richardsons (1689–1761) für das lesende Publikum, insbesondere für die Jugendlichen der Jahrhundertmitte kann gar nicht hoch genug veranschlagt werden.[93] Diderot verfaßte 1761 aus Anlaß des Todes Richardsons seine berühmte »Eloge de Richardson, auteur des Romans de Pamela, de Clarisse et de Grandison«. In diesem Nachruf formuliert er als wichtigste Innovation und als Zentrum der Leseerfahrung der Zeitgenossen:

»Richardson lässt kein Blut an Wandverkleidungen entlangfliessen; er entführt Sie nicht in ferne Länder; er setzt Sie nicht der Gefahr aus, von Wilden verspeist zu werden; er verweilt nicht an den heimlichen Stätten der Ausschreitung; er verliert sich nie in eine Feenwelt. Sein Schauplatz ist die Welt, in der wir leben; der Inhalt seines Dramas ist wahr; seine Gestalten haben die volle Realität, die möglich ist; seine Charaktere sind mitten aus der Gesellschaft herausgegriffen; seine Verwicklungen entsprechen den Sitten aller gebildeten Nationen; die Leidenschaften, die er schildert, erlebe ich in mir selbst; sie werden von den selben Gegenständen erregt wie bei mir und haben genau die Kraft, die ich an ihnen kenne, die Widerwärtigkeiten und Kümmernisse, die seinen Gestalten begegnen, sind von der selben Natur wie diejenigen, die mir unaufhörlich drohen; er zeigt mir den allgemeinen Lauf der Dinge, die mich umgeben.«[94]

Richardson schrieb Romane, die den Leserinnen ebenso wie den Lesern so real waren, daß sie unmittelbar ins Leben übertragbar oder als Vorbild verwendbar schienen – und ihre eigenen Empfindungen widerspiegeln. Diderot findet bei Richardson auch eine Bestätigung seiner Moral:

»Lernt von ihm, ihr Menschen, wie man sich mit den Übeln des Lebens abfinden kann; kommt, wir wollen gemeinsam über die unglücklichen Gestalten weinen, die seiner Einbildungskraft entsprungen sind, und wollen uns sagen: Wenn unser Los uns bedrückt, dann werden doch wenigstens die rechtschaffenen Menschen auch über uns weinen. Wenn Richardson die Absicht hat, für bestimmte Menschen Interesse zu wecken, so für die Unglücklichen. In seinem Werk sind wie in unserer Welt die Menschen in zwei Klassen geteilt: die Klasse derer, die genießen, und die Klasse derer, die leiden. Immer bringt er mir die Leidenden nahe, und unbewußt regt sich und wächst in mir das Gefühl des Mitleids.«[95]

Am wichtigsten aber wurde der Roman als Modell, »wie zu lieben sei«. Um 1770 wird die Liebe in ihrer bürgerlichen Gestalt erfunden, und diese Erfindung ist eine literarische Erfindung. Die Herausbildung des Modells läßt sich mit drei Autorennamen bezeichnen: Richardson, Rousseau, Goethe.
Richardson wurde zum Schriftsteller über dem Versuch, ein einfaches, wenig gebildetes Publikum das Schreiben »richtiger Briefe« an Hand von Vorlagen zu lehren. Die Verbreitung der Briefkultur im Bürgertum bezeugt einen kollektiven Mechanismus der Einübung in die Ausdrucksformen der entstehenden bürgerlichen Subjektivität. Gehen wir also davon aus, daß aus gesellschaftlichen Gründen, die an dieser Stelle nicht zu untersuchen sind, ein Bedürfnis nach einer Formgebung für Intimität besteht. Es fehlt an gelebten Vorbildern. Das aristokratische Modell der Trennung von Leidenschaft und Ehe wird vom Bürgertum als kalt und künstlich zurückgewiesen. Es müssen für

Clarissens Schicksale.
Dargestellt in 24 Kupferblättern
von Daniel Chodowiecki, 1796

Die Bildunterschrift zu dem Kupfer von Chodowiecki lautet: »Die jetzt heimatlose, in der Welt und ihren eigenen Augen entehrte Clarissa befindet sich mit Lovelace in einem Gasthofe zu St. Albans. Nach einem langen leidenschaftlichen Wortwechsel wird Lovelace ganz wild. ZAUBERIN! ruft er, ergreift ihre Hand, und preßt sie an seine brennenden Lippen. Clarissen wird ganz angst. Eine Ahndung seines schwarzen Entwurfes scheint ihr durch die Seele zu fahren.«

das bürgerliche Ich Selbstverfügung und Selbstbestimmung (Moral/Autonomie), d. h. individuelle Freiheit und geltende Institutionen miteinander versöhnt werden. Das gilt für die Familie ebenso wie für den Staat. Für die Familie bzw. die Ehe heißt das, daß die patriarchalisch bestimmte Sexualmoral für beide Beteiligten als Ausdruck der Freiheit erscheinen muß (Liebe). Hierfür gab es keine Tradition: Theoretisch formuliert war allein das Unterordnungsverhältnis von Kindern und Frauen unter Vater und Mann;[96] die Passion, die höfische Ehe, das Abenteuer gehörten einer aristokratisch oder feudal geprägten Lebensform an; sie waren unbrauchbar für die komplizierte Vermittlung zwischen extremem Individualismus und Gesetz, wie sie das Bürgertum entwickelte. So erhielt die Literatur zwischen 1740 und 1780 eine herausragende soziale Funktion. Sie wurde zur Sozialisationsinstanz. Innerhalb des bürgerlichen Lesepublikums wird für eine kurze Zeitspanne die Kluft zwischen hoher und niederer Literatur aufgehoben. Die Romane Richardsons, Rousseaus und des jungen Goethe sind Massenerfolge. Richardson reagierte mit besonderer Intensität auf die Konflikte, die sich in England früher als auf dem Kontinent bemerkbar machten: die Widersprüche zwischen Liebe und Autonomie und zwischen patriarchalischer Gewalt und der Selbstverwirklichung beider Geschlechter. Die weibliche Weltsicht ist in diesen Texten detailliert und mit hoher Intensität vorgetragen. Im Grunde sind die Zentralperspektiven Richardsons Entwürfe eines weiblichen Ideals, er spricht mit Zärtlichkeit von »meinen literarischen Töchtern Pamela, Clarissa und Clementina«.

Welche Rolle fand die Leserin in diesen Bänden mit ihren Tausenden von Seiten für sich? In dem großen Drama zwischen der alten und der neuen Ordnung weist Richardson der Frau eine eigene Rolle zu. (Der Blick sollte sich hierbei nicht ausschließlich auf die Werte und die Konfliktlösungen richten, sondern auch auf die Konflikt*darstellung*. Hier werden machtvolle Phantasien angesprochen und strukturiert.) Natürlich teilt Richardson die Vorurteile und die Doppelmoral der Zeit: Zwar gilt das Konzept »Autonomie«, »Tugend« für Mann *und* Frau, aber die Regeln sind für beide Geschlechter nicht die gleichen. Für die Frau ist das Sexualtabu zentral – dessen Verletzung zerstört den Wert einer Frau, selbst wenn es sich um eine Vergewaltigung handelt – der Wert der vergewaltigten Clarissa wird erst durch ihren selbstgewählten Tod wiederhergestellt. Für den Mann dagegen gründet die Sexualmoral auf pragmatischen Vorschriften. Zwar wird der Verführer eines unschuldigen Mädchens von Richardson mit Vorwürfen überschüttet, aber diese haben nicht die Schärfe des Urteils, das über die gefallene Frau gesprochen wird, bei der den Ausschlag gibt, daß sie nicht mehr das ist, was sie war, nämlich rein, unversehrt. Richardsons Neuerungen sind vorsichtig: Die Frau darf nicht zur Ehe gezwungen werden, andererseits darf sie ihrer Liebe nicht gegen den Willen der Eltern folgen. Sie darf sich weigern, aber nicht selbst ihren Willen in die Tat umsetzen. Die elterliche Vormundschaft wird immer noch als das erste Recht herausgestellt. Freilich wird den Eltern empfohlen, den Willen der Kinder zu respektieren.

Solche Ideen hätten kaum besonderes Aufsehen erregt, wenn es nicht im Roman zu Konfliktbildern käme, die weit über die offen artikulierte Moral hinausgehen.

In der *Clarissa* hat Richardson das große Thema des Mißtrauens und des uneingestandenen Machtkampfs zwischen den Geschlechtern abgehandelt. Clarissa hatte gesiegt – aber um den Preis des Todes. Richardsons Größe wird sichtbar in den Paradoxien, die er schafft: Clarissa, die Tugendhafte, liebt Lovelace, den Libertin, den »Frauenverbraucher«, der unter Hunderten die eine wählt, die Tugendhafte, die einzigartig ist (und diese eine ist immer die Leserin). Nur der regelbrechende Libertin kann Liebe beweisen – seine Unmoral garantiert, daß er »von der einen« so bestrickt wurde, daß er alle anderen vergißt und auch keine praktischen Nebengedanken hat (eine anständige Ehe, um Kinder zu zeugen). Clarissa liebt Lovelace, den Mann, der sie begehrt. Sie will ihn zum Heiligen machen und er sie zur Hure. Das Paradox ist: Sie liebt ihn, weil er Täter ist, weil er begehrt und sie um ihrer Tugend willen anbetet. Er liebt sie, weil sie tugendhaft ist, und verlangt, daß sie ihn zu ihrem Gesetz mache. Dabei verlangt Clarissa nach ihrem geliebten Verführer – aber sie darf es niemals zeigen, und Lovelace idealisiert sie, behandelt sie jedoch wie eine Hure und vergewaltigt sie schließlich. Das Thema der Macht wird wie rasend zwischen ihnen abgehandelt. Dabei ist die geschlechtsspezifische Rollenteilung klar: Sie muß alles erdulden, aber er erreicht niemals, worum es wirklich geht: ihre innere Unterwerfung. Gerade daß er sie mit Gewalt zwingen muß, ist für ihn eine tiefe Kränkung, denn er konnte sie nicht erobern. Er ist gezwungen, ihre innere Freiheit zu bewundern, und muß sie eben deshalb zerstören.

Richardson erweist sich als Autor der modernen bürgerlichen Epoche: In der alten Ordnung würde die Frau durch die Heirat rehabilitiert; in der neuen Ordnung wird sie Lovelace niemals heiraten. Das ist das Modell. Dadurch, daß er sie vergewaltigte, provoziert er das Ende des Spiels: ihren Tod. Lovelace irrt durch die Welt – ein selbstzerstörender Don Juan. Er fällt im Duell. Seine letzten Worte sind: »Clarissa, Heilige«.

Die Konstruktion des idealen Geliebten bei Richardson lautet in den Worten der Clarissa:

> »Sollte man einen Mann, dem man bestenfalls ein schlechtes Herz zutraut, nicht fliehen? [...] Obwohl seine Fehler überwiegen, ist er mir lieber, als ich gedacht habe, und in Anbetracht der Schwere dieser Fehler vielleicht noch lieber, als er mir sein sollte.«[97]

Der ideale Geliebte ist Libertin und verehrt die Tugend. Er ist Frauenverächter und idealisiert die Geliebte. Er ist leidenschaftlich und liebt die Keuschheit. Er ist Täter und zugleich anerkennend, und das ist die einzig wahre Anerkennung, denn sie stammt aus dem Gegenteil:

> »Mr. Lovelace an John Belford, Esq.
>
> Donnerstag, 13. April
>
> Bei bescheidener Berechnung hätte ich ein Dutzend Hühnerweihen heruntergeholt, während ich nichts anderes versuchte, als meine einzige Lerche einzufangen. Noch sehe ich nicht, wie ich sie zu Fall bringen könnte. Darum also weitere Tage der Unschuld!
> Begreifst Du wohl, daß eine schwierige Jagd mich mehr reizt als eine leichte Verfolgung? Das möchte ich Dir beibringen und Dich die Jagd auf edleres Wild als auf Dohlen, Krähen und Pfeifenten lehren. Jack, Du ahnst nichts von der Wollust der Intrige, nichts von dem Triumph der Überwindung einer Klugen, Wachsamen, nichts von dem Hochgefühl des erfinderisch, planenden Geistes, der grübelt, welches seiner Netze er aufstellen soll, die Geliebte zu umgarnen!«[98]

Die öffentliche Diskussion setzte genauso ein, wie es bei Diderot beschrieben wurde: Man diskutierte die moralischen Fragen und den Kodex richtigen Verhaltens. Was aber im Inneren der Leserinnen vorging? Ob sie über Moral so gerne sprachen, weil das »unausgesprochene Thema« sie eigentlich belebte und bewegte? Das Thema der Leidenschaft, der Sünde und vor allem die Faszination vom Libertin, der zugleich die Frau, die er besitzen will, aufs höchste idealisiert. Das war der eigentliche Traum in der Frauenphantasie – das Leidenschaftsversprechen. Nicht einen ordentlichen Hausvater, der ebensogut eine andere ordentliche Person hätte heiraten können. Vielmehr einen »Frauenkenner« – und »Frauenverbraucher«, den Libertin, der unter Hunderten *die eine* wählt – weil sie einzigartig ist. (Und diese eine ist immer die Leserin); und den Clarissa aus eben diesem Grund wählt und allen vorzieht. Wir erkennen also, daß nur vordergründig ein tragisches Schicksal Clarissa zu Lovelace treibt – in Wahrheit ist es *die* Liebeskonstellation. (Wie gesagt: Nur der regelbrechende Libertin kann Liebe beweisen – seine Unmoral garantiert, daß er von »der einen« so verstrickt wurde, daß er alle anderen vergißt.)

Es besteht also eine starke Spannung zwischen der propagierten Geschlechtermoral und dem latenten Sinn der dargestellten Szenen. Die Spielregel, in der Liebe hier erfahren wird, sieht eine bestimmte Konstellation vor. Die Frau, physisch als Opfer – aber von unzerbrechlicher Innenwelt: Sie liebt weiter und sie verweigert sich weiter. Unerreichbar und unzerstörbar. Der Mann als Täter – physischer Sieger – sieht sich ebensosehr begehrt wie abgewiesen, und das hält seine Liebe auf ewig, denn die Liebe lebt von der ewigen Unerreichbarkeit ihres Gegenstands. Die Konstruktion kommt uns anstrengend (und angestrengt) vor, denn sie beruht auf einem Paradox – die Verliebtheit, die »höchste Überschätzung des Liebesobjekts«, auf Dauer zu stellen. Und das hat keinen anderen Inhalt, als eine extreme Idealisierung zum zentralen Inhalt der Liebesbeziehung zu machen. Richardson beantwortete die Frage, wie die Leidenschaft aufs höchste gesteigert werden kann und wie sie ewig dauern kann in *Clarissa* konsequent: Je näher, desto ferner.

Diese Phantasie war überaus wirksam, die »Entdeckung der Liebe« – genauer: der Verliebtheit – bezeichnete für die Frauen die Spiegelung als grandioses Ich im Anderen. Etwas anderes stand ihnen nicht zur Verfügung, um das neue soziale Thema: die Einzigartigkeit der Person, erfahrbar zu machen, zu erleben. Der Mann hatte das Werk, der Dichter vor allem konnte den ungeheuren Narzißmus, der mit der Wendung zum »großen Einzelnen« plötzlich hervorbrach, in einer kollektiven Anerkennung ausleben. Und der durchschnittliche Mann konnte durch Identifikation oder real sich verwirklichen, zum Beispiel in seiner von seinem Wollen und Können bestimmten Lebensgeschichte. Die Frau jedoch verwirklichte sich ausschließlich in der Liebeswahl.

So verwundert es nicht, wenn die Frauen Richardsons Figuren »ihre Biographie« abschauten. Sie haben gewählt. Sie sind Liebende und sie werden geliebt, nicht unbedingt so kompliziert wie Lovelace und Clarissa, aber in der Phantasie angereichert um dieses Thema: Der Mann hat »alle« und liebt die »eine«, und sie macht sich zum Nichts, um von ihm alles zu bekommen, um ihn als den Aktiven, den Täter, dessen Liebe allein sie erhöhen kann, zu etablieren.

Am Beispiel der klugen und lebhaften Meta Klopstock läßt sich die Wirkung der Richardsonschen Entwürfe nachvollziehen. Es lohnt sich, in Metas Briefen ihre Begeisterung für den Autor und seine Figuren näher anzusehen. Am 29. November 1757, auf dem Höhepunkt seines Ruhmes, schrieb sie an Richardson:

Clarissens Schicksale.
Dargestellt in 24 Kupferblättern
von Daniel Chodowiecki, 1796

Die Bildunterschrift zu diesem Kupfer lautet: »Die sterbende Clarissa. Um ihr Bette sitzen, stehen und knien Oberst Morden, Frau Lorick, Frau Smith, die Wärterin, das Hausmädchen. Belford tritt gerade in die Thüre. Clarissa tröstet die Trauernden – bestellt tausend Grüße an die Ihrigen – betet für ihren Zerstöhrer – segnet jeden Anwesenden – und verscheidet lächelnd!«

»[...] als ich Ihre Clarissa (o das göttliche Buch!) ausgelesen hatte, hätte ich Sie wohl um die Geschichte einer *männlichen* Clarissa bitten mögen, aber zu jener Zeit fehlte mir der Mut. Solchen Mut hätte ich auch heute nicht, denn dieses ist mein erster Brief in Englisch – aber ich habe ihn! Mag sein weil ich heute Klopstocks Frau bin, damals aber war ich nur eine alleinstehende junge Frau. Sie haben dann die ›männliche Clarissa‹ [den Roman *Sir Charles Grandison,* U. P.] geschrieben, ohne daß ich Sie hätte darum bitten müssen: Sie haben sie geschrieben zur großen Freude und zur ewigen Dankbarkeit all ihrer glücklichen Leser! Jetzt haben Sie nichts mehr zu schreiben, Sie müssten denn die Geschichte eines Engels erfinden.«[99]

Es werden sodann weitere Briefe gewechselt. Schließlich berichtet Meta ihr Leben; der Dichter hat sie danach gefragt. Sie beginnt ihre Selbstdarstellung so:

[»Sie begehren alles zu wissen, was mich betrifft. Liebe, mein Herr, die Liebe ist alles, was mich betrifft! Und nur von Liebe will ich Ihnen in diesem Briefe sprechen. In einer glücklichen Nacht las ich den Messias, das Gedicht meines Mannes. Es ergriff mich. Am nächsten Tag fragte ich einen seiner Freunde, wer ist der Autor dieses Gedichts? Und es war das erste Mal, daß ich Klopstocks Namen hörte. Ich glaube, ich liebte ihn sofort.«]

»You will know all what concerns me. Love, dear Sir, is all what me concerns! And love shall be all what I will tell you in this letter. In one happy night I read my husbands poem, the Messiah. I was extremely touched with it. The next day I asked one of his friends, who was the autor of this poem? And this was the first time I heard Klopstocks name. I believe, I fell immediately in love with him.«[100]

Weiter heißt es:

»Auf jeden Fall hatte ich keinen anderen Gedanken mehr als ihn, vor allem, da mir meine Freunde viel über seinen Charakter berichteten. Aber ich hatte keine Hoffnung, ihn jemals zu sehen, als ich ganz unerwartet erfuhr, daß er über Hamburg reisen werde. Ich schrieb sofort an jenen Freund, damit er es möglich mache, daß ich den Autor des Messias treffe, wenn er in Hamburg ist. Er sagte ihm, ein gewisses Mädchen in Hamburg möchte ihn kennen lernen, und als Empfehlung zeigte er ihm einige Briefe, in denen ich ansetzte, einige Klopstocksche Verse zu betrachten. (critize). Klopstock kam und er kam zu mir.«

Meta entwirft ihre Biographie als Liebende – und ist bemüht dies als dauernden und einzigen Inhalt ihres Daseins festzuhalten. Betrachten wir ihre Selbstdarstellung aus dem Jahr 1751. Sie traf ihre Wahl: Meta Moller, eine unabhängige und vermögende Kaufmannstochter aus Hamburg, die einen Dichter will und keinen Kaufmann. Meta ist reich, gebildet und unabhängig, denn sie verfügt über ihr Vermögen, das ihr der Vater hinterlassen hat. Zwei Jahre nach der ersten Begegnung mit Klopstock also liest sich ihre Geschichte so:

> »Sie habe den Messias dadurch zuerst kennen lernen daß sie etwas von den 3 ersten Gesängen, in Papliotten zerschnitten auf der Toilette einer ihrer Freundinnen gefunden, welches sie zusammen geklebt, und mit großem Beyfall gelesen; Gieseke mit vielem Feuer gefragt: Ist mehr von diesen[!] göttlichen Gedicht zuhaben, u wo? und wer ist der Verfasser.«[101]

Sie erobert den Dichter, wovon sie mit Lust und Liebe erzählt.[102] Ihre erste Begegnung in Gesellschaft beschreibt sie wie folgt (Kl. ist ihre Abkürzung für Klopstock, Sch. ist Metas Schwester, »die Schmitten«):

> »d. 11ten Dec. 1753
>
> [...] Wir giengen zu Tische. Kl. führte mich, welches mir lieb war, ob gleich mehr Gesellschaft da war. Ich bot Kl. den öbersten Platz an, wünschte aber sehr, daß er ihn nicht annehmen möchte. ›Wo sitzen Sie?‹ sagte er. ›Ich sitze hier.‹ ›Ich sitze bey Ihnen.‹ ›So setze ein jeder sich, wie ihm gefällig‹, sagte ich, denn nun hatte ich was ich wollte. Kl. sprach immer mit mir alleine. Die andren nahmen es übel, ich nicht. Man sprach von schönen Augen. Kl. sagte, er kennte die schönsten blauen Augen in Deutschland. Das sind der Sch: ihre, dachte ich, u fühlte daß ich roth ward. Aber könntens auch nicht meine seyn? Er sach mich doch so süß an, wie ers sagte. Nein, das ist doch nicht möglich   Wenn sie nur noch recht blau wären – – – Ein geschwinder Blick nach dem Spiegel, welcher betrübt wieder zurückkehrte. [...]
>
> Ich reichte Rahn einen Teller mit Aepfeln, u weil Kl u Hagedorn zwischen uns sassen; so muste ich mich fast über Kl seinen Schooß legen, um hin zu kommen. Kl sah sehr aufmerksam nach meiner Tour-de-gorge [der geschnürten Taille, U.P.] u seufzte. Ich bemerkte es u wunderte mich, dann ich hatte Kl bisher für einen blossen Geist gehalten (Itzt weiß ichs wohl, daß er einen eben so süssen Körper hat). Ich ward dennoch nicht böse darüber, da ich sonst allemal bey einer solchen Gelegenheit, gegen eine jede

Mannsperson Zorn u Verachtung empfunden habe. (Dieses setze ich nicht etwa als ein [!] Beweis meiner Tugend hierher; sondern es ist eine wirkliche Wahrheit.) Wir standen vom Tische auf. Kl hat mir nachher gesagt, daß er sich selbst gewundert hätte, daß ich mit meinen andern Nachbarn so wenig gesprochen hätte. Bey Tische hatte man von unsern hiesigen Regenkleidern gesprochen. Ich versäumte die Gelegenheit nicht, itzt eins bringen zu lassen u es um zu thun, auf daß sie die Mode recht sehen könnten. Ein Nebenumstand ist sonst auch, daß es mir sehr gut steht. Dieser Nebenumstand that auch die sehr gute Wirkung auf Kl, daß er herflog u mich mit vielem Feuer küste. Nun fieng die Gesellschaft an, sich zu zerstreuen, u die meisten fuhren weg. Kl trat mit mir an ein Fenster u las einen Brief von Ihnen. Ich, um desto besser in den Brief zu sehen, weil wir ihn doch nicht ganz laut lesen konnten, hatte, wirklich ganz von ungefehr, meine Hand hinter Kl-s Rücken gelegt. Er drükte sie mir ganz sanft mit seinem Rücken. Dieser Druk erregte bey mir ein Gefühl, das mich aufmerksam machte, das doch aber so süß war, daß ich nicht im Stande war, meinen Arm zurück zu ziehen (welches ich bey einer andern Mannsperson gewiß gleich gethan hätte). Mein Arm blieb also ganz dicht an Kl-s Rücken liegen, so lange er den Brief las. Kl. hat mir auch erzehlt, daß ich, wie er nachher mit mir gesprochen, u er seine Stirne so ein bischen gegen mich geneigt, ich die meinige auch ein bischen so hingebogen, daß sie sich ganz sanft aneinander berührt. Diesem[!] Umstand weis ich nicht mehr. Ich glaube daher, daß ichs auch nicht muß gewust haben, wie ichs gethan habe. Kl fragte ob ich seine Elegie: Dir nur zärtliches Hertz – – kennte. Ich sagte, aus einer gewissen Furchtsamkeit, daß ich sie nicht *genung* kennen möchte, nein. Er wunderte sich, u sagte, so wollten wir sie zusammen lesen. Ich gieng deswegen mit ihm nach der Schm. ihrem Zimmer. Ich fieng an zu lesen, konnte aber nicht fortfahren, weil ich einen zu starken Fluß auf den Augen hatte. Kl las. Er hielte meine eine Hand. Das Herz schlug mir gewaltig, unsere Hände wurden immer heisser, immer heisser, ich fühlte sehr viel u, ich glaube, Kl. auch. Er las ein Stück aus dem Mess: Die Schm. war dazugekommen. Er fragte, ob er nicht einen Kuß dafür verdient hätte? Die Schm. sagte ja. Ich sagte, ich küste keine Mannsperson. Er disputirte viel dagegen. Ich dachte, warum küst der Affe dich denn nicht? Du kannst ihm den Kuß ja nicht geben! Hr. Keller kam herauf. Er fragt, ob Kl denn noch nicht wegfahren wollte? Er müste ja zu Olden. Ja, bald, sagte Kl., setzte sich unterdeß hin u trank mit uns Thee. Die Schm. war so gut Hr. Kell. zu entreteniren, ich schwatzte mit Kl. Er sagte, ich sollte mit ihm reisen. Ich sagte; ich wollte wohl. ›Aber Sie würden zu sehr frieren.‹ ›Wenn ich Ihr Feuer bey mir hätte, wohl nicht,‹ sagte ich mit lachen. ›Ach, Sie haben genung eignes Feuer,‹ sagte er, u küste mich, mit nicht wenigem.«

Die schönen Beschreibungen Metas verraten uns, wozu die Frauen die Literatur brauchten – um sich ihren eigenen Roman aufzuführen. Bei Meta noch verstärkt durch die unbändige Schreiblust, es reicht ihr nicht, ihren Roman zu leben. Sie will ihn schreiben – und als sie Klopstock nach drei Jahren geheiratet hat, tritt die Schwester als Adressatin an die Stelle des fernen Geliebten. Auffallend ist bei Meta vor allem die minutiöse Selbstbeobachtung. Die Zerlegung der Gesten und Empfindungen, der analytische Verstand. Metas Liebe geht ganz, dem Modell Richardsons gemäß, auf die Idealisierung des Geliebten aus.
Meta an ihre Schwester am 5. 3. 1757:

»[...] wenn du im Mess. liest, so kannst du denken, was ich empfinden muß, wenn ich bey ihm sitze, u ihn arbeiten sehe, mit der würdigsten Mine der Andacht, blaß vor Empfindung, mit Thränen in den Augen arbeiten sehe! u meine Seele dann unaufhörlich den Gedanken denkt: *Er ist dein Mann!* Ja ich *bin* die allerglückseligste Frau! Einen Mann zu haben, dessen Eigenschaften *alle* so groß, so schön u so gut sind, als Klopstocks Genie, das *ist* Glückseligkeit! Mir fehlt nichts in der Welt (mehr Reichthum fehlt mir nicht) nichts als *ihr!* – – – – –«[103]

Ihr Briefschreiben bedeutet ihr viel mehr, als sie zugeben mag: Selbstvergewisserung, Selbstbetrachtung und zugleich Barriere: Briefe schreiben als Literatur? Meta an ihre Schwester am 19. 9. 1756:

»– – – [...] Nun, seyd ihr nun zufrieden daß ich euch wieder so Briefe herschwatze? (nach Meta ihrem Ausdruck) Es sind wunderliche Dinger, meine Briefe, u ich mache sie manchmal aus einer närrischen Ursache noch wunderlicher. Ich denke nämlich, es könnte wohl einmal ein Enkel unsrer Enkel, der meine Briefe fände, (ich bin schon manchmal damit gedroht worden) sichs einfallen lassen, sie zu drucken, bloß, weil seine Fr: Grostante, (denn ach! Gros*mutter* wird wohl niemals einer sagen!) Klopstocks Frau gewesen. Wenn sie denn doch auch *gar* zu natürlich sind; so wird der Schurke das Drucken doch wohl bleiben lassen. Ich habe heute in der Sevigni gelesen. Ich habe vielleicht sonst nichts Aehnliches mit ihr, als daß ich meine Schwestern so *unnatürlich* liebe als sie ihre Tochter. Die süsse Frau! Sie hat wohl daher nur so schön geschrieben, weil sie den lächerlichen Einfall des Druckens nie gehabt hat. –«[104]

Die Richardsonschen Lektionen höre ich aus dem folgenden Bericht heraus: die tödliche Angst vor der Lächerlichkeit. Eine Frau, die gelehrt sein will und nur töricht wirkt.
Meta an ihre Schwester am 9. 3. 1757:

> »Wies Concert aus war u. ich mit meiner Einen Bekannten sprach, kam der Officier mit einem jungen Frauenzimmer an der Hand: Hier presentire ich Ihnen, die Poetinn Hagen, welche wünscht von ihnen gekannt zu seyn. Niemals hatte ich so große Mühe d[as L]achen zurück zu halten. Es wäre bald mit einem vollen Sturz ihm u der *Poetin* ins Gesicht gekommen. Das gute Kind ward doch auch rot, bis auf dem äussersten Eck der Brust, den ich sehn konnte: O Herr Capt: was sagen sie da! (Ich) Der H. C. will mir nur Eine von ihren schönen Eigenschaften zeigen, u. mir das Vergnügen machen, die andern selbst zu finden. (Poetin) *O ich habe gar keine Eigenschaften!* Ihr könnt wohl denken, daß ich hierauf nicht antworten *konnte*, das Lachen wollte wieder heraus. (Poetinn) Sie sind *auch* eine Gelehrte – – – (Ich ihr in die Rede fallend, denn wer könnte es aushalten, *auch* eine Gelehrte zu seyn, mit einem grossen O, so wie die ihrigen gewesen waren) O ich bitte sie, darauf kann ich gar keinen Anspruch machen! Ein bischen Geschmack u. ein bischen Lesen, ist alles, was ich mich rühmen kann (Ich wollte daß ihr meine *allerdemüthigste* Mine hierbey gesehn hättet, ob ich gleich ein bischen lächelte.) (Poetinn mit einer *so* wichtigen Mine, u einer solchen Bewegung der Hand, daß das Lachen durchaus nicht länger bleiben wollte.) O! (denn das o! kam allemal) O, das ist schon genung! das ist schon genug! – – – Nun noch ein bischen nach Kl. gefragt, welchen *sie selbst* bewunderte, u dergleichen, da kam mein Wagen. – Die Poetinn Hagen ist eine solche Poetinn, wie wir Dames sind, wenn wir uns darauf einlassen. Denn die Natur hat in allen 6000 Jahr ja nur Eine, die Sapho, hervorbringen können! Uebriegens war es ein so kleines unschuldiges Mädchen, mit einer so bescheidnen, natürlichen Mine, daß ich nicht weis, wie ichs mit ihren Reden zusammen reimen soll. – – – Da habe ich euch nun einen ganzen Bogen voll geschrieben ohne daß ich weis, ob er euch interessirt. So gehts wenn man von *sich* spricht. Ich hoffe aber doch, daß ihr ein bischen lacht.«[105]

Meta bescheidet sich – wie Richardsons Emily. Schließlich wird eine Sappho nur alle 6000 (!) Jahre geboren. Das ist Metas Ausdruck für: in unserer Zeit niemals.

Meta an ihre Schwester:

»D. 7ten Nov. 1755
Ich muß gleich damit anfangen, dir ein neues Vergnügen zu erzählen, welches die Reihe meiner vielen süssen kleinen, stillen Vergnügen itzt vermehrt. Kl, der sonst immer selbst aufgeschrieben, was er gearbeitet, fängt itzt an mir manchmal so versweise zu dictiren, wie er arbeitet. Das ist mir nun solche Freude! u. je mehr er merkt daß es mir Freude macht, desto mehr thut ers. (Ach ihr wißt nicht, was er ein süsser Mann ist!) Und nun ist Kl. sein erstes Manuscript (das du einmal erben sollst, wenn ich sterbe; denn eher komts nicht aus meinen Händen.«[106]

Solche Sehnsucht nach vollständiger Anerkennung und nach Spiegelung des eigenen idealen Ich im Anderen war die Ursache der Wirkung, die Richardson auf die Frauen ausübte. Sofern sie alles auf das Paar setzten, sofern alles andere unwesentlich wurde, sprach Richardson eine zentrale Erfahrung und Angst aus: Liebe und Ewigkeit, die Kraft einer symbiotischen Bindung, die keinen Wechsel kennt zwischen Ferne und Nähe, sondern nur die fortschreitenden tiefen Verschmelzungswünsche bis zur Auslöschung des Ich. Ganz davon ergriffen wird Meta – sie kann ganz in die Passivität, die Hingabe, die Anbetung gehen, denn nichts hält sie, das sie zur Abgrenzung, zur aktiven Abkehr und Rückkehr zu sich selbst führen oder zwingen könnte (z. B. die Arbeit). Die Erfahrung der Unerreichbarkeit im Extrem dieser Hingabe macht den Tod versöhnlich, ja zur Erfüllung.
In dieser Perspektive ist »Clarissa« die Wahrheit der (symbiotischen) Vereinigung und der Roman die Erzählung, die für diese weibliche Situation taugt. Auch die Trauer und Vergeblichkeit der sinnlichen Wünsche, dafür ewige Idealisierung (ein weiteres Thema der Frauen) ist hier festgehalten.

Wie wir zu Beginn gesehen haben, nahm sich Cornelia (1768) die Heldin eines anderen Richardsonschen Romans zum Modell: *Sir Charles Grandison.* »Miss Byron – ihr gleichen, kann ich das?« Ein Beispiel für eine gefährliche Selbsttäuschung nennt der Bruder im Februar 1769 das Buch:

»daß mir's ward, wie's einem jungen Mädchen wird, die den Grandison liest; das ist ein feines Bissgen von einem Menschen, so einen möcht'st du auch haben, denkt sie.«[107]

Geschichte Herrn Carl Grandison.

In einer Folge von Briefen
entworfen
von dem Verfasser der Pamela und der Clarissa.

Aus dem Englischen übersetzt.

I. Band.

Mit allergnädigsten Freyheiten.

Leipzig,
In der Weidmannischen Handlung.
1754.

Hier charakterisiert er wohl Cornelia, nachdem er Friederike Veser bereits am 6. November 1768, also kurz nach seiner Rückkehr nach Frankfurt, folgende Mitteilung gemacht hatte:

> »So ein Gespräch, wie unsers war, im Garten,
> Und in der Loge noch, mit diesem seltnen Zug,
> So aufgeweckt, und doch so klug,
> Ja, darauf kann ich warten.
> Binn ich bey Mädgen launisch froh;
> So sehn sie sittenrichtrisch sträflich,
> Da heisst's: der Herr ist wohl aus Bergamo?
> Sie sagen's nicht einmal so höflich.
> Zeigt man Verstand, so ist auch das nicht recht.
> Denn will sich einer nicht bequemen
> Des Grandisons ergebner Knecht
> Zu seyn, und alles blindlings anzunehmen
> Was der Dicktator spricht,
> Den lacht man aus, den hört man nicht.«[108]

»Ich verbiete Dir die Romane, den einzigen Grandison ausgenommen«, hieß es bereits aus Leipzig. In seiner Lebenserinnerung verweist Goethe auf die Bedeutung Richardsons für seine Schwester. Und er reflektiert darüber, warum es ihm nie gelungen ist, Cornelia in einem literarischen Werk zu beschreiben:

> »Da ich dieses geliebte, unbegreifliche Wesen nur zu bald verlor, fühlte ich genugsamen Anlaß, mir ihren Wert zu vergegenwärtigen, und so entstand bei mir der Begriff eines dichterischen Ganzen, in welchem es möglich gewesen wäre, ihre Individualität darzustellen; allein es ließ sich dazu keine andere Form denken als die der Richardsonschen Romane. Nur durch das genauste Detail, durch unendliche Einzelheiten, die lebendig alle den Charakter des Ganzen tragen und, in dem sie aus einer wundersamen Tiefe hervorspringen, eine Ahndung von dieser Tiefe geben; nur auf solche Weise hätte es einigermaßen gelingen können, eine Vorstellung dieser merkwürdigen Persönlichkeit mitzuteilen: denn die Quelle kann nur gedacht werden, insofern sie fließt.«[109]

Cornelia zog sich auf den Roman zurück und begann – mit ihrem »Geheimen Tagebuch« – den Versuch, ihr eigenes Leben als Roman darzustellen. So leitete die Lektüre zu einem Stück Eigenständigkeit. Sie nimmt sich Miss Byron zum Vorbild, die Schreibende. Sie findet hier die Rechtfertigung. Zugleich aber ist die Erzählung von der Miß Byron eine Erzählung von der Entsagung.

Der Roman als Weltkarte

Sir Charles Grandison,
Brief LV, 6. Buch

»›Aber ich bitte Sie, Sir Charles‹, sagte Mrs. Selby, ›wie ist Ihre Meinung: Glauben Sie nicht, daß Frauen, wenn sie die gleichen Möglichkeiten und die gleiche Ausbildung wie Männer hätten, auch den gleichen Stand an Können erreichen würden?‹

Sir Charles Grandison: ›Meine liebe Mrs. Selby, Frauen sind eher Frauen als Männer Männer sind. Daher haben Frauen im allgemeinen gar nicht die Gelegenheit, das gleiche zu lernen wie Männer, selbst wenn sie gleiche Talente besäßen.‹

Charlotte Grandison: ›Ja, *wenn* sie gleiche Talente hätten, mein Bruder. Sehr gut. Meine liebe Schwester Harriet, Sie sehen, Sie haben Ihre Hand einem der Herren der Schöpfung gereicht – neigen Sie sich in Demut vor Ihrem Herrn.‹

Sir Charles (zu Harriet Byron): ›Meine Liebe, laß *sie* mit gutem Beispiel vorangehen.‹

Charlotte Grandison: ›Ihre Dienerin, mein Herr! Aber lassen Sie mich fragen, glauben Sie, daß es eine natürliche Unterlegenheit des einen Geschlechts gibt? Und eine natürliche Überlegenheit des anderen?‹

Sir Charles: ›Wer will statt meiner antworten?‹

›Ich nicht‹, sagte Lord L. ›Ich nicht‹, sagte Herr Deane. ›Ich nicht‹, sagte Herr Beauchamp.

Sir Charles Grandison: ›Dann habe ich Sie überführt – Sie würden, wenn Sie könnten, zu Gunsten der Damen sprechen: Ihr Schweigen kommt einem Geständnis gleich. Ich erlaube mir daher, es offen auszusprechen: Ich habe nicht den geringsten Zweifel, daß ein solcher Unterschied besteht.‹

Charlotte Grandison: ›Helfen Sie mir meine lieben Damen, diesen Kampf durchzufechten. Sie sagen, mein Herr, Sie zweifeln nicht daran, daß es eine natürliche Unterlegenheit der Fähigkeiten von uns armen Frauen gibt; eine natürliche Unterlegenheit unter euch, das herrschende Geschlecht der Männer.‹

Sir Charles: ›Natürlich nur im allgemeinen gesprochen meine liebe Charlotte. Alle anwesenden Damen sind selbstverständlich ausgenommen …‹«[1]

Betrachten wir also Cornelias Lieblingsbuch. Der Roman *Sir Charles Grandison* ist wie alle Romane Richardsons ein Briefroman. Er setzt jedoch keineswegs mit einem Brief des Helden ein, sondern vielmehr mit den Verwicklungen der Miss Byron, der Heldin. Richardson braucht sozusagen 200 Seiten Vorlauf, um seinen Helden und seine Heldin in angemessener Position zusammenzubringen. Diese Position ist, daß Miss Byron in den Händen eines brutalen Verführers, gefesselt in einer Kutsche liegend, mit dem Schicksal von Vergewaltigung und Zwangsverheiratung vor Augen, durch Sir Charles Grandison, der ihre Schreie hört, gerettet wird. Diese Konstruktion der Weiblichkeit als Opfer und als Objekt geschieht in Richardsons Romanen nicht nur durch den äußeren Handlungsverlauf, sondern insbesondere durch die Form. Gegenstand des Briefromans, d. h. der wechselnden Perspektiven der Beobachtung, das Zentrum, bildet die Frau. Der Roman gestattet aufgrund dieser Form nicht nur die gegenläufigen Handlungsperspektiven von innen her zu sehen, sondern auch die Differenz – innen-außen, d. h. das Innenleben der Heldin, die Außenwahrnehmung der Heldin durch andere, die wiederum mittels des Briefes in *ihrer* Innenwelt sichtbar gemacht werden – wahrzunehmen. Es geht also um ein System der Verschränkung von verschiedenen Innenwelten. Dieses Verfahren, das Richardson in der *Clarissa* als Montage der gegnerischen Parteien verwendet hat, als Innenwelt der Heldin versus der Innenwelt des Verführers wird im *Grandison* noch erweitert, um die ganze bürgerliche Welt zu beschreiben – alle Arten der Liebe. Dieses literarische Vorhaben erzeugt immense »Überschüsse«, Szenen von Gewalt und Terror, von Flucht und Kampf, die für sich stehen und an einem dünnen, inkonsistenten Erzählfaden aufgereiht sind wie Perlen auf einer Kette. Die Tugend, von der die Rede ist, ist reichlich blutleer; der Roman aber keineswegs. Er ist ein Szenarium sexueller Erregung. Werfen wir einen Blick auf die Hauptlinien der Erzählung, so erkennen wir deutlich die beiden zentralen Elemente: Die schöne Harriet Byron wird von einem wüsten, vornehmen und reichen Aristokraten, der sie in die Ehe zwingen will, entführt, gequält und geängstigt. Sie wird durch Charles Grandison gerettet. Damit wäre die Erzählung eigentlich zu Ende; doch sie umfaßt weitere 1500 Seiten. Charles Grandison bringt die gerettete Harriet zu seinen Schwestern, und daran knüpfen sich vielerlei Geschichten von den Schwestern und den Eltern, von den Eltern Harriets, von den Eltern der Eltern. Alle diese Geschichten handeln hauptsächlich von Gewalt, Verfolgung und Entführung.

Schon in der ersten Hälfte des Textes ist die Gewaltthematik szenisch

Johann Heinrich Füssli.
Dame am Fenster bei Mondschein

stark ausgeprägt – der Text ist lüstern. Und diese Tendenz verschärft sich. Es wird neben Harriet Byron eine zweite Heldin eingeführt, in einer Rückblende. Grandison lebte einst in Italien, wo er Clementina von Poretta kennenlernte, eine katholische Jungfrau aus vornehmen Hause. Grandison rettete ihren Bruder Jeronymo. Die Eltern, die Brüder und Clementina – alle lieben einander wie immer bei Richardson, während sie sich real in den furchtbarsten Szenen quälen. Clementina verliebt sich in den Helden. Auf den folgenden 300 Seiten baut der Autor die Konstellation auf, die Diderot, Wieland und auch Richardson selbst als die schönste Erfindung des Romans betrachten: den Wahnsinn Clementinas. Sie wird wahnsinnig aufgrund des Konflikts zwischen Leidenschaft und Religion. In ausführlichen Briefdarstellungen werden ihre Torturen beschrieben: wie ihr das Geständnis entrissen wird, der Terror der Familie, die die Jungfrau einem anderen zugedacht hat. In vielen Szenen versetzt Richardson (selbst Drucker, der in seiner Werkstatt auch neuere Texte zur Hysterie gedruckt hatte, der also mit der Thematik bekannt war[2]) seine Heldin in die Lage, ihr leidenschaftliches, aber reines Gemüt nun ohne Ich-Kontrolle offen aussprechen zu können: Sie ist wahnsinnig, also sagt sie die Wahrheit. Demonstriert werden Moral und Leidenschaft, ins Ungeheure gesteigerte Eltern-Liebe und die ebenso ungeheure Liebe zu Grandison. Diese Szenen setzten die zeitgenössischen Männerphantasien in Gang. Über Clementina schrieb Wieland ein Drama. Und Diderot faßte seine Empfindung in die Worte:

> »Im ›Grandison‹ ist jede Episode, in der Clementina auftritt, von großer Schönheit. Und in welchen Momenten werden Clementina und Clarissa zu erhabenen Geschöpfen? Die eine in dem Moment, in dem sie ihre Ehre, und die andere in dem Moment, in dem sie ihren Verstand verliert. Niemals könnte ich mich ohne Schaudern daran erinnern, wie Clementina blaß, mit verstörten Augen und verbundenem Arm, an dem das Blut entlangfließt und von den Fingerspitzen herabtropft, das Zimmer ihrer Mutter betritt und zu ihr sagt: ›Seht, Mutter, das ist Euer Blut!‹ Mir zerreißt das die Seele. Aber warum ist diese Clementina in ihrem Wahnsinn so fesselnd? Weil sie nicht mehr Herrin über die Gedanken ihres Geistes und die Regungen ihres Herzens ist. Wenn in ihr etwas Beschämendes vor sich ginge, so würde ihr dies entgehen. Aber sie spricht kein Wort, das nicht von ihrer Reinheit und Unschuld zeugte, und ihr Zustand läßt uns nicht an dem zweifeln, was sie sagt.«[3]

Die Figur des weiblichen Wahnsinns – da gibt es zwar die Gestalt der Ophelia, aber hier wird das Ganze in ein anderes, sadistisches Licht getaucht. Clementina wird in den Kerker gesperrt, von ihrem Beichtvater verfolgt. Man liefert sie ihrer mörderischen Cousine aus, die beschließt, jedesmal wenn Clementina den Namen Grandison nennt, sie zu strafen.

Richardson veröffentlichte den Roman in Fortsetzungen und stand als Autor vor gewissen Schwierigkeiten: Er hatte den ersten Band mit Miss Byron schon publiziert und wurde nun fortgerissen von seinem Fabuliertemperament und seinen Phantasien; er hatte in Italien Clementina gefunden, aber da war noch seine gerettete Engländerin. Was jetzt?[4] Über der Geschichte der leidenschaftlichen Clementina, die das ganze Interesse der Leserinnen und Leser gewinnt, gerät Miss Byron in eine neue Rolle – die der Vermittlerin, der Verzichtenden, der Entsagenden. All das wird in Brieferzählungen aus verschiedenen Perspektiven dargestellt. Doch die Leserin fragt sich was ist mit Grandison, er liebt doch Miss Byron, warum macht er ihr keinen Heiratsantrag? Aufseufzend gibt er ihr die Briefe Clementinas: Harriet Byron liest die Briefe, die für die Leser/innen gleichzeitig die Rückblende sind, die das Geheimnis aufklären. Zeitlich liegt die Episode *vor* der

Rettung der Miss Byron, aber in der Phantasie von Autor und Leser erscheint Clementina *nach* Miss Byron. Sie trägt die leidenschaftliche Handlung weiter, der Roman führt aus der Rückblende in die Gegenwart zurück – Grandison wird nach Italien gehen, um Clementina vom Wahnsinn zu erlösen. Die Rolle der Clementina verliert im weiteren Verlauf an Intensität. Der Autor hat sich entschieden: Er will Harriet Byron und Grandison zum Paar machen. Also läßt er Grandison nach Italien zurückkehren. Er verehrt Clementinas Tugendhaftigkeit: daß sie aus moralischen Gründen wahnsinnig wird, daß sie lieber den Mann opfert als die Religion. Sie kommt wieder zu Verstand, nachdem sie ihn gesehen hat. Grandison ist bereit, Clementina zu heiraten; Harriet Byron ist bereit, zu verzichten, ohne zu hassen (Prüfung der Selbstlosigkeit der Zentralfiguren).
In typischer Richardsonscher Ausführlichkeit werden die Arrangements beschlossen: Man wird ein Jahr in Italien leben und ein Jahr in England, oder er wird jedes Jahr allein für drei Monate nach England gehen. Die Söhne sollen protestantisch werden, die Töchter katholisch. Clementina wird ihren Glauben behalten. Er wird nicht versuchen, sie umzustimmen. Sie darf ihren Beichtvater mitnehmen, und die Kirche ist schließlich auch einverstanden. Solche Szenarien der bürgerlichen Ordnung ziehen sich in Blöcken durch den Text; sie bilden das Gegengewicht zu den aufrührerisch wilden Anteilen. Es gibt eine Art doppelter Buchführung: Darf Clementina lieben, darf Harriet lieben? Das führt Richardson tatsächlich in einer Tabelle vor:

»Shall I run a parallel between our two cases?

Clementina's relations were all solicitous for her marrying the Count of Belvedere, a man of unexceptionable character, of family, of fortune; and who is said to be a galant and an handsome man, and who adores her, and is of her own faith and country.	Harriet's relations were all solicitous, from the first, for an alliance with their child's deliverer. They never had encouraged any man's address; nor had *she*: And all his nearest and dearest friends were partial to her, and soon grew ardent in her favour.
What difficulties had Clementina to contend with! It was *great* in her to endeavour to conquer a Love, that she could not, either in duty, or with her judgment and conscience, acknowlege.	Harriet, not knowing of any engagement he had, could have no difficulties to contend with; except inferiority of fortune were one. She had therefore no reason to *endeavour* to conquer a passion not ignobly

Der Nachtmahr
Johann Heinrich Füssli.

founded; and of which duty, judgment, and conscience, approved.

No wonder, then, that so excellent a young Lady suffered *Concealment, like a worm in the bud, to feed on her damask cheek.*

Suspense therefore, only, and not *concealment* (since every one called upon Harriet to acknowlege her Love) could feed on *her* cheek.

And is not suspense enough to make it pale, tho' it has not yet given it *a green and yellow* cast? O what tortures has suspense given me! But certainty is now taking place.«[4a]

»Soll ich einen Vergleich zwischen unseren beiden Fällen anstellen?

Clementinas Verwandte waren alle für ihre Ehe mit dem Grafen von Belvedere, einem Mann von untadeligem Charakter, vornehmer Familie und von Vermögen; ein Mann, dem man nachsagt, er sei galant und hübsch, der sie anbetet und der zu ihrer eigenen Religionsgemeinschaft und Nation gehört.

Harriets Verwandte waren alle für eine Verbindung mit dem Retter ihres Kindes. Niemals hatten sie die Werbung eines anderen Mannes ermutigt; und auch *sie* hatte das nicht getan: Und alle seine nächsten und liebsten Freunde waren ihr wohl gesonnen und waren bald für sie begeistert.

Welche Schwierigkeiten mußte Clementina niederkämpfen! Sie zeigte *Größe,* als sie es auf sich nahm, eine Liebe zu besiegen, die sie weder mit ihren Pflichten noch mit ihrer Vernunft, noch mit ihrem Gewissen vereinbaren konnte.

Harriet, die ja von einer Verbindung auf seiner Seite nichts wußte, konnte keine Schwierigkeiten erkennen, es sei denn die Ungleichheit der Vermögen würde als eine solche gelten. Aus diesem Grund hatte sie keinen Anlaß, eine Leidenschaft zu *bekämpfen,* die auf nichts Unedlem beruhte, die vielmehr durch Pflicht, Gerechtigkeit und Gewissen gebilligt wurde.

Es ist also kein Wunder, daß eine so ausgezeichnete junge Dame litt. *Geheime Leidenschaft – wie ein Wurm in der Blüte – ließ ihre Wange erbleichen.*

Spannung nur, nicht aber verborgene Wünsche (da jeder Harriet aufforderte, ihre Liebe anzuerkennen) ließen *ihre* Wangen erblassen.

Und genügt Spannung nicht, um die Wangen erbleichen zu lassen, wenn es auch noch keine *grünen* und *gelben* Farben sind? Oh welche Qualen hat die Spannung mir verursacht! Aber Gewißheit ist nahe.«

Gegen die Buchhaltung stehen die latente Sexualisierung und der Sadismus.[5] Es ist auffallend, daß Richardson in seinem Personenverzeichnis zum *Grandison* die folgende Einteilung macht: Männer, Frauen, Italiener – Männer und Frauen sind Engländer. Die italienische Welt ist eine Gegenwelt, die dem Unbewußten nahe steht, die Welt der Leidenschaften, weniger des Exotischen als des Extremen. Diese Extreme werden in den drei Frauentypen Clementina, Olivia und Laurana verdeutlicht. Clementina verkörpert die Heilige und den Wahnsinn der Leidenschaft, Olivia die wilde Herrschsucht der Frau, die die Rollen umkehrt und auszieht, sich ihren Mann zu holen, und Laurana die weibliche Grausamkeit. Zu Italien gehören Verrat und Folter, die Verfolgung durch die Macht der Kirche und den Staat, Gift und Meuchelmord. Richardson etabliert hier all die Elemente, die später in der Schwarzen Romantik und in der »gothic novel« das Szenarium bestimmen.[6] Doch hat das bei Richardson eine andere Bedeutung: den des notwendigen Gegenpols zu den Ordnungsphantasien. Neben den »italienisch-katholischen« Assoziationen, die hier freigesetzt werden, ist es vor allem das Motiv des Wahnsinns, das Richardson einsetzt, um die Spannung zwischen Täter und Opfer, Wunsch und Verbot, Mann und Frau zu explizieren.

Doch kehren wir zur Fabel zurück. Als in Italien alles geregelt ist, schreibt Lady Clementina einen Brief. Sie erkennt, daß Grandison sie achtet. Und sie erläutert ihm, daß er solche Macht über sie habe, daß sie ihren Glauben verlieren würde, wenn sie ihm angehörte. Deshalb werde sie ihn niemals heiraten. An die Stelle des Verbots von außen setzt sie das innere Verbot. Lady Clementina bleibt bei ihrem Nein. Grandison ist verzweifelt – obwohl die Leser sein Gefühl nicht so recht teilen können, denn zu Hause wartet Miss Byron, die sich innerlich zur Entsagung durchgerungen hat. Clementina verdiente die Ehe mit Grandison, denn sie ist moralisch vollkommen; Harriet Byron wird auf ewig verzichten und allein bleiben und ist ebenfalls moralisch vollkommen.

Grandison kehrt nach England zurück. Der Weg ist frei. Clementina aber will niemals heiraten. Sie möge ihrer Familie gehorchen, schreibt ihr Charles Grandison, und der Mann für sie ist dem Leser längst bekannt: der Count of Belvedere, jung, schön, ranggleich, der Grandison zunächst töten wollte, doch schließlich schlossen sie einen

Freundschaftsbund. Dies ist die Kolportageseite des Romans. Grandison heiratet Harriet Byron, und das Ganze endet in tumultuarischen Verheiratungen aller Parteien. Nur Clementina zieht als einsame Reisende durch England – anders kann es auch gar nicht sein.
Was hier vorgetragen wird, ist die Kolportageseite des Romans. Und auch nur die Fabel der Hauptfiguren ohne das Rankenwerk der hundert Nebenerzählungen. Wenn ich für diesen Roman ein Bild suchen sollte: der Blick auf halber Höhe eines Berges über riesige Landschaften, wo ein Höhenzug nach dem anderen auftaucht, eine unendliche Kette, die nie aufhört.

Utopische Dimension – Kosmogonie – Erlösung

Der Roman erzählt von der Transformation des alten Paares in das neue Paar. Es ist ein Erlösungsroman oder ein Bild der göttlichen Weltordnung. Die Ordnung stellt sich Richardson in den Geschlechterbeziehungen dar: dem alten Paar mit dem Tyrannenvater und seiner unschuldigen Frau, die von ihm mißhandelt, unterworfen und getötet wird, und dem neuen Paar, das jetzt an dessen Stelle tritt, doch die Frau muß sich erneut in die Gewalt des Mannes begeben. Wie erzählt Richardson die Geschichte, die ein alter heidnischer Mythos ist, aber zugleich ein christliches Bild?
Der Roman ist deutlich zweigeteilt: in die Welt des Erhabenen und die Welt des Profanen. In der niederen Welt leben die Gestalten des Romans, die nicht der reinen Idee, sondern der Lebenspragmatik folgen; sie sind aber herabgesetzt zu zweitklassigen Existenzen.
Der gottgleiche Sohn nimmt die Stelle des Vaters ein und erscheint als das rettende Prinzip. Er tritt auf als der große Ordner. Er gibt der Schwester den Mann, löst andere aus ihrer Verstrickung, führt die unglückliche Nebenfrau des Vaters in geordnete Verhältnisse usw.
Gezeigt wird Grandison in der Perspektive des Geliebten, des Sohnes und des Bruders. Er tritt in die Position des Vaters ein als einer, der das väterliche Gesetz anerkennt.
Man muß sich vorstellen, daß Miss Byron ebenso wie Grandison Göttergestalten oder Prinzipien sind, die in Menschengestalt erscheinen. Das Göttliche wird hier in die Gestalt einer konkreten sozialen Realität gemischt; es ist zu erkennen an der Vollkommenheit und an der Unzerstörbarkeit. So ist Grandison ein Jüngling mit dem Geist eines reifen Mannes und allen begehrenswerten Eigenschaften.
Das heilige Paar ist den Bildern Botticellis verwandt, der Atmosphäre

des Primavera. Die Hochzeit zwischen Grandison und Miss Byron ist das mythologische Frühlingsfest. Der alte Kreislauf beginnt, in dem der eine sterben muß. Das alte Paar muß untergehen. Hier stirbt der alte Grandison, nachdem er sich ausgelebt, die Frauen ins Unglück gestürzt, Chaos und Verwirrung angerichtet hat. Das alte Paar und das neue Paar. Im Bild stehen Miss Byron und Grandison in der Mitte, bekränzt mit Blumen. Das Mythische ist nicht nur inhaltlich begründet, sondern es steckt in den Allegorien: das zentrale Paar, Bilder der ewigen Jugend, Körper, die zugleich vollendet und zugleich leidend und durchleuchtet sind. »Ich sah die Schlange der bläulichen Adern durch ihre Haut scheinen.« Es ist die kühle Luft des Zephir und das Füllhorn und die Blumen. Nur durch die Verbindung mit dem Mythos werden all die Elemente, die als Alltagswirklichkeit absurd wirken, sinnhaft. Das illusionär Utopische tritt im Zug der Betrachtung zunehmend hervor.

Warum sehe ich trotz der repressiven Tendenzen im Text so stark die utopische Seite? Was fasziniert mich? Handelte es sich um einen psychologischen Roman, so wäre Harriet Byron gebrochen und verbittert, Charlotte Grandison wäre ein bösartiger Blaustrumpf und ihre Schwester eine stumpfsinnige Blondine. Aber hier sind sie alle unzerstörbar – Alltag und Kosmogonie. Das Utopische liegt darin, daß diese Figuren bleiben, was sie sind. Es ist das alte Erzählmuster – Typen, keine Psychologie.

Die Figuren Richardsons, auch wenn sie scheinbar dem Alltag entspringen, sind Abbildungen von Diskursen. Die Genialität seines Erzählens beruht darin, Typen von Argumenten als Gestalten des Alltags sich bewegen zu lassen, so wie Lady Caroline und die andere Schwester Grandisons, die emanzipierte und wilde Lady G.

Das neue Paar, das an die Stelle des alten tritt, ordnend, gerecht und tröstend, ist ebenfalls patriarchalisch strukturiert, jedoch in Liebe. Grandison als der Gottähnliche ist Jüngling und Retter, Weiser und Held, Vater und Sohn; Miss Byron ist die, die das Extrem des Weiblichen verkörpert: nicht nur Schönheit, sondern »natural genius« und die freie Wahl des Geliebten (sie sagt zu ihrem Entführer: »Sie können eher diese Hand abschlagen, als mir den Ring [der Ehe, U. P.] aufzwingen«).

Alle anderen Paare sind Annäherungen an die Vollkommenheit. Sie sind Repräsentanten von Debatten. Sie repräsentieren Sprechweisen, Schattierungen des sozialen Lebens. In Grandison versucht Richardson nichts weniger, als den Kosmos der Geschlechter als Gefüge der Welt und als Geschichte der Erlösung abzubilden: die Altersgruppen, die Klassen, die allein lebenden Männer und Frauen etc., die Vertrete-

rin der Emanzipation, das rebellisch spöttische Gemüt, die normale junge Frau, die nur einmal in Konflikt gerät, als sie den falschen heiraten soll, das Halbkind und träumende junge Mädchen mit seinem Heroismus, die sorgende Großmutter, die flatternde Tante und die dazugehörigen männlichen Typen. Eine Welt von Paaren, dargestellt unter dem Gesichtspunkt, wie sie zustandekommen.
Der Autor flüchtet sich in einen allegorischen Roman, um eine versöhnte Welt zeigen zu können. Aber er kann die Wahrheit nicht mehr in die Kosmogonie zurückbinden. Diese ist in seinem Text unterhöhlt durch das Thema der Autonomie, der individuellen Vollkommenheit, die sich der Selbstzucht verdankt, nicht der Gnade. So schlägt die bürgerliche Weltauffassung auf die Konstruktion des Romans durch und zerstört bzw. kontrastiert die Heilserwartung. Hier ist jeder allein mit seiner Moral, Männer und Frauen. Und Selbstbehauptung ist zugleich Isolation, Vervollkommnung ist der Ausdruck einer monadischen Existenz. Die bürgerliche Literatur wird schließlich den Konflikt zum Ausdruck bringen:
Liebe als Sehnsucht nach dem konkreten Anderen steht gegen die Selbstbehauptung des moralischen Subjekts. Das liegt Richardson noch ganz fern: Die Liebe folgt dem Verdienst, dem Tugendhaftesten die Tugendhafteste. Aber die Richardsonschen Romane sprechen schon von der Grenze des moralisch vollkommenen Ich: Schützt die Tugend vor der Rücksichtslosigkeit der Leidenschaft, so ist der Preis die Angst, daß jeder/jede nichts anderes ist als Gesetzeserfüller.

Der Diskurs zur Emanzipation der Frau

Es berührt mich eigenartig, wenn im Schlußteil des Romans, etwa an der Stelle, wo die Hochzeitsnacht des Helden und der Heldin stattfinden müßte, scheinbar das Gegenteil vorkommt: eine Generalabrechnung, die Emanzipationsdebatte um 1750.
Auch diese Debatte ist in einen Brief gefaßt (LV, im VI. Buch). Berichtet wird aus der Perspektive der Lady G., der Charlotte, Schwester Grandisons. In Lady G. zeichnet Richardson den Frauentypus, der sich mit der Geschlechterordnung nicht abfinden mag. Als ihre Schwester vor dem ungerechten tyrannischen Zorn des Vaters zittert, erklärt diese schwarzäugige und dunkellockige Engländerin: Ich werde nicht dulden, sondern durchbrennen. Die Figur der Lady G. trägt die Argumentation gegen die Vormundschaft der Männer. Hätte der Autor sich nicht von vornherein entschlossen, zu zeigen, daß die

puritanische Moral zum Glück führt, so hätte ihm auch Lady G. zum tragischen Fall werden müssen. In den überschießenden Szenen, die von den moralischen Absichten kaum noch einholbar sind, geht er so weit, Lady G. ihre Ehe in geistiger Absenz vollziehen zu lassen. Was hier an Phantasiemöglichkeiten angedeutet ist (der falsche Mann etc.), führt er nicht aus.[7] Er fügt statt dessen eine realistische Facette an: daß Lady G. einen Mann geheiratet hat, der ihr an Intelligenz, Lebendigkeit und Schlagfertigkeit unterlegen ist, was ihr zu Hohn und Spott Anlaß gibt. Obwohl bei Richardson nicht zu erwarten steht, daß eine solche Lebenseinstellung begrüßt wird – natürlich ist Lady G. unvollkommen, wird sie zur Einsicht gebracht, wird sie sich in Zukunft sänftigen –, geht der Autor nicht so weit, aus ihr eine sanft errötende Dame zu machen. Er hat eine besondere Sänftigungsweise für sie entworfen, die überrascht.

Den Bericht über die Wandlung der Unweiblichen, die den Ehemann verachtet und Kinder als Last empfindet, finden wir in einem Brief der Lady G., die gerade ihr erstes Kind geboren hat, an Harriet Byron, seit kurzem Lady Grandison:

»Letter XLIII
Lady G. To Lady Grandison

Donnerstag, 12. April

[...]
Ich, Charlotte G., die den armen Lord G. in Gleichgültigkeit heiratete und diesen Ehrenmann wann immer es mir beliebte zu schäumender Wut oder zum Gram trieb, während er es bei all dem an Achtung gegen mich nicht fehlen ließ; ich, die ich die Stunde verfluchte, in der er mich zuerst erblickte, ich gebe nun das Beispiel ehelicher Glückseligkeit. Eine Ermutigung für alle Mädchen, die heiraten, ohne jene gewaltige Leidenschaft zu fühlen, von der einige Toren glauben, sie mache das Wesen der Liebe aus!

Nun hören Sie: Sie verließen Lord G. und mich einigermaßen glücklich – nun aber sind wir es über alle Maßen! Ich erwachte gerade wieder zum Leben, nachdem ich fast einen Monat im Zustand tiefer Niedergeschlagenheit verbracht hatte, – denn ich war wie jede gewöhnliche Frau in mein Zimmer gebannt, während aus aller Mund das Lied erklang: Oh freue dich! Andere gingen auf Reisen, während ich mir auf die Lippen biß und voller Wut auf das elende kleine Wesen war, dem ich mein Eingesperrtsein verdankte, als gestern (nach vielen vorangegangenen Äußerungen des Wohlwollens und der Anerkennung, wie sie nur je ein Mann sehen ließ, um seine Dankbarkeit für ein Geschenk zu zeigen, das für ihn von

unschätzbarem Wert ist) mein Gemahl in mein Zimmer trat – und mich überraschte, wie ich ihn... Er überraschte mich – wobei? Ah, Harriet – bei einer Handlung, die die Mutter verriet – die *ganze* Mutter – die kleine Harriet lag an meiner Brust...
Die Kinder-Frau, die Kinder-Mädchen um mich herum, die wußten, daß ich um alles in der Welt in diesem Zustand nicht von meinem Lord G.... angetroffen sein wollte, waren erschrockener als Dianas Nymphen, als die Göttin von Acteon überrascht wurde; und anstatt sich um mich zu scharen, um meine Blöße zu bedecken, rannten sie auseinander und dachten nicht einmal daran, mich von dem Blagen zu befreien. Fast hätte ich dieses gierige Kind aus meinen Armen fallen lassen.
– O Weiber, schrie ich, packt euch! packt euch! Woher nimmt er die Kühnheit, hier einzudringen?
Niemals geriet ein Mann in größere Verzückung. Denn Lady Gertrude [seine Mutter, U. P.] hatte ihn gelehrt, sich zu wünschen, daß eine Mutter wirklich Mutter sein sollte. Er warf sich mir zu Füßen, faßte mich und das kleine hergelaufene Etwas in seine Arme. Du grober Mann, sagte ich. Willst Du meine Harriet ersticken? – Ich schämte mich halb meiner Zärtlichkeit. – Liebste, liebste, liebste Lady G. – Und er schüttelte zwischen jedem Lieb- und ste den Kopf, jeder Muskel in seinem Gesicht arbeitete. Wie Sie mich entzücken! Niemals, niemals, niemals sah ich ein so wonnevolles Bild! Lassen Sie mich, lassen Sie mich, lassen Sie mich (jedes begeisterte Wort wiederholte er mindestens drei Mal) noch einmal zusehen! Lassen Sie mich sehen, wie sie dieses kostbare Geschenk, die kleine Harriet [...] an solch lieblichen Busen drücken. – Und dieses Weib, meine Bediente, nahm das Tuch beiseite. Ich versuchte zu schelten, aber ich mußte die Kleine an mich pressen, damit sie die Stelle des Handtuchs einnahm. Glauben Sie nicht, ich hätte ihn umbringen können? – Aber sicherlich war ich nicht halb so wütend, wie ich es hätte sein müssen. Ich wußte nicht, was ich tat – werden Sie wohl denken, denn ich beugte mich über das lächelnde Kind, das sich meinen Lippen entgegendrängte.
Gehen Sie, Lord G., sagte ich – Sehen Sie doch! Sehen Sie, wie soll ich den kleinen Seidenaffen halten, wenn Sie zuerst meine rechte und dann meine linke Hand ergreifen.
Er erhob sich, nahm mir das Kleine ab, küßte seine Stirn, seine Wangen, seine Lippen, seine kleinen Händchen, erst das eine, dann das andere, legte es wieder in meine Arme, nahm es wieder und gab es mir wieder.
Nehmen Sie das kleine Eselchen, sagte ich zu den Mädchen – Brin-

gen Sie es fort, solange noch etwas von ihm übrig ist – Sie nahmen das immer noch lächelnde Kind und rannten damit davon. Mein Lord warf sich mir noch einmal zu Füßen. – Verzeihen Sie mir, Liebste, sagte er, daß ich manches übelnahm, was Sie taten oder sagten – Sie, die Sie mich so reich beschenkten. Oh lassen Sie diese Liebenswürdigkeit niemals vergehen, die ich bis vor 14 Tagen, bis gestern vergebens bei Ihnen suchte. [...] Oh meine Charlotte, niemals mehr wird es Ihnen gelingen, mich in Wut gegen Sie zu versetzen.

Mein *lieber* Lord G., hätte ich gerne gesagt – und ich glaube, ich sagte es tatsächlich – damit werden Sie mich zugrunde richten, vollständig! Was soll ich denn mit meinem wilden Wesen machen?«[8]

Die ungebärdige Frau wird durch die Mutterschaft versöhnt. Es fällt auf, daß Richardson die Intimität zwischen Eltern und Kind und auch das Stillen zum Wert erklärt. Obschon es in der gleichen Szene sehr schön heißt: »Sie reichte das Baby ihrer Amme weiter.«

Kehren wir zur »Abrechnung« zurück. Lady Charlotte G. verficht die Sache der Gleichheit der Frauen. Doch achten wir zunächst auf den Ton, auf das Wie, das sich seit zweihundert Jahren wenig geändert hat:

»Sir Charles Grandison verschränkte seine Arme und sagte mit unnachahmlichem Humor: ›Oh meine Charlotte, wie ich meine Heimat liebe! ENGLAND ist wohl der *einzige* Platz in der Welt, wo dieser Gedanke ensthaft erwogen werden kann!‹«[9]

Und was sind die Themen? »Man's Usurpation and woman's natural independency«. Es beginnt mit den Vorwürfen gegen die Tyrannei im Haus. Neben der heftigen Lady G. läßt Richardson die »moderate«, eher durchschnittliche Auffassung zu Wort kommen. Aufgabenteilung zwischen den Geschlechtern, außer in Notfällen.

»›Ich glaube‹, sagte die würdige Dame, ›Frauen werden zu sehr als eine besondere Gattung angesehen. Natürlich, in den Pflichten und alltäglichen Angelegenheiten hat ihnen die Vorsehung andere oder sogar entgegengesetzte Aufgaben zugewiesen und Frauen sollten

---

Ich bringe hier den englischen Text, um die auffallende Modernität der Richardsonschen Dialoge zu belegen.

ad 9: »– Wrapping his arms about himself, with inimitable humour – O my Charlotte, said he, how I love my Country! ENGLAND is the *only* spot in the world, in which this argument *can* be properly debated!«

nicht aus ihrer Sphäre heraustreten oder gar in männliche Bereiche eindringen, sowenig wie die Männer in die weiblichen Bereiche eindringen sollten. Ich bin so sehr dieser Auffassung, daß ich das Vertrauen, das manche Männer in ihre Frauen setzen, mißbillige – so, wenn sie den Frauen alle möglichen Angelegenheiten überlassen und damit ihrem eigenen Ansehen Schaden zufügen, und zwar sowohl was ihre Autorität als was ihre Fähigkeiten betrifft. Ich würde (und das weiß Gott nicht aus Bequemlichkeit) mich weigern, außerhäusliche Pflichten zu übernehmen, die ich für Bereiche der Männer halte, außer in einigen ganz besonderen Fällen.«[10]

Das Gespräch berührt dann das nächste Reizthema: die weibliche Bildung. Warum werden Frauen immer für Halbkinder gehalten und warum erwartet man von ihnen, daß sie sich so geben?

– »Warum werden wir dauernd darauf hingewiesen, daß wir Frauen sind? Warum werden *Frauen* immer in einer besonderen Art und Weise angesprochen und nicht als vernünftige Wesen behandelt, die Verstand haben? Und vor allem, warum werden sie gezwungen, sich nicht als Menschen von Verstand zu zeigen, sondern stattdessen eine infantile *Dummheit* vorzuführen, wenn nicht aus einem völlig falschen Verständnis von weiblicher Bescheidenheit.«[11]

Die moderate Stimme beklagt sich und ist bereit, die Frau mit ein paar Bildungsattributen zu versehen.

---

ad 10: »I think, said the venerable Lady, women are generally too much considered as a species apart. To be sure, in the duties and affairs of life, where they have different or opposite shares allotted them by Providence, they ought not to go out of their own sphere, or invade the mens province, any more than the men theirs. Nay, I am so much of this opinion, that tho' I think the confidence which some men place in their wives, in committing all their affairs to their care, very flattering to the opinion both of their integrity and capacity, yet I should not choose (and that not out of laziness to avoid the trouble) to interfere with the management without-doors, which I think more properly the man's province, unless in some particular cases.«
ad 11: »But in common intercourse and conversation, why are we to be perpetually considering the *Sex* of the person we are talking to? Why must women always be addressed in an appropriated language; and not treated on the common footing of reasonable creatures? And why must they, from a false notion of modesty, be afraid of shewing themselves to *be such*, and affect a childish ignorance?«

»Ich glaube nicht, daß ich Frauen in gelehrten Diskursen sehen möchte, wofür sie kaum ausgebildet sind; aber ich glaube, es gibt ein gewisses Maß an Wissen, das mit den weiblichen Pflichten sehr wohl vereinbar ist, das Frauen also sehr wohl ansteht und dazu dient, sie zu angenehmen Gefährtinnen für verständige Männer zu machen. Sie werden dann sehr viel nützlicher sein, und der Mann hat mehr von ihnen, als er von einem Spielzeug, dem Vergnügen einer flüchtigen Stunde, haben könnte.«[12]

Und noch eine leicht radikale Stimme:

»Kein vernünftiger Mensch, sei es nun Mann oder Frau, wird sich öffentlich über ein Thema auslassen, zu dem er oder sie nichts Vernünftiges zu sagen hat. Immer wird das geringere Wissen dem Überlegenen den Vorzug geben. Das ist doch wohl Unterordnung genug. Es ist noch anzumerken, daß die Vorzüge der Erziehung, die Männer notwendig gegenüber Frauen aufzuweisen haben – jedenfalls wenn Männer von ihren Chancen einen vernünftigen Gebrauch gemacht haben –, ihnen einen solchen Vorsprung geben, daß wir Frauen sie ja sowieso nicht besiegen können. Aber dann sollen sie uns dafür nicht auch noch verachten, als ob ihre Überlegenheit auf einer natürlichen Differenz des Geistes beruhe! Sie verachten uns *als Frauen* und halten sich für überlegen, nur weil sie Männer sind. Aber was *auf* dem Kopf getragen wird – Schleier oder Hut – entscheidet nicht darüber, was *in* einem Kopf steckt.[13]

Nun taucht ein Argument auf, das bei Richardson eine Rolle spielt (und dem wir später im *Werther* wiederbegegnen): das Wissen *aus*

---

ad 12: »I do not mean, that I would have women enter into learned disputes, for which they are rarely qualified: But I think there is a degree of knowledge very compatible with their duties; therefore not unbecoming them, and necessary to make them fit companions for men of sense: A character in which they will always be found more useful than that of a plaything, the amusement of an idle hour.«

ad: 13: »No person of sense, man or woman, will venture to launch out on a subject with which they are not well acquainted. These *lesser* degree of knowledge will give place to the *greater*. This will secure subordination enough. For the advantages of education which men must necessarily have over women, if they have made the proper use of them, will have set them so forward on the race, that we can never overtake them. But then don't let them despise us for this, as if their superiority were entirely founded on a natural difference of capacity! Despise us *as* women, and value themselves merely *as* men: For it is not the hat or cap which covers the head, that decides of the merit of it.«

Erfahrung und das *erlernte* Wissen. (Daß dieses Thema die Geschwister Goethe beschäftigte, zeigt die Tagebuchstelle Cornelias: »– mein Bruder hat mit Müller gebrochen, weil sie über den Begriff der Erfahrung nicht mehr einig werden konnten«.) Es wird das Alltagswissen gegen das gelehrte Wissen gestellt und dem klugen Alltagsverstand der Vorzug gegeben vor einer leeren formelhaften Kenntnis, die den Pedanten kennzeichne. Die Frauen werden in eine Reihe gestellt mit dem Kaufmann, dem Mann der Praxis:

> »Im allgemeinen haben Frauen keine Gelegenheit, in die Tiefe der Wissenschaften einzudringen oder sich auch nur mit der schönen Literatur wirklich vertraut zu machen. Aber dieser Mangel an Gelegenheit betrifft ja nicht nur *sie*, das gleiche gilt auch für den Mann der Praxis: Kaufleute, Offiziere etc.«[14]

Nur der Pedant wird der Frau also den Mangel an formaler Gelehrsamkeit vorhalten. Aber wie steht es mit der Anerkennung ihrer Erfahrungen? Wie sollten Frauen – die im Hause tätig sind – solchen Erfahrungen Geltung verschaffen, neben denen des Offiziers und des Kaufmanns? Es wird den Frauen ein Ansehen zugeschrieben, das sie nicht haben und eine Redefreiheit zugestanden, die sie nicht in Anspruch nehmen können. Jedenfalls aber wird so ein weiteres Motiv für den Ausschluß der Frauen vom Wissen gefunden.
Einige Seiten später nimmt Richardson den Streit wieder auf, ob das Genie durch Wissen weiter kommt oder in seiner Entwicklung gestört wird, wie Shakespeare sagt. Latein und Griechisch – die »languages« – werden als Beispiel für das gelehrte Wissen genannt. »Science« ist praktisches Wissen, Lebenserfahrung, verwertbare Kenntnis. Sir Charles Grandison erklärt:

> »Ich erinnere mich, daß meine Harriet in einigen ihrer Briefe an ihre Lucy sehr genau zwischen *Language* und *Science* unterscheidet und daß der arme Mr. Walden (ich glaube so hieß er) ganz aus der Fassung geriet, wie es einem Pedanten manchmal widerfahren mag, wenn er sich gegen ein *Genie* [›natural genius‹ – eingeborene Genialität, von Natur unverbildet, U. P.] behaupten soll. Dabei verneigte

---

ad 14: »In the general course of the things of this world, women have not opportunities of sounding the dephts of science, or of acquainting themselves perfectly with police literature: But this want of opportunity is not entirely confined to *them*. There are professions amont the men no more favourable to these studies, than the common avocations of women. For example; merchants ... officers ...«

er sich gegen Harriet. Sie errötete und verneigte sich ihrerseits. – ›Und ich erinnere mich, mein Herr‹, sagte sie, ›Sie versprachen mir, Ihre Einwände gegen jene Briefe zu nennen [...] Wollen Sie so freundlich sein und mich jetzt belehren.‹

›Dich belehren, meine Liebste! Ich erinnere mich, daß Du in der Unterhaltung, in der Du, gegen Deinen Willen, eine so bedeutende Rolle gespielt hast, die Auffassung vortrugst, daß das Genie auch ohne intensives Studium der Wissenschaften mehr hervorbringt, als Gelehrsamkeit je erreichen wird ...‹ Und er sagte noch vieles zu ihrem Lob in dieser Angelegenheit [...] er gestand, daß die Briefe aus ihrer Hand, die er hatte lesen dürfen, ihn noch weitaus tiefer beeindruckt hatten als ihre Schönheit. Er rühmte ihre Prinzipien und ihre unaggressive Lebhaftigkeit – ›diese süße, diese unschuldige Lebhaftigkeit, dieses offene Herz‹, sagte er, indem er ihre Hand nahm, ›das Sie doch, wie ich hoffe niemals, verbergen werden.‹«[15]

Die Rede vom »natural genius« beschwört die natürliche unverbildete Vernunft bei den Frauen. Wenn es ihnen gegeben ist, sind sie ohne Bildung größere Philosophinnen als ein gelehrter Formalist. Ein Lockvogel für Frauen: ganz ohne Arbeit besser zu sein als alle anderen. Und wenn (sie) nur will, zeigt sie Genie, jedoch tut sie das nur, wenn sie dazu gedrängt wird.

»Es beschäftigte Harriet, daß sie Sir Charles Anlaß gegeben hatte anzunehmen, sie sei in Wahrheit heftiger, als sie es bisher gezeigt hatte und daß sie das gelehrte Wissen nicht zureichend würdigte. Sie errötete süß – wie eine junge Ehefrau es tut, der an der Meinung ihres Geliebten liegt ...«[16]

Es gibt neben dem Alltagswissen und dem »natural genius« auch die »gelehrten Frauen«, Königin Elisabeth und Lady Jane Grey werden hierfür als Beispiele genannt, und Grandison bricht schließlich eine Lanze für die Gelehrsamkeit, die dem »natural genius« nicht schaden könne. Doch nun stellt Lady G. die entscheidende Frage nach der »natürlichen intellektuellen Unterlegenheit der Frau.« Sie erhält drei Antworten:

- Frauen »sind eher Frauen als Männer Männer«, kurz: sie sind Mutter, bevor sie gelehrt sein können,
- Frauen sind weniger begabt,
- Ausnahmen sind möglich.[17]

Bei allem Ärger über Richardsons Patriarchalismus, ich muß doch zugeben, daß er einen Gesprächsverkauf so klar zu beobachten weiß, daß die Kontinuität bis heute klar zu Tage tritt. So läßt er seinen

Haupthelden, der sich bis jetzt eher zurückgehalten hatte, nun loslegen, um die ganze Angelegenheit in die Hand zu nehmen und ein für allemal Klarheit zu schaffen.
Die Vorsehung, was das gleiche ist wie die Natur, hat die Geschlechter geschaffen, doziert Sir Charles Grandison, mitsamt der natürlichen Differenz zwischen mutigen kämpferischen Männern, die die Welt erobern, und anmutigen Frauen, die dieses Unternehmen mit ihrem Lächeln belohnen, die beschützt werden wollen und das Haus hüten. Wehe dem, der die Grenzen überschreitet ...

> »Kann es elendere Charaktere geben als den einer männlichen Frau und eines verweiblichten Mannes? Was unterscheidet die Geschlechter und woher kommt der Ekel, wenn sie nicht in ihrem Rahmen bleiben? In der Tat gibt es Männer, die weibisch sind, diese ganzen hübschen Knäbchen, die um das weibliche Geschlecht in der Öffentlichkeit herumscharwenzeln, und Frauen, deren Geist männlich ist, finden sich eben dort, wo die Frauen Schlag auf Schlag den Männern zurückgeben, die Arme in die Hüften stemmen und frech dreinsehen; nicht zu vergessen die verheirateten Frauen, die so reizend sind, daß sie dem Ehemann das Heft aus der Hand nehmen.«[18]

Noch eine Anmerkung zu den »Ausnahmen«: Das Genie soll nicht unterdrückt werden – ob Mann oder Frau –, sondern gezügelt. Jedoch gilt für alle anderen Menschen (in Wahrheit: Frauen): Wissen nach Bedarf (»Knowledge compatible with their duties«). Das letzte Wort in der Debatte hat Charlotte G., die Briefschreiberin:

> »Nun, wir müssen uns wohl *einigen*, sagte ich. Aber wenn ich alles bedenke, so glaube ich, Sie werden Neutralität wahren müssen, Sir Charles. Harriet, flüsterte ich, nach allem, was wir gehört haben, erlaubt man uns in dieser Welt nur wie zahme Tauben zu leben, im Haus, ums Haus, und so weiter – eben so, wie Biddy es in dem Stück sagt ...«[19]

Ganz offensichtlich gibt es Auseinandersetzungen um die Rechte der Frau, die vom Gleichheitsprinzip für die Bürgerinnen ausgehen. Das Thema ist »die menschliche Natur« – an ökonomische Freiheit wird

---

ad 19: »Well, then, we must *compromise*, I think, said I: But, on recollection, I thought I had injoined you, Sir Charles, to the observance of a neutrality. Harriet, whispered I, we are only, after all, to be allowed, as far as I can find, in this temporary state, like tame doves, to go about house, and-so-forth, as Biddy says, in the play.«

nicht gedacht. Die Frau hat eine Seele, ist Subjekt, also kann sie nicht ganz unfrei sein. Doch jede konkrete Vorstellung von Gleichheit erscheint absurd angesichts der durchorganisierten Institutionen des Patriarchats und mit einer gerade im Bürgertum erneut vertieften Arbeitsteilung zwischen den Geschlechtern. Leistung/Beruf versus Empfindung/Intimität sind die neuen Linien, so daß sich die Geschlechter praktisch weiter auseinanderentwickeln als in den Lebensverhältnissen der Vergangenheit.

Das andere Element ist die ›Zumessung‹ von Bildung. Auch hier sind die Abgrenzungen offensichtlich schwierig, Genialität soll erlaubt sein: Bildung, soweit sie sich mit den weiblichen Pflichten verträgt. Doch soll hier keine Gelehrte oder – was dasselbe wäre – kein Mann-Weib erzeugt werden, sondern Weiblichkeit, sei es als »natural genius«, sei es als kluge Anmut. Dem ist nichts hinzuzufügen.

Bei Richardson ist die Bildung der Frauen – für die großen Ausnahmen – in ein rätselvolles Licht getaucht, die Phantasie einer besonderen Vermittlung von Wissen und Tradition. So ist beispielsweise Lady Byron, die ohne Eltern aufwuchs, die Ausgezeichnete, die Freie, von ihrem Großvater, einem bekannten Gelehrten, in die Wissenschaften eingeführt worden. Zu dem weiblichen Genie gehört die Einweihung in ein Geheimnis; das Wissen ist weder formalisiert im Sinne einer Schule, noch ist die Frau durch Wissenwollen bestimmt, sie hat nichts Forderndes, ihr wird etwas gewährt: Einblick in männliche Domänen als Gnadengeschenk.[20]

Scham

Die Rede von der Emanzipation wäre unvollständig, kämen nicht auch die geforderten Körperhaltungen zu Wort. Natürlich läßt Richardson seine Heldin »erröten«:

> »›Oh meine Schwester‹, sagte ich [Charlotte Grandison] und nahm Harriets Hand: ›Wir Frauen sind einfach nichts – wir sind einfach nichts.‹
> ›Wie kannst Du das sagen Charlotte! Machst Du keinen Unterschied zwischen allem und nichts?‹
> ›Und‹, so fiel Charles Grandison ein, ›hättet ihr, meine lieben Damen, keine Beschützer, welchen Angriffen wäret ihr nicht ausgesetzt? Verzeih mir, meine Liebste, wenn ich mein Argument noch verstärke, indem ich auf Deinen Liebreiz hinweise‹ – und er ver-

beugte sich gegen Harriet. ›Ist diese süße Kreatur nicht ganz die Tochter von Mrs. Shirley? Sie vereint alle weiblichen Reize: Sie ist – so denke ich –, was alle Frauen sein sollten. Aber verlangt sie nicht nach einem Beschützer? Und ein Traum, ein Wunschtraum ...‹ Hier unterbrach ihn Harriet: ›Oh mein Herr, schonen Sie mich, schonen Sie mich!‹ Und sie errötete süß, als sie hinzusetzte: ›Ich gebe zu ich hätte nur einen sehr lächerlichen Mann abgegeben!‹«[21]

Harriet errötet natürlich, weil hier eine Anspielung auf das sexuelle Moment, das tabuiert ist, vorliegt, aber zugleich das Angebot: Frauen sind passiv-duldend und werden deshalb um so mehr begehrt. Richardson verspricht den Frauen Schutz, wenn sie sich ihrer männlichen Züge begeben. Seine wichtigste Drohgebärde ist der Schrecken vor der öffentlichen Beschämung. Das Erröten signalisiert aber nicht nur Sexualität; das Erröten wird auch auf alles unangemessene Rivalisieren ausgedehnt. Die »natürliche Frau« errötet, wenn sie sich »männlich« verhält, und »männlich« ist bereits jede geistige Aktivität. Eine Szene über das Erröten und das Wissen:
Emily, ein junges Mädchen, Freundin des Hauses Grandison, hat ein Sonett übersetzt. Natürlich spricht sie nicht selbst davon, sondern sie hat einen Verehrer, der sie dafür lobt. Daraufhin:

»Sie errötete über und über und blickte drein, als ob sie nicht wisse, ob sie gehen oder bleiben sollte.
›Aber ich bin erfreut etwas zu sehen, das Emily gemacht hat‹, sagte Sir Charles. ›Meine Emily ist, wie ich weiß, eine Meisterin im Italienischen und elegant in ihrer Muttersprache. Bitte, meine Liebe, erfreue uns – wenn es Dich nicht quält.‹
Sie errötete und verneigte sich. ›Ich muß dazu noch sagen‹, sagte der Doktor [der Verehrer von Emily], ›daß ich der Anlaß bin, daß sie einen so schwierigen Gegenstand gewählt hat, wie Sie sicherlich bemerken werden, wenn sie ihr Sonett vorträgt.‹
›Ein Sonett!‹ sagte Charlotte Grandison. ›Meine liebe kleine DICHTERIN, Du mußt es holen und es uns vorsingen.‹
›Nein, Madam!‹ sagte Miss Jervois [Emily, U.P.] und errötete noch mehr. ›Ich bin ganz sicher, daß Dr. Bartlett keine *Dichterin* aus mir machen will: Und haben Sie, Madam, dieses Wort nicht ausgesprochen, als machten Sie sich über mich lustig?‹
›So war es‹, sagte Sir Charles, ›und im übrigen soll meine Emily nur *einen* Ehrentitel tragen – den einer besonnenen, verständigen und liebenswürdigen jungen Frau. Die Titel der Gelehrten wie der Dichterin sind nur zu sehr durch die neuen und alten Nachfolgerinnen der Sappho und der Corinna entehrt worden. Daran dachtest

du doch, Schwester?‹ [zu Charlotte Grandison, U.P.] ›Aber Emily, sei nicht beunruhigt‹ (in den Augen des armen Mädchens glitzerte es verdächtig) ›der Lebhaftigkeit und der heiteren Tätigkeit des Geistes sollen keine Zügel angelegt werden.‹«[22]

Diese ganze Szene ist eingebunden in Peinlichkeit, Erröten vor Scham. Es scheint so, als hätte Emily Wünsche, die unanständig wären. Und obwohl sie Absolution erhält, gehört es doch zur idealen Mädchenfigur, daß sie vor Scham vergeht, wenn sie eine Produktion zeigen soll. Sie wehrt auch den Titel einer Dichterin ab. Sie wünscht nichts anderes zu sein als eine »ingenious amiable young woman«, d.h. eine angenehme und verständnisvolle Person.[23] Die Definition entspricht etwa dem, was sich bei Virginia Woolf unter dem Titel »The Angel of the House« findet[24]. Und so spricht zu der entsetzten Emily die männliche Macht, Sir Charles: »Die leichten Produktionen eines heiteren Geistes, die nicht beanspruchen, das Zentrum des Lebens zu sein, verdienen keinen Tadel, sondern im Gegenteil ein Lob.« Kein Wunder, daß Emily darauf hinweist, daß sie Gott sei Dank nichts Eigenes, sondern nur eine Übersetzung in Prosa gemacht hat: »Had it not I schould have been much afraid to have it seen.« Daß Emily für eine Übersetzung übermäßig gelobt und zur Dichterin hochstilisiert wird, ist ein Zeichen dafür, daß man sie nicht ernst nimmt und eine Warnung, Dichterin sein zu wollen. »Your diffidence and sweet humility my dear Emily«, sagt Lady L., »would in you make the most envid accomplishments amiable.« Wie hat eine Frau mit diesen Formen von Kontrolle und hintergründiger Rühmung umzugehen? »A lovely girl«, senkt den Kopf, und ihre Augen stehen voll Tränen. Weint sie vor Angst, vor Demütigung? Vor Erleichterung, daß sie die Prüfung überstanden hat? Sie führt selbst ihre Tränen auf das von ihr übersetzte Gedicht zurück. Sie sagt: »I have reason to be affected with this subject«. Und es folgt das Gedicht, dem man durchaus den Titel »Das Schicksal der Frauen« geben könnte:

»›Schau, eine zärtliche Mutter, umgeben von ihren Kindern: mit seliger Zärtlichkeit blickt sie um sich, und ihre Seele schmilzt in mütterlicher Liebe. Das eine küßt sie auf die Stirn und hebt ein anderes an ihren Busen. Eines setzt sie auf ihre Knie und findet auf ihrem Fuß noch Platz für ein anderes. Und unterdessen, durch ihre Bewegungen, ihre gelispelten Worte und fragenden Blicke, versteht sie die unterschiedlichen, zahllosen kleinen Wünsche; diesem gewährt sie einen Blick, jenem ein Wort, während sie lächelt oder die Stirn runzelt; alles vollzieht sich in zärtlicher Liebe.

Ebenso, obgleich unendlich erhaben und majestätisch, verhält sich die göttliche VORSEHUNG; Sie wacht über uns, tröstet diese, umsorgt jene, hört allen zu, unterstützt alle. Und wird manchmal die Gnade, um die wir flehen, verweigert, so dient diese Weigerung doch nur als Aufforderung, noch inständiger zu beten; oder wenn es scheint, als werde eine Gnade versagt, liegt der Segen in dieser Verweigerung.‹

Als die Übersetzung laut gelesen wurde, begannen die Tränen, die zuvor in ihren Augen gestanden hatten, über die Wangen des süßen Mädchens zu fließen. Aber die Lobsprüche, die jeder ihr spendete und besonders die rühmenden Worte, die ihr Erzieher sprach, verscheuchten alle Schatten aus ihrem Gesicht.«[25]

Die Raffinesse des Textes liegt zweifellos in der Umkehrung der Rollen. Zunächst mit der mächtigen, gebenden Mutter identifiziert, wechseln die Leserinnen die Position und finden sich plötzlich in der Rolle des Kindes im Angesicht der undurchdringlichen Vorsehung, die wir Mutter nennen sollen. Die Tränen der Übersetzerin Emily bringen den depressiven Charakter des Gedichts und der Situation, in der es vorgetragen wird, zum Ausdruck. Diese Depression hat ihren Grund in der vollständigen Auflösung des Wollens, der Leidenschaften, der Aggression und der Selbstbehauptung. Die Mutter, die ihren gesamten Körper in Gesten der Fürsorge aufgelöst hat, ist reduziert auf Verstehen und Reagieren auf die Bedürfnisse der Kinder. Wer an dieser Situationsschilderung als der Schilderung eines glücklichen Augenblicks festhalten möchte, wird im nächsten Absatz belehrt. Das Bild der unerforschlichen und gnadenlos erziehenden Vorsehung, gegen

---

ad 25: »›See a fond mother incircled by her children: With pious tenderness she looks around, and her soul even melts with maternal Love. One she kisses on the forehead; and clasps another to her bosom. One she sets upon her knee; and finds a seat upon her foot for another. And while, by their actions, their lisping words, and asking eyes, she understands their various numberless little wishes, to these she dispenses a look; a word to those; and whether she smiles or frowns, 'tis all in tender Love.

Such to us, tho' infinitely high and awful, is PROVIDENCE: So it watches over us; comforting these; providing for those; listening to all; assisting every one: And if sometimes it denies the favour we implore, it denies but to invite our more earnest prayers; or, seeming to deny a blessing, grants one in that refusal.‹

When the translation was read aloud, the tears that before were starting, trickled down the sweet girl's checks. But the commendations every one joined in, and especially the praises given her by her guardian, drove away every cloud from her face.«

die kein Aufruhr möglich ist, nährt sich vom Bild der Mutter und wirft zugleich seinen Schatten auf dieses zurück. So wird das Bild der Mutter bedrohlich und verdunkelt von der Furcht vor der Gleichgültigkeit der Vorsehung, die untrennbar mit diesem Wort verbunden ist. Insgeheim besteht die Angst, daß weder die Mutter noch die Vorsehung mütterlich sind. In diesem Gedicht wird also der Verzicht thematisiert, der verlangt ist. Das Dichten, auf das Emily verzichten muß, ist assoziiert mit Leidenschaft, Wollen und Kampf statt mit Tugend, Opfer und Selbstlosigkeit. Emily darf nichts von sich zeigen, nichts fordern, sich für nichts interessieren.

Warum zittert sie? Weil sie ein Gedicht übersetzt hat. Und mehr noch, weil sie dieses Gedicht öffentlich vorträgt. Stünde sie nackt da, so könnte es kaum schlimmer sein. Die Kultur selbst wird sexualisiert. Dieser Vorgang ist von tiefgehender Bedeutung. Die unbewußte Gleichsetzung von Sprechen/Schreiben mit Männlichkeit ist ein Produkt des 18. Jahrhunderts.

Was aber mag in den Leserinnen vorgegangen sein, deren Probleme, Hoffnungen, halb ausgesprochene und halb begriffene Wünsche vom Autor in dieser Szene ausgebreitet werden – in einem Spiel, das zugleich die Beschämung vorführt?

Die Techniken, mit denen Richardson die Frauen in sein Modell zu integrieren sucht: Er verspricht den Frauen Schutz, Achtung, Würde – wenn sie sich ihrer »männlichen Züge« begeben. Seine wesentlichste Drohgebärde ist der Schrecken, den er in die Herzen der Leserin einsenken will. Da ist die Phantasie, öffentlich beschämt zu werden, etwas sein zu wollen, das sie nicht ist und nicht sein kann, überführt zu werden als eine, die heimlich Mann sein will, die mit dem Mann rivalisiert. Das ist das ständige latente Thema. Das Thema des Wissens wird bei Richardson – und er ist darin charakteristisch – latent sexualisiert. Das Wissen ist kein »neutraler Raum«, sondern der prekäre Raum des Geschlechterkampfes, in dem Männer, falls besiegt, zum Weib werden und Frauen, wenn sie siegen, zum Mann-Weib.

Revolte

»Harriet Byron an Lucy, XV. Brief, 2. Buch

[...]

Miß Charlotte Grandison sagte mir, was dieser grausame Mann (soll ich den Vater von Charles Grandison so nennen?) bei jener Gelegenheit sagte:

Die Tränen der Frauen sind – wie der Dichter sagt – nichts als ›Schweiß der Augen‹. Das wird Carolines Augen nicht schaden. Je mehr sie sich schämt, um so weniger Anlaß wird sie mir geben, mich meinerseits für sie zu schämen. Wollen wir die Närrin betrachten, jetzt, da sie sich des Unsinnigen ihrer Wünsche bewußt ist. Ihre Schüchternheit wird ein halbes Geständnis sein, und das ist der erste Schritt zur Besserung. Sag ihr, daß der Schmerz einer Frau, die nicht ans Ziel gelangt ist, mir schon immer ein besonderes Vergnügen war. Das lasse ich mir nicht nehmen. Sie schuldet mir einen Ausgleich für meine väterlichen Sorgen.«[26]

Der Konflikt zwischen den Generationen ist bei Richardson ein zentrales Thema. Wie führt er ihn vor? Clarissa Harlowe zum Beispiel – so erzählt uns Richardson – wurde von ihren Eltern ins Unglück gestürzt, die sie dazu zwingen wollten, gegen ihre Gefühle zu handeln. Sie sollte einen Mann heiraten, den sie verabscheute, und sie ließ sich aus diesem Grund entführen. Szene auf Szene erörtert Richardson den Eltern-Kind-Konflikt. Eltern werden als Tyrannen, als ungerecht, unmenschlich geschildert – als einfühlungslos. Sie werden als Personen gezeigt, die die höchsten Werte ihrer Kinder zerstören wollen. Auf der anderen Seite stehen die Jungen, die das Recht für sich haben, die auch die Anteilnahme der Leser für sich haben. Man ist Partei – immer für die Jungen. Die Liebe wird zum zentralen Konflikt zwischen Jung und Alt – die Jugend, das sind Empfindende, es geht um das Gefühl der Jungen. Das Liebespaar gerät in Gegensatz zu der Ehestrategie der alten Ordnung. Diese wird in der Literatur entweder als verächtlich pragmatisch (Eltern, die nichts im Kopf haben als Geld und Macht) oder als offen brutal dargestellt.
Betrachten wir die Szene aus *Grandison*, die den Terror des Alten, des archaischen Vaters vorführt. Richardson ist ein Meister solcher Szenen der Tortur. Die Ich-Erzählerin ist Charlotte Grandison, Carolines Schwester; die Briefschreiberin ist Harriet Byron:

»Miß Byron an Lucy, 17. Brief
Caroline erschien, ihr Taschentuch vor den Augen: vier schleppende Schritte brachten sie in Reichweite ihres Vaters. Er ergriff sie bei der Hand, zog sie zu sich herüber bis an seine Knie. Arme Schwester, dachte ich: Oh der Ty – und gern hätte ich damals für mich selbst die Silbe rann hinzugefügt – er zog ihr die andere Hand von den Augen. Das Taschentuch fiel zu Boden: Er konnte sehen, daß es naß und schwer von ihren Tränen war. Gern hätte sie ihr von Tränen geschwollenes Gesicht abgewandt, aber er hielt sie bei beiden Händen und brach in schallendes Gelächter aus – und warum

weint das Mädchen? Warum, frage ich Dich Caroline – Du *sollst* einen Ehemann haben, das sage ich Dir. Ich will mich beeilen, Dich auf den Londoner Markt zu bringen. Möchtest Du zuerst auf dem Rangelagh Markt angeboten werden? Beim Konzert oder beim Frühstück? – oder soll ich Dich in der Oper vorführen, oder im Schauspiel? Ha, ha, ha! – Kopf hoch, mein liebessüchtiges Mädchen! Ein paar Diamanten von Eurer Mutter mögt Ihr immerhin ins Haar stecken und an den Busen, um die Blicke der jungen Männer anzuziehen. Ihr müßt siegen, solange Euer Gesicht noch neu ist, oder Ihr sinkt in die Masse der Frauen ab, die ihre Gesichter bei jeder Gelegenheit zur Schau stellen. Süße Ungeduld! – Sieh mich an, Caroline. Dann lachte er wieder ...
Caroline: ›Mein Herr, wären Sie nicht mein Vater‹ –
Gut gesagt, dachte ich und stieß sie warnend mit dem Fuß.
Sir Thomas Grandison: ›Nun denn! Was also?‹
Caroline: ›Ich würde sagen, Sie sind sehr grausam.‹
Sir Thomas Grandison: ›Und das ist alles, was Du sagen würdest, armes sanftes Ding? Unter solchen Bedingungen würdest Du das jedem *anderen* Mann sagen? Nun, all die Zeit hast Du mir nicht gesagt (er hielt immer noch ihre Hände), ob nicht jeder andere Mann ebenso dienlich sein wird wie Dein Schotte?‹
Caroline: ›Sie behandeln mich unfreundlich. In der Tat, mein Herr, Sie behandeln mich unfreundlich. Ich hoffe, ich bin keine liebessüchtige Kreatur, wie Sie mich nennen. Ich habe keine Eile, verheiratet zu werden. Ich bin bereit zu warten, bis es Ihnen gefällt, mich zu verheiraten. Aber da ich vermute, daß es keine Einwände gegen Lord L. geben kann, möchte ich nicht auf irgendeinen *Londoner Markt* verbracht werden.‹
Sir Thomas Grandison (streng): ›Wenn ich Dich zurechtweise, Caroline; wenn ich geneigt bin, freundlicherweise über eine Leichtfertigkeit hinwegzugehen, die ich bei meiner Tochter nicht erwartet hätte und für welche ich in meinem Herzen immer die Töchter anderer Männer verachtet habe, so verbitte ich mir derartige Antworten. Ich verlange, daß Du Dich anständig beträgst.‹
Caroline (schmeichelnd): ›Lieber Herr, erlaubt mir, mich zurückzuziehen. Ich möchte mich sammeln, und es tut mir –‹
Sir Thomas Grandison: ›Ist es wohl notwendig, daß Du Dich zurückziehst, um Dich auf Deine Pflichten zu besinnen? – Aber ich verlange eine Antwort auf meine Frage, wie stehst Du mit Lord L.? Bist Du entschlossen, ihn und keinen anderen zu heiraten? Willst Du auf ihn warten, wird er auf Dich warten, bis der Tod mich mit meinen Vorfahren vereint haben wird?‹

Caroline: ›Oh mein Herr! Und sie blickte auf das Taschentuch, das am Boden lag. Sie hätte es gern aufgehoben und hätte ihm gern ihre Hand entzogen, um ihr Taschentuch zu ergreifen, und als sie das nicht konnte, rannen die Tränen über ihre Wangen (dennoch sah sie schön aus). Sie fiel auf die Knie – vergebt mir, Herr – ich habe Ihren Unwillen erregt – aber ich muß Ihnen sagen, daß ich kein liebessüchtiges Mädchen bin. Und um Sie davon zu überzeugen, schwöre ich: Niemals werde ich einen anderen Mann als den Lord L. heiraten.‹«[27]

---

ad 27: »Caroline arose: Four creeping steps, her handkerchief at her eyes, brought her within her father's reach. He snatched her hand, quicken'd her pace, and brought her close to his knees. Poor sister Caroline! thought I: O they *ty* – And I had like, at the time, to have added the syllable *rant* to myself. – He pulled the other hand from her eye. The handkerchief dropt: He might see that it was wet and heavy with her tears. Fain would she have turn'd her blubber'd eye from him. He held both her hands, and burst out into a laugh – And what cries the girl for? Why, Caroline, you *shall* have a husband, I tell you. I will hasten with you to the London market. Will you be offer'd at Ranelagh market first? the concert or breakfasting? – Or shall I shew you at the opera, or at the play? Ha, ha, hah! – Hold up your head, my amorous girl! You shall stick some of your mother's jewels in your hair, and in your bosom, to draw the eyes of fellows. You must strike at once, while your face is new; or you will be mingled with the herd of women, who prostitute their faces at every polite place. Sweet impatient soul! – Look at me, Caroline. Then he laughed again.
Car. Indeed, Sir, if you were not my father –
Well said, Caroline! thought I; and trod on her toe.
Sir Tho. Hey-day! But what then?
Car. I would say you are very cruel.
Sir Tho. (gravely). If I am disposed to railly you, Caroline; if I am willing to pass off, in a pleasant manner, a forwardness that I did not expect in my daughter; and for which, in my heart, I have despised the daughters of other men, tho' I have not told the wenches so; I will not be answered pertly. I will not have you forget yourself.
Car. (courgesying): Good Sir, permit me to withdraw. I will recollect myself, and be sorry –
Sir Tho. And is it necessary for you to withdraw, to recollect your *duty*? – But you shall answer my question – How stand you and Lord L.? Are you resolved to have him, and none other? – Will you wait for him, will he wait for you, till death has numbered me with my ancestors?
Car. O Sir! And she look'd down after her dropt handkerchief. She wanted it; and would have withdrawn one of her hands to reach it; and when she could not, the big tears running down her cheeks [Yet she look'd pretty] down she

Trotz der Qualen, die die beiden Schwestern erdulden müssen – es ist nur Glück und glücklicher Zufall, der sie vor Schuld und Untergang bewahrt. Eine Frau, die sich gegen ihren Vater empört, wird vom Liebhaber abhängig. Sie begibt sich also in eine gefährliche Lage. Herrscht der Vater über sie, kann sie sich auf die Ordnung berufen, *ihn* des Unrechts zu überführen, freilich unter der Bedingung, daß sie ihre Pflichten erfüllt. Sie kann an die höhere Ordnung apellieren. Folgt sie dem Liebhaber, so ist sie ihren Wünschen gefolgt, sie hat sich ihrer moralischen Überlegenheit und ihrer äußeren Unabhängigkeit begeben, ihre Ehre muß jetzt von jemand anderem hergestellt werden, während sie vorher in ihren eigenen Händen lag.
Wir sehen, wie das Thema der Autonomie ins Extrem getrieben und zugleich radikal verinnerlicht wird. Die Übereinstimmung mit dem Sittengesetz macht die Freiheit.

Einsamkeit

Unendlich wiederholt Richardson das Thema von Täter und Opfer. Das Opfer ist darauf verpflichtet, die Würde zu wahren. Das bedeutet »Selbstaufopferung«, Festhalten an den Regeln, selbst, wenn sie dazu dienen, das Opfer zu vernichten. Es ist ernst gemeint, wenn Harriet Byron der rebellischen Charlotte Grandison (und ihrer Schwester) die folgende Maxime vorträgt:

> »Enthält das Geheimnis nicht immer irgend etwas Unrechtes? Hättet Ihr nicht *Eure* Pflicht erfüllen müssen, ganz gleich, ob Euer Vater *seine* erfüllte oder nicht? Ward Ihr nicht dazu aufgerufen, wenn ich sagen darf, für Eure Pflichten vor die Schranken zu treten? *Und muß die Tugend sich nicht in der Prüfung erweisen?* Erinnert Ihr Euch nicht daran, wer gesagt hat: ›Was bedeutet es

---

dropt on her knees – Forgive me, Sir – I dread your displeasure – But must say, that I am not an *amorous* girl: And, to cinvince you that I am not, I will never marry any man living, if it be not Lord L.‹
Sir Tho. And is that all you would say, poor soft thing! in such circumstances, to any *other* man? Well, but, all this time, you don't tell me (still holding her hands) whether any other man will not do as well as your Scots-man?
Car. I am not kindly used. Indeed, Sir, you don't use me kindly. I hope I am *not* an *amorous* creature, as you call me. I am *not* in haste to be maried. I am willing to wait your time, your pleasure: But, as I presume, that there can be no objection to Lord L. I wish not to be carried to any *London market*.

schon, wenn ihr für Eure Fehler bestraft werdet und Ihr nehmt es mit Sanftmut? Aber wenn Ihr tugendhaft ward und dafür gelitten habt und Ihr nehmt es mit Sanftmut, das ist gottgefällig‹ [und sie fügte entschuldigend hinzu]: ›Aber Ihr beiden habt Eure mit allen Tugenden geschmückte Mutter sehr früh verloren.‹«[28]

Die Faszination durch Selbst-Bildung, die sie sich selbst zum Objekt erklärende Innerlichkeit, ist für uns schwer nachzuvollziehen. Alle Leiden und Freuden sind letztlich an dem *inneren Triumph* zu messen. Handeln, Wollen, Moral miteinander in Übereinstimmung zu bringen, ist das große Ziel – mit sich selbst umzugehen, gespalten in Gesetz und Wunsch.
Erinnern wir uns an die Szenen des Vater-Terrors im Hause Grandison. Die Mädchen sind hilflos dem Vater ausgeliefert, in Tränen aufgelöst.

»Charlotte Grandison begann folgende Erzählung: ›– Ich ging also mit meines Vaters Befehl zu meiner Schwester.‹ ›Oh meine Mutter im Himmel‹, sagte Caroline, als sie begriff, daß sie herunterkommen mußte, ›wie würde ich deine liebevolle Hilfe brauchen. Oh Charlotte, ich kann weder *gehen* noch *stehen*.‹ ›Dann lehne dich auf mich, meine Liebe, und *krieche*. Die Liebe kriecht, sagen sie, wo sie nicht aufrecht gehen kann.‹ ›Hinterhältiges Mädchen‹, unterbrach Caroline die Erzählung, ›ich erinnere mich genau, daß Du das gesagt hast.‹

Charlotte ›– Ich habe es gesagt, um Dich lächeln zu machen, falls möglich – und um Dir Mut zu machen. Aber Du weißt: ich weinte mit Dir.‹

Caroline – ›Du dachtest daran, was Dir selbst drohen würde, Charlotte.‹

– ›Das ist wahr. Niemals fühlen wir, glaube ich, ganz das für andere, was wir empfinden, wenn wir selbst betroffen sind.‹

Charlotte – ›Das ist wahr. Ich glaube, niemals empfinden wir für andere *ganz*, wenn wir nicht wirklich mitbetroffen sind.‹

Harriet – ›Ein mitfühlendes Herz ist eine Gabe, aber eine schmerzliche. Das Leben würde nicht weitergehen, wenn wir für andere das empfinden würden, was wir für uns selbst fühlen. Was für ein Glück war es für meine Charlotte, daß sie lächeln konnte – obgleich die Vorhaltungen des Vaters beiden Schwestern galten.‹

[...]

Charlotte – ›Laßt mich fortfahren. Caroline folgte mir. Sie stützte sich auf mich und in kriechenden Schritten ging sie nach unten. Ihre Tränen flossen, als sie das Speisezimmer betrat. Sie zitterte noch stärker. Sie sank auf einen Sitz am Fenster: Ich kann nicht weiter, sagte sie. Sofort erscholl eine Stimme, und wir wußten, daß wir gehorchen mußten ...‹«[29]

Und so kommentiert es Harriet Byron, die Sprecherin der Autor-Moral:

»Ein mitfühlendes Herz, ist eine Gabe, aber eine schmerzliche. Das Leben würde nicht weitergehen, wenn wir für andere das empfinden würden was wir für uns selbst fühlen. Was für ein Glück war es für meine Charlotte, daß sie lächeln konnte, während des Vaters Vorhaltungen.«

Das Argument, das Richardson hier als moralische Sentenz einführt, überrascht, nicht nur wegen seines Gehalts, sondern auch wegen der Kontrastmontage. Das Zitat steht sozusagen gegen den Impuls der Szene, die auf gemeinsamen Aufruhr gegen den Vater hinausläuft. Interessanterweise erfolgt die Gegensteuerung als Unterbrechung des szenischen Geschehens. Die Bemerkung Harriet Byrons betont die Entzweiung des Schwesternpaares. Wenn Richardson im folgenden zu der Erzählung des Eltern-Kind-Konflikts zurückkehrt, ist der Leser/die Leserin vor verderblichen Identifikationen gewarnt. Die Bündnisse der Unterdrückten sind nicht verläßlich. Die Einsamkeit ist unaufhebbar.

An dieser Stelle schwesterlicher Solidarität fügt Richardson eine Szene der Zerstörung dieser Solidarität ein. Warum dieser Einschub gerade hier? Richardson spürt, daß er eine Verbindung zwischen den beiden hilflosen Opfern hergestellt hat, die er nicht zulassen kann. Würden sich die Schwestern lieben und sich helfen, bildeten sie ein Gegenmodell zur patriarchalen Macht, einen Herd der Rebellion. Ihre Liebe und gegenseitige Hilfe würde zum Zeichen einer besseren Moral als der der bestehenden Autorität. Der Vater wäre nur der Störer, der Eindringling. Es gäbe eine andere Moral und einen anderen Zusammenhang, der ohne ihn und gegen ihn bestehen könnte. Das ist aber das große Tabu in der Auseinandersetzung: Der Vater ist der Tyrann, aber er darf nicht gehaßt werden; die Opfer sind zu Liebe und Solidarität unfähig.

Giovanni Battista Piranesi. Carceri, Blatt XI.
Radierung um 1760

Männlich / Weiblich

Richardsons Schwierigkeit ist, daß er einerseits, auf der Ebene des Erlebens, die terroristische Autorität des Familientyrannen stets vor Augen hat und sie vielfältig zeichnet: andererseits gibt es keine Rechtsidee, diesen Tyrannen aus der Welt zu schaffen. Im Gegenteil, auf der Ebene der Moral gilt die Regel: Der Gehorsam ist in sich selbst tugendhaft. Jedoch geht Richardson noch weiter, da er bemüht ist, die *Gefühle* seiner Protagonistinnen und Protagonisten mit der Moral in Einklang zu bringen. Dabei verdeutlicht er die Struktur des bürgerlichen autoritätsgebundenen Charakters: die Liebe zum Unterdrücker.

Die Forderung, angesichts der Grausamkeit zu *gehorchen und zu lieben*, richtet sich vor allem an die Frau. Ein Blick in Diderots »Eloge sur Richardson« belehrt uns, daß wir es hier mit einer ideologischen Figur zu tun haben. Diderot porträtiert die renitente Leserin, die sich solcher Ideologie nicht unterwirft, folgendermaßen:

»Sie lacht, da sie sieht, wie verzweifelt dieses Kind [die Heldin eines Richardsonschen Romans, U.P.] über den Fluch seines Vaters ist [ebenfalls ein Tyrann, U.P.]. Sie lacht und ist doch Mutter! Ich versichere Ihnen, daß diese Frau niemals wieder meine Freundin werden könnte; ich erröte bei dem Gedanken, daß sie es einmal gewesen ist.«[31]

Die Forderung, trotz der Grausamkeit zu gehorchen und zu lieben, betrifft nur die Frau. Die Szenen der Demütigung durch die Macht sind immer Szenen mit Frauen. Mütterlich verzeihend und vorbehaltlos hingegeben sieht Diderot, ebenso wie Richardson, die ideale Frau. Obwohl die Kindesliebe von beiden Geschlechtern verlangt ist, so wird unter der Hand doch ein entscheidender Unterschied eingeführt, unter der Hand, d. h. in den Szenen, ohne daß darauf explizit Bezug genommen würde.
Bei den Männern (Vater/Sohn) handelt es sich gleichsam um Verhandlungspartner. Der Sohn gehorcht der Regel, die den Willen des Vaters über den seinen stellt. Er respektiert des Vaters Besitz (die Schwester, die zukünftige Frau, das Vermögen). Die Reaktion des Sohnes auf väterliche Gewalt, auf das Unrecht, ist sozusagen die Abwendung vom Ort des Geschehens. Er kennt den Gehorsam, den Verzicht, aber keine Demütigung.
Die Frauen dagegen werden gedemütigt und gequält. Sie »kriechen« und weinen, ja, sie wagen nicht einmal das Taschentuch aufzuheben, und ihre Tränen zu trocknen. Und sie sind schön, wenn sie weinen. Das Elend der Frauenfiguren, die noch eine Spur Eigenwillen zeigen, lädt nicht zu Mitleid und zu Empörung ein, sondern zur Verachtung. Letztlich haben sie es sich selbst zuzuschreiben, daß sie im Unglück sind. Sie haben nämlich Bedürfnisse (eine Liebe, die sie verwirklichen möchten, oder ein Stück Eigensinn und Frauenrechtlerei). Eine Frau kann nur durch das vollständige Martyrium erhoben werden. Bei der geringsten Regung gilt sonst, daß sie ihr Unglück verdient hat. Das vollständige Martyrium ist die besinnungslose Regeleinhaltung und die schwachsinnige Tyrannenliebe wie bei der Mutter Grandisons. Nur die Frau, die sich selbst auslöscht, beweist, daß sie bis zum Letzten geht, daß sie rein ist von Begierden. Nur eine Frau, die selbstvernichtend mit sich selbst umgeht, hat bewiesen, daß sie nicht schließlich doch etwas für sich fordert. Eine Vorstufe des Todes ist der Wahnsinn. Dieses Thema ist bei Richardson zentral, wie wir sehen werden.
Der Konflikt zwischen Vater und Sohn wird szenisch nicht ausgeführt. Es kommt nicht zur Konfrontation. Man könnte sagen, der

Autor ist nicht daran interessiert oder weicht aus. Das Verhältnis zwischen dem alten Grandison und seinem Sohn, dem Hauptthelden, verschärft sich nicht zum direkten Zusammenstoß: zur Beugung des Sohnes durch den Vater. Es wird vielmehr eigenartig in der Schwebe gehalten.
Der junge Grandison ist das Lieblingskind. Im Gegensatz zu den Töchtern wird er in die Freiheit entlassen und mit genügend Geld ausgestattet; die Androhung der Konfliktszene – der Bruder soll sich von den Schwestern lossagen, die verstoßen sind – bleibt offen, weil Richardson es so weit nicht kommen läßt, er läßt den alten Lord vorher sterben. Die Demütigung des Sohnes, des jungen Mannes durch den Vater kommt nicht vor. Der Sohn kann nicht in der gleichen tiefen Abhängigkeit gezeigt werden, wie die Tochter. Er ist der künftige Herr, der mit dem Vater um die Rechtmäßigkeit seiner Wünsche und Ansprüche streitet. Er kann zwar zum Verzicht gezwungen werden, aber er ist niemals eine hilflose Person. Die Koalition zwischen Vater und Sohn ist Richardson so wichtig, daß er sie niemals direkt in Kampf umschlagen läßt, sondern das Thema über die Verschiebung auf den Bewerber um die Tochter, also über einen »künstlichen«, nicht blutsverbundenen Sohn, gestaltet. Hier treffen dann zwei Rechtspositionen aufeinander, die die Möglichkeit des Rückzugs offenhalten. Ein Mann kann nicht ein Opfer sein wie die Frau.
Macht ist bei Richardson immer zugleich soziale Macht. Alle Täter sind Herren, alle Opfer sind Frauen und Abhängige (Menschen niederen Standes). Die vorgezeichneten Rollen sehen folgendermaßen aus: Der Herr kann gut oder grausam sein; die Abhängigen haben keine Appellationsinstanz und keine Macht. Selbst im Bild des guten Herrn wird das Modell des finsteren Machthabers in der Phantasie des Lesers hervorgerufen, und zwar dadurch, daß im Zittern der Abhängigen, in ihrer Furcht und ihrer Dankbarkeit die Möglichkeit der Mißhandlung aufscheint. Niemals würde in diesem System ein Abhängiger auf die Idee des Aufruhrs oder der Gegenhilfe verfallen. Die Abhängigen entwickeln untereinander (extrem bei den Schwestern Grandison in ihrer Rebellion gegen den bösartigen Vater) nur eine bruchstückhafte Solidarität, die jederzeit in Verrat umschlagen kann.
Solcher Verrat erscheint als Tugend und Gesetzestreue, als Selbst-Überwindung. Leiden und Dulden ist mehr als Empörung und Revolte. Niemand kann irgend jemandem trauen im Bündnis gegen die Autorität, denn der Machthaber ist durch eine doppelte Struktur konstituiert: einerseits als Statthalter des Sittengesetzes (Vater, Herr etc.) mit der nicht an persönliches Verhalten oder Verdienst gebundenen Gehorsamspflicht der Untergebenen (Töchter, Abhängige). Auf die-

sen blinden Gehorsam, der positiv gewertet wird, kann jederzeit rekurriert werden. Andererseits werden die Bedürfnisse der Opfer – Eigenständigkeit, Selbstverfügung, gegenseitiges Verstehen und wechselseitige Anerkennung – vom Autor zwar einfühlsam beschrieben, aber sie werden in einem changierenden Licht gehalten; sie sind zwar verständlich, aber es sind Schwächen. Diese Forderungen bilden kein neues Recht, das gegen den Tyrannen den Widerstand legitimieren könnte.

Die szenische Ausführung offenbart eine konsequente patriarchale Struktur: Männer sind Täter, Inquisitoren, Frauen werden »befragt«. Diese Struktur konnte Richardson vor sich selbst leicht rechtfertigen und in ihrem wirklichen Sinn verschleiern. Er brauchte ja nur auf die Idee zurückgreifen, daß Vervollkommnung im Interesse jedes Einzelnen liege und gottgewollt sei. Und daß diese Vervollkommnung, wo sie nicht freiwillig geschieht, von den verantwortlichen Mächten (den Eltern, dem Ehemann, der Obrigkeit) erzwungen werden kann, ja, erzwungen werden muß. Wenn wir so die historische Wurzel erkennen, auch wenn wir ein spezifisches Klassenbewußtsein darin verborgen finden, sollten wir uns davor hüten, im Sinne des Historismus eine solche Entwicklung als »natürlich«, »unvermeidlich« und damit letztlich nicht kritikwürdig anzusehen. Nicht nur weil ich mit dem Blick von heute auf die Vergangenheit schaue, empfinde ich das repressiv Quälende dieses Entwurfs. Daß die Zeitgenossinnen diese Dimension nicht wahrnahmen, bedeutet ja keineswegs, daß sie nicht wirksam war. Im Gegenteil, Ideologie wurde in der Tiefe der Persönlichkeit verankert, Alternativen wurden sprachlos gemacht. Eben das war die Wirkung.

Die Tugend

Richardson sucht nach einer Versöhnung zwischen der mörderischen Isolation seiner Moralmonaden und dem Lebendigen. Er versucht die tote Leere seiner abstrakten Idealfiguren auszugleichen durch den Reichtum seiner Schilderungen von Szenen und Perspektiven des Alltags. Die niederen Figuren repräsentieren ein Geflecht von Sichtweisen und Erfahrungen – und alles ist durchzogen von der Polarität zwischen Tugend und Überschreitung, zwischen Ordnung und Gewalt – und nur aus dieser inneren Spannung erklärt sich der ungeheure Umfang der Romane, die 2000 und 3000 Seiten umfassen. Die Kosmogonie der bürgerlichen Gesellschaft, die Betrachtung der Welt unter

der Perspektive des Heilsgeschehens und der Erlösung bildet den Gegenpol zur Beschwörung der Autonomie, der Vollkommenheit, des Narzißmus. Richardsons Blick erzeugt mythische Strukturen – und das ist die utopische Dimension seiner Romane: die Welt als riesige Ansammlung von Biographien, von Typen und Formen.
Richardson, ein Kind der Unterschicht, von Beruf Drucker, setzte seine Texte selbst und variierte sie bis zum letzten Augenblick. Sein Blick ist geschärft durch das Trauma des Ausgeschlossenen. Sein Lebenswunsch, Pfarrer zu werden, scheiterte an der Armut. Sein Schreiben begann er als Briefschreiber für ungebildete einfache Leute, die schöne Briefe haben wollten, richtige Briefe, die ihre innere Würde, ihren Wunsch nach dem richtigen Verhalten in angemessener Weise repräsentieren sollten. In seinen Erzählungen phantasiert Richardson vom richtigen Leben. Er sah es so, daß die Entwürdigung ein Ende hat, wenn der Mensch auf die Moral baut. Sie gibt ihm Anerkennung. Er gibt sie sich selbst – ein stolzes Selbstbewußtsein, mit dem Richardson seine Figuren ausstattete. Und seine Leserinnen und Leser verstanden sehr wohl, daß er von der inneren Freiheit sprach, vom Stolz. Die tiefen Verletzungen, die kollektiven Traumatisierungen und Demütigungen vermochte dieser Autor, der sie am eigenen Leibe erfahren hatte, in seinem großen Tagtraum vorzuführen – und in der Phantasie zu heilen. Die wahre Botschaft Richardsons war: Das Leben ist ein Traum. Die Wahrheit ist mein Roman. In meinem Roman werden die Kinder, die Guten, die Unglücklichen, die Gequälten, nach Hause zurückkehren. Der Vater wird sich als der gute Vater erweisen – und alles Leiden an der Wirklichkeit ist nur ein Irrtum. Das ist die Wirklichkeit: der gute Vater, die göttliche Gerechtigkeit. Zu den Frauen wird dieser gute Vater wie ein Bruder sein. Er wird sie anhören, ihre legitimen Wünsche anerkennen und sie mit der Welt versöhnen. In dem großen Drama zwischen der alten und der neuen Ordnung weist Richardson der Frau eine eigene Rolle zu. Sie ist »Schwester-Seele«, Ideal, Geliebte. Unbeugsam in ihrer Selbstbestimmung. Ebenso ideenbestimmt wie der männliche Gegenspieler. Sie ist Moralistin wie der Mann, nur hat ihre Moral einen eigenen Inhalt: Das Haus, die Liebe, die Duldsamkeit.
Richardson vermochte sich nicht vom Bild des heilenden, ordnenden Vaters zu lösen. Unfaßbar war es ihm, daß es eine Welt ohne familiale Ordnung wirklich geben könnte – für ihn eine Welt der Verlassenheit, der Trostlosigkeit. In den Nebenfiguren der Romane taucht »die Zeit« als Problem auf, das endliche Leben von Unerlösten, die sterben. Aber Richardsons Romane sind »Unterschichtträume«. Vierspännig fährt das Dienstmädchen Pamela in der goldenen Kutsche in London ein.

Die Drastik des Elisabethanischen Theaters mischt mit, schafft überschüssige Szenen, wie auch all die Figuren des Alltags in ihrer Fülle einen überschüssigen Reichtum erzeugen, der gegen die moralische Abstraktion steht, bis sich der Autor im Fortgang des Textes der Anarchie seiner Figuren zu entziehen sucht. Am Ende steht die Hierarchie.

Es werden durchaus die Figuren des Alltags, die Konflikte zur Sprache gebracht. Die Armen, die Betrogenen, die Unverheirateten, die ängstlichen jungen Mädchen, die Rebellischen. Aber in literarischen Gewaltakten wird zugleich der Impuls des zur Sprachebringens verurteilt. In endlosen Serien wiederholt sich schließlich der Mechanismus Leiden, Klage und Konfliktdarstellung, und dann Tabuierung der Aggression, Tabuierung des Konflikts, Überleitung in einen Seelenkonflikt. Plötzlich steht in Zweifel, ob die Opfer und die Unglücklichen ›angemessene‹ Wünsche haben. Nicht wie den Tätern beizukommen sei, ist die Frage, sondern was die Opfer verbrochen haben könnten. Dies bezeugt die tiefe Verwurzelung Richardsons in der repressiv-patriarchalischen Kultur. Der Konflikt muß vermieden werden, aus Angst. Richardson treibt die verborgene Angst vor der Beschämung. Das ist seine Antwort auf die Gewalt der Oberen: Sie können mich zwar quälen, aber dem moralischen Ich, das sich mit dem Gesetz eins weiß, können sie niemals die Würde nehmen; sie können mich nicht zwingen, ihre Gewalt anzuerkennen. Der Reine und nur der Reine kann der Gewalt der Machthaber die Legitimität absprechen. Es geht nicht darum, neues, höheres Recht zu setzen. Diese Position enthält sowohl Zeichen des Aufruhrs, der Attacke auf die Autorität, als auch die Züge des Autoritarismus. Der Autoritarismus nimmt hier die Gestalt des »reinen Gesetzesdenkens« an, der Spaltung zwischen äußerer Unfreiheit und innerer Freiheit, der Parteilichkeit für die Idee des Gehorsams als solchen. Die Frage nach den Leiden und den Bedingungen eines besseren Lebens verstummt in einer abgebrochenen Ethik der Brüderlichkeit. Der Aufruhr beginnt und wird abgebrochen.

Die Frau

»Selbst wenn wir davon ausgehen, meine liebe Charlotte, daß alle menschlichen Seelen an sich gleich sind; verweist das so unterschiedliche Äußere der Maschinen, in welche diese Seelen eingeschlossen sind, auf eine zeitliche Begrenzung ihrer ursprünglichen Gleichheit. Die Differenz ist den unterschiedlichen Zielen ange-

> messen, zu denen die beiden Körpermaschinen von der Vorsehung für das gegenwärtige Übergangsstadium [irdischen Lebens, U.P.] vorgesehen sind. Wenn diese Ziele zu ihrem Ende gekommen sein werden, wird auch die Differenz zu Ende sein. Wenn das Geschlecht aufhört zu existieren, hört auch die Ungleichheit der Seelen auf. Und Frauen werden gewiß den Männern gleich sein – als Geister, im Himmel.«[32]

Das Grundmuster bei Richardson ist komplex. Er entwirft die Frau als Gleiche. Sie ist als Idealfigur ebenso Moralistin wie ihr männlicher Gegenspieler, nicht weniger Moral-Maschine – nicht weniger abstraktifziert als er. Insofern wird sie als »männlicher Charakter« entworfen, aber der Inhalt ihrer Moral ist ein anderer. Die Frau als »Moral-Maschine« hat einer anderen Regel zu folgen als der Mann. Ihre Regel heißt Unterwerfung. Ihre Würde hat den Inhalt des Leidens. Und ihre Moral bleibt immer personifizierte Moral. Sie hat einen direkten Vorgesetzten, und der Inhalt ihrer Moral ist noch stärker als beim Mann der Gehorsam als solcher. Die Interpretation des Gesetzes kommt ihr nicht zu. Es kommt ihr nicht zu, den Vater und Ehemann zu kritisieren. Eine Frage, die Richardson für den Sohn zwar ebenfalls abstrakt durch das Prinzip der Unterordnung löst, auf dessen Ausführung und szenische Gestaltung er aber charakteristischerweise verzichtet.
Die Frau ist auf eine konkrete Moral verpflichtet: Unterordnung. Es gibt im Richardsonschen System noch eine Zutat, die nicht theoretisch abgeleitet wird: Die ideale Richardsonsche Heldin ist ebensosehr tugendbesessen wie leidenschaftlich. Tugend wird nur an ihrem Gegenteil sichtbar. Und die Autor-Phantasie wäre für sich genommen eine Angstphantasie. Die Maschinen-Frau, die nach einem moralischen Qualitätstest den Mann nimmt, der sich als der »würdigste« erweist. Zwischen zwei Tugenden gibt es keine Berührung. So wird die Frau nur als halbe Moralistin etabliert. Sie wird als leidenschaftlich Liebende konzipiert. Was auch immer der Geliebte ihr antut, *sie* liebt weiter – aber *sie wird immer nein sagen.*

---

ad 32: »Supposing, my Charlotte, that all human souls are, in themselves, equal; yet the very design of the different machines in which they are inclosed, is to super-induce a temporary difference on their original equality; a difference adapted to the different purposes for which they are designed by Providende in the present transitory state. When those purposes are at an end, this difference will be at an end too. When Sex ceases, inequality of Souls will cease; and women will certainly be on a foot with men, as to intellectuals, in heaven.«

Wie Rechtsgelehrte verkehren die moralischen Monaden miteinander, die sich über Wortlogik verständigen, sich nähern und umarmen oder abstoßen. Daß man den Körper betrachtet, als habe man einen fremden Gegenstand vor sich: Wie bringe ich die Hand, die der Geliebte ergriffen hat, wieder in meinen Besitz zurück. Eine halbe Seite variiert Richardson dieses Thema. Im Lesen ist es so, als würde ich mich unaufhörlich inszenieren. Es ist eine ungeheure Selbst-Distanzierung. Alles zum Objekt machen, vor allem aber den eigenen Körper. Alles steht auf dem Kopf. Der Körper wird zur Vorratskammer für Gesten und Verhaltensweisen. Und diese Gesten sollen die *innere Wahrheit* sein.

Schönheit

Beschreibung der Harriet Byron:

> »[...] Ich glaubte zu sehen, wie ihr Blut in ihren durchsichtigen Adern floß.
> Ihre Stirn, so edel, freimütig und offen, zeigt Würde und Bescheidenheit, der Anblick löst im Betrachter eine Art *Ehrfurcht* aus, wenn man sie für sich betrachtet, die ich aber (wegen des Entzükkens, das die Ehrfurcht begleitet) nicht genauer zu beschreiben weiß. Jeder einzelne Zug, um es kurz zu sagen, erweist sich als vollendet; das ganze Antlitz, ihr Nacken, der so bewundernswert auf ihren schön gebildeten Schultern ruht – ich will umkommen, wenn sie nicht die makelloseste Schönheit ist, die ich je gesehen habe. Aber was ihre besondere Vortrefflichkeit ausmacht und sie von allen anderen Frauen *Englands* unterscheidet (denn es ist nicht zu bestreiten, daß das ein Merkmal der vornehmen Französin ist), das ist die Anmut, welche von jenen Physiognomie genannt wird und die wir *Ausdruck* heißen. Gesetzt den Fall, ihre Züge oder ihre Gestalt wären *nicht* so vollkommen, wie sie es sind, so würde allein diese Anmut, das liebliche Gemüt, das sich so ausspricht, in Verbindung mit der Leichtigkeit ihrer Bewegung, alle, die sie betrachten, zu Bewunderern machen.
> Soll ich nun eine genauere Beschreibung geben?
> Ihre Wange – Niemals *sah* ich eine so schöne Wange; hervorgehoben durch einen lieblichen roten Schimmer, was ihre gute Gesundheit anzeigt. Ein überaus reizendes Grübchen entsteht rechts und links, wenn sie lächelt. Und sie hat jeden Grund, mit sich und der

Welt zufrieden zu sein (denn ihre Verwandten beten sie an). Ich glaube, daß sie von Kindheit an niemals mißmutig war, noch vermag sie auch nur eine Minute unmutig dreinzuschaun. [...]
Ihr Mund – niemals *gab es* einen so lieblichen Mund. Aber das ist kein Wunder, solch rosige Lippen, und so elfenbeinweiße und ebenmäßige Zähne würden auch einem weniger entzückenden Mund Schönheit verleihen.
Ihre Nase verleiht ihren übrigen Zügen Würde. Ihr Kinn ist süß gerundet und hat ein fast unsichtbares Grübchen.
Ihre Augen, ach Madam, ihre Augen, Gott im Himmel, was für ein Glanz; aber kein wildes, sondern ein sanftes Feuer. Wie habe ich die Dichter mit ihren Romanen verachtet, weil sie von den Augen ihrer Heldinnen solch unnatürliche Beschreibungen verfaßten. Ich halte diese Beschreibungen für unwahrscheinlich, allerdings für weniger unwahrscheinlich (wenn ich auch ein wenig dichterische Freiheit zugestehe), seit ich die Augen der Miß Harriet Byron sah.
Ihr Haar ist wahrer und natürlicher Schmuck. Die Pracht ihrer Locken ist Natur: die Kunst hat keinen Teil an dem Glanz, den es ihren übrigen Vorzügen verleiht.
Ich erwähnte ihren Nacken – Hier vermag ich nur zu schweigen – unvergleichliches Geschöpf! Überwältigende Lieblichkeit! [...]
Ihre Hände sind wunderbar zart. Solche Finger! Und sie sind geübt, mit der Feder, der Nadel, dem Spinett vertraut, in allen Künsten gleichermaßen vollkommen [...]. Frauen haben eine Seele. Jetzt bin ich davon überzeugt. Ich wage zu gestehen, daß ich in der Vergangenheit daran zweifelte – Aber habe ich sie [Harriet] nicht tanzen gesehen? Hab' ich sie nicht singen gehört? – Wahrhaftig, in Gemüt und Erscheinung ist sie die vollendete Harmonie.«[33]

In dieser, einer kirchlichen Litanei nachgebildeten Beschreibung wird der Körper der Frau vergöttert und zerlegt. Man sollte die Teile ausschneiden und einzeln ausstellen. Wie schön sie ist – zugleich eine Liebeserklärung (und eine Drohung und Verlockung für die Leserin, sich selbst und ihre Mängel zu vergessen und mit dem Ideal zu verschmelzen). Gleichzeitig führt Richardson hier unsere Phantasie durch den Kodex des Gartens der Schönheit und ihrer Symbole – und beraubt sie des inneren Lebens. Man muß die Frauen zerschneiden, dann wird klar, woraus sie bestehen.

Alle Verteidigungs- und Widerstandshandlungen sind untersagt. Die Lösung Richardsons ist die Verpflichtung auf Regeln, die so in den Körper eingeschrieben sein müssen und durch unendliche Übung der Selbstkontrolle bis in alle Fasern durchgesetzt werden, daß Verläßlichkeit erzeugt wird. Der Körper soll zum Instrument der Moral werden. Die Körpersprache steht ganz und gar in diesem Zusammenhang.

Das Ideal des Moralisten ist für den Romanautor jedoch ein Problem. Scharfsinnig bemerkte ein begeisterter Leser, der Marquis de Sade, zur Wirkung der Richardsonschen Figuren:

> »Von den Engländern haben wir fernerhin gelernt, daß man nicht immer Interesse erweckt, wenn man die Tugend triumphieren läßt, [...] Sie, von der wir wünschten, daß um unseres Glückes willen alle Menschen nach ihr lebten, ist ohne jede Bedeutung für den Roman und sollte nicht einmal als Spannungsmoment verwendet werden. Denn wenn die Tugend siegt und die Dinge sich so verhalten, wie sie es sollten, so versiegen unsere Tränen, bevor sie noch zu fließen beginnen. Wenn wir dagegen sehen, wie die Tugend nach Überwindung allerhärtester Prüfungen schließlich dennoch vom Laster niedergerungen wird, so erschüttert dies unser Gemüt aufs tiefste.«[34]

Die siegreiche Tugend langweilt. Warum? Weil sie körperlos ist. Die Tugend mit Lust zu betrachten, setzt die Zerstörung der Tugend oder die Tortur voraus. Langeweile und Tortur bilden die Pole – deshalb ist der Richardsonsche Roman doppelt gespalten: in Heiliges und Profanes und in Martyrium und Langeweile.

Und Miß Byron? Der Autor nennt sie nicht unter seinen literarischen Töchtern: »Ich habe drei Töchter: Clarissa, Pamela und Clementina.« Warum? Weil er in ihr die Frau darstellt, die sich selbst so sehr kontrolliert, daß sie von außen unangreifbar wird. So wird sie zu einer beängstigenden Gestalt, die ätherisch durchsichtige Schönheit mit eiserner Willenskraft vereint: »Man sieht die Adern durch ihre Haut scheinen.« Aber sie ist wie Eisen. An einer Stelle in *Grandison* heißt es: »Das eine Geschlecht sei der Teufel des anderen. Mehr brauche es nicht.« Auch die Gestalt der Harriet Byron changiert. Nicht daß sie satanische Anwandlungen hätte, doch die Perfektion, mit der Richardson sie in seinem Moralmarathon stets die richtige Lösung präsentieren läßt und sie vorführt, wie sie jeden unentwegt taxiert, ist gnadenlos. Man sieht sie vor sich, wie sie mit sanfter und leiser, niemals heftiger Stimme moral-logistische Maximen von sich gibt. Hier gibt es keine Täuschungen, keinen Schein, kein Betören und keine Gutmütigkeit.

Verhöre

Die moralischen Monaden sind also körperlos, anders gesagt: sie sind Maschinen. Das Thema der Kontrolle verselbständigt sich. Der Körper wird nicht weniger unterworfen als die Bedürfnisse, die Impulse, anderen zu helfen. Die Rückkehr des Verdrängten ist unübersehbar: Die solidarische Verbindung, die tabuiert ist, taucht wieder auf als Perversion der Freundschaft, als »Verrat zu höheren Zwecken«. An die Stelle des Dialogs tritt das Geständnis. Treuebruch und Verrat zum Zweck der moralischen Vervollkommnung sowie Belauschen und Gestehen bilden abgespaltene Formen einer zerstörten Verständigung, der Verständigung über die gemeinsame Unterdrückung und über die Wünsche.

Das Verhör und der Verrat erscheinen selbstverständlich, so wie in dem folgenden Briefanfang. Dr. Bartlett schreibt an seine Frau, und in seinem Brief ist wieder ein Brief, eine Spiegelung. Der »Brief im Brief« berichtet, wie das junge Mädchen Clementina ausgehorcht wurde. Es ist der Bericht der Inquisitorin, die sich als Freundin eingeschlichen hat (was der Autor mit dem Elternrecht auf Wissen legitimiert). Der Vertrauensbruch wird ausgemalt. Das Opfer, die Befragte, wird in ihrer aussichtslosen Verweigerung gezeigt. Das gewaltsame Eindringen in die Seele ist das eine; die perverse Lust am Geständnis der Reinheit ist das andere. Beide Impulse müssen während des Lesens verarbeitet werden. Autor und Leser teilen in der Phantasie beide Positionen. Nicht zufällig herrscht hier die Sprache der »hochnotpeinlichen Befragung«.

> »Ihre fünfte Frage ist: Was waren die genauen Umstände, unter denen Frau Beaumont die Lady dazu brachte, ihre Liebe zu gestehen, nachdem sie daraus so lange vor ihrer Mutter und der gesamten Familie ein Geheimnis gemacht hatte?«
> »Was ich zum fünften Punkt schreiben werde, gnädige Frau, wird alles enthalten, was sie unter Punkt vier zu wissen begehren. [...]
> Aber lassen sie mich voranschicken, was Frau Beaumont auf Wunsch der Marchesa unternahm, um die Gesundheit der jungen Lady zu stützen und welche Wirkung die Luftveränderung, die Ortsveränderung und ihre Anleitung auf das Gemüt der jungen

> Dame hatten, nachdem sie zwei oder drei Tage in Florenz war. Mrs. Beaumont ihrerseits schrieb nach dem vierten Tag, den sie gemeinsam verbracht hatten, an jene Dame [die Marchesa] die gewünschten Berichte. Das Folgende ist eine Übersetzung ihres Briefes ...«

Die Wahrheit herauspressen: Wen liebt sie? Der Verdacht ist gleichbedeutend mit der Pflicht zur Kontrolle des Mannes über die Frau, der Eltern, insbesondere des Vaters, über die Tochter. Die Mutter spielt niemals eine eigenständige Rolle, sie tritt hinter den Mann zurück, assistiert ihm. Sie ist die zweideutige Gehilfin zum Terror. Und beobachtet, verhört und belauscht werden immer Frauen. Diese Szenen fallen durch ihre Doppelbödigkeit auf. Die Heldin wird von denen gequält, die sie eigentlich liebt, oder die sie angeblich lieben. Daraus entsteht eine Irritation in den Lesenden, die auf der Schwierigkeit einer Unterscheidung von Täter und Opfer in den Szenen basiert.

Detailliert erfahren wir, wie das Opfer gefügig gemacht wird – und wie der Autor die »neuen Werte« funktionalisiert. Die Verräterin schleicht sich ein und beruft sich auf die Freundschaft. Lustvoll gibt sich der Autor der Erpressungsphantasie hin. Die Verräterin, Frau Beaumont, sagt zu Clementina:

> »Ich bin überzeugt, meine liebe Clementina, daß die wechselseitige Mitteilung von Geheimnissen die Basis vertrauensvoller Freundschaft und wahrer Liebe ist. Sobald eine Wendung der Ereignisse stattfindet, sobald neue Einsichten sich eröffnen, findet die Freundschaft keine Ruhe, bis sie die neuen Erkenntnisse, die wichtigen Ereignisse mitgeteilt hat; und diese vertrauensvolle Mitteilsamkeit vereint die wahren Freunde immer mehr. Aber welche Einsamkeit, welche düstere Verschlossenheit beherrscht das Gemüt, das niemandem die innersten Gedanken anvertrauen kann! Das große Geheimnis, wenn es von Bedeutung ist, wird das Herz anschwellen machen, bis es brechen wird. Tiefe Melancholie wird folgen – um alle Welt könnte ich den Gedanken nicht ertragen, daß ich in meinem Herzen für die Freundschaft keinen Platz hätte. Und ist das Wesen der Freundschaft nicht Mitteilung, Verbindung der Herzen, das Innerste der Seele vor einem vertrauten Freunde auszubreiten?«[36]

Und Clementina:

> »(Clementina) zögerte. Ich schwieg erwartungsvoll.
> Dann antwortete sie: ›Ich *fürchte* mich vor Ihnen, Madam.‹

›Daran tun sie recht, wenn Sie mich Ihrer Freundschaft für unwert halten.‹«

Ein Bild des Schreckens ergeben die Strategien des Belauschens, der Beeinflussung, des Herauszwingens der Wahrheit aus den Frauen. Es gibt ganze Abfolgen zunehmender Einschließungen. Die Methoden sind: moralischer Druck (der Beichtvater), belauschen, einsperren, wahnsinnig machen. Eine charakteristische Szene ist die folgende: Die Eltern haben den Geliebten der Tochter dazu ausersehen, ihr einen anderen Mann als Bräutigam zu empfehlen. *Sie* weiß nichts von *seinem* Auftrag, und beide wissen nicht, daß sie während des Gesprächs von den Eltern belauscht werden, die gleichzeitig ihren Sendboten beobachten wollen. Der Held Grandison agiert den Elternwunsch mit größter Selbstverständlichkeit aus – Clementina wehrt sich, fragt ihn, ob ihn jemand geschickt habe etc. Richardson unterschlägt nicht das Brutale der Situation, rechtfertigt jedoch die persönliche Unaufrichtigkeit und die Täuschung mit der elterlichen Pflicht. Das Einschleichen und Eindringen hat zunächst etwas Pädagogisches – es soll die *Wahrheit* ausgesprochen werden.
In einem derartigen System ist jeder Beweis eine mögliche neue Falle. Zum Geständnis gehört auch die Täuschung. Das Modell ist das gefährliche Innere, ein dunkles Geheimnis. Kann es Tugend geben? Prüfen wir sie, quälen wir die Tugend, dann werden wir sehen. Da zeigt sich die merkwürdige Spaltung – Mitleid mit der Unschuld und Haß auf die Unschuld.
Auch die Aktivität der Harriet Byron, das Schreiben von Briefen, in denen sie notiert, was um sie herum geschieht, verwandelt sich unter der Hand in einen Teil des Netzes aus Verhör und Geständnis. Der Brief wird für den Autor zum wichtigsten Beweismittel in einer Welt, die sich langsam als eine von Systemen wahnhaften Verdachts vor uns enthüllt. Alle stehen unter Anklage.

Der Brief, das Schreiben ist für alle Beteiligten deshalb wichtig, weil es das Mittel der Wahrheitsprüfung ist. Die Briefe, die zunächst nur für sich selbst zu schreiben zur Konstruktion der Fabel gehört (es sind wahre Briefe, Dokumente der Selbsterforschung), werden schließlich anderen zu lesen gegeben. Grandisons Schwestern bekommen ganze Bündel von Harriets Briefen, in denen sie sich selbst beschrieben finden. Sie weinen in Rührung über die Vollkommenheit, die Harriet verkörpert. Und Sir Charles Grandison erscheint erschöpft nach der durchwachten Nacht, in der er die Post der Harriet Byron studiert hat. Diese Lektüre, heißt es, hat ihn mehr beeindruckt als ihre Schön-

Carceri, Blatt VII.
Giovanni Battista Piranesi.
Radierung um 1760

heit. Das Schreiben ist der Beweis. Die wahnsinnige Frau fasziniert. Sie hat kein Ich mehr. Endlich spricht aus ihr die reine Wahrheit – und nichts als die Wahrheit.

Die Angstphantasie (Wenn jemand in mein Herz schauen könnte, würde ich bestehen?) wird verkehrt in die Phantasie, sich *einmal* in den Augen der (internalisierten) strengen Eltern oder des Über-Ichs als Unschuld zu erweisen. Da ist die Angst, verkannt und verstoßen zu werden, und da ist gleichzeitig die Gewißheit, daß es nicht wahr ist: die Schuld der Unreinheit. In dieser Phantasie meldet sich die Frage nach dem reinen Gewissen – das verdrängte körperliche Moment ist »die größte Sünde«: die Onanie. Daß keine/r rein ist, erzeugt die Bereitschaft zum Schuldgefühl und zur Strafbereitschaft. Unbewußt ist jeder schuldig, weiß jeder sich strafwürdig. Vielleicht könnte die Verzeihung der »mütterlichen Lebensfiguren« – Freundschaft, Liebe, Verstehen – die Schuld verringern. Aber dieser Weg ist der männlichen Phantasie versperrt. So rettet sich Richardson in die Welt der moralischen Autarkie (und des idealen, unschuldigen Körpers). Er braucht (und vermag) also keine verzeihende Instanz zu errichten. In den Verhörphantasien werden die Unlösbarkeit des Konflikts und die Symptombildung inszeniert:

der Konflikt zwischen Autonomie/Selbstverfügung und Körperwünschen, die mit Spontaneität, Willkürlichem, Verschmelzen zu tun haben, mit Liebe, Mitleid, Freundschaft;

die Angst vor Abhängigkeit von anderen, zwanghafte Wiederholung des Mißtrauens, Unterhöhlung der Solidarität durch Phantasien des Verrats: der Liebende als Inquisitor, die Schwester als Unsolidarische, d. h. Zerstörung der Solidaritätsphantasie durch die innere Unterwerfung, den Sieg der Machthaber;

Verführung zur Identifikation mit dem Aggressor: Demütigung der Opfer, Verachtung der Ohnmächtigen, hier vor allem, die Schuld bei den Opfern zu suchen statt bei den Tätern, Verzicht auf reale Wechselseitigkeit.

Torturen

Die Clementina-Episode spielt auf das Phänomen der Melancholie an, das man bereits damals öffentlich diskutierte. Richardson selbst hatte zwei medizinische Arbeiten zu diesem Thema gedruckt: Cheynes' *English Malady* (1733) und Robert James' *Medical Dictionary* (1743, 1745). »Among the causes which disposed to the most violent delirium, and [...] destroy the force both of the mind and body, none is more powerful than an excess of love«, heißt es bei Cheynes unter dem Stichwort »Mania«.

Die Zustände Clementinas sind den drei Stufen der Vapeurs, wie Cheynes sie beschreibt, nachgebildet. Es beginnt mit Schwächeanfällen, Ohnmachten, Apathie oder Ruhelosigkeit und geht bis zu Halluzinationen, Verlust des Gedächtnisses und Depression mit einer Tendenz zur Schwindsucht. Ein Rat von Cheynes lautet: »Für Jungfrauen, die geschlechtsreif sind und liebeskrank, ist die Ehe das wirksamste Mittel.«[37]

Aber im Roman geht es um anderes: um das strukturelle Mißtrauen und um das Geschlechterverhältnis. Nur die wahnsinnige Frau spricht die Wahrheit – das ist Clementina, die zum Entzücken Diderots den Verstand verliert und gerade darin ihr wirklich tugendhaftes Inneres entblößt. Das Verhör als literarische Form bestimmt, in zahlreichen Variationen, den gesamten Text. Es ist so, als ob jeder unter Verdacht stünde, aber auch darauf wartet, daß das Innere zutage tritt und sich als unschuldig erweist, eben als ein Inneres, das dem Ideal entspricht. Diderot sagt, Clementina spreche »wirklich die Wahrheit«, denn sie ist wahnsinnig. Und er, der einfühlsame Leser Richardsons, erläutert das so:

> »Aber warum ist diese Clementina in ihrem Wahnsinn so fesselnd? Weil sie nicht mehr Herrin über die Gedanken ihres Geistes und die Regungen ihres Herzens ist. Wenn also in ihr etwas Beschämendes vor sich ginge, so würde ihr dies entgehen. Aber sie spricht kein Wort, das nicht von ihrer Reinheit und Unschuld zeugte, und ihr Zustand läßt uns nicht an dem zweifeln, was sie sagt.«[38]

Mit anderen Worten: Gerade das, was uns unglaubwürdig erscheint: die Reinheit der Seele, und was uns terroristisch erscheint: die Gewissensprüfung, der ewige Zweifel, die Suche nach der Unschuld (im Körper/in den Triebwünschen), fasziniert Diderot, nämlich die Idee von der Herrschaft des Geistes, einer normgerechten Begierde – und der Prüfung der weiblichen Tugend, der Phantasien des weiblichen Martyriums.

Noch einmal in Diderots Worten:

> »Und in welchen Momenten werden Clementina und Clarissa zu erhabenen Geschöpfen? Die eine in dem Moment, in dem sie ihre Ehre, und die andere in dem Moment, in dem sie ihren Verstand verliert.
>
> Niemals könnte ich mich ohne Schauder daran erinnern, wie Clementina blaß, mit verstörten Augen und mit verbundenem Arm an

dem das Blut entlangfließt und von den Fingerspitzen herabtropft, das Zimmer ihrer Mutter betritt und zu ihr sagt: ›Seht Mutter, das ist euer Blut!‹ Mir zerreißt das die Seele.«[39]

Diderot hat recht – dies ist die emotional stärkste Szene des Romans. Das Geheimnis liegt in der Montage zweier Ebenen, die sich gegenseitig kommentieren und zugleich aufheben. Clementina wird »medizinalisiert«, Objekt eines Systems, zum Objekt gemacht zu ihrem Besten. Gleichzeitig spielt sich eine sadistische Szene ab. Die Leserin/der Leser gerät in die Rolle des Voyeurs. Der Impuls, dem Opfer zu helfen, wird systematisch paralysiert.

Die Konstruktion der Szene: Es gibt die Gruppe der Gesunden, Mächtigen. Diese sind besorgt: Grandison, Jeronymo, der Bruder, und die Mutter – genannt die Marchesa – und Camilla, die Dienerin.

Die ganze Szene kreist um das Thema Blut (der Jungfrau). Clementina soll im Zustand der Verwirrtheit zur Ader gelassen werden. Sie ist in den Händen der Ärzte. Sie hat tödliche Angst. Ihr Geist ist verwirrt. Sie fleht, sie zu retten.

Richardson bezeichnet die Brüder der Lady Clementina: Jeronymo, der »gute Bruder«, dann »The Bishop« und »The General«, mit ihren Funktionen. Damit verweist er auf Machtgefüge sowie auf die Irrelevanz der persönlichen Charaktere, eine Doppeldeutigkeit (Realität – Familie, Brüder versus Imagination – Kerker, Tortur), die das Lesen lenkt. De Sade, ein Bewunderer Richardsons, hat dieses Stilmittel wahrscheinlich von ihm in die *120 Tage* übernommen.[40]

Der untergründige Sinn der Szene liegt in der eindrucksvollen Bildhaftigkeit: ein um Gnade flehendes Opfer, ein liebliches Opfer. Nur perverse Phantasie kann einen so lüsternen Satz erfinden: »and she held out her *lovely* arm a little bloody.« Das Opfer wird in seiner ganzen Kindhaftigkeit beschrieben, als vertrauensvoll, unschuldig und eben darum hilflos: »and I run for shelter to my mamma's arms.«[41] Zugleich wird die Vorstellung vom Blutopfer, Jungfrauenopfer in Gang gesetzt. Die Unschuld fürchtet geopfert zu werden: »Dearest, dearest madam, don't let me sacrificed.«[42] Dem korrespondiert eine sadistische Phantasie: »They did attempt to wound; but they did not obtain their cruel ends.«[43] Die Kunst Richardsons besteht gerade darin, einen doppelten Sinn zu produzieren. Lady Clementina wird von den Ärzten zur Ader gelassen. Die besorgten Freunde und Verwandten leiden mit ihr, denn sie fürchtet sich. Da sie gemütskrank ist, glaubt sie, man wolle sie ermorden. Jeder dieser Sachverhalte ist nur eine Art Oberbegriff, ein Deckmantel, um die viel interessantere Geschichte zu erzählen, daß Lady Clementina nicht gegen ihren Willen geopfert wird, sondern sich zum Opfer aus Liebe entschließt. Die untergründige Geschichte vom Jungfrauen-Opfer kann nur berichtet werden, wenn zugleich behauptet wird, diese Mitteilung sei nicht wahr. In Wirklichkeit sei die Familie harmonisch, der Vorgang medizinisch, und die Empfindungen, die Clementina zum Ausdruck bringt, seien nicht normal, sondern Einbildungen einer verwirrten Kranken.

Eigenartig ist das Gefühl, das beim Lesen aufsteigt: »süßer Schmerz.« Dieses Gefühl entsteht aus einer Gegenläufigkeit: der Angst und dem Schrecken Clementinas, die der Leser ganz voyeuristisch verfolgen kann, da er ja weiß, daß der Schrecken unbegründet ist. Die »Süße« der Empfindung hängt mit der besonderen Wahrnehmungsweise zusammen, die dem Leser von Richardson nahegelegt wird. Ich bin nicht eigentlich mit Clementina identifiziert, denn ich sehe nicht mit ihren Augen. Clementina ist Objekt. Würde ich die Szene mit Clementinas Augen sehen, so wäre ein unauslöschlicher Haß auf alle anderen die notwendige Folge. Richardson aber bringt mich dazu, Clementina aus der Perspektive der vollziehenden Macht zu betrachten. Die Leser sind Teil derjenigen, die über Clementina reden, die von den Notwendigkeiten sprechen, denen sie sich zu unterwerfen hat. Noch während Clementina die Szene mit ihren Schreien erfüllt, ist diesem Schreien der Anspruch auf Wahrheit bereits entzogen. Ich beobachte die Schreiende also nicht, um sie anzuerkennen, sondern um sie zu manipulieren, um den Status des Opfers zu betrachten, das zappelt und schreit und zugleich nicht weiß, was gut für es ist.

Es ist eine Verhandlung über das Blut, darüber wie es gegeben wird: entweder mit Gewalt genommen oder geschenkt. Das Blut evoziert die Assoziation einer Farbe. Im Text kommen sonst Farben nur in der Beschreibung der Hauptpersonen vor, und zwar Farben, die selbst mit Bedeutung und Kontrasten aufgeladen sind: rabenschwarzes Haar, weiße Haut, bläuliche Adern, blaue Augen, üppige blonde Locken, durchscheinende weiße Haut. Botticelli-Engel oder Masken der Prinzipien. In der Gesamtheit des Textes machen diese Figuren des bürgerlichen Alltags einen eher unheimlichen Eindruck. Das hängt mit dem ständigen Wechsel zwischen »Realistik«, psychologischer Genauigkeit und abstrakter Spiritualität zusammen. Es ist so, als hätte man Bekannte gewonnen (Diderot), stellte aber gleichzeitig fest, daß sie ferngesteuerte Puppen oder Engel, unmenschliche Wesen sind, die mitleidlos ihren Regeln gehorchen.

Charakteristisch ist jedenfalls, daß mit dem Blut die Assoziation einer Farbe, der Farbe des Lebens auftaucht. Thema 1: das Blut entreißen, sadistische Phantasien – Flucht, Angst, Bewegung des Opfers im

Kreis, Flehen, Klammern. Thema 2: Clementina entdeckt den Geliebten, der so tut, als gehe ihn das Ganze nichts an. Er ist Teil der Elternmacht. Er vertritt die unpersönliche Notwendigkeit. Aus der Perspektive Grandisons sieht das so aus: »But *here* is one who *will* protect me: laying her hand upon my arm, and looking earnestly in my face, with such a mixture of woe and tenderness in her eye, als pierced my very soul.«[44]

Clementina repräsentiert in dieser Szene das Mimetische, den Appell an die spontane Einfühlung, an das Mitleid. Dadurch, daß Richardson sie als Verrückte auftreten läßt, entschärft er den Appell und läßt ihn zugleich extrem hervortreten. Nur eine Verrückte kann als moralisch achtenswerte Person behauptet werden und gleichzeitig den Wunsch nach der nicht moralischen, sondern persönlichen Zuneigung ausdrücken: daß ihr Gegenüber nicht moralisch und damit grausam, sondern spontan mitfühlend und damit zunächst solidarisch sein möge. Doch es gibt diesen Fluchtpunkt nicht. Er ist tabu, wie an anderer Stelle klar formuliert wurde: Niemand fühlt wirklich den anderen. Zwar weinen die Marchesa, der Bruder Jeronymo und Grandison, aber sie sind in sich verschlossen, unbeweglich. Das Gesetz lastet auf ihnen und macht sie zu Vollstreckern der Notwendigkeit. Clementina klammert sich an ihre Mutter, umschlingt ihren Hals:

> »Die Lanzette war eingedrungen; aber sie blutete nicht mehr als zwei oder drei Tropfen.
> Oh meine Mutter! Auch Ihr wolltet mich verlassen, auch Ihr! – Sie waren sonst nicht so grausam! Mich mit diesen Ärzten alleinzulassen – seht! Seht! Und sie hielt ihren lieblichen Arm, der ein wenig blutig war, ausgestreckt und sah dabei niemanden an als ihre Mutter, die, nicht anders als wir anderen, vor Überraschung sprachlos war – Sie haben versucht mich zu verletzen, aber sie konnten ihre grausamen Ziele nicht vollenden – und ich kam schutzsuchend in die Arme meiner Mutter geflohen (sie umschlang ihren Hals mit ihren Armen) – Liebste, liebste Madam, laßt es nicht zu, daß man mich opfert. Was hat Euer armes Kind getan, daß es so behandelt wird?«[45]

Sie erhält die Antwort nicht, sie wird nicht beschützt. Es kommt zu Berührungen ohne Wärme, ganz technisch:

> »Oh meine Clementina!
> Oh meine Mutter! Habe ich nicht genug gelitten! –
> Die Tür öffnete sich. Sie blickte mit angstgeweiteten Augen dorthin und klammerte sich fester an ihre Mutter – Sie kommen, um mich

zu holen! Fort, Camilla (denn diese war es, die eingetreten war), fort, ich bitte Euch! Sie sollen mich nicht holen – meine Mutter wird mich retten – nicht wahr, meine Mama? Und sie klammerte sich noch heftiger an ihren Nacken und verbarg ihr Gesicht an ihrem Busen. Dann blickte sie auf. Entfernt Euch Camilla. Sie sollen mich nicht haben. – Camilla zog sich zurück.

Bruder! Geliebter Bruder! Ihr werdet mich beschützen: Nicht wahr?

Ich erhob mich. Ich war unfähig, diese Szene zu ertragen – sie erblickte mich.

Guter Gott! sagte sie. Und dann sprach sie in englisch jene Zeile aus Hamlet, der sie schon damals so große Aufmerksamkeit zugewandt hatte, als wir jenes Schauspiel gemeinsam lasen –«[46]

Die Verschwörung, der »Plot«, von dem die Kranke redet, ist etwas, was in diesem System ständig stattfindet. Vertrauensbruch, Belauschen, Verrat im Dienst der Elternautorität ist eine selbstverständliche Umgangsform. Natürlich sind sie alle miteinander im Bunde. Auch hier sagt Richardson die Wahrheit und behauptet zugleich das Gegenteil. Die Rationalisten, die Täter, die Vernünftigen weinen, aber das bedeutet nichts. Clementina, die wirklich leiden mußte, weint nicht. Tränen und Gesten sind hier gleichermaßen pervertiert.

In dieser Szene wird ein weiteres Element deutlich: Clementina ist ganz Kind, das ihr Herr und Meister Grandison so anredet:

»My good young Lady, Will you not obey your mamma? You are not well. Will you not be well? See how you distress your noble brother.«[47]

Der Geliebte spricht mit ihr wie mit einem Kind, das zwischen Gehorsam und Erpressung erzogen wird. Er ist kalt, väterlich, unerreichbar. Er verlangt von ihr das Opfer, versteckt sich hinter der Mutter. Grandison kann nichts mit Frauen anfangen. Er taucht immer nur als Pädagoge oder Exekutor von Zwecken auf. »Your mamma wishes you to suffer them to breathe a vein.« Obwohl er die wichtigste Person für sie ist, tut er so, als habe *er* sie um nichts zu bitten – eine Berührungsangst, direkt mit ihr zu tun zu haben. Doch nur für *ihn* gibt sie ihr Blut, nur unter *seinen* Blicken. (Phantasiert Richardson hier das in der Absicht, zu zeigen, wie sehr Clementina liebt? Warum gerade eine solche Szene als Liebesbeweis?) Der Körper, das Blut, die Angst, aber auch die Mitteilung: der Mann, der Geliebte will dieses Blut sehen. Bedeutet es das Blut der Menstruation? Leben/Tod? Orgasmus?

Vom passiven Opfer verwandelt sich Clementina in das aktive Opfer. Der Bericht erfolgt aus der Sicht Grandisons, hier Chevalier genannt.

Er ist der Ich-Erzähler. Er redet auf Clementina ein, die hier »dearest madam« heißt:

»Mein liebes Fräulein, sagte ich, gehorchen Sie Ihrer Mutter. Ihre Mutter wünscht, daß Sie gestatten, daß eine Ader geöffnet wird – Mehr ist es nicht – auch Jeronymo [der Bruder von Clementina, U.P.] bittet Sie.
Und *Sie*, Chevalier? Möchten *Sie*, daß ich verletzt werde?
Soll man an meinem Arm sehen, wie mein Herz blutet? Könnten *Sie* so grausam sein?
Ich bitte Sie mit Ihrer Mutter, mit Ihrem Bruder. Um Ihres Vaters willen um –
Um *Ihretwillen* Chevalier? – Nun wird es Ihnen gefallen, mein Blut zu sehen?
Ich wandte mich zum Fenster. Ich konnte diese Frage nicht ertragen, die mir mit einer zärtlichen Bewegung und in sanftem Ton gestellt wurde.
Die unwiderstehliche Dame (was für eine Beredsamkeit war in ihrer Verwirrtheit) folgte mir, und indem sie ihre Hand auf meinen Arm legte, sah sie unverwandt nach meinem abgewandten Gesicht, als ob sie mir nicht gestatten wollte, es zu verbergen.
Wird es, wird es *Sie* trösten, mich bluten zu sehen? *So seien* Sie getröstet; ich *werde* bluten. Aber Sie sollen mich nicht verlassen. Sie sollen darauf achtgeben, daß diese Ärzte mich nicht ganz töten.
O Dr. Bartlett [der Adressat des Briefes, U.P.], wie ihre Bitte mich bis in die Tiefe meiner Seele marterte!«[48]

Verwandlung von Passivität in Aktivität: *Clementina will jetzt bluten* und weist dem Mann die Rolle dessen zu, der es genießt, ihr Blut zu sehen. Sie zwingt ihn, dabeizustehen, und sie schaut ihm ins Gesicht, bis sie in Ohnmacht fällt. Die Szene ist peinlich.

»Turn your face another way, madame, said the doctor.
Now methinks I am Iphigenia, Chevalier, going to be offered – looking at me, and from the doctors.
And is this all? – The puncture being made, and she bleeding freely.
The doctors were not satislied with a small quantity. She fainted, however, before they had taken quite so much as they intended; and her woman carried her out of her brother's apartment into her own, in the chair she sat in.
Dear Clementina! – My compassion and my *best* wishes followed her.

You see your power over the dear girl, Grandison, said her brother.
The Marchioness sighed; and looking at me with kind and earnest meaning, withdrew to attend her daughter's recovery.«[49]

»Wenden Sie Ihr Gesicht ab, gnädiges Fräulein, sagte der Arzt. Ich glaube, Chevalier, ich bin Iphigenie, die geopfert wird – von den Ärzten.
Und das war alles? – Der Einstich war erfolgt und sie blutete heftig.
Aber die Ärzte gaben sich nicht mit wenig zufrieden. Sie verlor das Bewußtsein, noch bevor man zu einem Ende gekommen war. Und ihre Frauen trugen sie aus den Räumen ihres Bruders in ihre eigenen.
Liebe Clementina! Mein Mitleid und meine *besten* Wünsche folgten ihr.
Sie sehen, welche Macht Sie über das liebe Mädchen haben, Grandison, sagte ihr Bruder.
Die Marchesa seufzte. Und nachdem sie mich freundlich und ernst angesehen hatte, zog sie sich zurück, um die Erholung ihrer Tochter abzuwarten.«

Sie kann bluten, soviel sie will, die beiden Prinzipien – männlich/weiblich – berühren sich nicht. Der Orgasmus findet hier als medizinische Operation statt, mit dem Geliebten als Zuschauer. Das Blut ist der Beweis, den die Frauen erbringen müssen: »I am Iphigenia.« Wenn er ihr Blut sehen will, weil es ihm – und allen – gefällt, muß sie und will sie ihr Blut fließen lassen, ihr Leben aufopfern. Was sie so gewinnt? Die Verwandlung von Passivität in Aktivität. Sie darf sagen, für wen sie es tut. »Bis auf's Blut« sucht sie von ihm eine Wahrnehmung, die sie auszeichnet (über das Prinzip stellt). Immerhin empfängt sie einen Blick.
Das Leben wird in diesem Roman nur in der Verstärkung oder im Nachlassen von Qualen spürbar. Dafür ist das fließende Blut das angemessene Medium. Die Distanzierung vom Affekt, die hier stattfindet, bedeutet für die Frau, Angst und Qual in die Mittel des Beweises zu verwandeln, daß sie ihm gehört, damit gesagt werden kann: »You see the power over the dear Girl, Grandison.« Ihre Todesangst schenkt sie ihm. Ihr Körper wird zum Werkzeug des Ausdrucks. Eine lange Verhandlung, bis die richtige Position für den Aderlaß gefunden ist. In einem Stuhl sitzend, *ihn* unverwandt anblickend, fragt sie:

»And is this all?« »The puncture being made, and she bleeding freely.« Die männliche Affektkontrolle und Distanzierung bezeugt sich in der Unterdrückung jeglicher Unmittelbarkeit der Reaktion. Kalte Unbeweglichkeit.
»Camilla, proceeded she, I *will* bleed. Madam, to her mother, Will it please *you* to have me bleed? Will it pease *you*, my Jeronymo? turning to him – And, Sir, Sir, stepping to me with quickness, Will it please *you*? – Why then, Camilla, bid the doctors come in. – What would I not do to please such kind friends? You grudge not your tears: And as I cannot give you tears for tears, from my eyes, Shall not my arm weep! – But do *you* stand by me, Chevalier, while it is done. You will? Won't you? – seeking again with her eye my averted face.«[50]

> »Camilla, fuhr sie fort, ich *werde* bluten. Madam – zu ihrer Mutter gewandt – wird es *Ihnen* gefallen, mich bluten zu sehen? Wird es *Euch* gefallen, mein lieber Jeronymo? Dabei wandte sie sich zu ihm. – Und mein Herr, mein Herr, dabei kam sie rasch auf mich zu, wird es *Ihnen* gefallen? – Nun, Camilla [die Dienerin, U.P.], laß die Ärzte herein. Was würde ich nicht tun, um so lieben Freunden zu Willen zu sein? Ihr haltet die Tränen nicht zurück: Und da ich Euch nicht für Eure Tränen die meinen zurückgeben kann, nicht aus meinen Augen, soll da nicht mein Arm weinen? – Aber Sie sollen dabei neben mir stehen, Chevalier. Das werden Sie doch, nicht wahr? – Und sie suchte mit ihrem Blick erneut mein abgewandtes Gesicht.«

Es ist, als würde Richardsons Bühnenanweisungen, Choreographien schreiben. Das bloß Technische der Körperberührung gipfelt in der kurzen Bemerkung der Marchesa: »Unclasp me, Camilla, said she: I am better.« Die Tränen sind ebenso folgenlos wie die technischen Körperarrangements. Die Szene ist eine Tränenorgie. Zugleich gibt es für das Objekt dieses Zugriffs kein Entrinnen. Unverkennbar geht es um masochistische Phantasien, die geschlechtsspezifisch polarisiert werden. Frauen werden befragt, von Männern. Die sexuelle Sehnsucht nimmt die Gestalt des Verhörs, des Geständnisses und der Tortur an.

Wichtig bei Richardson ist es, daß er eine Phantasie entwirft, die beiden Geschlechtern identifikatorische Angebote macht. Für die Männer hat Richardson vor allem den Konflikt mit der Autorität und dessen Lösung mittels der Überwindung der Vaterautorität durch die Verpflichtung auf das Gesetz dargestellt. Zugleich weist er dem Mann die Rolle des Ordners zu und versichert seine männlichen Leser der Durchschaubarkeit der Welt. Das Ordnen geschieht rational. Und es geschieht in der klassischen Dominanz patriarchaler Autorität. Was die Frauen angeht, so sucht Richardson seine Leser zu beruhigen über das Unheimliche, das den Frauen zugeschrieben wird und das der Puritaner auf sie zu projizieren geneigt ist. Richardson erklärt die Frauen für grundsätzlich rein. Und er stellt das immer wieder unter Beweis: Die Reinheit spricht aus der geängstigten wie aus der wahnsinnigen Frau; die Frau sei wie der Mann an Tugend, das heißt am moralischen Gesetz orientiert, und sie nehme ihre inferiore Rolle durchaus freiwillig an. Daß diese Botschaft den männlichen Leser überzeugt, versteht sich von selbst. Und die Frauen? Hier bringt Richardson das zentrale weibliche Trauma ins Spiel. Das Trauma der Frau ist ihr Objektcharakter: daß sie nicht mehr ist als eine Nummer in einer Reihe, in einer Geschwisterreihe, in der Reihe der Ehefrauen, in der Reihe derer, die an der Geburt der Kinder sterben werden, ersetzbar, ohne eigene Bedeutung, ohne Individualität. Auf dieses Trauma läßt sich die Richardsonsche Konstruktion als regressive Lösung beziehen. Er verspricht den Frauen moralische *Autonomie* und *Liebe*: Auch die Frau ist allein mit dem Sittengesetz, und ihre innere Stimme wird sie der Freiheit versichern; sie soll Monade sein wie der Mann und hat, wenn sie sich mit dem Gesetz identifiziert, die gleiche unverlierbare Würde wie ihr männlicher Gegenspieler.

Andererseits sprechen die Texte von der Geschlechterliebe und dem Paar, vom Begehren des Mannes, von der Gewalt gegen die Frau als Qualitätssiegel der Weiblichkeit. Sie bringt ihn dazu, das Gesetz zu überschreiten. Der Libertin liebt, der Vergewaltiger verehrt.

Diese Phantasie hatte für die Frauen den Aspekt der Anerkennung. Sie waren in der Phantasie unaustauschbares Objekt der Begierde, aber in unumkehrbaren Beziehungen: als Opfer siegend. Die repressive Moral wurde sexualisiert. Die Gewalt wurde Teil einer narzißtischen Paar-Phantasie und mit der Sexualität verschmolzen: Unterwerfung mit Lust. So lieferte der Roman Symbolisierungen auch für weibliche Begierden.

Als Cornelia Goethe versuchte, ihre Erfahrung literarisch darzustellen, in ihrem Geheimen Tagebuch für Katharina Fabricius, übernahm sie von Richardson Ausdrucksweisen, Dialogkonstruktionen und die Beschreibung des bürgerlichen Alltags. Jedoch geht es nicht nur um das formale Moment.
Weshalb war *Grandison* ihr Lieblingsbuch? Berühmter jedenfalls war *Clarissa*, ein Roman, den sie ebenfalls kannte, wie in den Briefen des Bruders aus Leipzig sichtbar wird: »Die Clarissa darfst Du noch einigemal lesen [...] und den einzigen Grandison.«
Cornelia identifizierte sich mit der Figur der Harriet Byron. Warum? Harriet Byron ist Teil einer Dreier-Konstellation, häufig in der Rolle der Vermittlerin, die selbst außerhalb des Spiels bleibt. Außerdem: Harriet Byron lebt als Schwester in der Familie Grandison – und ist doch herausgehoben. Im übrigen ist das Verhältnis des Paares Byron-Grandison weniger von der Leidenschaft als von einer Art Geschwisterlichkeit bestimmt. Die Wartende, die Beobachtende, die Schreibende, die schwesterlich Geliebte – in dieser Figur steckte für Cornelia Phantasiestoff. Sie vermochte sich an ihre Stelle zu setzen, auch mit dem Traum von der Unabhängigkeit: Harriet Byron hat keine Eltern. Sie ist eine Figur, die zwar im patriarchalischen Umfeld, aber nicht konkret in Abhängigkeit gezeigt wird, anders als die »niedrigen« Figuren, die Schwestern Grandisons. Harriet ist als eine Person gestaltet, deren Autonomie sich in der »Selbsterziehung« ausdrückt. Das bekundet sich insbesondere darin, daß sie ihrer Liebe zu entsagen fähig ist. Sie gewinnt die Liebe durch Entsagung. Das ist die manifeste Botschaft. Aber in dieser Figur, wie in allen Szenen bei Richardson, geht es immer um Polaritäten. Keine Tugend ohne die Anwesenheit des Lasters. Harriet ist das Zentrum, der Gegenstand leidenschaftlichen Begehrens und der idealen Liebe.
Wir haben die Paradoxie der Lösung bei Richardson ausführlich betrachtet: die Verinnerlichung der gehaßten Autorität zum »freien Willen«, die Verlagerung der Spaltung in Befehlshaber und Unterworfene in die Person hinein, mit dem Ergebnis einer Struktur des »moralischen Masochismus«. Im Elternkonflikt ebenso wie in der Geschlechterbeziehung hat Richardson die Autonomie der Frau als gewollte Unterwerfung definiert und damit die masochistische Struktur zum Kernstück seines Weiblichkeitsentwurfs gemacht. Im Unterschied zur Romanfabel ist die Tugend im bürgerlichen Alltag der unerlöste Zustand endloser Langeweile und Pflicht – genau der Zustand, von dem Cornelia bemerkt: »Ich habe mich immer geschämt, Sie mit belanglosen Geschichten zu langweilen, die es nicht wert sind, gelesen zu werden und die nur für diejenigen von Interesse sind, die sie unmittel-

bar angehen.« (Brief vom 16. Okt. 1768) Stellte Cornelia im Sinne der Richardsonschen Erzählfiguren ihre eigene Erfahrung, ihre eigenen Konflikte und Wünsche dar, so folgte sie von Anfang an dem Grundsatz, das diffuse Alltägliche zu überhöhen, einen dramatischen Konflikt zu schaffen, der erzählbar ist. Dieser Ansatz bestimmt ihr Schreiben von der ersten Briefsendung des geheimen Tagebuchs an.
Sie hat es dabei mit einem doppelten Problem zu tun: Ist ihr Leben banal, weil es nicht ist wie Literatur? Versucht sie sich in der Wirklichkeit bewußt so zu verhalten, daß sie es erzählen kann? Erzählt sie Mystifikationen?
In ihrem wirklichen Leben ist nichts wie im Roman. Ihre Mutter ist keine tote himmlische Gestalt, der Bruder kein Engel und sie selbst keine Schönheit. Es gibt auch keinen Verführer. Vor allem aber gibt es für Cornelias abgründige Angst und Wut, so wie sie uns in ihren ersten sechs Briefen entgegentreten, keine Figur in einem Richardsonschen System. Cornelia ist eine Leserin, und als solche findet sie schließlich mit hoher Intuition eine Fabel, die geeignet ist, die beiden Ebenen einander anzunähern. Roman und Leben scheinen sich im Thema der verlorenen Liebe zu verknüpfen: Cornelia als eine unglücklich Liebende, dann als die Entsagende, eine Phantasie des Verzichts. Eine solche Literarisierung des Lebens hat zwei Seiten: Sie fügt einerseits abweichende Erfahrungen in das Erzählschema und die Ideologie der herrschenden Kultur ein und macht so das Abweichende unsichtbar; sie wirkt andererseits als Lebensentwurf auf das Selbstbild und die Handlungsmöglichkeiten in der Wirklichkeit zurück.

Die Briefe der Cornelia Goethe an Katharina Fabricius
1. Oktober 1767–28. Juli 1768

Ich vergegenwärtige mir Cornelia's Situation im Oktober 1767, als sie ihr Schreiben an die Freundin beginnt. Als Kind erlebte sie ihre Mutter in deren schwierigster Zeit – fast ständig schwanger, selbst noch unfertig und in den Kampf um das seelische Überleben verstrickt. Was sollte diese Frau ihrer Tochter geben? Bestenfalls eine gewisse Gleichgültigkeit. Cornelia war kein glückliches junges Mädchen, keine strahlend schöne Tochter, die der Mutter gestattet hätte Größenphantasien auszuleben, sie war eher verschlossen und fremd. Sie war den Spielen, die die Mutter trieb, intuitiv abgeneigt. In Gesellschaft war sie störrisch, ungeschickt, verweigerte gerade das, was die Mutter als Überlebensstrategie entwickelt hatte – die demonstrative Heiterkeit.

Auch für die Frömmigkeit hatte Cornelia nur Verachtung. Für Cornelia gab es jenseits der unmittelbaren Beziehungen keine Institutionen, die ihre Identität hätten stützen können. In die Männerwelt einsozialisiert, darf sie dort nicht existieren. Zur Mutter und zur weiblichen Welt aber ist ihr Verhältnis zerstört. Vater und Sohn mochten sich erbittert bekämpfen, die väterlich-männlichen Institutionen sorgten dafür, daß die Rebellion des Sohnes gegen den Vater nicht die männliche Identität bedrohte. Da gab es den Freundesbund, den Arbeitsbund, die Brüderlichkeit und den Kampf. Cornelia aber hatte nichts und niemanden. Sie war den Frauen entfremdet und auf die Männer verwiesen. Weder die Mutter noch Susanna von Klettenberg vermochten ihre Erfahrungen an Cornelia (und das heißt allgemeiner: an die nächste Generation von Frauen) weiterzugeben. Die Wahrnehmung Bettina Brentanos drückt diese Verlorenheit genau aus: Erinnern wir uns an die Einsamkeit Catharinas im Theater, während sie der Aufführung eines Stückes ihres Sohnes beiwohnt. Die weibliche Tradition, der Lebenszusammenhang, in dem Susanna von Klettenberg und Catharina Elisabeth Goethe verwurzelt waren, die Frauenkultur, die sie noch umgab, zerfiel, ohne daß es den Beteiligten zu Bewußtsein gekommen wäre.

Zwischen Catharina Elisabeth und deren Mutter Anna Margaretha Textor bleibt zeitlebens Einverständnis bestehen. Zwischen Catharina Elisabeth und Cornelia dagegen herrscht Stummheit. Gegenüber der Sechzehnjährigen hat Catharina schon lange resigniert. Sie versucht gar nicht mehr, mit ihr zu sprechen. Wenn sie die Tochter beeinflussen will, wendet sie sich an den Sohn. Im Brief-Tagebuch Cornelias gibt es weder Vater noch Mutter. Sie hat sie aus dem idealen Entwurf ihrer Person vollständig getilgt. Sie beschwert sich nicht, sie läßt sie einfach verschwinden. Vater und Mutter werden bei Cornelia zu Momenten des Hausrituals, wir vermuten sie hinter Äußerungen wie: »Ich muß jetzt zum Essen gehen«; »Ich muß mich jetzt anziehen«; »Ich muß mich jetzt frisieren«. Dabei umgab sich Catharina Elisabeth gern mit jungen Frauen und Mädchen, von denen sie sich anerkannt fühlte; Cornelia verweigerte ihr gerade das. Wir sehen den Übergang von der älteren, noch traditionellen Struktur mit ihrer stärkeren Trennung der Lebenswelten von Mann und Frau zu neuen Orientierungen, bestimmt von den »männlichen Werten« der Individuierung. Die Generation der Catharina Elisabeth zehrte noch von der alten Identität. Die Frauen der älteren Generationen waren im Bürgertum, wie wir an der Familiengeschichte der Textor sehen können, bereits von körperlicher Arbeit freigesetzt; sie waren »Disponierende« geworden, wie es Margarethe Freudenthal genannt hat. Sie waren frei für die »Intimität«. Sie differenzierten sich, in Tätigkeiten und kultureller Orientierung, vom Gesinde. Ihren Zusammenhang mit anderen fanden sie nicht mehr in der gemeinsamen Bewältigung der Arbeiten des »ganzen Hauses«, sondern in »künstlichen Gemeinschaften«. Freundinnengruppen bildeten sich am Ausgang des Rokoko, bei Susanna von Klettenberg als religiöse Gemeinschaft, auch Catharina Elisabeth sehen wir trotz ihrer bedingungslosen Idealisierung des Sohnes von Frauen umgeben, in Gemeinschaft sowohl mit ihrer Mutter wie mit der Klettenberg und ihrem Kreis, dann mit den »Samstags-Mädeln«, dann mit Bettina. Zwar nehmen diese Gruppierungen bereits den Charakter von »Trost-Verbindungen« an, als Ersatz für das »Eigentliche«, die imaginäre Verschmelzung mit männlichen Idolen. Dennoch, Catharina ist noch Teil einer Frauenwelt. Wenn sie auch nicht mehr in vollständiger Übereinstimmung den Horizont der Nachbarinnen und Hausbediensteten teilt, so versteht sie doch deren Denken und Fühlen. Die Tochter Cornelia indes ist mit Sicherheit überzeugt, von anderer Art zu sein als die dienenden Frauen im Haushalt. Sie ist geistig völlig von ihnen getrennt. Auch zwischen Catharina Elisabeth und ihrer Tochter besteht ein starkes Bildungsgefälle. Ins Hauswesen wird die Tochter kaum integriert. Sie ist vielmehr Spielzeug des Vaters. Als der Sohn das Haus verlassen hat, um so mehr. Die Bildung wird als Männerbildung und als Klassenbildung prekär: Sie nimmt den Frauen ihre eigene Kultur und ihre lebenspraktische Übereinstimmung.

Im Schicksal der Catharina Elisabeth Goethe und ihrer Tochter spiegelt sich der Gang der historischen Entwicklung: der Verlust der lebenspraktischen Gemeinsamkeit der Frauen; die Bedeutung der Bildung als Fetisch, als Rationalisierung der eigenen Ohnmacht.

Kehren wir zu Cornelias Situation zurück. Der letzte, rigide Brief des Bruders erreicht sie im Oktober 1767. Von nun an wird er ihr nicht mehr schreiben – bis zu seiner Rückkehr im Oktober 1768. In dieser Zeit hat er Cornelia als Briefpartnerin durch einen Freund ersetzt, seinen »lieben Behrisch«. Und Cornelia? Es scheint, sie weiß, daß sie etwas Neues anfangen muß, etwas für sich. Ist es Zufall, daß sie am 1. Oktober ihren Briefwechsel mit Katharina Fabricius beginnt? Sie versucht, sich auf eigene Füße zu stellen, ein Stück Unabhängigkeit zu gewinnen. In ihren Briefen an die Freundin spiegelt sich Cornelias Anstrengung, aus der Zweitrangigkeit herauszukommen.
Ich möchte die Briefdokumente Cornelias nun systematisch betrachten – als Chronik ihres Versuchs der Selbstbehauptung. Obgleich Cornelia immer wieder in der biographischen Literatur auftauchte, ihre Selbstzeugnisse sind nicht einmal (aus ihrem Französisch) übersetzt worden. Das Urteil über Cornelia steht fest, sie selbst kommt nicht zu Wort.
Die ersten sechs Briefe an Katharina Fabricius sind eher »spontane Mitteilungen«, deren Nähe zum unmittelbaren Erleben deutlich ist.*

* Die Briefe Cornelias, auf die ich hier Bezug nehme, sind im Besitz der Leipziger Universitätsbibliothek. Die Transkription erfolgte durch Otto Jahn und Witkowski. Ich zitiere nach der Artemis-Ausgabe *Johann Caspar Goethe, Cornelia Goethe, Catharina Elisabeth Goethe – Briefe aus dem Elternhaus,* hrsg. von Wolfgang Pfeiffer-Belli, Zürich 1960. Die eckigen Klammern im französischen Text bezeichnen die Blätter des Originals.
Einige Anmerkungen zur Übersetzung der Briefe: Zu den üblichen Problemen der Übersetzung literarischer Texte kommen hier zwei weitere Eigenheiten hinzu. Die Briefe sind in einem steif unbeholfenen Schulfranzösisch abgefaßt, die Aussagen in die starren Formeln des angelesenen Salontons gekleidet. André Banuls hat die »reizvoll fehlerhaften« französischen (und englischen) Anteile der Briefe des jungen Johann Wolfgang an Cornelia ins Deutsch des »damaligen Sprachgebrauchs« übertragen. Ein solches Unterfangen wäre in unserem Falle untauglich gewesen. Das Versteckspiel des Tagebuchs ist in doppelter Hinsicht hintergründiger: Es ist, wie wir sehen werden, weit weniger spielerisch experimentierend, es ist der Versuch, Bekenntnisse mitzuteilen und zugleich zu verbergen. Meine Übersetzung zielt nicht auf eine historisch-kritische Übertragung, sondern dient dem Vorhaben, den Bedeutungston zu treffen und denjenigen Leserinnen, die sich nicht in das französische Original vertiefen wollen, einen zuverlässigen Eindruck vom »Sinn« der Mitteilungen zu vermitteln.

I

Bien aimee, et charmante Amie.
Qui n'admireroit pas Votre heureux Etoile, laquelle vous conduisit dans une Compagnie si aimable jusqu'a Votre chere Patrie; et qui ne s'applaudiroit du changement fortune, qui Vous fit tomber en partage, une des beautés les plus remarquables. Oui ma chere; quelque peine que m'ait couté Votre depart, et quelque affliction que j'aje sentie en Vous vojant partir, sans seulement pouvoir vous ouvrir mon cœur, sans etre en etat de vous apprendre une Epoque tres affligeante, qui ne laissa pas de me causer beaucoup de douleur; je fus cepandant a demi consolee, en Vous vojant accompagnee si agreablement. Le sommeil n'etoit pas bien placé là, mon Enfant; Dormir en Compagnie d'un bel Esprit, d'un homme si savant, non! cela n'est pas pardonnable. Qu'auriez Vous pu profiter des ses raissonnemens, de la description de ses vojages, Il aura [2] eu beaucoup des avantures, qui conviennent a un Heros de ses pareils. Point d'histoire d'Amour? C'auroit ete là son fait – Un mot de votre tendresse envers moi: Je n'aurois jamais cru que mon souvenir put vous causer des larmes, dont je vous rends mille graces. Mais parcequ'enfin elles sont versees, il faut vous dire, que c'etoit un peu trop premature, de renoncer a une seconde Entrevue: J'ai tant de confiance a ce Ciel, que vous regardates alors si tranquillement, au coucher du Soleil, qu'il contribuera a vous faire retourner bien tot ici, ou d'inspirer a moi meme une Excursion a Worms – La Musique, surtout celle du Clavecin, a perdu beaucoup, par la mort de Mr. Schobert, celebre Claveceniste de Mons. le Prince de Conti, a Paris, dont vous aurez aussi sans doute entendu par les Gazettes. Des champignons venimeux en furent la cause, qu'il mangea avec sa Compagnie, et qui en moururent touts. [3] Il a compose XV ouvrages gravees en taille douce, qui sont eccellentes, et que je ne saurois me lasser de jouer. Toute autre Musique ne me plait presque plus. En jouant, des sentiments douloureux percent mon ame, je le plains ce grand auteur, qui, a la fleur de son age, avec un tel genie, a falu perir d'une façon si miserable et inopinee – Le tems de se promener est passé, la foire aussi, et me voila confinee a ma chambre, pour, ecrire, travailler, et lire. Accomplissez vous donc ce que vous vous etes proposee ici? a peu prés comme je m'imagine; mais il faut que je me taise, vous etes surement plus constante que moi – hem – ne riez pas mon Enfant – Mlle B.. que Vous connutes ici, est tres affligee, a cause du depart de son amant, qui doit se faire cette semaine; ah! ma chere qu'on est malheureuse quand on aime, la

pauvre fille! je la plains [4] elle n'a point de repos jour et nuit. Mais si j'en crois a mes yieux, qui sont tres clairvojants, le terme d'affliction ne durera pas trop longtems, ce seroit un grand avantage pour elle, et je m'en rejouirois, quoique je n'y aie pas trop d'interet. Je lui tins dernierement, un grand sermon, aussi y preta-t-elle l'oreille, tellement que j'espere qu'a la fin, le tems et mes conseils, la gueriront – Une folie, ma chère. J'ai vu ces jours cy, le miserable, qui fait tout par misericorde; vous m'entendez bien. Il voulut m'accoster, preludant par des reverences tres humbles, mais je lui tournai le dos tout d'un coup; ce quie le mortifia tellement, qu'il se retira en faisant un visage aquilin et des gestes pitojables, ha ha ha – Je vous prie de faire bien des compliments, a M^r^. votre Pere, M^r^. Hallungius, et a Mlle votre Sœur. Soyez enfin assuree que je suis, et serai toujours,

Frankfort
ce 1me Octbre
1767.

La Votre
C. F. C. Goethe.

I

Geliebte und liebenswerte Freundin
Wer wird nicht Ihren glücklichen Stern bewundern, der Sie in so liebenswürdiger Gesellschaft die Heimreise antreten ließ. Und wer wird dem Wechsel des Glücks seinen Beifall versagen, das Ihnen diesmal die schönste Begleitung zuteilte. Ja, meine Liebe, so sehr mich Ihre Abreise schmerzte und so stark ich die Trauer empfand, als ich Sie abreisen sah, ohne daß ich Ihnen auch nur mein Herz hätte eröffnen können, ohne daß ich Ihnen von einer schmerzlichen Geschichte erzählt hätte, die mich unentwegt quält, war ich doch schon halb getröstet, als ich Sie in so liebenswerter Begleitung sah. Schlaf war da nicht angebracht mein Kind! In Gegenwart eines geistreichen Unterhalters schlafen! Eines gelehrten Mannes! Nein! Das ist unverzeihlich. Was hätten Sie von seinen Erörterungen und den Beschreibungen seiner Reisen lernen können! Er muß viele Abenteuer erlebt haben, wie es sich für einen Helden seiner Art gehört.
Und immer noch keine Liebesgeschichte? – Ein Wort zu Ihrer zärtlichen Freundschaft für mich: Niemals hätte ich geglaubt, daß die Erinnerung an mich Sie Tränen kosten würde. Dafür danke ich Ihnen tausendmal. Aber da die Tränen nun einmal vergossen sind, muß ich Ihnen sagen, daß es ein wenig voreilig war, so rasch auf ein

Wiedersehen zu verzichten: Ich habe so viel Vertrauen in den Himmel, den Sie so ruhig betrachteten, als damals die Sonne unterging, daß ich glaube, daß er Sie bald hierher zurückführen oder mich selbst auf Reisen schicken wird – zu Ihnen nach Worms.

Die Musik, vor allem die Klaviermusik, hat viel durch den Tod des Herrn Schobert verloren, des berühmten Klaviervirtuosen des Prinzen Conti*. Sicher haben Sie davon aus den Zeitungen erfahren. Giftige Champignons, die er mit seinen Gästen aß, waren die Ursache des Unglücks; alle sind tot. Er hat 15 kleine Stücke in einem sanften empfindsamen Stil geschrieben, die außerordentlich sind und die ich zu spielen nicht aufhören kann. Alle andere Musik bedeutet mir fast nichts mehr. Wenn ich spiele, steigen süße und sanfte Gefühle in meiner Seele auf und ich bedaure den großen Schöpfer, der in der Blüte seiner Jahre, mit einem solchen Genie begabt, auf so elende und unsinnige Weise zu Tode kommen mußte. –

Die Zeit für Spaziergänge ist vorüber, die Messe auch, ich bin also in mein Zimmer gebannt, um zu schreiben, zu arbeiten und zu lesen. Stellen Sie sich also vor, was Sie hier erwarten würde. Ich kann mir einiges denken –, aber ich schweige. Sicherlich sind Sie treuer als ich – hm, lachen Sie nicht mein Kind.

Fräulein B., die Sie hier kennengelernt haben, ist sehr unglücklich wegen der Abreise ihres Geliebten diese Woche. Ach! Meine Liebe, wie unglücklich ist man, wenn man liebt, das arme Mädchen! Ich beklage sie. Tag und Nacht findet sie keine Ruhe. Aber wenn ich meinen Augen trauen soll, die sehr klar sehen, dann wird dieser Zustand der Verzweiflung nicht lange anhalten, und das ist für sie [Fräulein B., U. P.] von großem Vorteil und ich werde mich darüber freuen, obwohl mich das alles nur am Rande betrifft. Ich hielt ihr vor kurzem eine große Rede und sie sperrte die Ohren auf, so daß ich hoffe, daß schließlich die Zeit und meine Ratschläge sie

* Cornelia war ebenso musikalisch wie ihre Mutter. Ihr schönes Spiel wird öfter erwähnt. Johann Schobert, von dem hier die Rede ist, war ein bedeutender Musiker. Er stand im Dienst des Prinzen Conti und war wegen seiner originellen Kompositionen im Stil der »Mannheimer Schule« sehr angesehen. Ingrimmig verfluchte ihn Leopold Mozart, der in ihm den Rivalen sah: »er schmeichelt ins Gesicht und ist der fälscheste Mensch, seine Religion aber ist nach der Mode. Gott bewahre ihn.« Fétis urteilte: »er war der erste, der die Begleitung der Klavierkonzerte interessant zu gestalten wußte, ohne die Hauptstimme zu schädigen, dabei ausgezeichnet durch völlig neue Ideen und kühne Modulationen. Es besteht einige Ähnlichkeit zwischen seinem Genie und Mozarts, dessen unmittelbarer Vorgänger er war.« Er starb am 28. August 1767 mit Frau, Kind, Dienstmädchen und drei Freunden an giftigen Pilzen, die er mit Freunden gepflückt hatte.

heilen werden. – Eine Narrheit, meine Liebe. In den letzten Tagen habe ich ›den Elendsmenschen‹ [le miserable] gesehen, der »alles aus Mitleid tut«, sie verstehen mich.* Er wollte mich ansprechen, näherte sich mir mit demütigen Gebärden, aber ich habe ihm auf einen Schlag den Rücken zugekehrt, was ihn derartig traf, daß er sich mit einer geschlagenen Miene und in jämmerlicher Haltung zurückzog, ha, ha, ha – Ich bitte Sie, grüßen Sie Ihren Vater, Herrn Hallungius, und Ihre Schwester. Seien Sie versichert, ich bin auf immer die Ihrige.

Frankfurt, d. 1. Oktober 1767 C. F. C. Goethe

Wenn ich von der Wirkung ausgehe, die dieser Brief auf mich hat, so ist es die Empfindung der Nervosität und Unruhe. Meine Unruhe ist gewiß die Folge meiner Ambivalenz gegenüber der Schreiberin. Cornelia läßt mich fürchten, sie würde aus der Rolle fallen, und das heißt, ich fürchte, sie könnte offen aggressiv werden. Der Brief hinterläßt den Eindruck einer diffusen, untergründigen Aggression, die sich auch gegen die Freundin Katharina richtet.

Cornelia beginnt mit einer pseudohaften Floskel, die doch zugleich ins Zentrum führt. Sie sieht Katharina als Paar: Wir erfahren, daß es sich um einen »geistreichen Mann« handelt, und daß Katharina wohl berichtet hat, wie sie in der Kutsche schlief. Cornelia aber fordert Katharina im nachhinein auf, die Gelegenheit zu nutzen. Hier setzt Nervosität beim Lesen ein, weil der Ton auch ironisch sein könnte, jedenfalls unecht/übertrieben wirkt. Das Thema des Paares wird noch einmal klargestellt: »Immer noch keine Liebesgeschichte?«

Im Gegensatz zu dem Paar, das Katharina bilden soll und zum Liebesgeständnis, das von ihr erwartet wird, steht die Position, die Cornelia sich selbst gibt: Sie hat von sich nicht sprechen können oder wollen (»als ich Sie abreisen sah, ohne daß ich Ihnen mein Herz eröffnete; ohne in der Lage zu sein, Ihnen von einer schmerzlichen Geschichte zu erzählen«). Das heißt sowohl: der Besuch Katharinas, war eine verpaßte Gelegenheit, als auch: Cornelia hat ein Geheimnis und – sie ist ein getrenntes Paar.

Die untergründige Aggression nimmt bei Cornelia die Form des Humors an. Wenn ihr Katharina von den Tränen bei der Erinnerung an den Abschied von Cornelia schreibt, erhält sie zur Antwort: solcher Tränen bedürfe es nicht. Cornelia definiert die Situation, und zwar vor allem gegen Katharina. Sie vereint sich nicht mit ihr, sondern sie

* »Le Miserable« oder »le misericordieux« wird Herr G. genannt, ein Verehrer Cornelias. Wie er zu dem Namen gekommen ist, wird nicht berichtet.

grenzt sich ab. (Unmittelbar stellt sich die Erinnerung an die Briefe Johann Wolfgangs aus Leipzig ein, wie er mit der Schwester umgeht: in vollkommener Kontrolle über die Situation, ob er sich ihr nähern oder sich abgrenzen will.)
Die Assoziationen springen von der Möglichkeit des Wiedersehens mit Katharina (ein Versprechen, das ins Ironische changiert) zu einem neuen Thema, dem Tod Schoberts. Cornelia spielt mit einem sonderbaren Gefühl, »süß und sanft«, die Werke jenes Genies, das auf »so elende und unsinnige Weise zu Tode kommen mußte«. Die Gedanken gehen dann zu ihrer Situation zurück: dem Gegenstück des berühmten Virtuosen des Prinzen Conti in Paris. Sie ist in ihr Zimmer gebannt. Um zu arbeiten wie ein Mann? Oder wie eine Gefangene? Das letzte Textstück ist in einem monologischen Ton verfaßt, so wie auch das Verhalten, das sie beschreibt, monologisch ist. Sie spielt Klavier und fühlt und beobachtet, was sie fühlt. Sie ist angezogen von dem Thema des sinnlosen Todes des erfolgreichen Genies.
Dann wechselt die Tonart. Wieder diese aggressiv affektierte, angestrengte Ironie, wie immer, wenn es sich um das Thema »Treue/ Liebe« handelt. Niemand ist treu, wenn nicht einmal Cornelia treu ist. Und Fräulein B. schon garnicht. Die Aggression Cornelias tritt hier offen zutage. Fräulein B. ist eine Person, deren Gefühle nicht echt sind, denn sie sind nicht von Dauer. Cornelia erteilt Fräulein B. Ratschläge, wie sie die Liebe abschaffen soll, um sie dann um so mehr zu verachten. Self fulfilling prophecy ist es, was Cornelia betreibt. Und der höhnische Ton hält an. Cornelia hat einen Verehrer, »le Miséricordieu«, hier »le misérable«, Herrn G., der abwechselnd der »Elendsmensch« oder der »Barmherzige« heißt. Warum sie ihn verabscheut, wissen wir nicht. Darüber wird in den Briefen nicht gesprochen, weil der Konflikt mit Herrn G. als bekannt vorausgesetzt wird. Warum berichtet Cornelia davon? Um ihre Ehre wiederherzustellen, da die anderen davon wissen. Auch später, als Cornelia den Konflikt detailliert ausbreitet, wird die Vorgeschichte nicht erzählt. Es ist ein Thema, über das Cornelia lieber schweigt. Worum könnte es gehen? Vermutlich liegt die Affäre einige Zeit zurück. Offensichtlich geht es um eine Kränkung, die Herr G. Cornelia zugefügt hat. Wir werden Herrn G. noch oft begegnen. Er gehört zur Szenerie.
Auffallend ist, daß schon in diesem ersten Brief die Grundmuster sichtbar werden: Ambivalenz gegenüber Katharina, die Abgrenzung von ihr und der Versuch, die Freundin zu dominieren. Weiter: das Thema der Paare, ein Thema, das mit Aggression verknüpft ist (die Vorwürfe gegen die jungen Mädchen), und das Selbstbild Cornelias: Sie ist die Beobachterin, mit einem unwürdigen Verehrer.

Insgesamt erweckt der Brief den Eindruck der Unechtheit. Warum schreibt sie? Was sucht sie zum Ausdruck zu bringen?
Wenn ich Cornelias Schreiben im folgenden betrachte, so gehe ich davon aus, daß ihr Schreiben an Katharina Fabricius Teil einer nicht mitteilbaren Mitteilung ist. Katharina ist eine real-irreale Figur – ein Vorwand, zu sprechen, und ein imaginäres Objekt, mit dem Cornelia spielt wie das Kind mit der Puppe: sie tauscht die Position. Jetzt ist sie die Große, die Mächtige, die Andere, die sie sonst nicht sein darf. Die Puppe, das ist sie selbst in den grausamen Spielen ihres Alltagslebens. (Sie ahmt den Bruder nach; sie spottet und lacht.) Ist da auch Sehnsucht nach Katharina? Nach einem wirklichen Gegenüber, dem Ausweg aus der Wiederholung, dem Rollentausch Macht/Ohnmacht, die Suche nach neuen Beziehungen? Die Frage ist nicht leicht zu beantworten. Die Wahrheit Cornelias suchen heißt auch, die Aggressionen, die zerstörerische Wut ertragen, die in ihr tobt und die gnadenlose Züge hat.
Ich vermute, Cornelia schreibt deshalb französisch, um sich einen solchen Ton erlauben zu können. Ihr holzschnittartiges Französisch läßt die Grobheiten weniger eindeutig erscheinen. Sie ist es ja nicht selbst, es ist die fremde Sprache.

II

Agreable Amie

Rien n'egala ma joje, en vojant que Vous prenez encore tant de part a tout ce qui me regarde, et je vous en sai tres bon gre, que vous vous affligez pour l'amour de moi, sans en savoir la cause. J'aurois ete a plaindre, si le tems ne diminuoit pas l'affliction; mais je l'ai prouvé. Chaque jour je sentis que mon cœur devenoit plus libre, plus serein; et a la fin c'est tout passé – comme un songe qui s'enfuit lorsque nous eveillons – que je m'en rejouis. Il m'est impossible maintenant de vous en faire le recit puisque le sentiment me manque; le refroidissement se feroit voir par tout – vous m'en dispenserez donc. – Je suis tres charmee, que vous etes si sage, et que vous etudiez tant. Ne prenez pour rien la moquerie de quelques miserables, mais poursuivez toujours, vous en serezd'autant plus respectable. – Je m'etonne que vous avez si mal reuissi, au choix d'une amie, surtout lorsque vous etes si clairvojan-[2]te. Cette pauvre fille s'est rendue malheureuse, car on verra toujours que ces sortes de mariages, ne reuississent pas, et je ne vois que trop par la, qu'il ne va pas mieux a Worms que chez nous; ou une telle couple vit encore depuis une quinzaine d'annees, mais tres malheureusement, n'ajant presque rien de quoi soutenir sa nombreuse famille, quoique le Pere de la femme, soit un des plus riches de notre ville. Cet exemple donc que vous alleguez, et qui est tout frais nous apprend, aussi d'etre sur nos gardes en fait d'amitie, et d'etre plutot trop soupconneuse que trop ouverte, envers des personnes qu'on ne connoit pas encore a fond – Vous ne vous expliquez pas trop clairement, touchant cette petite avanture qui vous arriva. Que veut donc ce Mons. Hesse? quel est son but en vous envojant 24 Menuets? en quel termes sa lettre est-elle composee, parle t-elle d'amour? ha-ha ha! j'éclate de rire; non cela ne se peut pas, car il auroit commencé ses affaires plus prudemment. A quels termes en etes vous donc mainte-[3]nant avec lui; auriez vous acceptee sa proposition? je ne le crois jamais, car ce n'est pas la une creature pour vous; vous qui seriez... mais je me tais ce sont la des choses qu'on n'écrit pas. N'est ce pas ma chere? – Depuis que vous etes partie de nos parages, je n'ai vue d'un coup d'œil, Mlle votre honoree cousine, ainsi je ne saurais vous en rapporter quelque chose. Qu'elle ne s'est pas encore trop changee a son avantage, c'est ce que ses lettres font voir. Je crois cependant, qu'elle soit fort a son aise, n'ajant plus un objet de jalousie devant les yieux. Qui sait si on ne l'aime pas. Riez vous ma chere, ou cela vous deplait-il. Auriez vous encore quelques sentiments de tendresse, pour un homme qui vous est entierement devoué. Il y avoit un tems ou vous en eutes pour lui; si je ne me trompe fortement. Recevez vous des lettres – hola un peu doucement qu'est ce que cela vous regarde, penserez vous. Pardonnez moi ma chere si je fais quelquefois des questions importuns, je voudrois savoir tout ce qui vous regarde, car je vous aime tant – La chere Runkel se por-[4] te a merveille, elle devient touts les jours plus sage, et naturellement plus grande. Pouvez vous croire qu'elle hait maintenant tant le misericordieux que moi. Comment cela se fit c'est ce qui m'est inconnu suffit qu'elle le meprise, ne le voit ni ne lui parle plus. Tout ce que j'en sais, c'est qu'un autre object, plus attirant, plus aimable que lui, a pris sa place. Elle vous fait ses complimens, vous souhaittant toujours beaucoup de bien – Nos vendanges sont faites, nous n'en avons remporte qu'une corbeille de raisins, qui ne furent pas tout a fait murs. C'est ainsi que le Ciel nous a voulu priver, du meilleur produit de l'annee presente. Je sais que ceci, fait le principal article de vos environs, dites moi qu'en avez vous reçu? Fûtes vous plus heureux que nous: Je pense qu'oui, puisque votre terrein est plus propre pour la culture des vignes, que le notre – Mes chers Parents vous font faire bien des compliments, et je vous prie d'en porter de pareils, a Mr votre Pere, et a Mlle votre Sœur; vous persuadant que je ne cesserai jamais d'etre

Franfort
ce 6. Nov. 1767.

La Votre
C. F. C. Goethe.

II

Geliebte Freundin
Nichts kommt der Freude gleich, die ich empfinde, weil Sie immer noch an allem Anteil nehmen, was mich betrifft. Und ich weiß, daß Sie empfindsam sind, da Sie mit mir fühlen, obgleich Sie nicht wissen, wem meine Liebe gilt. Ich wäre zu bedauern, wenn die Zeit meinen Kummer nicht mildern würde. Aber darin habe ich Erfahrung. Jeden Tag fühle ich mein Herz leichter werden, und am Schluß ist alles vergangen – wie ein Traum verfliegt, wenn wir erwachen. Im Augenblick kann ich Ihnen von alledem nichts erzählen, denn mir fehlt das Gefühl; eine solche Kälte würde in allem sichtbar werden – Sie erlassen es mir also.

Es freut mich, daß Sie so klug sind, und daß Sie so viel lernen. Geben Sie nichts auf den Spott einiger Elender, sondern fahren Sie so fort, und Sie werden um so achtenswürdiger sein.

Es wundert mich, daß Sie eine so unglückliche Wahl mit Ihrer

Freundin getroffen haben, da Sie doch sonst so klar sehen. Dieses arme Mädchen hat sich unglücklich gemacht. Denn man wird immer erleben, daß diese Art Heirat niemals glücklich macht. Und ich ersehe aus Ihrer Geschichte, daß es in Worms nicht anders zugeht als hier bei uns. Hier lebt ein solches Paar schon fünfzehn Jahre im Elend. Sie können sich und ihre Kinder kaum erhalten, obwohl der Vater der Frau einer der reichsten Männer der Stadt ist. Und dieses Beispiel, von dem Sie berichten, das gerade erst vorgefallen ist, lehrt uns, vorsichtig zu sein, wenn wir Freundschaft schließen, und lieber zuviel Mißtrauen als zuviel Offenheit zu zeigen, wenn es um Menschen geht, die wir nicht von Grund auf kennen.

Sie drücken sich nicht sehr klar aus, was dieses kleine Abenteuer angeht, das Ihnen begegnet ist. Was will denn dieser Herr Hesse? Was ist sein Ziel, wenn er Ihnen 24 Menuette schickt? Welche Sprache führt er in seinem Brief, spricht er von Liebe? ha ha ha! Ich platze vor Lachen, nein, das kann nicht sein. Er muß seine Absichten schon geschickter einfädeln. Also auf welchem Stand sind Sie nun mit ihm, haben Sie seine Vorschläge angenommen? Das werde ich niemals glauben, denn das ist kein Mann für Sie, die Sie ... aber ich schweige lieber, denn das sind keine Angelegenheiten, von denen man schreibt. Nicht wahr, meine Liebe?

Seit Sie uns verlassen haben, habe ich Ihre verehrte Cousine* kaum einen Augenblick gesehen, so daß ich Ihnen auch nichts über sie mitteilen kann. Daß sie sich nicht zu ihrem Vorteil verändert hat, das zeigen ihre Briefe. Allerdings glaube ich, daß sie sich sehr wohlfühlt, nachdem sie den Anlaß ihrer Eifersucht nicht mehr vor Augen hat. Und wer weiß, ob man sie nicht doch liebt. Lachen Sie meine Liebe, oder ärgert Sie meine Bemerkung? Haben Sie noch einige zärtliche Empfindungen für einen Mann, der Ihnen ganz ergeben ist? Sie fühlten so etwas seinerzeit, wenn ich mich nicht sehr irre. Erhalten Sie Briefe? – hola langsam, langsam! Was geht Sie das an, werden Sie denken. Verzeihen Sie mir, meine Liebe, wenn ich manchmal so unangebrachte Fragen stelle. Ich möchte alles wissen, was sie betrifft, denn ich liebe Sie so sehr.

Die liebe Runkel** beträgt sich bestens, sie wird jeden Tag klüger und natürlich auch größer. Können Sie sich vorstellen, daß sie inzwischen »den Misericordieux« (den Barmherzigen, der der alles

* Cousine bezeichnet nicht notwendig eine Verwandte. Vielleicht handelt es sich hier um eine der beiden Töchter des Legationsrats Moritz. Vermutlich wohnte die Schwester der Katharina Fabricius, die später den geheimen Briefwechsel vermittelte, bei der Familie Moritz in Frankfurt.

** Lisette Runckel (geb. 1752).

aus Mitleid tut) genauso haßt wie ich? Wie das zustande gekommen ist, weiß ich nicht. Es genügt mir, daß sie ihn verachtet, ihn nicht mehr sieht und nicht mehr mit ihm spricht. Alles, was ich davon weiß, ist, daß ein Anderer, anziehender, liebenswerter als er, seinen Platz eingenommen hat. Sie läßt Ihnen Grüße ausrichten und wünscht Ihnen alles Gute.
Die Weinernte ist vorüber. Wir haben nichts als einen einzigen Korb Trauben geerntet, und die waren nicht ganz reif. Es ist, als ob uns der Himmel das Beste vom Jahr vorenthalten wollte. Ich weiß, daß der Wein das Wichtigste in Ihrer Gegend ist. Sagen Sie mir, was haben Sie geerntet? Waren Sie glücklicher? Ich glaube schon, denn Ihre Gegend ist viel geeigneter für den Weinanbau als die unsrige – meine Eltern lassen Ihnen ihre Grüße bestellen und ich bitte Sie, grüßen Sie Ihren Vater und Ihr Fräulein Schwester; ich versichere Ihnen, daß ich niemals aufhören werde zu sein.

Frankfurt, die Ihrige
16. November 1767 C. F. C. Goethe

Der zweite Brief also: fünf Wochen später, am 6. November. Cornelia weigert sich, ihr Geheimnis, jene angedeutete traurige Liebesgeschichte, mitzuteilen. Die Begründung ist auffallend: »Weil mir das Gefühl fehlt«. Sie ist nicht bereit, von sich zu sprechen, und sie kann nicht sprechen: »die Kälte macht sich überall bemerkbar«. Sie reagiert auf die Frage Katharinas mit Härte. Sie behält sich vor, zu tun, was sie will, und ihr Gegenüber muß damit leben. Gegenseitigkeit besteht nicht. Sie wiederum nimmt sich das Recht, Katharina zurechtzuweisen und ihr die Welt auszulegen: Katharina hat eine falsche Wahl mit ihrer Freundin getroffen, und diese Freundin wird für ihren Mut (eine Ehe gegen den Willen der Eltern) bestraft werden. Merkwürdig, Cornelia, die soeben noch den Mangel an Treue bei den jungen Mädchen beklagte, hält hier eine Rede gegen die Unvernunft der Liebesheirat und schließt mit einer moralischen Sentenz. Das Argument, das sie anführt – sich elterlich vernünftig gegen Katharina wendend – entspringt wohl auch ihrer Eifersucht. Katharina hat eine andere Freundin, und diese ist nichts wert.
Cornelias Umgang mit Katharina hat etwas zudringlich Überwältigendes. »Was will denn dieser Herr Hesse? Spricht er von Liebe?« Wie auch immer Herr Hesse war, Cornelia bedroht Katharina mit ihrem Hohn, mit ihrer gnadenlosen Taxierung. Eine Mischung aus Neid, Eifersucht und Aufregung. Aber ist damit Cornelia zutreffend charakterisiert? Der ganze Brief hat etwas Manisches, Überaktives.

Unmittelbar vorher muß der letzte Brief Johann Wolfgangs aus Leipzig eingetroffen sein. Der Brief Cornelias jedenfalls zeigt ein hysterisches ›sich-in-die-Weiblichkeit-steigern‹. Zwanghaft redet sie über Paare, unentwegt und immer haßerfüllt, zugleich im Ton ›von Frau zu Frau‹, in einer fiktiven Welt unablässiger Liebeshändel, so als nähme sie einschränkungslos an der Weiblichkeit teil. Doch kein einziges Paar paßt zusammen und kommt zustande. In diesem Brief begegnet uns das erste Mal Lisette Runckel, »die liebe Kleine«, die mit Cornelia nun Herrn G. traktiert. Damit ist die Personage der Briefe versammelt. Lisette Runckel wird uns noch als eine Zentralfigur in Cornelias innerer Welt beschäftigen.

Der zweite Brief Cornelias schließt mit einer abrupten Wendung: Weinlese – die Goetheschen Trauben. Derlei immer wiederkehrende, scheinbar unverbindliche Beschreibungen dienen ihr als Mittel, innere Stimmungen auszudrücken. Deuten wir den Text in diesem Sinne, so verleiht er einer wehmütigen Stimmung Ausdruck: Herbst, Einsamkeit, verlorene Ernte.

III

La plus estimable de mes Amies.
Si je pouvois vous communiquer la joje que j'ai ressentie en vojant par votre chere lettre que Vous m'aimez toujours encore, vous en seriez d'autant plus convaincue, que je retourne sincerement votre affection, et que mon amitie pour vous est inalterable. Oui je m'estimerois parfaitement heureuse si nous etions dans une meme ville, pour pouvoir nous parler et nous entretenir de bouche, surement vous me frequenteriez plus souvent que Mlle votre Cousine que je n'ai pas vue depuis sa visite derniere dont je vous fis mention. Il est vrai que j'en suis la cause moi; car il me conviendroit de me faire annoncer, mais je ne saurois m'y resoudre; crojant gener des gens, dont vous m'avez appris le caractere; et j'y trouve aussi peu de gout moi meme, car une conversation pareille me seroit trop ennujante, comme vous pouvez vous imaginer. Je ne crois pas qu'elle lit quoiqu'elle en ait l'occasion, car, ma chere, manquant d'esprit, comment peut elle avoir plaisir a la lecture; je crois plutôt qu'on se glorifie plus qu'il n'est, car des gens de merite, comment peuvent ils entrer en connexion particuliere, avec une fille dont ils connoissent les sentiments. Oui mon Enfant, l'aimable Demoiselle s'est plainte beaucoup de vous, que Vous lui ecriviez si rarement, qu'il [2] n'y avoit rien de nouveau dans vos lettres, et qu'enfin elle s'etoit imaginee que Vous seriez beaucoup plus prompte a lui ecrire. Je pris la liberté de lui faire un petit reproche, disant qu'a Worms, il n'y avoit pas tant de nouvelles qu'ici, et que c'etoit ainsi a elle, de vous en ecrire. Elle se tût, baissa les yieux, de meme qu'a l'allee, a l'apparence de... vous m'entendez – Vous voulez savoir des nouvelles de Mlle S.. que puis je vous dire, elle est encore la meme que vous l'avez vue. Ses minauderies et ses gestes bouffonnes ne l'ont pas encore quittee. Elle aime extremement la parure, et son unique dessein est de plaire. Cependant je ne saurois rimer son caractere. Pouvez vous croire, qu'avec touts ces sentiments folatres, elle adore encore W.. jusqu'a l'exçès. Apres touttes les fautes qu'il a commises a son egard comme vous savez, il est pleure nuit et jour, surtout quand on se resouvient d'une folie commise; qui ne m'etoit pas encore connue; on ne sauroit presque se consoler. Je lui reproche souvent, cet attachement inalterable, lui representant tout ce qui pourroit l'en detourner, mais a lieu d'etre convaincue, elle me repond: Je ne suis pas si infidele que toi. Quand on parle d'un homme aimable, qu'on le dit un modele d'esprit et de beauté, elle

repond dabord avec un coup d'œil meprisant: Ce n'est point de W.. Tout ceci [3] marque la grandeur de son affection; cependant je vous laisserai a juger si cela ne vaut pas un peu mieux que la conduite de Mlle B.. dont je vous dirai un mot, et qui est justement le contraire de celle la, quoiqu'en effet leur manieres exterieures ne sont pas beaucoup differentes. Je vous ai deja parle dans une de mes lettres, precedentes du depart de son Adorateur, qui se fit en effet, il y a quelques mois, et dont elle fut presque inconsolable. Un jour entier ses pleurs ne se tarirent; ce meme jour elle s'enferma dans sa chambre, ne voulut voir, ni parler personne. De même qu'une jeune veuve, a la mort de son mari, se lamente, et veut mourir avec lui; le jour suivant elle est plus consolee, et en peu de tems un autre occupe la place du defunt. Ainsi c'etoit de meme avec Mlle B. Presque quatre jours furent passes, qu'elle se trouva un nouveau, ne pensa plus a celui qui fut tant pleure, et enfin elle fait maintenant le meme manege avec celui ci, que l'ete passe avec le pauvre T... auquel nous retournerons un peu pour vous faire entendre son destin. En partant d'ici cet infortuné etoit si pauvre, comme un rat d'eglise. Il fit le vojage d'Hamburg avec tres peu d'argent, et y cherchant une condition chez des Marchands, il n'en trouva point, ce qui le fit desespere, et ne sachant ou aller sans argent et sans amis, il chercha a se faire Soldat; et il y auroit reuissi s'il avoit mieux sû l'allemand, car sa grandeur [4] est enorme. Mais l'Officier trouva ceci a redire, puisqu'en tems de guerre on le reconnoitroit dabord pour francois. Imaginez vous la situation de ce pauvre malheureux. Toutte vue de resource lui etant coupe; il s'engagea chef des Comediens, avec lesquels il est immediatement à Braunschweig, gagnant son pain miserablement. Qu'en dites vous ma chere, n'est ce pas une avanture bien curieuse? et digne d'etre rapportee, pour servir de modele aux jeunes filles; d'eviter la connoissance particuliere de gens qu'elles ne connoissent pas – Avez vous eu aussi si froid au commencement de l'annee, ici il etoit excessif de sorte qu'on ne pouvoit mettre le nez hors de la fenetre. Nos vignes ont derechef soufferts. Mais maintenant il fait si beau tems que le Printems semble approcher. J'en serois tres charmee pour pouvoir recommencer mes promenades, car en verite je ne saurois manquer de devenir hipochondre, puisque je n'ai point de motion; aussi suis je depuis quelques jours si sombre, et si insupportable que je suis mecontente de moi meme, d'ou cela vient je ne saurois pour l'heure vous expliquer. Suffit, que plusieurs choses me vont contraires, que je vous apprendrai une autre fois. Adieu ma chere, faites mille compliments a Mlle

Meixner, embrassez la de ma part; de meme que votre chere Sœur, et tenez moi toujours pour

Frkfrt:
ce 5 Febr.
1768.

Votre
fidelle Amie
Goethe.

III

Liebenswerte Freundin,
könnte ich Ihnen die Freude ausdrücken, die ich empfand, als ich in Ihrem Brief las, daß Sie mich immer noch lieben, dann würde ich Sie überzeugen, daß ich Ihre Zuneigung vollkommen erwidere und daß meine Freundschaft für Sie unwandelbar ist. Ja, ich wäre glücklich, wenn wir in der gleichen Stadt wohnten, so daß wir uns alles erzählen könnten, und sicher würden Sie mich öfter besuchen als Ihr Fräulein Cousine, die ich seit dem letzten Besuch, den ich erwähnte, nicht wiedergesehen habe. Es ist wahr, daß die Ursache bei mir liegt. Ich bin es gewohnt, mich anzumelden, bevor ich jemanden besuche – aber ich konnte mich bei ihr nicht dazu entschließen, da ich davon ausging, Personen beschwerlich zu fallen, deren Charakter Sie ja kennen; und ich habe auch meinerseits wenig Neigung, denn die Unterhaltung, wie sie dort geführt wird, ist mir zu langweilig, wie Sie sich vorstellen können.* Ich glaube nicht, daß dieses Mädchen liest, obwohl sie Gelegenheit hat, denn, meine Liebe, da es ihr an Geist fehlt, wie sollte sie Vergnügen bei der Lektüre finden?** Ich glaube inzwischen, daß man sie um so mehr rühmt, je weniger man sie kennt. Denn würden Menschen von Verdienst mit einem solchen Mädchen in nähere Beziehung treten, wenn sie einmal ihr Gemüt kennten? Ja, mein Kind, das liebenswerte Mädchen hat sich sehr über Sie beklagt, daß Sie ihr so wenig schreiben, daß in Ihren Briefen nichts Neues steht und daß sie sich vorgestellt habe, daß Sie weniger lange mit dem Schreiben auf sich warten ließen. Ich nahm mir die Freiheit, ihr eine Antwort zu

* Die Schwester Katharinas fühlte sich, wie aus mehreren Bemerkungen hervorgeht, bei ihren Frankfurter Verwandten sehr unglücklich. Witkowski bemerkt, es liegt nahe, an die Familie des Legationsrats Moritz zu denken, der aus Worms stammte und ein Oheim der Charitas Meixner war. Daß der Legationsrat eine unfreundliche Natur war, zeigen Goethes Äußerungen über ihn. (Georg Witkowski, *Cornelia, die Schwester Goethes*, a.a.O., S. 269)

** Cornelia gibt fast wörtlich die Worte ihres Bruders wieder.

erteilen, und sagte, daß es in Worms schließlich nicht so viele Neuigkeiten gäbe wie hier und daß es also an ihr sei, Ihnen zu schreiben. Sie schwieg und schlug die Augen nieder – auf die gleiche Art wie in der Allee, als... erschien, Sie verstehen.

Sie wollen Neuigkeiten über Fräulein S. Was soll ich Ihnen sagen, sie ist noch dieselbe wie zu der Zeit, da Sie sie kannten. Ihre affektierte Miene und ihre übertriebene Art hat sie noch nicht aufgegeben. Sie liebt nur das Äußere und sie denkt an nichts anderes, als zu gefallen. Dennoch kann ich mir auf ihren Charakter keinen Reim machen. Können Sie sich vorstellen, daß sie bei all diesen albernen Gefühlen den W. nach wie vor bis zur Leidenschaft liebt? Nach all den Fehlern, die er in ihren Augen begangen hat, wie Sie ja wissen, wird er doch Tag und Nacht beweint – zumal wenn sie sich einer vergangenen Narrheit erinnert, die mir noch sogar nicht bekannt war, dann kann sie sich gar nicht mehr trösten.

Ich werfe ihr manchmal ihre unveränderte Zuneigung vor, ich stelle ihr vor, was alles daraus folgen könnte – aber anstatt sich überzeugen zu lassen, antwortet sie mir: Ich bin nicht so untreu wie Du. Spricht man von einem liebenswerten Mann, nennt man diesen ein Vorbild an Geist und Schönheit, so antwortet sie mit verächtlichem Blick: Das ist nichts gegen W. All dies zeigt die Heftigkeit ihrer Neigung, aber ich überlasse es Ihrem Urteil, ob das nun besser ist als die Haltung von Fräulein B., von der ich kurz berichten will und die das ganze Gegenteil ist – obwohl sie sich im äußeren Betragen kaum unterscheidet. Ich habe Ihnen bereits in einem meiner Briefe berichtet, daß ihr Verehrer abgereist ist. Es ist einige Monate her und sie war fast untröstlich. Einen ganzen Tag weinte sie ohne Unterlaß; den gleichen Tag schloß sie sich in ihr Zimmer ein und wollte weder jemanden sehen noch sprechen, so wie eine junge Witwe, die beim Tod ihres Mannes klagt und mit ihm sterben will, den folgenden Tag aber schon ein wenig getröstet ist, und nach kurzer Zeit nimmt ein anderer den Platz des Verschwundenen ein. Genauso ging es mit Fräulein B. Kaum waren vier Tage vergangen, als sie sich einen neuen Verehrer erwählte und nicht mehr an jenen dachte, der so heftig beweint worden war, und mit diesem führt sie nun das gleiche Wesen auf wie mit dem armen T. im vergangenen Sommer... Verweilen wir ein wenig bei ihm; ich will Ihnen sein Schicksal berichten. Als er von hier fortging, war dieser Unglückliche so arm wie eine Kirchenmaus. Mit sehr wenig Geld reiste er nach Hamburg; er suchte dort eine Anstellung bei den Kaufleuten; er fand keine, was ihn in Verzweiflung stürzte. Da er nicht wußte wohin – ohne Geld und ohne Freunde –, beschloß er, Soldat zu werden; das wäre ihm auch geglückt, wenn er besser Deutsch gekonnt hätte, denn er ist sehr groß. Aber der Offizier fand, man müsse ihn ablehnen, denn im Kriegsfall würde man ihn für einen Franzosen halten. Stellen Sie sich die Situation des armen Unglücklichen vor. Alle Möglichkeiten waren ihm abgeschnitten; so wurde er Leiter einer Theatertruppe, mit der er zur Zeit in Braunschweig ist; er verdient sein Brot auf die elendeste Weise. Was sagen Sie dazu, meine Liebe, ist das nicht ein merkwürdiges Abenteuer, wohl wert berichtet zu werden, um jungen Mädchen als Warnung zu dienen, damit sie Bekanntschaften mit Männern meiden, die sie nicht gründlich kennen?

War es bei Ihnen zu Beginn des Jahres auch so kalt? Hier war es so eisig, daß man die Nase nicht aus dem Fenster stecken konnte. Unsere Weinstöcke haben darunter gelitten. Jetzt aber ist es so schön wie Frühlingsanfang. Ich bin froh, wenn ich meine Spaziergänge wieder aufnehmen kann. Wenn ich die Wahrheit sagen soll, es fehlt nicht viel, um hypochondrisch zu werden, denn ich habe keinerlei Bewegung; auch bin ich seit einigen Tagen so düster gestimmt und so unerträglich, daß ich mit mir selbst unzufrieden bin. Woher das kommt, das kann ich Ihnen im Augenblick nicht erklären. Es muß Ihnen genügen, daß Verschiedenes nicht so läuft, wie ich es möchte, wovon ich Ihnen ein andermal berichten werde.

Adieu, meine Liebe, machen Sie Fräulein Meixner tausend Komplimente, umarmen Sie sie an meiner statt, ebenso Ihre liebe Schwester und betrachten Sie mich auf immer als

Frankfurt, den 5. Februar 1768 Ihre

treue Freundin Goethe

Unübersehbar ist bei Cornelia der Haß auf die Normalität des weiblichen Schicksals. Eine abgründige Wut richtet sich gegen die, die so sind, wie sie selbst sein sollte – die, die nichts Außerordentliches haben und dennoch nicht leiden.

»Fräulein S., man wird sehen, ob sie der Prüfung standhält.« Merkwürdig ist Cornelias Haltung gegenüber den jungen Mädchen. Sind sie verliebt, so spricht sie zu ihnen mit der Stimme der Vernunft, das heißt hier: der sozialen Anpassung, denn selten passen Vernunft und Verliebtheit zusammen. Stets prüft Cornelia die Treue. Und wer auf ihre vernünftigen Sprüche hört, den verachtet sie. Die jungen Mädchen behaupten, jeden Augenblick ein Gefühl zu haben, jetzt zu lieben, auf immer zu lieben, immer glücklich zu sein, den Einzigen gefunden zu haben, und morgen wissen sie nicht mehr, was sie heute gesagt haben. Sie zu vernichten ist Cornelia ein Bedürfnis. Sie sind verrückt, denn sie haben kein Gedächtnis, sie sind untreu und dabei ohne Schuldgefühl, hirnlos. Was sie im Augenblick sehen und was gerade hübsch ist, das wollen sie haben, das lieben sie. An diesen Stellen ist Cornelia voller Haß.

Cornelias Haltung offenbart schon in den ersten sechs Briefen eine außerordentliche Ambivalenz, was die Weiblichkeit angeht. Und sie ist unentschieden in der zentralen Frage des Verhältnisses zwischen den Geschlechtern: Wer ist aktiv? Wer ist passiv? Was Cornelia den Mädchen abstreitet, ist der Heroismus der Liebe, das Unwandelbare, die Grandiosität. Sie überlassen sich dem Augenblick, und niemals geben sie sich Rechenschaft von dem, was sie tun. Der dritte Brief Cornelias variiert ein wichtiges Thema: den Zorn gegen die Frauen. Da ist die Cousine Katharinas: »Ich glaube nicht, daß sie etwas liest, obwohl sie Gelegenheit hat, denn, meine Liebe, da es ihr an Geist fehlt, wie sollte sie Vergnügen an der Lektüre finden?« Cornelia wiederholt die schnippischen Redensarten ihres Bruders in allem Ernst. Mit verdrehten Sentenzen flüchtet sie sich in den Hochmut, sucht sie in ihrer Verzweiflung Gründe, abzulehnen, was ihr aufgezwungen wird. Aber auch ein belesenes Mädchen *muß* den Männern gefallen. Doch sie gefällt nicht, *weil* sie liest... Was Cornelia liebt und kann, ist unbrauchbar.

Cornelia lehnt alle ab. Fräulein S. liebt in Treue, Fräulein B. ist leichtfertig und ersetzt den Verlust eines Freundes auf der Stelle. Sie haßt sie beide. Und die Männer? Achten wir auf Cornelias Bemerkung über den armen T.: »Ist es nicht ein merkwürdiges Abenteuer? Wert berichtet zu werden, um jungen Mädchen als Warnung zu dienen, damit sie Bekanntschaften mit Männern vermeiden, die sie nicht gründlich kennen.«

Ich habe diese Szene in einer ersten Annäherung als Ausdruck der Angst interpretiert, an den falschen Mann und das heißt in Armut zu geraten. Besonders auffallend ist freilich die Konsequenz, die Cornelia aus dem Schicksal T's zieht. Wir können ihre Bemerkung unter verschiedenen Aspekten betrachten: der kalten Nüchternheit, die das soziale Überleben von den Mädchen verlangt (»Ehen ohne Geld führen immer ins Unglück« – sich nie in den Falschen verlieben); des drohenden Außenseitertums; des wirtschaftlichen Elends (der Vater, der reich ist und seine eigenwillige Tochter der Not aussetzt). Das sind Ängste, Realängste; dazu kommen die Mahnungen der Eltern und der moralischen Autoritäten, die die Lüste einschüchtern.

Wir wissen, daß kulturelle Selbstentfaltung widersprüchlich ist. Heroische Liebe/Leidenschaft, das Ideal der Einzigartigkeit steht gegen

lebenspraktische ökonomische Erwägungen. Es ist ein grundsätzlicher Widerspruch, mit dem Cornelia wie alle anderen umgehen muß. Doch steckt in ihrer Verarbeitung des Problems noch mehr: Eine Art Gefühllosigkeit wird sichtbar. Sie wendet sich von T's Schicksal abrupt ab; sie entzieht ihm ihre Anteilnahme, um ihn zum Exempel zu machen. Er ist nicht einer, der Solidarität und Zuwendung verdient, sondern einer, vor dem man auf der Hut sein muß. Cornelia läßt ihn also fallen, und ihre innere Kälte projiziert sie nach außen in die Realität. Anschließend an den Satz über das »warnende Beispiel« heißt es: »War es bei Ihnen zu Beginn des Jahres auch so kalt, hier war es so eisig, daß man die Nase nicht aus dem Fenster stecken konnte. Unsere Weinstöcke haben darunter gelitten. Jetzt aber ist es so schön, daß der Frühling sich anzukündigen scheint. Ich bin froh, wenn ich meine Spaziergänge wieder aufnehmen kann, denn um die Wahrheit zu sagen, es fehlt nicht viel, hypochondrisch zu werden [...] Auch bin ich seit einigen Tagen so düster und unerträglich, daß ich mit mir selbst unzufrieden bin. Woher das kommt, das kann ich Ihnen im Augenblick nicht erklären. Es muß Ihnen genügen, daß Verschiedenes nicht so läuft, wie ich es möchte.«
Dies ist die Beschreibung eines Zustandes der inneren Unruhe, der Düsterkeit, Gereiztheit; die Ankündigung einer Geschichte, die nicht erzählt wird. Diese Stimmung ist nur allzu verständlich: eine wütende Unzufriedenheit und Aggression richtet sich gegen die Weiblichkeit, die soziale Normalität der jungen Mädchen. Niemals wird sie sein, wie sie. Sie erlebt die anderen in den Situationen handelnd und empfindend, ganz anders als sie selbst; sie ist betrachtend, reflektierend, mit Zielen, die keine Form haben und in dieser Szenerie auch keine bekommen können. Sie kann in dieser Welt nichts wollen, sondern immer nur so tun »als ob« und beobachten, wie die anderen funktionieren. Sie hat keinen Gegenspieler und keine Gegenspielerin. Der vierte Brief zeigt diese Distanz noch verschärft.

IV

Solide Amie.

Je fus charmee d'entendre que vous futes a Manheim, pouvant bien m'imaginer l'impression que la magnificence, le charme de l'action, et du chant, auront faits sur votre esprit. Je ne vous accuse pas d'extravagance; mais je l'aurois fait si vous aviez neglige une occasion si favorable. Dommage que votre Cousine n'en a pas profité; c'auroit ete mieux pour elle, que la lecture de tant de livres, dont elle n'entend rien. Ha ha, riez; elle eut dernièrement sa grande Compagnie, j'y fus; quelle scene miserable, ah ma chere vous connoissez celle qui la composent; nous parlames d'œconomie, de la lecture, des arts, des langues. Qu'en dites vous? Pour moi, j'eus si mal d'une conversation, dont je ne pouvois detourner la fadeur, qu'il me faloit bien de tems à me remettre. Je pouvois là à loisir, examiner le caractere de chacune, et j'entrevis clairement, que [2] c'est l'education qui les rend si sottes. Elles font les devotes forcèes, ne regardent point d'homme, parcequ'on leur defend absolument de converser avec tout autre, que celui qui sera leur mari; d'eviter toutte connoissance particuliere avec qui que ce soit; et que si elles parlent tres peu, se tiennent bien droite, et font les precieuses, qu'alors elles sont accomplies. N'est ce pas la une education bien pitojable et peu digne d'etre imitee, puisqu'au lieu des filles spirituelles on ne trouve que des statues, qui ne prononcent autre chose que oui et non. Je pourrois m'emanciper encore plus sur cet article; si je ne me crojois obligèe de vous faire part d'une scene, qui quoiqu'elle ne vous regarde pas, n'en sera moins interessante, d'autant plus etant si peu attendue, que vous vous en etonnerez surement. Le principal but en vous la racontant c'est de faire reparation d'honneur à une personne que j'ai noircie dans votre [3] Esprit, etant alors trop preoccupèe des rapports malins qu'on m'en avoit faits. Il est vrai mon enfant nous avons touts le defaut de croire plutot le mal de notre prochain, que le bien; C'en est un grand je le confesse, sans lequel j'aurois été deja longtems convaincue de la susdite personne, qui maintenant... mais quel preambule, vous ne saurez dont il est question je commencerai vite à vous raconter le fait quoiqu'en verite je ne sache pas ou commencer. Vous vous resouviendrez encore sans doute de la colere dans laquelle je fus l'ete passè contre le misericordieux. He bien ma chere j'eus jusqu'ici une très mauvaise opinion de lui, crojant toujours qu'il etoit coupable, et qu'il avoit raisonné de moi d'une maniere peu decente, comme je vous l'ai appris. Quand je le vojois, je lui tournai le dos sans le regarder; enfin dernierement je le rencontrai en compagnie, il me parla; ma reponse fut courte, et comme il se tourna pour re-[4] pondre à une personne qui le questionna, je sortis expressement de la chambre, pour prendre un peu l'air. Ceci le choqua plus que tout, et ne pouvant se contenir, il demanda la maitresse du logis, ce que j'avois contre lui, et en quoi il avoit eu le malheur de m'offenser, que je lui faisois un accueil si rude, et si peu favorable. Dèz qu'il fut sorti on me demanda la raison de mon procede envers lui, me rappellant ses propres paroles. Je fus outree de cette apparente effronterie, et pour justifier ma conduite, je leur disois tout ce que j'avois entendu, avec une colere inexprimable. On s'en etonna, et pour eclaircir ces sottises la, on lui redit tout; Il resta stupefait, et quelques moments absorbè dans des reflections, Quoi! s'ecria t-il, on a pu former des mensonges si infames, ou mon honneur souffre tellement, que celui de Mademoiselle. Je ne m'etonne pas maintenant qu'on me regarde avec tant d'horreur. Mais comment [5] a t-on pu croire cela de moi, que ne l'a t-elle dit deja avant une annee entiere, pour que j'eusse pu aneantir ses soupçons. Cette mechante vipere de Rst. inventa tout ceci, par haine par jalousie. Elle s'en repentira, j'en jure au Ciel; je la menerai chez Mademoiselle, il faudra y confesser la verite. Il exclama encore beaucoup sur ce sujet; et obtint enfin des gens de la maison, qu'ils lui fourniroint un entretien avec moi. On me rapporta tout ceci; je balançai longtems,... enfin à quoi bon ce long galimathias; suffit que je le vis; il se justifia, convaincue de son innocence, je le remis dans mes bonnes graces... et voila la paix faite – ha, ha, ha. C'est bien court me direz vous, je m'attendois à une description particuliere; Pardonnez moi... je ne saurois; de peur d'ettouffer de rire. Ma chere si vous aviez ètè dans un coin, vous n'auriez pas subsisté... Representez vous notre situation; la sotte figure que nous fimes en nous abordant.. Suffit – [6] Je suis sure que vous entendrez avec plaisir quelques nouvelles de la fondation de Cronstadt qui fut confirmèe de Sa Majesté Imperiale, et honorèe en même tems avec une espece d'ordre, ou signe de grace, consistant en une petite Etoile d'or, emaillèe avec l'inscription: *In hoc signo salus;* et de l'autre cotè: *Augustissimus Josephus II.*, devant etre portèe des nobles Demoiselles qui la composent, à la poitrine gauche, suspendue à un ruban blanc avec des marges rouges. Il est aussi à savoir que sa Majesté, prennant la susdite Fondation sous sa protection, obtint le droit des premieres Prieres, mais avec cette distinction; que les Administrateurs ont proposè a Elle deux sujets de cette ville, pour en choisir un, à son bon plaisir. De plus on a observé, que parmi ces deux personnes, il y avoit une des plus riches de notre ville, pour eviter le reproche, comme si cette fondation n'etoit etablie que pour des pauvres filles nobles, Idee toutefois directement contraire au Diplome [7] fait pour cet institut, qui n'admet que celles, qui en ont besoin. Ma chere Amie, si Dieu nous enrichit tellement, à faire du bien à notre Prochain après notre mort, executons le d'une autre maniere, ou nous sommes assurèes, que l'on fera notre volonte à l'avenir, et non pas celle des Administrateurs. – Ce n'est pas un portrait avantageux, que vous faites de Mlle B. mais la reflection y jointe est d'autant plus juste, qu'elle contient de la saine morale sur notre sexe qui donne regulierement dans le defaut, que vous avez si bien critiquè – Or l'Evechè vacant de Worms est remplacè, et votre ville n'aura pas manquèe de faire ses felicitations à son nouveau Chef. La notre s'etant aussi acquittèe de son devoir par une Deputation, laquelle ci devant apres cette ceremonie fut invitèe à la table Electorale même; mais dèz qu'un certain des Antecesseurs accepta celle de [8] Marechal, on continue toujours de les y placer ce qu'ils cherchent à eviter, se rendant dans une hotellerie, pour y faire bonne chere, au depens de notre ville, ou en même tems, les trompettes qu'ils amenent d'ici, font un grand tintamarre, que toutte la ville quasi s'y attroupe. – Le Concerts et touts les divertissements de l'hiver sont finis, cependant il fait encore si froid qu'on ne sauroit gouter ceux du Printems. Je l'attends avec impatience. Ah ma chere nous souhaittons toujours; et lorsque nous l'avons, ce bien tant desirè, nous nous y accoutumons; C'est ainsi, que le cœur de l'homme est formè; notre ame aime le changement, et il ne tient pas à nous, de nous en guerir – Puis je esperer, de vous voir ici cette foire; quelle seroit ma joje! Je pourrois alors vous reïterer de bouche; combien je vous aime; et que je ne cesserai jamais d'etre

Francfort
ce 24me Mars
1768.

La plus
fidelle de vos
Amies
C. F. C. Goethe.

IV

Treue Freundin,
ich bin erfreut, daß Sie in Mannheim waren, denn ich kann mir sehr wohl vorstellen, welchen Eindruck die Pracht, der Liebreiz des Spiels und des Gesangs auf Sie gemacht haben.* Ich werfe Ihnen

* Mannheim war berühmt für seine Oper. Der Kurfürst förderte Theater und Musik.

keineswegs vor, daß Sie verwöhnt seien – ich hätte es vielmehr getan, wenn Sie eine so besondere Gelegenheit nicht genutzt hätten. Schade, daß Ihre Cousine nichts davon hatte. Das hätte ihr besser angestanden als die Lektüre alter Bücher, von denen sie nichts versteht. Ha, ha, lachen Sie! Vor kurzem hatte sie ihre Große Gesellschaft und ich war dort.* Was für eine elende Versammlung, ach, meine Liebe, Sie kennen alle: Wir sprachen von der Ökonomie, von der Lektüre, den Künsten, den Sprachen. Was sagen Sie dazu? Was mich betrifft, ich langweilte mich bei einer Unterhaltung, der ich das Schale nicht nehmen und aus der ich mich nur mit Mühe zurückziehen konnte. Wenigstens vermochte ich in aller Ruhe den Charakter jeder Einzelnen zu prüfen, und ich sah deutlich, daß es die Erziehung ist, die sie so verdummt. Sie spielen die Frommen, sehen keinen Mann mehr an, weil man ihnen streng verboten hat, mit jemand anderem zu sprechen als mit ihrem zukünftigen Ehemann, und ihnen befohlen hat, überhaupt jede Bekanntschaft zu vermeiden, mit wem es auch sei; und daß alle Welt sie bewundern wird, wenn sie sehr wenig reden, sich sehr gerade halten und vornehm tun. Ist das nicht eine erbarmungswürdige Erziehung, die niemand zum Vorbild nehmen sollte, denn sie bringt statt geistreicher Mädchen nur Statuen hervor, die nichts anderes zu sagen wissen als ja und nein. Ich würde mich noch weiter über dieses Thema verbreiten, wenn ich Ihnen nicht eine Szene schildern müßte, die, obwohl sie Sie nicht direkt betrifft, für Sie dennoch interessant sein dürfte. Und das um so mehr, als sie so überraschend ist, daß Sie sich mit Sicherheit wundern werden. Der wichtigste Grund, Ihnen die Geschichte zu erzählen, ist, die Ehre eines Menschen wiederherzustellen, den ich Ihnen in dunklen Farben geschildert habe, da ich nur allzu sehr der üblen Nachrede gefolgt bin, die man mir zugetragen hatte. Es ist wahr, mein Kind, wir neigen alle dazu, eher Schlechtes von unserem Nächsten zu glauben als Gutes; das ist ein schwerer Fehler, wie ich gestehen muß, denn sonst hätte ich schon seit langem anders von jener Person gedacht, die nun... aber was für eine Vorrede, Sie wissen ja nicht einmal, um wen es geht, und ich werde also jetzt damit beginnen, Ihnen die Sache zu erzählen, obwohl ich gar nicht weiß, wo ich anfangen soll. Sie erinnern sich sicher an den Zorn, in den mich im letzten Sommer der Misericordieux versetzt hatte. Nun gut, meine Liebe, bis jetzt hatte ich eine sehr schlechte Meinung von ihm, da ich immer davon ausging, daß

* Die »Große Gesellschaft« traf sich immer dienstags abwechselnd in verschiedenen Häusern, im Sommer im Freien. Es waren vor allem reformierte Familien aus der wohlhabenden Kaufmannschaft.

er schuldig war und daß er über mich in einer sehr wenig angemessenen Art und Weise gesprochen hatte – wie ich es Ihnen erzählt habe. Danach, wenn er mir begegnete, wandte ich ihm den Rücken zu, ohne ihn anzusehen; aber schließlich begegnete er mir auf einer Gesellschaft. Er sprach mich an; meine Antwort war kurz, und als er sich abwandte, weil er angesprochen wurde, verließ ich demonstrativ das Zimmer, um ins Freie zu gehen. Das traf ihn mehr als alles Frühere, und da er nicht an sich halten konnte, fragte er die Dame des Hauses, was ich gegen ihn hätte und wodurch er das Unglück gehabt habe, mich so zu beleidigen, daß ich ihn in einer so groben Art zurückwiese.

Nachdem er gegangen war, fragte man mich nach dem Grund meines Verhaltens und erzählte mir, was er gesagt hatte. Ich war empört über diese offene Unverschämtheit, und um mich zu rechtfertigen erzählte ich alles, was ich über ihn wußte, und zwar mit einer unbeschreiblichen Wut. Man wunderte sich, und um die Ärgernisse aufzuklären, erzählte man ihm alles wieder. Er war fassungslos und verharrte einige Augenblicke sprachlos. Was, rief er dann aus, man hat solche heimtückischen Lügen verbreitet, wobei meine Ehre ebenso leidet wie die von Mademoiselle. Nun wundert es mich nicht mehr, daß sie mich mit solchem Entsetzen ansieht. Aber wie konnte sie das von mir glauben, und warum hat sie nicht vor einem Jahr offen gesprochen, so daß ich diese Verdächtigungen hätte aus der Welt schaffen können. Diese hinterlistige Schlange von Rst.* hat alles erfunden, aus Haß, aus Eifersucht. Sie wird das zurücknehmen, das schwöre ich beim Himmel; ich werde sie zu Mademoiselle bringen, und dort muß sie die Wahrheit gestehen. Er sagte noch eine Menge dergleichen und überzeugte endlich die Anwesenden, daß sie ein Treffen mit mir arrangieren sollten. Man erzählte mir alles, ich zögerte lange Zeit... Schließlich, wozu der lange Galimathias; es genügt, wenn Sie wissen: ich traf ihn, er rechtfertigte sich, und von seiner Unschuld überzeugt, versicherte ich ihn meines Wohlwollens... Also wurde Friede geschlossen – ha, ha, ha. Das ist eine kurze Fassung, werden Sie sagen, ich hatte mich auf eine genauere Beschreibung eingestellt; verzeihen Sie mir... Das kann ich nicht; sonst sterbe ich vor Lachen. Meine Liebe, hätten Sie uns zugeschaut, Sie hätten es auch nicht ausgehalten... Stellen Sie sich nur unsere Lage vor; die blöde Miene, die wir machten, als uns die anderen allein ließen...

Ich bin sicher, daß Sie mit Interesse einige Neuigkeiten über die

* Wer sich hinter dem Kürzel »Rst.« verbirgt, ist nicht eindeutig.

Stiftung von Cronstetten* hören werden. Das Stift wurde von seiner Kaiserlichen Majestät erneut bestätigt und zugleich zum Zeichen der kaiserlichen Gnade mit einem Orden ausgezeichnet. Dieser besteht aus einem kleinen goldenen Stern mit der Inschrift: »In hoc signo salus.« Auf der anderen Seite steht: »Augustissimus Josephus II.« Die adligen Damen des Stifts werden ihn an einem weißen rotgeränderten Band links auf der Brust tragen. Dazu ist noch zu bemerken, daß Seine Majestät, als er die genannte Stiftung unter seinen Schutz nahm, sich die Wahl der Oberen vorbehielt, aber mit dieser genaueren Bestimmung: daß die Verwalter der Stiftung zwei Frankfurterinnen vorschlagen sollen, damit eine nach Belieben ausgewählt werden kann. Nun hat man beobachtet, daß unter den Vorgeschlagenen eine der reichsten Damen der Stadt ist – womit man dem Verdacht entgegentreten will, die Stiftung sei nur für arme adlige Töchter eingerichtet worden; aber diese Ansicht steht in vollständigem Gegensatz zu der Stiftungsurkunde, nach welcher nur diejenigen zugelassen werden sollen, die wirklich bedürftig sind.

Es ist kein vorteilhaftes Bild, das Sie von Frl. B. zeichnen, aber die Reflexion, die Sie daran knüpfen, ist um so gerechter, als wahre moralische Maximen über das Weibliche darin enthalten sind, deren Mißachtung immer ins Unglück führt, wie Sie richtig dargelegt haben.

Vor kurzem wurde das Bistum Worms wieder besetzt, und Ihre Stadt hat es nicht versäumt, den neuen Herren Glückwünsche zu überbringen. Frankfurt entledigte sich dieser Pflicht durch eine Deputation. Diese wurde nach der Zeremonie an die Kurfürstliche Tafel** geladen; aber da ein Teil der Deputierten schon die Einladung des Hofmarschalls angenommen hatte, plazierte man sie auch weiterhin an dessen Tafel, was sie zu vermeiden trachteten. Sie begaben sich in einen Gasthof, um hier umsonst – das heißt auf Kosten der Stadt – zu prassen, während gleichzeitig die Trompeter, die sie mitgebracht hatten, draußen einen riesigen Lärm veranstalteten, so daß die ganze Stadt zusammenlief.

Die Konzerte und alle Vergnügungen des Winters sind nun vor-

* Gemeint ist das »Adlige von Cronstett- und von Hynspergische evangelische Damenstift«. Es war den Angehörigen der patrizischen Gesellschaft Alt-Limpurg vorbehalten. Das Haus lag mit seinem Garten unweit von Cornelias Elternhaus. Caroline von Günderode gehörte dem Stift von 1797 bis 1806 an.

** Erzbischof und Kurfürst Emmerich Joseph von Mainz übernahm am 1. März 1768 auch das Bistum Worms.

über*, und doch ist es noch so kalt, daß man keine einzige Freude des Frühlings genießen kann. Ich erwarte ihn mit Ungeduld. Ach, meine Liebe, wir wünschen uns immer etwas, und wenn wir es haben, dann ist jenes Gut, das wir so sehr ersehnt haben, etwas, an das wir uns gewöhnen; so ist das Herz des Menschen, unser Gemüt liebt den Wechsel, und es ziemt sich nicht, daß wir uns darüber beklagen.
Darf ich hoffen, Sie zur Messe hier zu sehen. Was für eine Freude wäre das für mich. Dann könnte ich Ihnen alles erzählen, wie sehr ich Sie liebe und daß ich niemals aufhöre zu sein

Frankfurt, den 24. März 1768

die treueste Ihrer Freundinnen
C. F. C. Goethe

»Ich konnte in Ruhe den Charakter jeder einzelnen prüfen, und ich erkannte klar, daß es die Erziehung ist, die sie so verdummt...« Diese Stelle zeigt, wie Cornelia die Haltung der Beobachterin ausbaut, und sie zeigt auch, daß sie dabei einen »männlichen« Blick annimmt, nämlich den ihres Bruders (vgl. seinen Brief, S. 116). Sie sieht mit seinen Augen, aber nicht nur in äußerlicher Imitation seiner Rede, vielmehr entspringt diese Frauenverachtung ihrem eigenen Gefühl – das aus ganz anderen Quellen stammt als *seine* Rede. Wie soll sie etwas werden, das sie nicht »werden« kann, sondern »sein« muß: weiblich? Das heißt, eine andere zu sein. Und für Cornelia bedeutet das, zu diesem Typus zu gehören, zu diesen kopf- und herzlosen Halb-Tieren.
Des Bruders Rede war allerdings zweideutig – seine Klage über die albernen Mädchen ist zugleich eine Mitteilung seiner Faszination. Cornelia weiß das. Die Mädchen sind albern, und sie haben Macht über Männer. Und darum haßt Cornelia beides. Deshalb hat auch Herr G. keine Chance. (Über Herrn G. gibt es keine Angaben. Angesichts der Kreise, in denen er sich aufhielt, muß es sich um einen vermögenden jungen Mann gehandelt haben. Aus diesem Grund war er Gegenstand der allgemeinen Aufmerksamkeit. Mit wem würde er ein Paar bilden?) »Diese hinterlistige Schlange von Rst. hat das alles erfunden, aus Haß, aus Eifersucht.« Offensichtlich richteten sich manche Erwartungen auf Herrn G., und offensichtlich sah man eine Möglichkeit, die beiden leicht auseinanderzubringen, die schnippische und unentschlossene Cornelia und den Herrn G., der sich in Frankfurt nicht auskannte. Er rechtfertigte sich, aber er erreichte Cornelia nicht.

* Das »Collegium musicum« war 1759 neu errichtet worden. Gewöhnlich fanden im Winter drei Konzerte statt (außer den Konzerten durchreisender Künstler). Man versammelte sich im »Roten Haus« an der Zeil oder in anderen Gasthöfen.

»Stellen Sie sich nur unsere Lage vor, die blöde Miene, die wir machten, als die anderen uns allein ließen...« Die Erwartungen der Gesellschaft sind klar: Versöhnung, vielleicht ein Kuß, vielleicht ein Paar. Das durch Intrige entzweite Liebespaar ist ein Thema der Spiele dieser Gesellschaft. Das Muster ist Cornelia vertraut. Das einzige Blatt, das von ihren Briefen nach Leipzig erhalten ist, erzählt eine solche Geschichte. Cornelia läßt in ihrer Erzählung vier Personen agieren: Sophie und Alexis, das Paar, Emilie, die selbstlose Freundin, und Lucidor, den Bösewicht, der das Paar auseinanderbringen will. Die Erzählung ist als Brief gefaßt, den Emilie an Sophie schreibt.

Übrigens läßt der Konflikt, um den es geht, entfernt an Herrn G. denken. So oder ähnlich wird sich wohl das, was er gesagt hat, ausgenommen haben. Sophie wendet sich von Alexis ab, weil dieser, so behauptet der böse Lucidor, im Kreise seiner Freunde das Briefchen herumzeigte, das ihm Sophie geschickt hatte, und dazu erklärte, er gehe mit ihr spazieren, weil sie es ihm angetragen habe und man einem Mädchen schließlich nichts abschlagen dürfe. Mich erinnert das an »Le Misericordieux«, der alles aus Mitleid tut; aber das ist eine Vermutung, die sich nicht beweisen läßt. Über diese biographische Identifizierung hinaus ist die Erzählung Cornelias in sich interessant, gerade vor dem Hintergrund ihres Erlebens, wie es sich in ihren Briefen spiegelt. Betrachten wir den Text genauer: Emilie schreibt an ihre Freundin Sophie. (Sie bedient sich also der Form des Briefromans – es war ein altes Spiel zwischen den Geschwistern, Briefe fiktiver Personen zu entwerfen.) In ihrem Brief berichtet Emilie Sophie über Alexis, den Verehrer Sophiens. Dieser galt aufgrund des Verrats eines Freundes namens Lucidor als leichtfertiger Frauenjäger. Sophie wandte sich von ihm ab. Emilie findet den Beweis seiner wahren Ergebenheit für die Geliebte und versöhnt die beiden Liebenden miteinander.

> »[...] Ach meine liebe Sophie, du hättest ihn sehen sollen, in seinem Antlitz malte sich die Wut, und doch war er so schön, daß ich mich in seinen Anblick verlor.
>
> Obwohl ich nicht mehr an seiner Unschuld zweifelte, wollte ich ihn doch prüfen und sagte deshalb zu ihm: Wie wollen Sie mich von Ihrer Unschuld überzeugen? Ich weiß nicht, ob ich Ihnen glauben kann – ach, mein Fräulein, also sind auch Sie gegen mich. Was hab ich Ihnen getan, daß Sie meinen Worten so wenig Glauben schenken? Wenn wenigstens Lucidor hier wäre, könnte er mir helfen, Sie zu überzeugen; er ist der letzte Freund, den ich noch habe. Ich setzte alle Hoffnung auf Sie, ich glaubte – aber ich will Ihnen nicht alle die schönen Chimären nennen, die ich mir in den Kopf

gesetzt hatte, denn ich sehe nur zu gut (fügte er mit einem verzweifelten Blicke hinzu), daß Sie mich hassen und daß Ihnen an meinem Glück nichts liegt. – Ach meine liebe Freundin, das konnte ich nicht ertragen, ich empfand für ihn, und mit einem Blick, der ausdrückte, was in meinem Herzen vor sich ging, sagte ich ihm: Ich Sie hassen? Was hätte ich dazu für einen Grund? Nein ich bin nicht gegen Sie; im Gegenteil, ich habe Sie, so gut ich konnte, bei Sophie verteidigt und niemals geglaubt, daß Sie so unwürdig sein könnten... Alexis, ich verrate Ihnen, was Ihre Traurigkeit bekämpfen wird: Wenn Sie unschuldig sind, werden Sie noch glücklich werden. – Wie soll ich glücklich werden, mein Fräulein? – Ja, mein Herr, ich habe immer geglaubt, daß der glücklichste Zustand für einen Liebenden sei, wenn er sich wiedergeliebt sieht – und dieses Glück sollte das meine sein – nein! Sie wollen mich schonen. Wie hätte sich Sophie so gefühllos stellen können! Als ich sie sah, als ich alles tat, um zu gefallen, behandelte sie mich wie alle anderen und sogar noch gleichgültiger. – Gerade das hätte Ihnen ein Zeichen der Neigung sein sollen. Wissen Sie nicht, wie sich die Damen verstellen? Ich sehe, daß Sie sie noch nicht kennen. Ja, mein Herr, Sophie liebt Sie seit dem ersten Augenblick und obwohl Sie jetzt in ihren Augen schuldig sind und sie höchst erzürnt ist, vermag sie Sie dennoch nicht zu hassen. – Was sagen Sie mir da, mein Fräulein? Ach, ich kann es nicht fassen (seine bleichen Wangen röteteten sich ein wenig).

Liebe Sophie, er glich dem Adonis, niemals habe ich etwas so Schönes gesehen – endlich sagte er in einer Erregung, die aus seinem Gesicht leuchtete: Wie soll ich Ihnen meine Dankbarkeit für eine so glückliche Nachricht bezeugen? Ich gehe jetzt um meine Seeligkeit zu krönen. Er fuhr fort: ich eile zu ihr, werfe mich ihr zu Füßen und erkläre ihr, daß ich alles weiß und daß sie ihrer Zärtlichkeit keine Zügel mehr anzulegen braucht.

Da hielt ich ihn zurück und sagte: Was tun Sie Alexis? Wohin gehen Sie? Wissen Sie nicht, daß es Sophie verboten ist, Sie zu sehen und mit Ihnen zu sprechen? Sie wären in Gefahr, wenn man Sie dort sähe und sie ist so gut bewacht, daß Sie nur schwer entkommen könnten. Also seien Sie ruhig und erwarten Sie eine günstige Gelegenheit zur Erklärung Ihrer Empfindungen... Der Brief vom 19. März 1767 datiert, wurde von Cornelia unterzeichnet »Votre fidelle Amie Emilie Bernier«.*

* Cornelia Goethe, »Recit d'un Entretien en Forme de Lettre«, in: *Goethe Jahrbuch* VII, 1896, mitgeteilt von Ludwig Geiger.

Manifest handelt es sich bei dem Text zunächst um die Auflösung einer Verleumdungsgeschichte, bei der Emilie die Funktion hat, daß sie aufgrund ihrer souveränen Beurteilung der Freundin hilft und dem Mann auch. Also die Rolle der Urteilenden, Helfenden. Aber gleichzeitig ist die Autorin mit Sophie der Liebenden identifiziert. Sophie ist in einer Lage, in der sie als Frau sich auf das Verständnis einlassen muß, aber sich als Frau auf gar keinen Fall etwas vergeben darf. Darum gibt sie kein Zeichen. Er muß bis an den Rand des Duells gehen – »nur noch der Tod«. Sophie braucht also die Vermittlerin, die ihr in Emilie zur Verfügung steht.
Schon in diesem frühesten Text, den wir von ihr kennen, entwirft sich Cornelia die Rolle der Dritten, der Helfenden, Beobachtenden, Berichtenden. Emilie steht außerhalb des Spiels, aber sie ist die Briefschreiberin. Sie führt das Paar zusammen, und sie schreibt. Sie wagt es nicht einmal in der Phantasie, die Rolle der Geliebten selbst zu spielen. Gleichzeitig ist da das Bild der vollkommenen Liebe: Sophie und Alexis.
So war es in ihrem Tagtraum zugegangen: Zuerst war die Tagträumerin Cornelia identifiziert mit Emilie; unausgesprochen und heimlich wird sie im Verlauf der Geschichte zu Sophie hinüberwechseln. Durch die Spaltung in Emilie und Sophie kann sie ihr Begehren ausdrücken, anerkannt und geliebt zu sein. Emilie ist nicht nur die Freundin, sie ist auch eine mütterliche Gestalt. Sie beschützt Sophie. In ihrer Phantasie spielt Cornelia mit sich selbst Mutter und Kind, und wie im Spiel ist sie abwechselnd beides. Aber in der Wirklichkeit gibt es für sie keine Mutter. Sie wird nicht beschützt, vielmehr wird sie tödlich gekränkt, auch durch die Frauen. Es ist uns klar, daß es sich um eine Kränkung handelt, die Cornelia so tief getroffen hat, wie nur Kränkungen treffen, die »kommen müssen«, weil alles auf sie wartet. Die Kränkung bezieht sich eindeutig auf Cornelias Weiblichkeit. Der »Misericordieux« hat sich Cornelias erbarmt – das war die Mitteilung der Rst., der falschen Schlange. So ist Herr G. in das innere Szenarium Cornelias eingetreten, in dem er sich (verständlicherweise, wie wir zugeben müssen) nicht zurechtfinden kann. Der Unglückliche mag sich noch so entsetzen und kämpfen (wie Alexis), er trifft weder Emilie noch Sophie. Er ist der falsche Mann.
Hat Cornelia jemals Herrn G. ein Billet geschickt, das er triumphierend veröffentlichte? Wollte sie ihn je haben? Was hat die hinterlistige Schlange Rst. gesagt? Herr G. beweist seine Unschuld, aber das ändert nichts. In der Erzählung erkennen Sophie und Emilie die Unschuld von Alexis an, und daß er unschuldig ist, ändert alles. Daß Herr G. unschuldig ist, ändert nichts. Ein Zögern Cornelias wird nur durch

Pünktchen im Text ausgedrückt. Es folgt, mit einem Stilwechsel verbunden, die knappe Artikulation des Hasses: »Von seiner Unschuld überzeugt, versicherte ich ihn meines Wohlwollens... also wurde Friede geschlossen – ha, ha, ha.« Eine Situation, die wirklich darauf angelegt ist, ein Paar zu bilden, wird von Cornelia mit einem hysterischen Lachanfall beantwortet. Cornelia »stirbt« nicht vor Liebe, sondern vor Lachen: »Ich hatte mich auf eine genauere Beschreibung eingestellt; verzeihen Sie mir... das kann ich nicht; sonst sterbe ich vor Lachen.« Das hysterische Lachen, das verletzend, der Situation und den Gefühlen des anderen unangemessen ist, verweist auf eine Erfahrung der Diskrepanz. Es korrespondiert der Kränkung, daß »sie hinter ihren Gespielinnen an äußerer Schönheit weit zurückstehe«, »daß sie, wo nicht abstieß, doch wenigstens nicht anzog«, »ohne Hälfte geblieben«.* Die Überlegene *spielt* sie.
Es ist also alles höchst verwickelt. Herr G. war nur ein Anlaß. Die Kränkung ist da, gleichgültig, ob G. sie ausgesprochen hat oder nicht. Nun versucht G. verzweifelt zu beweisen, daß er es nicht war, als ob es darum ginge. Cornelias wildes Gelächter reagiert darauf, daß Herr G. sich einbildet, er sei wichtig, er könne die Kränkung aus der Welt schaffen, und er sei für Cornelia so bedeutungsvoll, daß die Frage, ob *er* diese Sünde begangen hat oder nicht, sie überhaupt berühre. Herr G. betrachtet Cornelia so, als sei sie ein normales Mädchen – und Cornelia lacht sich »halb tot«.
Wir haben also festzuhalten, daß Cornelia ebensosehr ein grandioses Bild von sich selbst hat, wie sie von Phantasien der Entwertung und Ausgrenzung verfolgt wird. Sie bestraft Herrn G. Sie behandelt ihn wie die Prinzessin den Frosch, aber es wird kein Prinz daraus. Die Erfahrung mit Herrn G. hat Cornelias Angst bestätigt, die Furcht vor der öffentlichen Schande, daß sie in die Welt der Paare nicht paßt. Dahinter und außerhalb scheint es für sie nichts zu geben, das sie wünschen könnte. Es wundert nicht, daß ihr an dieser Stelle das Kloster einfällt, genauer das protestantische Stift für adelige Damen, das »Adlige von Cronstetten und von Hynsbergische evangelische Damenstift«. Cornelia könnte in dieses Stift nicht eintreten, denn es ist Adeligen vorbehalten. Diese ganze Textsequenz ist in einem Ton gehalten, der zu Johann Caspar paßt. Sicher hat der Vater, mit seiner Vorliebe für Zeremonien und Statusfragen, Cornelia informiert. Cornelia hat sich ganz mit den väterlichen Reden identifiziert und stolziert mit etwas lächerlicher Pose daher: »Meine liebe Freundin, wenn der Herr uns mit solchen Glücksgütern segnet, daß wir unseren Näch-

* Johann Wolfgang Goethe, *Dichtung und Wahrheit*, 4. Buch.

sten über unseren Tod hinaus Gutes tun können, so wollen wir es in einer Weise tun, daß wir sicher sein können, daß *unsere Absicht* in die Tat umgesetzt wird und nicht der Wille der Testamentsvollstrecker.« Hier spricht der mißmutige Jurist Johann Caspar. Cornelia nimmt diesen Tonfall auf. Das entspricht der Rolle der Entsagenden, in die sie sich einlebt: die Rolle derjenigen, der alle Wege verschlossen sind – das Paar wie das Kloster – und die nach einem Mittel sucht, nichts mehr von der Welt zu wünschen und zu erwarten. So schließt der Brief denn auch: »Ach meine Liebe, wir wünschen uns immer etwas, und wenn wir es besitzen, dieses Gut, das wir so sehr ersehnt haben, dann gewöhnen wir uns daran. So ist das Herz der Menschen nun einmal geschaffen. Unsere Seele wünscht den Wechsel, und es ziemt sich nicht, uns dagegen aufzulehnen.« Auch hier wieder die Vermischung von Außen und Innen, die schmerzliche Relativierung der eigenen Wünsche, Ziellosigkeit und nichts Neues in Sicht: ein Frühling in der Kälte.

V

Aimable Amie
Ne crojez pas que mon silence ait pour fond un ralentissement d'amitie ou de la negligence, non ma chere: je ne suis capable ni de l'un ni de l'autre. Des affaires indispensables m'occupoint, sans lesquelles j'aurois deja eu l'honneur de vous ecrire avec Mlle Meixner. Le plaisir que j'eus de voir cette charmante Demoiselle chez nous, fut inexprimable, sa Compagnie, et sa conversation effaçerent peu a peu le depit que me causa votre lettre, ou je vis qu'il n'avoit dependu que de Vous de venir ici. N'auriez vous pas pû soutenir ce peu de tems une compagnie desagreable, vous qui y futes deja accoutumee, vous seriez sortie touts les jours et... mais a quoi bon ces remarques, ça est passè. Vous aurez entendue plusieurs petites avantures de notre aimable Amie, que je la priai de vous raconter. Je fus si heureuse de la voir touts les jours; nous nous promenames ensemble sur les remparts, aux promenades, sur des collines [2] verdojantes, ou l'arrivee des petites fleurs, et de l'herbe, annoncoint le Printems; là sous des ombres agreables, assises sur le gazon, qui enorgueilli de cette charge charmante, s'elevoit, et croissoit a nos yeux, là nous nous entretinmes de mille choses; et il ne manquoit rien a notre bonheur, que votre presence. Cependant Vous n'y perdiez rien, vous fites toujours le principal objet de nos discours; votre merite et vos graces furent relevees, enfin je vous assure que si vous aviez eté a nous ecouter vous n'en auriez pû etre que tres contente. A propos ma chere que fait Mr. H.. est il encore constant? vous incommode t-il avec des lettres? Mlle Meixner m'a racontee quelque traits de lui qui m'ont fait eclater de rire on croiroit presque, qu'il lui manque tant soit peu au dessous du chapeau – Qu'il fait beau maintenant ici a l'allee, j'y suis tres souvent, et chaque fois il y a quelque nouvelle avanture. Vous y auriez dû etre Dimanche passe; Mlle B. vint a nous toute [3] epleuree, nous nous etonnames de la voir dans un tel etat a un lieu public; apres mille questions on nous apprend qu'elle a perdu la bague que son cher T. lui donna sur la fidelite. Quels eclats de rire ne fimes nous pas; je l'en felicitai, en lui disant de l'avoir meritè a cause de son caractere volage, mais elle y fit peu d'attention, plaignant toujours son malheur, et le mauvais destin, qui lui avoit fait negliger ce gage precieux – Je vous ai envojee les lettres du Marquis de Roselle, lisez les avec attention on y peut profiter beaucoup, le vice y est montrè sous l'apparence de vertu dans toute sa forme. Le Marquis qui n'a pas l'experience du monde, donne dans les filets de cette fausse vertu, et

s'y enveloppe de façon qu'il coute beaucoup a l'en tirer. Que touts les jeunes gens y prennent un exemple, qui comme lui ont le cœur droit et sincere, et ne se doutent nullement de la tromperie que cette sorte de femmes exercent avec eux. C'est là une grande cause que notre jeunesse est si corrompue puisqu'un vice en-[4] gendre l'autre. Relisez plusieurs fois la lettre ou Mme de Ferval parle de l'education de ses enfants. Si seulement touttes les Meres en usoint de meme, certe qu'on ne verroit pas tant de filles insupportables comme vous en connoissez, et moi aussi. – Vous aurez quelque tems a lire au Testament de Cronstatt, vous pouvez le garder j'usqu'a la foire prochaine, et le rapporter alors vous meme s'il vous plait. Deux Demoiselles de la Fondation en sont sont sorties l'une par la mort, l'autre par le mariage. On voit de là que quelque magnifique et commode que soit la vie de ces Dames, la mort ne s'en soussie pas, et le mariage est preferé. C'est bon pour elles que l'entree dans cet institut, ne les exclue pas de ce dernier article, mais je crois qu'alors il n'y entreroit que tres peu, si l'age ne les empechoit pas d'y penser – Faites mes compliments a Mlle Meixner, Mlle Hafner, et a Mlle votre Sœur, dites a la premiere qu'une grande partie de notre ville fut tres fachee de la voir partir si tot; Il n'y a la rien d'etrange puisque tout le monde aime la beauté et le merite.

Franfort ce 14 May 1768

Adieu
C. F. C. Goethe

V

Geliebte Freundin,
glauben Sie nicht, daß mein Schweigen auf nachlassender Freundschaft oder auf Gleichgültigkeit beruht. Nein, meine Liebe, ich bin des einen so wenig fähig wie des anderen. Unaufschiebbare Angelegenheiten verlangten meine Aufmerksamkeit, sonst hätte ich Ihnen bereits gemeinsam mit Fräulein Meixner geschrieben. Das Vergnügen, das ich darin fand, dieses liebenswerte Mädchen hier zu haben, ist unbeschreiblich. Ihre Gesellschaft und ihre Unterhaltung löschten langsam die Enttäuschung aus, die mir Ihr letzter Brief verursacht hat, als ich einsehen mußte, daß es nur von Ihnen abhing, hierherzukommen. Konnten Sie denn nicht einmal für so kurze Zeit eine unangenehme Gesellschaft verlassen, die Sie zudem schon gründlich kannten?[2] Jeden Tag wären wir ausgegangen und...

Aber wozu diese Bemerkungen, das ist vorbei. Unsere liebe Freundin wird Ihnen schon einige kleine Abenteuer erzählt haben, wie sie es mir versprochen hat. Jeden Tag haben wir uns gesehen. Wir sind zusammen auf den Wällen spazieren gegangen, auf den schönen Wegen, auf den Hügeln, im ersten Grün, wo die kleinen Blumen und das Gras schon den Frühling ankündigten. Dort, im angenehmen Schatten, auf dem Rasen sitzend, der stolz auf solch liebenswerte Last in aller Pracht prangte und vor unseren Augen zu wachsen schien, dort unterhielten wir uns über tausend Dinge, und es fehlte nichts zu unserem vollkommenen Glück als Ihre Gegenwart. Aber Sie haben durch Ihre Abwesenheit doch nicht verloren – immer waren Sie der wichtigste Gegenstand unserer Unterhaltung; Ihre Tugenden und Ihre Anmut wurden beschrieben, und ich versichere Ihnen, Sie wären sehr zufrieden gewesen, wenn Sie uns hätten hören können. Im übrigen, meine Liebe, was macht Herr H.? Ist er noch treu? Belästigt er Sie mit Briefen? Fräulein Meixner hat mir einiges von ihm berichtet, was mich zum Lachen reizte – man könnte fast denken, daß er nicht bei Verstand ist.

Wie schön ist es jetzt in der Allee.* Ich bin sehr oft dort und jedes Mal passiert ein neues Abenteuer. Letzten Sonntag hätten Sie hier sein müssen; Fräulein B. kam ganz verweint zu uns, und wir waren äußerst überrascht, sie in einem solchen Zustand in der Öffentlichkeit zu sehen. Nach tausend Fragen eröffnete sie uns, daß sie den Ring verloren habe, den ihr der gute T. zum Andenken an ihre Treue gegeben hat. Was für ein Gelächter folgte auf ihre Worte! Ich beglückwünschte sie und sagte: sie habe das verdient, denn sie habe einen flatterhaften Charakter; aber sie gab auf meine Worte wenig acht und beklagte unentwegt ihr Unglück und das düstere Schicksal, das sie dieses kostbare Pfand hat verlieren lassen.

Ich habe Ihnen die »Briefe des Marquis de Roselle«** geschickt. Lesen Sie sie mit Aufmerksamkeit, denn man kann hier sehr viel lernen. Das Laster maskiert sich hier mit allen Tugenden. Der Marquis, ohne Erfahrung in der Welt, gerät in die Netze einer falschen Frau, die Tugend vortäuscht, und verstrickt sich in einer Weise, daß

* Die Allee auf dem Roßmarkt: »sie hat eine ansehnliche Größe, und besitzt den angenehmen Vorteil, daß sie oben und unten an große Plätze grenzt, die durch ihre prächtigen neuen Häuser die Augen vergnügen«. (Hüsgen, *Wegweiser* – vgl. Pfeiffer Belli, (Hrsg.) *Briefe aus dem Elternhaus*, a.a.O., S. 904.

** *Lettres du Marquis de Roselle*: ein Roman der Frau von Beaumont (1711–1780), die im Stil Richardsons schrieb. Sie gab auch verschiedene »Magazins« heraus, die in der Art der Moralischen Wochenschriften die sittliche Erziehung der Jugend und der unteren Stände zum Ziel hatten. Madame de Beaumont wurde Cornelia von ihrem Bruder zur Lektüre empfohlen.

es ihn sehr teuer kommt, sich wieder zu befreien. Daß alle jungen Männer sich doch hieran ein Beispiel nehmen, die wie jener ein aufrechtes und ehrliches Herz haben und die in keiner Weise etwas von der Verstellung ahnen, die diese Art Frauen begehen. Durch solche Frauen wird die Jugend verdorben, denn das eine Laster gebiert das andere. Lesen Sie mehrmals den Brief, in dem Madame de Ferval über die Erziehung ihrer Kinder schreibt. Wenn nur alle Mütter sich so verhalten würden! Sicher würde man dann nicht so viele unerträgliche Mädchen sehen, wie Sie sie kennen und ich auch. Sie haben noch Zeit, die Urkunde von Cronstetten zu lesen.* Sie können sie bis zur nächsten Messe behalten und sie dann bitte selbst herbringen. Zwei Damen haben das Stift nun verlassen – die eine durch Tod, die andere durch Heirat. Man sieht daran, so großartig und bequem das Leben dieser Damen auch ist, der Tod verschont auch sie nicht und die Heirat ist dem Tod noch vorzuziehen.

Wie gut für die Damen, daß die Aufnahme in das Stift sie vom ersteren nicht ausschließt! Aber ich glaube, daß dann nur wenige eintreten würden – es sei denn, ihr Alter verbiete ihnen, noch an Heirat zu denken.**

Grüßen Sie Fräulein Meixner von mir, Fräulein Haffner und Ihr Fräulein Schwester; sagen Sie der ersteren, daß man es sehr beklagt hat, daß sie so rasch wieder abreiste; das ist nicht verwunderlich, denn alle Welt liebt die Schönheit und die Tugend. Adieu

Frankfurt, den 14. Mai 1768 C. F. C. Goethe

Die Frauen in Cornelias Universum sind auf ein einziges Interesse verpflichtet, auf die Eroberung der Männer. Insofern gibt es in dieser Welt die jungen Mädchen, die älteren Kupplerinnen und die eleganten Damen. Außerhalb des Universums der Liebe tauchen bei Cornelia

* Offensichtlich hat Cornelia eine Abschrift der Stiftungsurkunde des von Cronstetten und Hynsbergischen evangelischen Damenstifts nach Worms geschickt, vermutlich zur Freude des Vaters.

** Cornelia beschäftigt sich intensiv mit dem Stift, mit diesem Halbkloster, das man verläßt »durch Tod oder durch Heirat« aber »dem Tod ist die Heirat noch vorzuziehen«. In diesem Zusammenhang ist eine Bemerkung ihres Bruders aufschlußreich: »Aufrichtig habe ich zu gestehen, daß ich mir, wenn ich manchmal über ihr Schicksal phantasierte, sie nicht gern als Hausfrau, wohl aber als Äbtissin, als Vorsteherin einer edlen Gemeine gar gern denken mochte. Sie besaß alles, was ein solcher höherer Zustand verlangt; ihr fehlte, was die Welt unerläßlich fordert.« Und im gleichen Zusammenhang heißt es: »in ihrem Wesen lag nicht die mindeste Sinnlichkeit«. (*Dichtung und Wahrheit*, 18. Buch).

Frauen nicht auf. Kein Wort über die Mutter. Eltern scheinen überhaupt nicht zu existieren. Die lasterhaften Frauen haben in Cornelias Phantasmagorie die Bedeutung von Macht, Raffinesse und Gefährlichkeit, und sie bemitleidet die Männer, die in deren Netze geraten. Die Männer haben zwar das Vorrecht der Aktivität. Doch macht eben das die Frau aus, daß sie das Interesse und die Faszination der Männer nach Belieben hervorruft. Das Modell dieser Phantasien liefert die Literatur. In deren Formeln kristallisieren sich die Bedürfnisse. Aus der Fülle der Literatur, in der im allgemeinen Frauen die Beute lasterhafter Männer sind, wählt Cornelia charakteristischerweise das Gegenmodell aus. Hier sind es die Frauen, die Verderben bringen. Sie schreibt an Katharina:

> »Ich habe Ihnen ›Die Briefe des Marquis de Roselle‹ geschickt [einen Roman der Mme de Beaumont]. Lesen Sie sie mit Aufmerksamkeit. Hier ist viel zu lernen. Das Laster erscheint unter dem Deckmantel der Tugend. Der Marquis, ohne Erfahrung in der Welt, gerät in die Netze der falschen Tugend und verstrickt sich in einer Weise, daß es ihn sehr teuer kommt, sich wieder zu befreien. Daß doch alle jungen Männer sich hieran ein Beispiel nehmen möchten, die wie er ein aufrechtes und ehrliches Herz haben, und die in keiner Weise etwas von der Täuschung ahnen, die diese Art Frauen an ihnen begeht.«

Dieser fünfte Brief variiert die gleichen Themen. Die Ambivalenz gegen die Partnerin Katharina bleibt. Und der Haß gegen die gleichaltrigen Mädchen. Wieder ist die Rede von Fräulein B. Wir bemerken, daß Cornelia hier keinerlei Sympathie und Anteilnahme zeigt. Ihr Hohn und ihr »böses Blut« sind unübersehbar. Daß Fräulein B. in der Öffentlichkeit weint – ein Liebesbekenntnis für den verlassenen und unglücklichen T. – müßte Cornelia doch mit Achtung erfüllen; aber Fräulein B. war ja bereits geprüft und als untreu befunden worden, sie, die »nach vier Tagen Trennung bereits Ersatz fand«.
Der ganze Brief ist auf den Ton des Vorwurfs gestimmt – gegen Katharina, daß sie nicht nach Frankfurt kommt, gegen die Frauen, die treulos und gefährlich sind, gegen die Mütter. Und wieder kreisen die Gedanken um das Stift, das Kloster – um jenen Ort, der davon befreit, ein Paar bilden zu müssen: »Zwei Damen haben das Stift nun verlassen – die eine durch Tod, die andere durch Heirat. Man sieht daran, so großartig und bequem das Leben dieser Damen auch ist, der Tod verschont auch sie nicht und die Heirat ist dem Tod noch vorzuziehen.« Gibt es Frauen, die nicht heiraten wollen, Frauen, die demnach ein großartiges und elegantes Leben führen?

VI

Ma charmante Cousine,

Avec un plaisir infini, je prends la plume, pour m'entretenir avec Vous. Que les liens de l'amitie sont agreables, je ne crois pas me tromper si je dis, qu'il y a tant de charmes qu'a ceux de l'amour. Du moins je vous assure, que j'attendis votre lettre avec beaucoup d'impatience, deux mois s'etant ecoulés sans entendre de vos nouvelles. Je m'imaginai deja qu'il pourroit bien vous etre arrivee quelques accidents. Enfin je la vois cette lettre tant desiree, je l'embrasse, je l'ouvre, je la lis, j'y trouve que vous m'aimez toujours, et voila, recompensés touttes mes attentes, car que puis je souhaitter de plus – Je suis charmee que vous avez tant de plaisir a la promenade, je n'en ai pas moins ma chere, surtout goutant un repos interieur qui me permet d'en profiter. Quelle difference entre ma [2] situation presente, et celle de l'hiver passe, ou je fus en proje des plus cruels tourments; quels souçis, quelles inquietudes. Maintenant que j'y pense de sang froid, je vois a quel point j'etois egaree, je rougis d'avoir pû former un seul souhait... C'est ainsi que nous sommes, lorsque la passion nous aveugle, nous ne vojons pas, la raison est subjuguee, on ne pense pas a l'avenir, toutes nos vues sont plaisantes, nous ne respirons que la joje. Mais quand nous revenons a nous meme, lorsque nous reflechissons; qu'est ce alors? une vaine illusion, un pur fantôme de bonheur, meme quelquefois tout le contraire de ce que nous avions envisagé. Ah pourquoi ne devient on pas plutôt sage que par sa propre experience. – Je crois que Md[lle] H. dont vous parlez dans votre lettre, se corrigera bientôt du defaut dont vous l'accusez; je m'imagine aussi que l'education en est plus la cause que son propre [3] cœur. Tachez en attendant de lui oter son ridicul objet; elle vous en saura bon gre un jour; je sais des exemples – Dans ma derniere je vous appris qu'une des Demoiselles de la Fondation de Cronstatt, en etoit sortie pour se marier; pensez ce que lui arriva. Peu de jours apres les Fiancailles, elle fit une chûte, soit par sa propre foiblesse, ou par negligence, suffit qu'elle fut entierement privee de ses sens; on la porta au lit, et apres avoir ete là deux jours sans aucun signe de vie, elle revint a soi, pour faire voir que son Esprit etoit tant soit peu derangé. Ceci n'empecha pas son Epoux de se marier avec elle quoique la Ceremonie nuptiale se fit sur le lit. On la transporta apres cela dans la maison de son mari ou elle resta quelques jours, lorsque sa maladie se degenera tout a coup en melancolie. Son mari lui devint insuppor-[4] table, elle ne voulut plus rester aupres de lui, et alla rejoindre ses parens.

Sur ces entrefaits les deux nouveaux mariés demanderent la Separation en forme, lorsque le melancolie de l'Epouse la quitta, et se changea en bonne sante. Elle est maintenant tres contente aupres de son mari dont plusieurs personnes ont ete temoins, quoique le public en parle differemment. Vous ne sauriez croire quel bruit cette facheuse histoire a faite dans notre ville, et les mensonges qui furent inventès, comme des suites infaillibles dans des pareilles occasions, ou on ne se contente pas de dire la verite. – Vous me demandez comment je trouve la pensee de Mr Hallungius a l'egard du petit cœur, et je vous assure qu'elle m'a parue fort plaisante et de tres bon gout; Je souhaitte a ce nouveau Cousin une longue duree de la plus parfaite [5] santé; car j'entends de vous qu'il a ete malade – Je ne vous ai pas encore appris, que je bois les eaux a l'allee; nous avons la une compagnie tout a fait charmante de Dames et de chapeaux, dont le plus aimable est Mr. le Docteur Kölbele, que vous connoissez par son oration du mariage qu'il tint une fois en votre presence; ou il nous compara, nous autres femmes, a des poulets. Maintenant il nous donne des leçons sur la Philosophie morale. Cependant rien n'est plus plaisant que quand il veut exercer la galanterie qui dort depuis longtemps aupres de lui. Nos Dames qui sont les plus gajes du monde, la lui aprennent de nouveau. Elles se font mener par lui, porter le Parasol, verser leur verres pp. ah ma chere il execute tout ça avec des gestes si *modernes*, qu'on le diroit etre arrive immediatement de Paris. Nous avons aussi de la [6] musique, composee de dix Instruments savoir, de Cors de Chasse, Hautbois, Flutes, un Contre-Violon, et une Harpe. Vous pouvez vous imaginer quel bel effet ça fait dans la verdure. Nous chantons aussi souvent pour plaire a notre charmant Docteur, car qu'oiquil soit tres serieux, il aime nonobstant de voir la jeunesse enjouee. Ce chanson s'accorderoit bien sur lui: Es war einmal ein Hagestoltz, il s'est meme bien plû a l'entendre. Jusqu'ici il a fait tres mauvais tems, que nous etions forcees de nous promener en parapluie ce n'etoit bon ni pour les vignes ni pour nous, mais depuis quelques jours il fait un tems de Paradis, et de Benediction. – Dites moi vos sentiments sur l'entree de votre nouvel Electeur. Je ne veux pas savoir ce que la Gazette en dit, mais vos reflections sur cet [7] article me charmeront. – J'ai bien des baisers a Vous donner de la part de Mlle Runkel; elle vous fait dire qu'etant dernierement au Jardin de Mr. Glötzel Mlle votre charmante Cousine y vint aussi; celle ci protesta avoir grande envie de danser, et voulut l'executer si seulement elle etoit accompagnee du moindre musicien. Vous savez ma chere ce qui en est, et cepandant on se glorifia beaucoup plus. Ce manege dura quelque tems, lorsque les chapeaux enfin ennujes de ce danser de bouche, appellerent Schlicht qui passa par bonheur. Toutte l'assemblee s'en rejouit, crojant voir des merveilles. Mais que pensez vous quelle fut sa conduite? maintenant qu'il s'agissoit de la realite elle ne voulut pas au fait; Vingt excuses furent proferees; qui ne lui servirent de rien; on la força de danser un Menuet, ce qu'elle fit de si mauvaise grace, que personne ne voulût frapper des mains, lorsqu'il fut fini – Pensez ma chere, j'ai apprise sous main que le misericordieux cherche avec un empressement [8] sans egal de nous trouver ensemble, la R. et moi, pour lui dire qu'elle est la plus infame creature, et de la forcer d'avouer la verite en ma presence. Je ne sai pas quel motif le fait agir de nouveau, puisqu'il m'a promis, il y a cinq mois, de n'en jamais plus parler. Du moins je suis dans une grande inquietude, puisqu'elle cherche maintenant mes bonnes graces, et me fait partout la cour, ainsi il n'y a pas de difficulte a nous attraper. Aussi le vois je roder souvent aux promenades, pour lorgner une occasion favorable, mais je saurai l'en preserver – Une Demoiselle des plus galantes de notre ville se trouve maintenant en couche, par ou elle se laissa trainer sous l'esperance de mariage. On est attentif de la part du Public, si elle obtient son but, ajant entamè le Proces contre son amant presomtif devant le Consistoire. Cette affaire cause ici beaucoup de bruit – Embrassez Mlle Meixner et votre chere Sœur de ma part, et tenez moi toujours pour

Francfort
ce 28me Juillet
1768.

Votre
constante Amie
C. F. C. Goethe

VI

Meine liebe Cousine*,
mit unendlichem Vergnügen ergreife ich die Feder, um mich mit Ihnen zu unterhalten. Wie angenehm sind die Bande der Freundschaft, und ich glaube nicht, daß ich mich täusche, wenn ich sage, daß diese ebensoviel Reiz haben wie die der Liebe. Zumindest versichere ich Ihnen, daß ich Ihre Briefe mit großer Ungeduld erwarte. Zwei Monate sind nun vergangen ohne Nachrichten von Ihnen. Ich stellte mir schon vor, daß Ihnen etwas zugestoßen wäre. Schließlich kommt Ihr Brief, der lang erwartete, ich küsse ihn, ich öffne ihn,

* Cousine ist hier nicht im Sinne der Verwandtschaft gemeint, sondern als freundschaftliche Anrede.

ich lese ihn und finde darin, daß Sie mich immer noch lieben. Und so bin ich für all mein Warten entschädigt, denn was kann ich mehr wünschen.

Es freut mich, daß Sie so gern spazieren gehen; ich nicht weniger, meine Liebe – zumal ich meine innere Ruhe wiedergefunden habe. Was für ein Unterschied zwischen der Gegenwart und meinem Zustand im Winter, als ich die Beute der grausamsten Gefühle war. Was für traurige Gedanken, was für Aufregungen. Heute, wenn ich mit kaltem Blut daran denke, erkenne ich, bis zu welchem Punkt ich getrieben wurde. Ich erröte, daß ich jemals einen einzigen Wunsch... So sind wir: Die Leidenschaft macht uns blind, wir sehen nicht klar, die Vernunft wird unterdrückt, wir denken nicht an die Zukunft; alles, was wir erblicken, ist erfreulich und wir atmen nichts als Freude. Aber wenn wir wieder zu uns kommen, wenn wir Überlegungen anstellen; was ist dann? Eine leere Illusion, eine Phantasie vom Glück und oft das ganze Gegenteil von dem, was wir uns vorgestellt hatten. Ach, warum wird man nicht anders klug, als durch die eigene Erfahrung.

Ich glaube, daß Fräulein H., von der Sie in Ihrem letzten Brief schreiben, die Fehler bald berichtigen wird, deren Sie sie anklagen; ich glaube auch, daß ihre Erziehung mehr Schuld daran trägt, als ihr Herz. Versuchen Sie, ihr den lächerlichen Gegenstand ihrer Neigung auszureden; sie wird Ihnen eines Tages Dank wissen; ich habe Beispiele.

In meinem letzten Brief berichtete ich Ihnen, daß eine der jungen Frauen aus der Stiftung von Cronstetten das Stift verlassen hat, um sich zu verheiraten; stellen Sie sich vor, was ihr geschehen ist! Wenige Tage nach ihrer Verlobung stürzte sie – sei es auf Grund einer Schwäche oder aus Unaufmerksamkeit. Jedenfalls verlor sie das Bewußtsein; man brachte sie zu Bett, und nachdem sie zwei Tage ohne jedes Lebenszeichen war, kam sie wieder zu sich, und es zeigte sich, daß ihr Verstand gänzlich verwirrt war. Das hinderte ihren Verlobten nicht, sich mit ihr zu verheiraten, obwohl sich die Ehezeremonie am Bett abspielte. Danach brachte man sie in das Haus ihres Gatten, wo sie einige Tage blieb, bis sich ihre Krankheit plötzlich in Melancholie verwandelte. Ihr Gemahl wurde ihr unerträglich. Sie wollte nicht bei ihm bleiben und kehrte zu ihren Eltern zurück. Nach diesen Vorgängen beantragten die beiden Neuvermählten die förmliche Trennung, woraufhin die Melancholie der jungen Frau verschwand und sich in strahlende Gesundheit verwandelte. Jetzt ist sie sehr zufrieden bei ihrem Gemahl, was mehrere Personen bezeugen können, die sie gesehen haben, während

die öffentliche Meinung anderer Ansicht ist. Sie können sich vorstellen, was für ein Aufsehen diese Geschichte erregte und was für Verdächtigungen erfunden wurden, was zu den unvermeidlichen Folgen solcher Vorfälle gehört, da sich niemand mit der Wahrheit begnügen will.
Sie fragen mich, wie ich die Gedanken von Herrn Hallungius in bezug auf petit cœur finde, und ich versichere Ihnen, daß sie mir sehr unterhaltsam und von sehr gutem Geschmack zu sein scheinen; ich wünsche diesem neuen Cousin immerwährende und beste Gesundheit, denn ich habe von Ihnen gehört, daß er krank war.
Ich habe Ihnen noch nicht berichtet, daß ich in der Allee von dem Brunnenwasser trinke; wir haben dort eine sehr liebenswürdige Gesellschaft von Damen und Herren, unter denen Dr. Kölbele der liebenswürdigste ist. Sie kennen ihn von seiner »Hochzeitsrede«*, die er gehalten hat, als Sie hier waren, und in der er uns Frauen mit Hühnern verglich. Zur Zeit gibt er uns Unterricht in Moralphilosophie. Aber nichts ist unterhaltsamer, als wenn er die Galanterie vorführen will, die, wie er meint, schon seit langem entschlafen ist. Unsere Damen, die muntersten von der Welt, lernen sie bei ihm auf's neue. Sie lassen sich von ihm spazieren führen, den Parasol tragen, die Gläser einschenken pp. Ach, meine Liebe, er tut das alles mit so neumodischen Gesten, daß man sagen könnte, er kommt direkt aus Paris. Wir haben auch Musik. Zehn Instrumente: Jagdhörner, Oboen, Flöten, eine Baßgeige und eine Harfe. Sie können sich vorstellen, was für eine schöne Wirkung das im Freien ergibt. Manchmal singen wir auch, um unseren liebenswerten Doktor zu unterhalten, denn obwohl er sehr ernsthaft ist, liebt er nichts mehr als fröhliche Jugend. Dieses Lied würde am besten zu ihm passen: »Es war einmal ein Hagestolz« (es hat sehr geregnet, als er es zu hören bekam). Bis jetzt war sehr schlechtes Wetter, kein Spaziergang ohne Regenschirm. Das war nicht gut, für den Wein nicht und für uns nicht, aber seit einigen Tagen herrscht Wetter wie im Paradies, wie ein Segen Gottes.
Welchen Eindruck haben Sie von dem ersten Auftritt Ihres neuen Kurfürsten?** Ich will nicht wissen, was über ihn in der Zeitung steht, sondern was Sie dazu denken.

* Das »Mariage-Spiel« wird auch in *Dichtung und Wahrheit* beschrieben. Cornelia und »der Engländer«, Harry, mit bürgerlichem Namen Arthur Lupton, seien durch das Los zum Paar auf Zeit geworden (6. Buch). Offensichtlich waren Kölbele und Crespel die Erfinder des Vergnügens.

** Gemeint ist Emmerich Joseph, der neue Erzbischof von Mainz und Kurfürst des Reiches.

Ich habe Ihnen viele Küsse zu geben, und zwar von Fräulein Runkel, die Ihnen sagen läßt, daß sie letzthin im Garten von Herrn Glötzel war. Dort erschien auch Ihre liebenswürdige Cousine, die erklärte, sie habe die größte Lust zu tanzen, wenn sie nur ein wenig Musik zu ihrer Begleitung hätte. Sie wissen meine Liebe, wie so etwas geht, man bewunderte sie um so mehr. Das ging eine Weile so fort, bis die jungen Herren schließlich genug hatten von einem Tanz über den nur geredet wurde und den (Musiker) Schlicht herbeiriefen, der zufällig vorüberging. Die ganze Gesellschaft versammelte sich und erwartete großartige Dinge zu sehen. Aber was glauben Sie, was sie tat? Nun, als es ernst wurde, wollte sie nicht; zwanzig Entschuldigungen wurden vorgebracht; aber das half ihr nichts; man zwang sie, ein Menuett zu tanzen, was sie ohne jede Anmut tat; so daß niemand klatschen mochte, als sie zu Ende war.

Stellen Sie sich vor, meine Liebe, unter der Hand habe ich erfahren, daß »Le Misericordieux« sich mit dem größten Nachdruck bemüht, die R. und mich zusammen anzutreffen, um ihr zu sagen, daß sie die hinterhältigste Kreatur ist und um sie zu zwingen, in meiner Gegenwart die Wahrheit zu sagen. Ich weiß nicht, was ihn nun wieder derart handeln läßt, denn er hat mir vor fünf Monaten versprochen, niemals mehr ein Wort darüber zu verlieren. Jedenfalls bin ich in großer Unruhe. Sie möchte mein Wohlwollen gewinnen und macht mir überall den Hof. So ist es nicht schwer, uns zusammenzufinden. Ich sehe ihn auch manchmal auf den Spaziergängen, wie er versucht, eine günstige Gelegenheit auszuspähen. Aber ich werde ihn daran hindern.

Eine der galantesten Damen hier bekommt ein Kind. Soweit hat sie sich durch ein Heiratsversprechen bringen lassen. Die Öffentlichkeit beobachtet mit Spannung, ob es ihr gelingt, ihr Ziel durch einen Prozeß gegen ihren Geliebten vor dem Konsistorium* zu

* Das Konsistorium hatte im Namen des Bürgermeisters und des Rates »alles dasjenige, so zur Erhaltung und Lauterkeit der wahren evangelischen Religion, guter Ordnung und Disciplin in Kirchen und Schulen gereichet, zu besorgen und auf die dazu gehörigen Personen, sowohl in der Stadt als auf dem Land, Lehr, Leben und Wandel beständig ein wachsames Auge zu haben«. (Aus der Konsistorialordnung von 1728) Vergehen von Einwohnern gegen die Kirchenzucht, weltliche Ausschweifungen, aber auch Steuerrückstände wurden von den Kanzeln öffentlich bekannt gemacht. Dem Konsistorium kam die geistliche Strafgewalt zu; die Zwangsmittel waren Vorladung und geistliche Rüge, Ausschließung von der Beichte und dem Abendmahl, Verweigerung des Pfarrers bei Begräbnissen, öffentliche Kirchenbuße. Neben der kirchlichen stand die weltliche Polizei, die die Vergehen dann zusätzlich mit Ausweisung oder Gefängnisstrafen ahndete.

erreichen. Diese Angelegenheit hat einen großen Skandal hervorgerufen.

Umarmen Sie Fräulein Meixner und Ihre liebe Schwester von mir und nehmen Sie mich immer als

Frankfurt, den 28. Juli 1768 Ihre treue Freundin

C. F. C. Goethe

Dieser sechste Brief berichtet vom Ende der Gefühlsstürme. Zu Beginn des Briefs nähert sie sich Katharina in einer exaltierten Stimmung. Cornelia spricht floskelhaft einige Sentenzen wie »daß die Bande der Freundschaft ebensoviel Reiz haben wie die der Liebe«. Hier hören wir den Ton der französischen Literatur, die Diskussion über die Vorzüge der Freundschaft, eine Debatte, die selbst ein Teil des galanten Spiels ist. Es handelt sich um Diskussionsfiguren, in die Cornelia schlüpft wie in Kleidungsstücke. In Wahrheit steigert sie sich in eine Nähe zu Katharina hinein. Sie sucht Nahrung für ihr Gemüt, einen Anlaß zur Freude und Gefühl. In diesem Brief hören wir keine direkten Ermahnungen – nur daß zu wenig Post kommt –, sonst auffallend wenig Grenzziehung. Und doch keine Nähe, die überzeugt, sondern wieder ein Anlaß für Sentenzen, bei denen Katharina nun die Rolle des angenehmen Publikums spielt, statt zurechtgewiesen und erzogen zu werden. Zur Liebe erklärt sich Cornelia im Stil einer älteren Aristokratin aus dem konservativen Lager. Überhaupt ist die Liebe etwas, das man jemanden aus- und einreden kann: »Versuchen Sie ihr den lächerlichen Gegenstand ihrer Neigung auszureden; sie wird Ihnen eines Tages Dank wissen; ich habe Beispiele.« Aber zu dieser pragmatischen Ansicht steht die Geschichte von der »melancholischen Braut« in Gegensatz. Wie kompliziert in Cornelias Empfindungswelt der Ausgleich zwischen den Geschlechtern gedacht wird, zeigt diese Geschichte, die nicht von ungefähr an Kleists Marquise von O. erinnert. Wir sehen ein kompliziertes Spiel von Beweisführungen und Prüfungen (Ohnmacht und Bewußtlosigkeit bei der Eheschließung, dann ist sie »verrückt« und haßt ihren Mann; sie schickt ihn weg und kehrt schließlich als verheiratete Frau – oder Jungfrau? – in ihr Vaterhaus zurück, um sich nach erneuter Werbung mit ihm in Wahrheit zu vermählen). Ein langer Weg der Prüfung, daß der Mann auf alle Macht verzichtet, daß er einen Ausgleich leistet für die Gewalt, die ihm gegeben ist. Weil er die Macht hat, muß er um so mehr gehorchen und zeigen, daß er sie niemals ausüben wird. Zum Schluß aber, als die jungfräuliche Ehefrau ganz entlastet ist, folgt sie ihm freiwillig – so Cornelias Phantasie.

Überblicken wir die ersten sechs Briefe: Unübersehbar ist die Aggression gegen alle, die ins Spiel kommen. Das zentrale Thema ist die Welt der Paare. Aber in Cornelias Berichten kommen Paare nur durch sonderbare, wunderbare, unglaubliche Ereignisse zustande. Zugleich wird das Paar im höchsten Maß idealisiert. Grandiose Phantasien von Anerkennung und Freiheit, Einzigartigkeit und Selbstverfügung bestimmen die wütende Kritik an den realen Paaren. Cornelia erkennt zwar Differenzen, vermag sie aber nicht zu verarbeiten. Ihnen gilt Cornelias besonderer Haß. Sie nimmt den Machtkampf zwischen den Geschlechtern durchaus wahr. Die Frauen ersetzen ihre Liebhaber durch neue. Gegenüber dem Ideal wird dort zugleich alles lebenspraktisch relativiert. Cornelia beobachtet Diskrepanzen, das löst aber nur Angst und Wut aus. Sie selbst ist von der Leidenschaft weit entfernt. Sie spielt die Rolle der Beobachtenden, der Dritten, der Schreibenden. Und sie verlegt ihre Liebesgeschichte in die Vergangenheit – das Verlorene, von dem sie nicht sprechen kann. Deutlich wird bei Cornelia ein tiefes Gefühl der Verletztheit: »nicht ganz sein«. Ihre Phantasien über das Paar haben unter anderem auch die Funktion, eine Phantasie über die eigene Ganzheit auszudrücken. Das, worüber sie noch »ganz« werden könnte, mit sich selbst einig werden könnte, das Schreiben, die Arbeit, das Interesse – also die Neutralität eines Dritten, auf die sie sich jenseits der persönlichen unmittelbaren Beziehungen berufen könnte – dieser ganze Bereich erscheint bereits verzerrt. Alles ist in den Sog der narzißtischen Konkurrenz um die Weiblichkeit geraten. Cornelia etabliert sich sozusagen als attraktive Leserin, die sich mit Bildung schmückt. Der Verlust aller Gemeinschaft mit anderen ist unübersehbar – gerade in der Beziehung zu Katharina. In Cornelias Selbstfindungsversuche wirkt die Literatur deutlich sichtbar hinein als eine Bilderwelt, die benutzt wird, um Erleben zu strukturieren. Cornelia entnimmt der Literatur nicht nur Wertvorstellungen, sondern vor allem Modelle für Erleben. Das Lesen ersetzt Zusammenhänge und Auseinandersetzungen.

Ob sich Katharina auf die angetragene Rolle einließ, ein Ideal zu repräsentieren? Folgen wir Cornelias Schreiben, so gelingt die Freundschaft nicht. Cornelia läßt es nicht zu, daß Katharina ihr als Gleiche gegenübertritt. Sie bedroht vielmehr Katharina mit ihren moralischen Sentenzen und rigiden Urteilen. Voller Angst auch hier etwas annehmen zu müssen, wirft sie sich zur Erzieherin der Freundin auf. Ich erinnere mich an Briefe ihrer Mutter, die unter dem Stichwort stehen »nie Bedürftigkeit zeigen, nie abhängig werden«. Auch Cornelia steht hinter einer gläsernen Wand, die sie errichtet, die sie von der Freundin trennt, während die jungen Männer wie Johann Wolfgang und sein Freund Behrisch gemeinsam gegen die Welt oder die Väter, die Gesellschaft revoltieren. Die jungen Männer lehnen sich auf und bewundern einander im Aufruhr. Die jungen Frauen fürchten sich voreinander. Die Rebellion kommt auch darum nicht zu Wort, weil sie für ein Mädchen gefährlich ist – Rebellion heißt anerkennen, daß es für sie keinen sozialen Ort gibt. »Kein Ort, nirgends« wäre in der Tat das richtige Wort. Um dem ins Auge zu sehen, bedarf es einer letzten inneren Sicherheit. Dieser »unzerstörbare Kern der Persönlichkeit« heißt: ›Ich kann nicht ganz wertlos sein. Wenn ich vernichtet werde, so geschieht es nicht zu recht.‹ Diese Gewißheit ist bei Cornelia verletzt.

Ich verstehe Cornelia so: Mit Katharina wünschte sie eine Freundschaft, die ihr Sicherheit geben könnte – gegen alles, was in ihrem Schreiben ausgeblendet wird. Kein Wort über die Eltern, kein Wort über den väterlichen Erziehungsterror. Cornelia schweigt davon, weil sie sich dagegen bestimmen will. Ihr imaginäres Selbst, eine »erfolgreiche« Frau, spielt sie sich und Katharina vor. Daran klammert sie sich. Das darf nicht in Gefahr geraten. Um so mehr verteidigt sie sich in ihrer Angst mit Starrheit. Doch Leid, Angst und Neid brechen immer wieder hervor, unterminieren die idealen Posen. Die Selbstabwertung Cornelias hat mit dieser Spannung zu tun: Ihre Wirklichkeit wird ihr verhaßt. Und Katharina kann in diesem inneren Zweifel Cornelias die Rettende nicht sein.

Cornelia kämpft damals – mit 18 Jahren – wie eine Verzweifelte. Sie verteidigt ihre Beziehung zu Katharina gegen ihren Bruder, sie will dieses Eigene behalten, so schwach es auch sei. Und in der tiefen Empfindung, daß die Rettung nicht im Bund mit Katharina liegt, beginnt Cornelia zu schreiben, sich als Autorin zu etablieren. Ihr geheimes Schreiben fängt an, als der Bruder zurückkommt, ist weit mehr Roman für ihre erste Leserin Katharina, als das bisher angenommen wurde. Was erzählt wird, genau datiert und Tag und Stunde bezeichnend, ist in Wahrheit Mystifikation. Der Gegenstand ist ihr Leben, der Ablauf wird literarisiert, und Katharina wird nicht eingeweiht – sie ist nur der Spiegel für Cornelias Schreiben.

Alltag

Mit dem sechsten Brief endet der erste Teil des Briefwechsels. Was nun folgt, ist eine andere Art des Schreibens, eine Korrespondenz im geheimen. Als Grund dafür nennt sie der Freundin die Ankunft des Bruders.

Am 28. August 1768 ist Johann Wolfgang von Leipzig aufgebrochen. Zwei Wochen nach seiner Ankunft beginnt Cornelia ihr »geheimes Tagesbuch für Katharina Fabricius«. Sie schreibt in ihrer ersten Briefsendung: »Da ich heimlich schreiben muß, kann ich nicht so oft schreiben, wie ich gern möchte; denn ich fürchte immer wieder überrascht zu werden. Sie können sich vorstellen, daß mir das nicht angenehm wäre... [mein Bruder] weiß nichts davon, daß ich Ihnen schreibe, denn er würde es nicht dulden, da er sich ja als meinen Sekretär betrachtet, wenn es sich um Sie handelt... Er bewundert Sie in höchstem Maß, seit er einige Ihrer Briefe gelesen hat, und mir scheint fast, daß er unter meinem Namen einen Briefwechsel mit Ihnen beginnen wollte.« (Brief vom 18. Oktober 1768)
Offensichtlich versucht Cornelia ihre Beziehung zu Katharina zu verteidigen. Die Mitteilung ist klar: der Bruder würde Cornelia zur Zuschauerin machen, er würde ihr nicht gestatten, zu schreiben, wie sie will. Betrachten wir noch einmal die Situation, als Cornelia beginnt, sich der Kontrolle von Eltern und Bruder zu entziehen. Ein Jahr lang schickt sie ihre Post durch eine Vermittlerin, die Cousine Katharinas, und holt sich dort die Antworten ab. Cornelias Schreiben fällt in die Zeit des rebellischen und hilflosen Trotzes gegen den Vater, der Entfremdung von der Mutter.* Im Haus fand Cornelia keine Ausweichmöglichkeiten mehr, anders als zu der Zeit, da im Haus französisches Militär einquartiert gewesen war. Danach war geraume Zeit der mittlere Stock vermietet gewesen, und auch das hatte mehr Leben ins Haus gebracht. Aber nach 1765, als der Kanzleirat Moritz ausgezogen war, der Bruder nach Leipzig zum Studium gegangen war, lebte Cornelia nun wirklich in einer »Kleinfamilie«, obschon immer noch mehr Personen im Hause waren als der enge Familienkreis: Unter dem Dach des Hauses lebte neben den Bediensteten und der Köchin noch das Mündel Klauer, ein junger Mann von Vermögen, der geisteskrank war, dessen Vormund Johann Caspar war. Aber Johann Wolfgang Goethe, so wie er sich in *Dichtung und Wahrheit* erinnert, kam jedenfalls die Kontrolle seiner Schwester durch den Vater lückenlos vor:

> »Er hatte ihr bei einem völlig geschlossenen, durch den Frieden gesicherten und selbst von Mietleuten geräumten Hause fast alle Mittel abgeschnitten, sich auswärts einigermaßen umzutun und zu erholen. Das Französische, Italienische, Englische mußte sie abwechselnd treiben und bearbeiten, wobei er sie einen großen Teil des Tages an dem Klaviere zu üben nötigte...«**

* Vgl. *Dichtung und Wahrheit* 8. Buch.
** *Dichtung und Wahrheit* 8. Buch.

Die Situation im Hause 1765 bis 1768: Vater, Mutter und Schwester sind intensiv auf Johann Wolfgang bezogen, aber er hat nur an Cornelia geschrieben, dann und wann ein höfliches Skriptum für den Vater, zwei Gedichte für die Mutter, nicht mehr. In dieser Zeit verfaßt Johann Caspar Goethe nach seinen Notizen seine Memoiren, *Die italienische Reise*, die Mutter wendet sich der Herrnhutischen Gemeinde um Susanna von Klettenberg zu. Als Johann Wolfgang zurückkehrt, verschärft sich sein Konflikt mit dem Vater sofort: »Mit dem Vater selbst konnte sich kein angenehmes Verhältnis anknüpfen; ich konnte ihm nicht ganz verzeihen, daß er bei den Rezidiven meiner Krankheit und bei dem langsamen Genesen mehr Ungeduld als billig sehen lassen, ja daß er, anstatt durch Nachsicht mich zu trösten, sich oft auf eine grausame Weise über das, was in keines Menschen Hand lag, geäußert, als wenn es nur vom Willen abhinge. Aber auch er ward auf mancherlei Weise durch mich verletzt und beleidigt.«* Über seine Mutter bemerkt Goethe: »Meine Mutter ist öffentlich deklariert für die Gesellschaft [die Herrnhutische Gemeinde]; mein Vater weiß es und ist damit zufrieden. Meine Schwester ist mit in den Erbauungsstunden gewesen; ich werde wohl auch hinkommen. Das Ebersdorfer Gesangbuch ist bei dieser Gemeinde in großem Ansehen.« (8. September 1768) Am 17. Januar 1769 schreibt er: »gestern war sogar Versammlung in unserm Hause, wie Sie sich vorstellen können unter einem ansehnlichen Praetexte; es war alles in Floribus ordentlich eingerichtet wie eine Gesellschaft. Wein und Würste und Milchbrot auf einem Seitentische, die Frauenzimmer an einem Tische mit Ebersdorfer Gesangbüchern. Eine am Flügel sitzend, der die Melodien spielt, zwei mit Flöten, die Akkompagnierten, und wir übrigen sangen.«**

Catharina Elisabeth Goethe war 1768 siebenunddreißig Jahre alt. 1760 hatte sie ihr letztes Kind geboren, das 1761 gestorben war. Schwangerschaften und Geburten lagen hinter ihr. Wir können davon ausgehen, daß ihre Position in der Hierarchie des Hauses stärker geworden war. In *Dichtung und Wahrheit* fällt der gönnerhafte Ton auf, mit dem diese Phase der Mutter beschrieben wird: »Meine Mutter, von Natur sehr lebhaft und heiter, brachte unter diesen Umständen sehr langweilige Tage zu. Die kleine Haushaltung war bald besorgt. Das Gemüt der guten, innerlich niemals unbeschäftigten Frau wollte auch einiges Interesse finden, und das nächste begegnete ihr in der Religion, das sie um so lieber ergriff, als ihre vorzüglichsten Freundinnen gebil-

* *Dichtung und Wahrheit* 9. Buch.

** Goethe an Langer, am 8.9.1768 und am 17.1.1769, in *Der junge Goethe*, Hanna Fischer-Lamberg (Hrsg.), Berlin 1963, Bd. 1, S. 245 und S. 263.

dete und herzliche Gottesverehrerinnen waren.«* Tatsächlich aber folgte Johann Wolfgang der Mutter in deren neuen Lebenskreis – *er* wurde der Schüler der Susanna von Klettenberg, nicht Cornelia. Johann Wolfgang war 1768/69 gefährlich krank, und man befürchtete Schwindsucht. In einem Brief an Friederike Oeser nach Leipzig deutet sich die Gemütsverfassung Johann Wolfgangs an: »Ich kam zu einem Mädgen, ich wollte darauf schwören, Sie wären's gewesen, die empfing mich mit großem Jauchzen, und wollte sich zu Tode lachen, wie ein Mensch die Carickaturidee haben konnte, im 20sten an der Lungensucht zu sterben! Sie hat wohl recht, dacht ich, es ist lächerlich, nur für mich so wenig, als für den alten im Sacke, der für Prügeln sterben möchte, über die eine ganze Versammlung vor Lachen stirbt.«**

Im selben Brief wird auch sichtbar, welche Wendung die Phantasien und Gedanken des Jungen nehmen. Da ist viel von Geistern, von den Gestirnen die Rede. Spielerisch heißt es: »Die Tage waren kurz, mein Gehirn, wegen der Einstrahlung des Steinbocks und Wassermanns etwas kalt und feucht... Zwei Jahre beinahe bin ich in Ihrem Hause herumgegangen, und ich habe Sie fast so selten gesehen, als ein Nachtforschender Magus einen Alraun pfeifen hört.«*** Vom Dezember bis in den März konnte der Kranke sein Zimmer nicht verlassen und fühlte sich, wie er Friederike Oeser schreibt, »daß ich ebensogerne die Zeit über hätte in einem gespaltenen Baum wollen eingezaubert sein«. In dieser Zeit versenkte sich Johann Wolfgang in hermetische, mystische und kabbalistische Literatur; er setzte diese intensive Beschäftigung bis in das Jahr 1771 fort, ja er betrieb solche Studien noch in Straßburg: »Am meisten aber verbarg ich vor Herder meine mystisch-kabbalistische Chemie und was sich darauf bezog, ob ich mich gleich noch sehr gern heimlich beschäftigte, sie konsequenter auszubilden, als man sie mir überliefert hatte.«****

Man könnte sagen, daß sich Johann Wolfgang in dieser Phase der weiblichen Welt zuwendet: der Welt seiner Mutter. Es war so, daß sich Johann Wolfgang in der Jahreswende 1769/70 ebenfalls den Herrnhutern anschloß. Es muß offen bleiben, wie tief diese Wendung zur Religionsgemeinschaft des frommen Pietismus wirklich ging. Wesentlicher war die Versenkung in die mystische Weltauffassung, die das Goethische Denken und seine Bilder von nun an mitbestimmte.

* *Dichtung und Wahrheit* 8. Buch.

** Johann Wolfgang Goethe an Friederike Oeser am 13. Februar 1769 in: Max Morris (Hrsg.), *Der junge Goethe*, Bd. I, S. 318 f.

*** A.a.O., S. 317.

**** *Dichtung und Wahrheit* 8. Buch.

Und Cornelia? Ihr ist diese Welt zuwider. Sie hat niemals fromme Neigungen gezeigt. Dies war das Territorium ihrer Mutter. All das spricht dagegen, daß sich das Geschwisterverhältnis mit der alten Intensität sofort wiederhergestellt hätte. Liebevolle Sorge und freundliche Aufmerksamkeit hat Cornelia dem Bruder ganz sicher gewidmet. Aber beider geistige Entwicklung läßt sich nicht mehr auf einen Nenner bringen. Das wird offenkundig an den kurzen, meist bissigen Bemerkungen, mit denen Johann Wolfgang Cornelias schwärmerisch geliebtes Buch, den Roman *Sir Charles Grandison*, bedachte.

Das Tagebuch für Katharina Fabricius: 16. Oktober 1768–16. August 1769

I.
16.–22. Oktober 1768

Dimanche matin
a 8 heures ce 16. Octb.

Ma chere Amie
J'ai dans ce moment tant d'envie d'ecrire, et tout le monde est a l'eglise, de sorte que je puis le faire sans etre interrompue, car personne chez moi ne doit rien savoir de cette lettre. Il y a longtems que j'ai voulu commencer cette correspondance secrette, par laquelle je vous apprendrai tout ce qui se passe ici; mais pour dire la verite j'ai toujours eu honte de vous importuner avec des bagatelles qui ne valent pas la peine qu'on les lise, et qui ne sont interessantes que pour les personnes qu'elles regardent immediatement. Enfin j'ai vaincu ce scrupule, en lisant l'histoire de Sir Charles Grandison, je donnerois tout au monde pour pouvoir parvenir dans plusieurs annees a imiter tant soit peu l'excellente Miss Byron. L'imiter? folle que je suis; le puis je? Je m'estimerois assez heureuse d'avoir la vingtieme [2] partie de l'esprit, et de la beaute, de cette admirable Dame, car alors je serois une aimable fille; C'est ce souhait qui me tient au cœur jour et nuit. Je serois a blamer si je desirois d'etre une grande beaute; seulement un peu de finesse dans les traits, un teint uni, et puis cette grace douce qui enchante au premier coup de vue; Voila tout. Cependant ç'a n'est pas, et ne sera jamais, quoique je puisse faire, et souhaitter; ainsi il vaudra mieux de cultiver l'esprit, et tacher d'etre supportable du moins de ce coté la – Quel excellent homme que ce Sir Charles Grandison; dommage qu'il n'y en a plus dans ce monde cy. Il etoit Anglois ma chere; et si je puis croire, qu'il y a encore quelqu'un qui lui ressemble, il faut qu'il soit de cette nation. Je suis extrement portee pour ces gens là, ils sont si aimables et si serieux en meme tems, qu'il faut absolument etre charmee d'eux ... Alte là il faut que je me coiffe maintenant peutetre que je puis continuer apres midi.

[3] Apres midi a 2 heures
Je viens dans ce moment de la table; et je me suis derobee pour vous entretenir un peu; vous ne devez rien attendre de premedité dans ces lettres, c'est le cœur qui parle, et non pas l'esprit. Je voudrois bien vous dire quelque chose, ma chere Catherine et cepandant j'apprehende ... mais non vous me pardonnerez, n'e sommes nous pas touts ensemble susceptible de foiblesses. Il y a ici un jeune Anglois, que j'admire beaucoup, ne craingez rien mon enfant, ce n'est pas de l'amour, c'est une pure estime que je lui porte, a cause de ses belles

qualités; ce n'est pas ce Milord dont Mlle Meixner vous aura parle sans doute, c'est un impert .... st st, il est aussi Anglois, et n'aime je pas toute le nation, a cause de mon seul aimable Harry. Si vous le vissiez seulement, une phisionomie si ouverte, et si douce, qu'oiqu'avec un air spirituel, et vif. Ses manieres sont si obligeantes et si polies, il a un tour d'esprit [4] admirable; enfin c'est le plus charmant jeune homme que j'aie jamais vu. Et, et, ah ma chere il part dans quinze jours; j'en suis fort afligee, qu'oique ce ne soit pas une douleur, pareille a celle quand on aime. J'aurois souhaittee de demeurer dans la meme ville que lui, pour pouvoir lui parler et le voir toujours; je n'aurois jamais eu une autre pensee; le Ciel le sait, et il est ... mais j'en serai privee, je ne le reverrai plus. Non non je ne puis le quitter tout a fait, j'ai une pensee en tete, qui s'executera; il faut, que ça soit, oui en verite. Je vous dirai tout, condamnez moi, mais si vous connoissez le cœur humain vous ne le ferez pas, surement. Il faut que je cesse derechef, puisque le tems m'est fort cher; je vais cet apres midi en visite chez Mlle de Sosure, vous la connoissez, j'aimerois mieux rester a la maison et causer avec vous; mais cela ne se peut. Adieu. Peutetre que je le verrai. Ah mon cœur! –

[5] Lundi apres dine a 2 heures.

Maintenant je vous parlerai du dessein que je forme. J'ai fait connoissance cet Ete avec un jeune peintre arrive de Paris, qui est tres habile en miniature. Il fut plusieurs fois chez nous, et me montra quelques Portraits qu'il avoit fait a l'insu des originaux memes. Je lui dis que je serois charmee s'il vouloit me peindre de meme une certaine personne. Il y consentit dabord, et nous commençames dez lors a prendre nos mesures dont plusieurs nous manquerent; enfin il a ete conclu que j'aurai Concert Dimanche prochain. Harry sera invité parcequ'il joue admirablement du violon; et le Peintre viendra pour faire une visite a mon frere, et agira comme s'il ne savoit pas qu'il y a de la Compagnie. On fera alors tres bien ses affaires, et justement quand le plus aimable des hommes joue sur son instrument – Je m'y perds ma chere.

[6] Mardi a 3 heures.

Puisqu'il faut que j'ecrive tout a la derobee, je ne saurois le faire tant que je voudrois bien; craignant a tout moment d'etre attrapee. Vous pourrez bien croire que ça ne me plairoit pas. J'oublie presque en Vous entretenant toujours de mes folies de vous dire, que j'eus enfin la semaine passee une visite de Mlle votre Sœur et de l'aimable Mlle Bauman, qui etoit coiffee en forme de Pyramide, ou pour mieux dire a la

Rhinoceros; La pauvre fille avoit mal aux dents; et se comportoit comme toujours, d'une façon tres mediocre; surtout lorsque mon frere entra elle prit une de ses mines, que vous connoissez; la tete levee et les yieux baissès; et ne parla pas le mot. Aulieu que Mlle votre Sœur se conduisit d'une maniere tres raisonnable, de sorte qu'elle eut l'approbation de mon frere; qui cependant seroit beaucoup plus charme de vous voir ici. Il ne sait rien du tout de ce que [7] je vous ecris, car il ne le souffriroit pas, se nommant mon Secretaire quand il s'agit de vous. Dites moi que pensiez vous de sa derniere lettre? n'est ce pas un homme bien hardi et entreprenant de vouloir se mettre là dabord dans vos bonnes graces. Il vous admire extremement depuis qu'il a lû quelques unes de vos lettres; et il paroit souhaitter d'entrer sous mon nom dans une correspondance avec vous – Il faut que je vous dise maintenant quelque chose de la petite Runkel, pensez ma chere elle reçoit depuis quelque tems les hommages d'un tres riche Marchand de notre ville, qui est près de 50 ans et veuf depuis quelques annees. Elle croit qu'il l'epousera, et sur cette imagination, elle devient si impertinente, qu'il n'y a pas le mojen de la supporter. Auriez vous pû croire ça de cette pauvre petite fille, qui apres la mort de son Pere n'avoit de quoi vivre; et si le fils aine [8] ne lui avoit pas succedè dans son Emploi, toutte la famille auroit ete reduite a demander l'aumône. Mais cela est passé, et pour lors elle fait la grande Dame. Je vous dirai seulement un trait dont vous pourrez conclure aux autres. Il sera sans doute aussi connu chez vous, qu'il y avoint avant quinze jours des grandes solemnités a Darmstadt, a l'occasion de quelques Mariages qui si firent là. L'ecujer qui est le plus grand sot du monde voulut s'y montrer avec Mlle sa sœur, et son Epoux futur; Ils y allerent donc touts trois en Phaeton. Cette fois cy Mlle Lisette s'habilla tout en noir, une grande robe trainante en façon de Domino garnie de ruban couleur de chair. Sa tete etoit ornee d'un petit chapeau de plumes blanches. Elle fut admiree de tout le monde, et le Prince hereditaire voulant savoir qui etoit cette belle Dame, la fit prier par un Cavalier de [9] se demasquer, afin qu'il put voir si son visage repondoit, a sa figure incomparable. Elle s'excusa sur ce que personne n'otát sa masque, et qu'ainsi il ne seroit pas convenable a elle seule de le faire. Le Prince n'insistant plus, il en demeura là ce jour c'y. La sémaine suivante il y avoit encore un bal; et nos trois charmantes personnes s'y trouverent derechef, la Dame vetue en Venitienne; une juppe de satin bleu doublée en argent, un corset de la meme couleur et un survetement de satin cramoisi, le tout garni de pelisse brune et de dentelles dargent. Ses cheveux pendoint flottants, ils etoint nouès en façon romaine, et entrelaçès de Perles et de Diamans. Sur le milieu de la tete il etoit attache de la creppe blanche, qui pendoit jusqu'a la taille; et de la par terre etant serree au milieu avec une riche echarpe d'argent. Que dites vous de ce pompe? Je poursuivrai demain.

[10] Mecredi ce 19 Octb.

Il fait un peu froid ici dans ma chambre, cepandant je n'ai point d'autre place pour vous dire la suite de ce que je commençai hier. Ecoutez attentivement. Madame Lisette entrant avec touts ces atours dans la Salle du Bal, tout le monde cessa de danser, on se pressa autour d'elle pour la voir; les Princes etoint restès immobiles, se doutant si c'etoit une Deesse, ou bien une mortelle. Les Princesses se regarderent les unes les autres, et disoint que c'etoit surement une Dame de grand rang, qu'on le vojoit a son port majestueux, a son habillement; et a la magnificence de ses Diamans. Enfin le vieux Landgrave, qui est a present dans le Ciel peutetre, rompit ce silence d'admiration, en commandant au jeune Prince George, d'aller engager cette charmante Dame a un Menuett; Il vint d'un pas mal assurè; mais vojant de plus près touts ces charmes, il fut perçè d'un [11] trait irresistible, et perdit tout a fait le peu de contenance qui lui etoit resté encore. Mademoiselle Lisette fut charmee de l'air du Prince, et encore plus de la beaute de sa figure; elle vit l'impression que ses charmes avoint fait sur son cœur, et par une simphathie mutuelle, elle conçut dèz ce moment une tendresse pour lui que la mort seule pourra vaincre. Le Landgrave vojant le trouble de ces deux aimables jeunes gens, envoja un autre Prince; mais alors le premier s'appercevant de sa faute, prit vite la main de la Dame et commanda un Menuet aux Musiciens. Alors l'ame des Spectateurs etoit en suspens, car personne ne dansa qu'eux, les autres, s'etoint rangés en deux hajes, et chacun paroissoit s'efforcer de retenir l'haleine pour ne les pas deranger. On entendoit cependant quelquefois dire tout bas: Elle danse comme un Ange. L'un s'ecrioit: Quelle taille. L'autre: [12] Quel charmant maintien; et le troisieme se fit entendre qu'il n'avoit jamais vu tant de beautes reuinies. Enfin le Menuet etant fini, les Princes et les Princesses formerent un cercle autour d'elle pour la contempler a leur aise, et assurerent que c'etoit la plus charmante masque de tout le Bal. La Princesse Hereditaire s'avança, lui prit les deux mains et dit avec un sourire gracieux: Mademoiselle vous etes bien aimable: La pauvre fille etoit trop consternee, pour pouvoir repondre autre chose, que par une reverence, aussi le peu de françois qu'elle sait n'auroit pas suffi a parler dignement avec une Dame d'un tel rang. Si je voudrois vous dire encore touts les honneurs que Mlle Lisette reçut ce soir là, je remplirois quelques feuilles de papier, ce que cepandant je n'ai pas envie de faire sur un tel sujet.

Suffit que vous sachiez que le jeune Prince George ne la quitta point du tout; elle n'osa danser qu'avec lui, et si un de ses freres [13] cadets vouloit l'engager a une contredance, il lui commanda de se retirer en disant: Qu'avez vous a faire ici? n'approchez pas vous dis je – La douleur de M$^{\underline{lle}}$ Lisette est fort grande a cause de la mort de Monseigneur le Landgrave, car elle a voulu reparoitre demain en grande magnificence, a un nouveau Bal qui y a dû etre.

Jeudi matin a 11 heures.

Nous faisons aujourdhui nos vendanges, ainsi je ne saurois vous ecrire beaucoup. Il fait un froid excessif, et cependant j'irai me promener cet apres midi, mais si vous vojiez mon habillement vous seriez sure que le froid ne sauroit percer. Trois juppes de laine, une robe, trois mouchoirs de cou, une Calesche, un Mantelet de satin doublé, et un Manchon. Ne pourroit on pas vojager en Siberie avec touts ces atours? Nous irons en plusieurs visites, mon frere, et moi, nous passerons le Mein, pour aller voir [14] mon oncle qui a un jardin dèz delà; Puis nous ferons encore un grand tour par terre, ce qui sera tres util a notre sante, car il faut que je vous dise en confiance, nous ne sommes pas bien touts les deux, ma çá se passera. Audieu ma chere.

Vendredi apres dine.

Je viens de recevoir votre charmante lettre, mais je n'y repondrai rien, laissant ce soin a mon Secretaire, ou a une reponse en forme; seulement je Vous prie de ne plus me faire rougir par vos louanges, que je ne merite en aucune facon. Si ce n'etoit pas vous ma chere j'aurois ete un un peu piquee, de ce que vous dites de mon exterieur, car je le pourrois alors le prendre pour de la Satyre, mais je sai que c'est la bonte de votre cœur, qui exige de vous de me regarder ainsi. Cependant mon miroir ne me trompe pas; s'il me dit que j'enlaidis a vue d'œil. Ce ne sont pas là des manieres, ma chere enfant; Je [15] parle du fond du cœur, et je Vous dis aussi que j'en suis quelquefois penetree de douleur; et que je donnerois tout au monde pour etre belle, surtout Dimanche prochain – pardonnez moi – plus ce jour desiré s'avance, plus mon cœur palpite. Et je le verrai donc! – je lui parlerai – Mais a quoi ça me sert il? – He bien folle; ne l'auras tu pas puis pour toujours – du moins son image; et que pretends tu de plus? Ah ma chere je suis pleine de joje; Vous en aurez une copie, surement vous ne me donnerez pas tort de l'aimer – Qu'ai je dit? effaçerai je ce mot? non je le laisserai, pour vous faire voir toutte ma foiblesse. Condamnez moi – Aujourdhui je n'ecoute que le plaisir, je danse par toutte la maison; quoique quelquefois il me vienne une pensee qui me dit de me moderer, et qu'il peuvent arriver plusieurs obstacles. Mais je ne l'ecoute pas; en m'ecriant dabord: Il le faut –

[16]

Samedi matin a 10 heures.
ce 22 Octb. 1768.

J'ai envojé ce moment mon laquais pour inviter les Dames, j'apprehende de le voir de retour, et cepandant je le souhaitte; car tout depend de celles là. Un reve que j'ai eu cette nuit m'inquiette. J'entendis dire une voix: Tu ne le verras plus! – Ah ma chere que ferai je? le Domestique est de retour; et les Dames ne viennent pas – malheureuse – tout est fini. Mon orgueil est bien puni maintenant. – Il faut que ça soit – j'avois bien sujet de dire ainsi – Ajez pitie de moi – Je suis dans un etat a faire compassion – Il m'est impossible de poursuivre – pardonnez moi touttes ces folies – Ecrivez moi quelques lignes seulement qui m'apprennent que Vous me condamnez – Adressez les a Mlle votre Sœur qui me les donnera en secret. Personne ne les verra – Gardez bien cette lettre, que personne ne la voje, qui ne doit pas la voir. Aimez moi toujours. Adieu

GC

I.
16.–22. Oktober 1768*

Sonntag Morgen
um 8 Uhr, d. 16. Okt.

Meine liebe Freundin,
Ich habe große Lust, Ihnen zu schreiben. Alle sind in der Kirche, so daß ich keine Störung zu fürchten habe, denn: niemand soll von diesem Brief wissen. Schon seit langem denke ich an einen geheimen Briefwechsel, um Ihnen alles zu berichten, was hier vorgeht; aber um aufrichtig zu sein: Ich habe mich immer geschämt, Sie mit belanglosen Geschichten zu langweilen, die es nicht wert sind, gelesen zu werden und die nur für diejenigen von Interesse sind, die sie unmittelbar angehen. Aber schließlich habe ich meine Bedenken überwunden – und zwar als ich die Geschichte des Sir Charles Grandison las. Alles würde ich darum geben, um in einigen Jahren, wenn auch nur ein wenig, der hervorragenden Miss Byron zu gleichen. Sie nachahmen?

* Die Handschrift des Tagebuchs für Katharina Fabricius befindet sich im Besitz der Universität Leipzig. Es handelt sich um sieben Briefsendungen.

Ich Närrin – kann ich das? Ich müßte mich schon glücklich schätzen, besäße ich den zwanzigsten Teil von Geist und Schönheit dieser bewundernswürdigen Dame, denn dann wäre ich ein liebenswertes Mädchen. Dieser Wunsch bewegt mich Tag und Nacht! Ich wäre zu tadeln, wünschte ich eine große Schönheit zu sein; nur ein wenig Feinheit der Züge, ein gleichmäßiger Teint, und schließlich jene süße Grazie, die auf den ersten Blick bezaubert. Das ist alles. Aber so ist es nicht und so wird es niemals sein. Was auch immer ich tun oder wünschen mag; also bleibt mir nur, den Geist zu bilden, um wenigstens von dieser Seite erträglich zu werden. – Was für ein wundervoller Mann dieser Sir Charles Grandison ist; schade, daß es von solcher Art nicht mehr Männer auf dieser Welt gibt. Meine Liebe, er war Engländer – und wenn ich mir vorstelle, es könnte jemanden geben, der ihm gleicht, dann muß er Engländer sein. Ich bin für diese Nation vollständig eingenommen, sie sind so liebenswürdig und gleichzeitig sehr ernsthaft, so daß man von ihnen einfach bezaubert sein muß ... Schluß jetzt, ich muß mich jetzt frisieren; vielleicht kann ich heute nachmittag weiterschreiben.

Nachmittag, 2 Uhr.

Ich komme gerade vom Essen; ich habe mich davongestohlen, um Sie ein wenig zu unterhalten; erwarten Sie von diesen Briefen nichts Vorbedachtes. Das Herz soll sprechen und nicht der Verstand. Ich möchte Ihnen gerne etwas mitteilen, meine liebe Katharina, obwohl ich glaube ... aber nein, Sie werden mir verzeihen. Wir haben doch alle Schwächen. Es gibt hier einen jungen Engländer, den ich sehr bewundere. Fürchten Sie nichts, mein Kind, es ist nicht die Liebe, es ist reine Wertschätzung, die ich für ihn empfinde – aufgrund seiner guten Eigenschaften. Es ist nicht jener englische Herr, von dem Fräulein Meixner Ihnen ohne Zweifel erzählt hat, das ist ein unverschämter ... st st, er ist ebenfalls Engländer, und liebe ich nicht alle Menschen dieser Nation wegen meines einzigen Harry? Wenn Sie ihn nur einmal sehen könnten, ein so offenes Gesicht, und so sanft, obwohl geistreich und lebhaft. Sein Benehmen ist einnehmend und höflich, er ist bewundernswert klug und überhaupt der liebenswürdigste junge Mann, den ich je gesehen habe. Und, und, ach, meine Liebe, in fünfzehn Tagen reist er ab; ich bin davon sehr betroffen, obwohl es nicht ein Schmerz ist, wie wenn man liebt. Ich hätte mir nur gewünscht, in der gleichen Stadt zu wohnen wie er, damit ich ihn manchmal sehen und mit ihm sprechen könnte; ich habe an nichts anderes gedacht, das weiß der Himmel, und es ist ... aber so wird es nicht sein und ich werde ihn nie wiedersehen. Nein, nein, ich kann ihn nicht ganz aufgeben. Ich habe eine Idee, die sich machen läßt; das muß sein, ja, das muß sein, wirklich. Ich werde Ihnen alles mitteilen; verurteilen Sie mich, aber wenn Sie das menschliche Herz kennen, werden Sie es sicher nicht können. Jetzt muß ich schließen, denn die Zeit ist kostbar; heute nachmittag besuche ich Fräulein de Sosure, Sie kennen sie, ich würde lieber zu Hause bleiben und mich mit Ihnen unterhalten; aber das geht nicht. Adieu. Vielleicht sehe ich ihn. Ach, mein Herz!

Montag nach dem Mittagessen um 2 Uhr

Ich werde Ihnen jetzt verraten, was ich vorhabe. Diesen Sommer habe ich einen jungen Maler kennengelernt, der zuvor in Paris gewesen ist. Er malt sehr genaue Miniaturen. Er war ein paarmal bei uns und hat mir einige Porträts gezeigt, die er gemalt hat, ohne daß die Abgebildeten im mindesten darum wußten*. Ihm sagte ich, daß ich entzückt wäre, wenn er mir das Bild einer bestimmten Person auf eben diese Art beschaffen könnte. Er war einverstanden und seitdem versuchten wir unsere Maßnahmen zu treffen, aber verschiedenes schlug fehl. Schließlich wurde beschlossen, daß ich kommenden Sonntag vorspielen werde. Harry wird eingeladen, denn er spielt wunderbar Violine und der Maler kommt, um meinen Bruder zu besuchen und tut so, als habe er nicht gewußt, daß Gesellschaft da ist. So wird es ganz ausgezeichnet gehen – und gerade in dem Augenblick, wenn der Liebste sein Instrument spielt – ich verliere mich, meine Liebe.

Dienstag um 3 Uhr.

Da ich heimlich schreiben muß, kann ich nicht so oft schreiben, wie ich gern möchte; denn ich fürchte immer wieder, überrascht zu werden. Sie können sich vorstellen, daß mir das nicht angenehm wäre. Über meinen Verrücktheiten, mit denen ich Sie unterhalte, hätte ich fast vergessen, Ihnen mitzuteilen, daß ich letzte Woche Besuch von Ihrer Schwester und dem liebenswerten Fräulein Baumann hatte, die als Pyramide frisiert war oder anders ausgedrückt – à la rhinozeros; das arme Mädchen hatte Zahnschmerzen; und benahm sich wie immer äußerst mäßig mediocre. Vor allem als mein Bruder kam, setzte sie eine ihrer Mienen auf, Sie wissen schon; den Kopf gesenkt, die Augen niedergeschlagen und kein Wort gesprochen. Dagegen verhielt sich Ihre Schwester sehr angemessen, so daß sie den Beifall meines Bruders fand, der aber sehr viel begeisterter wäre, wenn er Sie hier finden

* Dieser junge Maler ist der Frankfurter Georg Melchior Kraus, der von 1761 bis 1768 zu seiner Ausbildung in Paris war. Er war ein Freund der Geschwister.

würde. Er weiß nichts davon, daß ich Ihnen schreibe, denn er würde es nicht dulden, da er sich ja als meinen Sekretär betrachtet, wenn es sich um Sie handelt. Sagen Sie mir, was halten Sie von seinem letzten Brief? Ist das nicht ein sehr kühner Mann, der es darauf anlegt, Ihre Zuneigung zu gewinnen? Er bewundert Sie im höchsten Grade, seit er einige Ihrer Briefe gelesen hat, und fast schien er unter meinem Namen einen Briefwechsel mit Ihnen beginnen zu wollen. – Ich muß Ihnen jetzt etwas von der kleinen Runkel erzählen. Stellen Sie sich vor, meine Liebe, seit einiger Zeit hat sie einen Verehrer, einen sehr reichen Kaufmann von hier, der fast 50 Jahre alt und seit einigen Jahren Witwer ist.* Sie glaubt, daß er sie heiratet, und aufgrund dieser Vorstellung ist sie so eingebildet geworden, daß es nicht auszuhalten ist. Können Sie sich das vorstellen, bei diesem armen kleinen Mädchen, das nach dem Tod seines Vaters kaum genug zum Leben hatte. Und wenn der älteste Bruder sie nicht in sein Haus aufgenommen hätte, hätte die ganze Familie vom Armengeld leben können. Aber das ist vorbei, und seitdem spielt sie die große Dame. Ich werde Ihnen nur einen Vorfall berichten, von dem Sie auf das Übrige schließen können. Sie haben sicher davon gehört, daß es vor 14 Tagen große Festlichkeiten in Darmstadt gegeben hat – wegen einiger Hochzeiten, die dort stattfanden**. Der Oberstallmeister, ein ausgemachter Idiot***, wollte sich dort mit seinem Fräulein Schwester und seiner zukünftigen Frau zeigen. Also fuhren sie – alle drei – in ihrem Wagen (Phaeton) dorthin. Diesmal trug Fräulein Lisette Schwarz, ein Kleid mit einer Schleppe, eine Art Domino mit hautfarbenen Bändern besetzt. Den Kopf schmückte ein kleiner Hut aus weißen Federn. Jeder bewunderte sie. Der Erbprinz suchte herauszufinden, wer diese schöne Dame sei, und ließ sie durch einen Kavalier bitten, die Maske abzunehmen, damit er sehen könne, ob ihr Gesicht ebenso unvergleichlich sei wie ihre Gestalt. Sie entschuldigte sich, niemand nehme seine Maske ab, und also

* Der Bewerber um Lisette Runckel war ein wohlhabender Witwer von 46 Jahren namens Busch. Die Daten, die Cornelia zu Herrn Busch (Herrn B.) angibt, entsprechen den Dokumenten im Stadtarchiv. Herr B. kaufte das alte, berühmte Frankfurter Gasthaus »König von England«, welches früher das »Krachbein« hieß.

** Am 27. September hatte die Hochzeit zwischen dem Landgrafen Friedrich Ludwig von Hessen-Homburg und der Prinzessin Caroline von Hessen-Darmstadt stattgefunden.

*** Der Stallmeister Carl Ambrosius Runckel (1709–1767) war der Bruder von Lisette Runckel. Johann Wolfgang Goethe beklagt sich in *Dichtung und Wahrheit* über seine unfreundliche Art, als er ihm Reitunterricht erteilte, sowie über seine Geldgier. Die Familie Runckel war in finanziellen Schwierigkeiten, bis eine überraschende Erbschaft um die Jahreswende 1768 ihre Lage entscheidend verbesserte. Vgl. Elisabeth Mentzel, *Wolfgang und Cornelia Goethes Lehrer*, a.a.O., S. 303.

schicke es sich nicht für sie als einzige. Der Prinz beharrte nicht weiter auf seinem Wunsch und dabei blieb es für diesmal. In der nächsten Woche gab es wieder einen Ball. Und unsere drei fanden sich wieder dort ein – die Dame als Venezianerin; ein blaues Seidenjäckchen mit Silber gefüttert, ein Mieder in der gleichen Farbe, ihr Rock, aus Atlasseide, in Purpurrot. Silberspitze und brauner Pelz schmückten das Ganze. Ihr Haar trug sie offen; es war in römischer Art gesteckt und von Perlen und Diamantenschnüren durchflochten. In der Frisur war ein Schleier festgesteckt, der bis auf die Taille fiel; und von dort bis zum Boden. Das Ganze wurde von einer reichen Schärpe aus Silber in der Taille gehalten. Was sagen Sie zu diesem Aufwand? Ich werde morgen weiterschreiben.

Mittwoch, d. 19. Oktober

In meinem Zimmer ist es ein wenig kalt. Ich habe jedoch keinen anderen Ort, um in meinem Bericht von gestern fortzufahren. Hören Sie also. Madame Lisette betrat in all ihrem Schmuck den Ballsaal, und alle hörten auf zu tanzen. Man drängte sich, um sie zu sehen. Die Prinzen standen unbeweglich, wohl im Zweifel, ob es sich um eine Göttin oder eine Sterbliche handele. Die Prinzessinnen sahen sich an. Sie waren sicher, eine Dame von Rang vor sich zu haben, denn das sähe man ja an ihrer majestätischen Haltung und an der Pracht ihrer Diamanten. Endlich unterbrach der alte Landgraf, der jetzt schon im Himmel – vielleicht – ist* das Schweigen der Bewunderung und forderte den jungen Prinzen Georg auf, die Dame zum Menuett zu bitten. Dieser ging mit unsicherem Schritt auf sie zu, aber als er all ihre Reize aus der Nähe sah, wurde er von einer unwiderstehlichen Zuneigung ergriffen und verlor völlig die Fassung, soweit sie ihm noch geblieben war. Mademoiselle Lisette war vom Ausdruck, von der Miene des Prinzen entzückt und noch mehr von seiner Schönheit. Sie sah die Wirkung, die ihre Reize auf sein Herz hatten, und in einer wechselseitigen Übereinstimmung empfand auch sie eine zärtliche Freundschaft für ihn, die allein der Tod enden kann. Der Landgraf erkannte die Verwirrung der beiden jungen Leute und schickte einen anderen Prinzen. Aber da bemerkte der erste seinen Fehler, ergriff rasch die Dame bei der Hand und befahl den Musikern ein Menuett. Die Zuschauer waren hingerissen, niemand außer ihnen tanzte. Man bildete zwei Reihen und jeder schien den Atem anzuhalten, um sie

* »Le Vieux Landgrave«, Ludwig VIII., starb zwei Tage vor Abfassung dieses Briefes unerwartet an einem Schlaganfall im Theater.

nicht zu stören. Zwischendurch hörte man ganz leise: Sie tanzt wie ein Engel, einer rief aus: Welche Grazie, ein anderer: Was für eine bezaubernde Haltung, ein dritter ließ sich vernehmen, daß er noch niemals eine so vollendete Schönheit gesehen habe. Schließlich war das Menuett vorüber und die Prinzen und Prinzessinnen umringten sie, um sie nach Wunsch betrachten zu können und ihr zu versichern, daß sie die lieblichste Maske des ganzen Balls sei. Die Erbprinzessin kam herbei und nahm sie bei den Händen. Mit einem liebenswürdigen Lächeln sagte sie: »Mademoiselle, vous êtes bien aimable.« Das arme Mädchen war viel zu bestürzt, um anders als durch eine Verneigung zu antworten. Außerdem hätte ihr bißchen Französisch nicht gereicht, um mit einer Dame dieses Ranges zu sprechen. Wenn ich Ihnen noch alle die Ehrenbezeigungen, die Mlle. Lisette an diesem Abend erhielt, beschreiben wollte, so würde ich noch einige Bogen Papier füllen, wozu ich jedoch für ein solches Thema keine Lust habe. Es muß Ihnen reichen, wenn Sie wissen, daß der junge Prinz Georg nicht von ihrer Seite wich, daß sie nur mit ihm zu tanzen wagte. Wenn einer seiner Brüder sie zu einem Contredance auffordern wollte, befahl er ihm, sich zurückzuziehen: »Was haben Sie hier zu suchen? Entfernen Sie sich, sage ich.« Mlle Lisette ist ausgesprochen traurig, daß der Landgraf gestorben ist, denn sie hatte die Absicht, morgen wieder in aller Pracht auf dem nächsten Ball zu erscheinen, der nun nicht stattfindet.

Donnerstag vormittag um 11 Uhr

Wir haben heute unsere Weinlese, so daß ich Ihnen nicht viel schreiben kann. Es ist sehr kalt und trotzdem gehe ich heute nachmittag spazieren; aber wenn sie meine Garderobe sehen könnten, würden Sie überzeugt sein, daß die Kälte niemals durchdringen kann. Drei Wolljacken, ein Kleid, drei Halstücher, ein Hut, eine Mantille – diese mit Satin gefüttert – und ein Muff. Könnte man in diesem Aufzug nicht nach Sibirien reisen? Wir werden verschiedene Besuche machen, mein Bruder und ich; wir werden über den Main gehen, um meinen Onkel zu besuchen, der drüben einen Garten hat. Dann machen wir noch einen großen Weg, der uns beiden sehr gut bekommen wird, denn ich muß Ihnen im Vertrauen sagen, es geht uns beiden nicht gut, aber das wird sich wieder geben. Adieu meine Liebe.

Freitag nachmittag

Gerade habe ich Ihren liebenswürdigen Brief erhalten, aber ich werde nicht darauf antworten. Ich werde diese Aufgabe meinem Sekretär überlassen, oder einem Höflichkeitsschreiben. Ich bitte *Sie*, mich in

Zukunft nicht durch ein Lob erröten zu machen, das ich in keiner Hinsicht verdiene. Wären es nicht Sie, meine Liebe, so wäre ich ein wenig gekränkt über das, was Sie über meine äußere Erscheinung sagen, denn ich kann das nur als Satire auffassen. Aber ich weiß, daß es Ihre Güte ist, die von Ihnen verlangt, mich so zu sehen. Indessen: Mein Spiegel täuscht mich nicht, wenn er mir sagt, daß ich von Tag zu Tag häßlicher werde. Das ist keine Ziererei, mein liebes Kind. Ich spreche ganz aufrichtig, und ich sage Ihnen auch, daß ich manchmal von Schmerz zerrissen bin, daß ich alles darum geben würde, schön zu sein, vor allem am kommenden Sonntag – verzeihen Sie mir – je näher der ersehnte Tag rückt, um so heftiger schlägt mein Herz. Ich werde ihn sehen – ich werde mit ihm sprechen – aber wozu wird mir das nützen? – Närrin; hast Du nicht auf immer – wenigstens sein Bild; und was verlangst Du mehr? Ach meine Liebe, ich bin glücklich; Sie sollen eine Kopie haben, und sicher werden Sie mir nicht unrecht geben, ihn zu lieben; was habe ich geschrieben? Soll ich das Wort ausstreichen? Nein, ich lasse es stehen, damit Sie meine ganze Schwäche sehen. Verurteilen Sie mich – heute höre ich auf nichts als die Freude in mir, ich tanze durch das ganze Haus; manchmal denke ich daran, daß ich mich mäßigen sollte und daß Hindernisse auftauchen könnten. Aber ich gebe dem nicht nach und sage mir: Es muß gelingen –

Samstag morgen 10 Uhr
der 22. Oktober 1768.

In diesem Augenblick habe ich meinen Diener geschickt, die Damen [zum Konzert] einzuladen. Ich fürchte, ihn wiederkehren zu sehen, und gleichzeitig wünsche ich es; denn alles hängt davon ab. Ich hatte diese Nacht einen Traum, der mich beunruhigt. Ich hörte eine Stimme: »Du wirst ihn nicht wiedersehen!« – Ah, meine Liebe, was soll ich tun? Der Diener ist zurück, die Damen kommen nicht, Unglückliche – alles ist aus. Mein Hochmut ist jetzt bestraft – das mußte so sein – ich habe allen Grund, das zu sagen – haben Sie Mitleid mit mir – ich bin in einem jammervollen Zustand (einem Zustand, der mitleiderregend ist) – es ist mir unmöglich, fortzufahren – verzeihen Sie mir all diese Tollheiten – schreiben Sie mir nur einige Zeilen, daß Sie mich nicht verurteilen [das »Nicht« ist vergessen U. P.] – schicken Sie sie an Ihre Schwester, die sie mir heimlich geben wird. Niemand wird sie sehen – achten Sie auf diesen Brief, daß ihn niemand sieht, der ihn nicht sehen sollte. Lieben Sie mich immer. Adieu GC

II.
25. Oktober – 2. November 1768

Mardi ce 25 Octb.
1768

Ma bien aimee Amie
La fin de ma derniere lettre, etoit tres confuse, pardonnez le moi, je ne savois ce que je disois, et une sorte de saississement s'empara alors de mon ame. Je m'étonne quelquefois de moi meme; j'ai des passions si fortes que dabord je suis portée a l'exçès; mais ça ne dure pas longtems, et c'est la un grand bonheur pour moi, car il n'y auroit pas le mojen d'y subsister. Pour maintenant je suis assez tranquille, esperant que dans cinq jours il y aura encore un Dimanche – taisons nous de peur que si nous manquons encore une fois, on aura sujet de se moquer de nos desseins. Vous le feriez surement n'est ce pas ma chere? et je le meriterois. S'il part dans cette semaine .... ne donnons point de lieu a une Idee si choquante la seule pense me fait fremir – Et ne puis je donc pas quitter ce sujet, quoique je me le sois proposé; vous le vojez mon enfant: et je crois vous entendre dire que si je ne sai rien d'autre je dois [18] cesser tout a fait. Je le ferai aussi, mais auparavant je parlerai un mot de Mlle Meixner. Vous pouvez lui montrer touttes ces lettres si vous le jugez convenable, dites lui que je lui dois encore une reponse de compliment, mais qu'elle doit m'excuser, puisque je n'aime pas ce ton là. Dites lui encore que c'est tant pour elle, que pour Vous que j'ecris ces recits ennujants, et remplis d'impertinences, car je suis sure que Vous les trouverez tels. Je m'estimerai assez heureuse, si en les ajant parcourues, vous daignez me pardonner, et me plaindre – Je n'ai pas vu depuis Mlle votre Sœur, quoique je l'aje priee de me venir voir quand il lui plaira, sans la charmante Cousine. Peutetre que cela ne lui sera pas permis; Vous connoissez les sentiments de ces aimables personnes. J'en suis fachee pour l'amour de Mlle votre Sœur; on pourroit procurer a cette chere fille toutes sortes d'amusements, mais, avec cette Cousine tout est gàté. Adieu, je m'en vais vous quitter, jusqu'a revoir.

[19] Mecredi ce 26 Octbr.
a 2 heures apres dine

Dans ce moment mon frere est alle voir deux jeunes Seigneurs de qualite, qui viennent de Leipzig, ou il a eu connoissance avec eux. Je le priai de me les decrire, ce qu'il a fait avec plaisir. Monsieur de Oldroqq l'ainé, me dit il, a environ vingt six ans, il es grand, de belle taille, mais son visage a des traits peu flatteurs; il a beaucoup d'esprit, parle peu,

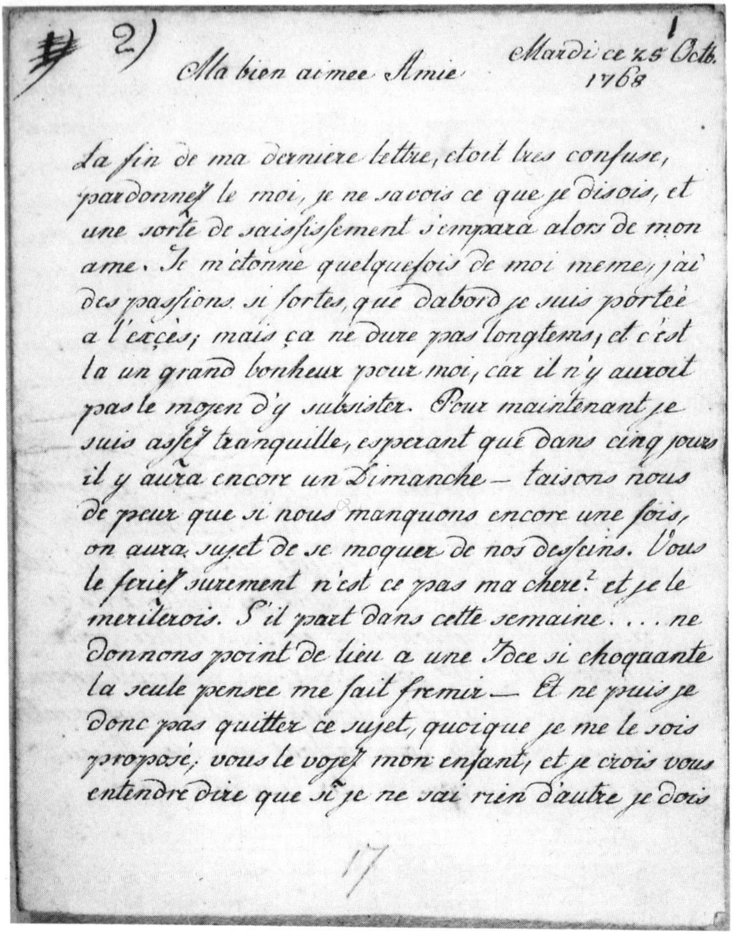
2) 1

Ma bien aimee Amie — Mardi ce 25 Oct. 1768

La fin de ma derniere lettre, etoit tres confuse,
pardonnez le moi, je ne savois ce que je disois, et
une sorte de saisissement s'empara alors de mon
ame. Je m'étonne quelquefois de moi meme, j'ai
des passions si fortes, que dabord je suis portée
a l'excès; mais ça ne dure pas longtems, et c'est
la un grand bonheur pour moi, car il n'y auroit
pas le moyen d'y subsister. Pour maintenant je
suis assez tranquille, esperant que dans cinq jours
il y aura encor un Dimanche — taisons nous
de peur que si nous manquons encore une fois,
on aura sujet de se moquer de nos desseins. Vous
le feriez surement n'est ce pas ma chere? et je le
meriterois. S'il part dans cette semaine . . . ne
donnons point de lieu a une Idee si choquante
la seule pensee me fait fremir — Et ne puis je
donc pas quitter ce sujet, quoique je me le sois
proposé; vous le voyez mon enfant, et je crois vous
entendre dire que si je ne sai rien d'autre je dois

17

Cornelia Goethe an Katharina Fabricius.

mais tout ce qu'il dit, montre la grandeur de son ame, et son jugement elevé; il est tres agreable en Compagnie; pousse la civilité jusqu'au plus haut bout, supportant avec condescendance, les personnes d'un merite inferieur, enfin il possede touttes les qualités requises pour rendre un Cavalier aimable – Son frere aura vingt ans, il a la taille moins haute que l'aine, mais ses traits sont d'une beaute charmante; comme vous aimez a les voir vous autres filles; il est beaucoup plus vif

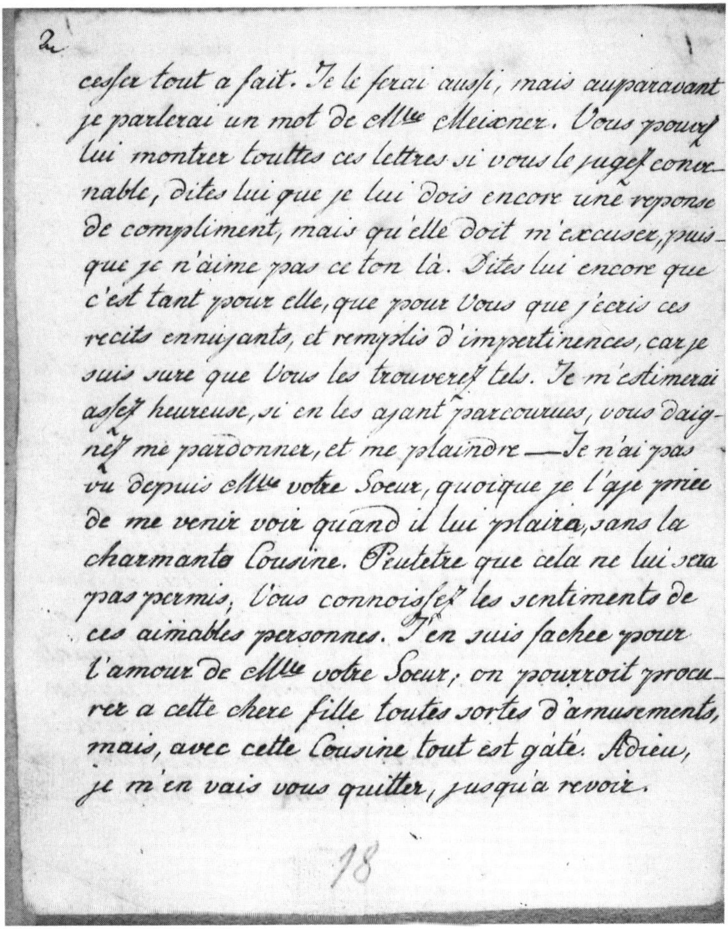
2

cesser tout a fait. Je le ferai aussi, mais auparavant je parlerai un mot de Mlle Meixner. Vous pouvez lui montrer touttes ces lettres si vous le jugez convenable, dites lui que je lui dois encore une reponse de compliment, mais qu'elle doit m'excuser, puisque je n'aime pas ce ton là. Dites lui encore que c'est tant pour elle, que pour Vous que j'ecris ces recits ennuyants, et remplis d'impertinences, car je suis sure que Vous les trouverez tels. Je m'estimerai assez heureuse, si en les ayant parcourues, vous daignez me pardonner, et me plaindre — Je n'ai pas vu depuis Mlle votre Soeur, quoique je l'aye priee de me venir voir quand il lui plaira, sans la charmante Cousine. Peutetre que cela ne lui sera pas permis, Vous connoissez les sentiments de ces aimables personnes. J'en suis fachee pour l'amour de Mlle votre Soeur; on pourroit procurer a cette chere fille toutes sortes d'amusements, mais, avec cette Cousine tout est gâté. Adieu, je m'en vais vous quitter, jusqu'a revoir.

18

que l'autre, parle souvent, quoique quelquefois mal a propos, il a le
[20] caractere aimable, melé avec beaucoup de feu, ce qui lui va tres bien; Encore un peu d'etourderie, mais ça ne fait rien. Il suffit a toi de savoir que c'etoint là les Cavaliers les plus distingués de toutte notre Academie – Je suis charmee de cette description, ne l'etes Vous pas aussi ma chere car je Vous assure que quand mon frere loue quelqu'un il faut qu'il ait beaucoup de merite. –

a six heures du soir.

Il est de retour, pensez mon enfant, demain ils viendront chez nous; je suis curieuse de les voir, mais j'ai honte de me presenter a eux. Voila une de mes grandes foiblesses, il faut que je l'avoue; Vous connoissez mes pensees là dessus, et vous me pardonnerez si je rougis, en pensant de montrer a des personnes d'un tel merite, une figure si humiliante, et si peu digne d'etre vue. C'est un desir innocent de plaire, je ne souhaitte rien – Ah ma cher si vous vojiez les pleurs – non non je n'en verse pas, ce n'est que – ce n'est rien –

[21] Jeudi a 10 heures du matin

Si je pouvois Vous deplojer l'etat present de mon ame je serois heureuse, du moins je comprendrois alors ce qui se passe en moi. Mille pensees mortifiantes, mille souhaits a demi formés, et rejettés dans le meme moment. Je voudrois – mais non je ne voudrois rien – Je Vous envie presque ma chere, le repos que vous goutez, etant contente de Vous meme, ce que Vous avez sujet; au lieu que moi – je ne saurois poursuivre –

a 2 heures apres midi –

Que ferai je? je me suis habillee pour sortir, et je n'en ai pas le courage. Je m'en irai; il m'est impossible de les voir; vojez la folle comme le cœur lui bat. Vingt fois les escaliers furént descendues, et autant de fois mes pas me ramenerent dans ma chambre. Mon frere m'a demandé si je sortois aujourdhui, et je lui ai repondue qu'oui, ainsi je ne saurois reculer – Adieu je m'en vais pour la derniere fois, prennons courage, vite point de grimaces; Ne suis je pas bien ridicule?

[22] a cinq heures

Me voila revenue, je me suis trouvee mal, je crains a tout moment une foiblesse – Je vais me deshabiller – Ils sont là ma chere, et pensez il est arrive justement un de mes Cousins, qui etoit depuis quelque tems a la Cour, il est aussi aupres de ces Seigneurs, s'il lui venoit en tete de me voir – J'ai ete surprise, mon frere est entré et j'ai cache vitement ma lettre, ah ma chere il a ete envojé de mon Cousin qui veut me voir absolument il a deja fait mon eloge a Messieurs de Oldroqq – je me suis excusee, disant que me trouvois mal, mon frere etoit effraje en me regardant, car je suis pàle comme la mort. Je n'y saurois aller – que vais je devenir j'entends la voix de mon Cousin qui s'ecrie – il faut qu'elle vienne – il entre, ah ma chere sauvez moi –

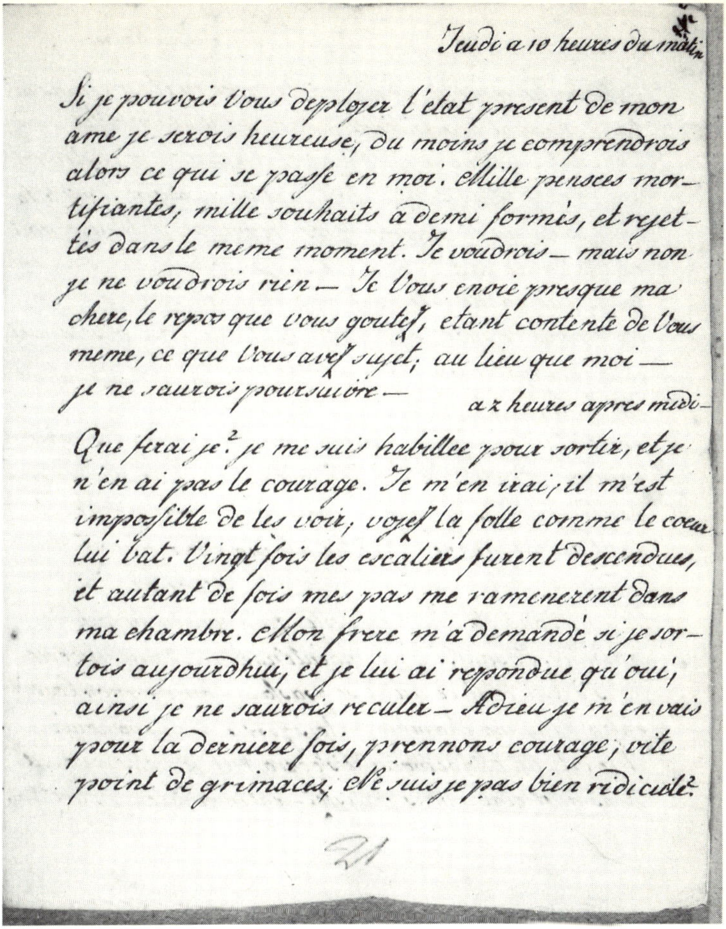

Jeudi a 10 heures du matin

Si je pouvois Vous deployer l'etat present de mon ame je serois heureuse, du moins je comprendrois alors ce qui se passe en moi. Mille pensees mortifiantes, mille souhaits à demi formés, et rejettés dans le meme moment. Je voudrois – mais non je ne voudrois rien – Je Vous envie presque ma chere, le repos que vous goutez, etant contente de Vous meme, ce que Vous avez sujet; au lieu que moi – je ne saurois poursuivre –

a 2 heures apres midi

Que ferai je? je me suis habillee pour sortir, et je n'en ai pas le courage. Je m'en irai; il m'est impossible de les voir, voyez la folle comme le coeur lui bat. Vingt fois les escaliers furent descendues, et autant de fois mes pas me ramenerent dans ma chambre. Mon frere m'a demandé si je sortois aujourdhui, et je lui ai repondue qu'oui; ainsi je ne saurois reculer – Adieu je m'en vais pour la derniere fois, prennons courage, vite point de grimaces. Ne suis je pas bien ridicule?

21

Cornelia Goethe an Katharina Fabricius.
Brief vom 26. Oktober 1768

a 7 heures

J'y ai donc eté; he bien sotte, qu'avois tu besoin de craindre. Je suis si gaje maintenant; – ecoutez moi, je Vous dirai tout ce qu'il se passa – Comme mon Cousin entra dans ma chambre, j'etois prete a m'evanouir, il le vit, ah Mademoiselle s'ecria t-il je vous revois, et dans quel etat – vous palissez – eh mon Dieu, qu'avez Vous [23] je suis venu

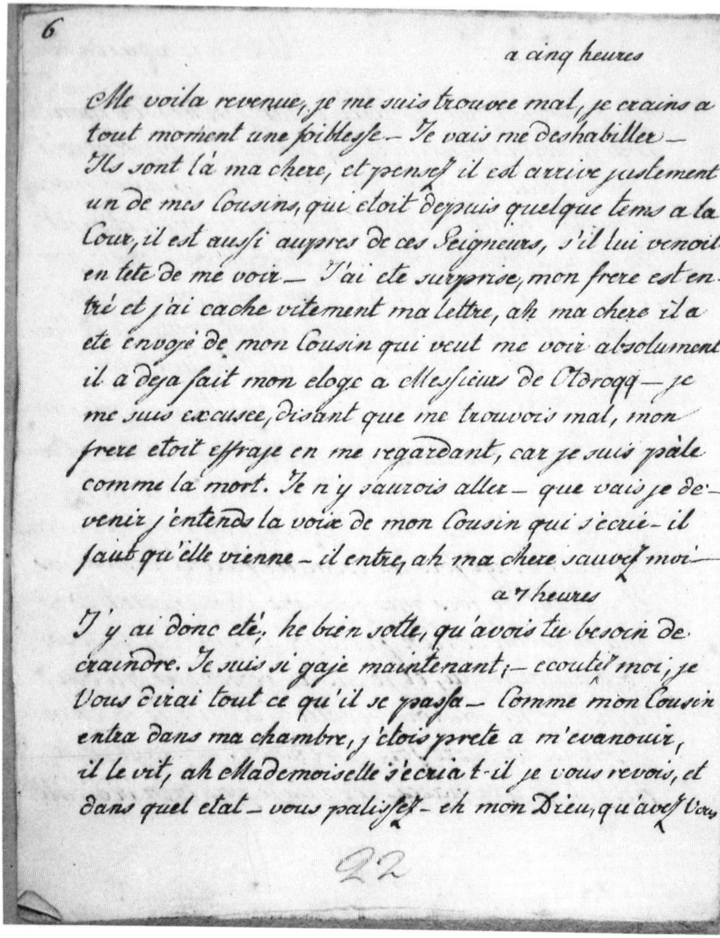

6

a cinq heures

Me voila revenue, je me suis trouvee mal, je crains a
tout moment une foiblesse – Je vais me deshabiller –
Ils sont là ma chere, et pensez il est arrive justement
un de mes Cousins, qui etoit depuis quelque tems a la
Cour, il est aussi aupres de ces Seigneurs, s'il lui venoit
en tete de me voir – J'ai ete surprise, mon frere est en-
tré et j'ai caché vitement ma lettre, ah ma chere il a
ete envoyé de mon Cousin qui veut me voir absolument
il a deja fait mon eloge a Messieurs de Cldroqq – je
me suis excusee, disant que me trouvois mal, mon
frere etoit effraye en me regardant, car je suis pâle
comme la mort. Je n'y saurois aller – que vais je de-
venir j'entends la voix de mon Cousin qui s'ecrie – il
faut qu'elle vienne – il entre, ah ma chere sauvez moi –

a 7 heures

J'y ai donc eté, he bien sotte, qu'avois tu besoin de
craindre. Je suis si gaje maintenant; – ecoutez moi, je
Vous dirai tout ce qu'il se passa – Comme mon Cousin
entra dans ma chambre, j'etois prete a m'evanouir,
il le vit, ah Mademoiselle s'ecria t-il je vous revois, et
dans quel etat – vous palissez – eh mon Dieu, qu'avez Vous

22

pour Vous chercher, ces Messieurs sont inquiets de vous voir, allons venez, ils sont bien aimables, votre mal se passera – Laissez moi Monsieur, je ne saurois, vous vojez que je ne suis pas bien, – que diront ces Messieurs s'ils me vojent en un tel etat – ce qu'ils diront ma chere – eh que ma Cousine est un Ange – Je Vous prie Monsieur – et je Vous prie Mademoiselle que craignez vous – venez venez. Il saisit ma main m'entraine – ouvre la Salle – voila Messieurs ma Cousine. Ah ma chere ne tremblez vous pas pour moi? Plus morte que vive j'entre – ils se levent – je ne sais ou je suis, et machinalement je vais vers l'aine d'Oldroqq qui prend ma main, la baise, et me fait quelques compliments, que je n'entends point. Le Cadet approche, je me tourne vers lui, faisant la reverence, je le regarde et je reste stupefaite, en vojant qu'il ressemble beaucoup a mon aimable Anglois – Mon frere appercoit mon trouble et pour m'en tirer il prie les Messieurs de s'assoir. Cela me fait recouvrir la parole, je leur dis que j'etois fachee de les avoir derangès, et qu'ils me feroint plaisir de reprendre leur places. Nous nous [24] assejons, le Cadet a coté de moi a main droite, mon frere a main gauche, l'aine a cote de lui, et puis vis a vis de moi mon Cousin. J'etois trop pres des chandelles, j'eus honte de me faire voir, c'est pourquoi je pris ma chaise, et la tirant loin de la table je m'y râssis – Mon cousin s'ecria dabord: Eh ma chere pourquoi nous derobez Vous nous votre charmant visage, approchez vous je vous prie – C'est ainsi ma coutume Monsieur de me mettre loin de la lumiere; et je l'ai plus sujet maintenant que jamais, ajant ete dans l'obscurité, ce grand eclat me frappe tout a coup, et m'eblouit tellement que je ne puis voir personne – Vous aurez en tout votre volonte ma chere, mais dites moi comment vous ètes Vous portee depuis l'hiver passe, vous etes devenue plus grande, et plus belle, Messieurs qu'en dites vous; vous ai [je] trompés en parlant de ma Cousine, comme d'une fille admirable? Ah ma chere j'etois exedee – Les deux Seigneurs me regardoint avec un sourire d'approbation, ils se baisserent – que devoint ils dire – Je pris courage – Messieurs leur dis je, Vous vojez de ce seul trait, que mon Cousin a grande envie de railler aujourdhui, il badine, et je vous prie de prendre [25] tout ce qu'il dit sur ce ton là – »Ma chere Cousine je ne vous ai pas encore communique la joje que j'ai ressentie, en trouvant a mon retour ici un Cousin si aimable, je ne le connois que depuis une heure, et dans ce peu de tems j'ai deja decouvert en lui mille belles qualités, on a sujet de vous feliciter, d'un frere si digne d'etre aimé« – Je suis charmée Monsieur que vous etes convaincu a present, combien j'avois raison d'etre affligee de l'absence de ce frere cheri; ces trois annees ont etés bien longues pour moi, je souhaittois a tout moment son retour. – Ma Sœur, ma sœur, et maintenant que je suis là personne ne desire de me voir, c'est tout comme si je n'y etois pas – Point de reproches mon frere, vous le savez vous meme, que ce n'est pas là ma faute, vous etes toujours occuppé, et je n'ose vous interrompre si souvent que je le voudrois – Mais ma chere Cousine comment va donc la musique, vous excelliez deja l'hiver passe, que ne sera ce maintenant. Oserois je vous prier, de me faire entendre vos nouveaux progres; je suis sur que ces Messieurs en seront charmés – |: Il faut vous dire ma chere que je me portois mieux a tout moment, mes terreurs etoint passéz, et je commençai [26] a recouvrir toutte ma presence d'esprit. Je me levai dabord et l'orsqu'ils virent que je marchois vers mon Clavessin ils se posterent touts autour de moi; le Cadet se mit de façon a pouvoir me regarder a son aise pendant que je jouois. Je le surpris quelque fois. Je fus deconcertee un peu sans savoir pourquoi, je rougissois, – mais mai chere pourquoi me regardoit il aussi – cepandant j'executai assez bien mon Concert, et en me levant, je priai mon Cousin, de nous faire entendre son habilete en sifflant; C'est un drôle d'homme ma chere il fait ça d'une façon si curieuse, qu'il faut eclater de rire en le vojant. Il me ramena a ma chaise, et en me demandant ce qu'il devoit faire encore pour m'obliger je le priai de reprendre sa place; Vous saurez qu'elle etoit vis a vis de moi – Je vois a quoi ça aboutit s'ecria t-il vous voulès que je m'eloigne, c'est vous Monsieur, dit il au jeune d'Oldroqq, qu'elle a elû pour etre toujours pres d'elle; Que je suis charmé Messieurs, que vous ne restez pas ici; je n'aurois plus la moindre place dans le cœur de, ma niece, car je suis sûr que Vous me l'enleveriez entierement – Ah ma chere que [27] le cœur me battoit, je ne sûs que dire; Le jeune d'Oldroqq etoit en peine pour moi, je le vis a l'emotion peinte sur son charmant visage. Il me regardoit timidement comme s'il eut craint de m'offenser. Je ne pouvois me defendre le plaisir de le contempler, je crûs voir mon aimable Harry, je ne sais plus ce que je pensois alors – Mon frere pour donner un tour a la Conversation parla de Leipzig, du tems agreable qu'il y avoit passe, et en meme tems il commença a se plaindre de notre ville, du peu de gout qui y regnoit, de nos citojens stupides et enfin il s'emancipa, que nos Demoiselles n'etoint pas supportables. Quelle difference entre les filles saxonnes, et celles d'ici s'ecriat-il – Je lui coupai la parole et m'adressant a mon aimable Voisin Monsieur lui dis je ce sont ces reproches qu'il faut que j'entende touts les jours; Dites moi je vous prie; vous qui n'etes peutetre pas si prevenu que lui, si c'est en effet la verite, que les Dames Saxonnes, sont tant superieures, a celles de toutte autre nation? – Je vous assure Mademoiselle que j'ai vu le peu de tems que je suis ici beaucoup plus de beautés parfaites qu'en Saxe, cepan-[28] dant j'ose vous dire, ce qui porte tant Monsieur votre frere pur elles, c'est qu'elles possedent une certaine grace un certain air enchanteur – C'est justement interrompit mon frere, cette grace et cet air qui leur manque ici, je suis d'accord qu'elles sont plus belles, mais a quoi me sert cette beauté, si elle n'est pas accompagnee de cette douceur infinie, qui enchante plus que la beaute meme – Juste ciel il sonne dix heures, il faut aller me coucher, je n'ai pas soupee aujourdhui pour pouvoir vous dire tout ça; J'aurois bien voulu vous raconter la Conversation jusqu'a la fin, mais il m'est impossible de prendre tant de

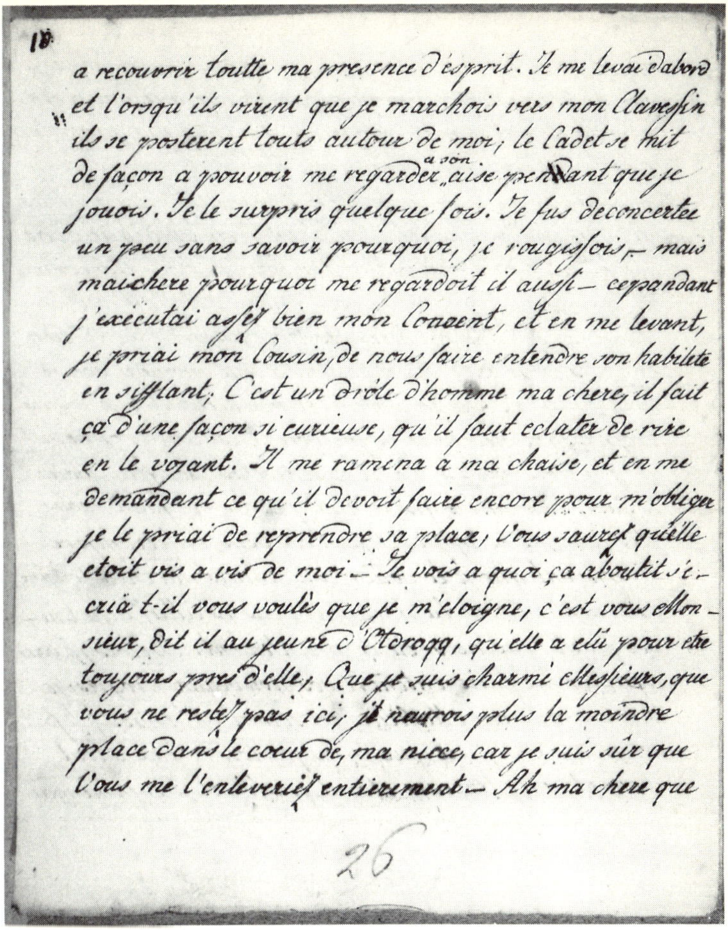
18
a recouvrir toutte ma presence d'esprit. Je me levai d'abord
et l'orsqu'ils virent que je marchois vers mon Clavessin
ils se posterent touts autour de moi; le Cadet se mit
de façon a pouvoir me regarder a son aise pendant que je
jouois. Je le surpris quelque fois. Je fus deconcertée
un peu sans savoir pourquoi, je rougissois, — mais
ma chere pourquoi me regardoit il aussi — cependant
j'executai assez bien mon Concert, et en me levant,
je priai mon Cousin, de nous faire entendre son habileté
en sifflant; C'est un drôle d'homme ma chere, il fait
ça d'une façon si curieuse, qu'il faut eclater de rire
en le voyant. Il me ramena a ma chaise, et en me
demandant ce qu'il devoit faire encore pour m'obliger
je le priai de reprendre sa place, vous savez qu'elle
etoit vis a vis de moi — Je vois a quoi ça aboutit s'e-
cria t-il vous voulès que je m'eloigne, c'est vous Mon-
sieur, dit il au jeune d'Olroqq, qu'elle a elû pour etre
toujours pres d'elle; Que je suis charmé Messieurs, que
vous ne restez pas ici, je n'aurois plus la moindre
place dans le coeur de ma niece, car je suis sûr que
vous me l'enleveriez entierement — Ah ma chere que
26

Cornelia Goethe an Katharina Fabricius. Brief vom 26. Oktober 1768

tems. Je n'ajouterai donc rien, excepte qu'ils s'en allerent tres contents, sur tout le Cadet, qui prit un conge tres poli de moi, il baisa ma main, la serra a plusieurs reprises, je crûs presque qu'il ne vouloit plus me la rendre – Qu'avoit il besoin de se comporter tellement – J'envie ces belles Dames qu'il a vu ici, ny auroit il pas une douceur infinie de plaire a un tel homme – Mais pourquoi dis je cela? vous vojez que le sommeil m'egare; Adieu ma bonne – je m'endors –

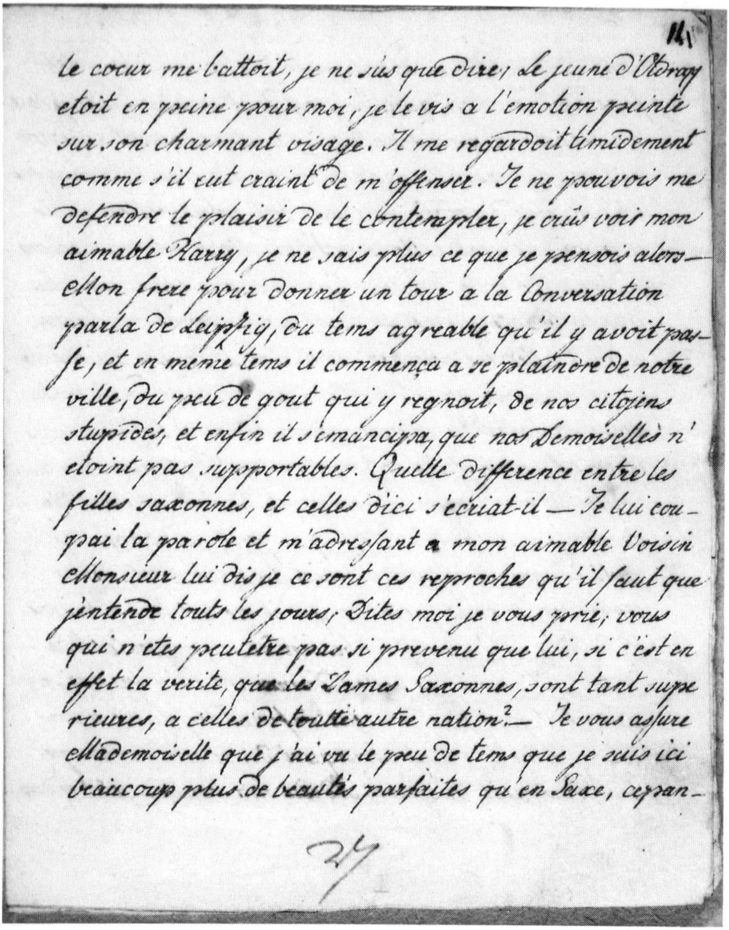

le coeur me battoit, je ne sus que dire; Le jeune d'Udray
etoit en peine pour moi, je le vis a l'emotion peinte
sur son charmant visage. Il me regardoit timidement
comme s'il eut craint de m'offenser. Je ne pouvois me
defendre le plaisir de le contempler, je crûs voir mon
aimable Harry, je ne sais plus ce que je pensois alors—
Mon frere pour donner un tour a la Conversation
parla de Leipzig, du tems agreable qu'il y avoit pas-
se, et en même tems il commença a se plaindre de notre
ville, du peu de gout qui y regnoit, de nos citoyens
stupides, et enfin il s'emancipa, que nos Demoiselles n'
etoint pas supportables. Quelle difference entre les
filles saxonnes, et celles dici s'ecriat-il — Je lui cou-
pai la parole et m'adressant a mon aimable Voisin
Monsieur lui dis je ce sont ces reproches qu'il faut que
jentende touts les jours; Dites moi je vous prie; vous
qui n'etes peutetre pas si prevenu que lui, si c'est en
effet la verite, que les Dames Saxonnes, sont tant supe
rieures, a celles de toutte autre nation? — Je vous assure
Mademoiselle que j'ai vu le peu de tems que je suis ici
beaucoup plus de beautés parfaites qu'en Saxe, cepen-

[29] Vendredi matin.

J'ai oubliee de vous dire que le Païs natal de ces jeunes Seigneurs est la Livonie; c'est quelques centaines de lieues d'ici; ça est bien loin n'est ce pas ma chere Catherine. Ils vojageront par toutte l'Europe, et puis ils iront retrouver leur chere Patrie. Je voudrois qu'ils restassent ici encore huits jours, car vendredi prochain notre grand Concert sera pour la premiere fois, et ils pourroint en y allant, concevoir une bonne idee de notre ville et de nos habitants.

a 7 heures du soir.

Dans ce moment mon frere est arrive a la maison, il a ete toutte cette journee aupres de ses aimables Seigneurs et il soupera aussi avec eux; j'envie presque le bonheur qu'il a, de les voir si souvent. Demain matin ils partiront pour Majence, ils y resterons deux jours, et puis ils reviendront ici – Je crains de vous ennujer, si je babille toujours de ces Messieurs, que vous ne connoissez pas; mail il faut que vous vous accoutumiez a entendre parler des personnes que j'estime, car quand on a une fois un rang [à] mon cœur, soit amour, soit amitie on peut etre assuré, que ma bouche ne retient pas les louanges.

[30] Samedi matin a 10 heures

Vous attendrez surement des exclamations douloureuses, si je vous dis que mon aimable Anglois est parti, qu'il est parti sans pouvoir me dire le dernier Adieu, que je n'ai pas son portrait, qu'enfin touttes nos mesures ont manqués. – Mais ma chere je me comporterai comme il me convient; quoique ç'a vous etonnera, apres ce que [je] Vous ai deja ecrit. – Mon cœur est insensible a tout. – Pas une larme, pas un seul soupir – Et quelle raison en aurois je aussi? aucune je pense. – Cepandant ma chere Amie y avoit il jamais un souhait plus innocent, que celui de voir toujours son image? j'avois toujours un extreme plaisir a le regarder, et j'en suis privee maintenant – mais ça ne fait rien. – vous vojez toutte mon indifference – l'etat present de mon ame approche a l'insensibilite. – Je regarde dans mon miroir, et j'ai pitie d'un affreux etalage couleur de feu, que je me suis mis sur la tete sans le savoir. Je suis tres belle, je crois dans cette parure – Oui oui ça va tres bien a mon teint. – Si j'avois seulement envie de rire, je pourrois – mais ou je m'egare; je suis aujourdhui de bonne humeur – Bon soir ma chere – je jouerai un air sur le Clavessin, que ces vapeurs passent –

[31] Dimanche matin ce 30 Oct.

Je n'ai pas envie d'aller a l'eglise, je ne suis pas trop bien, et puis la medicine que je prends a un gout si affreux, que je crains a tout moment un mal de cœur. Il fait tres beau tems aujourdhui, nous irons avec une grande Compagnie sur le Pfarrthurm; le connoissez vous; c'est la tour la plus haute de notre ville, je n'y ai jamais eté. Ce sera une petite motion j'espere, qui me sera de grande utilité; il faut que je marche tout le jour, et cepandant je me poste là pour ecrire. Allons levons nous –

a 7 heures du soir

Nous y fumes ma chere, que cela est beau d'avoir toutte la ville a ses pieds; mais pensez, en montant il fallut nous arretter quattre fois, tant l'haleine nous manqua. Il y a une grande Salle, ou on peut jouer sur le Clavessin. Nous vimes Hanau tout près avec une perspective. Les Gloches sont d'une enorme grandeur, et quand on les entend battre de pres, on perd entierement ses oreilles – En descendant on ne manque pas d'haleine, mais nos genoux commencerent a chanceller, de sorte que comme nous fumes en bas je m'assis par terre, non pas par lassitude; mais a cause d'un tremblement universel.–

[32] Mecredi ce 2 Novemb.
a 8 heures du matin

J'enverrai aujourdhui cette lettre a la poste, il faut donc que je finisse, – ma chere, Messieurs de Oldroqq viendront cet apres midi, je m'en rejouis – du moins je verrai encore une fois cet aimable visage, qui a tant de ressemblance – st - st. – Je vous ecrirai tout ce qui se passe, – je les persuaderai de rester jusqu'a vendredi – je pourrai alors – on m'interrompt – c'est mon frere, que va t'il dire – Ah ma chere, plaignez moi – tout s'accumule pour me faire desesperer – ils partent ce matin – que ferai je – si vous vissiez ma peine, elle est au dessus de mes forces – touts les plaisirs que je me promets, me manquent – a quoi suis je encore reservee – Pardonnez moi ma bonne amie, vous vojez que je suis dans le premier saississement – Ils passeront par Worms, et y logeront a l'Empereur Romain – Vous les verrez peutetre – Au nom du Ciel prennez garde a cette lettre, je serois au desespoir si quelqu'un d'autre que Vous et ma chere Mlle Meixner, vit ces folies – Sojez indulgentes envers une fille qui quoiqu'elle ne le merite pas; a cepandant besoin de votre amitie – Mon frere s'en est allé dans ce moment pour leur dire Adieu, – ah quelle pensee s'offre a mon esprit – non non –

Adieu G C.

2.
25. Oktober – 2. November 1768

Dienstag, d. 25. Oktober 1768

Meine geliebte Freundin
Der Schluß meines letzten Briefes war sehr verwirrt, verzeihen Sie mir, ich wußte nicht, was ich sagte, und eine Art Raserei bemächtigte sich meines Gemüts. Ich wundere mich manchmal über mich selbst. Ich habe so heftige Empfindungen, daß ich sofort bis zum Äußersten getrieben werde. Aber dieser Zustand geht rasch vorüber, und darin sehe ich ein großes Glück, denn ich kann ihn nicht ertragen. Im Augenblick bin ich ziemlich ruhig – in fünf Tagen kommt ja wieder ein Sonntag – ich schweige lieber aus Angst, daß es wieder fehlschlägt, denn dann hätte man wirklich Grund, sich über diese Versuche lustig zu machen. Sie werden es sicher tun, meine Liebe? Und mit Recht. Ich verdiene es. Wenn er nun diese Woche fährt ... ich will mich in den Gedanken nicht vertiefen, allein die Vorstellung macht mich zittern – kann ich nicht von diesem Thema schweigen? Obwohl ich es mir vorgenommen habe! Sie werden es sehen, mein Kind; und ich meine Sie sagen zu hören, daß, wenn ich von nichts anderem zu reden weiß, ich schweigen solle. Das werde ich auch tun, aber zuvor ein Wort über Fräulein Meixner.* Sie können ihr all diese Briefe zeigen, wenn es Ihnen angemessen erscheint. Sagen Sie ihr, daß ich ihr noch ein Höflichkeitsschreiben schulde, aber daß Sie es mir erlassen soll, weil ich diesen Ton nicht liebe. Sagen Sie ihr auch, es ist ebenso für sie, daß ich diese Berichte verfasse, die ermüdend und ungehörig sind, denn das werden Sie doch finden? Ich würde mich glücklich schätzen, wenn Sie mir verzeihen und mich bedauern, nachdem Sie diese Blätter gelesen haben. – Seit dem letzten Mal habe ich Ihre Schwester nicht wiedergesehen, obwohl ich sie gebeten habe, mich zu besuchen, wann immer es ihr gefallt – aber ohne die reizende Cousine. Vielleicht hat man ihr das nicht erlaubt; Sie wissen ja um die Gefühle dieser liebenswürdigen Leute. Das tut mir leid für ihre Schwester. Man könnte diesem liebenswürdigen Mädchen alle möglichen Vergnügungen verschaffen, aber mit dieser Cousine ist alles von vornherein verdorben. Adieu, ich verlasse Sie jetzt, bis auf Wiedersehen.

* Charitas Meixner, 1750–1777, sie war die Nichte des Kanzleirats Moritz und Freundin beider Geschwister Goethe. Johann Wolfgang mit 18 Jahren: »Charitas, die teure Charitas! Wie ich euch liebe ihr teuren Wesen! Wäret ihr nur ein wenig besser! Nun, wir Männer sind auch keine Engel«

Mittwoch, den 26. Oktober
um 2 Uhr

Gerade ist mein Bruder weggegangen, um zwei junge Herren aus Leipzig zu treffen. Er hat sie dort kennengelernt. Ich bat ihn, sie mir zu beschreiben, was er gern tat: Herr von Olderogge, der ältere, ist ungefähr 26 Jahre alt. Er ist groß, von schöner Statur, aber sein Gesicht hat wenig einnehmende Züge. Er hat Geist, spricht wenig, aber alles, was er sagt, zeigt eine große Seele und ein geschultes Urteil. Er ist ein angenehmer Gesellschafter; er ist vollendet höflich, denn er erträgt Leute von geringeren Verdiensten mit Gelassenheit, und schließlich besitzt er alle Eigenschaften, die den vollendeten Kavalier ausmachen. – Sein Bruder ist 20. Er ist nicht so groß, aber seine Gesichtszüge sind von jener bezaubernden Schönheit, wie sie den Mädchen gefällt. Er ist viel lebhafter als sein Bruder, spricht mehr, wenn auch manchmal im unpassenden Moment. Er ist liebenswürdig, hat aber viel Feuer und das steht ihm gut; auch einen Teil Leichtsinn, aber das macht nichts. Es muß Dir genügen, einfach zu wissen, daß es die elegantesten Herren der ganzen Akademie waren.* Nach dieser Beschreibung bin ich entzückt. Sie können sicher sein, meine Liebe, wenn mein Bruder jemanden lobt, dann verdient er es wirklich. –

Um 6 Uhr abends.

Mein Bruder ist zurück. Stellen Sie sich vor, mein Kind, morgen kommen sie uns besuchen. Ich bin neugierig, sie zu sehen, aber ich schäme mich davor, mich zu zeigen. Das ist eine meiner großen Schwächen, das muß ich gestehen; Sie wissen, was ich denke, und Sie verzeihen mir, wenn ich bei der Vorstellung erröte, mich vor so ausgezeichneten Männern zu zeigen, ich, von so demütigendem Aussehen, so wenig wert, gesehen zu werden. Es ist ein unschuldiger Wunsch, zu gefallen, ich wünsche nichts mehr – ach meine Liebe, wenn Sie meine Tränen sehen könnten – nein, nein, ich werde nicht weinen, es ist nur – es ist nichts –

Donnerstag 10 Uhr vormittag

Wenn ich Ihnen den Zustand meines Gemüts beschreiben könnte, wäre ich froh. Wenigstens würde ich besser verstehen, was in mir vorgeht. Tausend kränkende Gedanken, tausend halb gedachte Wünsche, die im gleichen Augenblick zurückgewiesen werden. Ich möchte

* Die Brüder Olderogge (Cornelia schreibt Oldroqq) waren ein wenig älter als Cornelia: Johann Georg 1743 geboren und Heinrich Wilhelm, »der jüngere«, 1744 geboren. Sie nahmen wahrscheinlich am Schönkopfschen Mittagstisch zusammen mit dem jungen Goethe teil. Jedenfalls waren sie zur gleichen Zeit in Leipzig.

– aber nein – ich möchte nichts – fast beneide ich Sie, meine Liebe, um die Ruhe, die Sie haben, die Sie mit sich zufrieden sind; während ich – ich kann nicht weiter schreiben –

2 Uhr nachmittag

Was soll ich tun? Ich habe mich angezogen, um auszugehen, aber mir fehlt dazu der Mut. Ich werde weggehen. Es ist mir unerträglich, sie zu treffen. Sehen Sie diese Verrückte, wie ihr Herz schlägt. Zwanzigmal bin ich die Treppe heruntergelaufen, und jedesmal führten meine Schritte in mein Zimmer zurück. Mein Bruder fragte mich, ob ich heute ausgehe, und ich habe ja gesagt. Also gibt es kein zurück. Adieu, jetzt gehe ich das letzte Mal, Mut, keine Miene verzogen; bin ich nicht einfach lächerlich?

Um 5 Uhr

Da bin ich wieder, es ging mir schlecht, ich fürchtete jeden Augenblick eine Ohnmacht – ich kleide mich aus – sie sind da, meine Liebe, und stellen Sie sich vor, gerade ist einer meiner Cousins gekommen, der einige Zeit bei Hofe war. Er ist auch mit diesen Herren zusammen. Wenn es ihm nun in den Sinn kommt, mich sehen zu wollen – Ich bin überrascht worden, mein Bruder kam plötzlich herein, und ich habe rasch den Brief verborgen. Ach, meine Liebe, mein Cousin, der den Herren von Olderogge schon mein Lob gesungen hat und der mich unbedingt sehen will, schickt ihn.– Ich habe mich entschuldigt und gesagt, daß es mir schlecht geht. Mein Bruder erschrak, als er mich so totenblaß fand. Ich kann nicht nach unten gehen.– Was soll ich tun! Ich höre die Stimme meines Cousins, der ruft – sie muß kommen – er kommt, er tritt ein, ach, meine Liebe retten Sie mich –

Um 7 Uhr

Ich war dort; närrisches Mädchen, was hattest du zu fürchten? Ich bin jetzt so froh; hören Sie, ich berichte Ihnen alles – als mein Cousin in mein Zimmer trat, war ich nahe daran, das Bewußtsein zu verlieren. Er sah das. »Ach, mein Fräulein,« rief er aus, »ich sehe Sie wieder und in einem solchen Zustand – Sie erbleichen – mein Gott, was haben Sie? Ich bin gekommen, um Sie zu holen, die Herren erwarten Sie ungeduldig, kommen Sie, die beiden sind sehr liebenswert, Ihre Schwäche wird vorübergehen« – »Lassen Sie mich mein Herr, ich kann nicht, Sie sehen, daß ich mich nicht wohl fühle, was werden die Herren sagen, wenn sie mich in diesem Zustand sehen?«
»Was Sie sagen werden, meine Liebe, ah, nun, daß meine Cousine ein Engel ist.« –

»Ich bitte Sie, mein Herr!«
»Und ich bitte Sie, mein Fräulein! Was fürchten Sie? Kommen Sie, Kommen Sie!«
Er nahm meine Hand und zog mich mit sich fort. Er öffnet die Tür zum Salon:
»Meine Herren, meine Cousine!«
Zittern Sie nicht für mich, meine Liebe? Mehr tot als lebendig trete ich ein – sie erheben sich – ich weiß nicht, wo ich bin und automatenhaft wende ich mich zu dem älteren Olderogge. Er nimmt meine Hand, küßt sie und macht mir einige Komplimente, die ich nicht einmal höre. Der jüngere kommt herbei. Ich wende mich zu ihm um. Ich verneige mich, sehe ihn an und bin fassungslos, denn er gleicht so sehr meinem lieben Engländer. – Mein Bruder bemerkt meine Verwirrung. Um mir beizustehen, bittet er die Herren, sich zu setzen. Das gibt mir die Sprache wieder. Ich sage, daß es mir leid tut, sie gestört zu haben, sie möchten mir das Vergnügen machen, ihre Plätze wieder einzunehmen.
Wir setzen uns. Der jüngere setzt sich rechts neben mich, mein Bruder zur Linken, der ältere ihm gegenüber und schließlich mein Cousin mir gegenüber. Ich war dem Kerzenlicht zu nahe. Ich schämte mich, gesehen zu werden, nahm deshalb meinen Stuhl, zog ihn vom Tisch weg und setzte mich wieder. – Mein Cousin rief aus:
»Meine Liebe, warum berauben Sie uns ihres Anblicks! Warum lassen Sie uns Ihr hübsches Gesicht nicht sehen? Ich bitte Sie, kommen Sie näher!«
»Es ist meine Gewohnheit, mein Herr, mich vom Licht fortzusetzen! Und ich habe in diesem Augenblick mehr Grund als jemals, im Schatten zu verharren, denn ich werde bei diesem Vorfall über und über rot und ich kann vor Aufregung niemanden mehr sehen.«
»Sie sollen in allem ihren Willen haben, meine Liebe, aber sagen Sie mir, wie geht es Ihnen seit dem letzten Winter? Sie sind größer geworden und schöner. Meine Herren, was sagen Sie? Habe ich Sie getäuscht, als ich Ihnen erklärte, daß meine Cousine ein bewundernswürdiges Mädchen ist?« – Ach, meine Liebe, ich war am Ende meiner Kraft. Die beiden Männer sahen mich mit einem zustimmenden Lächeln an, sie verneigten sich, was sollten sie sagen – ich faßte Mut – »Meine Herren«, sagte ich, »Sie ersehen aus dieser Äußerung, daß mein Cousin heute zu Scherzen aufgelegt ist. Er spottet, und ich bitte Sie, alles, was er sagt, in diesem Sinne zu verstehen.«
»Meine liebe Cousine, ich habe Ihnen noch gar nicht von dem Vergnügen gesprochen, hier bei meiner Rückkehr einen so liebenswürdi-

gen Cousin (dieser ist der Bruder der Schreiberin)* zu finden, den ich nun erst seit einer Stunde kenne und an dem ich in so kurzer Zeit schon tausend schöne Eigenschaften entdeckt habe.
Man muß Sie zu einem Bruder beglückwünschen, der es so sehr verdient, daß man ihn liebt.«
»Nun sehen Sie selbst, mein Herr, wie recht ich hatte, über die Abwesenheit eines so lieben Bruders traurig zu sein. Diese drei Jahre waren mir sehr lang. Jeden Augenblick wünschte Ich, daß er zurückkäme.«
»Meine Schwester, meine Schwester, und jetzt wo ich hier bin, will mich niemand sehen. Es ist, als ob ich nicht da wäre!«
»Keine Vorwürfe, mein Bruder. Sie wissen selbst, daß es nicht meine Schuld ist. Sie sind immer beschäftigt und ich wage es nicht, sie so oft zu stören, als ich möchte.«
»Aber meine liebe Cousine, was macht die Musik? Sie waren schon letzten Winter ganz ausgezeichnet, wie werden Sie erst jetzt spielen? Darf ich Sie bitten, uns Ihre Fortschritte hören zu lassen, Ich bin sicher, die Herren werden begeistert sein.«
Ich erhob mich und als sie sahen, daß ich zu meinem Klavier ging, bildeten sie einen Kreis um mich. Der junge Olderogge stellte sich so, daß er mich beim Spielen nach Belieben betrachten konnte. Ich überraschte ihn einige Male, ich wurde unkonzentriert, ohne zu wissen warum, ich errötete – aber warum sah er mich auch so an – trotzdem spielte ich das Konzert recht gut, und als ich aufstand, bat ich meinen Cousin, uns seine Fertigkeit im Pfeifen vorzuführen. Er ist nämlich ein komischer Mensch und macht es so merkwürdig, daß man einfach lachen muß. Mein Cousin führte mich zu meinem Platz zurück und fragte, ob er noch etwas für mich tun könne. Ich bat ihn wieder Platz zu nehmen. Sie wissen, er saß mir gegenüber.
»Ich sehe, zu welchem Ende das führt«, rief er aus, »Sie wünschen, daß ich meinen Platz freigebe. Sie, mein Herr, sagt er zu dem jungen Olderogge gewandt, sind es, den sie erwählt hat. Ich bin wirklich entzückt, meine Herren, daß Sie nicht hier bleiben; nicht das kleinste Plätzchen bliebe mir im Herzen meiner Nichte, denn ich bin sicher, Sie würden mich vollkommen verdrängen.«
Ach, meine Liebe, wie mein Herz klopfte. Ich wußte nichts zu sagen. Der junge Olderogge litt für mich. Ich sah es in seinem Gesicht. Er sah mich schüchtern an, als fürchte er, mich zu beleidigen. Ich konnte mir

* Die Anmerkung »Dieser ist der Bruder der Schreiberin!« fügte Cornelia selbst ein. G. Witkowski kommentiert: »Die Anmerkung von der Hand Cornelias bezeugt, daß sie sich bei Abfassung des Tagebuchs als Schriftstellerin fühlte«, in : Witkowski, a.a.O., S. 275.

das Vergnügen, ihn zu betrachten, nicht versagen. Ich glaubte meinen lieben Harry wiederzusehen. Ich weiß nicht, was ich noch dachte. – Um dem Gespräch eine andere Wendung zu geben, sprach mein Bruder von Leipzig, von der angenehmen Zeit dort, und er begann sich über unsere Stadt zu beklagen, wie wenig Geschmack man hat, über unsere stumpfsinnigen Bürger, und schließlich verstieg er sich dazu, die Frankfurter Frauen als unerträglich zu bezeichnen. »Was für ein Unterschied: Die Sächsinnen und die Mädchen von hier!« rief er. Ich unterbrach ihn, wandte mich zu meinem Nachbarn und sagte: »Diese Vorwürfe muß ich mir jeden Tag anhören. So sagen Sie mir doch, der Sie vielleicht weniger voreingenommen sind, ist es denn wirklich wahr, daß die Damen aus Sachsen allen anderen überlegen sind?«

»Ich versichere Ihnen mein Fräulein, daß ich in der kurzen Zeit hier mehr vollkommene Schönheiten gesehen habe als in Sachsen. Aber ich wage Ihnen zu sagen, was Ihren Bruder so sehr für diese einnimmt, das ist eine besondere Anmut, ein besonderer Liebreiz.« »Genau das – unterbrach ihn mein Bruder – diese Anmut, diese Art sich zu geben, fehlen hier. Die Mädchen hier sind schöner, da stimme ich zu, aber was soll mir diese Schönheit, wenn sie nicht von jenem Liebreiz begleitet ist, der eben mehr bezaubert als die Schönheit.«* Himmel, es schlägt 10 Uhr. Ich muß jetzt schlafen. Ich habe nicht zu Abend gegessen, um Ihnen alles schreiben zu können. Ich hätte Ihnen die Unterhaltung gern zu Ende erzählt, aber so viel Zeit habe ich nicht. Ich werde also nichts mehr hinzufügen, außer, daß sie sehr zufrieden weggingen, besonders der jüngere Olderogge, der sich sehr höflich von mir verabschiedete. Er nahm meine Hand und küßte sie, drückte sie mehrmals, fast dachte ich, er wollte sie nicht mehr hergeben. – Wozu brauchte er sich diese Mühe zu machen? – Ich beneide die schönen Frauen, die er hier gesehen hat. Es muß unendlich glücklich machen, einem solchen Mann zu gefallen. – Aber warum sage ich das? Sie sehen, die Müdigkeit bringt mich durcheinander. Adieu, meine Gute – ich gehe schlafen –

Freitag morgen

Ich habe vergessen, Ihnen zu schreiben, daß die Herren von Olderogge aus Lievland kommen; das ist einige hundert Wegstunden von hier; das ist sehr weit, nicht wahr? Sie werden durch ganz Europa reisen und dann in ihre Heimat zurückkehren. Wenn sie doch nur 8 Tage hierblieben, denn am kommenden Freitag findet unser großes

* Vgl. die Diskussion bei Richardson über Schönheit und Anmut im vorliegenden Band.

Konzert statt; das erste Mal in diesem Winter, und sie könnten von der Stadt und ihren Einwohnern einen angenehmen Eindruck bekommen.

7 Uhr abends

Gerade ist mein Bruder nach Hause gekommen. Er war den ganzen Tag mit diesen liebenwerten Herren zusammen, und er wird mit ihnen zu Abend essen. Ich beneide ihn fast um das Vergnügen, sie so oft zu sehen, Morgen fahren sie nach Mainz und bleiben dort zwei Tage und kommen dann zurück – ich fürchte, ich langweile Sie, weil ich dauernd über diese Herren rede, die Sie gar nicht kennen; aber Sie müssen sich daran gewöhnen, mich von den Menschen reden zu hören, die ich schätze, denn wer einmal einen Platz in meinem Herzen erobert hat, sei es in der Liebe, sei es in der Freundschaft, der kann gewiß sein, daß ich mein Lob nicht zurückhalte.

Samstag Morgen um 10 Uhr

Sie erwarten sicher den Ausdruck des Schmerzes, wenn ich Ihnen sage, daß mein liebenswerter Engländer abgereist ist, daß er abgereist ist, ohne mir ein letztes Lebewohl zu sagen, daß ich sein Bild nicht besitze, daß schließlich alle meine Versuche fehlgeschlagen sind. – Aber, meine Liebe, ich verhalte mich, wie es sich gehört; obwohl Sie das erstaunen wird, nach allem was ich Ihnen geschrieben habe. – Mein Herz ist ganz gefühllos. – Keine Träne, kein einziger Seufzer – Welchen Grund sollte ich auch haben? Keinen – Im übrigen, meine liebe Freundin, gab es denn einen unschuldigeren Wunsch als den, sein Bild immer anzuschauen? Es hat mich immer so glücklich gemacht, ihn anzusehen und das wird es nicht mehr geben. – Aber das macht nichts. – Sie sehen meine ganze Gleichgültigkeit – Der Zustand meines Gemüts kommt der Gefühllosigkeit nahe. Ich sehe in den Spiegel und schrecke zurück, als ich mich in dem grausigen roten Kopfputz sehe, den ich mir aufgesetzt habe, ohne daß es mir bewußt war. Ich bin sehr schön – glaube ich – in dieser Aufmachung. Ja, das paßt sehr zu meiner Haut – Wenn ich Lust hätte zu lachen, dann könnte ich – aber wohin verliere ich mich; ich bin heute guter Laune – Guten Abend, meine Liebe – Ich werde eine Etude spielen, damit diese Zustände vorübergehen.

Sonntag Morgen, den 30 Oktober

Ich habe keine Lust, in die Kirche zu gehen. Es geht mir nicht besonders gut, und die Medizin, die ich einnehme, schmeckt scheußlich. Jeden Augenblick fürchte ich eine Ohnmacht.

Es ist heute sehr schönes Wetter, und wir steigen in großer Gesellschaft auf den Pfarrturm. Sie kennen ihn. Es ist der höchste Turm in der Stadt.* Ich war noch niemals oben.
Es wird ein wenig Bewegung sein, die mir hilft, wie ich hoffe. Ich soll den ganzen Tag laufen, und statt dessen sitze ich hier und schreibe. Also auf –

7 Uhr abends

Wir waren dort, meine Liebe; wie schön es ist, die ganze Stadt zu Füßen zu haben; aber stellen Sie sich vor, beim Aufsteigen mußten wir viermal anhalten, weil wir außer Atem waren. Im Turm gibt es einen großen Raum, wo man Klavier spielen kann. Mit einem Fernrohr haben wir Hanau ganz nahe gesehen. Die Glocken sind riesig, und wenn sie von nahem läuten, wird man ganz taub. – Beim Abstieg kam man nicht außer Atem, dafür zitterten die Knie, so daß ich mich auf den Boden setzen mußte als wir unten waren, nicht vor Erschöpfung – sondern weil ich am ganzen Körper zitterte. –

Mittwoch, den 2. November
Um 8 Uhr morgens

Ich werde heute diesen Brief auf die Post geben. Ich muß also schließen, meine Liebe, heute nachmittag kommen die Herren von Olderogge. Ich freue mich darauf – wenigstens werde ich noch einmal dieses liebe Gesicht sehen, das soviel Ähnlichkeit hat – st.-st. – Ich werde Ihnen alles berichten, – ich will sie überreden, bis Freitag zu bleiben – ich könnte also – es kommt jemand – es ist mein Bruder, was wird er sagen – Ach, meine Liebe, bedauern sie mich - alles kommt zusammen, um mich verzweifeln zu lassen – sie reisen heute morgen ab – was soll ich tun – wenn Sie meinen Schmerz sehen könnten, ich ertrage es nicht – alles, was ich mir wünsche, trifft nicht ein – was steht mir noch bevor – verzeihen Sie mir, meine liebe Freundin, Sie sehen, ich bin in der ersten Aufregung. Sie werden über Worms fahren, und dort im Römischen Kaiser wohnen – vielleicht werden Sie sie sehen – hüten Sie um Himmelswillen diesen Brief. Ich wäre außer mir, wenn jemand außer Ihnen und meinem lieben Fräulein Meixner diese Narrheiten lesen würde – seien Sie nachsichtig mit einem Mädchen, das

* Der »Pfarrturm« der Bartholomäuskirche, der Frankfurter Domkirche; von oben hatte man eine weite Aussicht über die Stadt und die Gärten und Wiesen um Frankfurt. Hüsgen schreibt: »Hier siehet sich das Aug in dem weit ausgespannten Horizont nicht satt; was die Natur an Schönheit ihrem Erdball mittheilet, findet man da im Übermaß.«

obwohl sie es nicht verdient, doch Ihre Freundschaft braucht – gerade geht mein Bruder fort, um Ihnen Adieu zu sagen – ach, was für ein Gedanke steigt in mir auf – nein, nein

Adieu

G C.

III.
13. November – 17. Dezember 1768

[33] Dimanche ce 13. Nov.

Ma chere Amie

La semaine passee Mlle votre Sœur me vint voir toutte seule, elle s'est beaucoup plainte de la maniere de vivre qu'il faut exercer avec honorables parents. La bonne fille seroit charmee de retourner a Worms; parlez en a Mr votre Pere, peutetre qu'il se trouvera une compagnie qui puisse l'amener; car c'est serieusement qu'elle le souhaitte – L'histoire de St... m'a etonnee, je n'en savois le mot, quel melange de fatuité et de sottise, car pour l'amour, il n'y entre pas. Je crûs toujours l'homme plus sensé, votre description le faisoit tel. Mais il est vrai, la passion, óte entierement l'usage de la raison; sur tout ajant pour but, un object si aimable – Je mene depuis quelque tems une vie tres tranquille, et uniforme, de sorte que vous ne devez pas vous attendre a beaucoup de variete, et d'interessant. Je me suis aussi proposéé de ne me porter jamais plus a l'exces, soit joje, soit tristesse; vous verrez si je persevere dans ce dessein; car sojez sure que chaque pensee que je forme vous sera deceleé. Qu'ai je a craindre? votre amitie pour moi, vous fera indulgente pour mes fautes – Qu'en dites vous ma chere, que j'ai renonce pour jamais a l'amour. Ne riez pas, je parle serieusement, cette passion m'a fait trop souffrir, pour que je ne lui dise [34] pas Adieu de tout mon cœur. Il y eut un tems, ou remplie d'idees romanesques, je crus qu'un engagement ne pût etre parfaitement heureux sans amour mutuel; mais je suis revenue de ces folies là. De quelle opinion etes vous ma bonne?

Mecredi ce 16. Nov.

Je fus hier dans notre grande Compagnie, dont je vous parlai quelquefois; il y avoit beaucoup be beau monde; tout etoit dans le plus grand eclat. Cependant je n'aurois pû manquer de m'ennujer, si je ne trouvois pas un certain plaisir a contempler les personnes. Lisette de Stokum est la plus belle de touttes nos Dames, je l'admire, et chaque fois que je la vois elle me paroit plus aimable. Quel avantage que la beauté! elle est preferee aux graces de l'ame. Il y avoit encore quelques jolies filles mais touttes inferieures a Lisette. Les Messieurs se comporterent assez bien, exepté quelque fadeurs, qu'il faut leur pardonner. Vous savez que je n'aime pas le jeu, ainsi j'avois tout le tems a faire des reflextions; que je Vous communiquerois volontiers si j'en avois le tems. Je crains aussi d'abuser de votre patience. J'irai dans ce moment voir mon frere, qui travaille a une nouvelle Comedie; il me lit toujours ses pieces, et vous pouvez croire que je l'entends avec un plaisir infini. Il me dessine aussi quelquefois de jolies tetes dont je vous en enverrai une.

[35] Samedi ce 19. Nov.
Hier nous fûmes au Concert, mon frere et moi, l'assemblee etoit brillante, on y entendit la musique la plus choisie. Cepandant je ne sai ce que me manqua, les personnes qui en faisoint le principal ornement n'y sont plus, touts ceux qui se trouvoint là me sont fort egals ... mais non, il y auroit de l'injustice a dire cela si positivement, je le revoque – La Maitresse du Comte de Podoki nous honora de sa presence, c'est une charmante femme, et on peut dire sans flatterie que toutte sa personne est remplie d'agrements. Le Comte l'a quittéé pour quelque tems, et en attendant elle cherche ici la bonne avanture. Le jeune Milord que Mlle Meixner connoit est un de ses premiers Adorateurs, il l'accompagne par tout, et se fait si ridicule que toutte la ville en parle. Il lui parla hier a tout moment, puis se mettant vis a vis d'elle il lui sourioit, avec des signes de tete, et d'autres semblables niaiseries. J'etois justement placéé a pouvoir l'observer a mon aise. Elle me regarda longtems, puis en appellant Milord elle le demande qui j'etois, et s'il me connoissoit; il paroit interdit, lui repond a l'oreille; elle sourit et me regarde avec plus de curiosité. Je ne sai pas ce qu'il lui aura dit a mon compte, aussi ça m'importe peu. Je crois qu'il faudra pajer bien cher ses faveurs. Ce jeune homme est extremement changé depuis quelque tems, il donne dans touttes sortes de debauches. C'est dommage, car il est tres aimable, aussi a t-il de bonnes qualités – [36] Ecoutez la hardiesse du Misericordieux. Cette ridicule figure se posta derriere ma chaise d'un air si familier puis se baissant sur moi il commença a m'entretenir; j'aurois bien voulu lui appliquer un soufflet tant j'etois indignee de son comportement. Mademoiselle me dit il, la joje que je ressens de vous voir est si extreme, qu'il m'est impossible de la deguiser. Il y a un demi siecle que Vous n'etes pas venue voir Miss Lisette, d'ou vient ce refroidissement? Je sais bien qu'elle ne vient non plus chez vous, et que deux fois elle a manqué la Compagnie de Lundi, mais je vous assure que le rhume et la toux l'en empecherent – Je n'en doute en aucune facon, car je sais bien que c'est maintenant le tems pour ces sortes de maladies, aussi est ce une excuse tres commode – Je vous entends Miss, vous ne m'en crojez pas, vous etes en colere contre Miss Lisette mais je puis jurer que ce n'est pas elle qui en est la cause, la chere enfant va touts les jours chez Mr. B. | : c'est ce veuf dont je vous ai deja parlè : | elle est fortement liéé par cette connoissance, car chaque jour on s'engage a un nouveau divertissement pour le lende-

main, et elle ne sauroit s'en defaire – Aussi je ne desire pas cela Monsieur, car l'amitie de Mr B. est de beaucoup plus grande importance que la mienne, il y auroit de l'imprudence a l'en priver – Mon aimable Miss, si je pouvois aider a quelque reconciliation – Nous n'en avons pas besoin, car il n'y eut point de brouillerie entre nous, mais je vous prie de vous taire, on joue un solo –

[37] ce 30. Nov.
Mlle votre Sœur vint me voir hier a l'imprevu, et me porta votre lettre; je la lisois en rougissant de votre bonté exessive, que je merite si peu. Et vous m'excusez ma chere? vous diminuez mes fautes, vous me les pardonnez; lorsque je ne saurois me les pardonner a moi meme. Mais ma chere Enfant oublions tout, et si nous nous ressouvenons encore quelquefois de mes foiblesses passees, que ce soit pour mon humiliation – J'etois fachéé d'etre engagee a sortir, M$^{\underline{lle}}$ votre Sœur resta quelques heures aupres de moi, puis nous sortimes ensemble, moi dans la grande Compagnie, et elle dans sa prison. Nous etions 32 personnes, 20 chapeaux, et 12 Dames, il y avoit entre autres un jeune Marquis, nommé Monsieur de la Varee, qui est tout a fait aimable, il est françois, et possede touttes les qualites de cette nation. Le Chevalier de la Roche est un Cavalier accompli, il a plus de serieux que le premier, qui ne fait que folàtrer; il parle d'une maniere si engageante et si polie, qu'il faut l'estimer bongré, malgrè; je crois qu'ils resteront quelque tems ici – Je m'appercois avec plaisir, que je regarde les personnes les plus aimables sans la moindre emotion; ce n'est que la nouveauté qui nous eblouit; je le vois bien maintenant. On n'est jamais plus heureuse que lorsqu'on est tout a fait indifferente, on peut contempler tout avec plus de liberte, on est en etat de faire des reflextions. Oui ma chere je resterai dans cette situation, rien ne pourra m'en tirer, a l'avenir. J'ai mes fortes raisons pour cela, que je ne saurois vous dire. Peutetre aussi vous ne m'en croiriez rien; ce sera pour une autre fois. –

[38] Lundi ce 5. Decembre.
Pensez mon Enfant je fus hier en grande Compagnie chez Miss Lisette, cela vous paroitra singulier, apres ce que j'ai dit d'elle. Sa joje en me revojant me parût sincere. Elle m'embrassa mille fois et me demandant si je ne l'avois pas oubliee, et si je l'aimois encore. Ce changement subit m'etonne, je ne sais a quoi l'attribuer. Entre autres Dames Miss Baumann se fit voir dans une affreuse magnificence.
Miss Leonore de Saussure est toujour encore si gaje que vous l'avez vue, elle felicita Lisette a cause de son mariage, qui l'accepta de fort

bonne grace; en la remerciant. Nous voulumes eclater de rire en vojant le portrait de l'epoux futur, dessiné d'elle meme en sillouette, dans la chambre ou nous etions. La mechante Leonore fit quelques remarques, auxquelles je ne sûs resister. Ces Dames s'imaginerent je crois, que nous tenions un peu de la lune. N'importe ce sont des fades creatures – A huit heures du soir, Madame m'envoja du message, de la venir voir a sa chambre; j'y allai, en crojant que c'etoit quelque grosse nouvelle qu'on vouloit m'apprendre. Mais je n'entendis que des reproches, d'avoir laisser passer tant de tems, sans venir la voir. Tout d'un coup la porte du Cabinet s'ouvre, et le Misericordieux sort, en me faisant des politesses extremes. J'en fus un peu choquéé, parceque je m'apperçûs que ç'etoit concerté, cepandant je n'en fis rien paroitre. Ils me forcerent de rester là une demie heure, puis il m'offrit le bras pour me reconduire, ce que je ne pûs refuser. Pour mon bonheur il [me] vint dans la pensee, de faire participer Leonore de cette charmante Compagnie; qui quoiqu'elle etouffa presque de rire, me preserva non obstant par sa presence de plusieurs fadeurs, qui ne fûrent executés qu'a moitie – Tant pour aujourdhui –

[39] Mecredi ce 7 Decemb.

C'est aujourdhui le jour de ma naissance, ou j'ai dixhuit ans accomplis. Ce tems et ecoulé comme un songe; et l'avenir passera de meme; avec cette difference qu'ils me restent plus de maux a eprouver, que je n'en ai senti. Je les entrevois – Mon frere est tres mal, il a eu tout d'un coup une violente attaque de colique, qui le fait souffrir extremement. On emploje tout pour lui procurer quelque repos; mais en vain. Je ne saurois le voir dans un tel etat sans que mon cœur se fend. Que ne puis je le secourir.

Samedi ce 10 Decemb.

Apres deux jours de souffrances mon pauvre frere est un peu mieux, mais il est si foible qu'il ne sauroit rester debout pendant un quart d'heure; si seulement les douleurs finissent, la force reviendra bientôt. Il faut esperer le mieux et avoir patience. Pensez ma chere, Miss Lisette vint me voir hier, toutte habillee en taffetas couleur de rose, avec les atours verd de pomme. Elle avoit l'air d'une petite Princesse, tant cet habillement la rendoit brillante, et jolie. Je la regardai deja comme la femme de Mr. B. et je faisois là mes reflections, lorsque tout d'une coup elle vint a parler de lui, en me demandant si je savois deja qu'il avoit achete le Roi d'Angleterre, maison precieuse que Vous connoitrez. Je lui repondis que oui; et que je m'en etois etonnee, parce qu'il a deja une tres belle maison – Elle lui est trop petite; il n'y a pas assez de place pour ses marchendises; il pourra bien mieux s'etendre dans son nouveau Palais, qui lui a couté cinquante mille florins, il y batira encore pour vingt mille; la grande salle sera [40] terrassee tout a fait – Oui l'interrompis je, apres qu'il y aura celebré ses noces. – Ses nôces? secria t-elle. Il ne les celebrera peutetre jamais – Je n'en veux pas gager; mais a quoi çà tient il? – Cà tient a beaucoup ou trouver un parti qui lui convienne? s'il se marie, il lui faut au moins une femme de vingt cinq ans; car pour une jeune fille ce seroit toujours une grande resolution. Il est vrai que dans le premier coup d'œil on voit des grands avantages, mais en verite ma chere si on y reflechit mûrement, ils perdent beaucoup de leur valeur. Il n'est plus jeune, car la semaine passee il a eu quarante six ans; dans quattre annees il est deja un homme agé; et alors sa femme si elle a maintenant dixsept, seroit dans son plus bel age; Il en deviendroit jaloux, et alors o mon Dieu avec quelles peines achetteroit elle le bonheur d'etre riche; mais ma chere que ce que je vous ai dit reste entre nous – Imaginez vous mon etonnement a entendre parler Lisette de sorte; je crus songer, cependant je voulus mieux m'en eclaircir, c'est pourquoi je lui dis: – Votre confiance en moi me donne une nouvelle preuve de votre amitie, et sojez sure que qu'oiqu'il puisse arriver, je n'en ferai jamais usage, et je n'y penserai plus; comme si vous ne m'aviez rien dit – Je la regardai alors avec un coup d'œil perçant, aussi me comprit-elle dabord, car elle s'ecria: Ne craignez rien ma chere, ça ne peut jamais etre – C'est beaucoup dit mon enfant – Oui ma bonne amie, il y avoit un tems, ou... mais maintenant c'est tout a fait impossible – Impossible? que me dites vous là? je m'egare; ce sont des misteres que je ne saurois percer – Vous les percerez un jour, mais je ne puis plus rien Vous dire dans ce moment, exepte que c'est moi seule qui en suis la cause, et que si [41] la preference que j'ai donnéé a un autre... elle s'arretta là, rougissant d'avoir trop dit, pour moi je ne voulûs pas relever ce mot, et puisqu'il etoit huit heures passees, elle s'en alla, me promettant de m'apprendre le tout – Je suis tres curieuse, je me confonds, sans m'arreter a rien je forme des soupçons, qui quoique pris de tres loin, ne sont pas tout a fait sans fondement. Que le Ciel les verifie, c'est tout ce que je puis dire maintenant.

Dimanche apres midi

J'ai eté ce matin dans une petite angoisse; pensez ma chere a peine suis je sortie des mains du Peruquier, que je monte pour m'ajuster. Comme je suis tout a fait deshabillee j'entends sonner extremement, et en meme tems un carrosse s'arrete a la porte. Je m'epouvante sachant que la chambre d'enbas est occuppee, et qu'ainsi il n'y a que la mienne qui puisse servir a recevoir des personnes etrangeres. Dans le meme moment mon laquais entre, et me crie: Vous etes en ce desordre? ils sont deja sur l'escalier et qui donc? – C'est Monsieur le Resident – Eh mon Dieu dites a mon Pere qu'il doit un peu l'entretenir la dehors. Je tremblois de pied en cap; et l'apprehension me fit faire tout a travers, de sorte que je liai justement mon neglige, lorsqu'ils entrerent. Un jeune Cavalier plus beau que le jour, en habit de deuil avec des pleureuses, me tira de mon aneantissement, mais pour y retomber plus que jamais. Je faisois une sotte [42] figure, ne sachant s'il y auroit de la folie a m'en aller, ou bien si s'en seroit de rester là. Enfin je pris le parti de sortir ce que j'executai d'une façon si gauche, qu'il y avoit de la pitié a me voir. Je repris mes forces en venant dans le froid, et lorsque je me regardai dans une glace, je me vis plus pàle que la mort; Il faut vous dire en passant que rien ne me va mieux, que quand je rougis ou pàlis par emotion. Tout autre que Vous me croiroit de la vanite en m'entendant parler ainsi; mais Vous me connoissez trop pour m'en croire susceptible; et cela me suffit. –

Samedi ce 17 Dec.

Je ne saurois plus ecrire tant que je voudrois, car on m'obsede tout le jour. Depuis la maladie de mon frere nous dinons chez moi et ça m'empeche beaucoup. Touttefois je me derobe un quart d'heure, pour vous dire que je fus hier au Concert, et que j'y eus toutte sortes d'avantures. Cela Vous paroitra ridicule en sachant qu'il n'y [a] que des beautés qui font les heroines de Roman. Cepandant ridicule ou non, c'est la verite – Nous nous faisions un vrai plaisir, ma Cousine Charlotte qui etoit la seule personne qui m'accompagnoit, et moi, d'etre arrivees les premieres. Nous fimes un tour dans la grande Salle, qui appartient maintenant a Mr Busch, et qui est tres magnifique. Je disois a Charlotte que je m'attendois ce soir a beaucoup de visites, oû qu'on avoit sujet d'entamer un discours, en me [43] demandant des nouvelles de la sante de mon frere. Ce que j'avois predit arriva, plus de trente beaux Messieurs vinrent me faire la cour; et touts leurs entretiens commencerent par: Miss, comment se porte Mr votre frere? j'ai entendu qu'il est malade – Oui Monsieur il a ete tres mal, mais ça va mieux maintenant Dieu soit loué – Je poussai Charlotte du pied, et celle ci vouloit étouffer de rire. Sur ces entrefaites je remarquai Mr le Resident parmi la noblesse, je le reconnûs dabord, quoique je ne l'eusse vu; plus d'un moment. Si je voulois peindre l'amour, c'est lui que je prendrois pour modele, tant il es aimable; passons – A la grande pause, j'allois faire le reverence a quelques Dames de la Noblesse; en leur parlant; j'apperçus tout près de moi Mr le Resident qui parloit vivement avec le Marquis de Saint Sever; j'etois curieuse de savoir le sujet de leur entretien, lorsque j'entendis dire le premier: Ne la connoissez vous donc pas? je suis inquiet de savoir son nom; c'est la plus belle Dame du monde, et l'esprit perce a travers de ses beaux yieux. – Non mon cher ami repliqua l'autre je ne sai qui elle est; mais elle me paroit aussi jolie qu'a Vous; nous serons donc rivals; venez vite ajouta t-il en le prenant par la main; rejoignons la, et vojons a qui elle donne la preference; je crains bien qu'elle vous choisira; a cause de votre air aimable – Vous raillez mon cher Marquis; je vous prie – avec ces mots ils s'eloignerent. – Heureuse Dame pensai je [44] – Je fis mon compliment a Mesdames les Comtesses de Neuberg et de Heydesheim; puis en rejoignant Charlotte, nous allames voir nos amies qui etoint assisés en arriere. J'eus pendant cette course a essujer beaucoup de fadeurs; enfin je rencontrai Caroline de Stokum; qui me retint en me demandant des nouvelles de mon frere; en levant les yieux je vis a quelque distance Lisette sa sœur; et Mr le Resident, qui etoint enfoncés dans un profond discours. Après quelques minutes il nous regarda, et demanda Lisette qui j'etois. A mon nom, il se resouvint de la sotte figure que j'avois jouéé en sa presence; il quitta Lisette et en m'abordant avec un Compliment tres gracieux, il me dit: Mademoiselle est ce que vous me reconnoissez? Monsieur le Resident, des personnes comme vous ne s'oublient pas si tôt; nous eumes dernierement l'honneur de vous voir chez nous, – Apres ça il m'entretint d'une façon si obligeante; il fit voir tant d'esprit, qui reuini avec les graces de sa personne, en fait un homme bien aimable – Le reste de la soiree se passa fort agreablement et ce qui me rejouit le plus, c'est que le Misericordieux ne pouvoit jamais parvenir a me parler, quelque peine qu'il s'en prit, tant j'etois entouree de beau monde – C'est assez pour cette fois, j'enverrai Lundi ce griffonage a la poste, bien fachéé qu'après l'avoir relû, je n'y trouve rien du tout d'interessant. Ce n'est pas ma faute; car je n'ecris rien que ce qui m'arrive; Et je ne suis pas faite pour – – Adieu

III.
13. November – 17. Dezember 1768

Sonntag, den 13. Nov.

Meine liebe Freundin
Vergangene Woche hat mich ihre Schwester ganz allein besucht. Sie hat sich sehr darüber beklagt, wie sie hier leben muß. Das liebe Mädchen würde sehr gern nach Worms zurückkehren. Sprechen Sie doch

mit Ihrem Vater darüber. Vielleicht findet er jemanden, der sie mitnimmt. Denn sie möchte es wirklich. – Die Geschichte von St... hat mich überrascht. Ich wußte kein Wort davon. Was für eine Mischung aus Überheblichkeit und Dummheit, denn was die Liebe angeht, so will er sich nicht darauf einlassen. Ich hielt diesen Mann für empfindsamer – Ihre Beschreibung ließ ihn so erscheinen. Aber es ist wahr, die Leidenschaft löscht die Vernunft ganz aus, vor allem, wenn sie einen so angenehmen Gegenstand zum Ziel hat. – Seit einiger Zeit führe ich ein sehr ruhiges Leben, sehr eintönig, so daß Sie wenig Unterhaltendes und Interessantes von mir erwarten können. Ich habe mir auch vorgenommen, mich nie mehr bis zum Äußersten in Freude oder Trauer fortreißen zu lassen; Sie werden sehen, ob ich diese Absicht wahr mache, denn seien Sie versichert, all meine Gedanken sollen Ihnen mitgeteilt werden. Was habe ich zu fürchten? Ihre Freundschaft für mich wird Sie über meine Fehler mit Nachsicht urteilen lassen. – Was sagen Sie dazu, daß ich auf immer der Liebe entsagt habe? Lachen Sie nicht, ich spreche ganz ernst. An jener Liebe habe ich zu sehr gelitten, um nicht von ganzem Herzen der Leidenschaft Adieu zu sagen. Es gab eine Zeit, da ich, von romanhaften Vorstellungen über das Leben erfüllt, glaubte, eine Heirat könne niemals glücklich sein ohne die Liebe beider; aber von diesen verrückten Ideen bin ich abgekommen. Welcher Meinung sind Sie, meine Liebe?

Mittwoch, den 16. Nov.

Ich war gestern bei unserer »Großen Gesellschaft«, wovon ich Ihnen schon einige Male berichtet habe; die elegante Welt war zahlreich erschienen, alles in großer Aufmachung. Dennoch hätte ich mich gelangweilt, wenn ich nicht ein gewisses Vergnügen darin finden würde, die Menschen zu beobachten. Lisette von Stokum ist die Schönste. Ich bewundere sie, und jedes Mal scheint sie mir noch anziehender. Was für ein Glück ist die Schönheit! Man zieht sie der Anmut der Seele vor. Es waren noch andere hübsche Mädchen da, aber alle weniger schön als Lisette. Die Herren betrugen sich ganz gut bis auf einige fade Komplimente, die man ihnen nachsehen muß.

Sie wissen, daß ich nicht gern spiele*. So hatte ich die ganze Zeit für meine Beobachtungen; ich werde sie Ihnen berichten, wenn ich Zeit finde. Ich fürchte aber auch, Ihre Geduld zu mißbrauchen. Gerade kommt mein Bruder, der an einer neuen Komödie arbeitet**; er liest

* Das Kartenspiel gehörte auch für Frauen zu den geselligen Unterhaltungen.

** *Die Mitschuldigen*, ein Lustspiel im Lessingschen Stil, mit kritischem Impetus gegen die Unaufrichtigkeit im bürgerlichen Leben.

mir alle seine Stücke vor, und Sie können sich vorstellen, daß ich ihm mit unendlichem Vergnügen zuhöre. Er malt mir auch manchmal hübsche Köpfe von denen ich Ihnen einen schicken werde.

Samstag, den 19. Nov.

Gestern waren wir im Konzert, mein Bruder und ich – eine glänzende Gesellschaft, die schönste Musik. Ich weiß nicht, was mir fehlte. Die, die der Gesellschaft ihre Bedeutung gaben, sind nicht mehr da und die, die da sind, sind mir ausgesprochen gleichgültig. Aber nein, es ist ungerecht, das so zu sagen, ich nehme es zurück – die Mätresse des Grafen Potocki beehrte uns mit ihrer Anwesenheit, eine elegante Frau. Ohne Schmeichelei kann man von ihr sagen, daß sie in jeder Hinsicht überaus liebenswürdig ist. Der Graf ist auf einige Zeit abwesend, und während sie auf ihn wartet, sucht sie sich hier die Zeit zu vertreiben. Der junge Mann, den Fräulein Meixner wohl kennt, ist einer ihrer glühendsten Verehrer. Er begleitet sie ständig und führt sich so lächerlich auf, daß die ganze Stadt davon spricht. Gestern sprach er ständig mit ihr, machte ihr Zeichen, mit Kopfbewegungen, Lächeln und ähnlichem Unsinn. Ich saß so, daß ich die beiden recht gut beobachten konnte. Sie sah mich längere Zeit an, dann fragte sie ihn, wer ich sei und ob er mich kenne; er flüsterte ihr etwas ins Ohr, sie lächelte und betrachtete mich mit noch mehr Neugier. Ich weiß nicht, was er ihr über mich gesagt hat, außerdem bedeutet es mir nichts. Ich glaube, daß er seine Neigungen teuer bezahlen wird. Dieser junge Mann hat sich seit einiger Zeit sehr verändert. Er ergeht sich in allerlei Lasterhaftigkeiten. Das ist schade, denn er ist liebenswürdig und hat auch gute Eigenschaften. – Hören Sie jetzt die Unverschämtheiten von Herrn G., dem »Misericordieux«.

Dieser lächerliche Mensch stellte sich mit der größten Selbstverständlichkeit hinter meinen Stuhl, dann beugte er sich über mich und begann mich zu unterhalten.

»Mein Fräulein«, sagte er, »meine Freude, Sie zu sehen, ist derart, daß ich sie nicht verbergen kann. Es ist ein halbes Jahrhundert her, daß sie Fräulein Lisette besucht haben. Warum diese Kühle? Ich weiß auch, daß Sie nicht mehr zu Ihnen kommt, und daß sie zweimal nicht zur Montagsgesellschaft gekommen ist. Aber ich versichere Ihnen, sie hatte Grippe.«

»Daran zweifle ich gar nicht, denn ich weiß ja, daß jetzt die Zeit für solche Krankheiten ist. Außerdem ist es eine sehr übliche Entschuldigung.«

»Ich verstehe, mein Fräulein, Sie glauben mir nicht. Sie sind zornig auf

Miss Lisette, aber ich kann nur versichern, daß das nicht an ihr liegt. Das gute Kind besucht jeden Tag Herrn B.« (Das ist der Witwer, von dem ich bereits berichtet habe), »sie ist durch diese Verbindung sehr beschäftigt, denn jeden Tag lädt man sie zu einem neuen Vergnügen für den kommenden Tag ein, und sie kann sich dessen nicht erwehren.«
»Das sollte sie auch keineswegs, mein Herr, denn die Freundschaft des Herrn B. ist natürlich sehr viel wichtiger, als die meine. Es wäre unverantwortlich, sie davon abzuhalten.«
»Mein liebes Fräulein, wenn ich irgendetwas zur Versöhnung beitragen könnte –«
»Das ist nicht nötig, denn es gibt keinerlei Streit zwischen uns, aber ich bitte Sie, schweigen Sie, man spielt ein Solo.«

den 30. Nov.

– Ganz unerwartet kam gestern Ihre Schwester und brachte mir Ihren Brief mit; ich habe ihn gelesen, und Ihre Güte, die ich so wenig verdiene, machte mich erröten. Sie entschuldigen mich also, meine Liebe? Sie verkleinern meine Fehler, Sie verzeihen mir, obwohl ich mir selbst nicht verzeihen kann. Aber, mein liebes Kind, vergessen wir das alles, und erinnern wir uns meiner vergangenen Schwächen nur zu dem Zweck, mich zu strafen.
Es war ärgerlich, daß ich am Abend verabredet war. Ihre Schwester verbrachte einige Stunden bei mir, dann gingen wir gemeinsam fort. Ich in die »Große Gesellschaft« und sie in ihr Gefängnis.
Wir waren 32 Personen, 20 Herren und 12 Damen. Unter anderen ein junger Graf, der Herr de La Varee, der äußerst liebenswert ist. Er ist Franzose und besitzt alle Vorzüge dieser Nation. Der Chevalier de La Roche ist ein vollendeter Kavalier. Er ist ernsthafter als der erstere, der nichts als Scherze im Sinn hat, der aber dennoch so aufrichtig und höflich spricht, daß man ihn trotz allem schätzen muß. Ich glaube, sie werden einige Zeit hier bleiben.
– Ich stelle mit Vergnügen fest, daß ich die liebenswertesten Menschen ohne das geringste Gefühl wahrnehme. Es ist nur das Neue, das uns verführt. Das sehe ich jetzt ganz klar. Man ist niemals glücklicher, als wenn man völlig gleichmütig ist; alles läßt sich dann mit mehr Freiheit betrachten, und man ist in der Lage, Beobachtungen zu machen und Überlegungen anzustellen. Ja, meine Liebe, so will ich bleiben und nichts soll mich in Zukunft davon abbringen. Ich habe meine starken Gründe, die ich Ihnen nicht mitteilen kann. Vielleicht würden Sie sie mir auch nicht glauben; doch davon ein andermal –

Montag, den 5. Dezember

Stellen Sie sich vor, mein Kind, ich war gestern mit der Großen Gesellschaft bei Miss Lisette. Das wird Ihnen merkwürdig vorkommen, nach allem, was ich über sie gesagt habe. Ihr Vergnügen, mich wiederzusehen, erschien mir eigentümlich. Sie umarmte mich tausendmal und fragte mich, ob ich sie nicht vergessen habe und ob ich sie noch liebe. Dieser plötzliche Wechsel überraschte mich, und ich wußte nicht, worauf ich ihn zurückführen sollte. Unter anderen Damen fiel Miss Baumann auf, durch eine grauenhafte Pracht. Miss Leonore de Saussure ist immer noch so heiter wie damals; sie beglückwünschte Lisette zu ihrer Hochzeit, was diese mit Eleganz entgegennahm. Sie bedankte sich. Wir konnten das Lachen kaum zurückhalten, als wir das Portrait des zukünftigen Ehemannes – von ihr selbst in Silhouette gezeichnet – an der Wand sahen. Die böse Leonore machte einige Bemerkungen, und auch ich konnte mich nicht zurückhalten.
Die anderen hielten uns wohl für ein wenig verrückt, aber das macht nichts, denn es sind langweilige Geschöpfe. – Gegen acht Uhr abends ließ mir Madame [die Mutter Lisettes, U. P.] die Bitte überbringen, sie in ihrem Zimmer aufzusuchen. Ich ging hin, in dem Glauben, es gäbe eine große Neuigkeit, die man mir mitteilen wollte, aber ich bekam nichts zu hören als ihre Klagen, daß seit meinem letzten Besuch so viel Zeit vergangen sei. Plötzlich öffnete sich die Tür; der Misericordieux trat ein und machte mir die höflichsten Komplimente. Ich war betroffen, weil ich empfand, daß das ganze verabredet war, doch ließ ich mir nichts anmerken. Ich mußte eine halbe Stunde bleiben. Dann bot er mir seinen Arm, um mich zur Gesellschaft zurückzuführen, was ich nicht ablehnen konnte. Zum Glück fiel mir ein, daß ich Leonore an dieser allerliebsten Begleitung teilnehmen lassen könnte. Diese starb fast vor Lachen, bewahrte mich aber durch ihre Gegenwart vor einigen faden Komplimenten, die höchstens zur Hälfte angebracht wurden. – So viel für heute –

Mittwoch, den 7. Dezember

Heute ist mein Geburtstag, der Tag, an dem ich mein 18. Lebensjahr vollende. Die Zeit ist vergangen wie ein Traum, und die Zukunft wird ebenso vergehen – mit dem Unterschied, daß mir noch Unglück bevorsteht, das ich noch nicht kenne. Ich ahne es. – Meinem Bruder geht es sehr schlecht. Er hat plötzlich einen heftigen Schmerzanfall gehabt und leidet sehr. Man versucht alles, um ihm Erleichterung zu verschaffen, aber umsonst. Ich kann ihn nicht ansehen, ohne daß sich mir das Herz zusammenkrampft. Wenn ich ihm doch helfen könnte.

Samstag, den 10. Dezember

Nach zwei Tagen voller Leiden geht es meinem armen Bruder etwas besser, aber er ist so schwach, daß er nicht mehr als eine viertel Stunde aufbleiben kann. Wenn nur die Schmerzen aufhören würden, dann würde auch die Kraft bald zurückkehren. Man muß das Beste hoffen und Geduld haben. Stellen Sie sich vor, meine Liebe, gestern kam mich Miss Lisette besuchen, ganz in rosa Seide, mit apfelgrünem Besatz. Sie sah aus wie eine kleine Prinzessin, so prächtig machte sie diese Kleidung und so hübsch. Ich betrachtete sie bereits als die Frau des Mr. B und machte mir darüber Gedanken, als sie plötzlich von ihm zu sprechen begann. Sie fragte mich nämlich, ob ich wisse, daß er den »König von England« gekauft habe, ein besonders schönes Haus, wie Sie wissen. Ich antwortete ihr: ja und daß ich mich darüber gewundert habe, da er doch bereits ein sehr schönes Haus besitzt. – Es ist ihm zu klein; er hat nicht genug Platz für seine Waren; in seinem neuen Palais hat er mehr Raum. Es hat ihn 50 000 Florin gekostet, und er wird für weitere 20 000 bauen. Der große Saal wird ganz neu angelegt.

»Ja«, unterbrach ich sie, »nach der Hochzeit.« »Seine Hochzeit?« rief sie aus, »er wird vielleicht niemals heiraten.« »Ich will mich nicht einmischen, aber wovon soll das abhängen?« »Das hängt von manchem ab. Wo soll er eine Frau finden, die ihm gefällt? Wenn er heiratet, braucht er wenigstens eine Frau, die schon 25 Jahre alt ist, denn für ein junges Mädchen wäre es doch ein zu schwerwiegender Entschluß. Es ist wahr, daß man auf den ersten Blick große Vorteile sehen kann, aber in Wirklichkeit, meine Liebe, wenn man länger nachdenkt, sind es keine. Er ist nicht mehr jung, denn in der vergangenen Woche ist er sechsundvierzig Jahre alt geworden. In vier Jahren wird er schon ein alter Mann sein; und dann wird seine Frau, wenn sie jetzt siebzehn ist, gerade in ihrem schönsten Alter sein. Er wird eifersüchtig werden und dann, mein Gott, mit welchen Qualen wird sie den Vorzug, reich zu sein, bezahlen; aber meine Liebe, was ich Ihnen gesagt habe, bleibt unter uns.«

Stellen Sie sich mein Erstauen vor, Lisette so reden zu hören, ich glaubte zu träumen, aber ich wollte mir doch Klarheit verschaffen und deshalb sagte ich: »Ihr Vertrauen ist ein Beweis Ihrer Freundschaft und seien Sie versichert, was auch immer geschehen wird, so werde ich niemals davon Gebrauch machen und auch nicht mehr daran denken, so als hätten Sie mir gar nichts gesagt.« Ich sah Sie mit einem scharfen Blick an und sie verstand mich auch sofort, denn sie rief aus:

»Seien Sie ohne Sorge, meine Liebe, das wird niemals sein.« »Das ist viel gesagt, mein Kind.«

»Ja, meine liebe Freundin, es gab eine Zeit, da... aber jetzt wäre es mir ganz unmöglich.«
»Unmöglich? Was sagen Sie mir da? Das sind Geheimnisse, die ich nicht ergründen kann.«
»Eines Tages werden Sie mich verstehen, aber im Augenblick kann ich Ihnen nicht mehr sagen, außer: ich allein bin die Ursache und es ist, weil ich jemand anderen vorziehe...« Da unterbrach sie sich, errötete, da sie zuviel gesagt hatte. Ich wollte nicht weiter in sie dringen, und da es schon acht Uhr vorüber war, ging sie und versprach mir, mich über alles aufzuklären. Ich bin sehr neugierig. Ohne genaueres zu wissen habe ich einige Vermutungen, die, obgleich sehr vage, nicht ganz ohne Grund sind. Möge der Himmel sie bestätigen. Das ist alles, was ich im Augenblick sagen kann.

Sonntag nachmittag

Heute morgen bin ich in eine Verlegenheit geraten; stellen Sie sich vor, meine Liebe: eben bin ich den Händen des Perückenmachers* entkommen und gehe in mein Zimmer, um mich umzuziehen; als ich gerade ganz ausgezogen bin, höre ich ein heftiges Klopfen, und im gleichen Augenblick hält eine Kutsche vor der Tür. Ich bin beunruhigt, da ich weiß, daß das Zimmer unten nicht frei ist und also nur das meinige da ist, um Besucher zu empfangen. Im gleichen Augenblick tritt mein Diener ein und ruft: Sie sind in solcher Unordnung? Sie sind schon auf der Treppe, was jetzt? – Es ist der Herr Resident**, – mein Gott, sagen Sie meinem Vater, er möge ihn draußen ein wenig aufhalten. Ich zitterte von Kopf bis Fuß, und die Aufregung ließ mich alles falsch machen, so daß ich gerade mein Kleid schloß, da traten sie schon ein. Ein junger Kavalier, schön wie der Tag, in schwarzer Kleidung, mit Trauerbinden an den Ärmeln, riß mich aus meiner Verwirrung, um mich in eine noch größere zu stürzen. Ich machte einen lächerlichen Eindruck, da ich nicht wußte, ob es alberner wäre zu gehen oder zu bleiben. Schließlich entschloß ich mich zu gehen, und das tat ich in einer so ungeschickten Art, daß man nur Mitleid mit mir haben konnte. Ich fand meine Kräfte wieder, als ich vor der Tür in der Kälte stand, und als ich mich im Spiegel sah, war ich bleicher als der Tod. Nebenbei muß ich Ihnen sagen, daß mir nichts besser steht, als wenn ich vor Aufregung erröte oder erbleiche. Jeder außer Ihnen

* Le Peruquier – Perückenmacher, Friseur, beträchtliche Summen verzeichnet das Haushaltsbuch an den »concionator comarum«, der das Haar in die kunstvollen gepuderten Lockenfrisuren legte.

** Der Resident von Baden-Durlach: Friedrich Samuel von Schmidt.

würde mich der Eitelkeit zeihen, wenn ich so rede, aber Sie kennen mich zu gut, um mich dessen fähig zu halten; und das genügt mir.

Samstag, d. 17. Dezember

Ich konnte nicht öfter schreiben, obwohl ich es gern gewollt hätte, denn man beschäftigt mich den ganzen Tag. Seit mein Bruder krank ist, essen wir bei mir und es stört mich sehr. Trotzdem stehle ich eine viertel Stunde, um Ihnen zu schreiben, daß ich gestern im Konzert war und daß ich dort allerlei Abenteuer erlebte. Es wird Ihnen lächerlich erscheinen, da Sie wissen, daß nur Schönheiten Heldinnen im Roman sein können. Nun, lächerlich oder nicht, es ist die Wahrheit. – Wir machten uns das Vergnügen, meine Cousine Charlotte und ich, die mich begleitete, als erste zu erscheinen. Wir besichtigten den großen Saal, der nun dem Herrn Busch gehört und der wundervoll ist.* Ich sagte Charlotte, daß man mich heute abend unaufhörlich nach der Gesundheit meines Bruders fragen wird. Was ich vorhergesagt hatte, trat ein. Mehr als dreißig schöne Herren kamen und begrüßten mich, und alle ihre Unterhaltungen begannen: Mein Fräulein, wie geht es Ihrem Bruder? Ich habe gehört, er ist krank – ja, mein Herr, er war sehr krank, aber es geht ihm jetzt besser, Gott sei Dank – ich stieß Charlotte mit dem Fuß an und diese brach fast in schallendes Gelächter aus. Während dieser Unterhaltungen entdeckte ich den Herrn Residenten, an seiner eleganten Haltung erkannte ich ihn sofort, obwohl ich ihn nur einen Augenblick gesehen hatte. Wenn ich die Liebe malen sollte, dann würde ich ihn zum Modell nehmen, so schön ist er, aber lassen wir das – in der großen Pause machte ich einigen Damen aus dem Adel meine Aufwartung und entdeckte ganz nahe den Herrn Residenten, der sich lebhaft mit dem Marquis de Saint Sever unterhielt. Ich war neugierig auf den Gegenstand ihrer Unterhaltung, als ich den ersteren sagen hörte: Sie kennen Sie nicht? Ich möchte ihren Namen wissen; sie ist die schönste Dame der Welt und der Geist strahlt aus ihren schönen Augen. – Nein, mein lieber Freund, antwortete der andere, ich weiß nicht, wer sie ist; aber ich finde sie ebenso schön wie Sie; wir sind also Rivalen; also rasch, fügte er hinzu und nahm den anderen bei der Hand, begrüßen wir sie und sehen wir, wen sie vorzieht; ich glaube, sie wird Sie erwählen; Ihr liebenswürdiges Äußere wird sie für Sie einnehmen – Sie scherzen, mein lieber Marquis, ich bitte Sie – bei diesen Worten entfernten sie sich. – Glückliche Dame, dachte ich – Ich machte den Damen von Neuberg und von

* Die Konzerte fanden im »Römischen Kaiser« statt. Das große und prachtvolle Gasthaus gehörte dem Neffen des alten Busch, der sich um Lisette bewarb.

Heydesheim meine Aufwartung; dann kehrte ich zu Charlotte zurück und wir gingen zu unseren Freundinnen, die weiter hinten saßen. Ich hatte unterdessen einige fade Komplimente zu ertragen; schließlich traf ich Caroline von Stokum, die mich aufhielt, um mir Fragen über meinen Bruder zu stellen, und als ich aufschaute, sah ich in einiger Entfernung ihre Schwester Lisette und den Herrn Residenten, die in ein ernsthaftes Gespräch vertieft waren. Nach einigen Minuten sah er zu uns herüber und fragte Lisette, wer ich sei. Als er meinen Namen hörte, erinnerte er sich der lächerlichen Figur, die ich seinerzeit gemacht hatte; er verließ Lisette, um mir ein sehr elegantes Kompliment zu machen: »Mein Fräulein, erinnern Sie sich an mich?« »Mein Herr, Menschen wie Sie vergißt man nicht so leicht; wir hatten letzthin die Ehre, Sie bei uns zusehen.« – Anschließend unterhielt er mich auf eine so angenehme Art; er zeigte so viel Geist, der ihn – vereint mit der Anmut, die ihn auszeichnet – zu einem wahrhaft liebenswerten Mann macht.

– Der übrige Abend verging sehr angenehm, und was mich am meisten freute war, daß der »Misericordieux« niemals dazu kam, sich mit mir zu unterhalten – wieviel Mühe er sich auch geben mochte – so sehr war ich von der eleganten Welt umgeben. – Das ist genug für diesmal, Montag werde ich dieses wertlose Gekritzel auf die Post geben. Ich bin ärgerlich, nachdem ich es gelesen habe, denn ich finde nichts Interessantes darin. Es liegt nicht an mir, denn ich schreibe nichts, als was hier geschieht; und ich bin einfach nicht gemacht für – – Adieu

IV.
23. Dezember 1768 – 31. Januar 1769

[45] ce 23. Dec. 1768

Enfin j'ai eu un eclaircissement avec Miss Lisette, toutte sa conduite passée se developpe; elle sera heureuse; et elle le merite. Hier elle vint me voir, et lorsque nous fûmes seuls elle tira une lettre de son Portefeuille, en me priant de la lire; vous verrez là ajouta t-elle l'obstacle de mon union avec Mr B... Ma curiosite augmente, je l'ouvre et j'y trouve ce qui suit.

Aimable et choisie de mon cœur

»Ce vojage est fini heureusement et je suis arrive ici en bonne santé. Quoique le tems est si court que je ne saurois Vous l'apprendre qu'en deux mots, je sens cependant dans ce moment une consolation, qui m'adoucit un peu la tristesse que j'ai sentie jusqu'ici. Vous connoissez mon cœur chere Lisette; vous savez que je Vous sacrifie tout, et cela Vous garantit qu'il ne cessera jamais de vous appartenir. Plus je suis eloigne, plus la morne affliction augmente, et je serois le plus malheureux des hommes, si je n'etois pas fortifie d'une main puissante. Dieu qui connoit tout ne nous privera pas de sa benediction pour quoi nous l'invoquerons ensemble. Consolez Vous mon Ange mon amour sincere, et ma constante fidelite, Vous est vouéé pour toujours. J'aurai souvent l'occasion de Vous repeter cette assurance. Embrassez Madame votre Mere, et sojez assure que je ne vis que pour Vous et que je mourrai dans ces sentiments, etant toujours.«

Amsterdam Le Votre
ce 6. Dec Dorval
1768

[46] Et bien ma chere, lui dis je apres l'avoir lue, je ne suis pas encore au fait. Qui est donc ce Dorval? d'ou est il? comment l'avez vous appris a connoitre... Ce sont trop de questions sur un coup, ajez patience, et vous saurez tout. Dorval continua t-elle, est un des Marchans les plus renommées, et les plus riches de Coppenhagen; il y est associe avec un homme deja agé, auquel il doit la plus grande partie de ses biens. Ce Compagnon un peu capricieux, et prevenu beaucoup pour l'argent, lui proposa il y a quelque tems, un mariage a Amsterdam avec une Demoiselle qui possede deux millions. Dorval sans etre ebloui de l'enormite de cette fortune, se propose d'aller voir la Dame. Il part, arrive, la voit, elle ne le touche pas. Cependant il ne veut rien precipiter, il demande du temps pour reflechir, on le lui accorde. Pour

trainer un peu l'execution; il fait un petit vojage, et vient ici. A lui qui a deja fait trois fois le tour de l'Europe a lui dis je ce vojage ne sembloit qu'un amusement. Il loge a l'Empereur Romain; Vous savez que j'y suis tres connue; Mr B etand l'Oncle de l'hôte. J'y vais pour visiter Madame; Dorval entre, me regarde, reste stupefait, me fait la reverence, et sort. Nous pensons qu'il a eu mal, mais apres un quart d'heure il revient, se poste pres de moi, me parle, et montre tant d'esprit dans ses discours, que je l'entends avec plaisir. Nous nous entretenons jusqu'au soir, et fachés que la montre alloit si vite nous nous separons. A peine suis je sor- [47] tie qu'il va trouver Mr et Madame B. Mes chers amis leur dit il, ne vous etonnez pas de ce que je vais vous dire. Je suis captivé pour toujours, les charmes de Miss Lisette et encore plus la beaute de son ame m'ont enchaines. Ma resolution est prise, je lui offrirai mon Cœur, et ma main, conseillez moi... Eh mon Dieu; mon cher Dorval qu'allez vous faire? Vous etes engagé; que diroit votre Compagnon? Elle n'a rien; Et les deux millions? – Je ne les desire pas. Vous vojez en moi un homme desinteressé. Que cette fortune me couteroit cher, surtout maintenant, surtout apres avoir vu Miss Lisette, non il n'en sera rien – Mon cher Dorval tranquilissez vous, laissez passer ce premier feu, vous autres jeunes gens vous brûlez a tout moment – Moi Monsieur? ne le crojez jamais. J'ai vu touttes les beautés de l'Europe, aucune ne m'a touchee qu'elle. Ne craignez pas que cette passion si subite s'eteigne avec le tems; non je sais de quoi je suis capable; je suis epris pour la premiere fois, et je le serai pour toujours – Nous n'empecherons pas votre bonheur Dorval, mais pensez y bien; si Vous pouvez lever touttes les difficultes, nous travaillerons de concert a vous rendre heureux – Ah Monsieur, ah Madame, que ne vous devrai je pas! mais qu'elle ne sache rien de mes intentions, que sa Mere ne s'en appercoive pas; je ne l'obtiendrai que d'elle meme. Et si j'ai le malheur de lui deplaire, si elle ne sent pour moi que de l'indifference; je m'en irai, sans tacher de la persuader; je ne la verrai plus; qu'elle soit heu- [48] reuse dans les bras de l'homme que son Cœur choisira, mais jamais, jamais, elle n'en trouvera qui l'aime plus que moi – Ici finit le discours; qui me fut rapporte ensuite par Madame B... – Que vous dirai je enfin, ma chere, je sentois bien que je l'aimois... je le vis souvent sans qu'il osât jamais me parler de son amour; je decouvris en lui mille belles qualités. C'est ainsi que se passa un mois entier, lorsque le tems des Vendanges approchoit; nous fûmes touts chez Mr. B. le veuf, qui depuis ce tems avoit cesse ses poursuites aupres de moi. Il y avoit grande Compagnie dans son jardin, nous dansâmes; je vis les progrès que je faisois sur le Cœur de Dorval. Je m'etois echauffee un peu trop, et me sentant mal, je sortis;

Un Cabinett ouvert m'offre une retraitte tranquille; je me jette sur un Canapé, mais a peine y fus je quelque minutes, qu'on m'appella par toutte la maison, enfin Dorval entre... C'est là ma chere qu'il me declara sa passion... il me disoit tout ce qu'un amour sincere peut inspirer... J'etois confondue... il vit qu'il ne m'etoit pas indifferent. Apres un long entretien, nous rejoignàmes la Compagnie – Depuis ce tems la cordialite s'etablit entre nous, il fit part de ses projets a ma Mere, et a Mr. B. le veuf, qui en parût etonné... Il ne laissa pas un jour sans venir me voir, nous convinmes de tout, d'ici a un an la nôce se fera, puis il me menera a Paris, a Londres, a Amsterdam, et de là dans sa Patrie. Ah ma chere voila touts mes vœux accomplis; dèz ma plus tendre enfance, je souhaittois de voir le monde; je serai heureuse, et [49] je ne regretterai rien, que Vous, qu'il me faudra quitter, cepandant ce seroit une grande consolation pour moi, si avant de partir d'ici, je vojois assuré votre bonheur – Que le Ciel vous benise ma chere Lisette, parlons de votre felicité, et non pas de la mienne; ou est donc maintenant Dorval? – A Amsterdam, dont je viens de recevoir cette lettre que je vous ai montree, c'est là qu'il travaille a rompre son mariage entamé, et ou il tache d'appaiser son Compagnon, j'espere qu'il reuissira. Mais ma chere Cornelie, si je me represente le jour de son depart, tout mon sang s'emeut. Il entra dans ma chambre d'un air desolé, je m'en vais s'ecria-t-il, je vous quitte... Puis se precipitant a mes pieds, il arrosa mon tablier de ses larmes, vingt fois il retournoit, pour me regarder, il vit mon trouble, en parût satisfait; enfin il prend courage, et sort. Ma douleur fut extreme; cependant peu a peu les reflexions que je fis servirent a me tranquilliser. Qu'est ce qu'une annee pensai je! et dèz lors tu le possederas pour toujours. Son portrait qui est dans ma chambre, me tient lieu de tout. Vous le verrez ma chere, et vous jugerez mon choix; mais ce n'est pas son exterieur, c'est son ame que j'aime, et cet amour ne s'eteindra jamais – Je vous prie ma Lisette comment se comporte Mr. B. et que dit il de tout cela? – J'y fus hier; il me mena vers la fenetre, et me demanda tout bas: En qui me fierai desormais Mademoiselle? puisque vous m'abandonnez. Je crojois etre sûr de vous; je differois de jour en jour ma declaration, et m'en voila puni. Aucune Dame ne saura plus me captiver apres vous; je ne me marierai jamais. Sojez heureuse avec Dorval, je le connois, il est un homme d'honneur; qu'aucun nuage trouble votre union; mais n'espe- [50] rez pas que je vous oublie – Je voulois tourner ce discours en badinage, mais il jura qu'il parloit serieusement.

ce 8 Janvier 1769

Je suis pleine de joje; pensez ma chere un riche neveu de Lisette est mort, et a laisse tout son bien a sa mere. Maintenant ces gens sont hors de l'embarras, ou le peu de revenu les jettoit. Les autres parents du defunt qui n'auront que des petits legats, le persuaderent a faire un nouveau testament, mais il mourût avant la souscription; de sorte que ce n'est que le premier qui est valable – Lisette a recû depuis ce tems deux lettres de Dorval, elles sont pleines de tendres protestations, mais il ne parle point du progrès de ses affaires. Il aura ses raisons, et moi j'ai les miennes de cesser.

ce 13. Janvier.

J'ai ecrit aujourdhui a Mlle Meixner, priez la de me par donner d'avoir trainé si longtems. Nous parlàmes d'elle dernierement chez Mr le Conseiller Moritz, qui donna un repas a mon frere a l'occasion de son retablissement – Il faut que je vous dise quelque chose en confiance; Müller et mon frere ne sont plus si bien ensemble, qu'ils l'ont ete autrefois; leurs maximes sont differentes, parceque la philosophie de mon frere est experimentee, au lieu que M. ne doit la sienne qu'a l'etude. Il s'est comporte aussi tres froidement, durant la derniere grande maladie, de mon frere, et je commence a entrevoir moi meme que ses principes ne sont pas propres pour l'usage du monde – Vous vous convaincrez de plus en plus vous meme des sentiments de mon frere, si vous prenez garde à sa conduite, car il ne parle que comme il pense.

[51] Mardi, ce 24 Janv.

Cet hiver me passe bien vite, je ne sai ce qu'il est devenu; quoique je ne frequente pas les divertissements brujants, j'en ai cependant qui m'amusent beaucoup; savoir, touts les vendredi concert, et le mardi notre grande Compagnie. Miss B. une de nos plus riches reformees, est epouse declarée de Saint Albin. C'est un jeune homme des plus accomplis, son exterieur est brillant, et la fraicheur de la jeunesse eclate sur son visage. Il a beaucoup d'esprit, et plus de serieux qu'il n'en faut a un francois. Je suis intime amie de Miss Marie B. et je crois que St. Albin m'aime pour cela; il a plus d'attention pour moi, que je ne merite, et si Miss Marie n'etoit pas si sûr de son cœur, elle pourroit devenir jalouse. Hier au soir il me mena en carosse chez moi. Il gardoit longtems le silence, puis tout d'un coup, comme s'il eveilloit d'un songe, il me demande avec empressement: Chere Miss quand vous reverrai je? – eh lui repondis je en riant que vous importe de me voir – Mon aimable Miss, vous ne savez pas... vous ne crojez pas... que dirai je? mais non je ne dirai rien... Miss venez vous demain au Bal? – Non je n'y vais pas, on me l'a defendu par rapport a ma santé; Miss Marie y ira, et cela vous suffit. Heureux Saint Albin, vous serez bientôt liè a cette aimable fille, que desirez vous de plus? – Moi?... rien que... votre amitie... me la promettez vous. – Oui Saint Albin, et voila ma main pour gage, tant que votre charmante Epouse m'honorera de son amitie, vous avez droit sur la mienne; je vous estimerai toujour nous vivrons ensemble, en amis; nous nous verrons sou- [52] vent... Souvent Miss! est ce bien vrai? conservez ces pensees, mais... Et bien mais qu'y a t-il encore? C'est là que la carosse s'arreta; il prit ma main. Vous ne viendrez donc pas au Bal – non vous dis-je, mais Mardi prochain chez Miss Philippine – Adieu donc jusqu'a la j'y serai sûrement; n'oubliez pas votre promesse – Non non Saint Albin je ne l'oublierai pas – Que vouloit il dire par tout cela ma chere; sotte que je suis, il s'est crû oblige de me faire quelques compliments et voila tout; je ne saurois vous dire combien je l'estime, et combien il merite de l'etre. Vous le connoitrez ma chere, et vous me jugerez. Adieu pour cette fois.

Mardi ce 31. Janv.

Ce que j'ai a Vous dire, vous etonnera sans doute, Saint Albin... ah mon enfant, il n'est plus. Cruelle pensee qui m'óte tout sentiment. On l'enterre aujourdhui – ha c'est impossible. Mais ce n'est que trop vrai il est mort, et je ne le verrai plus. Malheureuse Marie que feras tu? Si j'etois a sa place – Ciel – mais je ne sais ce que j'ecris. Pardonnez a ma douleur ma chere, j'ai perdu un ami qui m'etoit cher; et comment? pourrai je le dire. Ce Miserable Bal – il s'echauffa trop, une inflammation de sang survint; et lui le plus aimable des hommes, a la fleur de son age, dans la situation la plus heureuse mourût. Chere Saint Albin je t'avois promis qu'aujourdhui – et c'est la le jour de son enterrement – Que fera Marie? que feront ses Parents, qui avoint mis touttes leur esperances – Adieu ma bonne je ne puis plus – Prenez garde a cette lettre.

GC

IV.
23. Dezember 1768 – 31. Januar 1769

den 23. Dez. 1768

Endlich habe ich Klarheit über Fräulein Lisette (Miss Lisette), ihr ganzes Verhalten in der Vergangenheit wird verständlich. Sie wird glücklich sein und sie verdient es. Gestern besuchte sie mich, und als wir allein waren, zog sie einen Brief hervor. Sie bat mich, ihn zu lesen und sagte: Sie sehen hier das Hindernis das meiner Verbindung mit Herrn B. im Weg steht.

Geliebte Freundin meines Herzens
Diese Reise ist glücklich vorüber und ich bin hier gut angekommen. Obgleich meine Zeit so beschränkt ist, daß ich Ihnen nur in zwei Worten mitteilen kann, daß ich jetzt einen Trost fühle, der mir ein wenig die Trauer erleichtert, die ich bis zu diesem Augenblick empfunden habe. Sie kennen mein Herz, meine geliebte Lisette; Sie wissen, daß ich Ihnen alles opfere, und das soll Ihnen beweisen, daß dieses Herz niemals aufhören wird, Ihnen zu gehören. Je weiter ich entfernt bin, um so stärker wird mein Schmerz; und ich wäre der unglücklichste der Menschen, wenn ich nicht von einer mächtigen Hand gehalten würde. Gott, der Allwissende, wird uns seine Gnade, um die wir gemeinsam gebetet haben, nicht entziehen. Trösten Sie sich, mein Engel, meine einzig Geliebte. Meine ewige Treue ist Ihnen auf immer geschworen. Ich werde bald Gelegenheit haben, Ihnen dieses Versprechen zu erneuern. Grüßen Sie Ihre Mutter und seien Sie sicher, daß ich nur für Sie lebe und daß ich einst mit der gleichen Empfindung sterben werde, auf ewig

Amsterdam
den 6. Dez.
1768

Der Ihrige
Dorval

»Meine Liebe,« sagte ich ihr, nachdem ich den Brief gelesen hatte, »ich verstehe das noch nicht. Wer ist denn dieser Dorval?* Wo kommt er her? Wie haben Sie Ihn kennengelernt …«
»Das sind zuviele Fragen auf einmal, haben Sie Geduld und Sie werden alles erfahren. Dorval«, fuhr Sie fort, »ist einer der angesehensten und der reichsten Kaufleute aus Kopenhagen; er ist der Geschäftspartner eines Mannes, der schon alt ist, und dem er den größten Teil seines

* Zu Dorval gibt es im Stadtarchiv Frankfurt und in Kopenhagen keine Personendaten.

Reichtums verdankt. Dieser Teilhaber, der ein wenig launenhaft ist und der sehr auf Geld sieht, hat ihm vor einiger Zeit eine Hochzeit vorgeschlagen. Er sollte in Amsterdam ein junges Mädchen heiraten, die zwei Millionen besitzt. Dorval ließ sich von diesem Vermögen nicht blenden und schlug vor, die Dame kennenzulernen. Er reist, kommt an, erblickt sie, sie berührt ihn nicht. Jedoch will er nichts überstürzen; er bittet um Bedenkzeit; diese wird ihm gewährt. Um die Entscheidung hinauszuziehen macht er eine kleine Reise und kommt hierher. Für ihn, der bereits dreimal ganz Europa bereist hat, war diese Reise nur eine Kleinigkeit. Er mietete sich im Römischen Kaiser ein; Sie wissen, daß ich häufig dort bin, denn Herr B. ist der Onkel des Wirts. Ich war dort, um Madame B. zu besuchen. Dorval tritt ein, er erblickt mich, verharrt regungslos, macht mir eine Verbeugung und verläßt den Raum. Wir glauben, daß ihn ein Schmerz befallen habe, aber nach einer viertel Stunde kehrt er zurück, nimmt neben mir Platz; er unterhält sich mit mir und zeigt sich so geistreich, daß ich ihm mit Vergnügen zuhöre. So unterhalten wir uns bis zum Abend. Mit dem Gefühl, daß die Zeit allzu rasch vergangen ist, trennen wir uns. Kaum habe ich den Raum verlassen, sucht er Herrn und Frau B. auf. Er sagt: Meine lieben Freunde, wundern Sie sich nicht über das, was ich Ihnen jetzt sage: Ich bin auf immer gebunden. Der Liebreiz und noch mehr die Schönheit des Gemütes von Fräulein Lisette fesseln mich. Mein Entschluß steht fest. Ich werde Ihr mein Herz und meine Hand bieten, raten Sie mir...

Mein Gott; mein lieber Dorval, was tun Sie da? Sie sind verlobt, was wird Ihr Teilhaber sagen? Sie besitzt nichts; und die zwei Millionen?

Ich will sie nicht. Sie sehen in mir einen Mann, der daran nicht interessiert ist. Wie teuer mich dieses Vermögen werden würde, vor allem jetzt, vor allem nachdem ich Fräulein Lisette gesehen habe, nein es wäre nicht gut.

Mein lieber Dorval beruhigen Sie sich, lassen Sie das erste Feuer vorübergehen; wie alle jungen Leute stehen Sie ständig in Flammen.

Ich, mein Herr? Glauben Sie das nicht. Alle Schönheiten Europas habe ich gesehen, keine hat mich berührt außer ihr. Glauben Sie nicht, daß diese Leidenschaft sich mit der Zeit verliert. Nein, ich weiß, wessen ich fähig bin; ich bin das erste Mal hingerissen, und ich werde es auf immer sein.

Wir wollen Ihr Glück nicht hindern, Dorval, aber überlegen Sie es gut; wenn Sie alle Schwierigkeiten glauben überwinden zu können, dann werden wir gemeinsam versuchen, Sie glücklich zu machen.

Ach, mein Herr, ach Madame, was schulde ich Ihnen nicht! Aber verraten Sie meine Absichten nicht; lassen Sie die Mutter nichts merken. Die Antwort kann von niemandem, nur von ihr selbst kommen (ich werde nichts als ihre Antwort anerkennen), und wenn ich das Unglück habe, ihr zu mißfallen, wenn Sie gleichgültig gegen mich ist, dann werde ich mich zurückziehen, ohne zu versuchen, sie zu überreden. Ich werde sie nicht wiedersehen. Sie soll mit dem Mann glücklich sein, den ihr Herz erwählt, aber niemals, niemals wird sie jemanden finden, der sie mehr liebt, als ich.«

Damit endete die Unterredung, über die mich anschließend Herr B. unterrichtete. – Was soll ich Ihnen sagen, meine Liebe, ich fühlte wohl, daß ich ihn liebte... Ich sah ihn öfter, ohne daß er gewagt hätte, von seiner Liebe zu sprechen. Ich entdeckte tausend schöne Eigenschaften bei ihm. So verging ein ganzer Monat. Es kam die Zeit der Weinlese. Wir waren bei Herrn B., dem Witwer, der seit dieser Zeit seine Werbung aufgegeben hat. Er gab ein großes Fest in seinem Garten. Wir tanzten, und ich bemerkte, wie sich der Eindruck vertieft hatte, den ich auf das Herz Dorvals machte. Ich hatte mich zu sehr erhitzt, fühlte mich schwach und verließ die Gesellschaft. Ein offenes Zimmer bot mir eine ruhige Zuflucht. Ich warf mich auf ein Sofa. Kaum war ich dort, suchte man mich im ganzen Haus, schließlich trat Dorval ein... An diesem Ort, meine Liebe eröffnete er mir seine Leidenschaft... und sagte alles, was die wahre Liebe zu sagen eingibt... Ich war verwirrt... Er sah, daß er mir nicht gleichgültig war. Nach einer langen Unterredung kehrten wir zur Gesellschaft zurück. Seit dieser Zeit sind wir einander verbunden, und er teilte seine Absichten meiner Mutter und Herrn B. mit, der darüber erstaunt schien... Er ließ keinen Tag vorübergehen, ohne mich zu besuchen. Wir sind in allem übereingekommen. In einem Jahr wird die Hochzeit sein, dann nimmt er mich mit, nach Paris, nach London, nach Amsterdam und von dort in seine Heimat.

Ach meine Liebe, so gehen alle meine Wünsche in Erfüllung. Seit der ersten Kindheit wünschte ich, die Welt zu sehen; ich werde glücklich sein und nichts werde ich vermissen – außer Ihnen, die ich verlassen muß. Indessen wäre es eine große Beruhigung für mich, wenn ich, bevor ich fortgehe, auch Ihr Glück gesichert sehen könnte.

Der Himmel segne Dich, meine liebe Lisette, sprechen wir von Ihrer Glückseligkeit und nicht von der meinen; wo ist denn Dorval jetzt?

In Amsterdam, von dort habe ich auch den Brief bekommen, den ich Ihnen gezeigt habe. Dort löst er den Heiratsvertrag und bemüht sich, seinen Teilhaber zu beruhigen. Ich hoffe, es wird ihm gelingen. Aber meine liebe Cornelia, wenn ich mich an den Tag seiner Abreise erinnere, gerät mein Herz in Aufruhr. Er betrat mein Zimmer mit verzweifeltem Gesichtsausdruck und rief aus: Ich reise, ich verlasse Sie... Dann warf er sich mir zu Füßen, seine Tränen fielen auf mein Kleid, zwanzigmal kam er zurück, um mich anzusehen, er sah meinen Schmerz und schien befriedigt; schließlich faßte er Mut und ging. Mein Kummer war grenzenlos; jedoch beruhigten mich einige Überlegungen, die ich anstellte. Was ist schon ein Jahr? dachte ich. Und dann wirst Du ihn auf immer besitzen. Sein Bild, das ich in meinem Zimmer habe, wird mir alles ersetzen. Sie werden es anschauen, meine Liebe und meine Wahl beurteilen; aber es ist nicht sein Äußeres, es ist die Seele, die ich liebe, und diese Liebe wird niemals enden –

Aber Lisette, wie verhält sich Herr B. und was hat er zu all dem gesagt?

Ich war gestern dort und er führte mich zum Fenster und fragte ganz leise: Wie soll ich mich jemals darüber trösten, mein Fräulein, wenn Sie mich verlassen. Ich glaubte, Ihrer sicher zu sein. Von Tag zu Tag schob ich meine Erklärung auf, und ich sehe mich so gestraft. Keine Frau wird jemals Ihren Platz einnehmen; ich werde mich niemals verheiraten. Seien Sie glücklich mit Dorval, ich kenne ihn, er ist ein Ehrenmann; möge keine Wolke das Glück Ihrer Verbindung trüben, aber hoffen Sie nicht, daß ich Sie jemals vergesse –

Ich wollte dieser Unterredung eine Wendung ins Heitere geben, aber er schwor, daß er in vollem Ernst sprach.

den 8. Januar 1769

Ich freue mich; stellen Sie sich vor, meine Liebe, ein reicher Verwandter von Lisette ist gestorben und hat sein ganzes Vermögen ihrer Mutter hinterlassen. Jetzt sind sie aus allen Schwierigkeiten heraus, die sie wegen ihres geringen Einkommens hatten. Die anderen Verwandten des Verstorbenen, die nur kleine Legate bekommen haben, haben ihn überredet, ein neues Testament zu machen, aber er starb, bevor er es unterschreiben konnte; so gilt also das erste. – Seither hat Lisette zwei Briefe von Dorval erhalten, sie sind voller zärtlicher Erklärungen, aber er spricht nicht mehr über den Fortschritt seiner Angelegenheiten. Er wird seine Gründe haben und ich habe die meinen, jetzt zu schließen.

den 13. Januar

Ich habe heute Fräulein Meixner geschrieben, bitten Sie sie um Vergebung, daß ich so lange geschwiegen habe. Gestern sprachen wir von ihr bei einem Essen, das Legationsrat Moritz aus Anlaß der Genesung meines Bruders gab. – Im Vertrauen muß ich Ihnen sagen: Müller und mein Bruder stehen sich nicht mehr so gut wie früher. Ihre Maximen sind unterschiedlich, denn die Philosophie meines Bruders entstammt der Erfahrung, während die von Müller nur gelernt ist. Während der schweren Krankheit meines Bruders hat er sich auch sehr kühl verhalten, und ich beginne einzusehen, daß seine Prinzipien für das Leben ungeeignet sind. – Sie werden sich selbst von den Empfindungen meines Bruders überzeugen können, wenn Sie darauf achtgeben, denn er sagt nur, was er denkt.

Dienstag, den 24. Januar

Dieser Winter vergeht mir rasch; ich weiß nicht, wo er geblieben ist; obwohl meine Vergnügungen nicht besonders aufregend sind, so gefallen mir doch einige; also: alle Freitage Konzert, und dienstags unsere Große Gesellschaft. Miss B., eine unserer reichsten Reformierten, ist mit Saint Albin verlobt.* Er ist ein junger Mann, der dem Ideal nahekommt. Er sieht blendend aus und die Jugend strahlt aus seinem Gesicht. Er ist sehr geistreich und ernsthafter als es bei Franzosen üblich ist. Mit Fräulein Marie B. bin ich eng befreundet, und ich glaube, daß Saint Albin mich deshalb schätzt. Er erweist mir mehr Aufmerksamkeiten, als ich verdiene und wenn Miss Marie seines Herzens nicht sicher wäre, könnte sie eifersüchtig werden. Gestern abend begleitete er mich in der Kutsche nach Hause. Er schwieg lange – plötzlich, als ob er aus einem Traum erwache, fragte er mich bewegt: Mein Fräulein, wann werde ich Sie wiedersehen? Also, antwortete ich lachend, was bedeutet es Ihnen, ob Sie mich sehen – Mein liebes Fräulein, Sie wissen nicht... Sie glauben nicht... Was soll ich sagen? Aber nein, ich sage nichts... Liebes Fräulein, kommen Sie morgen zum Ball? – Nein, man hat es mir verboten, wegen meiner Gesundheit; Miss Marie wird da sein und das wird Ihnen genügen. Glücklicher! Bald sind Sie mit ihr verbunden. Was wünschen Sie sich mehr? – Ich?... Nichts als ... Ihre Freundschaft... die Sie mir versprechen müssen. – Ja, Saint Albin, hier ist meine Hand darauf, da Ihre liebenswerte Braut mich mit ihrer Freundschaft ehrt, haben Sie ein Anrecht auf die meine: ich werde Sie immer schätzen, wir werden viel zusammensein als Freunde, wir werden uns oft sehen... Oft, Miss! Ist das wahr? Vergessen Sie es nicht, aber... das ist gut, aber was mehr? In diesem Augenblick hielt die Kutsche an. Er nahm meine Hand. Sie kommen also nicht zum Ball – Nein, antwortete ich, aber am kommenden Dienstag bin ich bei Miss Philippine – Leben Sie wohl, bis dann, ich werde sicherlich kommen und vergessen Sie Ihr Versprechen

* Zu Saint Albin gibt es im Stadtarchiv Frankfurt keine Daten.

nicht – Nein, nein, Saint Albin, ich werde es nicht vergessen – Was wollte er mit all dem sagen, meine Liebe; Närrin, die ich bin, er fühlte sich verpflichtet, mir einige Komplimente zu machen und das ist alles; ich kann Ihnen gar nicht sagen, wie sehr ich ihn schätze und wie sehr er es verdient. Sie werden ihn kennenlernen, meine Liebe, und Sie werden meinen Eindruck beurteilen. Adieu für diesmal.

Dienstag, den 31. Januar

Was ich Ihnen zu sagen habe, wird Sie sicher überraschen. Saint Albin ist nicht mehr. Grausamer Gedanke, der mir das Gefühl tötet. Er wird heute beerdigt – ach, das ist unmöglich. Aber es ist nur allzu wahr, er ist tot und ich werde ihn nicht wiedersehen. Unglückliche Marie, was wirst Du tun? Wenn ich an ihrer Stelle wäre – Himmel – aber ich weiß nicht, was ich schreibe. Verzeihen Sie meinem Schmerz, meine Liebe, ich habe einen Freund verloren, der mir sehr lieb war; und wodurch? Wie soll ich es sagen. Dieser elende Ball. – Er erhitzte sich, Fieber war die Folge; und dieser liebenswürdige junge Mann, in der Blüte der Jugend, in den glücklichsten Verhältnissen, starb. Lieber Saint Albin, ich habe Dir versprochen, daß wir uns heute – und dies ist der Tag seiner Beerdigung – Was wird Marie tun? Was werden seine Eltern tun, die all ihre Hoffnungen auf ihn gesetzt hatten – Adieu meine Gute, ich kann nicht mehr – Hüten Sie diesen Brief. G C

V.
11. Februar–11. März 1769

[53] Samedi ce 11. Fevr.

La joie, et le plaisir s'eloignent de moi, plus je m'en approche; non ma chere, ce souvenir ne s'effacera pas sitót, quoique la premiere douleur passe; et qu'un sentiment plus tranquille y succede; cette douloureuse tranquillite n'en est pas moins sensible; cependant j'y trouve un certain delice, et elle m'occupera longtems. Vous mon enfant, qui avez le cœur tendre, representez vous ma situation d'hier, et vojez si ... mais je ne dirai rien, vous jugerez de tout. Avez plus de tristesse que de plaisir j'entrai hier au Concert, craignant de rencontrer des personnes, qui me feroint resouvenir de Saint Albin; je crojois que tout le monde en parleroit, Je m'assieds en pensant a Miss Marie; ah quelle est a pleindre, me disois je en moi meme, rien n'egalera sa douleur; elle sera inconsolable, et surement elle ne viendra plus ici, tout lui rappelleroit l'Epoux aimable, qu'elle pleurera toujours, que cette musique lui paroitroit insipide; je la trouve telle moi, qui n'ai perdu qu'un ami. Miss Philippine se met a coté de moi sans que je l'appercois, enfin elle me demande en riant a quoi je pensois. Je m'excuse, mais je n'ose lui parler de sa cousine, je m'ettonne deja qu'elle n'en commence rien elle meme; et apprehendant un nouveau malheur, je suis prète a l'interroger, lorsque la porte s'ouvre, et [54] Miss Marie entre dans le deuil le plus pompeux. Je suis muette, je palis; et craignant de rencontrer ses yieux je me tourne. Elle s'assied derriere moi, j'en suis charméé; mille et mille pensees vinrent me troubler. Je suis reveillee de mon extase par Miss Philippine qui branla sa chaise pour parler a Marie. Et bien ma Cousine lui dit elle la trisstesse est elle bientot passee? – Oh pour de la tristesse! repondit Miss Marie en riant, elle ne sauroit passer, puisque je n'en ai point sentie, mon cœur plus gai que jamais, est offensé de ces habits lugubres, que le devoir m'oblige de porter – Je n'entendis plus rien quoiqu'elle parlat encore, touttes les facultés de mon ame etoint suspendus. Un tremblement universel s'empara de mes membres; il falût me contraindre; touts les yeux etoint attaches sur moi; je tachai de prendre une mine indifferente; en renfermant le chagrin dans mon cœur. Combien me couterent ces moments; mettez vous a ma place, ah ma chere je ne saurois vous dire ce que je pensois – Indigne Marie; infortuné Saint Albin; m'ecriai je; mais non, tu es heureux; mille fois plus heureux maintenant, que si tu avois eu une telle femme. Dieu l'en preservoit en l'otant de ce monde, pour lequel il etoit trop bon – Quoi malheureuse; tu ne l'as donc pas aimé? lui qui te vouoit toutte sa tendresse, qui craignoit de t'offenser a tout moment; qui [55] n'etoit occupé qu'a te plaire. Ingrate tu ne meritois pas son amour; non tu ne meritois pas le moindre de ses regards. Ne me nommes plus ton amie; j'ai cessé de l'etre aussitôt que je t'ai connu a fond – Pardonnez moi ma chere Catherine que je vous entretiens de choses qui vous interessent si peu; mais je crois vous prendrez cepandant part a mon indignation, quoique vous ne connoissiez pas celle qui la fit naitre. Je ne vous en parlerai plus; ni de Marie, ni de mon Ami perdu; mais ne crojez pas pour cela je l'aje oublié –

Mecredi ce 15. Fevrier.

Mlle votre Sœur vint me voir hier, en me portant votre lettre; elle etoit belle, je l'avoue, mais j'etois fachéé que vous n'aviez pas alors ma derniere pour me dire votre opinion des choses qu'elle contient. Ce sera pour une autre fois, et vous n'avez pas besoin d'ecrire tout sur un coup, faites le comme moi. Vous m'aprennez beaucoup de nouvelles; mais aucune vous touche particulierement; n'avez vous donc point de petite affaire de cœur pour me confier? Ou peutetre vous mefiez vous de moi – Le Misericordieux et Miss Lisette, sont assez bien ensemble, mais d'un ton eloigné, et haut; Dorval l'occuppe entierement, elle ne veut entendre parler que de lui; tout autre divertissement lui paroit insipide. Dans sa sixieme lettre il compte d'aller a Londres, ou il sera maintenant; combien de [56] fois ces lettres ont elles eté lues, et embrassees; on croit toujours voir et entendre son objet adoré. Je l'en raille souvent, mais elle me dit qu'un tems viendra, que j'agirai de meme, et alors elle veut se moquer de moi. On aura beau attendre, ce tems ne viendra jamais – Mlle votre Sœur a ete privee de votre lettre par mon frere, il l'en a tant priee qu'elle ne pût resister. Vous lui ferez beaucoup de plaisir en ecrivant souvent; il est toujours charmé de vos lettres, et puisqu'il est encore confiné dans sa chambre, c'est une sorte de recreation pour lui.

ce 1. Mars.

Je fus hier en grande Compagnie chez votre charmante Cousine. Que de belles Dames! et quel pompe! non ma chere, je ne saurois vous le decrire. Mlle votre Sœur et moi, nous eclatàmes plusieurs fois; Demandez la quand elle sera retournee chez vous, les particularités d'un certain discours sur la lecture. Miss Lisette etoit plongee dans une reverie amoureuse, elle ne prit point du tout garde a son jeu. Je l'en raillai; et alors elle rougit jusqu'aux oreilles. Il faut que ce Dorval soit un homme admirable. Il a le stile un peu ramanesque je l'avoue; mais mon enfant vous devriez voir les lettres qu'elle lui ecrit. On devroit les imprimer – que je suis mechante; non elles sont tres jolies, excepté qu'on avance un peu, en montrant trop d'amour

[57] Samedi ce 11. Mars

Notre Concert d'hiver est fini; hier il fut pour la derniere fois. Je n'entendis jamais une Musique plus eccellente, et tout conspiroit a le rendre brillant. Ma Cousine Catherine et moi y parûmes avec eclat. J'avois plusieurs bourlesques en tete, et ma Cousine me promit de m'aider a les executer. Le beau monde accourût en foule et nous eumes beaucoup de fadeurs a essujer. Enfin pour que tout fut complet le Misericordieux arriva; il m'aborde a l'instant et me dit: J'ai voulû vous amener Miss Lisette, mais elle ma donne le refus, etant deja engagee chez Mr. B. a l'Empereur Romain. J'aurois ete a blamer si j'avois insiste davantage, la Compagnie est trop agreable, et elle ne trouveroit rien ici a l'en dedommager – Ça se pourroit Monsieur; mais Lisette n'est pas amatrice de la musique et ainsi elle s'ennujeroit – Oh infailliblement! car quand les pensees sont eloignéés, on ne trouve point de plaisir a tout ce qui nous environne. Mais chere Miss, je ne vous vois plus chez nous, et si vous y venez je ne l'apprends que lorsque vous etes partie. Miss Lisette est si secrete – Eh Monsieur qu'a t-elle besoin de vous rendre compte des visites qu'elle recoit, je n'en saurois pas la raison, et quel interet avez vous .. – Eh mon Dieu Miss que vous etes cruelle, vous ne voulez pas m'entendre; car mes yieux ont ete mille fois l'interprete de mon cœur; combien [58] de fois avez vous pû remarquer ... mais je ne dirai plus rien, j'enfermerai dans mon ame les sentiments que vous fites naitre, et dont je me fais gloire. Ah Miss je possede un bijou; qui est pour moi le plus grand tresor que je puis avoir dans cette vie, c'est votre portrait en sillouette. Je pars cet eté, et je l'emporterai; fut il seulement d'une matiere plus durable, que je n'avois pas besoin d'apprehender d'y gater quelque chose; oui je pars Miss; et je m'en irois content si j'etois sûr d'avoir regagne la bienveillance de l'original, que je perdis il y a quelque tems par la malice la plus infame – Monsieur pour pouvoir perdre quelque chose, il faut l'avoir possedee |: Ceci le deconcerta; et moi je mordis les levres, de peur qu'on remarquât que j'etois prête a rire. Je serrai ma Cousine Catherine qui me fit une mine si friponne avec son joli petit visage, que je n'y tins plus, cependant je m'armai de tout mon courage lorsqui'il recommença a parler, affectant une serieusite attentive :| Pardonnez moi Miss ... je m'etois donc trompé ... mais non vous ne me haissiez pas avant cette fatale brouillerie ... et quel sujet en auriez vous eu ... je ne vous ai jamais offense ... vous avez ete convaincue de mon innocence ... et cependant ... mais je me tairai – |: Il s'eloigna a ces mots et dans quelques minutes il revint :| Miss etes vous venue seule ici? – Ma charmante Cousine m'a tenu Com-[59]pagnie – Me permetteriez vous Miss de vous ramener ce soir? |: Je ne me possedai plus mon enfant; que devois je faire; sans la plus grande absurdite il m'etoit impossible de le lui refuser; c'est pourquoi je lui dis d'un air moitie facheux et moitie riant :| Vous nous ferez beaucoup d'honneur Monsieur – Il protesta longtems qu'il ne vouloit pas ma gener; que je devois parler ingenument, et mille semblables niaiseries. Enfin notre carrosse arriva, nous descendimes, il se faisoit gloire de me mener par toutte la foule; mais moi j'en etois choquee; L'aimable Catherine vit ma peine, fachee de ne pouvoir y remedier, elle me serra la main en me conjurant de prendre patience. Nous la menàmes chez elle, et enfin me voila seule avez cet homme. Saint Albin me vint alors dans la memoire. Quelle difference pensai je; ah si c'etoit lui ... mai j'ai promis de n'en plus parler; Ecoutez la scene du Carrosse, et gardez votre air serieux si vous pouvez. – Chere Miss me dit il en mettant sa main sur la mienne, ce procede vous paroitra peutetre libre; mais j'ai tache depuis longtems a vous parler sans temoins; l'occasion est si favorable, et vous me pardonnerez cette liberte. |: Ce commencement me parut trop ridicule pour ne pas eclater; il ne s'en appercût pas, et continua ainsi :| J'ai des soupçons Miss, des soupçons fondés, que Miss Lisette, et sa Mere ont eu beaucoup de part a ce complot, qui m'a prive de votre grace; et qu'elles ont taché, et tachent encore de me noircir dans votre esprit. Parlez du fond de votre cœur Miss, [60] dites moi la verite, personne n'en saura rien; je vous conjure soiez sincere – Que vous dirai je Monsieur? je ne puis que hausser les epaules, et me taire. Sachez cependant que vous n'avez pas mal soupconné pour le passé; mais pour le present ... – Oh Miss ne me celez rien, je connois a fond ces personnes et je les crois capable de tout – Mais quel interet auroint-ils – Aucun ... que ... Miss oserois je vous parler ouvertement. Parlez – Et bien sachez donc Miss que j'etois au commencement assez imprudent pour leur faire voir l'impression que vous aviez faite sur moi. Elles en devinrent jalouses; La Mere choquéé de ce que les charmes de sa fille, qu'elle crût superieures aux vòtres, n'avoit rien operès; mit tout en usage pour me faire hair de vous. La R ...st. y contribua, et elles agirent de concert a verser le venin dans votre cœur. Ils n'y reuissirent que trop. Infortuné que j'etois, je ne pouvois vous convaincre de mon innocence, tout etoit contre moi; enfin j'y parvins avec beaucoup de peine. Cependant une explication totale etoit impossible vû que la Mere et la fille y etoint comprises ... Je fus predestinè a etre malheureux, et je le serai toujours, si vous ne me rendez pas votre affection. Dites moi Miss, me hairez vous sans cesse? prononcez une seule parole, et je suis le plus heureux des mortels – Si ça vous rend tranquille Monsieur je la prononcerai. Je vous assure de mon estime et de mon amitie. Sojez heureux, c'est ce que je souhaitte de tout mon cœur – Je n'y tiens plus ma chere j'etouffe de rire Adieu.

GC

V.
11. Februar–11. März 1769

Samstag, den 11. Februar

Die Freude und das Glück entfernen sich von mir, je mehr ich Ihnen nahezukommen suche; nein, meine Liebe, diese Erinnerung wird sich nicht so bald verlieren, obwohl der erste Schmerz vorübergeht und ein sanfteres Gefühl ihm folgt. Diese schmerzliche Ruhe ist nicht Vergessen, ist nicht weniger Empfindung, indes ich finde darin eine bestimmte Lust. Dieser stille Schmerz wird lange bleiben. Sie meine Liebe, die Sie ein zärtliches Herz haben, stellen Sie sich meine Situation von gestern vor und Sie sehen ... aber ich werde nichts sagen, Sie werden selbst urteilen. Ich war eher traurig als froh gestimmt, als ich gestern zum Konzert kam, ich fürchtete den Menschen zu begegnen, die mich an Saint Albin erinnern würden. Ich glaubte, alle Welt würde von ihm sprechen. Ich setze mich und denke dabei an Fräulein Marie, ach, wie sie zu bedauern ist, sage ich mir, nichts kann ihren Schmerz besänftigen, sie wird untröstlich sein. Sie wird sicher nicht kommen, denn alles wird sie an ihren Bräutigam erinnern. Sie wird weinen und diese Musik würde ihr unerträglich sein. So geht es ja schon mir, die ich nur einen Freund verloren habe. Ohne daß ich es bemerkte, setzt sich Miss Philippine neben mich, schließlich fragt sie mich lachend, woran ich denke. Ich entschuldige mich, aber ich wage es nicht, von ihrer Cousine zu sprechen, ich wundere mich, daß sie nicht selbst davon zu sprechen beginnt. Ich fürchte schon ein neues Unglück und will sie gerade fragen, als sich die Tür öffnet und Fräulein Marie erscheint, in Trauer, auf das Prächtigste gekleidet. Ich bin sprachlos, stumm, ich fühle, wie ich erbleiche, und um ihrem Blick auszuweichen, wende ich mich ab. Sie setzt sich hinter mich, was mich freut. Tausend Gedanken stürzen auf mich ein. Ich komme wieder zu mir, als Miss Philippine ihren Stuhl umdreht, um sich mit Marie zu unterhalten. Also, liebe Cousine, sagt sie, haben Sie Ihre Trauer überwunden? – Was heißt Trauer, antwortet Marie lachend, sie konnte nicht vorübergehen, weil ich nichts dergleichen empfunden habe. Mein Herz fühlt leichter und heiterer denn je. Diese düstere Aufmachung, zu der die Pflicht mich zwingt, ist ihm eine Beleidigung. – Ich hörte nichts weiter, ich erstarrte. Ein Zittern überkam mich. Ich mußte mich zusammenreißen. Alle Blicke waren auf mich gerichtet; ich bemühte mich, Gleichgültigkeit vorzutäuschen, und verschloß mein Leid in meinem Herzen. Was haben mich diese Augenblicke gekostet; versetzen Sie sich an meine Stelle. Ach meine Liebe, ich kann Ihnen nicht sagen, was ich dachte – unwürdige Marie, unseliger Saint Albin, rief ich innerlich; aber nein, Du bist glücklich, tausendmal glücklicher, da Du tot bist, als wenn Du eine solche Frau bekommen hättest. Gott hat ihn davor bewahrt, indem er ihn zu sich genommen hat, fort aus dieser Welt, für die er zu gut war. Wie, Unglückselige, Du hast ihn also nicht geliebt, ihn, der Dir alle Zärtlichkeit schenkte, der jeden Augenblick fürchtete, Dich zu kränken, der sich unablässig bemühte, Dir zu gefallen. Undankbare, Du verdientest diese Liebe nicht. Nein, Du verdientest keinen seiner Blicke. Nenne mich nicht mehr Deine Freundin; ich bin es nicht mehr, seit ich Dich von Grund auf kenne. – Verzeihen Sie mir, meine liebe Katharina, daß ich Sie mit Angelegenheiten unterhalte, die Sie so wenig betreffen, aber ich glaube, Sie nehmen dennoch an meiner Abscheu teil, obwohl Sie die Person nicht kennen, der sie gilt. Ich werde Ihnen nicht mehr davon sprechen, nicht von Marie, nicht von meinem verlorenen Freund, aber glauben Sie deshalb nicht, daß ich ihn vergesse –

Mittwoch, den 15. Februar

Ihre Schwester hat mich gestern besucht und Ihren Brief mitgebracht. Es ist ein schöner Brief, das gestehe ich Ihnen, aber ich war verärgert, daß Sie mein letztes Schreiben noch nicht hatten, um mir Ihre Meinung über die Dinge zu sagen, die ich darin berichte. Das wird also ein ander Mal sein, und Sie müssen auch nicht alles auf einmal schreiben, machen Sie es wie ich. Sie teilen mir zahlreiche Neuigkeiten mit, aber keine einzige berührt Sie wirklich. Haben Sie mir keine Herzensangelegenheiten zu beichten? Oder mißtrauen Sie mir? – Der Misericordieux und Miss Lisette sind oft zusammen, aber der Ton ist recht kalt. Sie ist ganz mit Dorval beschäftigt, sie will nur über ihn reden hören und jede andere Unterhaltung erscheint ihr langweilig. In seinem sechsten Brief beabsichtigte er, nach London zu reisen, wo er jetzt sein wird; wie oft diese Briefe gelesen und geküßt worden sind; man glaubt jedesmal, das geliebte Objekt zu sehen und zu hören. Manchmal ziehe ich sie damit auf, aber sie sagt mir dann, daß eine Zeit kommen wird, da ich mich genauso verhalten werde und daß sie sich dann über mich lustig machen wird. Da kann man lange warten, diese Zeit wird niemals kommen – Mein Bruder hat Ihrer Schwester Ihren Brief entwendet; er hat sie so darum gebeten, daß sie nicht widerstehen konnte. Sie würden ihm ein großes Vergnügen machen, wenn Sie ihm von Zeit zu Zeit schreiben. Er ist immer von Ihren Briefen entzückt, und da er noch nicht ausgehen kann, ist das eine Art Erholung für ihn.

den 1. März

Gestern war ich mit der Großen Gesellschaft bei Ihrer charmanten Cousine. Was für schöne Frauen! Und was für ein Aufwand! Nein meine Liebe, ich kann es Ihnen nicht beschreiben. Ihre Schwester und ich konnten manchmal nicht an uns halten. Fragen Sie sie, wenn Sie wieder bei Ihnen ist, nach einem bestimmten Gespräch über das Lesen. Fräulein Lisette hing ihren Liebesträumen nach und achtete in keiner Weise auf das Spiel. Ich zog sie damit auf; und sie wurde rot bis hinter die Ohren. Dieser Dorval muß ein bewunderungswürdiger Mann sein. Er hat einen etwas romanhaften Stil in seinen Briefen, das gebe ich zu; aber meine Liebe, Sie müßten die Briefe lesen, die er schreibt. Man müßte sie drucken – ich bin bösartig; nein sie sind sehr hübsch, nur man macht wenig Eindruck, wenn man zuviel Liebe zeigt.

Samstag, den 11. März

Unser Winterkonzert ist vorüber; gestern fand das letzte statt. Ich habe nie besser spielen gehört und alles kam zusammen, den Abend zu einem Erfolg zu machen. Cousine Katharina und ich machten einiges Aufsehen. Ich hatte etliche Streiche vor und Katharina versprach mir ihre Unterstützung. Die elegante Welt erschien in großer Zahl und fade Komplimente hatten wir in Mengen zu erdulden. Zu allem Überfluß erschien noch der Misericordieux, er wandte sich sofort an mich und sagte:

»Ich wollte Ihnen Fräulein Lisette mitbringen, aber sie hat abgelehnt, da sie schon zu Herrn B. in den ›Römischen Kaiser‹ eingeladen ist. Ich konnte nicht länger auf meinem Wunsch bestehen, dort erwartet sie eine zu angenehme Gesellschaft und hier würde sie nichts Vergleichbares finden.«

»Das kommt darauf an, mein Herr. Aber Lisette ist einmal keine Liebhaberin von Musik und deshalb würde sie sich langweilen.«

»Ganz ohne Zweifel! Denn wenn die Gedanken weit entfernt sind, findet man keinen Gefallen an seiner Umgebung. Aber, meine Liebe, ich sehe Sie nie mehr bei uns, und wenn Sie einmal kommen, höre ich erst davon, wenn Sie wieder gegangen sind; Miss Lisette ist so verschwiegen.«

»Ach mein Herr, was muß sie Ihnen denn von den Besuchen Rechen-

schaft geben, die sie empfängt. Ich wüßte dafür keinen Grund und welches Interesse haben Sie denn ...«
»Mein Gott, mein Fräulein, Sie sind grausam. Sie wollen mich nicht verstehen. Denn meine Blicke haben tausendmal mein Herz verraten und wie oft haben Sie es bemerkt ... Aber ich werde von nun an schweigen und die Empfindungen, die Sie erweckt haben und deren ich mich rühme, in meiner Seele verschließen. Ach mein Fräulein, ich besitze einen Schatz, der für mich das Kostbarste in diesem Leben ist: Ihre Silhouette. Diesen Sommer reise ich ab und ich werde Ihr Bild mitnehmen. Wäre es nur aus einem dauerhafteren Stoff, so daß ich keine Sorge haben brauchte, daß ihm etwas zustößt. Ja, ich reise ab, mein Fräulein; und ich wäre schon zufrieden, wenn ich sicher sein könnte, das Wohlwollen des Originals (meines Bildes) zurückgewonnen zu haben, das ich vor einiger Zeit durch die gemeinste Bosheit verloren habe.«
»Mein Herr, um etwas verlieren zu können, müssen Sie es zuvor besessen haben.«
Das brachte ihn aus der Fassung und ich biß mir auf die Lippen, damit man nicht sah, daß ich kurz vor einem Lachanfall war. Ich hielt mich an Cousine Katharina, aber die sah mich mit ihrem hübschen Gesicht an wie ein Spitzbube, so daß ich mich nicht mehr halten konnte. Indessen nahm ich all meine Kraft zusammen, denn er begann weiter zu sprechen, und zwar schlug er einen bedeutungsvoll ernsten Ton an:
»Verzeihen Sie mir, mein Fräulein ... Ich habe mich also getäuscht ... Aber vor diesem verhängnisvollen Zerwürfnis haben Sie mich nicht verabscheuungswürdig gefunden ... Welchen Grund hätten Sie auch gehabt ... Ich habe Sie niemals beleidigt ... Sie waren von meiner Unschuld überzeugt ... und inzwischen ... aber ich werde schweigen.«
Er erhob sich bei diesen Worten und kam einige Minuten später zurück:
»Mein Fräulein, sind Sie allein hierher gekommen?«
»Meine liebe Cousine hat mich mitgebracht.«
»Erlauben Sie mir, mein Fräulein, Sie heute abend nach Hause zu bringen.«
Ich konnte kaum noch die Fassung wahren. Was sollte ich tun? Ohne die größte Ungereimtheit konnte ich nicht ablehnen. Deshalb sagte ich, halb ärgerlich, halb lachend:
»Sie erweisen uns eine große Ehre, mein Herr.«
Er erklärte mir noch umständlich, daß er mich auf keinen Fall belästigen wolle, daß ich offen antworten möge und tausend ähnliche Al-

bernheiten. Schließlich kam unsere Kutsche. Wir erhoben uns, er gab sich die Ehre, mich durch die gesamte Menge zu führen, mir mißfiel es auf das höchste. Die gute Katharina sah meine Qualen, und im Ärger darüber, daß sie nichts dagegen unternehmen konnte, ergriff sie mich bei der Hand und bedeutete mir, mich in Geduld zu fassen. Wir brachten sie nach Hause und schließlich war ich mit ihm allein. Saint Albin kam mir in den Sinn. Was für ein Unterschied, dachte ich; ach wenn er es wäre ... Aber ich habe versprochen, nicht mehr von ihm zu sprechen; nun hören Sie, was sich in der Kutsche abspielte und bleiben Sie ernst, wenn möglich. »Liebes Fräulein«, sagte er und legte die Hand auf die meine, »mein Vorgehen mag Ihnen allzu frei erscheinen, aber ich versuche schon seit längerem, Sie ohne Zeugen zu sprechen. Die Gelegenheit ist so günstig und Sie werden mir diese Freiheit verzeihen.«

Dieser Anfang schien mir allzu albern, um nicht in Gelächter auszubrechen, aber er bemerkte es nicht und fuhr fort:

»Ich habe einen Verdacht, mein Fräulein, einen begründeten Verdacht, daß Fräulein Lisette und ihre Mutter einen großen Anteil an den Ränken haben, die mich um Ihre Gunst gebracht haben, daß sie es versucht haben und immer noch versuchen, mich in schlechtem Licht bei Ihnen erscheinen zu lassen – Seien Sie aufrichtig, mein Fräulein, sagen Sie mir die Wahrheit, niemand soll davon erfahren; ich beschwöre Sie.«

»Was soll ich Ihnen sagen, mein Herr. Ich kann nur mit den Achseln zucken und schweigen. Sie sollen allerdings wissen, daß Sie recht haben, was die Vergangenheit betrifft; aber zur Zeit ...«

»Ach mein Fräulein, verbergen Sie mir nichts. Ich kenne diese Menschen von Grund auf und bin überzeugt, daß sie zu allem fähig sind.«

»Aber was für ein Interesse sollten sie haben?«

»Jedes ... kann ich offen sein, mein Fräulein.«

»Sprechen Sie.«

»Wissen Sie also, mein Fräulein, daß ich zu Beginn so unvorsichtig war, ihnen den Eindruck, den Sie auf mich machten, zu zeigen. Sie wurden eifersüchtig; die Mutter in ihrer Entrüstung darüber, daß die Reize ihrer Tochter, die sie den Ihrigen für überlegen ansieht, auf mich nicht wirkten, setzte alles in Bewegung, um mich um Ihr Wohlwollen zu bringen. Die Frau R ... unterstützte sie und sie gingen gemeinsam vor, um Ihnen das Gift beizubringen. Sie waren nur allzu erfolgreich. Ich Unglücklicher vermochte Sie nicht von meiner Unschuld zu überzeugen, alles war gegen mich. Das mußte ich schließlich nach vielen Schmerzen einsehen. Allerdings, eine vollständige Aufklärung war unmöglich angesichts der Tatsache, daß diese Mutter und ihre Tochter hierin verwickelt waren ... Ich war dazu verurteilt, unglücklich zu sein, und ich werde es bleiben, wenn Sie mich nicht Ihres Wohlwollens versichern. Sagen Sie mir, hassen Sie mich immer noch? Sagen Sie nur ein Wort und ich bin der glücklichste aller Sterblichen.«

»Wenn Sie das beruhigen kann, mein Herr, so versichere ich Sie meiner Wertschätzung und meiner Freundschaft. Seien Sie glücklich. Ich wünsche dies von ganzem Herzen.«

Ich kann einfach nicht mehr, meine Liebe, ich ersticke vor Lachen. Adieu.

GC

VI.
16. April–22. Mai 1769

[61] Dimanche ce 16. Avr.

Il m'etoit impossible de vous ecrire avec Mlle Meixner, elle vous aura racontéé quelques petits evenements; mais nous eumes si peu de loisir a nous parler, qu'elle n'apprit que la moitie de ce que je lui destinois – Le Misericordieux, ou pour mieux dire Mr. G .. n'est pas encore parti. Il passe vingt fois par jour a ma maison, je ne sai a quel dessein. Miss Lisette vint me voir avant hier, apres les premiers compliments elle me dit dabord: Ma chere nous etions hier au Forsthaus, Mr. B. le veuf, Mr. G. et moi. Ils me prierent instamment de vous faire dire, de nous honorer de votre compagnie; mais je n'osois; la crainte que vous me crússiez d'accord avec Mr. G. dont la presence vous fut toujours a charge, m'en empecha. Le pauvre homme! quelles instances il me fit, combien de fois ne me conjurat-il pas – j'etois inexorable. Il le vit et se levant, il me dit larmes aux yieux: Je ne gagne rien sur vous, touttes mes prieres n'ont point d'effet. O Miss que je me trompois en vous crojant tendre et sensible, si vous l'etiez – n'auriez vous pas pitie de moi. Vous ne savez pas ce qu'un cœur passionne souffre – jamais vous n'avez aimee – Quels reproche ma chere, moi ne pas aimer? je m'attendris, j'apellai la servante, je l'envoiai chez vous. Il me remercia mille fois et s'en alla dans sa chambre. Je vis bientot la faute que j'avois commise, je crojois vous offenser au plus haut point. Pour mon bonheur la servante n'etoit pas encore partie, je l'instruisis, et en peu de tems elle revint, comme de chez vous, en portant votre refus, [62] il fut present, je ne pûs soutenir sa peine, je le quittai – Ce n'etoit pas bien agi Lisette – Comment! auriez vous voulû aller avec nous? – Sans doute. – Vous – Moi, ma chere, je n'aime a offenser personne; il peut croire maintenant que je l'evite, ou que je le crains. Fi fi, Lisette faites pour vous meme des sottises, et non pas pour moi – Ne lui dites rien je vous en prie – Non jusqu'acequ'il me demande, mais alors je saurai defendre mon honneur; et pour vous faire voir que je ne l'evite pas, je viendrai Dimanche chez vous – N'ai je pas bien fait ma chere Catherine de lui promettre cela; j'y irai cet apres diné; et je me comporterai de façon qu'on peut voir que je ne crains personne.

Lundi ce 17. Avr.

En entrant hier chez Lisette j'y trouvai sa Mere et une Dame de leur connoissance; apres le Caffé nous jouames quadrille. A six heures Monsieur se fait annoncer et entre dans le meme instant. Il nous salue generalement, puis se postant vis a vis de moi il me regarde pendant un quart d'heure entier. Il n'ose approcher de moi, mais Madame l'en prie d'un ton moqueur, et il s'assied entre nous deux filles. Je lui parle avec beaucoup de complaisance; Lisette me contemple d'un air jaloux, et Madame qui se trouve piquee, s'en veut venger en me raillant de ma distraction, et de mon inattention pour le jeu. Je fis semblant de ne pas comprendre ce qu'elle vouloit dire; mais on continua du meme ton pendant toutte la soiréé. Cela m'indigna; je me contins cepandant qu'oiqu'avec peine jusqu'a huit heures; Je pris enfin congé; la Mere, et la fille changerent [63] de couleur en vojant qu'il alloit me reconduire. L'innocence tremble t-elle? ah ma chere la mauvaise conscience trahit le criminel. Lorsque nous fumes dans la rue il me dit dabord: On m'a voulû rendre heureux deux fois cette semaine, par votre compagnie, mais un refus a toujour succedé l'invitation; je vous conjure Miss; dites moi, est ce de la haine, ou bien .. – Je n'en sai rien Monsieur on ne m'a pas invité, je n'ai donc pû venir – O mes soupcons fondés! s'ecrie t-il; je me doutois bien de la verité. Chere Miss on nous a trompés lachement; si vous saviez quels mensonges ont ete inventés; combien d'histoires blamables .. – Quoi Monsieur! achevez – Oui Miss vous saurez tout – Que m'apprit-il là ma chere des inventions infernales, pour nous dessunir, des mensonges ouvertes; enfin que vous dirai je? je vis mais trop tard que je lui avois fait tort pendant le cours de quattre annees; que ma credulité en etoit la cause, et qu'il n'a commis aucune faute que celle de me trop estimer. Ne suis je pas la plus blámable des filles? Grondez moi ma chere, car je le merite – Il avoit encore beaucoup a me dire, lorsque nous fûmes a ma porte, Ah Miss s'ecria-t-il, le principal me reste encore a vous apprendre; et je ne vous reverrai plus; ce que j'ai deja dit ne sont que des bagatelles vis a vis de cela, ne pourrai je pas encore une fois avoir le bonheur ... – C'est tout a fait impossible. Adieu, pardonnez moi – Moi vous pardonner Miss? ah mon Dieu ... et c'est donc la derniere fois ... malheureux que je suis – La porte s'ouvrant alors j'entre, le cœur dechiré par mille pensees diverses – Ne me plaignez pas, je le merite –

[64] ce 1. May 1769

Mr. B. le veuf donne aujourdhui un grand Bal, dans sa grande sale au Roi d'Angleterre. Une grande partie de notre ville y assistera avec la pompe necessaire; en un mot la magnificence sera poussee au plus haut bout. J'y suis aussi invitee mais je n'ose y aller parceque ç'a pourroit nuire a ma santé. Miss Lisette fera la Reine du Bal, par cette raison elle se met tout en noir, et les atours couleur de rose, pour avoir quelque chose de particulier. Son chapeau noir est parsémé de diamans, on en raisonnera beaucoup a ce je crois; mais peutetre que je me trompe.

J'irai voir ma Cousine Catherine qui est aussi empechee d'y aller par la foiblesse de sa santé, nous parerons ses sœurs d'une façon sans egale, et je me suis mis en tete de les coiffer de sorte, que les diamans de Lisette perdront tout leur merite. Peutetre que je pourrai vous apprendre ce que s'y passa, si je n'etois seulement pas toujours empechée d'ecrire.

Vendredi ce 5. May

Les Savants ont raison de defendre le Bal, il est toujours nuisible a la jeunesse. Que de malheureux ce dernier ne fit-il pas! il vont mourir ces pauvres gens; et par un seul coup; ne sont-ils pas a plaindre? Miss Lisette est la cause de ce fatal evenement; en entrant dans la salle elle captiva quarante cœurs a la fois, ils se disputoint la preference d'etre près d'elle, et en peu de tems on n'entendit que des [65] plaintes et des exclamations douloureuses. Un jeune Cavalier de la figure la plus charmante, prit son ami a part et lui dit a l'oreille: Je suis perdu mon cher, entierement perdu! Depuis un quart d'heure je contemple ce que je souhaitterois de posseder; si je pouvois acheter ce bonheur au prix de mon sang, je me croirois le plus heureux des hommes; que dis tu de mon choix? regarde la; c'est elle qui danse avec le Comte de Nesselroth, quelle grace! quel air divin! peut-on la voir sans l'aimer? je l'ai entendue nommer Miss Runkel – mais tu ne me reponds rien, tu detournes le visage; et des pleurs ... ah explique toi ... le desespoir est dans ton regard – Infortunés!, s'ecria l'autre nous sommes donc rivals – Rivals? – Oui mon ami j'aimai Lisette dèz que je la vis; rien ne peut m'en guerir, et sie elle n'approuve pas mes feux, la mort seule ... – Ils s'eloignerent a ces mots de l'endroit ou ma Cousine Antoinette avoit entendue tout le discours sans que leur extase permit de s'en appercevoir. Quel don dangereux que la beauté! je suis charmeé de ne pas l'avoir; du moins je ne fais point de malheureux. C'est une sorte de consolation, et cepandant si je la pese avec le plaisir d'etre belle, elle perd tout son merite. Vous aurez deja entendue que je fais grand cas des charmes exterieures, mais peutètre que vous ne savez pas encore, que je les tiens pour absolument necessaires au bonheur de la vie, et que je crois pour cela que je ne serai jamais heureuse. Je vous explique-[66] rai ce que je pense sur ce sujet. Il est evident que je ne resterai pas toujours fille, aussi seroit ce tres ridicule d'en former le projet. Quoique j'aie depuis longtems abandonneé les pensees romanesques du mariage, je n'ai jamais pu effacer une Idee sublime de l'amour conjugal, cet amour, qui selon mon jugement peut seul rendre une union heureuse. Comment puis je aspirer a une telle felicite, ne possedant aucun charme qui pût inspirer de la tendresse. Epouserai – je un mari que je n'aime pas? cette pensee me fait horreur, et cependant ce sera le seul parti qui me reste, car ou trouver un homme aimable qui pensàt a moi. Ne crojez pas ma chere que ce soit grimace; vous connoissez les replis de mon cœur; je ne vous cache rien, et pourquoi le ferois je? Vous et Mlle Meixner vous etes mes seules amies en qui je puis me confier. Je crojois en avoir une eternelle en Lisette, mais son terme a peu duré, l'applaudissement general du grand monde la gàte. Fiere de ses conquèttes elle meprise tout le monde, et quoique Dorval est uniquement aimé, l'ençens de tant de cœurs lui plait au delà de l'expression, elle s'en vante par tout, et triomphe secrettement de nous abbaisser par ses charmes. Jugez ma chere si avec ces sentiments elle peut etre amie fidelle. Il y avoit un tems ou peu connue du monde elle se crût heureuse par mon amitie, mais ce tems n'est plus, et je vois par là, que c'est le train du monde. –

[67] Mecredi ce 11. May

Enfin Mr. G. est parti; apres avoir eu le bonheur de me parler encore une fois. Ma chere si vous aviez entendue ce discours vous auriez fait des eclats de rire. Pour moi j'etois si serieuse, que l'occassion le demandoit. Son affliction etoit tres grande, et je ne la crois pas contrefaite. Nous parlàmes de Lisette, et il m'assura qu'il auroit toujours beaucoup d'estime pour elle, quoiqu'elle etoit la principale source de touts ses malheurs, car, poursuivit-il j'aurois ete moins infortuné si ... mais ça est passé, et je l'oublierai, je souhaitte de tout mon cœur qu'elle soit heureuse avec Dorval, et que son union – Quoi Monsieur vous avez donc aussi – Comment pourrais je ne pas le savoir? je le connois tres bien, et mes propres yieux m'en instruisirent dèz le commencement – Mais que pensez vous de ce mariage Monsieur, c'est un grand bonheur pour Lisette il doit etre tres aimable, et tres riche, que peut-elle desirer de plus – Permettez moi Miss de hausser les epaules, et de vous dire que le mariage n'est pas encore consommé – Il se tût et changea de discours je ne sai ma chere ce qu'il a voulu dire; Dorval adore Lisette, touttes ses lettres en sont temoins; et il est trop honnette homme pour la tromper. Il n'est meme pas vraisemblable, qu'il ne cherche qu'un amusement puisque tant de personnes savent [68] son intention; Laissons là tout ce qui pourroit etre et attendons l'avenir, qui developpera ces misteres.

Lundi ce 22 May

Je vis a present d'une façon tres tranquille, mais cette tranquillité n'a point de charmes pour moi; j'aime la variete, l'inquietude, le bruit du grand monde, et les Divertissements tumultueux. Touts les jours sont si uniformes, car pendant l'eté ils n'y a point de cercles, ni aucun amusement public. Vous aurez peutetre envie de me gronder, en pensant que je pourrois bien me dedommager de tout cela en me promenant, mais je vous assure que c'est ici une affaire tres genante; Si on n'a pas toujours en sortant une Compagnie bien choisie, le monde s'en moque, et raisonne impitoiablement. Vous direz que je ne dois pas m'en soucier; mais je ne saurois m'en defendre. J'ai mes fortes raisons de me tenir plus retiree que jamais; Il y a des certaines personnes qui ont des vues sur moi, et par cette raison ils sont attentifs a mes moindres demarches. Quoique je ne pourrai jamais les estimer, je ne veux pas leur donner l'occassion de concevoir une opinion moins favorable de ma conduite, qu'ils ne l'ont apresent. Adieu ma chere, continuez de me vouloir du bien; et ne m'oubliez pas. G C

VI.
16. April–22. Mai 1769

Sonntag, den 16. April

Es war mir unmöglich, Ihnen zu schreiben, während Fräulein Meixner hier war. Sie wird Ihnen einige kleine Ereignisse erzählt haben, aber wir hatten so wenig Zeit für uns, daß sie nur die Hälfte von dem erfahren hat, was ich ihr zu erzählen hatte. Der Misericordieux, oder besser: G. ... ist noch nicht abgereist. Zwanzigmal geht er jeden Tag an meinem Haus vorbei, und ich weiß nicht zu welchem Zweck. Vorgestern hat mich Fräulein Lisette besucht. Nach der ersten Begrüßung sagte sie mir: »Meine Liebe, gestern waren wir im Forsthaus*, Herr B., der Witwer, Herr G. und ich. Sie baten mich inständig, Sie um Ihre Gesellschaft zu bitten; ich wagte es aber nicht, aus Furcht, Sie würden mich für die Bundesgenossin des Herrn G. halten, dessen Anwesenheit Ihnen ja immer unangenehm ist. Der Unglückliche! Wie er mich bedrängte und beschwor – ich war unerbittlich. Er sah das und erhob sich. Mit Tränen in den Augen sagte er: »Ich erreiche nichts bei Ihnen, all meine Bitten rühren Sie nicht. Oh Miss (Lisette), wie habe ich mich getäuscht, als ich Sie für zärtlich und sanft hielt; wären Sie dies – so hätten Sie Mitleid mit mir. Sie wissen nicht, wie ein leidenschaftliches Herz leidet – Sie haben niemals geliebt –«
Was für ein Vorwurf, meine Liebe, ich und nicht lieben? Ich erhob mich und rief die Bedienung. Ich schickte sie zu Ihnen. Er dankte mir

* Das Forsthaus im Stadtwald war ein beliebtes Ausflugsziel.

tausendmal und ging in sein Zimmer. Da erkannte ich den Fehler, den ich begangen hatte, ich fürchtete, Sie in höchstem Maße zu kränken. Zu meinem Glück war das Mädchen noch nicht gegangen. Ich gab ihr meine Anweisungen – Und nach kurzer Zeit kam sie zurück, als käme sie von Ihnen und erklärte, Sie hätten sich geweigert. Er war dabei; ich konnte seine Qualen nicht ertragen und verließ ihn.«
»Das war nicht recht gehandelt, Lisette.«
»Wie bitte? Hätten Sie uns denn begleiten wollen?«
»Ohne Zweifel.«
»Sie?«
»Ja ich, meine Liebe, ich bin nicht dafür, jemanden zu beleidigen. Er kann jetzt denken, daß ich ihm ausweiche oder daß ich ihn fürchte. Fi, fi, Lisette, mach Du Deine Tricks – aber ich will das nicht.«
»Sagen Sie ihm nichts, ich bitte Sie.«
»Nein, außer, wenn er mich danach fragt. Dann allerdings werde ich meine Ehre verteidigen; und um Ihnen zu beweisen, daß ich ihm nicht ausweiche, werde ich am Sonntag bei Ihnen sein.«
Habe ich das nicht gut gemacht, meine liebe Katharina, ihr das anzukündigen. Heute nachmittag werde ich hingehen. Und ich werde mich so betragen, daß man sieht, daß ich niemanden fürchte.

Montag, den 17. April

Gestern traf ich bei Lisette Madame (ihre Mutter) und eine Dame aus ihrer Bekanntschaft; nach dem Kaffee spielten wir Quadrille.* Gegen sechs Uhr ließ sich Monsieur (Herr G.) melden und trat bereits im selben Augenblick ein. Er grüßte die Gesellschaft, danach nahm er mir gegenüber Platz und ließ mich eine Viertelstunde nicht aus den Augen. Er wagte es nicht, sich neben mich zu setzen, jedoch forderte ihn Madame in spöttischem Ton dazu auf und er nahm zwischen uns beiden Mädchen Platz. Ich unterhielt mich sehr freundlich mit ihm. Lisette beobachtete mich eifersüchtig, und Madame, die verärgert war, rächte sich, indem sie mir laut meine Unaufmerksamkeit und meine Gleichgültigkeit beim Spielen vorwarf. Ich tat so, als verstünde ich nicht, was sie sagen wollte; aber in diesem Ton ging es den ganzen Abend weiter. Es störte mich; ich hielt jedoch bis ungefähr acht Uhr an mich; schließlich brach ich auf; die Mutter und die Tochter waren sichtlich erregt, als sie sahen, daß er mich begleitete. Zittert die Unschuld? Ach meine Liebe, das schlechte Gewissen verrät den Übeltäter. Als wir auf der Straße waren, sagte er zunächst: »Zweimal wollte man mich letzte Woche glücklich machen durch Ihre Begleitung, mein

* Quadrille war ein verbreitetes Kartenspiel für vier Personen.

Fräulein, aber auf jede Einladung folgte eine Ablehnung; Ich beschwöre Sie, mein Fräulein, sagen Sie mir, hassen Sie mich? Oder ...«

»Ich weiß von all dem nichts, mein Herr, niemand hat mich eingeladen und ich konnte also nicht kommen.«

»Daß mein Verdacht sich als wahr erweist!« rief er aus, »Ich habe es geahnt. Meine liebe Miss, man hat uns grausam getäuscht; wüßten Sie nur, wieviele Lügen man erfunden hat; wie viele hinterhältige ...«

»Wie, mein Herr. Fahren Sie fort.«

»Ja, Miss, Sie sollen alles wissen.«

Was ich nun erfuhr, meine Liebe: Teuflischste Intrigen, um uns zu trennen, offene Lügen; was soll ich Ihnen sagen? Ich sehe, aber zu spät, daß ich ihm vier Jahre lang Unrecht getan habe, daß meine Gutmütigkeit die Ursache war und daß er keinen einzigen Fehler begangen hat, außer dem, mich allzu sehr zu schätzen. Bin ich nicht zu tadeln? Zürnen Sie mir, meine Liebe, denn ich verdiene es – Er hatte noch viel zu sagen, da waren wir schon vor der Tür.

»Ach, Miss«, rief er aus, »das Wichtigste bleibt mir noch zu sagen, aber ich werde Sie nicht wiedersehen. Alles, was ich gesagt habe, war unbedeutend angesichts dieses einen, machen Sie mir noch einmal die Freude ...«

»Das ist ganz unmöglich. Adieu, vergeben Sie mir.«

»Ich Ihnen vergeben, Miss. Ach mein Gott ... Es ist also das letzte Mal ... Ich Unglücklicher.«

Die Türe öffnete sich und ich trat ein. Tausend verschiedene Gedanken bewegten mein Herz. – Bedauern Sie mich nicht, ich verdiene es –

der 1. Mai 1769

Herr B., der Witwer, gibt heute einen großen Ball im großen Saal im »König von England«. Das vornehme Frankfurt wird zahlreich erscheinen und ihn mit dem notwendigen Aufwand unterstützen; mit einem Wort, die Eleganz wird zum Höchsten getrieben. Ich bin auch eingeladen, aber ich wage es nicht, hinzugehen, da ich auf meine Gesundheit achten muß. Fräulein Lisette wird die Königin des Balles sein, und aus diesem Grund trägt sie Schwarz – mit rosa Garnituren – um etwas Ungewöhnliches zu haben. Ihr schwarzer Hut ist mit Diamanten besetzt. Das wird einiges Aufsehen machen, glaube ich; aber vielleicht irre ich mich auch. Ich besuche jetzt meine Cousine Katharina, die ebenfalls nicht zum Ball geht, da sie sich nicht wohlfühlt. Wir werden ihre Schwestern auf das bedeutendste herausputzen, und ich habe mir in den Kopf gesetzt, sie so zu frisieren, daß die Diamanten von Lisette daneben ihren Glanz verlieren. Vielleicht kann ich Ihnen berichten, was sich dort abspielen wird, wenn ich nur nicht immer am Schreiben gehindert würde.

Freitag, den 5. Mai

Die weisen Alten haben recht, die Bälle zu verbieten. Sie sind der Jugend gefährlich. Was für ein Unglück hat nicht der letzte angerichtet! Sie werden sterben, die armen Männer; und mit einem Schlag; sind sie nicht zu beklagen? Miss Lisette ist die Ursache des Verhängnisses; sie betrat den Saal und eroberte vierzig Herzen auf einmal. Man stritt sich um das Recht, ihr nahe zu kommen, und nach kurzer Zeit hörte man nichts mehr als Seufzer und Klagen. Ein junger Mann von liebenswürdigem Äußeren nahm seinen Freund beiseite und sagte ihm ins Ohr: »Ich bin verloren, mein Lieber, ganz und gar verloren! Seit einer Viertelstunde sehe ich sie, die ich besitzen will, und wenn ich dieses Glück mit meinem Blut erkaufen müßte. Ich würde mich für den glücklichsten Menschen halten; was sagst Du zu meiner Wahl? Sieh sie nur an, sie tanzt mit dem Comte de Nesselroth, was für eine Anmut! Welch göttlicher Ausdruck! Wer kann sie sehen, ohne sie zu lieben? Ich habe gehört, sie heißt Miss Runkel – aber Du antwortest nicht, Du wendest Dich ab; Tränen ..., erkläre Dich ..., die Verzweiflung in Deinem Blick« – »Wir Unglücklichen!« rief daraufhin der andere, »wir sind also Rivalen –« »Rivalen?« – »Ja, mein Freund, denn ich liebe Lisette, seit ich sie das erste Mal gesehen habe, und nichts kann mich retten, und wenn sie mich nicht erhört, kann allein der Tod ...« Sie entfernten sich bei diesen Worten von der Stelle, wo meine Cousine Antoinette das ganze Gespräch gehört hatte, ohne daß sie in ihrer Raserei sie wahrgenommen hätten. Welch gefährliche Gabe ist die Schönheit! Ich bin froh, daß ich sie nicht besitze; wenigstens richte ich weniger Unglück an. Das ist ein Trost; wenn ich ihn jedoch mit dem Glück vergleiche, schön zu sein, hat er wenig Gewicht. Ist Ihnen schon aufgefallen, daß ich der äußeren Schönheit großen Wert beimesse? Aber vielleicht wissen Sie noch nicht, daß ich sie für unbedingt notwendig halte, um glücklich zu werden, und daß ich glaube, daß ich aus eben diesem Grund niemals glücklich sein kann. Ich will Ihnen sagen, was ich über diesen Gegenstand denke. Es ist klar, daß ich nicht immer Mädchen bleiben kann. Es wäre lächerlich, eine solche Absicht zu haben. Obwohl ich seit langem die romanhaften Vorstellungen über die Ehe aufgegeben habe, konnte ich doch niemals meine Vorstellung von der Liebe in der Ehe auslöschen, die Liebe, die nach meiner Auffassung, eine solche Verbindung allein glücklich machen kann. Aber wie kann ich auf eine solche Glückseligkeit hoffen, ich, die ich nicht einen einzigen Reiz besitze, der Zärtlichkeit einflößen könnte. Werde ich einen Mann heiraten, den ich nicht liebe? Der Gedanke entsetzt mich, und doch wird es das einzige sein, was mir übrigbleibt, denn wo soll ich einen liebenswürdigen Mann finden, der an mich dächte. Halten Sie diese Gedanken nicht für ein Spiel; ich verberge Ihnen nichts und warum sollte ich das auch? Sie und Fräulein Meixner, Sie sind meine einzigen Freundinnen, denen ich mich anvertrauen kann. Ich glaubte auch in Lisette eine Freundin zu haben, aber das hat nur kurz gedauert. Der Beifall der großen Welt verdirbt sie. Sie ist stolz auf ihre Eroberungen und verachtet jeden, und obwohl sie nur Dorval liebt, gefällt ihr ihre Macht über die Herzen über alle Maßen, und sie rühmt sich öffentlich ihrer Erfolge und triumphiert heimlich darüber, uns mit ihren Reizen in den Schatten zu stellen. Urteilen Sie selbst, meine Liebe, ob sie bei solchen Empfindungen eine treue Freundin sein kann. Es gab eine Zeit, da sie, in der Gesellschaft wenig beachtet, sich glücklich schätzte, meine Freundschaft zu besitzen, aber so ist es nicht mehr und ich sehe daran den Lauf der Welt. –

Mittwoch, den 11. Mai

Endlich ist Herr G. abgereist, nachdem er noch einmal das Glück hatte, mich zu sehen. Meine Liebe, wenn Sie unsere Unterhaltung gehört hätten, wären Sie ohne Zweifel in Gelächter ausgebrochen. Was mich betraf, so hielt ich mich so ernst, wie es der Anlaß erforderte. Sein Schmerz war sehr groß und, wie ich glaube, echt. Wir sprachen von Lisette und er versicherte mir, daß er sie auch in Zukunft schätzen würde, obwohl sie die Hauptursache all seines Unglücks sei, denn, so setzte er hinzu, »ich wäre weniger unglücklich, wenn ... aber das ist vorbei und ich werde es vergessen; ich wünsche von ganzem Herzen, daß sie mit Dorval glücklich wird und daß ihre Verbindung« – –

»Wie, mein Herr, Sie wissen also –«

»Wie sollte ich es nicht wissen? Ich kannte ihn sehr gut und meine Augen belehrten mich darüber – schon zu Beginn.«

»Aber was halten Sie von dieser Hochzeit, mein Herr, es ist ein großes Glück für Lisette. Er muß sehr liebenswert sein, sehr reich, und was kann sie mehr wünschen.«

»Gestatten Sie mir, Miss, die Schultern zu zucken und zu sagen, daß die Hochzeit noch nicht vollzogen ist.«

Er schwieg und wechselte das Thema, und ich weiß eigentlich nicht, meine Liebe, was er damit sagen wollte; Dorval betet Lisette an, das bezeugen alle seine Briefe; er ist zu ehrenhaft, um sie zu täuschen. Es ist nicht einmal wahrscheinlich, daß er nichts weiter als ein Amüsement suchte, wenn so viele von seinen Absichten wissen. Aber lassen wir alles, was sein könnte, und warten wir die Zukunft ab, die ihre Geheimnisse enthüllen wird.

Montag, den 22. Mai

Ich führe zur Zeit ein sehr ruhiges Leben, aber diese Ruhe hat nicht den mindesten Reiz für mich. Ich liebe die Abwechslung, die Unruhe, den Lärm der großen Welt, die aufregenden Vergnügungen. Alle Tage sind so eintönig, denn im Sommer gibt es keine Einladungen und keine unterhaltsamen öffentlichen Ereignisse. Vielleicht denken Sie daran, mir Vorwürfe zu machen, weil Sie annehmen: Aber sie kann sich doch leicht entschädigen und draußen spazierengehen. Aber ich versichere Ihnen, daß das hier eine äußerst komplizierte Angelegenheit ist; zum Spaziergang braucht man immer eine passende Begleitung, sonst zerreißen sich die Leute die Mäuler. Sie klatschen gnadenlos. Ich habe gute Gründe, mich mehr als früher zurückzuziehen. Gewisse Leute haben ein Auge auf mich und beobachten deshalb jeden meiner Schritte. Obwohl ich sie niemals besonders schätzen werde, möchte ich ihnen doch keinen Anlaß geben, eine weniger günstige Meinung von mir zu haben, als es zur Zeit der Fall ist. Adieu, meine Liebe, wünschen Sie mir weiter alles Gute und vergessen Sie mich nicht.

GC

VII.
16. Juni – 16. August 1769

[69] Vendredi ce 16. Juin

Mlle votre Sœur m'envoja votre lettre la semaine passeé, je ne sais pas pourquoi elle ne me la donna elle meme, car la vojant tres rarement je n'ai pû encore lui remettre la sienne. Il me paroit etonnant que vous laissez cette bonne enfant gemir si longtems sous le joug d'une femme qui n'a pas de semblable en bizarrerie a ce qui me semble; mais je puis aussi me tromper – La lettre de votre nouvelle Cousine est tres charmante, jamais je n'ai lû un stile si parfait; et vous pouvez dedaigner le frere d'une si aimable personne? sur tout un galant homme, titré d'une façon si magnifique, non, je n'y comprends rien. Cependant a parler serieusement je suis d'accord qu'un homme d'eglise petit maitre est le plus ridicule personnage qu'on peut voir. J'en ai eu dernierement l'epreuve, rencontrant par hazard un Predicateur reformé. Il me contempla longtems par une lorgnette, puis s'approchant de moi il m'adressa la parole avec un tour si galant; et me dit tant de fleurettes dans ce peu de tems, que je n'en entends toutte l'anneé. La chose me paroissoit choquante, mais je me contins, et il fut tres charme de ma conduite envers lui. N'est ce pas pour rire? –

[70] ce 12 Juilliet

Un mois entier sans ecrire une parole! c'en est trop, je le confesse moi meme, et si j'en etois la cause je ne me la pardonnerois jamais. Et qui donc direz vous, qui vous en empeche? La veritable raison c'est que je n'ai rien a vous dire. L'uniformeté dans laquelle je vis, les mouvements egals de mon ame, la tranquillite insipide de mon cœur, tout cela ne me donneroit point de matiere a vous entretenir, et meme aujourdhui je n'aurois pris la plume, si quelques petits incidents ne me le permettoint pas. Que dirés vous ma chere si je vous apprends que Miss Lisette, et moi nous sommes totalement brouilleés, et d'une façon qui ne sera pas a remettre. Si j'avois le tems je vous ferois part de toutte l'histoire, mais elle est trop longue; il suffit a vous de savoir, que la Mere et la fille m'ont accuseé de medisance et de trahison, et que j'ai trouveé ces termes trop vils, pour m'abbaisser a une justification. Cette affaire m'a causeé une revolution de quelques jours, mais elle est passeé et j'ai reprise ma tranquillité, qui a l'air de durer longtems, si un accident nouveau ne la chasse. Je n'ai pas vue encore Mlle votre Sœur, la lettre est toujours chez moi, et je n'ose la lui envojer.

[71] Vendredi ce 28. Juillet.

Je m'en vais vous faire part d'un accident facheux arrivé a plusieurs personnes de notre ville, qui par sa singularité, merite d'etre raconté. Un jeune reforme d'ici s'etant marié il y a quelques mois, promit a ses amis de leur donner un bal a Offenbach, aussitôt que le tems seroit favorable d'y aller par eau. Mecredi le 19 Juillet est assigné pour ce divertissement, il arrive et promet le plus beau jour; La compagnie qui consistoit en quarante personnes, chapeaux, et Dames, s'assemble dans un grand vaisseau de chasse, on y attache deux petits bateaux pour les musiciens, et un pareil les suit avec les enfans, les servantes, et le souper destiné pour le soir. C'est ainsi qu'ils partent a deux heures après midi, remplis du plaisir qui les attend. Les Messieurs montent sur la galerie, s'y dressent une tente pour être a l'abri des rajons du soleil. Deja ils ont faits la moitie du chemin, lorsque peu a peu le ciel s'obscurçit, le vent se leve, et on voit touts les presages d'une tempete. Les Da-[72]mes effrajees montent et prient leurs maris de faire aborder le vaisseau, mais ceux ci rient et se moquent de leur frajeurs, les assurant qu'ils arriveroint encore avant le commencement de l'orage. Elles s'en vont a contre cœur, et sont a peine assisses, que la pluje tombe abondamment, le tonnere gronde, une epaisse obscurité couvre l'orizont et on ne voit rien qu'a la lueur de l'eclair. Les chapeaux courent en bas pour se garantir de la pluje, le vent devient furieux, il jette le vaisseau d'un coté a l'autre. L'homme a cheval qui tient la corde en est precipité dans l'eau, le pilote ne peut plus tenir la rame; tantôt ils sont eleves en l'air, tantôt coules a fond. Les Messieurs hors d'eux mêmes se deshabillent, ouvrent la porte, et demandent au Pilote s'ils peuvent l'aider, il leur repond que non; une grande onde se leve et tombe dans le vaisseau par la porte ouverte, de sorte que toutte la compagnie est jusqu'aux genoux dans l'eau. On la referme vite; et c'est là que la terreur devient generale, les Dames percent l'air de leur cris, l'une prie notre Pere, l'autre [73] le sixieme Pseaume, la troisieme confesse ses peches; la quatrieme s'ecrie que c'etoit là la punition pour cette demarche voluptueuse, qu'elle venoit de se retablir d'une grande maladie, et au lieu de rendre grace a Dieu elle alloit au Bal. Une autre disoit en pleurant, que depuis longtems elle etoit attaquee de la consomption, et qu'il falloit encore qu'elle se nojoit. Les femmes se jettent au cou de leurs maris, leur disent adieu et s'ecrient: nous mourons! ah mon Dieu et quelle mort! La parole leur manque ici, elles perdent le sentiment. Tout d'un coup on entend un bruit effrojable, le bateau des musiciens venoit de se briser, ils se jettent touts a la fois sur un coté dans le grand vaisseau. Le Pilote crie nous sommes perdus dans un moment si on ne tient l'equilibre. Le grand bruit du vent, et de la pluje qui ressembloit a un deluge, defendit qu'on ne le comprit pas bien; et touttes les personnes se jettent sur l'autre coté. Le vaisseau se tourne, s'enfonce, l'eau entre de touttes parts; il n'y a plus de mojen de se sauver. Les Dames rouvrent les yieux dans l'instant [74] qu'ils alloint perir. Elles se vojent entourees des horreurs de la mort. L'une se leve et s'ecrie: allons Mesdames perissons un moment plutôt et sauvons nos Maris, suivez mon exemple. En prononçant ces dernieres paroles elle s'elance dans le fleuve. Son mari desesperé la retient par les habits, bientôt la force lui manque, il crie au secours, personne ne peut lui en donner, chaque mari a a faire avec sa femme qui touttes alloint suivre la premiere. Enfin le Pilote vojant le danger eminent; fait un dernier effort, se jette dans l'eau, s'empare de la corde, nage vers le rivage et la lie a des roseaux. Le bon Dieu eut alors pitie de ses creatures qu'il ne vouloit pas perdre, il fit cesser l'orage, et ils arriverent a bord. On peut bien s'imaginer la joie de toutte la compagnie en vojant ce miracle, et les actions de grace qui furent rendues au Seigneur. Apres s'etre un peu remises les Dames mariees s'ecrient: Bon Dieu qu'avons nous oubliees pour notre propre danger, ou sont les enfans? On demande par tout, mais ils ne sont point là. On veut le cacher aux Meres, elles s'en appercoivent, s'arrachent les cheveux, crient ah nos enfans! nos enfans! et tombent sans [75] connoissance sur le bord du rivage. Enfin les enfans arrivent mouillés jusqu'aux os. Leur petit bateau avoit eté dabord rempli de la pluje, tout le souper fut inondé on prit la vaisselle pour en decharger l'eau, mais envain. Le vent les jette dans des roseaux, là les enfans s'attachent a ces foibles troncs, et s'ecrient: ah nous pauvres petits infortunés; devons nous perir si impitojablement – je ne saurois poursuivre, mes sens sont trop agités; aussi peut on s'imaginer le reste. Occupés a secher leurs habits, personne ne pensa a la danse; ils revinrent ici en tres mauvais etat, quelquesuns en eurent la fievre, et la plûpart des fluxions rhumatiques, qui ne leur feront pas sitôt oublier cette promenade malheureuse – Cette annéé ci il faut bien prendre garde au beau tems; touts les jours pluje, tout les jours un orage, ou du vent; en est ce de meme chez vous? Je n'ai pas du tout encore gouté l'eté, et il est bientôt fini. J'en suis charméé et j'attends l'hiver avec impatience; vous savez que j'aime beaucoup mieux celui ci, aussi ai je mes raisons authentiques. Mais a propos – que voulois je dire? ce sera pour une autre fois –

[76] ce 14 Aout.

Je suis tres paresseuse a ecrire, surtout depuis quelque tems; et j'en sais bien la raison. Quand on n'a rien a dire ce qui nous interesse nous mèmes, on s'ennuje a parler des autres. Je pourrois bien vous ap-

prendre quelque nouvelles si vous voulez les entendre, et c'est que Miss Simonette Bethmann est epouse avec une jeune Banquier d'ici nommé Metzler; la nôce se fera lundi prochain, et peutetre il y aura bal ... mais tout cela ne vous regarde pas, parlons de Miss Lisette. Depuis que je suis brouillee avec elle, je n'apprends plus rien du tout de ses secrets. Ou Dorval est maintenant, ce qu'il fait, s'il est fidele ou non, je n'en sais rien. Du moins il faut qu'il vienne bientot, car ces vendanges l'annéé est ecouléé ou il a promis de l'epouser, on verra s'il tient parole. J'ai lû huit ou dix de ses lettres qui sont ecrites avec bien de l'elegance; s'il pense comme il parle aucun amour est egal au sien. Mais quelquefois il dit un peu trop, et Lisette en devient si orgueilleuse, puisqu'elle croit tout. Jugez en [77] Vous même par un endroit de sa lettre ou il dit:
»Je vis une grande partie du monde, je vis des creatures. – Enfin je trouvai le chef-d'œuvre de la nature, mais comment vous decrire ce que je trouvai? – Vous meme c'est tout dit, un bijou qui me restera toujours infiniment precieux. Que le Seigneur benisse seulement la suite, comme il benit l'heureux commencement, lorsque je Vous vis pour la premiere fois, lorsque je sentis tout ce qu'un amour vertueux peut inspirer pp.«
Et bien ma chere comment Vous plaisent ces expressions, ne sont elles pas un peu outréés. Lisette a tant aimé cette lettre qu'elle me la repetoit mille fois, et c'est de là que je sais encore ce morceau par cœur. – Mr. B.. lui fait toujours la cour, et elle s'est choisie un jeune homme tres aimable qui lui sert en qualité d'amant jusqu'au retour de Dorval. Son gout n'est pas mauvais, car Theodor est encore plus beau en exterieur que Dorval –

[78] Mecredi ce 16 Aout

J'enverrai aujourdhui cette lettre a la poste, de crainte qu'elle n'y vienne jamais. Pardonnez moi ma douce Amie, la negligence de mon ecriture. Ne le prenez pas pour un defaut d'amour; non ma chere je vous aime plus que jamais. Pourquoi ne venez vous pas ici, encore une seule fois, que je Vous voje; que je vous dise tout de bouche ce qui m'est impossible d'ecrire. On m'a dit que je verrois ma chere Mlle Meixner la foire prochaine; venez ensemble mes deux aimables amies, et je n'aurai plus rien a souhaitter. Votre Partie vous est elle donc si chere que vous ne pouvez plus la quitter. Je crains peutetre avec raison que quelque attachement – Pardonnez mes soupçons; ils partent d'un cœur qui vous aime. Adieu, je vous embrasse mille fois, que ne le puis [je] reellement.
A propos, Mr. Steinheil est passé par Worms qu'a t-il dit? que fait-il.

Mlle votre Cousine s'en console de plus en plus; la premiere douleur etoit forte, mais elle est passéé. Je l'ai appris par Mlle votre Sœur, qui vous fait faire ses compliments.

VII.

16. Juni–16. August 1769

Freitag, den 16. Juni

Ihre Schwester hat mir letzte Woche Ihren Brief geschickt. Ich weiß nicht, warum sie ihn mir nicht selbst gebracht hat, denn da ich sie so selten sehe, konnte ich ihr den meinigen nicht geben. Ich finde es merkwürdig, daß Sie das gute Kind so lange unter dem Joch einer Frau seufzen lassen, die an Bizarrerie nicht ihresgleichen hat, wie ich finde; aber ich kann mich auch täuschen – Der Brief Ihrer neuen Cousine ist sehr hübsch, ich habe niemals einen so vollendeten Stil gelesen, und Sie könnten den Bruder einer so liebenswürdigen Person verachten? Einen galanten Mann, und dazu Inhaber eines so großartigen Titels? Nein, das verstehe ich nicht. Aber um ernsthaft zu sprechen: Ich bin ganz Ihrer Meinung, daß einem so leicht nichts Lächerlicheres begegnet als ein Mann der Kirche, der den ›petit maître‹ [den galanten Mann] spielen will. Den Beweis erhielt ich vor nicht allzu langer Zeit, als ich zufällig einen reformierten Prediger kennenlernte. Er betrachtete mich lange durch eine Lorgniette, dann wandte er sich an mich in einem derart galanten Ton, er sagte mir in so kurzer Zeit eine solche Menge von Artigkeiten, wie ich sie sonst im ganzen Jahr nicht zu hören bekomme. Ich fand es ungehörig, aber ich zeigte es nicht, und er war von meinem Betragen äußerst entzückt. Ist das nicht zum Lachen? –

den 12. Juli

Ein ganzer Monat, ohne ein Wort zu schreiben. Das ist zu lang, ich gebe es zu. Was hindert Sie, werden Sie fragen. Der wahre Grund ist, daß ich nichts zu sagen habe. Die Eintönigkeit meines Lebens, die Gleichförmigkeit meines seelischen Daseins, die stumpfe Ruhe meines Herzens. All das gibt mir nicht den Stoff, Sie zu unterhalten. Und selbst heute hätte ich nicht zur Feder gegriffen, wären da nicht einige kleine Zwischenfälle. Was sagen Sie dazu, meine Liebe, daß ich mit Fräulein Lisette gebrochen habe, und zwar auf eine Art, die nicht wieder gutzumachen ist. Wenn ich Zeit hätte, würde ich Ihnen die ganze Geschichte erzählen, aber sie ist zu lang. Es muß Ihnen genügen, zu wissen, daß die Mutter und die Tochter mich der üblen Nachrede und des Verrats bezichtigt haben und daß ich diese Beschuldigungen allzu bösartig fand, um mich zu rechtfertigen. Diese Angelegenheit hat mir einen inneren Aufruhr für mehrere Tage gebracht, aber das ist jetzt vorüber, und ich habe meine Ruhe wiedergefunden, die wohl lange anhalten wird, wenn sie nicht von einem neuen Unglück unterbrochen wird. Ihre Schwester habe ich noch immer nicht gesehen. Ihr Brief liegt noch bei mir und ich wage es nicht, ihn ihr zu schicken.

Freitag, den 28. Juli

Ich werde Ihnen jetzt von einem Unglück berichten, das einigen Leuten aus unserer Stadt begegnet ist und das wegen seiner Besonderheit verdient, erzählt zu werden. Ein junger Reformierter von hier hat sich vor einigen Monaten verheiratet und versprach seinen Freunden, ihnen in Offenbach einen Ball zu geben, sobald das Wetter eine Schiffsreise möglich machen werde. Am Mittwoch, dem 19. Juli, soll das Vergnügen stattfinden. Der Tag kommt und verspricht schönstes Wetter; die Gesellschaft besteht aus vierzig Personen. Herren und Damen versammeln sich auf einem großen Vergnügungsschiff, an dieses bindet man noch zwei kleine Schiffe: für die Musiker und eines folgt mit den Kindern, der Bedienung und dem Souper für den Abend. So fahren sie um zwei Uhr mittags ab, ganz erfüllt von dem Vergnügen, das auf sie wartet. Die Herren steigen auf Deck und befestigen dort ein Sonnensegel. Die Hälfte des Weges haben sie schon zurückgelegt, als der Himmel sich langsam zuzieht, ein Sturm sich erhebt und alle Anzeichen eines Unwetters sichtbar werden. Die erschreckten Damen kommen nach oben und bitten ihre Ehemänner, das Schiff ans Ufer zu bringen, aber die lachen sie nur aus, spotten über ihre Ängste und versichern ihnen, daß man noch vor dem Sturm ankommen wird. Sie gehen schweren Herzens zu ihren Plätzen und haben sich kaum gesetzt, als der Regen herunterstürzt, der Donner brüllt. Eine vollständige Finsternis bedeckt den Horizont und man sieht nichts als das Zucken der Blitze.

Die Herren kommen nach unten, um sich vor dem Regen zu schützen; der Wind wird furchtbar und wirft das Schiff von einer Seite auf die andere. Der Mann zu Pferd, der am Ufer das Seil hält, wird ins Wasser gerissen, der Steuermann kann das Ruder nicht mehr halten*.

Die Männer sind außer sich, ziehen sich aus, öffnen die Tür und

* Das Schiff wurde von einem Pferd den Main hinaufgezogen.

fragen den Steuermann, ob sie ihm helfen können. Er antwortet: nein; in dem Augenblick erhebt sich eine riesige Welle und stürzt durch die offene Tür in das Boot, so daß die ganze Gesellschaft bis zu den Knien im Wasser steht. Man schließt rasch die Tür, und jetzt bricht eine allgemeine Panik aus, die Damen erfüllen die Luft mit ihren Schreien; die eine bittet Gottvater, die andere betet den sechsten Psalm, die dritte bekennt ihre Sünden, die vierte schreit, daß das die Strafe für ihre Genußsucht sei, denn kaum von einer schweren Krankheit genesen, sei sie zum Ball gegangen statt Gott zu danken. Eine andere sagte unter Tränen, daß sie schon seit langem an der Schwindsucht leide und daß sie nun auch noch durch Ertrinken sterben müsse. Die Frauen umarmten ihre Männer, sagten ihnen Adieu und riefen aus: »Wir sterben! Ach, mein Gott, und was für ein Tod!« Die Sprache versagte ihnen, und sie verloren das Bewußtsein. Plötzlich hörte man einen furchtbaren Krach, das Boot mit den Musikern war aufgelaufen. Alle stürzten auf einen Schlag auf die eine Seite des großen Schiffes. Der Steuermann schrie: »Wir sind verloren, wenn wir das Gleichgewicht nicht halten können.« Der große Lärm des Sturms und des Regens, der an die Sintflut erinnerte, verhinderte, daß man ihn verstand, und alles rannte auf die eine Seite. Das Boot drehte sich, neigte sich, das Wasser stürzte von allen Seiten herein, es war nicht mehr zu retten. Die Damen hoben die Augen zum Himmel und erwarteten das Ende, sie sahen sich von den Schrecken des Todes umgeben. Eine erhob sich und rief: »Auf, meine Damen, gehen wir früher unter und retten wir unsere Männer, folgen Sie meinem Beispiel.« Und bei diesen Worten stürzte sie sich in den Fluß. Ihr verzweifelter Ehemann ergriff sie bei den Kleidern, jedoch fehlte ihm die Kraft und er schrie um Hilfe, niemand konnte ihm helfen, jeder Mann hatte genug damit zu tun, seine Frau zurückzuhalten, da alle es machen wollten, wie die erste. Als der Steuermann schließlich die Gefahr sah, machte er einen letzten Versuch, er warf sich ins Wasser, ergriff das Seil, schwamm zum Ufer und band es an die Weiden. Der gnädige Gott hatte also Mitleid mit seinen Kreaturen, die er nicht verlieren wollte, er ließ den Sturm enden und sie erreichten das Ufer. Man kann sich die Freude der ganzen Gesellschaft vorstellen, als sie dieses Wunders gewahr wurden und die Dankgebete, die dem Herrn gewidmet wurden. Nachdem sich die Damen ein wenig erholt hatten, schrien die Verheirateten plötzlich: »Mein Gott, wir haben in unserer eigenen Not die Kinder vergessen, wo sind die Kinder?« Man fragt überall, aber sie sind nicht da. Man will es den Müttern verbergen, aber sie bemerken es, raufen sich die Haare, schreien: »Ach unsere Kinder! Die Kinder!« und stürzen bewußtlos am Ufer nieder. Endlich kommen die Kinder an, naß bis auf die Knochen. Ihr kleines Schiff war zuerst voll Regenwasser gelaufen, das ganze Souper wurde mit dem Geschirr ins Wasser geworfen, um das Boot zu erleichtern, aber umsonst. Der Sturm warf sie ans Ufer, dort klammerten sich die Kinder an schwache Äste und schrien: »Ach wir armen kleinen Unglücklichen, müssen wir so gnadenlos sterben.« – Ich kann nicht weiter schreiben, ich bin zu erregt; man kann sich den Rest ja auch vorstellen. Alle waren dann mit dem Trocknen ihrer Kleider beschäftigt und niemand dachte mehr an das Tanzen; sie kamen hier in einer sehr schlechten Verfassung an, einige hatten Fieber und alle Arten von Erkältungen, was sie gewiß diesen unglücklichen Ausflug nicht so rasch wird vergessen lassen. – Dieses Jahr muß man das schöne Wetter ausnützen; alle Tage Regen, alle Tage ein Sturm oder Wind; ist es bei Ihnen genauso? Ich habe von diesem Sommer überhaupt nichts gehabt und er ist schon fast vorüber. Ich bin froh darüber und erwarte den Winter mit Ungeduld; Sie wissen, daß ich diese Zeit viel mehr liebe, daß ich dafür meine eigenen Gründe habe. Aber weiter – Was wollte ich sagen? Das ein andermal –

den 14. August

Ich bin sehr träge mit dem Schreiben seit einiger Zeit und ich weiß den Grund sehr wohl. Wenn wir nichts zu sagen haben, was uns selbst angeht, dann langweilt es, von anderen zu sprechen. Ich könnte Ihnen durchaus einige Neuigkeiten mitteilen, wenn es Sie interessiert, daß Fräulein Simonetta Bethmann einen jungen Bankier namens Metzler heiraten wird; die Hochzeit findet am kommenden Montag statt, vielleicht gibt es einen Ball ... Aber all das betrifft Sie nicht, sprechen wir von Fräulein Lisette. Seit ich mit ihr zerstritten bin, erfahre ich von ihren Geheimnissen nichts mehr. Wo Dorval jetzt ist, was er tut, ob er treu ist oder nicht, das weiß ich nicht. Auf jeden Fall muß er bald kommen, weil zur Zeit der Weinlese das Jahr um ist und die Hochzeit sein soll, die er versprochen hat. Man wird sehen, ob er Wort hält. Von seinen Briefen habe ich acht oder zehn gelesen. Sie sind sehr elegant geschrieben. Wenn er meint, was er sagt, kann sich keine Liebe der seinen vergleichen. Aber manchmal sagt er etwas viel und Lisette wird davon so hochmütig, da sie alles glaubt. Urteilen Sie selbst anhand eines Briefes, in dem er sagt: »Ich habe einen großen Teil der Welt gesehen und nur durchschnittliche Geschöpfe getroffen – Schließlich fand ich das Meisterwerk der Natur, aber wie soll ich es Ihnen beschreiben? Sie selbst sind es, ein Juwel, das mir immer das Kostbarste sein wird! Möge der Himmel unsere Zukunft segnen, wie er den glücklichen Beginn gesegnet hat, als ich Sie das erste Mal erblickte und als ich alles empfand, was ein tugendhafte Liebe eingeben kann. pp.« Also, meine Liebe, wie gefallen Ihnen diese Redensarten? Sind sie nicht ein wenig vermessen? Lisette liebte diesen Brief so sehr, daß sie ihn mir tausendmal wiederholt hat, so daß ich jetzt noch dieses Stück auswendig weiß. Herr B. macht ihr weiter den Hof und sie hat sich einen sehr liebenswürdigen jungen Mann erwählt, der ihr bis zur Rückkehr Dorvals stellvertretend als Verehrer dient. Sie hat keinen schlechten Geschmack, denn Theodor ist noch schöner als Dorval.

Mittwoch, den 16. August

Ich werde heute diesen Brief auf die Post geben, ich befürchte, sonst geschieht es nie. Verzeihen Sie mir, liebste Freundin, ich schreibe so wenig. Nicht weil ich Sie weniger liebe, nein, das ist es nicht. Ich liebe Sie mehr als jemals. Warum kommen Sie nicht, nur ein einziges Mal, daß ich Sie sehe, daß ich mit Ihnen sprechen und Ihnen alles sagen kann, was sich nicht schreiben läßt. Man hat mir gesagt, daß Fräulein Meixner zur nächsten Messe nach Frankfurt kommt. Kommen Sie zusammen, meine beiden lieben Freundinnen, und alle meine Wünsche sind erfüllt. Ist Ihnen Ihre Heimat denn so teuer, daß Sie sie gar nicht mehr verlassen können? Ich fürchte, daß Sie vielleicht besondere Gründe haben, daß eine Neigung Sie – ach, verzeihen Sie mir diesen Verdacht, ich liebe Sie ja (er kommt aus einem Herzen, das Sie liebt). Adieu, ich umarme Sie tausendmal, daß ich Sie doch wirklich umarmen könnte. Übrigens, Herr Steinheil ist durch Worms gekommen. Was hat er gesagt? Was macht er? Ihre Cousine tröstet sich langsam. Der erste Schmerz war sehr heftig, aber das ist jetzt vorüber. Ich habe das von Ihrer Schwester gehört, die Sie grüßen läßt.

Zum Tagebuch der Cornelia Goethe oder: Gedanken zu einem ungeschriebenen Roman

Mystifikationen – die Figuren »Harry«, »Saint Albin«, »Dorval«

Das Tagebuch hebt sich von den ersten Briefsendungen nicht nur durch seinen Geheimnischarakter und durch die Eigenart ab, daß die Briefe nun in Konvoluten – aber um so genauer datiert – bei der Adressatin ankommen: Ende Oktober erhielt Katharina Fabricius ein Päckchen von 16 Briefseiten, welches (sehr genau aufgeschlüsselt – »Sonntag Morgen 8:00 Uhr, den 16. Oktober« – »Nachmittag 2:00 Uhr« – »Montag nach dem Mittagessen um 2:00 Uhr«) fortlaufende Berichte über die Woche vom 16. bis 22. Oktober enthielt.

Unverkennbar ist, wie Form und Inhalt nun ineinandergreifen. Von der ersten Briefsendung an, wird eine Erzählung vorgelegt; sie ist nach dramaturgischen Gesichtspunkten geordnet: ein englischer Roman – eine Sentenz über die Engländer – ein Engländer in Frankfurt. »Harry« ist eine Liebesgeschichte, die schlecht ausgeht. Cornelia übernimmt von Richardson die Briefform mit ihren präzisen Unterteilungen, die höchste Spontaneität und Wahrhaftigkeit des Ausdrucks prätendieren. Das »geheime Tagebuch« bietet so sehr einen anderen Eindruck als die vorangegangenen Briefsendungen, daß schon Ernst Beutler dazu schreibt: »Es ist Literatur und will Literatur sein. Cornelia wetteifert hier heimlich, aber bewußt mit dem Bruder. Sie ist Schriftstellerin in ihrer Weise.«[1]

Versuchen wir weitere Anhaltspunkte zu sammeln. Da ist zunächst die über den Text sich ausbreitende Eigenart, die Realgeschehnisse in Andeutungen einzuhüllen und mit Chiffren zu bezeichnen: »Herr G.«, »das ist nicht jener Engländer ...«, etc. Gewiß, zu Beginn entsprechen die Andeutungen, Chiffrierungen und Mystifikationen dem Brauch von Briefschreiberinnen, zumal damals, Bekanntes in Anspielungen zu bringen, um so die Verbundenheit zu vertiefen. Gemeinsame Geheimnisse, Herzensgeheimnisse, Klatsch. Immer noch Realität. Allmählich aber wagt sich Cornelias Phantasie weiter vor. Sie beginnt mit den Realitäten zu spielen – und bereitet damit ihren Biographen Kopfzerbrechen, die zwei Jahrhunderte später Verschiebungen zwischen den verschiedenen Berichten bemerken. Gewiß, wir werden (zumal im Rückblick vom »geheimen Tagebuch« her) gewahr, daß Vertauschungen, Namensspiele schon in den vorangegangenen Briefen die Schilderungen durchsetzten. Nun aber tritt das Spiel der Phantasie in den Vordergrund. Zwar knüpft sich immer noch – bis zum Schluß des Briefwechsels – der Faden der Erzählungen an reale Ereignisse. Aber das ist ja bei jenem Bekenntnisbuch, das Cornelias Bruder 1773, vier Jahre später verfassen wird, den *Leiden des jungen Werther*, nicht anders.

Die Überprüfung, was Realität, was in Cornelius Schreiben spielerische Zutat ist, hat enge Grenzen: Die Geschehnisse liegen zumeist im Dunkel privater Familiengeschichten. Ob Marie Bassompiere im Jahre 1769 ihren Verlobten verlor, blieb ungeklärt; sicher ist, daß sich im Oktober kein darauf bezüglicher Eintrag im Frankfurter Sterberegister findet. Was über Lisette Runckel bekannt ist, hat die Stadtarchivarin Elisabeth Mentzel zusammengetragen. Unter dem Titel »Wolfgang und Cornelia Goethes Lehrer« wird auch die Familie Runckel beschrieben, denn der Vater Lisettes war städtischer Stallmeister in Frankfurt und brachte dem jungen Goethe das Reiten bei. Lisettes Mutter stammte aus vornehmer Familie, und sie legte großen Wert auf ihre Verbindungen mit der Frankfurter Oberschicht. Zur Zeit von Cornelias Beschreibungen war Lisette 16 Jahre alt. Schon mit vierzehn galt sie als Schönheit. Dr. Kölbele, von dem Cornelia berichtet, schenkte ihr in Bewunderung zur Konfirmation ein Erbauungsbuch, das er eigens für sie herstellte. Offensichtlich waren alle Mitglieder der Familie Runckel sozial begabt, der Vater verstand es, sich bei einem alten Frankfurter Junggesellen so in Gunst zu setzen, daß dieser, bis auf wenige Legate, ihm bzw. der Familie Runckel sein gesamtes Vermögen vermachte. Diese Erbschaft, von der Cornelia berichtet, machte in der Stadt beträchtliches Aufsehen, zumal die Verwandtschaft des Erblassers leer ausging. Cornelias Bericht von diesem märchenhaften Ereignis ist also zutreffend, ebenso das Datum (30. Dezember 1768). Märchenhaft ist es vor allem deshalb, weil auch der andere Teil von Cornelias Darstellung stimmt: Die Familie Runckel war hoch verschuldet. Seit dem Tod des Vaters im Februar 1768 war die Armut der Familie stadtbekannt. Nur die ungewöhnliche Großzügigkeit der Obrigkeit bewahrte die Witwe Runckel vor dem Abstieg zu den städtischen Almosenempfängern. Der Bruder von Lisette erhielt – ohne Kugelung – das Amt des Vaters übertragen. (So konnten also Bruder und Schwester im Phaeton, dem städtischen Luxusgefährt, zum Hofball nach Darmstadt reisen.) Die Liebesaffären Lisettes zogen sich wohl lange hin, denn sie heiratete erst mit 28 Jahren, im Januar 1780, den in Frankfurt lebenden Hessen-Darmstädtischen Kammerrat Franz Wilhelm Miltenberg. »Wie die Ehe Lisettes ausfiel, konnte leider nicht festgestellt werden« (E. Mentzel). Johann Wolfgang, auch ein Verehrer Lisettes, widmete ihr 1768 das Gedicht »Mit einem goldenen Halskettchen«:

»Dir darf dies Blatt ein Kettchen bringen,
Das, ganz zur Biegsamkeit gewöhnt,
Sich mit viel hundert kleinen Schlingen
Um deinen Hals zu schmiegen sehnt.

Gewähr dem Närrchen die Begierde,
Sie ist voll Unschuld, ist nicht kühn;
Am Tage ist's eine kleine Zierde,
Am Abend wirfst dus wieder hin.

Doch bringt dir einer jene Kette,
Die schwerer drückt und ernster faßt,
Verdenk ich dir es nicht, Lisette,
Wenn du ein klein Bedenken hast.«

Ob sich während der Beziehung von Lisette zu Herrn B. (von dem wir wissen, daß er den Gasthof »Zum Römischen Kaiser« wirklich zum angegebenen Datum gekauft hat) noch ein Verehrer einfand, auf den die Figur Dorval paßt, ist unbekannt. Tatsache ist, daß sich der Name Dorval weder im Frankfurter Fremdenregister noch in den Familienlisten von Kopenhagen findet. Ließ sich einigermaßen aufklären, wie es mit »Harry« bestellt war, so blieb Herr G., »Le Misericordieux«, bisher im Dunkel. Sicher ist, daß zumindest ein wichtiger Männername eine eigenwillige Benennung darstellt: »Harry« hieß in Wirklichkeit Arthur.
In *Dichtung und Wahrheit* wird diese erste Liebe Cornelias zu Harry/Arthur wie folgt beschrieben:

> »Ein junger Engländer [...] sie kannte ihn, sie schätzte ihn und er verdiente es. Sie [Cornelia, U.P.] war oft bei unseren englischen Unterhaltungen die Dritte gewesen, wir hatten aus seinem Munde uns beide die Wunderlichkeiten der englischen Aussprache anzueignen gesucht und uns dadurch nicht nur das Besondere ihres Tones und Klanges, sondern sogar das Besonderste der persönlichen Eigenheiten unseres Lehrers angewöhnt, so daß es zuletzt seltsam genug klang, wenn wir zusammen wie aus einem Munde zu reden schienen [...] Sein Herz war voll Güte und Liebe, seine Seele voll Edelmut und seine Neigungen so dauernd als entschieden und gelassen.«[2]

In *Dichtung und Wahrheit* kommt der Name des Freundes nicht vor; die Verliebtheit wird in die Zeit datiert, bevor der Bruder nach Leipzig ging, also 1765. In einem Schreiben aus Leipzig nennt Johann Wolfgang den Familiennamen – Lupton –, und wir spüren eine gewisse Eifersucht heraus (ich übersetze die englischen Sätze Johann Wolfgang Goethes):

»Unser Vater möchte wissen, ob ich so gut Englisch schreibe wie Lupton Deutsch. Das weiß ich nicht, aber falls er es besser machen sollte als ich – das ist kein Wunder –, wäre ich so lange in England wie er in Deutschland, so wäre ich zehntausend Schulmeistern schon überlegen.«[3]

Es sind Briefe erhalten, die belegen, daß Arthur Lupton mit 16 Jahren nach Frankfurt kam. Er war der Sohn eines Tuchhändlers in Leeds und wohnte in der Pfeilschen Pension unweit des Hirschgrabens. 1764 war er nach Frankfurt gekommen. Folgen wir Cornelias Darstellung, so ging er 1768 nach England zurück. Jedenfalls heiratete er 1773 die Tochter eines Tuchfabrikanten in Leeds. Wie die Beziehung zu Cornelia wirklich war, ist unbekannt.

Was bedeutet die Figur »Harry« im Tagebuch? Wie er eingeführt wird, zeigt alle Elemente, die für die Romankonstruktion geeignet sind. Er ist eine Projektionsfläche, und so kann er denn beim Besuch der Brüder Olderogge leicht durch einen anderen ersetzt werden, von dem Cornelia – um die Kontinuität zu wahren – schlicht behauptet: »Ich konnte mir das Vergnügen, mein Gegenüber zu betrachten, nicht versagen. Ich glaubte meinen lieben Harry wiederzusehen.« Ich denke, diese Liebe, von der in den ersten Briefen des Geheimen Tagebuchs die Rede ist, findet bereits als imaginäres Spiel statt. Falls Cornelia real unternahm, was sie schrieb – den Versuch, Harry malen zu lassen, in ihrer Anwesenheit, bei einer Einladung, die sie arrangieren würde –, war dieser Einfall vielleicht bereits der Tatsache verdankt, daß sie einen Roman schrieb. Cornelia beginnt ein merkwürdiges Spiel – ein Spiel mit sich selbst und mit Katharina, deren möglichem Einwand »Ist das nicht jener Engländer, von dem wir sonst hörten« Cornelia zuvorkommt mit den Worten: »Das ist übrigens nicht jener Engländer, von dem Fräulein Meixner Ihnen berichtet hat [...] dieser ist ein Unverschämter.« Die Wahrscheinlichkeit spricht dafür, daß die beiden eben doch eine Person – Harry alias Arthur Lupton – sind.

Und »Saint Albin« und »Dorval«, falls es sie gegeben hat? Sicher ist da nur, daß die Biographen bisher ratlos waren. Auch Witkowski, der sich sonst als gründlicher Rechercheur der Fakten beweist, geht darauf nicht ein. Ihm war nur aufgefallen, daß es mit dem Tod von Saint Albin und dem vorangegangenen Gespräch eine eigentümliche Bewandtnis haben dürfte. So schreibt er:

»Sollte nicht das vorausgehende Gespräch von Cornelia mit bewußter künstlerischer Absicht nachträglich so lebendig spannend wiedergegeben worden sein, um den Tod Saint Albins um so stärker auf die Leserinnen wirken zu lassen?«[4]

Und an anderer Stelle (beim Gespräch zwischen Cornelia und Lisette) schreibt Witkowski:

»Auch diese ganze Unterredung [...] ist gewiß nur scheinbar wörtlich wiedergegeben, zumal das Gespräch Dorvals mit dem Ehepaar Busch ... Hat Cornelia den Brief, den ihr Lisette zum Lesen gab, abgeschrieben oder hat sie ihn nachher aus dem Gedächtnis wieder hergestellt? Das letztere ist wahrscheinlich und entspräche ganz der von Richardson und Rousseau abhängigen Romantechnik, die auch sonst allenthalben nachgeahmt ist ...«[5]

Eine gewisse Ratlosigkeit drückt sich auch in den Namenserläuterungen zu Cornelias Briefen in der Goethe-Gedenk-Ausgabe von Pfeiffer-Belli aus. Da heißt es unter »Saint-Albin«: »Ein Herr von Saint Albin, Sohn des Regenten Philipp von Orleans, war Erzbischof von Cambray (gestorben 1764). Hier scheint es sich jedoch um einen Reformierten zu handeln.«[6]
Es stellt sich die Frage: sind die Namen »Saint Albin« und »Dorval« authentisch? Beide werden als einflußreiche Personen geschildert – daß sie sich in keinem Register finden lassen, ist deshalb auffällig und legt die Vermutung nahe, es handle sich um Phantasienamen.
Nun sind Namensvertauschungen ein gängiges Spiel im bürgerlichen Alltag jener Epoche gewesen. Johann Wolfgang Goethe schreibt in *Dichtung und Wahrheit*:

»Mystifikationen sind und bleiben eine Unterhaltung für müßige, mehr oder weniger geistreiche Menschen [...] Kein Alter ist ganz frei von einem solchen Kitzel [...] Wir hatten uns in unseren Knabenjahren einander oft angeführt: Viele Spiele beruhen auf solchen Mystifikationen und Attrappen.«[7]

Dazu finden sich viele Beispiele in *Dichtung und Wahrheit*, etwa das folgende:

»Unter uns jungen Leuten, die wir in Leipzig zusammen waren, hatte sich auch nachher ein gewisser Kitzel erhalten, einander etwas aufzubinden und wechselweise zu mystifizieren. In solchem frevelhaften Mutwillen schrieb ich an einen Freund in Frankfurt ... einen Brief, von Versailles aus datiert, worin ich ihm meine glückliche Ankunft daselbst, meine Teilnahme an den Feierlichkeiten, und was dergleichen mehr war, vermeldete, ihm zugleich aber das strengste Stillschweigen gebot [...] Kurz darauf, als ich diesen Brief geschrieben, machte ich eine kleine Reise und blieb wohl vierzehn Tage aus. Indessen war die Nachricht jenes Unglücks [der Zusammenbruch der Tribüne bei den Hochzeitsfeierlichkeiten anläßlich der Ehe Ludwigs XVI mit Marie Antoinette, U.P.] nach Frankfurt gekommen; mein Freund glaubte mich in Paris, und seine Neigung ließ ihn besorgen, ich sei in jenes Unglück mit verwickelt. Er erkundigte sich bei meinen Eltern und anderen Personen, an die ich zu schreiben pflegte, ob keine Briefe angekommen, und weil eben jene Reise mich verhinderte, dergleichen abzulassen, so fehlten sie überall. Er ging in großer Angst umher und vertraute es zuletzt unseren nächsten Freunden, die sich nun in gleicher Sorge befanden. Glücklicherweise gelangte diese Vermutung nicht eher zu meinen Eltern, als bis ein Brief angekommen war, der meine Rückkehr nach Straßburg meldete. Meine jungen Freunde waren zufrieden, mich lebendig zu wissen, blieben aber völlig überzeugt, daß ich in der Zwischenzeit in Paris gewesen. Die herzlichen Nachrichten von den Sorgen, die sie um meinetwillen gehabt, rührten mich dermaßen, daß ich dergleichen Possen auf ewig abschwor, mir aber doch leider in der Folge manchmal etwas Ähnliches habe zuschulden kommen lassen. Das wirkliche Leben verliert oft dergestalt seinen Glanz, daß man es manchmal mit dem Firnis der Fiktion wieder auffrischen muß.«[8]

Weitere Mystifikationen wie der Einzug des Dichters unter falschem Namen als armer Pfarrerssohn in Sesenheim, aber auch die Spiele der Geschwister (wie ihre »Koterie-Sprache«) gehören hierher. Die Darmstädter Freunde erhoben das Umbenennen zur festen Regel. Cornelia heißt hier Sophie. Die Grenze zwischen dem Alltagsspiel und dem literarischen Ausdruck ist fließend in beiderlei Richtungen: Die Entlehnung der Namen von literarischen Vorbildern war eine Übertragung von Bedeutungen. Das Beispiel Klopstock – Meta macht es deutlich: Clärchen bedeutet, daß Meta die Wesenseigenschaften des Bildes Clarissa besitzt, daß sie wie Clarissa denkt, fühlt, denken soll, fühlen soll. Und bei Johann Caspar Goethe hatten wir gesehen, wie er den trockenen Ereignisbericht seiner italienischen Reise durch die »Merati-Affäre« literarisierte.
Vor dem Hintergrund gerade dieser Mystifikationen gewinnt die Aufklärung, was es mit »Saint Albin« und »Dorval« auf sich hat, noch eine andere Dimension als die der biographischen Identifizierung. Existierten die beiden Männer überhaupt? Lassen wir dies offen. Ziehen wir es vor, einer anderen aufschlußreichen Frage bei der Entschlüsselung der Mystifikationen nachzugehen: der Frage nach der Namens-*Bedeutung*, indem wir die Aufmerksamkeit von der Alltagsrealität weg ins Terrain literarischer Vorbilder wenden. Und da begeg-

nen wir tatsächlich beiden Namen, beim selben Autor und in einer eigentümlichen Bedeutung, die wir probeweise in die Aufklärung der Bedeutung des Tagebuchs einzuführen nicht zögern sollten. Wir kennen »Saint Albin« und »Dorval« als Figuren aus zwei Dramen Diderots: *Père de Famille* und *Fils Naturel*. Die beiden Dramen wurden 1757 und 1758 veröffentlicht.[9] 1760 erschien die Lessing-Übersetzung: *Das Theater des Herrn Diderot*. Schon 1759 wurde *Père de Famille* in Frankfurt verkauft.[10] Ackermann inszenierte das Stück 1765 in Frankfurt, wo es bereits im April 1761 von einer französischen Truppe gespielt worden war, in einer Aufführung, unter deren Zuschauern sich der zwölfjährige Sohn des Kaiserlichen Rats Johann Caspar Goethe befand.[11] 1767 kommt es zum endgültigen Durchbruch des Dramatikers Diderot in Deutschland. Alle Schauspieltruppen hatten den *Hausvater* (*Père de Famille*) in ihrem Repertoire.

Im 3. Buch von *Dichtung und Wahrheit* handelt Johann Wolfgang ausführlich von der Theaterleidenschaft:

> »Von meinem Großvater hatte ich ein Freibillet erhalten, dessen ich mich, mit Widerwillen meines Vaters, unter dem Beistand meiner Mutter täglich bediente.« »So will ich denn auch noch anführen, daß ich Diderots Hausvater und die Philosophen von Palissot gesehen habe und mich im letzteren Stück der Figur des Philosophen, der auf allen Vieren geht und in ein rohes Salathaupt beißt, noch wohl erinnere. Alle diese theatralische Mannigfaltigkeit konnte jedoch uns Kinder nicht immer im Schauspielhaus festhalten. Wir spielten bei schönem Wetter vor dem Selben und in der Nähe und begingen allerlei Torheiten, welche besonders an Sonn- und Festtagen keineswegs zu unserem Äußeren paßten.«[12]

Das »uns« und »wir« verrät, daß Cornelia am Theaterbesuch – jedenfalls gelegentlich – teilnahm. Und fraglos war vom Inhalt der Stücke ausführlich die Rede am Familientisch.[13] Daß Cornelia und Johann Wolfgang sich mit Diderot intensiv beschäftigt haben, bezeugt auch die Bemerkung in Johann Wolfgangs Brief aus Leipzig, wo er Cornelia als eine »Riccoboni« tituliert – Mme. de Riccoboni war eine berühmte Briefpartnerin Diderots.[14]

Wir werden versuchen, den Sinn dieser Mystifikationen aus dem inneren Zusammenhang von Cornelias Erzählen an späterer Stelle zu rekonstruieren. Warum wählte sie die Namen Dorval und Saint Albin? Zunächst ein anderer Aspekt:

Cornelia schreibt im Eröffnungsbrief: »Ich habe mich immer geschämt, Sie mit belanglosen Geschichten zu langweilen, die es nicht wert sind, gelesen zu werden und die nur für diejenigen von Interesse sind, die sie unmittelbar angehen.« Die Geschichten, die nun erzählt werden, beziehen sich keineswegs auf den bürgerlichen Alltag Cornelias. Vielmehr betreffen sie, als einzigen Ausschnitt aus dem inneren Leben, die Liebe. Cornelia steht damit ganz in der Tradition der Zeit – autobiographisches Schreiben, betonte Subjektivität durch die Form des Briefes (»das Herz soll sprechen«) und das zentrale Thema der Intimität: das Paar. Der gesamte Text handelt von nichts anderem als von Paarbeziehungen. Welche Gestalt gibt Cornelia dem Ideal? Unzweifelhaft ist es das Paar Dorval-Lisette, das sie dazu bestimmt, ihre Phantasie des vollkommenen Paares auszudrücken. Betrachten wir die Imagination, mit der sie die vierte Briefsendung eröffnet und der sie ihre ganze Begeisterung mit auf den Weg gibt:

> »Endlich habe ich Klarheit über Fräulein Lisette. Ihr ganzes Verhalten in der Vergangenheit wird verständlich. Sie wird glücklich sein und sie verdient es. Gestern besuchte sie mich und als wir allein waren, zog sie einen Brief hervor. Sie bat mich, ihn zu lesen und sagte: Sie sehen hier das Hindernis, das meiner Verbindung mit Herrn B. im Weg steht.«[15]

Was konstituiert das vollkommene Paar? Was auf der Seite des Mannes? Da ist zunächst der Brief, der zeigt, wie sich die vollkommene Liebe ausspricht. Da ist der Treueschwur, der ferne Geliebte, der zugleich tugendhaft, standhaft und mutig ist, klar in seinem Verhalten und leidenschaftlich. Zugleich hängt der Liebhaber ganz von der Geliebten ab; allein ihr Herz wird entscheiden. Er wird alles opfern: Reichtum, Karriere, den bequemen Weg. Der erste Augenblick entschied und alle Zweifel sind behoben. So beginnt die Liebe mit dem Blick. Cornelia schreibt – die Ich-Erzählerin ist Lisette:

> (Lisette): »Ich besuchte Madam B.; Dorval tritt ein, er erblickt mich, verharrt regungslos, macht mir eine Verbeugung und verläßt den Raum. Wir glauben, daß ihn ein Schmerz befallen habe, aber nach einer viertel Stunde kehrt er zurück, nimmt neben mir Platz; er unterhält sich mit mir und zeigt sich so geistreich, daß ich ihm mit Vergnügen zuhöre. So unterhalten wir uns bis zum Abend. Mit dem Gefühl, daß die Zeit allzu rasch vergangen ist, trennen wir uns.«[16]

Wie der Liebende handelt? Er ergreift die Initiative, sofort. Der erste Augenblick hat über sein Leben entschieden.

(Lisette erzählt): »Kaum habe ich den Raum verlassen, sucht er Herrn und Frau B. auf. Er sagt: Meine lieben Freunde, wundern Sie sich nicht über das, was ich Ihnen jetzt sage: Ich bin auf immer gebunden. Der Liebreiz und noch mehr die Schönheit des Gemütes von Fräulein Lisette fesseln mich. Mein Entschluß steht fest. Ich werde ihr mein Herz und meine Hand bieten, raten Sie mir ...
Mein Gott; mein lieber Dorval, was tun Sie da? Sie sind verlobt, was wird Ihr Teilhaber sagen? Sie besitzt nichts; und die Millionen Ihrer Verlobten?
Ich will sie nicht. Sie sehen in mir einen Mann, der daran nicht interessiert ist. Was mich dieses Vermögen kosten würde, vor allem jetzt, vor allem nachdem ich Fräulein Lisette gesehen habe, nein es wäre nicht gut.
Mein lieber Dorval beruhigen Sie sich, lassen Sie das erste Feuer vorüber gehen; wie alle jungen Leute stehen Sie ständig in Flammen.
Ich bin anders mein Herr! Glauben Sie das nicht! Alle Schönheiten Europas habe ich gesehen. Keine hat mich berührt, außer ihr. Glauben Sie nicht, daß diese Leidenschaft sich mit der Zeit verliert. Nein, ich weiß, wessen ich fähig bin; ich bin das erste Mal hingerissen und ich werde es auf immer sein.
Meine Liebe, sagte ich [Cornelia] ihr, ich verstehe das noch nicht. Wer ist denn dieser Dorval? Wo kommt er her?
Das sind zuviele Fragen auf einmal, haben Sie Geduld und Sie werden alles erfahren.
Dorval, fuhr sie fort, ist einer der angesehensten und der reichsten Kaufleute aus Kopenhagen; er ist der Geschäftspartner eines Mannes, der schon alt ist, und dem er den größten Teil seines Reichtums verdankt. Dieser Teilhaber, der ein wenig launenhaft ist und der sehr auf Geld sieht, hat ihm vor einiger Zeit eine Hochzeit vorgeschlagen. Er sollte in Amsterdam ein junges Mädchen heiraten, die 2 Millionen besitzt. Dorval ließ sich von diesem Vermögen nicht blenden und schlug vor, die Dame kennenzulernen. Er reist, kommt an, erblickt sie, sie berührt ihn nicht. Jedoch will er nichts überstürzen; er bittet um Bedenkzeit; sie wird ihm gewährt. Um die Entscheidung hinauszuziehen macht er eine kleine Reise und kommt hierher. Für ihn der bereits dreimal ganz Europa bereist hat, war diese Reise nur eine Kleinigkeit. Er mietete sich im ›Römischen Kaiser‹ ein; Sie wissen, daß ich häufig dort bin, denn Herr B. ist der Onkel des Besitzers.«

Dem Liebenden gilt nichts außer der Liebe. Alle Bedenken, alle Hinweise auf Geld weist der Liebende zurück. Es ist zugleich eine Phantasie über die Gleichrangigkeit der Frau. (Erinnern wir uns an die Geschichte der Stiftsdame, die erst um den Verstand kommen mußte, um zu wissen, daß sie wirklich geliebt wird – und die dann als Ehefrau/Geliebte zurückkehrt). Die Phantasie der weiblichen Selbstverfügung spricht sich auch hier aus:

> (Dorval sagt): »Die Antwort kann von niemandem, nur von ihr selbst kommen. (Ich werde sie nur von ihr selbst entgegennehmen, ich werde nichts als ihre Antwort anerkennen) und wenn ich das Unglück habe, ihr zu mißfallen, wenn sie gleichgültig gegen mich ist, dann werde ich mich zurückziehen, ohne zu versuchen, sie zu überreden. Ich werde sie nicht wiedersehen. Sie soll mit dem Mann glücklich sein, den ihr Herz erwählt, aber niemals, niemals wird sie jemanden finden, der sie mehr liebt, als ich.«[17]

Dorval verlangt *ihre* Entscheidung. Einzig sie selbst, nicht die Familie, nicht die soziale Ordnung, kommt ins Spiel. Und er will ihre Hingabe, nicht ihren Besitz. Er verlangt also »ihre Seele«, nicht nur ihren Körper. So stellt sich das Paar in seinem manifesten Erscheinungsbild dar.
Das latente Thema aber ist die männliche Gewalt. Diese ist in der vollkommenen Liebe ebenso anwesend, wie sie zugleich zivilisiert wird. Der Mann wählt, und ihm kommt es zu, zu handeln – er bekennt seine Leidenschaft. Schon die Eröffnung ist charakteristisch. Dorval, der Mann, betritt einen Raum, in dem er Lisette, die Frau, erblickt. Er will sie, die als ahnungslos vorgestellt wird, besitzen. Er betrachtet sie mit dem Blick des Jägers, der die makellose Beute aufgespürt hat – das ist die latente Phantasie. Doch er wird sie nicht mit Gewalt verschleppen, sondern er wird sich ihr zu Füßen werfen:

> (Lisette): »Aber meine liebe Cornelia, wenn ich mich an den Tag seiner Abreise erinnere, gerät mein Herz in Aufruhr (tout mon sang s'emeut). Er betrat mein Zimmer mit verzweifeltem Gesichtsausdruck und rief aus: Ich reise, ich verlasse Sie ... Dann warf er sich mir zu Füßen, seine Tränen fielen auf mein Kleid, zwanzigmal kam er zurück, um mich anzusehen, er sah meinen Schmerz und schien befriedigt; schließlich faßte er Mut und ging. Mein Kummer war grenzenlos; jedoch beruhigten mich einige Überlegungen, die ich anstellte. Was ist schon ein Jahr, dachte ich! Und dann wirst Du ihn auf immer besitzen. Sein Bild, das ich in meinem Zimmer habe, wird mir alles ersetzen. Sie werden es anschauen, meine Liebe und meine Wahl beurteilen; aber es ist nicht sein Äußeres, es ist die Seele, die ich liebe und diese Liebe wird niemals enden –«[18]

Dorval ist Lisettes »Wahl« – »Sie werden ... meine Wahl beurteilen«. Er hat sich ihr zu Füßen geworfen. Sie darf sich als Göttin fühlen, und sie fühlt sich so – in Cornelias Vorstellung –, denn diese Idealisierung ist die kostbar-glänzende Decke, die über das latente Thema gebreitet ist. Der kurze Augenblick der weiblichen Zustimmung wird in der Idealisierung zur Ewigkeit; die weibliche Auslieferung wird zur restlosen Hingabe des Mannes. Die weibliche Vollkommenheit – in Körper und Seele – ist nur der Spiegel der männlichen.
Das Wichtigste in Cornelias Phantasie ist die Vorstellung absoluter Gewißheit im ersten Augenblick. Cornelia nimmt den Kanon der romanhaften Leidenschaft beim Wort und versteht ihn vollständig naiv.
Was erfahren wir über Dorval, was konstituiert ihn?

- Die Beherrschung der Sprache der Liebe. Ihr Gegenstand ist die Versicherung der Einzigartigkeit der Geliebten, der unwandelbaren Treue des Gefühls, des Schmerzes bei Trennung.
- Wer ist Dorval? Seine soziale Stellung? Er ist einer der Kaufleute aus einer fernen, phantasiebesetzten Hauptstadt. Er ist überhaupt assoziiert mit dem Fernen, mit reichem Leben, Hauptstädten, Geschäften, Reisen – er ist wieder ein Reisender (und wieder einer, der in die Ferne zieht und die Frau zurückläßt).
- Sein Körper; er ist schön. Wie er aussieht, erfahren wir nicht. Er besteht aus Sprache.
- Dorval verlangt die Übergabe der Geliebten durch sie selbst, nicht durch die Familie. Er will ihre Hingabe, nicht ihren äußeren Besitz. Er verlangt ihre Seele.
- Dorval ist märchenhaft reich, mit der Phantasie des Luxus assoziiert, einer, der alles kaufen kann. Zugleich beweist er seine Männlichkeit gerade dadurch, daß er sich nicht selbst verkauft, zumindest kann er es nicht mehr, seitdem er Lisette gesehen hat. Ihr Anblick hebt alle Zweifel auf. Und die Frau kann gelassen sein im Vertrauen auf seine Liebe: »Ich bemerkte die Fortschritte meiner Macht über sein Herz.« Sie wartet ab – in beobachtender Position – und entdeckt gleichzeitig die tausend schönen Eigenschaften. Die Liebe ist für Cornelia hier vor allem das Ritual. In der Beschreibung der Zeichenorganisation ist sie von größter Präzision. Eine verräterische Genauigkeit, die die Bruchstücke überscharf ins Auge faßt. Die Gefühlsdimensionen sind: leidenschaftliches Begehren, restloses Vertrauen und vollkommene Unterordnung beim Mann, absolute narzißtische Position der Frau als der Einzigen, Unersetzbaren, Göttin.

  Die Affekte liegen wesentlich beim Mann, und ihre Präsentation ist zugleich eine Spiegelung der Macht der Frau. *Ihr* Schmerz, ja *ihre* Affekte erscheinen als Korrespondenz, als Spiegelung der seinen.

In dieser Phantasie hat Cornelia die Imagination der Vertrautheit (mit der absoluten Gewißheit) und die Imagination des Begehrens verschmolzen.
Es ist, als ob sich die Liebenden schon immer gekannt hätten. Die Phantasie Lisettes ist von hoher Vollkommenheit, eine Welt ohne Kränkung. Die Liebe ist in diesem Bild von den schweren traumatischen Elementen befreit: von der Lebensangst und von der Furcht vor der Zerstörung durch die männliche Verachtung. Das Ideal ist von beidem frei. Die Gewalt des Mannes ist gebändigt durch die Verehrung und die Passivität, der Objektcharakter der Frau ist aufgehoben: sie wählt, sie erlaubt, sie entscheidet. In Cornelias Entwurf des idealen Paares ist Lisette die moralisch vollkommene Gegenspielerin. Sie liebt selbstlos. Lisette zu Cornelia:

> »Sein Bild in meinem Zimmer ersetzt mir alles. Sie werden es betrachten meine Liebe und sie werden meine Wahl verstehen. Aber es ist nicht das äußere, seine Seele liebe ich, und diese Liebe wird niemals verlöschen.«[19]

Betrachten wir nun die Gegenposition in dieser Szenerie:

> (Lisette): »Ach meine Liebe, so gehen alle meine Wünsche in Erfüllung. Seit der ersten Kindheit wünschte ich, die Welt zu sehen; ich werde glücklich sein und nichts werde ich vermissen – außer Ihnen, die ich verlassen muß. Indessen wäre es eine große Beruhigung für mich, wenn ich, bevor ich fortgehe, auch Ihr Glück gesichert sehen könnte.«
> Cornelia: »Der Himmel segne Dich, meine liebe Lisette, sprechen wir von Deiner Glückseligkeit und nicht von der meinen.«[20]

Cornelia will von der vollkommenen Liebe der anderen erzählen.

Paare – Cornelia und Herr G.,
Empörung/Bosheit

Cornelias Beziehung zu Herrn G. ist das direkte Gegenstück zu der Verbindung Lisette–Dorval. Anders als Lisette trat Herr G. schon in den Briefen, die dem Tagebuch vorausliegen, in seiner charakteristischen Rolle auf: »Le Misericordieux«. Das ist jenes spöttische Wort Cornelias, von dem wir nicht genau wissen, worauf es zielt. Schon zu

Beginn ist Herr G. mit dem Thema der Kränkung assoziiert. Auf Kränkung verweist sein Spitzname, denn alles, was an Mitleid anklingt, ist in der Leidenschaft tödlich. »Der alles aus Mitleid tut, der Barmherzige, der Elendsmensch« – die Bandbreite des Namens macht in allen Facetten das Unangemessene klar: Mit *diesem* ein Paar zu bilden, von *diesem* geliebt zu werden, ist für den Gegenstand seiner Verehrung eine Zumutung. Zwei Fragen stellen sich: Warum nimmt sie diese schmerzhaft peinliche Figur in ihr romanhaftes Schreiben auf? Welche Funktion hat für sie diese Figuration: die Häßliche und ihr erbarmungswürdiger Galan? Und, damit verbunden, die Frage: Was ist geschehen? Warum vernichtet sie Herrn G., der sie doch zu lieben scheint?
Es half Herrn G. nichts, daß sich seine Kränkung als üble Nachrede erwies. Die Freundinnen haben Cornelia und ihn auseinandergebracht. Gleichwohl scheint er ein diskutabler »amant« gewesen zu sein, denn er war der Gegenstand des allgemeinen Interesses und einer Intrige. Aber Cornelia schüttelte sich vor Lachen.
Und nun in ihrem romanhaften Text wiederum Herr G. Und wiederum die Szene des Beweises, daß er sie liebt und daß er ein unschuldiges Opfer ist. Immerhin fällt eine Konstruktion auf, die komplementär zu der Szene Dorval–Lisette ist:
Herr G. zu Cornelia:

> »Mein Gott, mein Fräulein, Sie sind grausam. Sie wollen mich nicht verstehen. Denn meine Blicke haben tausendmal mein Herz verraten und wie oft haben Sie es bemerkt ... Aber ich werde von nun an schweigen und die Empfindungen, die Sie erweckt haben und deren ich mich rühme, in meiner Seele verschließen. Ach mein Fräulein, ich besitze einen Schatz, der für mich das Kostbarste in diesem Leben ist: Ihre Silhouette. Diesen Sommer reise ich ab und ich werde Ihr Bild mitnehmen. Wäre es nur aus einem dauerhafteren Stoff, so daß ich keine Sorge haben brauchte, daß es Schaden nehmen könnte«[21]

Die Konstruktion entspricht der idealisierenden Liebe: *ihr Bild besitzen*, Ziel eines idealisierenden Blickes zu sein, als Bild und in der Wirklichkeit: »denn meine Blicke haben tausendmal mein Herz verraten, und wie oft haben Sie es bemerkt ...« Auch sonst treffen auf G. ideale Zuschreibungen zu: Er ist ein Reisender (und heißt er nicht G., wie Grandison/Goethe?). Herr G. sagt zu Cornelia:

> »Ja, ich verlasse die Stadt, Miss; und ich wäre schon zufrieden, wenn ich sicher sein könnte das Wohlwollen des Originals [des

> Bildes] wiedererlangt zu haben, das ich vor einiger Zeit durch die gemeinste Bosheit verloren habe ...«

Die Konstruktion entspricht der Episode, die Cornelia dem Bruder nach Leipzig mitteilte: der unschuldige Lucidor, von bösen Rivalen verdächtigt, gewinnt durch die Vermittlung einer selbstlosen Freundin, Emilie, die Liebe seiner Sophie zurück. Was aber antwortet Cornelia? »Mein Herr, bevor Sie etwas verlieren können, müssen Sie es besessen haben.« Cornelia vernichtet das Spiel von Grund auf – und sie spricht ihre Position aus: Wer glaubt tatsächlich, er habe sie in Besitz? Sie triumphiert: »das brachte ihn aus der Fassung, und ich biß mir auf die Lippen, damit man nicht sah, daß ich kurz vor einem Lachanfall war.« Es wäre zu einfach, diese Negation auf fehlendes Selbstbewußtsein, auf »Häßlichkeit« zurückzuführen, wie das die Biographen bevorzugt tun. Was sich hier ausdrückt, ist Verweigerung. Cornelia ist nicht dankbar, einen Anbeter gefunden zu haben, sie stilisiert ihn nicht zum idealen Gegenüber, ganz im Gegenteil, sie beschäftigt sich damit, ihn zu vernichten. Und mit ihm karikiert sie das Liebesmodell. Der Liebende hängt von der Geliebten ab, und der Liebende ehrt die Geliebte in der Öffentlichkeit durch sein Bekenntnis. Das sieht bei Cornelia so aus (Herr G. zu Cornelia, am 11. März 1769 nach dem Konzert):

> »›Mein Fräulein, sind Sie allein hierhergekommen?‹
> ›Meine liebe Cousine hat mich hergebracht.‹
> ›Erlauben Sie mir, mein Fräulein, Sie heute abend nach Hause zu bringen.‹
> Ich konnte kaum noch die Fassung wahren. Was sollte ich tun? Ohne die größte Ungereimtheit konnte ich nicht ablehnen. Deshalb sagte ich, halb ärgerlich, halb lachend:
> ›Sie erweisen uns eine große Ehre, mein Herr.‹
> Er erklärte mir noch umständlich, daß er mich auf keinen Fall belästigen wolle, daß ich offen antworten möchte und tausend ähnliche Albernheiten. Schließlich kam unsere Kutsche, wir erhoben uns, er gab sich die Ehre, mich durch die Menge zu führen. (Er war so frei, mich durch das gesamte Publikum zur Tür zu führen; aber ich war darüber empört) – Die gute Katharina sah meine Qualen und im Ärger darüber, daß sie nichts dagegen unternehmen konnte, ergriff sie mich bei der Hand und bedeutete mir, mich in Geduld zu fassen. Wir brachten sie nach Hause, und schließlich war ich mit ihm allein. St. Albin kam mir in den Sinn. Was für ein Unterschied, dachte ich; ach wenn er es wäre ... Aber ich habe versprochen, nicht mehr von ihm zu sprechen; nun hören Sie, was sich in der Kutsche abspielte und bleiben Sie ernst, wenn möglich ...«

So findet sich also Cornelia in der Kutsche, dem mythischen Gefährt der Liebe wieder. Erinnern wir uns an Miss Byron und den Retter Grandison. Hier fällt der Kontrast extrem ins Auge: Cornelia gebärdet sich ihrem unzügelbaren Haß gemäß. Sie verletzt sämtliche Regeln weiblicher Anmut. Allerdings gerät auch diese Szene ins Zwielicht: Die Kutschenfahrt ist die Wiederholung jenes Geschehens, das Cornelia schon im 3. Brief an Katharina beschrieben hatte. Kam es wirklich zu einer solchen Kutschenfahrt, hat »Herr G.« wirklich noch einmal seine Unschuld beteuert und die Intrige in aller Umständlichkeit erneut ausgebreitet? In Cornelias Darstellung drückt diese Redundanz jedenfalls aus, daß mehr zu der Intimität zwischen Herrn G. und ihr nicht zu sagen ist. In Cornelias absurdem Paar beteuert der Liebhaber am Ort, der für das Liebesgeständnis vorgesehen ist, seine Liebe und beklagt sein Unglück, während die Geliebte den Ausführungen entnervt lauscht. Und wie der Text verrät, lauscht sie als Rachegöttin, die gnadenlos den Untergang ihres Opfers verlangt:

»›Liebes Fräulein‹, sagte er und legte die Hand auf die meine, ›mein Vorgehen mag Ihnen allzu frei erscheinen, aber ich versuche schon seit längerem, Sie ohne Zeugen zu sprechen. Die Gelegenheit ist so günstig und Sie werden mir diese Freiheit verzeihen.‹
Dieser Anfang schien mir allzu lächerlich, um nicht in Gelächter auszubrechen, aber er bemerkte es nicht und fuhr fort:
›Ich habe einen Verdacht, mein Fräulein, einen begründeten Verdacht, daß Fräulein Lisette und ihre Mutter einen großen Anteil an den Ränken haben, die mich um Ihre Gunst gebracht haben, daß sie versucht haben und immer noch versuchen, mich in schlechtem Licht bei Ihnen erscheinen zu lassen – Seien Sie aufrichtig, mein Fräulein, sagen Sie mir die Wahrheit, niemand soll davon erfahren; ich beschwöre Sie.‹
›Was soll ich Ihnen sagen, mein Herr. Ich kann nur mit den Achseln zucken und schweigen. Sie sollen allerdings wissen, daß Sie Recht haben, was die Vergangenheit betrifft; aber zur Zeit …‹
›Ach mein Fräulein, verbergen Sie mir nichts. Ich kenne diese Menschen von Grund auf und bin überzeugt, daß sie zu allem fähig sind.‹
›Aber was für ein Interesse sollten sie haben?‹
›Jedes … kann ich offen sein, mein Fräulein?‹
›Sprechen Sie.‹
›Wissen Sie also, daß ich zu Beginn so unvorsichtig war, ihnen den Eindruck, den Sie auf mich machten, zu zeigen. Sie wurden eifersüchtig; die Mutter, in ihrer Entrüstung darüber, daß die Reize

ihrer Tochter, die sie den Ihrigen für überlegen ansieht, auf mich nicht wirkten, setzte alles in Bewegung, um mich um Ihr Wohlwollen zu bringen. Die Frau R ... unterstützte sie und sie gingen gemeinsam vor, um Ihnen das Gift beizubringen. Sie waren nur allzu erfolgreich. Ich Unglücklicher vermochte Sie nicht von meiner Unschuld zu überzeugen, alles war gegen mich. Das mußte ich schließlich nach vielen Schmerzen einsehen. Allerdings, eine vollständige Aufklärung war unmöglich, angesichts der Tatsache, daß diese Mutter und ihre Tochter hier verwickelt waren ... Ich war dazu verurteilt, unglücklich zu sein, und ich werde es bleiben, wenn Sie mich nicht Ihres Wohlwollens versichern. Sagen Sie mir, hassen Sie mich immer noch? Sagen Sie nur ein Wort und ich bin der glücklichste unter allen Sterblichen.‹

›Wenn Sie das beruhigen kann, mein Herr, so versichere ich Sie meiner Wertschätzung und meiner Freundschaft. Seien Sie glücklich. Ich wünsche dies von ganzem Herzen.‹

Ich kann einfach nicht mehr, meine Liebe, ich ersticke vor Lachen. Adieu.

G.C.«

Wir finden in diesem zweiten »Paarbild« einen zwiespältigen Bezug zum ersten, dem Bild des »idealen Paares«. Das Bild der Beziehung zu G. wird gegen das Erscheinungsbild jenes vollkommenen Paares gehalten, wobei Übereinstimmungen – die edlen Züge auch bei le Miséricordieux – die Differenz erst recht vertiefen. Cornelia verwirft ihr Gegenüber. Sie nimmt »Rache« an ihm, nicht für das, was er getan hat, sondern für das, was er ist: ungenügend. Er sucht sich von der Schuld einer – nicht geschehenen – Tat zu reinigen und verdeutlicht damit nur seinen wirklichen Makel: gegen das Ideal zu verstoßen; und er dient Cornelia dazu, ihren Haß gegen die Männer, ihre Empörung gegen die Zumutung weiblicher Normalität auszuleben, aber als Ranküne, nicht als Empörung.

Paare – Cornelia und Saint Albin: das tragische Paar

Cornelias Erzählung über Saint Albin hat unheimliche Züge. Da ist St. Albin, der ebenfalls mit ihr in der Kutsche fährt, in der er (er ist strahlend schön, geistreich und »ernsthafter als es bei Franzosen üblich ist«) und Cornelia allein sind. Er setzt zu einem Geständnis an, er will nichts als Cornelia sehen: »mein Fräulein, wann werde ich Sie wiedersehen?« Doch Cornelia begegnet ihm von Anbeginn in der Rolle der unerreichbaren Dritten, der treuen Freundin, der selbstlosen Helferin. Ist er nicht einer anderen verbunden? Und so zwingt sie ihn, um die Worte zu ringen. Damit erinnert er an Herrn G. Das ist die Strafe: Stummheit. Cornelia schreibt:

»Dienstag, 24. Januar 1769

Miss B., eine unserer reichsten Reformierten, ist mit Saint Albin verlobt. Er ist einer der jungen Männer, die am meisten bewundert werden. Er sieht blendend aus, und die Jugend strahlt aus seinem Gesicht. Er ist sehr geistreich und ernsthafter als es bei Franzosen üblich ist. Mit Miss Marie B. bin ich eng befreundet, und ich glaube, daß Saint Albin mich deshalb schätzt. Er erweist mir mehr Aufmerksamkeiten als ich verdiene, und wenn Miss Marie seines Herzens nicht sicher wäre, könnte sie eifersüchtig werden.

Gestern abend begleitete er mich in der Kutsche nach Hause. Er schwieg lange – plötzlich, als ob er aus einem Traum erwache, fragte er mich bewegt: ›Mein Fräulein, wann werde ich Sie wiedersehen?‹ ›Also‹, antwortete ich lachend, ›was bedeutet es Ihnen, ob Sie mich sehen‹ – ›Mein liebes Fräulein, Sie wissen nicht ... Sie glauben nicht ... Was soll ich sagen? Aber nein, ich sage nichts ... liebes Fräulein, kommen Sie morgen zum Ball?‹ – ›Nein, man hat es mir verboten, wegen meiner Gesundheit; Miss Marie wird da sein und das wird Ihnen genügen. Glücklicher! Bald sind Sie mit ihr verbunden. Was wünschen Sie sich mehr?‹ – ›Ich? ... Nichts als ... Ihre Freundschaft ... die Sie mir versprechen müssen.‹ – ›Ja, Saint Albin, hier ist meine Hand darauf, da Ihre liebenswerte Braut mich mit ihrer Freundschaft ehrt, haben Sie ein Anrecht auf die meine; ich werde Sie immer schätzen, wir werden viel zusammen sein, als Freunde; wir werden uns oft sehen ...‹ – ›Oft, Miss! Ist das wahr? Vergessen Sie es nicht, aber ... das ist gut, aber was mehr?‹ In diesem Augenblick hielt die Kutsche an. Er nahm meine Hand. ›Sie kommen also nicht zum Ball.‹ – ›Nein‹, antwortete ich, ›aber am kommenden Dienstag bin ich bei Miss Philippine‹ – ›Leben Sie wohl, bis dann, ich werde sicherlich kommen und vergessen Sie Ihr Versprechen nicht.‹ – ›Nein, nein, Saint Albin, ich werde es nicht vergessen.‹ – Was wollte er mit all dem sagen, meine Liebe; Närrin, die ich bin, er fühlte sich verpflichtet, mir einige Komplimente zu machen und das ist alles; ich kann Ihnen gar nicht sagen, wie sehr ich ihn schätze und wie sehr er es verdient. Sie werden ihn kennenlernen, meine Liebe und Sie werden mein Urteil prüfen. Adieu für diesmal.«

Der Ballbesuch ist ihr verboten um ihrer Gesundheit willen. Saint Albin aber wird sich den Tod holen.

> »Dienstag, den 31. Januar
>
> Was ich Ihnen zu sagen habe, wird Sie sicher überraschen. Saint Albin ist nicht mehr. Grausamer Gedanke, der mir das Gefühl tötet. Er wird heute beerdigt – ach, das ist unmöglich. Aber es ist nur allzu wahr, er ist tot und ich werde ihn nicht wiedersehen. Unglückliche Marie, was wirst Du tun? Wenn ich an ihrer Stelle wäre – Himmel – aber ich weiß nicht, was ich schreibe. Verzeihen Sie meinem Schmerz, meine Liebe, ich habe einen Freund verloren, der mir sehr lieb war, und wie? Soll ich es sagen? Dieser elende Ball. – Er erhitzte sich, Fieber war die Folge; und dieser liebenswürdige junge Mann, in der Blüte der Jugend, in den glücklichsten Verhältnissen, starb. Lieber Saint Albin, ich habe Dir versprochen, daß wir uns heute – und dies ist der Tag seiner Beerdigung – Was wird Marie tun? Was werden seine Eltern tun, die all ihre Hoffnungen auf ihn gesetzt hatten – Adieu meine Gute, ich kann nicht mehr – Hüten Sie diesen Brief.
>
> G.C.«

Witkowski macht darauf aufmerksam, daß die Szenen wahrscheinlich nach dem Tod Saint Albins niedergeschrieben wurden. Dieses Paar steht also von Anbeginn unter dem Thema Zuneigung/Trennung, Tod. Die Szene Cornelia–Saint Albin ist deutlich eine von der Erzählerin »inszenierte« Szene. Wie wird die Begegnung entworfen?
Im Reigen der Paare ist das Paar Cornelia–Saint Albin ein tragisches Paar: Hier behauptet Cornelia, sie sei zur Liebe bereit und sie werde wiedergeliebt. Aber dieses Paar konstituiert sich im Verzicht. Cornelia weigert sich und der Liebende fügt sich den Gesetzen der Moral. Würde sich Cornelia damit begnügen, so handelte es sich um ein ideales Paar und das Bild des verlorenen Glücks. Aber die Szene wäre nicht vollendet ohne die Dritte, in deren Netze Saint Albin geraten war – die herzlose Braut:

> (im Konzertsaal, nach dem Tod Saint Albins)
> »die Türe öffnet sich und Fräulein Marie erscheint in Trauer, auf das Prächtigste gekleidet. Ich bin sprachlos, stumm, ich fühle wie ich erbleiche und um ihrem Blick auszuweichen, wende ich mich ab. Sie setzt sich neben mich, was mich freut. Tausend Gedanken stürzen auf mich ein. Ich komme wieder zu mir, als Miss Philippine ihren Stuhl umdreht, um sich mit Marie zu unterhalten. Also, liebe Cousine, sagt sie, haben Sie Ihre Trauer überwunden? – Was heißt Trauer, antwortete Marie lachend, sie konnte nicht vorübergehen,

weil ich nichts dergleichen empfunden habe. Mein Herz fühlt leichter und heiterer denn je; diese düstere Aufmachung, zu der die Pflicht mich zwingt, ist ihm eine Beleidigung. – Ich hörte nichts weiter; ich erstarrte. Ein Zittern überkam mich. Ich mußte mich zusammenreißen. Alle Blicke waren auf mich gerichtet; ich bemühte mich, Gleichgültigkeit vorzutäuschen, und verschloß mein Leid in meinem Herzen. Was haben mich diese Augenblicke gekostet; versetzen Sie sich an meine Stelle. Ach meine Liebe, ich kann Ihnen nicht sagen, was ich dachte – Unwürdige Marie, unseliger Saint Albin; rief ich innerlich; aber nein, Du bist glücklich, tausendmal glücklicher, da Du tot bist, als wenn Du eine solche Frau bekommen hättest. Gott hat ihn davor bewahrt, indem er ihn zu sich genommen hat, fort aus dieser Welt, für die er zu gut war – Wie, Unglückselige, Du hast ihn also nicht geliebt, ihn, der Dir alle Zärtlichkeit schenkte, der jeden Augenblick fürchtete, Dich zu kränken, der sich unablässig bemühte, Dir zu gefallen. Undankbare, Du verdientest diese Liebe nicht. Nein, Du verdientest keinen seiner Blicke. Nenne mich nicht mehr Deine Freundin; ich bin es nicht mehr, seit ich Dich von Grund auf kenne. – Verzeihen Sie mir, meine liebe Katharina, daß ich Sie mit Angelegenheiten unterhalte, die Sie so wenig betreffen, aber ich glaube, Sie nehmen dennoch an meinem Abscheu teil, obwohl Sie die Person nicht kennen, der sie gilt. Ich werde Ihnen nicht mehr davon sprechen, nicht von Marie, nicht von meinem verlorenen Freund, aber glauben Sie deshalb nicht, daß ich sie vergesse –«[23]

Die Erzählung hat verschiedene Schichten. Die erste lautet: Saint Albin hat falsch gewählt. Er erkannte die wahre Liebende, Cornelia, nicht. Er flüchtet zu ihr, aber es ist zu spät. Sie erinnert ihn an seine Pflicht. Saint Albin steht unter einem ungünstigen Stern. Er stirbt, betrauert allein von Cornelia.
Die zweite Schicht lautet: Cornelia und Saint Albin sind das Opfer der herzlosen Frauen. Philippine ist nicht anders als Marie und all die anderen. Sie repräsentieren Cornelias Angst vor den Frauen. Frauen töten, und wer im Bund mit den Opfern, den unschuldigen Männern ist, der wird ebenfalls sterben. Frau sein heißt für Cornelia unbewußt, zu denen gehören, die töten. Sie zerstören die wahre Liebe, trennen die Liebenden, sie beuten ihre Opfer kaltblütig aus. Sie sind hassenswert. Gegenwehr scheint nicht möglich. In dieser Dimension stirbt Saint Albin am Schmerz der Erkenntnis, wen er erwählt hat. Es gibt noch eine dritte Ebene, aber bevor wir uns dieser zuwenden, benötigen wir noch eine weitere Szene zur Präzisierung der Paar-Bilder.

Ich habe im ersten Kapitel unter dem Titel »Die Krise der Adoleszenz« Cornelias Darstellung des Besuchs der Brüder Olderogge im Rahmen ihrer Lebensgeschichte interpretiert. Deuten wir nun die Szene auf der Ebene des »Romans«: Paarbilder als Fetisch. Das Trauma kreist um die Thematik des Blicks. Cornelia will sich nicht zeigen, sie wird hervorgezerrt, begutachtet – und sie versucht, »weiblich« zu sein. Sie versucht, das, was sie als Terror empfindet, umzudeuten in Galanterie, eine Situation, in der sie vollständig zum Objekt gemacht wird, umzudeuten in eine Situation, in der sie Gegenspielerin ist. Dieser Selbstverrat ist ein Abbild der vernichtenden Tendenzen, die sie bedrohen. Die Szene zeigt Cornelia zu Beginn in der Gestalt, die sie sich geben will, und zugleich in der, in der allein sie sich ertragen kann: als eine, die außerhalb des Spiels der Paare steht und die dennoch vorhanden ist, ja mehr noch, die den Anspruch erhebt, als Person gewürdigt zu werden – nicht eine, die vor ein Tribunal geschleppt wird als dressierte Puppe, als Automat.
Aber Cornelia läßt sich verführen. Wie geschieht das? Den Übergang bildet ein Lob ihres Bruders. Cornelia verweigerte sich zunächst und antwortete auf ein fades Kompliment mit kühler Zurückweisung:

> (Der Cousin – ein Besucher): »›Meine Liebe, warum berauben Sie uns Ihres Anblicks! Warum lassen Sie uns Ihr hübsches Gesicht nicht sehen. Ich bitte Sie, kommen Sie näher [...] Meine Herren, was sagen Sie? Habe ich Sie getäuscht als ich Ihnen erklärte, daß meine Cousine ein bewundernswürdiges Mädchen ist?‹ Ach, meine Liebe, ich war am Ende meiner Kraft. Die beiden Männer sahen mich mit einem zustimmenden Lächeln an, sie verneigten sich, was sollten sie sagen, – ich faßte Mut. ›Meine Herren‹, sagte ich, ›Sie ersehen aus dieser Äußerung, daß mein Cousin heute zu Scherzen aufgelegt ist. Er spottet und ich bitte Sie, alles, was er sagt in diesem Sinne zu verstehen.‹«[24]

Dann aber schlägt die Situation um, als der Besucher fortfährt:

> »Meine liebe Cousine, ich habe Ihnen noch gar nicht von dem Vergnügen gesprochen, hier bei meiner Rückkehr einen so liebenswürdigen Cousin (dieser ist der Bruder der Schreiberin) zu finden, den ich nun erst seit einer Stunde kenne und an dem ich in so kurzer Zeit schon tausend schöne Eigenschaften entdeckt habe. Man muß Sie zu einem Bruder beglückwünschen, der es so sehr verdient, daß man ihn liebt.

›Nun sehen Sie selbst, mein Herr, wie recht ich hatte, über die Abwesenheit eines so lieben Bruders traurig zu sein. (Frère chéri) Diese drei Jahre waren mir sehr lang. Jeden Augenblick wünschte ich, daß er zurückkäme.‹

›Meine Schwester, meine Schwester, und jetzt wo ich hier bin, will mich niemand sehen. Es ist, als ob ich nicht da wäre!‹

›Keine Vorwürfe, mein Bruder. Sie wissen selbst, daß es nicht meine Schuld ist. Sie sind immer beschäftigt und ich wage es nicht, Sie so oft zu stören, als ich möchte.‹«

Wie das Zitat deutlich zeigt, geschieht der Umschlag in dem Augenblick, in dem Cornelia auf ihren Bruder angesprochen wird. Ganz unverstellt spricht sich ihre Zuneigung aus, und es folgt jener merkwürdige Dialog, der den Charakter einer Liebeserklärung von beiden Seiten hat. Er klagt, sie habe ihn verlassen; sie beteuert, daß sie nichts lieber täte, als zu ihm eilen. Diese Liebe scheint Cornelia in einen anderen Zustand zu versetzen. Wir sehen unmittelbar danach eine andere vor uns. Auf das nächste konventionelle Angebot an ihre Weiblichkeit erhebt sich Cornelia und bewegt sich wie natürlich; sie geht zum Klavier und hält dem Blick des jungen Olderogge stand. Er ist schüchtern, und also wird er wie sie Gegenstand der geselligen Scherze, die ihren gewalttätigen Beigeschmack niemals ganz verlieren. Der junge Olderogge sieht sie an, und sie sieht ihn an:

»Ach, meine Liebe, wie mein Herz klopfte. Ich wußte nichts zu sagen. Der junge Olderogge litt für mich. Ich sah es in seinem Gesicht. Er sah mich schüchtern an, als fürchte er, mich beleidigt zu haben. Ich konnte mir das Vergnügen, ihn zu betrachten, nicht versagen. Ich glaubte meinen lieben Harry wiederzusehen. Ich weiß nicht, was ich noch dachte.«

Es ist das einzige Mal, daß Cornelia einen Blick tauscht, wobei der junge Olderogge zu Harry wird. Doch diese Situation wird sofort von ihrem Bruder zerstört; er unterbricht den Augenblick, in dem sich die Frage stellt, ob Cornelia und der junge Olderogge zusammengehören, »um dem Gespräch eine andere Wendung zu geben«. Ein zweideutiger Satz.

»Um dem Gespräch eine andere Wendung zu geben, sprach mein Bruder von Leipzig, von der angenehmen Zeit dort und er begann sich über unsere Stadt zu beklagen, wie wenig Geschmack man hat, über unsere stumpfsinnigen Bürger und schließlich verstieg er sich dazu, die Frankfurter Frauen als unerträglich zu bezeichnen. ›Was für ein Unterschied: die Sächsinnen und die Mädchen von hier!‹ rief

er. Ich unterbrach ihn, wandte mich zu meinem Nachbarn und sagte, ›diese Vorwürfe muß ich mir jeden Tag anhören. So sagen Sie mir doch, der Sie vielleicht weniger voreingenommen sind, ist es denn wirklich wahr, daß die Damen aus Sachsen allen anderen überlegen sind?‹
›Ich versichere Ihnen mein Fräulein, daß ich in der kurzen Zeit hier mehr vollkommene Schönheiten gesehen habe als in Sachsen. Aber ich wage Ihnen zu sagen, was Ihren Bruder so sehr für diese einnimmt, das ist eine besondere Anmut, ein besonderer Liebreiz. Genau das – unterbrach ihn mein Bruder – diese Anmut, diese Art sich zu geben, fehlen hier. Die Mädchen hier sind schöner, da stimme ich zu, aber was soll mir diese Schönheit, wenn sie nicht von jenem Liebreiz begleitet ist, der eben mehr bezaubert als die Schönheit.‹«

Der Bruder weist sie an ihren Platz – vielleicht die Reaktion eines Eifersüchtigen, vielleicht auch nur die Grausamkeit eines Besitzers. Die Rollenzuweisung jedenfalls ist klar und wird im Wechsel der Argumente immer eindeutiger: Männer reden über Frauen, über ihre Schönheit. Sie reden also über Frauen als Objekte des männlichen Blicks. Der unmittelbare Bezug zu Cornelia ist unübersehbar für alle. Cornelia benennt ihn und erfährt bei ihrem Verteidiger ebenso wie bei ihrem Ankläger nur eine Verschärfung dieser Ver-Dinglichung – selbst die Schönsten sind ohne Anmut, seelenlose Objekte. Cornelia ist zurückgestoßen in die Reihe der Objekte der Betrachtung, ein Weib – und nicht einmal schön. Ihre Unterwerfung scheint vollkommen. Es gibt dazu nichts zu sagen, kein Wüten, keine Klage: Die Männer sind die Richter und sie ist eine Frau. Aber noch gibt es eine Hoffnung, eine Appellationsinstanz gleichsam, den jungen Olderogge:

»Himmel, es schlägt 10 Uhr. Ich muß jetzt schlafen. Ich habe nicht zu Abend gegessen, um Ihnen alles schreiben zu können. Ich hätte Ihnen die Unterhaltung gern zu Ende erzählt, aber soviel Zeit habe ich nicht. Ich werde also nichts mehr hinzufügen, außer, daß sie sehr zufrieden weggingen, besonders der jüngere Olderogge, der sich sehr höflich von mir verabschiedete. Er nahm meine Hand und küßte sie, drückte sie mehrmals, fast dachte ich er wollte sie nicht mehr hergeben. Wozu brauchte er sich diese Mühe zu machen? – Ich beneide die schönen Frauen, die er hier gesehen hat. Es muß unendlich glücklich machen, einem solchen Mann zu gefallen. – Aber warum sage ich das? Sie sehen, die Müdigkeit bringt mich durcheinander. Adieu, meine Gute – ich gehe schlafen –«

Cornelia ist verwirrt. Was will der junge Olderogge, der sie aus der Verdinglichung der Blicke zu erlösen schien? Und was will sie, die sich auf's Schreiben, auf die Rolle der Dritten verpflichtet hatte und nun in Versuchung gerät, ins Paarspiel zurückzukehren, zu flüchten? Denn ist ihr nicht pauschal die Anmut, die Seele abgesprochen worden? Ist sie nicht definitiv aus dem Gespräch ausgeschlossen worden (es ist ja ein Gespräch über Frauen)? Cornelia sucht sich zu sammeln. Sie rettet sich in den Bericht über Fakten und sucht die Stärke ihrer Empfindung zu dämpfen – aus dem »unendlich glücklich« wird der »angenehme Eindruck« und die vorsichtige Selbstdistanzierung von ihrer Begeisterung.

> »Freitag Morgen
>
> Ich habe vergessen, Ihnen zu schreiben, daß die Herren von Olderogge aus Livland kommen; es sind einige Hundert Wegstunden von hier; das ist sehr weit, nicht wahr? Sie werden durch ganz Europa reisen und dann in ihre Heimat zurückkehren. Wenn Sie doch nur 8 Tage hierblieben, denn am kommenden Freitag findet unser Konzert statt, das erste Mal in diesem Winter, und sie könnten von der Stadt und ihren Einwohnern einen angenehmen Eindruck gewinnen.
>
> 7 Uhr abends
>
> Gerade ist mein Bruder nach Hause gekommen. Er war den ganzen Tag mit diesen liebenswerten Herren zusammen, und er wird mit ihnen zu Abend essen. Morgen fahren sie nach Mainz und bleiben dort zwei Tage und kommen dann zuück – ich fürchte ich langweile Sie, weil ich dauernd über diese Herren rede, die Sie gar nicht kennen; aber sie müssen sich daran gewöhnen mich von den Menschen reden zu hören, die ich schätze, denn wer einmal einen Platz in meinem Herzen erobert hat, sei es in der Liebe, sei es in der Freundschaft, der kann gewiß sein, daß ich mein Lob und meine Begeisterung nicht zurückhalte.«

Den Moment des Umschlags der Situation erleben wir unmittelbar mit. Cornelia tilgt auch ihre Offenheit nicht, sie macht nur ein paar Gesten des Zudeckens – und verrät so erst recht alles:

> »Mittwoch, den 2. November
> um 8 Uhr morgens
>
> Ich werde heute diesen Brief auf die Post geben. Ich muß also schließen, – heute Nachmittag kommen die Herren von Olderogge. Ich freue mich darauf, wenigstens werde ich noch einmal dieses

liebe Gesicht sehen, das soviel Ähnlichkeit hat – st. -st. – ich werde Ihnen alles berichten, – ich will sie überreden bis Freitag zu bleiben – ich könnte also – es kommt jemand – es ist mein Bruder, was wird er sagen, – ach, meine Liebe, bedauern Sie mich – alles kommt zusammen, um mich verzweifeln zu lassen – sie reisen heute morgen ab – was soll ich tun – wenn Sie meinen Schmerz sehen könnten, ich ertrage es nicht – alles, was ich mir wünsche, trifft nicht ein – was steht mir noch bevor – verzeihen Sie mir, meine liebe Freundin, sie sehen ich bin in der ersten Bewegung. Sie werden über Worms fahren, und dort im Römischen Kaiser wohnen – vielleicht werden Sie sie sehen – hüten Sie um Himmelswillen diesen Brief. Ich wäre außer mir, wenn jemand außer Ihnen und meinem lieben Fräulein Meixner diese Narrheiten lesen würde – seien Sie nachsichtig mit einem Mädchen, die obwohl sie es nicht verdient, doch Ihre Freundschaft braucht – gerade geht mein Bruder fort, um ihnen adieu zu sagen – ach, ich könnte, was für ein Gedanke steigt in mir auf – Nein, Nein adieu G. C.«

Zweierlei fällt auf: der Triumph des Bruders und die Tilgung auch des kleinsten Ansatzes offenen Zorns bei Cornelia. Der Bruder nimmt ihr die Olderogges ganz weg; sie wird sie nie wiedersehen. Wir erkennen hier, mit welcher Gewalt Cornelia den Affekt beiseiteschiebt, die Wut, den Aufruhr.

Analysieren wir die Szene mit den Olderogges, die einzige, in der sich Cornelia im Spiel der Paare beschreibt, so wird deutlich: Entweder sie funktioniert in diesem rituellen Männerspiel und dann werden der Gewaltaspekt, der Machtaspekt und die Demütigung unsichtbar gemacht durch die Fiktion des Liebesthemas mit seiner rituellen Idealisierung der Frau. Oder sie wird radikal ausgegrenzt. Auch die Verehrung durch einen Liebhaber ist nicht geeignet, die Entwürdigung aufzuheben. Die Liebe soll in Cornelias Vorstellung etwas leisten, das unmöglich ist: eine Welt der Ungleichheit und der Verachtung der Frau als Person in eine Welt der Anerkennung zu verwandeln. Vor der Olderoggeszene sucht Cornelia der Demütigung durch systematische Selbsttäuschung auszuweichen: die Fiktion der Liebe (es gibt sie, die Heilung, die Gerechtigkeit), die Fiktion der Entsagenden (Cornelia als eine, die sich selbst auf der Folie des Liebesspiels zu begreifen sucht, die Tragische) und der Versuch, das Erleben durch Darstellung zu fassen. Der Überschuß an Empfindungen der Kränkung, des Verletztseins brach aber immer wieder die Darstellungsgestalt: Gelächter, albern-peinliches Gerede, Lächerlichmachen des Opfers G. – Ersatzhandlungen, Ersatzziel.

Im Ablauf der Olderoggeszene wird alles noch einmal gebündelt, durcheinandergeworfen und verschärft. Zorn und Empörung verschwinden, sie werden unbewußt. Sie erscheinen – gerade da, wo sie identitätsbedrohend sind – in Zukunft nur noch vereinzelt, zerstückelt, in Bildern, die wie Treibgut sind. Dazwischen dehnt sich die Empfindung der Leere, die an die Stelle der Wut tritt, und tauchen Bilder, gemischt aus verfremdender Gleichgültigkeit, Beliebigkeit und jäher Erfahrungsnähe, auf.

> (Die Brüder Olderogge sind abgereist): »Sonntag Morgen, der 30. Okt. [...] Es ist heute sehr schönes Wetter und wir steigen in großer Gesellschaft auf den Pfarrturm; Sie kennen ihn, es ist der höchste Turm in der Stadt. Ich war noch niemals oben. Es wird eine Bewegung sein, die mir hilft, wie ich hoffe. Ich sollte den ganzen Tag laufen und stattdessen sitze ich hier und schreibe. Also auf!
>
> 7 Uhr abends
> Von dort wieder hier, meine Liebe, wie schön es ist, die ganze Stadt zu Füßen zu haben; aber stellen Sie sich vor, beim Aufsteigen mußten wir vier mal anhalten weil wir außer Atem waren. Im Turm gibt es einen großen Raum, wo man Klavierspielen kann. Mit einem Fernrohr haben wir Hanau ganz nahe gesehen. Die Glocken sind riesig und wenn sie von Nahem läuten, wird man ganz taub. – Beim Abstieg kam man nicht außer Atem, dafür zitterten die Knie, so daß ich mich auf den Boden setzen mußte, als wir unten waren, nicht vor Erschöpfung – sondern weil ich am ganzen Körper zitterte.«

Es ist eine eigenartige Poesie darin, eine der wenigen Stellen, an denen Cornelia nicht aus Sprechen besteht, sondern ein Körper ist, außer Atem oder zitternd vom Abstieg, taub durch die Glocken, deren Schwingungen sich direkt in ihren Körper übersetzen. Und dann der große Raum, in dem man Klavier spielen kann; verfremdet steht das Instrument der Olderogge-Szene, das Instrument, das sie liebte und an dem sie vorgeführt wurde, in einem absurden Gehäuse zu rätselhaftem Gebrauch. »Herzschmerzen« fühlt Cornelia – »mal de cœur«; sie selbst erscheint in die Bestandteile ihrer Sinne aufgelöst. Frei von den Definitionen, besteht sie aus einzelnen Wahrnehmungen, deren Sinn erst gebildet werden soll.
So wird ihre Rede also doppeldeutig. Wenn sie von ihrer eigenen Erfahrung sprechen will, ist die Wahrheit verborgen und unkenntlich; ein Teil ihrer Erfahrungen wird zum Treibgut, das ziellos in ihren Mitteilungen mitgetragen wird, weil es in ihren literarischen Formeln keinen Platz dafür gibt.

Cornelia war, als sie zu schreiben begann, bereit zu akzeptieren, daß sie kein Paar bilden wird. Sie war bereit, auf das eigene »Glück« zu verzichten zugunsten einer anderen Doppelposition: der helfenden Dritten (die so das Ideal bewahrt) und der Einsichtigen. So setzt ihr Schreiben mit seiner schroffen Polarisierung in schön und häßlich, triumphal und leidend ein. Offenkundig war das eine Position, die sie befähigte, zu schreiben. Mit anderen Worten: Als das Schreiben beginnt, ist es nicht Sieg oder Selbstvernichtung, was sich als Alternative »Paar«/»Nicht-Paar« darstellt. Es gibt da »die Erzählerin«, eine Position jenseits der Paare. Auch wenn von Schmerzen berichtet wird, ist es eine Position der Würde und der Selbstachtung, eine Position, in der sich zu zeigen und sich selbst zu sehen möglich ist.
So ist Cornelia nicht dadurch vernichtet, daß sie kein Paar bilden kann – im Gegenteil, das ist der Gegenstand ihres Schreibens, solange ihr dieses Ideal eines imaginären grandiosen Paares überhaupt gewiß ist. Und sie hört nicht auf zu schreiben, weil sie leidet und von ihrem Leiden nicht mehr sprechen will, sondern weil sie bemerkt, daß ihre Erfahrungen und das Ideal nicht zur Deckung gebracht werden können. Sie hatte allem Sinn verliehen durch die Phantasie vom Paar und das Bild ihrer selbst als derjenigen, die diese Paare beschreibt.
Die Olderogge-Szenen changieren zwischen einer traumatischen Szene und einer Szene nach Art von Deckerinnerungen. Cornelia wird verletzt, ausgestoßen und zum Objekt erniedrigt. Aber ihre Blick-Scheu, mit der sie in die Olderogge-Szene geht, verrät, daß sie schon weiß, was sie erwartet. Cornelias natürlichste Reaktion wäre der Haß – aber er darf nicht sein. Der Brutalität der Männer korrespondiert keine offene Gegenwehr von ihrer Seite.
Cornelias dritte Briefsendung (vom 13. November bis zum 17. Dezember 1768) ist ein Spiegel ihrer Ratlosigkeit. Sie beschreibt Gesellschaftsszenen, belebt einzig von ihrer Obsession durch die schönen Frauen.

»Mittwoch, 16. Nov.

[...]

Gestern war ich bei unserer ›Großen Gesellschaft‹, wovon ich Ihnen schon öfter berichtet habe. Die elegante Welt war da, alles in prächtiger Aufmachung. Dennoch konnte ich mich nicht daran hindern, mich zu langweilen – ich finde jedoch ein gewisses Vergnügen darin, die Menschen zu beobachten. Lisette von Stokum war die schönste. Ich bewundere sie und jedesmal scheint sie mir schöner. Was für ein Vorzug! Die Schönheit wird der Anmut der

Seele vorgezogen. Die Herren betrugen sich gut, wenn man von einigen faden Komplimenten absieht, die man ihnen nachsehen muß.

den 30. November

Ich nehme mit Vergnügen wahr, daß ich die liebenswertesten Menschen ohne das geringste Gefühl ansehe. Es ist nur das Neue, das uns verführt. Das sehe ich jetzt ganz klar. Man ist niemals glücklicher, als wenn man völlig gleichmütig ist; alles läßt sich dann mit mehr Freiheit betrachten, und man ist in der Lage Beobachtungen zu machen und Überlegungen anzustellen. Ja, meine Liebe, so will ich bleiben und nichts soll mich in Zukunft davon abbringen. Ich habe meine starken Gründe, die ich Ihnen nicht mitteilen kann. Vielleicht würden Sie sie mir auch nicht glauben; doch davon ein andermal –«

Diese Briefe zeichnen sich durch Realistik, wenig Mystifikation und durch Elemente von Überdruß aus. Die Schönheit zählt mehr als die Seele, die Männer sind fade oder verrückt, die erfolgreichen Frauen zweideutig oder »langweilige Geschöpfe«. Der Besuch des schönen Mannes in Trauer und Cornelia, wie sie die Verführungssituation auf den Kopf stellt, indem sie im Anblick dieses eleganten Mannes davonstürzt, um sich dann im Spiegel zu erblicken: »und als ich mich im Spiegel sah, war ich bleicher als der Tod«.

Es ist die Phase der Entscheidung: das Ideal und das heißt zugleich das literarische Modell aufgeben? Darum geht es – aufgeben, weil etwas nicht zusammenpaßt?

In keiner Briefsendung taucht Johann Wolfgang so oft auf wie in dieser. Seine Krankheit ist schlimmer geworden. Merkwürdig ist, daß Cornelia ihn in dieser Phase kaum aus ihrem Schreiben heraushalten kann, es aber offenkundig will. Sie faßt sich sehr kurz – und eigentümlich.

»Mittwoch, den 7. Dezember

Heute ist mein Geburtstag, der Tag, an dem ich mein 18. Lebensjahr vollende. Die Zeit ist vergangen wie ein Traum und die Zukunft wird ebenso vergehen – mit dem Unterschied, daß mir noch Unglück bevorsteht, das ich noch nicht kenne. Ich ahne es. – Meinem Bruder geht es sehr schlecht. Er hat plötzlich einen heftigen Schmerzanfall gehabt und leidet sehr. Man versucht alles, um ihm Erleichterung zu verschaffen, aber umsonst. Ich kann ihn nicht ansehen, ohne daß sich mir das Herz zusammenkrampft. Wenn ich ihm doch helfen könnte.«

»Samstag, den 10. Dezember
Nach zwei Tagen voller Leiden geht es meinem Bruder etwas besser, aber er ist so schwach, daß er nicht mehr als eine viertel Stunde aufbleiben kann. Wenn nur die Schmerzen aufhören würden, dann würde auch die Kraft bald zurückkehren. Man muß das Beste hoffen und Geduld haben.«

»Samstag, den 17. Dezember
Ich konnte nicht öfter schreiben, obwohl ich es gerne gewollt hätte, denn man beschäftigt mich den ganzen Tag. Seit mein Bruder krank ist, essen wir bei mir und es stört mich sehr. Trotzdem stehle ich eine viertel Stunde, um Ihnen zu schreiben, daß ich gestern im Konzert war und daß ich dort allerlei Abenteuer erlebte. Das wird Ihnen lächerlich erscheinen, da Sie wissen, daß nur Schönheiten Heldinnen im Roman sein können. Nun lächerlich oder nicht, es ist die Wahrheit. – Wir machten uns das Vergnügen, meine Cousine Charlotte und ich, als erste zu erscheinen. Wir besichtigten den großen Saal, der nun dem Herrn Busch gehört und der wundervoll ist. Ich sagte Charlotte, daß man mich heute abend unaufhörlich nach der Gesundheit meines Bruders fragen wird. Was ich vorhergesagt hatte, trat ein. Mehr als 30 schöne Herren kamen und begrüßten mich und alle ihre Unterhaltungen begannen: Mein Fräulein, wie geht es Ihrem Bruder? Ich habe gehört, er ist krank? – Ja, mein Herr, er war sehr krank, aber es geht ihm jetzt besser, Gott sei Dank – ich stieß Charlotte mit dem Fuß an und diese brach fast in schallendes Gelächter aus ...«

Bemerkenswert ist, wie Cornelia den Bruder in ihre Darstellung aufnimmt und zugleich aus ihrer Darstellung verbannt. Bemerkenswert ist zudem der ratlose Ton – das Fremde. Sichtbar wird auch die Ambivalenz: 30 Männer erkundigen sich bei Cornelia nach ihrem Bruder. Was ist mit ihr? Sie selbst interessiert nicht. Sie versucht, daraus ein Spiel zu machen, mit Cousine Charlotte, der sie es vorausgesagt hat; so vermeidet sie die Passivität und den Schmerz der Kränkung. Wieder tritt Lachen an die Stelle des Zorns.
Johann Wolfgang erinnert sich in *Dichtung und Wahrheit* an die Zeit seiner Krankheit:

»Ihre Sorge für meine Pflege und Unterhaltung verschlang all ihre Zeit; ihre Gespielinnen, die von ihr beherrscht wurden, ohne daß sie daran dachte, mußten gleichfalls allerlei aussinnen, um mir gefällig und trostreich zu sein. Sie war erfinderisch, mich zu erheitern, und entwickelte sogar einige Keime von possenhaftem Humor, den ich an ihr nie gekannt hatte, und der ihr sehr gut ließ. Es entspann sich bald unter uns eine Koterie-Sprache, wodurch wir vor allen Menschen reden konnten, ohne daß sie uns verstanden, und sie bediente sich dieses Rotwelsches öfters mit vieler Keckheit in Gegenwart der Eltern.«[25]

Was hier in heiterem Licht erscheint: das symbiotische Moment, stellt der Dichter heroisch-erhaben als Umgang der Minerva mit ihrem Bruder Prometheus (in der Ode »Prometheus«) vor. Die Schwester sucht Prometheus auf, der sich im Aufruhr gegen Zeus, den Vater und gegen seine Mutter befindet:

Minerva kommt
Pr.
Du wagst es meine Göttin?
Wagest zu deines Vaters Feind zu treten!
Min.
Ich ehre meinen Vater
Und liebe dich Prometheus
Pr.
Und du bist meinem Geist
Was er sich selbst ist.
Sind von Anbeginn
Mir deine Worte Himmelslicht gewesen!
Immer als wenn meine Seele spräche zu sich selbst!
Sie sich eröffnete
Und mitgebohrne Harmonien
In ihr erklängen aus sich selbst.
Das waren deine Worte.
So war ich selbst nicht selbst,
Und eine Gottheit sprach
Wenn ich zu reden wähnte,
Und wähnt ich eine Gottheit spreche,
Sprach ich selbst.
Und so mit dir und mir
So ein so innig
Ewig meine Liebe dir.
Min.
Und ich dir ewig gegenwärtig.
Pr.
Wie der süße Dämmerschein
Der weggeschiednen Sonne

Dort heraufschwimmt
Vom finstern Caukasus,
Und meine Seel umgiebt mit Wonneruh,
Abwesend auch mir immer gegenwärtig,[26]

Goethe beschreibt im göttlichen Geschwisterpaar das einende Band der Liebe, das Ineinander-Verwobensein, die ewige Anwesenheit des Anderen. Die symbiotische Bindung an den Bruder hat für Cornelia aber immer schon die Gestalt der Unterwerfung. Gegen diese Unterwerfung lehnt sie sich auf. Ihr Schreiben ist davon ebenso geprägt wie von ihrer Liebe zu ihm. Es ist der Versuch, sich abzugrenzen, mehr zu sein, als er ihr zu sein zugesteht. Unter diesem Vorzeichen ist die folgende Bemerkung aus der ersten Briefsendung des Geheimen Tagebuchs zu verstehen. C. an Katharina Fabricius am 17. 10. 1768:

»Dienstag um 3 Uhr
Da ich heimlich schreiben muß, kann ich nicht so oft schreiben wie ich gern möchte; denn ich fürchte immer wieder überrascht zu werden. Sie können sich vorstellen, daß mir das nicht angenehm wäre... Ich traf das liebenswerte Fräulein Baumann, die als Pyramide frisiert war, oder anders ausgedrückt – à la Rhinozeros; das arme Mädchen ... benahm sich wie immer äußerst mäßig. Vor allem als mein Bruder kam, setzte sie eine ihrer Mienen auf. Sie wissen schon, den Kopf gesenkt, die Augen niedergeschlagen und kein Wort gesprochen. Ihre Schwester dagegen verhielt sich so, daß sie den Beifall meines Bruders fand, der aber sicher viel begeisterter wäre, wenn er Sie hier finden würde. Er weiß nichts davon, daß ich Ihnen schreibe, denn er würde es nicht dulden, da er sich ja als meinen Sekretär betrachtet, wenn es sich um Sie handelt [...] er bewundert Sie in höchstem Ausmaß, seit er einige Ihrer Briefe gelesen hat und mir scheint fast, daß er unter meinem Namen einen Briefwechsel mit Ihnen beginnen wollte...«

Der volle Gehalt der Mitteilung lautet: Der Bruder macht Cornelia zur Zuschauerin, indem er ihre Aktivität zur seinen macht. Er gestattet ihr nicht, zu schreiben, wie sie will, und er erlaubt ihr nicht, autonome Beziehungen einzugehen, ohne daß er sich einschaltet und sich zum Zentrum macht. (Zugleich ist sie stolz auf ihn und empfiehlt ihn der Freundin als das Muster aller Tugenden.) Diese Struktur ihrer Bruder-Beziehung wird immer wieder offenkundig.
Cornelia suchte sich gegen ihn zu behaupten. Deshalb enthalten die ersten Briefe kaum ein Wort über ihn – um einen Freiraum zu schaffen. Aber in der dritten Briefsendung, in dieser Situation der Verwirrt-

heit, taucht der Bruder auf. Es gibt da widerstreitende Gefühle: ihr Mitleid mit seinen Leiden auf der einen Seite, die Kränkung, daß alle Männer nur seinetwegen zu ihr kommen, auf der anderen Seite. Und dann fällt eine verräterische Bemerkung, die wie die Miniatur eines glücklichen Augenblicks aussieht. Nach einem Abend in Gesellschaft schreibt Cornelia (am 16. November 1768):

»Sie wissen, daß ich nicht gern Karten spiele; so hatte ich den ganzen Abend für meine Beobachtungen; ich werde Ihnen davon berichten, wenn ich Zeit finde. Ich fürchte aber auch, Ihre Geduld zu mißbrauchen. Gerade kommt mein Bruder, der an einer neuen Komödie arbeitet; er liest mir alle seine Stücke vor und Sie können sich vorstellen, daß ich ihm mit unendlichem Vergnügen zuhöre. Er malt mir auch manchmal hübsche Köpfe von denen ich Ihnen einen schicken werde.«

Zwei Linien überschneiden sich. Cornelia hat keinen Impuls, zu beschreiben, was sie erlebt hat, und sie hört dem Bruder zu. *Sie beginnt zu jener Beziehung zurückzukehren, die sie eigentlich fliehen wollte.* Er ist der Autor, und sie ist nicht seine Kritikerin, sondern ein Kind. Die Ungleichheit könnte schärfer nicht ausgedrückt werden.
Cornelia gerät in eine Rolle passiver Bewunderung. In der Szene mit den Freunden, den Brüdern Olderogge, hat Cornelia seine Eifersucht zur Genüge dargestellt, seine Macht und seine Verfügung über sie. Gleichheit in der Beziehung ist nicht mehr gegeben, ein Arbeitsbündnis ist nicht mehr vorstellbar, und das bekundet sich auch in der berühmten Szene, die Goethe in *Dichtung und Wahrheit* überliefert:

»Das Leben des biedern Götz von Berlichingen, von ihm selbst geschrieben, trieb mich in die historische Behandlungsart, und meine Einbildungskraft dehnte sich dergestalt aus, daß auch meine dramatische Form alle Theatergrenzen überschritt und sich den lebendigen Ereignissen mehr und mehr zu nähern suchte. Ich hatte mich davon, sowie ich vorwärts ging, mit meiner Schwester umständlich unterhalten, die an solchen Dingen mit Geist und Gemüt teilnahm, und ich erneuerte diese Unterhaltung so oft, ohne nur irgend zum Werke zu schreiten, daß sie zuletzt ungeduldig und wohlwollend dringend bat, mich nur nicht immer mit Worten in die Luft zu ergehn, sondern endlich einmal das, was mir so gegenwärtig wäre, auf das Papier festzubringen. Durch diesen Antrieb bestimmt, fing ich eines Morgens zu schreiben an, ohne daß ich einen Entwurf oder Plan vorher aufgesetzt hätte. Ich schrieb die ersten Szenen, und abends wurden sie Cornelien vorgelesen. Sie schenkte ihnen vielen Beifall, jedoch nur bedingt, indem sie zweifelte, daß ich so fortfahren würde, ja sie äußerte sogar einen entschiedenen Unglauben an meine Beharrlichkeit. Dieses reizte mich nur um so mehr, ich fuhr den nächsten Tag fort, und so den dritten; die Hoffnung wuchs bei den täglichen Mitteilungen, auch mir ward alles von Schritt zu Schritt lebendiger, indem mir ohnehin der Stoff durchaus eigen geworden; und so hielt ich mich ununterbrochen ans Werk, das ich geradewegs verfolgte, ohne weder rückwärts noch rechts, noch links zu sehn, und in etwa sechs Wochen hatte ich das Vergnügen, das Manuskript geheftet zu erblicken. Ich teilte es Mercken mit, der verständig und wohlwollend darüber sprach; ich sendete es Herdern zu, der sich unfreundlich und hart dagegen äußerte und nicht ermangelte, in einigen gelegentlichen Schmähgedichten mich deshalb mit spöttischen Namen zu bezeichnen. Ich ließ mich dadurch nicht irremachen, sondern faßte meinen Gegenstand scharf ins Auge: der Wurf war einmal getan, und es fragte sich nur, wie man die Steine im Brett vorteilhaft setzte. Ich sah wohl, daß mir auch hier niemand raten würde.«[27]

Wir finden Cornelia in der Rolle der Anteilnehmenden; sie fördert ihn, zugleich wird offenbar, daß sie als Kritikerin nichts bedeutet. Sie fördert ihn mit ihrer Bereitschaft, sich verzaubern zu lassen. Alle Spuren von Eigenwillen, eigener, schöpferischer Neigung auf ihrer Seite sind verwischt.

Die Inzestthematik

Ich betrachte die dritte Briefsendung als eine Phase der Ratlosigkeit und des Zweifels: Der Ausschluß aus der Gemeinschaft der Produzenten, der Männer um den Bruder – jedenfalls das Ende der Gleichheit –, die Negation der Eigenart Cornelias jenseits des Weiblichkeitsspiels und vor allem der Rolle, die ihr am bedeutungsvollsten ist, der Rolle der Schreibenden, das sind die Erfahrungen der zweiten Briefsendung gewesen. Unmut, Unwillen, Überdruß sind die Antwort in der dritten Briefsendung – und eine Ambivalenz gegenüber dem Bruder, der sich in einzelnen Momenten offen hervorwagt: im Gelächter über die 30 Herren, die sich nach des Bruders Gesundheit erkundigen.
Die vierte Briefsendung ist hiervon deutlich abgehoben: Eine neue Form der Synthetisierung der Bilder wird erreicht. Ich habe schon darauf hingewiesen, daß es die vierte Briefsendung ist, in der die bei-

den nicht zu ortenden Figuren Saint Albin und Dorval eingeführt werden. Und ich habe darauf hingewiesen, daß beide Namen Diderots Stücken entstammen können, dem *Père de Famille* (mit dem Helden Saint Albin) und dem *Fils Naturel* (mit dem Helden Dorval). Meine These ist, daß Cornelia sich entschließt, ihr literarisches Modell wiederaufzunehmen: die Schönheit und die Leidenschaft zu beschreiben. Obwohl selbst einsam und ausgeschlossen, will sie am Schreiben festhalten. Die beiden Figuren Dorval und Saint Albin sind dazu ausersehen, die Elemente des idealen Paares zu repräsentieren: Lisette und Dorval das ideale Paar, Cornelia und Saint Albin das tragische Paar.

Betrachten wir Diderots Stücke, zunächst *Père de Famille* mit seiner Zentralfigur Saint Albin. Saint Albin ist das Muster eines edlen, leidenschaftlich liebenden Mannes. Er begibt sich all seiner Macht und Vorrechte. Saint Albin verschmäht den Reichtum, bescheidet sich mit einem kleinen Anteil des ihm erreichbaren Vermögens, schätzt sich dabei noch glücklich, wenn er nur Sophie zu seiner Gemahlin machen kann. Allen Hindernissen, die sich ihm in den Weg stellen, stemmt er sich entgegen; zugleich ist er gegenüber Sophie der sanfteste Mensch, er gehorcht ihr und überläßt sich ganz ihren Wünschen.

Auf der anderen Seite ist Sophie bereit, sich dem Willen von Saint Albins Vater zu beugen, ja, diesen Vater als einen guten Vater, der seinen Sohn liebt und den dieser Sohn nicht kränken darf, zu verstehen, also eine altruistische, sanfte, vom Edelmut bestimmte Figur. Saint Albin wiederum entspricht genau den Funktionen, die im Spiel zwischen Mann und Frau dem idealen Liebhaber zukommen. Saint Albin und Sophie bilden das ideale Paar.

Hinzu kommt noch ein anderes merkwürdiges Moment: Saint Albin steht in inniger Beziehung zu seiner Schwester Cécile. Es gibt also eine Dreierkombination mit einer helfenden Schwester und einem Paar, das durch diese Hilfe zusammengebracht wird. Auffällig ist die Rollenverteilung zwischen Saint Albin und seiner Schwester. Der Bruder ist leidenschaftlich und liegt im Konflikt mit der väterlichen Autorität: Der Vater untersagt ihm, ein Mädchen ohne Vermögen und Rang zu heiraten (nämlich Sophie). Es ist der klassische Konflikt der Zeit (zwischen Elternautorität und Liebesbeziehung). Und Diderot gesteht dem Sohn zu, in Maßen gegen den Vater zu revoltieren, während die Schwester, sanft und duldsam, schließlich, von der Liebe zum Bruder angetrieben und von ihrem Verlobten gedrängt, sich an der Revolte gegen den Vater beteiligt. Ohne die Hilfe der selbstlosen Schwester wäre Saint Albin hilflos, da Sophie ihn ohne Einwilligung des Vaters niemals heiraten würde.

Diderots Stück enthält eine breit ausgeführte Thematik, die für das

Drama der Zeit charakteristisch ist: Außer Sophie, die sich schließlich als entfernte Verwandte entpuppt, leben alle Beteiligten wie Bruder und Schwester zusammen. Cécile, die später den Herrn Cermeuil heiraten wird, heiratet damit ihren Ziehbruder. Sophie ist die Nichte des ebenfalls im Hause lebenden Schwagers des Vaters, also des Onkels von Saint Albin und Cécile.
Bedenken sollten wir auch, daß dieses Drama einen eigentümlichen Konnex mit dem Goetheschen Familienleben aufweist. Der erste Akt handelt von folgender Situation: Saint Albin, Sohn des Hauses, hat sich einen Nachschlüssel verschafft und verbringt die Nächte anderswo. Der verzweifelte Familienvater fürchtet, daß sein Sohn auf Abwege geraten ist. Jede Nacht verläßt Saint Albin das Haus, um gegen Morgen wiederzukehren. Schließlich kommt sein Geheimnis (seine Liebe zu Sophie) an den Tag. Nun kennen wir aus dem Goetheschen Hause eine analoge Geschichte. Johann Wolfgang verfügte, mit Hilfe der Mutter, über einen Nachschlüssel und verbrachte als Fünfzehnjähriger seine Nächte in der Stadt, wo er in zwielichtige Gesellschaft kam und sich in Gretchen verliebte.
Im *Natürlichen Sohn* ist die inzestuöse Beziehung noch eindeutiger. Hier ist das wahre Liebespaar Dorval und Rosalie, die, ohne es zu wissen, Geschwister sind – die beiden sehen sich und lieben sich. Rosalie, die Braut ist, verweigert sich ihrem zukünftigen Ehemann, weil sie der Liebe zum (unerkannten) Bruder verfällt. Nachdem sie diesen gesehen hat, erklärt sie, ihren Verlobten nicht mehr zu lieben. Die erotische Anziehung wird mit dem Inzest, dem Geschwisterinzest, verknüpft. Demgegenüber erscheinen die Beziehungen, die in diesem Drama zur Ehe führen (zwischen Rosalie und Claireville, Dorval und Constance) eher wie Freundschaften, mehr als zärtliche Bindungen, die auf wechselseitiger Anerkennung (Tugend) gegründet sind. Auch in diesem Stück sind alle miteinander verwandt. Geheiratet wird über Kreuz: Dorval heiratet die Schwester seines Freundes Claireville, und Claireville heiratet die Schwester Dorvals. Was Saint Albin und Dorval vereint – und für Cornelia bedeutsam macht –, gruppiert sich um zwei Eigenschaften: die Auszeichnung als vollkommen Liebende und die inzestuöse Thematik. Daß die inzestuöse Neigung, die Geschwister-Bindung, in Cornelias Leben bestimmend war, wissen wir. Das bedarf hier keiner längeren Erörterung (allenfalls mag man der Frage nachgehn, ob die Geschichte von Saint Albin und Sophie auch andernorts eine Rolle spielte: Cornelia nannte sich im Kreis der Darmstädter Empfindsamen »Sophie«).
So aufschlußreich der individuell-lebensgeschichtliche Bezug der Inzestthematik zu Cornelia auch sein mag, es darf nicht übersehen wer-

den, daß dies eine bewegende dramatische Figur der Zeit ist. Daß die Liebenden in Wahrheit Geschwister sind oder daß Geschwister sich als nicht verwandt erweisen und sich in Liebende verwandeln dürfen, ist ein in zahllosen Varianten durchgespielter Stoff. Woher stammt dessen Faszinationskraft gerade zu dieser Zeit? In all diesen Fabeln über Liebe und Verwandtschaft wird die Macht der Leidenschaft mit der Erfahrung der vertrauten Nähe (wie unter Geschwistern) beschworen. Die Entwürfe der idealen Liebesbeziehung enthalten beide Momente. Vollkommene Entsprechung, Unaustauschbarkeit, unwiderrufliche Dauer bestimmen die Leidenschaft ebenso wie die Familienbeziehungen im neuen bürgerlichen Ideal. Vertrautheit ist eine Voraussetzung der Persönlichkeitsbildung – des großen Erziehungsziels des Jahrhunderts –, denn Subjektivität baut auf Verstehen auf, auf Gedankenaustausch. Das Paradoxe ist freilich, daß sowohl Vertrautheit und Nähe wie Autonomie gefordert sind – und daß diese Balance prekär ist. Mißlingt die Verbindung, so drohen Verschmelzung und Abhängigkeit oder die Einsamkeit.

Der Konflikt, der aus der Spannung von Verschmelzungs- und Selbständigkeitsbestrebungen hervorgeht, erzeugt (in der männlichen Perspektive) die unendlichen Fabeln über weibliche Treulosigkeit und Verführung. Die Phantasien dienen der Auseinandersetzung mit den Ängsten, die mit der Bindung und mit der Abgegrenztheit gleichermaßen verwoben sind. Die Identifikation des Weiblichen mit dem Symbiotischen, das heißt mit den mütterlichen Imagines, gibt dem Konflikt seine tiefste Schärfe, eine Schärfe, die aus dem Unbewußten, aus den verdrängten Symbiosewünschen gespeist wird. Die Abwehr des verdrängten Mütterlichen in den Phantasien drückt sich in verschiedenen Stereotypen aus: im Abscheu vor der älteren Frau, in der Fetischisierung der Unschuld, die schließlich auf Jungfräulichkeit reduziert wird, in der Tabuierung weiblicher Macht und weiblicher Eigenentwicklung.

Die Schwester ist eine Figur zwischen der Mutter und der Geliebten. Sie vertritt die Mutter in den Aspekten der Nähe, der sorgenden Anteilnahme, oft der aufopfernden Liebe; aber anders als die Mutter kann sie beherrscht und erzogen werden. Die Schwester hat keine Macht. Insofern ist sie geeignet, die Abhängigkeit von der Mutter umzukehren. Das Verhältnis Mutter-Sohn zeigt stets das Machtgefälle – durch die Distanz der Generationen und durch die Rivalität mit dem Vater. Die Schwester ist eine Mutterfigur ohne Macht. Und die »Mutterbindung« bleibt im Schutze der Verdrängung tabu. Darin ist der berühmte Vers Goethes: »Ach du warst in längst vergangenen Zeiten / meine Schwester oder meine Frau« höchst aufschlußreich – ebenso durch die genannten Verhältnisse wie durch die fehlende dritte Figur, die Mutter. Führt man das Goethesche Geschwisterverhältnis auf seinen verborgenen Kern, die Mutterbeziehung des Sohnes zurück, so wird klar, daß hier eine schwierige Balance gefordert ist: Nähe wird als Zugriff und Abgrenzung wird als Angriff erlebt. Alle diese Elemente verweisen auf die Bindungsproblematik, die unbewußt wirkt, und auch hier ist die Verschiebung der Inzestproblematik von der Mutter auf die Schwester eine doppelte Hilfe: Das Bruder-Schwester-Verhältnis ist zugleich eines der größten Nähe und Vertrautheit, und es ist in dieser Kultur eines, in dem der Mann dominiert. Mit der Imago der Mutter verbindet die Schwester auch das Tabu der Sexualität. Die Aufdeckung der geschwisterlichen Blutsverwandtschaft bannt die Gefahr und gibt den Weg frei für jene Sublimierungen, in denen sich das Ideal der Vertrautheit als Seelenfreundschaft ebenso rein verwirklichen kann, wie die Geschlechterspannung sich harmonisch löst in ein Zusammenspiel, in dem der Bruder die Rolle des dominierenden Seelenführers, die Schwester die der verzichtenden Helferin übernimmt.

In Cornelias Text sind die idealen Figuren »Bruder-Figuren«; sie sind alle synonym: Harry, Olderogge, Saint Albin, Dorval und Johann Wolfgang.

Vornehmlich Saint Albin ist eine »Bruder-Figur«; der Name verweist auf die gemeinsamen Theatererlebnisse der zwölfjährigen Geschwister. Der Bruder ist auch durch die nächtlichen Ausflüge mit dieser Figur verbunden. Aber warum läßt sie ihn sterben? Ob Cornelia diesen Tod erfunden hat? Tatsache ist, daß sie die Bruder-Figur Saint Albin mit dem Tod verband, wobei es eine merkwürdige Analogie zwischen dem Tod von Saint Albin und dem Tod Schoberts, des Genies, gibt. Damals hatte Cornelia bemerkt:

> »... giftige Champignons, die er mit seinen Gästen aß, alle sind tot. Er hat 15 Etüden in einem empfindsamen Stil geschrieben, die außerordentlich sind und die ich zu spielen nicht aufhören kann. Alle andere Musik bedeutet mir fast nichts mehr. Wenn ich spiele, steigen süße und sanfte Gefühle in meiner Seele auf und ich bedaure den großen Schöpfer, der in der Blüte seiner Jahre, mit einem solchen Genie begabt, auf so elende und unsinnige Weise zu Tode kommen mußte.«

Und wie beschreibt Cornelia ihre Empfindung beim Tod Saint Albins?

»Die Freude und das Glück entfernen sich von mir, je mehr ich ihnen nahezukommen suche; nein meine Liebe, diese Erinnerung wird sich nicht so bald verlieren, obwohl der erste Schmerz vorüber geht und ein sanfteres Gefühl ihm folgt. Diese schmerzliche Ruhe ist nicht Vergessen; nicht weniger Empfindung, indes: ich finde darin eine gewisse Lust. Dieser stille Schmerz wird lange bleiben.«[28]

Die süße Schwermut, von der Cornelia spricht, ist bei beiden von gleicher Art, ebenso wie das Unglück. Männer, die alles haben: Jugend, Genie und Freiheit (der Schöpfer, der Unabhängige), gehen an einer Kleinigkeit zugrunde. Was ist lächerlicher als Giftpilze und was unheroischer als eine Erkältung nach einem Ball? Das Motiv fasziniert Cornelia, und sie etabliert sich in der Phantasie als die trauernde Witwe, aber ihre Traurigkeit hat etwas Unheimliches, so als sei das der Zustand, in dem sie mit Männern ein Paar bildet: im Tod. Ob die Merkwürdigkeit, daß der Tod Schoberts auf den Geburtstag ihres Bruders fiel (28. August 1767) für Cornelia eine Rolle spielte? Sie erwähnt dazu nichts. Wir müssen es offen lassen.
Immerhin läßt sich von Schobert wie von Saint Albin sagen, daß es zwischen beiden Analogien gibt: die männliche Vollkommenheit, das Genie, der sinnlose Tod, Cornelia im trauernden Gedenken mit den aus der Welt Gegangenen vereint. Die Vereinigung im Jenseits als vollkommene Harmonie und schuldfreie Verbindung korrespondiert der imaginären Verbindung, welche die liebenden Geschwister zusammenschließt.
Es liegt nahe, anzunehmen, daß die Empfindungen, die Cornelia zu Saint Albin und zu Schobert äußert, ihr Vorbild und ihren tiefsten Grund in den Empfindungen haben, die das Band konstituieren, das Cornelia und Johann Wolfgang eint. So wäre also die Todesphantasie das Bild der Vereinigung in einer anderen Welt? Und das Bild der Trauernden das der Prüfung wahrer Liebe, Ausdruck der innigen Nähe zu den Toten? Doch halte ich die Todesphantasie für doppeldeutig: Der Tod ist nicht nur ein Bild der Vereinigung, sondern auch der Aggression. Diese Schicht der Deutung der Szene mit Saint Albin ist: Cornelia, die Erfinderin der Geschichte, hat darin auch die Strafe, die sie dem Ungetreuen und falsch Wählenden zugedacht hat, untergebracht. Wer falsch wählt, stirbt. So begegnen wir hier auch dem Motiv der Kränkung, die nicht verziehen werden kann: Saint Albin erkannte Cornelia zu spät, und sie ließ ihn sterben. Die Strafe, die ihn und Schobert getroffen hat, war gerecht. Sie korrespondiert der Grausamkeit Johann Wolfgangs und der idealen Männer Harry und Olde-

rogge. Sie bilden im Unbewußten *eine* Figur. Cornelia empfindet die Grausamkeit dieses Todes als tragisch. Sie verdrängt ihren Rachewunsch. In der Erzählfigur und für Cornelias Bewußtsein ist die aggressive Bedeutung ausgeblendet. Auf der Ebene des Bewußtseins zählt allein, daß sie sich als tragische Gestalt wahrnimmt. Erzählt wird in der Perspektive des Verzichts und der Entsagung. Aus dem Leiden sucht Cornelia die Entwürfe der idealen Liebe zu formulieren. Aber wie in allen Szenen sichtbar wird, lassen sich weder ihre Empfindungen noch die Realitäten in diese Form einpassen. Cornelias Haß ist elementar, und das, was ihr widerfährt, ist demütigend. Eindeutig wird ihre Aggression in der Geschichte mit Herrn G. Hier wird alles – wie zwanghaft – umgekehrt. Aber alle Anweisungen, Entwertungen treffen nur ihn, den Stellvertreter der negativen Aspekte der Bruder-Figuren. Zweimal wird die »Aufklärung« seiner Taten wiederholt und mit hemmungslosem Gelächter quittiert. Herr G. scheint mit seiner hilflosen Verehrung weit genug von den faszinierenden Bruder-Männern entfernt, um in der Phantasie vernichtet zu werden.

Transformationen

Während die zweite Briefsendung eine Transformation von phantasierten Wünschen zur Irritation und Verunsicherung anzeigte, die mit einem gesteigerten Willen, sich auf die Rolle der Schreibenden zurückzuziehen (was ebenso Verzicht wie Anspruch, Auszeichnung bedeutet), einherging (vierte Briefsendung), zeichnen sich ab der fünften Briefsendung zunehmend Elemente des Mißtrauens angesichts dieser Rolle ab, eines Mißtrauens, das nur mühsam aufgefangen wird. Schweigen breitet sich seit der fünften Briefsendung unaufhaltsam aus.

> »1. März 1769
> Gestern war ich mit der großen Gesellschaft bei Ihrer charmanten Cousine. Was für schöne Frauen! Und was für ein Aufwand! Nein meine Liebe, ich kann es Ihnen nicht beschreiben.«

Das ist die Situation, in der Cornelias Lust zu schreiben erlischt. Abwertung und Resignation verbreiten sich über Lisette, über Katharina, über Dorval. Alles, womit Cornelia sie ausgestattet hat, scheint zu zerfallen.

»Dieser Dorval muß ein bewunderswürdiger Mann sein. Er hat einen etwas romanhaften Stil in seinen Briefen, das gebe ich zu; aber meine Liebe, Sie müßten die Briefe lesen, die er schreibt. Man müßte sie drucken – ich bin bösartig; nein sie sind sehr hübsch, nur macht man wenig Eindruck, wenn man zuviel Liebe zeigt.«[29]

Dazu paßt es, daß es in dieser Situation ihrem Bruder gelingt, ihr das Geheimnis wegzunehmen, das sie schon nicht mehr zu verteidigen vermag:

Dienstag, 15. Februar 1769

»Mein Bruder hat Ihrer Schwester Ihren Brief entwendet, er hat sie so darum gebeten, daß sie nicht widerstehen konnte. Sie würden ihm ein großes Vergnügen machen, wenn Sie ihm schreiben, er ist immer von Ihren Briefen entzückt und da er immer noch nicht ausgehen kann, ist das eine Art Erholung für ihn.«

Es ist ihm also gelungen, sich einzuschalten und Cornelias »inneren Raum« zu erobern. Und dann ist da das Zerfallen aller anderen Bedeutungen: Ist die Wirklichkeit der anderen wirklich der Roman, den Cornelia von ihnen verfaßt? Ist Lisette wirklich die große Liebende oder, wie Marie, die dem toten Bräutigam keine Träne nachweint, eine Herzlose? Ist ihre Liebe nur Stilisierung und wird ihr Liebhaber sie nicht einfach im Stich lassen und seinen Interessen folgen? Verheimlicht die Briefpartnerin Katharina ihre wahren Gefühle? (eine Frage, die um so erstaunlicher ist, als Cornelia die Freundin zur Folie ihrer Selbstdarstellung herabgesetzt hat). Da heißt es am

Dienstag, 15. Februar 1769

»Ihre Schwester hat mich gestern besucht und Ihren Brief mitgebracht. Es ist ein schöner Brief, das gestehe ich Ihnen, aber ich war verärgert, daß Sie mein letztes Schreiben noch nicht hatten, um mir Ihre Meinung über die Dinge zu sagen, die ich darin berichte. Das wird also ein ander Mal sein und Sie mussen auch nicht alles in einem einzigen Zug niederzuschreiben, machen Sie es wie ich. Sie teilen mir zahlreiche Neuigkeiten mit, aber keine einzige berührt Sie wirklich. Haben Sie mir keine Herzensangelegenheiten zu beichten? Oder mißtrauen Sie mir?«

Es ist, als ob Cornelia sich der Freundin zu erinnern beginnt. Aber wie sie mit ihr umgeht, bezeugt die endgültige Entidealisierung. Cornelia ist grob, voller untergründiger Vorwürfe: Niemand hilft ihr, niemand ist etwas wert. Es lohnt nicht, sich mitzuteilen.
Aus all diesen Einzelheiten wird deutlich, daß die Idole allmählich

zerfallen, und daß dieser Zerfall nicht produktiv, keine Rekonstruktion, sondern eine Reduktion ist.

Reduktion bedeutet, daß Differenzierungen des Subjekts verloren gehen, daß sie rückgängig gemacht werden. Eine solche Reduktion ist die Zerstörung des Ideals, an dessen Stelle der Ekel tritt, die Bitterkeit, die Verachtung. Die unüberbrückbare Kluft zwischen innerem Entwurf und Realität begründet die Verdrängung des Wunsches (Autonomie, männliches Leben), die Etablierung eines Fetischs oder eines Idols (das Große Paar) und schließlich die Wahrnehmung der Diskrepanz (das Paar ist eine Fiktion). Natürlich war in Cornelia etwas, das darauf wartete, den Fetisch zu dekouvrieren. Ihre Ambivalenz gegen die Scheinlösung des Paares (ihre Abwehr der Männer, die sich um sie bemühten), ihr Haß sprechen sich unverhüllt aus.

Die Diskrepanzen: Lisette ist zwar siegreich, aber sie ist, so Cornelia, unmoralisch, treulos, intrigant. Diese Frau, die gefällt, ist eine Gans. Und die Männer, die diese Art Frauen lieben, sind sie mehr wert? Sie sind brutal, ohne Sensibilität. Die Unmöglichkeit des idealen Paares deutet sich an. Aber Cornelia konstruiert einen Schluß, der die Frage abbricht und ihr zugleich eine Position zurückgibt – sie konstruiert sich als Gegenstand einer Intrige.

Diese literarische Formel, deren Trivialität der Abwehr des lebensgeschichtlichen Konflikts korrespondiert, wird außerordentlich konventionell erzählt. Die Intrige dient dazu, Lisette abzuwerten. Sie zeigt auch, wie Cornelia hinter ihre eigene Position zurückfällt. Angeblich hat Herr G. der allmächtigen Lisette widerstanden, um seiner Liebe zu Cornelia willen. Und Lisette und ihre Mutter haben diese Paarbildung verhindert. Das erschüttert Cornelia angeblich – eine sonderbare Konstruktion, nachdem der Misericordieux seit einem Jahr seine Unschuld erfolglos unter Beweis gestellt hat. Cornelia erzählt die Intrige:

»[...] Sonntag, 16. April 1769

Vorgestern hat mich Fräulein Lisette besucht. Nach der ersten Begrüßung sagte sie zu mir: ›Meine Liebe, gestern waren wir im Forsthaus, Herr B., der Witwer, Herr G. und ich. Sie baten mich inständig, Sie zu bitten, auch zu kommen. Ich wagte es aber nicht, aus Furcht, Sie würden mich für die Bundesgenossin des Herrn G. halten, dessen Anwesenheit Sie ja immer ablehnen. Der Unglückliche! Wie er mich bedrängte und beschwor – ich blieb unerbittlich. Er sah das und erhob sich. Mit Tränen in den Augen sagte er: ›Ich erreiche nichts bei Ihnen, all meine Bitten sind ohne Erfolg. Oh Miss Lisette, wie habe ich mich getäuscht, als ich Sie für zärtlich und sanft hielt, wären Sie dies – so hätten Sie Mitleid mit mir. Sie wissen nicht, wie das Herz eines Liebenden leidet – Sie haben niemals geliebt –‹ Was für einen Vorwurf, meine Liebe, ich und nicht geliebt? Ich erhob mich, und rief die Bedienung. Ich schickte sie zu Ihnen. Er dankte mir tausendmal und ging in sein Zimmer. Da erkannte ich den Fehler, den ich begangen hatte. Ich fürchtete, Sie in höchstem Maße zu kränken. Zu meinem Glück war das Mädchen noch nicht gegangen. Ich gab ihr meine Anweisungen. Und nach kurzer Zeit kam sie zurück als käme sie von Ihnen und erklärte, Sie hätten sich geweigert. Er war dabei, ich konnte seine Qualen nicht ertragen und verließ ihn.

›Das war nicht recht gehandelt, Lisette.‹

›Wie bitte? Hätten Sie uns denn begleiten wollen?«

›Ohne Zweifel.‹

›Sie?‹

›Ja ich, meine Liebe, ich bin nicht dafür, jemanden zu beleidigen. Er kann jetzt denken, daß ich ihm ausweiche oder daß ich ihn fürchte. Fi, fi, Lisette, mach Deine Tricks für Dich allein und nicht mit mir.‹

›Sagen Sie ihm nichts, ich bitte Sie.‹

›Nein, außer, wenn er mich danach fragt. Dann allerdings werde ich meine Ehre verteidigen; und um Ihnen zu beweisen, daß ich ihm nicht ausweiche, werde ich am Sonntag bei Ihnen sein.‹ Habe ich das nicht gut gemacht, meine liebe Katharina, ihr das anzukündigen. Heute nachmittag werde ich hingehen. Und ich werde mich so betragen, daß man sieht, daß ich niemanden fürchte.«

»Montag, den 17. April

Gestern traf ich bei Lisette ihre Mutter und eine Dame aus ihrer Bekanntschaft an; nach dem Kaffee spielten wir Quadrille. Gegen sechs Uhr ließ sich Herr G. melden und trat bereits im selben Augenblick ein. Er grüßte die Gesellschaft, danach nahm er gegenüber Platz und ließ mich eine Viertelstunde nicht aus den Augen. Er wagte es nicht, mich anzusprechen, jedoch verwies es ihm Madame in einem neckischen Ton und er nahm zwischen uns beiden Mädchen Platz. Ich unterhielt mich sehr freundlich mit ihm. Lisette beobachtete mich eifersüchtig und Madame, die verärgert war, rächte sich, indem sie mir laut meine Unaufmerksamkeit und meine Gleichgültigkeit beim Spielen vorwarf. Ich tat so, als verstünde ich nicht, was sie sagen wollte; aber in diesem Ton ging es den ganzen Abend weiter. Es störte mich; ich hielt jedoch bis ungefähr acht Uhr an mich; schließlich brach ich auf; die Mutter und die Tochter waren sichtlich erregt, als sie sahen, daß er mich begleitete. Zittert die Unschuld?

Ach meine Liebe, das schlechte Gewissen verrät den Übeltäter. Als wir auf der Straße waren, sagte er zunächst: ›Zweimal wollte man mich letzte Woche glücklich sehen, durch Ihre Begleitung, mein Fräulein, aber auf jede Einladung folgte eine Ablehnung; Ich beschwöre Sie, mein Fräulein, sagen Sie mir, hassen Sie mich? Oder...‹«

Das ist eine kleine Rehabilitierung von Herrn G., die aber bloß ein Lippenbekenntnis ist. Der Arme dient Cornelia lediglich dazu, ihre Fabel umzubauen.

Montag, 17. April 1769

»›Daß mein Verdacht sich als wahr erweist!‹ rief er aus. ›Ich habe es geahnt. Man hat uns grausam getäuscht; wüßten Sie nur, wieviele Lügen man erfunden hat; wie viele hinterhältige...‹
›Wie, mein Herr. Fahren Sie fort.‹
›Ja, mein Fräulein, Sie sollen alles wissen.‹
Was ich nun erfuhr, meine Liebe: Teuflischste Intrigen, um uns zu trennen, offene Lügen; was soll ich Ihnen sagen? Ich sehe, aber zu spät, daß ich ihm vier Jahre lang Unrecht getan habe, daß meine Gutmütigkeit die Ursache war und daß er keinen einzigen Fehler begangen hat, außer dem, mich allzu sehr zu schätzen. Bin ich nicht zu tadeln? Zürnen Sie mir, meine Liebe, denn ich verdiene es – Er hatte noch viel zu sagen, da waren wir schon vor der Tür. ›Ach, mein Fräulein‹, rief er aus, ›das Wichtigste bleibt mir noch zu sagen, aber ich werde Sie nicht wiedersehen. Alles was ich gesagt habe, war unbedeutend angesichts dieses einen, machen Sie mir noch einmal die Freude...‹
›Das ist ganz unmöglich. Adieu, vergeben Sie mir.‹
›Ich Ihnen vergeben. Ach mein Gott... Es ist also das letzte Mal... Ich Unglücklicher.‹
Die Türe öffnete sich und ich trat ein. Tausend verschiedene Gedanken bewegten mein Herz. – Bedauern Sie mich nicht, ich verdiene es –«

Ihre Konstruktion verwundert: Die schöne, allmächtige Lisette soll aus Eifersucht auf Cornelia die Verbindung mit Herrn G. (»Le Misericordieux«) mit allen bösen Mitteln des weiblichen Arsenals hintertrieben haben? Wir wären durchaus bereit, Lisette zu glauben, daß sie wirklich dachte, Cornelia seinen Anblick ersparen zu sollen – nach all dem ätzenden Spott, mit dem Cornelia uns über zehn Monate unterhalten hat. Das Resultat: Cornelia bricht mit Lisette »auf eine Weise, die nicht wieder gutzumachen ist«. Sie faßt sich auffallend kurz:

»Was sagen Sie dazu, meine Liebe, daß ich mit Fräulein Lisette gebrochen habe, und zwar auf eine Art, die nicht wieder gutzumachen ist. Wenn ich Zeit hätte, würde ich Ihnen die ganze Geschichte erzählen, aber sie ist zu lang. Es muß Ihnen genügen, zu wissen, daß die Mutter und die Tochter mich der üblen Nachrede und des Verrats bezichtigt haben und daß ich diese Beschuldigungen allzu bösartig fand, um mich zu rechtfertigen. Diese Angelegenheit hat mir einen inneren Aufruhr über mehrere Tage verursacht, aber das ist jetzt vorüber und ich habe meine Ruhe wiedergefunden, die lange anhalten wird, wenn sie nicht von einem neuen Unglück unterbrochen wird.«[30]

Nicht nur Lisette ist aus dem Wege, auch Herr G. hat Frankfurt für immer verlassen. Doch es ist keine befreiende Trennung. Cornelia verläßt den Kampfplatz ihrer Selbsterzählung zwar als moralische Siegerin – die idealisierte Weiblichkeit ist schlecht von Charakter, die Liebe von Herrn G. ist in einen tragischen Schleier gehüllt, aber die Berichtende selbst findet sich in der Rolle der Entsagenden, die Objekt vielfältiger finsterer Machenschaften ist.
Fassen wir zusammen. Cornelia hat sich selbst in die Position des Verzichts gebracht. Sie hat gleichzeitig die Gegenmodelle getilgt: die Schande, von einem Herrn G. geliebt zu werden (Erinnerung an den Wunsch, von einem anderen geliebt zu werden), und Lisette, die von der triumphalen Figur zu einer kleinlich eifersüchtelnden Intrigantin und zu guter letzt zu einer sogar in der Liebe sich selbst betrügenden Figur geworden ist. Die Geschichte ist also zu Ende gebracht. Daneben aber steht unvermittelt das Lebensgefühl der Leere:

12. Juli 1769
»Ein ganzer Monat, ohne ein Wort zu schreiben. Das ist zu lang, ich gebe es zu. Was hindert Sie, werden Sie fragen. Der wahre Grund ist, daß ich nichts zu sagen habe. Die Eintönigkeit meines Lebens, die Gleichförmigkeit meines seelischen Daseins, die stumpfe Ruhe meines Herzens.«

Der letzte Brief lautet:

»den 14. August

Ich bin sehr träge mit dem Schreiben seit einiger Zeit und ich weiß den Grund sehr wohl. Wenn wir nichts zu sagen haben, was uns selbst angeht, dann langweilt es, von anderen zu sprechen. Ich könnte Ihnen durchaus einige Neuigkeiten mitteilen, wenn es Sie interessiert, daß Fräulein Simonetta Bethmann einen jungen Bankier namens Metzler heiraten wird; die Hochzeit findet am kommenden Montag statt, vielleicht gibt es einen Ball... Aber all das betrifft Sie nicht, sprechen wir von Fräulein Lisette. Seit ich mit ihr zerstritten bin, erfahre ich von ihren Geheimnissen nichts mehr. Wo Dorval jetzt ist, was er tut, ob er treu ist oder nicht, das weiß ich nicht. Auf jeden Fall muß er bald kommen, weil zur Zeit der Weinlese das Jahr um ist und die Hochzeit sein soll, die er versprochen hat. Man wird sehen, ob er Wort hält. Von seinen Briefen habe ich acht oder zehn gelesen. Sie sind sehr elegant geschrieben. Wenn er meint, was er sagt, kann sich keine Liebe mit der seinen vergleichen. Aber manchmal sagt er etwas viel und Lisette wird davon so hochmütig, da sie alles glaubt. Urteilen Sie selbst anhand eines Briefes, in dem er sagt: ›Ich habe einen großen Teil der Welt gesehen und nur durchschnittliche Geschöpfe getroffen – Schließlich fand ich das Meisterwerk der Natur, aber wie soll ich es Ihnen beschreiben? Sie selbst sind es, ein Juwel, das mir immer das Kostbarste sein wird! Möge der Himmel unsere Zukunft segnen, wie er den glücklichen Beginn gesegnet hat, als ich Sie das erste Mal erblickte und als ich alles empfand, was eine tugendhafte Liebe eingeben kann. pp.‹

Also, meine Liebe, wie gefallen Ihnen diese Redensarten? Sind sie nicht ein wenig vermessen? Lisette liebte diesen Brief so sehr, daß sie ihn mir tausendmal wiederholt hat, so daß ich jetzt noch dieses Stück auswendig weiß. Herr B.. macht ihr weiter den Hof, und sie hat sich einen sehr liebenswürdigen jungen Mann erwählt, der ihr bis zur Rückkehr Dorvals stellvertretend als Verehrer dient. Sie hat keinen schlechten Geschmack, denn Theodore ist noch schöner als Dorval.«

In Cornelias Mißtrauen erscheint Unzufriedenheit. Es verbirgt sich darin die Frage, ob das Leben nicht ganz anders sei, einfacher und gleichzeitig unbegreiflicher. Die Frage ist, ob nicht ganz andere Zusammenhänge entdeckt werden müßten. Doch der Affekt, der sie zu einer Rekonstruktion ihrer weiblichen Erfahrung leiten könnte, ist gerade der, vor dem sie sich am meisten fürchtet: die Aggression.

Das große Tabu in Cornelias Darstellung ist die maßlose Wut. Nichts bleibt von ihr ausgenommen, der Bruder nicht, die Freundin nicht, die Ideale nicht. Alles gerät in den Strudel. Und eben darum darf die Wut nur verdeckt, unkenntlich, in ungefährlichen Formen hervortreten. Wir können diese Wut identifizieren als Verteidigungshaltung einer Frau, die im Kern ihrer Persönlichkeit bedroht wird. Wie soll sie den Fetisch des Weiblichen angreifen, abgegrenzt von den Frauen, die für sie mit den gehaßten Chimären eins sind? Der letzte neutrale Boden, von dem aus sie eine angemessene Position zu sich und der Welt finden könnte, das Schreiben, die Mitteilung der Beobachtung ihres fremden Blickes auf die gesellschaftlichen Spiele, wird von innen zerrüttet. Niemand kann schreiben ohne das innere Gegenüber, die Imago derer, denen erzählt wird. Niemand spricht ins Nichts. Das aber ist die Situation Cornelias. Sie wird zum Nichts gemacht und daher vom Nichts eingeholt. Wem (in der äußeren Welt und welcher Instanz in sich selbst) sollte sie erzählen, was ihr widerfährt? Nur das Schreiben hätte sie retten und den psychischen Zerfall aufhalten können; aber die Angst erfaßt sie, Angst vor der Auflösung, vor einer tödlichen Strukturlosigkeit und Einsamkeit. Und so erzählt sie sich denn absurde Geschichten, mit denen sie ihren Roman zu Ende bringt – als hätte sie kein Ich. Ein isolierter Block ist der vorletzte Brief, eine geschlossene Erzählung, die Cornelia dem Thema widmet, wie die Frankfurter vornehme Welt mit Mann, Frau und Kind im Main ertrinkt – beinahe. Eine Hochzeitsgesellschaft ist es, bei der Cornelia die Paare auftreten läßt: Männer mit großen Worten und wenig Verstand, noch weniger Taten; Frauen, die fromme Sprüche rufen, umherirren und das Boot fast zum Kentern bringen. Und sie haben Kinder – an diese erinnern sich die Eltern allerdings erst, nachdem sie selbst das rettende Ufer erreicht haben. Cornelia ist mit den Kindern identifiziert. Die Vorstellung, wie sie ertrinken, versetzt sie in eine solche Erregung, daß sie die Szene mitten in der Beschreibung abbricht:

> [...] »Freitag, den 28. Juli 1769
>
> Die Frauen umarmten ihre Männer, sagten ihnen Adieu und riefen aus: ›Wir sterben! Ach, mein Gott, und was für ein Tod!‹ Die Sprache versagte ihnen und sie verloren das Bewußtsein. Plötzlich hörte man einen furchtbaren Krach, das Boot mit den Musikern war aufgelaufen. Alle stürzten auf einen Schlag auf die eine Seite des großen Schiffes. Der Steuermann schrie: ›Wir sind verloren, wenn wir das Gleichgewicht nicht halten können.‹ Der große Lärm des Sturms und des Regens, der an die Sintflut erinnerte, verhinderte, daß man ihn verstand und alles rannte auf die eine Seite. Das Boot drehte sich, neigte sich, das Wasser stürzte von allen Seiten herein, es war nicht mehr zu retten. Die Damen hoben die Augen zum Himmel und erwarteten das Ende, sie sahen sich von den Schrecken des Todes umgeben. Eine erhob sich und rief: ›Auf meine Damen, gehen wir früher unter und retten wir unsere Männer, folgen Sie meinem Beispiel.‹ Und bei diesen Worten stürzte sie sich in den Fluß. Ihr verzweifelter Ehemann ergriff sie bei den Kleidern, jedoch fehlte ihm die Kraft und er schrie um Hilfe, niemand konnte

ihm helfen, jeder Mann hatte genug damit zu tun, seine Frau zurückzuhalten, da alle es machen wollten, wie die erste. Als der Steuermann schließlich die Gefahr sah, machte er einen letzten Versuch, er warf sich ins Wasser, ergriff das Seil, schwamm zum Ufer und band es an die Weiden. Der gnädige Gott hatte also Mitleid mit seinen Kreaturen, die er nicht verlieren wollte, er ließ den Sturm enden und sie erreichten das Ufer. Man kann sich die Freude der ganzen Gesellschaft vorstellen, als sie dieses Wunders gewahr wurden und die Dankgebete, die dem Herrn gewidmet wurden. Nachdem sich die Damen ein wenig erholt hatten, schrien die Verheirateten plötzlich: ›Mein Gott, wir haben in unserer eigenen Not die Kinder vergessen, wo sind die Kinder?‹ Man fragt überall, aber sie sind nicht da. Man will es den Müttern verbergen, aber sie bemerken es, raufen sich die Haare, schreien: ›Ach unsere Kinder! Die Kinder!‹ und stürzen bewußtlos am Ufer nieder. Endlich kommen die Kinder an, naß bis auf die Knochen. Ihr kleines Schiff war zuerst voll Regenwasser gelaufen, das ganze Soupeé wurde mit dem Geschirr ins Wasser geworfen, um das Boot zu erleichtern, aber umsonst. Der Sturm warf sie ans Ufer, dort klammerten sich die Kinder an schwache Äste und schrien: ›Ach wir armen kleinen Unglücklichen, müssen wir so gnadenlos sterben.‹ – Ich kann nicht weiter schreiben, ich bin zu erregt; man kann sich den Rest ja auch vorstellen. Alle waren dann mit dem Trocknen ihrer Kleider beschäftigt und niemand dachte mehr an das Tanzen; sie kamen hier in einer sehr schlechten Verfassung an, einige hatten Fieber und eine Erkältung, die sie gewiß diesen unglücklichen Ausflug nicht so rasch wird vergessen lassen. – Für dieses Jahr muß man das schöne Wetter ausnützen; alle Tage Regen, alle Tage ein Sturm oder Wind; ist es bei Ihnen genauso? Ich habe von diesem Sommer überhaupt nichts gehabt und er ist schon fast vorüber. Ich bin froh darüber und erwarte den Winter mit Ungeduld; Sie wissen, daß ich diese Zeit viel mehr liebe, daß ich dafür meine eigenen Gründe habe. Aber weiter – Was wollte ich sagen? Das ein ander Mal –«

Es ist aufschlußreich, daß Cornelia die szenische Darstellung abbricht. Sie kann ihre Erregung nicht bändigen. Sie bricht ab vor der Rettung der Kinder. Ihrem Gefühl nach wäre die Katastrophe das richtige Ende. Soll sie als Autorin von ihrem Recht zur Fiktion Gebrauch machen? Soll sie die einen ertrinken und die anderen elendig zugrunde gehen lassen? Ist es nicht zum Fürchten – vor sich selbst?

Das, was normalerweise die Kulmination der Darstellung wäre, die Rettung oder der Untergang, fehlt bei Cornelia. Sie vermag nicht zu sagen, was sie *ihrer* Wahrheit gemäß sagen müßte: *wie* sie untergehen. Mit beschwörender Hektik versichert sie, daß alle mit dem Trocknen ihrer Kleider beschäftigt sind. Sie erträgt den Affekt nicht, sie distanziert sich.

Für Cornelia hat Selbstverteidigung und Grenzziehung die gleiche Bedeutung wie die mörderische Vernichtungswut. Der Wunsch zur Vernichtung wird später zu ihrer Selbstvernichtung führen. Nur die Intensität der Aggression macht verständlich, daß sie nur zwei Jahre brauchte, um ihrem Leben ein Ende zu bereiten. Ihr Tod ist ein Selbstmord – nach innen gewandte Aggression.

Zur formalen Dimension

Was erzählen? Und aus welcher Position erzählen? Beide Fragen stellt Cornelia im Eröffnungsbrief. Es sind entscheidende Fragen ihrer Identität als Schreibende.

Werfen wir einen Blick auf den Bruder. Auch er experimentiert. In Leipzig verfaßte er ein Schäferspiel *Die Laune des Verliebten*, das die Verarbeitung seiner Eifersucht auf Käthchen Schönkopf ist. Interessant ist, wie der Bruder, anders als Cornelia von Anfang an eine konstante Erzählposition einnimmt. Sein Text bleibt *in einem* Ton – und der ist durch die Form vorgegeben. Sein nächster Versuch, *Die Mitschuldigen*, entsteht zur gleichen Zeit wie Cornelias »geheimes Tagebuch«. *Die Mitschuldigen* ist vom Autobiographischen weiter entfernt. Das Thema ist das Mißtrauen. Alle Beteiligten halten sich wechselseitig für Diebe. Auch hier funktioniert die Form. Die Spielvorlage entspricht der Lessingschen Komödie. Das Stück ist zwar »verschattet«, das heißt der Konflikt bleibt zu schemenhaft, als daß die Komödie überzeugen könnte; sie läßt den Leser kalt, doch unverkennbar ist es eine Übung »im Ton«. Was auch immer an Persönlichem darin stecken mag, es ist niemals peinlich nahe. Doch die Synthese, die Vermittlung der Subjektivität des erlebenden Ich mit der Gestaltung, gelingt auch dem Bruder zu dieser Zeit noch nicht.

Cornelias Ausgangsposition ist von Anfang an eine andere. Das weibliche Erzählen, wo es das Eigene sucht, ist brüchig, denn es muß neue Synthesen entwickeln, ohne sich in Traditionen bewegen oder harmonisch einüben zu können. Wenn Cornelia Richardson zum Modell nimmt, ist sie gehalten, etwas zu erzählen, das ihrer Erfahrung entgegengesetzt ist – das Abbild dessen, was ihr auferlegt wird. Davon sind die Subtilität und der Reichtum der Richardsonschen Phantasien nicht abzulösen. In aller Beredsamkeit führte ihr der geliebte Autor vor, daß die schreibende Miss Byron eine Schönheit war, Gegenstand des männlichen Begehrens, Zentrum des Erlebens, ohne je etwas anderes zu wollen als Ordnung und Ruhe.

Cornelias Erzählen setzt mit einer ersten Abgrenzung von diesem Schema ein. Sie etabliert sich als eine Frau mit verlorener Liebe – und als die Häßliche. Was sie betreibt, ist ein Affront gegen die Beredsamkeit der von ihr hochgeschätzten Autoren. Sie erzählt vom nicht vorhandenen Paar und von der Frau ohne Anmut. Cornelia behauptet zwar nicht, daß das die einzige Position sei, aber jedenfalls ist es eine, die es wert ist, daß davon berichtet wird. Zu diesem Unternehmen gehört als Gegenpol die vollkommene Schönheit der Lisette und das märchenhafte Paar, die Unterwerfung des Mannes unter die Schönheit der Frauen. Die vollkommene Schönheit besitzt eine tiefe innere Verwandtschaft mit der vollkommenen Häßlichkeit. Beides schafft Unabhängigkeit. Für die eine ist es sinnlos, sich anzupassen, und die andere hat es nicht nötig. Es sind diese beiden Formen, die Cornelias innere Phantasie bestimmen, die von einem abgründigen Haß auf die normale Weiblichkeit geleitet wird. Diesen Haß umkreist sie.

Betrachten wir diese Konfliktsituation im Verhältnis zu den literarischen Erzählschemata und zu den Formen, in denen erzählt wird, so verwundert es nicht, daß Cornelias Schreibweise von Anfang an durch systematische Brüche gekennzeichnet ist. Erzählperspektiven stehen unvereinbar nebeneinander. Miss Byron liegt im Streit mit der bissigen Cornelia G., die nicht umhin kann festzustellen, daß »Fräulein Baumann als Pyramide frisiert war oder anders ausgedrückt à la rhinozeros«. Cornelias rasende Wut kann nicht zum Verstummen gebracht werden. Die Wut bricht auch dort durch, wo eigentlich idealisierend erzählt werden sollte: bei Fräulein Lisette. Hatte Cornelia sich nicht entschlossen, Lisette zur idealen Figur zu erheben? Aber sie vergißt sich im Schreiben, und so steht statt dessen die wirkliche Lisette vor uns – und die hassende kleine Cornelia. »Ich muß Ihnen jetzt etwas von der kleinen Runckel erzählen. Stellen Sie sich vor, meine Liebe, seit einiger Zeit hat sie einen Verehrer, einen sehr reichen Kaufmann von hier, der fast fünfzig Jahre alt ist und seit einigen Jahren Witwer. Sie glaubt, daß er sie heiratet und auf Grund dieser Vorstellung ist sie so eingebildet geworden, daß es nicht auszuhalten ist. Können Sie sich das vorstellen? Bei diesem armen kleinen Mädchen, das nach dem Tod seines Vaters kaum genug zum Leben hatte?«

Der Kontrast ist augenfällig, denn die Szene wird so fortgesetzt: »[...] Diesmal trug Fräulein Lisette Schwarz, ein Kleid mit einer Schleppe, eine Art Domino mit fleischfarbenen Bändern besetzt. Den Kopf schmückte ein kleiner Hut aus weißen Federn.«[31] Und noch einmal gibt es den Umschlag in der Beschreibung einer Szene, bei der Cornelia in Wirklichkeit gar nicht beteiligt gewesen war:

> »Mlle Lisette war vom Ausdruck, von der Miene des Prinzen entzückt und noch mehr von seiner Schönheit. Sie sah die Wirkung, die ihre Reize auf sein Herz hatten und in einer wechselseitigen Übereinstimmung empfand auch sie eine zärtliche Freundschaft für ihn, die allein der Tod enden kann. Der Landgraf erkannte die Verwirrung der beiden jungen Leute und schickte einen anderen Prinzen. Aber dann bemerkte der erste seinen Fehler, ergriff rasch die Dame bei der Hand und befahl den Musikern ein Menuett. Die Zuschauer waren hingerissen, niemand außer ihnen tanzte. Man bildete zwei Reihen und jeder schien den Atem anzuhalten, um sie nicht zu stören. Zwischendurch hörte man ganz leise: Sie tanzt wie ein Engel; einer rief aus: Welche Grazie; ein anderer: Was für eine bezaubernde Haltung; ein dritter ließ sich vernehmen, daß er noch niemals eine so vollendete Schönheit gesehen habe. Schließlich war das Menuett vorüber und die Prinzen und Prinzessinen umringten sie, um sie nach Wunsch betrachten zu können und ihr zu versichern, daß sie die lieblichste Maske des ganzen Balls sei. Die Erbprinzessin kam herbei und nahm sie bei den Händen. Mit einem liebenswürdigen Lächeln sagte sie: Mademoiselle, vous êtes bien aimable. Das arme Mädchen war viel zu bestürzt, um anders als durch eine Verneigung zu antworten.«[32]

Und dann der Bruch:

> »Außerdem hätte ihr bißchen Französisch nicht gereicht, um mit einer Dame dieses Rangs zu sprechen.«[33]

Die Diskrepanz ist unverkennbar – die idealisierend phantastische Darstellung der Lisette (der Ball, an dem Cornelia nicht teilnahm, den sie aus der Phantasie gestaltet) und Cornelias Wut. Es fällt auf, daß Cornelia die Figuren nicht durchzeichnet. Erinnern wir uns an das Rankenwerk der unzähligen Personen bei Richardson, die alle als Abspaltungen vom Ideal begriffen werden können, als personifizierte Abspaltungen. Cornelia dagegen verweigert sich dieser Aufgliederung. Sie personifiziert die Elemente nicht. Ihre Figuren erscheinen vielmehr in inkonsistenten Perspektiven. Sie kann sich aber auch nicht entscheiden, dem Haß eine positive Gestalt zu geben. Dieses Motiv ist nicht integrierbar, obgleich offenkundig so stark, daß es nicht unterdrückt werden kann.

Cornelias Versuch, einen Ausdruck für ihre Erfahrung zu finden, ist gescheitert. Weibliche Einsprüche in die Ausbildung eines von Männerbedürfnissen bestimmten Frauenbildes erfolgten auch bei anderen Frauen ihrer Generation nicht. Insofern ist Cornelia exemplarisch. Frauen schrieben konventionell in den Bahnen, die Männerphantasien ihnen vorzeichneten. Das Bild der Geliebten schien der Frau eine Bedeutung zu verleihen, die sie in der Vergangenheit nie besessen hatte. Cornelia versuchte, in diesem Schema ihr Leben zu interpretieren. Sie scheiterte in aufschlußreicher Weise. Für ihr abweichendes Wesen gab es keine Muster, in denen sie sich hätte wiedererkennen, in denen sie sich hätte »lieben« können. Für sie gab es keinen Spiegel, der ihr ein schönes Bild zurückgeworfen hätte. Ihr Spiegel war der böse fremde Blick, in dem sie zum Nichts wurde.

Im Frühjahr 1774 – einige Monate nach Cornelias Eheschließung – schrieb Johann Wolfgang *seine* Version des Geschlechterverhältnisses: *Die Leiden des jungen Werther.* Kurt Eissler hat überzeugend belegt, daß die Liebe zu Lotte Buff, auf die der Roman die Zeitgenossen hinwies – durch die Namen und die Bezeichnung des Ortes – die in Wahrheit dargestellte Beziehungsfigur verdeckt: die Bindung des Dichters an die Schwester Cornelia. Wieder geht es um ein Verhältnis, das in Wirklichkeit ein Abbild des Inzestthemas ist.[34] Es ist vielen Interpreten aufgefallen, daß Werther niemals versucht, Lotte, die mit dem Rivalen Kestner nur verlobt ist, als die Leidenschaft beginnt, für sich zu erobern. Es gibt keinen Gedanken Werthers daran. Schicksalhaft gehört Lotte einem anderen, kann er sie nicht für sich wollen. Die Verlobung wäre ein zu schwaches Band, um ein solches Tabu zu begründen. Dahinter verbirgt sich, so Eissler, die Wahrheit: das Inzesttabu. Lotte ist Schwester/Mutter, unbewußt. Dieser Roman war der größte literarische Erfolg Goethes. Offensichtlich war also sein »privates Problem« eines, in dem kollektive Tendenzen gestaltet wurden. Betrachten wir den Roman genauer, so entdecken wir, daß Eisslers Konzpt ergänzungsbedürftig ist. Denn was teilte Lotte mit Cornelia außer den tiefschwarzen Augen der Werther-Lotte? Inhaltlich wird in Lotte das neue Weiblichkeitsideal formuliert, nicht Cornelias Wesen. Insofern ist der Roman für Cornelia eher ein weiteres Urteil: Wer geliebt wird wie Werthers Lotte, ist das Gegenstück zu Cornelia: hausmütterlich, heiter und selbstsicher. Die Art der Beziehung, das inzestuöse Moment, mag auf Cornelia verweisen, doch die dargestellten Inhalte sind ihr entgegengesetzt: Lotte ist, als der Held sie das erste Mal erblickt, halb Mutter, halb Schwester, umgeben von sechs

Kindern, beschäftigt mit der Zuteilung von Brot. Das Brot hat zugleich magisch-symbolische Bedeutung: Lotte ist die, welche die ursprünglichen Bedürfnisse der Natur befriedigt. Es ist eine Handlung, die ebensosehr Ausdruck liebevoller Zuwendung wie die Erfüllung einer Notwendigkeit ist, die zugleich die Fähigkeit zu zwangloser Ordnung bedeutet. Werther begegnet Lotte zum ersten Mal:

> »Ich ging durch den Hof nach dem wohlgebauten Hause, und da ich die vorliegenden Treppen hinaufgestiegen war und in die Tür trat, fiel mir das reizendste Schauspiel in die Augen, das ich je gesehen habe. In dem Vorsaale wimmelten sechs Kinder, von eilf zu zwei Jahren, um ein Mädchen von schöner Gestalt, mittlerer Größe, die ein simples weißes Kleid, mit blaßroten Schleifen an Arm und Brust, anhatte. Sie hielt ein schwarzes Brot und schnitt ihren Kleinen ringsherum jedem sein Stück nach Proportion ihres Alters und Appetits ab, gabs jedem mit solcher Freundlichkeit, und jedes rufte so ungekünstelt sein: Danke! indem es mit den kleinen Händchen lange in die Höhe gereicht hatte, ehe es noch abgeschnitten war, und nun mit seinem Abendbrote vergnügt entweder wegsprang, oder nach seinem stillern Charakter gelassen davonging nach dem Hoftore zu, um die Fremden und die Kutsche zu sehen, darinnen ihre Lotte wegfahren sollte.«[35]

Der Darstellung einer weiteren Mutter-Szene (»indem sie den ältesten einen halben Weck gab, nahm sie das Kleine auf und küßte es«, Brief vom 27. Mai) hat der Autor einen Kommentar Werthers hinzugefügt, dessen arroganter Klang die zugrunde liegende Traurigkeit nur mühsam überspielt:

> »Ich sage dir, mein Schatz, wenn meine Sinnen gar nicht mehr halten wollen, so lindert all den Tumult der Anblick eines solchen Geschöpfs, das in glücklicher Gelassenheit den engen Kreis seines Daseins hingeht, von einem Tage zum andern sich durchhilft, die Blätter abfallen sieht und nichts dabei denkt, als daß der Winter kommt.«

In diesem Kommentar deuten sich Konturen der Polarität des Weiblichen und Männlichen an. Es stehen »der enge Kreis des Daseins«, die zyklische Zeit, die ewige Wiederkehr des Gebens und Nehmens, des sinnlichen Bedürfnisses und seiner Forderungen, die selbstverständlich gelebt werden (»in glücklicher Gelassenheit«) gegen den verzweifelten Versuch, sich seine Ordnung durch Bewußtsein, durch Denken zu geben, was Werther kennzeichnet (das Vergehende im Kopf festhalten, die Erfahrung der Welt abbilden, die Welt in sich erzeugen,

»ich denke, also bin ich«). Die Frau entnimmt der Natur, was sie braucht, um zu geben, um den Hunger der Bedürfnisse zu stillen. Sie ist mit der Welt im Bunde – praktisch. Was aber denkt Werther, wenn er »die Blätter abfallen sieht«? Die Frage bleibt offen, aber sie ist aus dem Kontext zu beantworten: Die fallenden Blätter sind ihm Symbol für das Vergehen, für den Verlust alles Individuellen, das im Wechsel der Zeit nicht bleiben kann, für die unerträgliche Vergänglichkeit des Ich, das bedeutungslos und vergessen zerfällt wie die Blätter.
Die Frau wird als die »ganz andere« entworfen. Sie gehört in eine andere Kultur. Lotte ist ein Element einer Welt, zu welcher der Held von Anbeginn der Erzählung hinüberblickt. Erinnern wir uns an Cornelia, so könnte die Diskrepanz nicht größer sein. Sie will ja nicht »die andere sein«, sondern eine gleiche. Sie repräsentiert keine naturschöne Harmonie, sondern Konflikt, Revolte und Hemmung.
Was Cornelia verwandt war, taucht im *Werther* als abstoßend auf, als Zerrbild der »gelehrten Frauen«. Das ist die Frau, die die Nußbäume abhacken läßt, die aggressiv mit der Welt zerfallen ist und die keine Kinder mag:

> »Man möchte rasend werden, Wilhelm, daß es Menschen geben soll ohne Sinn und Gefühl an dem Wenigen, was auf Erden noch einen Wert hat. Du kennst die Nußbäume ... Abgehauen! Ich möchte toll werden, ich könnte den Hund ermorden, der den ersten Hieb dran tat ... was für eine Wunde sie ihrem Orte gegeben hat. Denn sie ist es, die Frau des neuen Pfarrers (unser alter ist auch gestorben), ein hageres, kränkliches Geschöpf, das sehr Ursache hat, an der Welt keinen Anteil zu nehmen, denn niemand nimmt Anteil an ihr. Eine Närrin, die sich abgibt, gelehrt zu sein, sich in die Untersuchung des Kanons meliert, gar viel an der neumodischen moralisch-kritischen Reformation des Christentums arbeitet und über Lavaters Schwärmerei die Achsel zuckt, eine ganz zerrüttete Gesundheit hat und deswegen auf Gottes Erdboden keine Freude hat. So einer Kreatur war es auch allein möglich, meine Nußbäume abzuhauen. Siehst du, ich komme nicht zu mir! Stelle dir vor, die abfallenden Blätter machen ihr den Hof unrein und dumpfig, die Bäume nehmen ihr das Tageslicht, und wenn die Nüsse reif sind, so werfen die Knaben mit Steinen danach, und das fällt ihr auf die Nerven, das stört sie in ihren tiefen Überlegungen, wenn sie Kennikot, Semler und Michaelis gegen einander abwiegt.« (Brief Werthers vom 15. September)

Häßlich und innerlich tot – eine solche Frau wird niemals Macht gewinnen wie Lotte. Die »Nußbaum-Abhackerin« ist in der Männerphantasie schon vernichtet. Ganz anders jene geliebte Weiblichkeit – Lotte –, hier werden die Idealisierung und die Phantasie von der weiblichen Macht immer weiter getrieben.

Lottes Ausdruck sind Musik und Tanz – das Zusammenspiel mit anderen, das Abbild der zwanglosen Ordnung, die drei Elemente enthält: die sinnliche Ergriffenheit, die sie tanzen macht, ohne zu denken; das Paar in der Übereinstimmung und Harmonie, das zugleich Paar und Teil der allgemeinen Ordnung ist; die Gruppe der Tanzenden, die notwendig ist, damit sich die Individualität in ihrer Einzigartigkeit betrachten kann. Der Tanz ist das höchste Bild der utopischen Ordnung, die alle diese Elemente in sich schließt, ohne sie zu fixieren: die Einzelheit: den Körper, die Lust; das Paar und die Gesellschaft.

Was tut Werther im Zauberberg der Venus? Er begleitet sie. Er ist immer dabei.

> »Am 26. Julius.
>
> Ja, liebe Lotte, ich will alles besorgen und bestellen; geben Sie mir nur mehr Aufträge, nur recht oft. Um eins bitte ich Sie: keinen Sand mehr auf die Zettelchen, die Sie mir schreiben. Heute führte ich es schnell nach der Lippe, und die Zähne knisterten mir.
>
> Am 26. Julius.
>
> Ich habe mir schon manchmal vorgenommen, sie nicht so oft zu sehen. Ja wer das halten könnte! Alle Tage unterlieg ich der Versuchung und verspreche mir heilig: morgen willst du einmal wegbleiben, und wenn der Morgen kommt, finde ich doch wieder eine unwiderstehliche Ursache, und ehe ich michs versehe, bin ich bei ihr. Entweder sie hat es Abends gesagt: Sie kommen doch morgen? – Wer könnte da wegbleiben? Oder sie gibt mir einen Auftrag, und ich finde schicklich, ihr selbst die Antwort zu bringen; oder der Tag ist gar zu schön, ich gehe nach Wahlheim, und wenn ich nun da bin, ists noch eine halbe Stunde zu ihr! – Ich bin zu nah in der Atmosphäre – Zuck! so bin ich dort.«

Ein zentrales Thema im *Werther* ist die Macht der Frau. Aber wie diese konstruiert wird, ist nur zu begreifen durch die gleichzeitige Konstruktion des Gegenpols: die Männlichkeit. Was auf der männlichen Seite entbehrt wird: die in sich sinnhafte und gleichzeitig sinnliche Tätigkeit, das wird den Frauen zugeschrieben. Werthers Leidenschaft zu Lotte ist die höchste individuelle Ausprägung seiner allgemeinen Lust an der Weiblichkeit.

Betrachten wir die Darstellung der Lotte im ersten Buch als das Sehnsuchtsbild der Weiblichkeit und betrachten wir die Beziehungen, die diese bestimmen: Es ist das Verhältnis zur Befriedigung von Bedürfnissen (Geben und Nehmen). Es ist das intuitive Verhältnis zum Wissen. Es ist das Verhältnis zur eigenen Lust im Zusammenhang der allgemeinen Ordnung – der Tanz (bei sich sein und die vollendete Form des Zusammenspiels mit anderen zugleich). Es ist das Verhältnis zu Krankheit und Tod: Lotte erfreut die Alten, sie pflegt und tröstet die Kranken.

Und die Männer-Welt? In der Figur Werthers wird gezeigt, daß das Leiden des bürgerlichen aufgeklärten Mannes an den Widersprüchen und Gegensätzen

- von Empfindung und gesellschaftlicher Ordnung
- von Selbstbestimmung und naturhaft bestimmter Daseinsweise
- von bürgerlichem Leben (Ökonomie) und der Idee der Freiheit (die Utopien, die großen Traditionen)

nicht zu überwinden ist. Von der Lebenspraxis der Männer ist (vgl. *Emilia Galotti*) keine Hilfe zu erwarten. Sie gliedern sich in gutartige Alte, die traurig die Gesetze des Bestehenden vollziehen (so Lottes Vater, der Amtmann); bornierte Berufsmenschen, deren Wissen technisch und kalt ist (so der Ehemann Albert und der reisende Wissenschaftler); selbst die Besten sind nicht handlungsfähig (so der Graf von C. und der Adressat der Briefe: Wilhelm), ihnen fehlt die Kraft der Spontaneität.

Mit der Weiblichkeit assoziiert ist das Bild einer anderen Produktionsweise. Zugleich wird den Frauen die Kraft der Reflexion abgesprochen. Diese Unbewußtheit wird im Fortgang der Geschichte zum Ideal verklärt – geradezu zum Fetisch –; andererseits wird sie zum Vorwurf: wer unbewußt ist, wird schuldig, kann sich und anderen nicht helfen. Der Widerspruch taucht auf, wird aber zugedeckt. Dennoch ist die Mitteilung eindeutig. Das weibliche Ideal ist kindhafte Unschuld. die Ambivalenz gegenüber dem Weiblichen wird durch Idealisierung kaschiert.

Im Fortschreiten der Erzählung verändern sich die Konnotationen des Weiblichen: Frauen machen Männer wahnsinnig. Lotte hat schon den Sekretär in den Wahnsinn getrieben, und Werther geht ebenfalls an der Leidenschaft, die sie erweckt, zugrunde (Brief vom 30. November 1772, vom 1. Dezember, vom 6. Dezember); auch die weibliche Parallelfigur, die Handwerkersfrau, macht den liebenden Knecht zum Mörder (der Herausgeber am 6. Dezember). Die innere Geschlossenheit des weiblichen Lebens scheint zunehmend als naturhafte Unberührbarkeit. Ihr Bild ist der Magnetberg (Brief vom 26. Juli 1771), und der Untergang gehört dazu.

»Ich bin zu nah in der Atmosphäre – Zuck! so bin ich dort. Meine Großmutter hatte ein Märchen vom Magnetenberg: die Schiffe, die zu nahe kamen, wurden auf einmal alles Eisenwerks beraubt, die Nägel flogen dem Berge zu, und die armen Elenden scheiterten zwischen den übereinanderstürzenden Brettern.«

Es folgt schließlich die Entzauberung, ja Entwertung des Weiblichen: Die Frau ist unfähig zur Verantwortung. So genügt die Intervention des Ehemanns, der sie an den Vertrag von Herkommen und Sitte erinnert, daß Lotte den unglücklichen Werther verbannt. Sie besitzt die Macht der Verführung; ihr fehlt aber jede Kraft, eigene Normen zu setzen. So will es das männliche Bild. Der Preis ist genannt: Der leidenschaftliche Mann muß an der erotischen Macht der Frau scheitern, die mit ihm keine Gemeinsamkeit herstellen kann. Daß sie sich dem Bestehenden stumm beugt, macht sie unheroisch, klein, zur Verräterin und – paradoxerweise – liebenswert. Lotte schickt Werther auf sein Verlangen die Pistolen, mit denen er sich töten wird. Sie scheut sich, ihren Ehemann zu erzürnen (Auszug aus dem Bericht des Herausgebers vom 20. Dezember):

»Die Erscheinung von Werthers Knaben setzte sie in die größte Verlegenheit; er überreichte Alberten das Zettelchen, der sich gelassen nach seiner Frau wendete und sagte: Gib ihm die Pistolen. – Ich lasse ihm glückliche Reise wünschen, sagte er zum Jungen. – Das fiel auf sie wie ein Donnerschlag, sie schwankte aufzustehen, sie wußte nicht, wie ihr geschah. Langsam ging sie nach der Wand, zitternd nahm sie das Gewehr herunter, putzte den Staub ab und zauderte und hätte noch lange gezögert, wenn nicht Albert durch einen fragenden Blick sie gedrängt hätte. Sie gab das unglückliche Werkzeug dem Knaben, ohne ein Wort vorbringen zu können, und als der zum Hause hinaus war, machte sie ihre Arbeit zusammen, ging in ihr Zimmer, in dem Zustande der unaussprechlichsten Ungewißheit. Ihr Herz weissagte ihr alle Schrecknisse. Bald war sie im Begriffe, sich zu den Füßen ihres Mannes zu werfen, ihm alles zu entdecken, die Geschichte des gestrigen Abends, ihre Schuld und ihre Ahnungen. Dann sah sie wieder keinen Ausgang des Unternehmens, am wenigsten konnte sie hoffen, ihren Mann zu einem Gange nach Werthern zu bereden. Der Tisch ward gedeckt, und eine gute Freundin, die nur etwas zu fragen kam, gleich gehen wollte – und blieb, machte die Unterhaltung bei Tische erträglich, man zwang sich, man redete, man erzählte, man vergaß sich.

Der Knabe kam mit den Pistolen zu Werthern, der sie ihm mit Entzücken abnahm, als er hörte, Lotte habe sie ihm gegeben. Er

ließ sich Brot und Wein bringen, hieß den Knaben zu Tische gehen und setzte sich nieder, zu schreiben:
Sie sind durch deine Hände gegangen, du hast den Staub davon geputzt, ich küsse sie tausendmal, du hast sie berührt: und du, Geist des Himmels, begünstigst meinen Entschluß! und du, Lotte, reichst mir das Werkzeug, du von deren Händen ich den Tod zu empfangen wünschte und ach! nun empfange.«

Aufschlußreich ist, daß der Text Lotte für ihre Untat – den Freund in höchster Gefahr im Stich zu lassen, ihn dem Tod auszuliefern – vollständig entschuldigt. Das Unverzeihliche erscheint wie selbstverständlich. Der Autor will es so. Der Frau gesteht er den Verrat aus Angst vor dem Konflikt mit den Normen (personifiziert im Ehemann) zu. (Die Szene wird so eingeleitet: »die liebe Frau hatte die letzte Nacht wenig geschlafen...«) Zugleich gibt es die leise Hoffnung, sie möchte sprechen, sich bekennen, eine Person werden, eine Haltung formulieren. Jedoch bleibt diese Hoffnung untergründig. Sie wird nicht als ein Sollen formuliert. Warum nicht? Hier scheint dieselbe Leerstelle auf wie in der *Emilia Galotti.* Was wären die Forderungen, der Entwurf der Frau? Die Richtung deutet der Text an: eine andere Praxis im Umgang mit Natur und Menschen; ein Wissen, das dem Verstehen näher steht als dem Erklären; eine Moral, in der die Ordnung nicht zum lebensfeindlichen und tödlichen Gegner der sinnlichen Erfahrung und Empfindung werden muß.
Das kann freilich nicht gedacht werden, ohne die gesamte moralische Organisation in Zweifel zu ziehen. Daran hindert die Angst: die Realangst des Bürgers vor dem Ordnungsverlust und die Angst des Mannes vor der Frau. Da ist die Furcht vor dem, was sie den Frauen zugeschoben haben: Recht und Macht der Sinne. Rousseau hat diese Phantasie in ein klares Bild gefaßt, in aller Offenheit: »Wenn es bei der Leichtigkeit mit der Frauen die Sinne der Männer erregen und fast erloschene Liebe wiedererwecken ein unglückliches Land gäbe, wo solche Sitten herrschten [die Freiheit der Frau, U. P.] besonders in den heißen Ländern, in denen mehr Frauen als Männer geboren werden, so würden die Männer von den Frauen tyrannisiert und schließlich ihre Opfer werden. Sie sähen sich dem Tode überliefert, ohne sich jemals verteidigen zu können.«[36]
Da ist auch die Furcht vor der imaginären Übermacht der Frau als der insgeheim Herrschenden und Wissenden, die Angst, ihr Objekt zu sein. Strindberg brachte das am Ende der Epoche auf die anschauliche Formel: »Sie posiert als Götzenbild und betrachtet mich bei der Anbetung.« Auf diese Furcht gibt es zahllose Hinweise. Die verführeri-

sche Macht der Frau ist assoziiert mit dem Bild der »Großen Mutter«, vor der der Mann wieder zum Kind wird, dessen Glück, Sinn, Interesse sich auf nichts anderes richtet als auf ihr Lächeln. In ihrer Anbetung Zeit und Welt zu vergessen, ist es nicht allein, sondern da gibt es auch die panische Angst, daß sie ihn leicht durch einen anderen ersetzen kann, daß sie in Wirklichkeit gleichgültig, ausbeutend oder feindlich ist, daß sie ihn täuscht und überlegen auf ihn herabsieht, daß er lächerlich ist und sie ihn jeden Augenblick beschämen könnte. Seine Selbstgewißheit, den Kern seiner Identität, könnte sie als Einbildung entlarven. Diese Ängste führen zu wahrlich ritualhaften Definitionen des Weiblichen als Unschuld, um das Bild der Frau von der Verbindung mit den Vorstellungen einer mörderischen Sinnlichkeit und einer gnadenlosen Herrschaft frei zu halten. Zugleich gestattet man sich die Rache durch Verachtung. Als Beispiel noch einmal Rousseau: »Der Instinkt treibt sie und der Instinkt hält sie zurück. Womit sollten die Frauen diesen negativen Instinkt ersetzen, wenn man ihnen das Schamgefühl nähme? Warten, bis sie sich nichts mehr aus Männern machen, hieße warten, bis sie zu nichts mehr nütze sind. Gott wollte das Menschengeschlecht in allen Dingen ehren: gab er dem Mann Neigungen ohne Maß, gibt er ihm zur gleichen Zeit das Gesetz, das sie zügelt, damit er frei sei und sich beherrsche! Lieferte er ihn maßlosen Leidenschaften aus, so verbindet er sie mit der Vernunft, um sie zu beherrschen. Lieferte er die Frau unbegrenzten Begierden aus, so verbindet er sie mit der Scham, um sie in Schranken zu halten.«[37]

Das heißt, der Mann bestimmt sich in Freiheit – mit Willen und Bewußtsein. Ihm gehört das Gesetz. Den Frauen bleibt das Schamgefühl, das heißt die bewußtlose Selbstverurteilung, die Selbstdistanzierung ohne Fähigkeit zu Reflexion und Selbstbestimmung. Sie stehen den Tieren nahe (die Scham ist eine von der Kultur zu stützende instinktive Reaktion. Ihr Vorbild ist die Flucht des weiblichen Tieres vor der Begattung).

Der frühe Goethe ist radikaler als Rousseau. Bei ihm deutet sich der Verlust und die Hoffnung an – und eine bittere Skepsis gegenüber der patriarchalischen Ordnung. Deshalb gerät bei ihm das weibliche Idol in eine tiefe Widersprüchlichkeit. Es besteht also in den *Leiden des jungen Werther* das Paradox nicht nur darin, daß die leidenschaftliche Liebe der verbotenen Frau gilt – dem Vorbild aller intimen Beziehungen, letztlich der Figur der Mutter (die Schwester ist schon ein erster Kompromiß). Das Paradox besteht darin, daß die Frau als »die Andere« entworfen wird, die anderen Gesetzen folgt als der Mann; zugleich ist sie strukturell eine Unterworfene: Lotte ist gehorsam. Das Paradox lautet. *Sie wird geliebt, weil sie so unwürdig ist*. Die Liebe gilt

einem Geschöpf, das zweideutig ist: unterwürfig/verräterisch, mit Zügen, wie sie eine Freundschaft unter Männern niemals dulden würde.
Werther kehrt zurück, um an Lotte zugrunde zu gehen. Es muß vollendet werden. Das Muster ist Christus am Ölberg. Lotte ist Teil eines Systems, das Werther mit allen Signalen mitteilt, daß für seinesgleichen kein Platz ist. Er ist auf der Verliererseite. Aber sein Tod ist Triumph. Der Erzähler ist in seinen Leiden mit den höchsten Werten der Kultur identifiziert. Der Erzähler ist Christus, der unschuldig Leidende. Und die Welt hat unrecht. Werther triumphiert im Tode zweifach – er ist Christus und er ist der Erlöser, der die Freiheit in eigener Tat verwirklicht. Goethe übernahm vom Bericht über Jerusalems Freitod die eine Stelle: »Emilia Galotti lag auf dem Pulte aufgeschlagen.« Das liegt auf der Linie der Freiheits-, der Selbstbestimmungsthematik, die die *Leiden des jungen Werther* durchzieht. Werther verwirklicht sich in der Tat – und er selbst ist der Täter, anders als Emilia, deren Selbstbefreiung nur über einen stellvertretenden Täter (den Vater Odoardo, Selbstmord/Mord) erfolgen darf[38], anders auch als das »Mädchen, das man vor weniger Zeit im Wasser tot gefunden« und deren Tod das Naturelement ist, dem sie sich hingab und von dem sie umfangen wurde. Werther tötet sich selbst, und das macht, wie Eissler nachweist, den entscheidenden Unterschied aus: »Derjenige, der nicht den Dolch selbst zu führen die Kraft hat (statt sich ins Schwert zu stürzen), verdient nicht die Freiheit. »Es gilt, daß derjenige, der nicht Hand an sich selbst legen kann, ›sich nicht erlauben dürfe, freiwillig aus der Welt zu gehen‹ (*Dichtung und Wahrheit*, 13. Buch). Werther bleibt auch als Opfer ein Täter, im Tod siegreich. Bei Werther nimmt selbst die Versuchung, die Qualen duch den Sturz in die Fluten des Hochwassers zu enden, die Wendung gegen die Passivität der Auflösung, die mit dem Wasser assoziiert ist. ›Oh Wilhelm, wie gern hätte ich mein Menschsein drum gegeben, mit jenem Sturmwinde die Wolken zu zerreißen, die Fluten zu fassen! Ha! Und wird nicht vielleicht dem Eingekerkerten einmal diese Wonne zuteil?‹«[39]
Daß der *Werther* als »Passion«[40] reichlich besetzt ist mit Anspielungen insbesondere auf das Johannesevangelium, ist häufig betont worden, die Gleichsetzung Werthers mit Christus ist leicht ablesbar.

> »[...], unterm 30. November, ruft Werther aus: ›Vater! den ich nicht kenne! Vater, der sonst meine Seele ganz füllte und nun sein Angesicht von mir gewendet hat! rufe mich zu dir! schweige nicht länger! dein Schweigen wird diese dürstende Seele nicht aufhalten‹.

– Zum letzten Abendmahl läßt sich Werther Brot und Wein bringen. Die letzten Aufzeichnungen des zum Sterben Bereiten enthalten den Satz: ›Hier, Lotte! Ich schaudere nicht, den kalten schrecklichen Kelch zu fassen, aus dem ich den Taumel des Todes trinken soll! Du reichtest mir ihn und ich zage nicht‹.
Unmittelbar vorher schreibt Werther an den ihm nächststehenden Freund: ›Lebe wohl auch Du! Liebe Mutter, verzeiht mir! Tröste sie, Wilhelm!‹
Werther stirbt am dreiundzwanzigsten Dezember, zwei Tage vor dem großen Fest, am Tage vor dem Vorabend.
Und er wird am selbigen Abend begraben.«[41]

Werthers hagiographische Überhöhung ist offensichtlich. Sein Tod ist in Wahrheit Auferstehung – er besiegt eben dadurch die anderen: »wir werden sein! Wir werden uns wiedersehen! Deine Mutter sehen! [...] Dein Ebenbild«, womit Lottes Bekenntnis vom Anfang der Bekanntschaft aufgenommen wird: »Wir werden sein, [...] o die Gestalt meiner Mutter schwebt immer um mich, wenn ich am stillen Abend unter ihren Kindern, unter meinen Kindern sitze [...] und wünsche, daß sie hereinschauen könnte einen Augenblick, wie ich mein Wort halte, das ich ihr in der Stunde des Todes gab.«[42]
Der Autor hat Werther die Würde des Selbstmords und Lotte die verantwortungslose Beschränktheit vorbehalten. Lotte wird herabgesetzt zum »zweiten Geschlecht«, zwar mächtig, aber ohne Heroismus und ohne Bewußtsein. Sie war die Edelste – und doch nicht mehr als das; neben ihr stehen die pragmatische Fräulein B., die geschickt manipulierende Mutter und die »Nußbaum-Abhackerin«. Gegen alle außer gegen Lotte wendet sich die offene Verachtung.
Werther, so empfanden es die Leser auch, ist nur scheinbar verrückt. Er will das Ganze: *Empfindung und Gesetz*, das, was der Text zugleich als das Unvereinbare vorstellt. Durch seinen Tod siegt Werther und er wird auferstehen: das Christus-Motiv. Das Buch schließt mit der Verzweiflung aller Beteiligten und dem Triumph Werthers über sie – die Mutter, Lotte am Rande des Grabes, Albert hinter dem Sarg, der reuevolle Amtmann. Das ist die gesellschaftliche Ordnung, die damit konfrontiert wird, daß das edelste Mitglied sich verweigert hat.
Ist Werthers Tod Sieg oder Niederlage? Die Antwort ist eindeutig: ein Sieg, weil er das Gesetz des Handelns zurückgewonnen hat. Im Tod ist er der Außerordentliche geworden, sein Tod war der Beweis, daß er einzigartig war.
Im *Werther* erscheint als zentrales Thema die Geschlechterbeziehung

und die prekäre Rolle des Erzählenden: der nicht angenommene Liebhaber. Aber ein entscheidender Unterschied zu Cornelias Konzeption des Romans von der Häßlichen und der Leidenschaft liegt im Verhältnis von Selbst-Anerkennung, Selbstwert, Selbsterlebnis und Anerkennung durch die Anderen – und im Mechanismus der Aggression. Werthers Selbstmord mag eine zweifelhafte Sache sein, wenn man den Text genau anschaut, doch ist die Lesewirkung eindeutig parteiisch für den Aufruhr. Aufruhr, Klage, das ist der Impetus, aus dem heraus erzählt wird. Es ist unverkennbar, daß der Erzähler in der Geschichte seinen Helden verteidigt; er bildet die Welt Werthers stimmig ab, und zwar so, daß es die Leser anrührt. Und noch ein weiterer Umstand unterscheidet die männliche Selbstdarstellung von der weiblichen. Während Johann Wolfgang *im Text* bei seiner Figur bleibt, setzte sich der Autor von Anfang an *im Leben* durchaus gegen die Identifikation seiner Person mit Werther zur Wehr. So wie im Kreis der Empfindsamen die empfindsamen Spiele ihren Ort hatten und eigentümlich Umgangs- und Erlebnisweisen der Männer, vor allem kämpferische und obszöne, andernorts ihren Platz fanden, so vermochte sich der Autor des *Werther* kritisch-distanzierend zu seinem Produkt und den dort vorgestellten Imagines zu verhalten. Da heißt es 1775, auf dem Höhepunkt des Werther-Fiebers, in *Hanswursts Hochzeit oder der Lauf der Welt/ein mikrokosmisches Drama*:

»Mir ist das liebe Wertherische Blut
Immer zu einem Probirhengst gut
Den lass ich mit meinem Weib spazieren
Vor ihren Augen sich abbranliren

Und hinten drein komm ich bey Nacht
Und vögle sie dass alles kracht
Sie schwaumelt oben in höhern Sphären
Lässt sich unten mit Marcks der Erde nähren
Das giebt Jungs Leibseelig brav
Allein macht ich wohl ein Schweinisch Schaf.«[43]

Dieser Abgrenzung ließen sich bei Goethe zahlreiche andere hinzufügen. Von den Frauen wurde, wie die Erfahrung von Sophie von LaRoche bezeugt, die Identifizierung von Schreibfigur und Lebensführung bzw. alltäglicher Selbstdarstellung erwartet, ja verlangt.[44] Auffallend in Cornelias Text ist das geradezu ängstliche Vermeiden klar konturierter Figuren, die eine konsistente Haltung verkörpern.

Der reale und der imaginäre Beifall treibt den Dichter vorwärts in einem Prozeß, in dem immer drei Elemente anwesend sind: die Erfahrung, der Ausdruck verliehen wird (nichtsprachliche Erfahrung, Stimmung, Empfindung), sodann die Imago derer, zu denen gesprochen wird, und schließlich die reflektierende Instanz des Autoren-Ich, die durch Formgebung die Vermittlung zwischen den beiden ersten Elementen leistet.

Cornelia – und darin ist sie paradigmatisch für das weibliche Schreiben, sofern es ernst genommen sein will – befindet sich mit allen drei Konstellationen in einem Konflikt. Ihre Empfindung ist extrem tabuiert, die Imago derer, zu denen gesprochen wird, ist feindselig, und die Reflexion steht vornehmlich im Dienst der Angst und Vermeidung der Auseinandersetzung. Sucht man abseits aller »Wert-Unterschiede« zwischen den *Leiden des jungen Werther* und Cornelias Tagebuch nach Vergleichspunkten, so finden sie sich im Kontext von Melancholie, Verzweiflung und Tod. Folgt man der Freudschen Auflösung dieses Kontexts, so gewinnt die Aggression eine Schlüsselrolle im Gang der Bewältigung/Nicht-Bewältigung von Verlust und Verletzung: Die Aggression des Vereinsamten und Verletzten wendet sich gegen die eigene Person, läßt aber die ursprüngliche Adressierung noch erkennen. Werther tötet sich und weist die Schuld der anderen nach. Er ist aktiv. Sein Autor vermag die Figuren aus sich herauszustellen; er distanziert sich nicht nur in der Trennung von Roman und Wirklichkeit, sondern auch in der literarischen Aussage. Cornelia bleibt eine Gefangene ihrer Verwundung. Ihre Gegenwehr geht unter, ihre Aktivität erlischt, kaum entfaltet, in dem mutig-mutlosen, offenen und gleichzeitig sich verbergenden Gerede ihres Romanfragments.

Hier stoßen wir noch einmal auf eine Freudsche Unterscheidung, die Edward Bibring so formuliert hat: »Es gibt den entscheidenden Unterschied zwischen dem Ich, das ›sich selbst tötet‹, und dem Ich, das ›sich selbst sterben läßt‹. Nur im ersten Falle ist Aggression beteiligt, während im zweiten die Aggression vollständig gehemmt ist (der Kampf ist aufgegeben), weil man des Kampfes müde und völlig entmutigt ist.«[45]

Führen wir uns noch einmal den dramatischen Wendepunkt des Tagebuchs vor Augen: das Erblicktwerden in der Olderogge-Szene. In diesem Erblicktwerden bündeln sich die traumatischen Linien des »Romans«. Daß damit mehr zum Ausdruck kommt als ein individuelles Pathogramm, daß damit ein kulturell-allgemeines Erlebnismodell exponiert ist, wird deutlich, wenn wir die dramatisch zentrale »Blick-Szene« bei Samuel Richardson betrachten. Es handelt sich um den

Augenblick der Wandlung, in dem die unabhängige, wilde Lady G., die Vertreterin der weiblichen Wildheit, zum Paar bekehrt wird. Der Autor konzipiert den Vorgang als Blick-Szene, in der das wahre Innere der Lady G. sich ihrem Gatten enthüllt. Dieser erkennt die Unweibliche als wahrhaft weiblich – als heimlich stillende Mutter. Er dringt in ihre Räume ein, die Dienerinnen und Kindermädchen ergreifen die Flucht »erschrockener als Dianas Nymphen als die Göttin von Acteon überrascht wurde; und anstatt mich zu umringen, um meine Blöße zu decken, rannten sie alle auseinander, [doch] niemals geriet ein Mann in größere Verzückung [...] er warf sich mir zu Füßen [...] Wie Sie mich entzücken! Niemals, niemals, niemals sah ich ein so wonnevolles Bild.«[46] Richardson beschreibt hier eine Szene der Harmonie, der Versöhnung der Geschlechter – um den Preis der Verwandlung des fremden, gefährlichen Weiblichen in das Bild der selbstlosen Mutter, der friedfertigen Frau, der idealen (und idealisierten) Gefährtin des Mannes. Entscheidend ist die Behauptung des Autors Richardson, das wahre Innere der Frau – er läßt ja Lady G. selbst sprechen – erkannt zu haben, und dieses Innere sei, hinter dem Schleier möglicher Wildheit, letztlich doch Güte und Sehnsucht nach der verschmelzenden Hingabe.

Der Abstand zum antiken Gegenbild ist außerordentlich. Actaeon erblickt die Göttin beim Bade mit den Nymphen. Er macht sie zum Objekt der Betrachtung. Der Mythos erzählt, daß er unschuldig ist, daß er sich verirrte; sie aber, die Göttin des Mondes, der Jagd und der Jungfräulichkeit, verwandelt den männlichen Jäger in den Hirsch und er fällt in dieser Gestalt seinem eigenen Beutezug zum Opfer – seine Jäger und Hunde töten ihn. Der Mythos sagt nichts anderes, als daß Actaeon verwandelt wird, zur Strafe für die Beleidigung, die er der Göttin zufügte, als er sie zum Objekt machte. Sie sprach »die Unheil verkündenden Worte:/ So nun erzähle, du habest mich ohne Umhüllung gesehen,/ wenn du es noch zu erzählen vermagst!« Er wird aus einem Täter zum Opfer, zum Hirsch, dem Symbol-Tier des leidenschaftlichen Begehrens. Der Mythos thematisiert die Kampfbeziehung zwischen den Geschlechtern. Diana will nicht Objekt sein. Der Anblick ihrer Schönheit ist tödlich. Und so beschreibt Ovid die mythische Begegnung:

»Da ist ein Tal, überwachsen von Kiefern und schlanken Cypressen,
Namens Gargaphië, heilig der aufgeschürzten Diana;
Hier lag eine umschattete Höhle im hintersten Winkel,
Keinerlei Schöpfung der Kunst; die Natur, in eigner Erfindung,

Hatte ein Kunstwerk geformt: aus lebendigem Bimsstein und leichtem
Tuff einen Bogen gezogen, der hier an der Stelle gewachsen.
Lieblich rauschte zur Rechten ein Quell; es floß in ein weites
Becken, von grasigem Rand umgürtet, das leuchtende Wasser.
Hier war die Göttin der Wälder, die Jungfrau, gewohnt, wenn sie müde
War von der Jagd, die Glieder mit fließendem Naß zu begießen.
Als sie dort untergetreten, da reicht sie einer der Nymphen,
Ihrer Knappin, den Speer, den entspannten Bogen, den Köcher.
Eine breitet dem ausgezognen Gewande die Arme
Unter, zwei lösen die Schuhe, und Crocale, Kind des Ismenos,
Rafft ihr – sie kann es am besten – zum Knoten die Haare, die vorher
Über den Nacken ihr wallten, obgleich sie die eignen gelöst trägt.
Nephele, Rhanis und Psecas und Hyale schöpfen ihr Wasser,
Phiale auch, und gießen es aus den geräumigen Krügen.
Während daselbst, wie gewohnt, die Titanin mit Wasser sich netzte,
Siehe, da kam in den Hain der Enkel des Cadmus – verschoben
Hat er die weitere Jagd auf morgen – und schweifte nun planlos
Durch das Gehölz, das ihm fremd war: so führte das Schicksal den Jüngling.
Als er die von den Wassern triefende Grotte betreten,
Schlugen die Nymphen, entblößt, wie sie waren, beim Anblick des Mannes
Sich an die Brust, und die Weite des Waldes erfüllte sich plötzlich
Mit ihrem lauten Geschrei und, dicht um Diana sich drängend,
Deckten sie sie mit den Leibern; die Göttin jedoch überragte,
Höher gewachsen als alle, um Haupteslänge die Nymphen.
Gleich dem Gewölk, das direkt von den Strahlen der Sonne getroffen
Rötlich erglänzt, oder gleich der Purpurfarbe Auroras,
Also erglühte das Antlitz Dianens, wie ohne Gewandung
Man sie erblickte. Obwohl von der Schar der Mädchen umschlossen,
Wandte sie schräg sich zur Seite, den Kopf nur bog sie nach hinten;
Dringend wünschte sie jetzt, zur Hand die Pfeile zu haben,
Aber sie nahm, was sie hatte; sie schöpfte vom Wasser und goß es
Über des Mannes Gesicht und sagte, mit rächenden Spritzern
Ihm die Haare besprengend, die Unheil verkündenden Worte:

»So, nun erzähle, du habest mich ohne Umhüllung gesehen,
Wenn du es noch zu erzählen vermagst!« Ohne weiter zu drohen,
Läßt sie ihm gleich am beträufelten Haupt das Geweih eines lebens-
Kräftigen Hirsches erwachsen; sie zieht ihm den Hals in die Länge,
Spitzt ihm die Ohren, vertauscht ihm mit Füßen die Hände, mit langen
Schenkeln die Arme und zieht um den Leib ihm ein fleckiges Hirschfell.
Angst gesellt sie dazu: der Held, der Autonoë Sprößling,
Flieht und wundert sich, während er läuft, ob der eigenen Schnelle.
Doch wie er gar noch Gesicht und Geweih im Wasser erblickte,
Wollte er schreien: ›Ich Armer!‹ – da hat er die Sprache verloren!
Und er stöhnte – so klang seine jetzige Stimme; das fremde
Antlitz benetzten ihm Tränen: es blieb nur das alte Bewußtsein.
Was nun beginnen? Soll heimwärts er eilen zum Königspalaste
Oder sich bergen im Wald? Hier hemmt ihn die Angst, dort die Schande.
Während er schwankt, ersehn ihn die Hunde: Melampus als erster,
Wie auch der treffliche Spürer Ichnobates gaben mit Bellen
Deutliche Zeichen, aus Gnosos der eine, Melampus aus Sparta.
Und dann rasen die andern geschwinder als reißender Sturmwind,
Pamphagos, Dorceus, Oribasos, lauter arcadische Tiere,
Auch der starke Nebrophonos, Theron, der grimme, mit Laelaps,
Pterelas, hurtig im Lauf, und Agre mit trefflicher Nase,
Ferner Hylaeus, der wilde, den kürzlich ein Eber verletzte,
Nape dazu, einem Wolf entstammend, und Poemenis, früher
Herdenbeschützerin, von zwei Söhnen begleitet Harpyia,
Ladon mit schmächtigen Weichen, ein Tier sicyonischer Rasse,
Dromas und Canache, Sticte dazu und Tigris und Alce,
Leucon mit schneeigem Fell und Asbolos, schwarz im Gezottel,
Lacon, ein mächtiges Tier, Aëllo, geschwinde im Laufen,
Thoos dazu und Lycisce, die schnelle, mit Cyprius, ihrem
Bruder; mit weißlichem Fleck auf schwarzer Stirne gezeichnet
Harpalos; Melaneus ferner und Lachne mit zottigem Leibe,
Labros, Argiodus, Brüder – es stammte ihr Vater vom Berge
Dicte, aus Sparta die Mutter –, mit schneidender Stimme Hylactor.
Alle zu nennen, es führte zu weit. So verfolgt ihn die beute-
Gierige Schar über Felsen und Klippen und weglose Steine,
Über beschwerliche Pfade und auch, wo es keinerlei Pfad gibt.
Jener flieht, wo er oft verfolgender Jäger gewesen;
Ach! er entflieht vor den eigenen Helfern! Er wollte gar gerne
Rufen: ›Ich bin doch Actaeon! Erkennet den eigenen Herren!

Worte, sie fehlen dem Denken; vom Bellen erdröhnen die Lüfte.
Jetzt wird er erstmals verletzt: Melanchaetes erfaßt ihn im Rücken,
Dann Therodamas, und Oresitrophos hängt ihm am Buge.
Spät erst hatten die Jagd sie begonnen, auf kürzerem Bergpfad
Kamen sie aber den andern zuvor: sie halten den Herren
Fest – und die Meute ist da und schlägt in den Leib ihm die Zähne.
Schon ist er über und über bedeckt mit Wunden, und stöhnend
Läßt er Töne vernehmen, nicht menschliche freilich, doch auch nicht
So wie ein Hirsch: er erfüllt mit traurigen Klagen die Höhen,
Die so vertrauten; er sinkt in die Knie: als wollte er flehen,
Hebt er an Stelle der Arme die Blicke, die stummen, im Kreise.
Doch die Gefährten – sie ahnen ja nichts: sie hetzen die wilde
Meute mit üblichem Ruf, sie schauen sich um nach Actaeon,
Schreien wetteifernd, als wäre er fern, ›Actaeon‹: er wendet,
Wie er es hört, das Haupt ihnen zu. Sie bedauern sein Fernsein,
Und daß er lässig versäume zu sehn, wie ihm Beute geworden.
Ach! er ist da – o wäre er ferne! Der eigenen Hunde
Grimmiges Treiben – er sähe es lieber, als selbst es zu spüren.
Überall ist er umstellt: es wühlen im Leib ihm die Schnauzen,
Und sie zerreißen den Herrn in der falschen Gestalt eines Hirsches.
Erst als durch zahllose Wunden sein Leben geendet, so heißt es,
War der Zorn der Diana, der köchergeschmückten, gesättigt.
Zwiespalt gab es im Urteil: es glaubten die einen, die Göttin
Strafe wohl über Gebühr, die anderen lobten: der Jungfrau
Zieme die Strenge. Auf Gründe beriefen sich beide Parteien.«[48]

In Cornelias Lebenswelt kann weibliche Aggression nur noch negativ symbolisiert werden.

Anmerkungen

Aspekte der männlichen Welt: Bürgerliche Lebensführung in Frankfurt am Main

1 Friedrich Bothe, *Geschichte der Stadt Frankfurt am Main,* Ffm. 1913, S. 533.

2 A.a.O., S. 466.

3 A.a.O., S. 467 f.

4 A.a.O., S. 534. Heinrich Voelcker, »Handel, Gewerbe und Verkehr in Frankfurt am Main«, in: Voelcker, *Die Stadt Goethes*, a.a.O., S. 126 f. Jürgen Fackert macht darauf aufmerksam, wie das Erleben von der Ökonomie des Geldes geprägt wurde (in: Jürgen Fackert, Catharina Elisabeth Goethe, *Briefe an ihren Sohn Johann Wolfgang, an Christiane und August von Goethe*, Stuttgart 1971, S. 308 f.).

5 Das Heilmittel gegen die ökonomische Krise und die aus dieser hervorgehende Unzufriedenheit und Unruhe in der Stadt schien dem Rat die Verhinderung von Fabriken und Manufakturen in der Stadt, »weil dadurch viele arme Existenzen in die Stadt gebracht wurden«. Vgl. Friedrich Bothe, a.a.O., S. 473. Über die Reaktion des zünftigen Handwerks schreibt Voelcker: »Das ganze Leben war beherrscht von dem von den Vorfahren Überkommenen, am meisten in den Kreisen der Handwerker, die mit ihren Familien und Gesellen den starken Untergrund der städtischen Gemeinschaft bildeten. Wenn dem Handwerke seit dem Fettmilchaufstande sein politischer Einfluß und seine Selbständigkeit genommen war, wenn seine Daseinsbedingungen gegenüber dem aufkommenden Manufaktur- und Fabrikwesen sich schwierig gestalteten, so suchte es nun stärkeren Schutz in festem Zusammenhalt, in zähem Festhalten an dem Althergebrachten. Noch erfaßte es den ganzen Menschen in seiner Persönlichkeit, in ehrbarem Verhalten, in Zucht, Sitte, geordnetem gottesfürchtigem Familienleben und Anstand. Noch erblickte es in der Ausübung des Gewerbes ein Amt, das Pflichten auferlegt, aber auch Rechte gewährt. Stärker als im Mittelalter wird jetzt der Nahrungsschutz, die Gewähr der Existenzsicherheit betont und gefordert, schärfer und unerbittlicher gegen die Unzünftigen, die Störer, die Pfuscher, die Stümper eingeschritten. Jeder Meister achtet streng darauf, daß kein anderer, auch der eigne Zunftgenosse nicht, in sein Gewerbe eingreife, die Zunftstreitigkeiten über solche Nahrungseingriffe mehren sich, bis zur Starrköpfigkeit, voll Erbitterung werden sie durchgefochten. Man will eine privilegierte Genossenschaft sein, in die so leicht kein anderer als ein Verbürgerter eindringen kann, aber innerhalb der Genossenschaft verbindet den, der sich einordnet und keine Verstöße begeht, ein starkes Gemeinschaftsgefühl und Stolz auf die Zugehörigkeit. Wie der Handwerksmann, so war auch die große Zahl der Krämer und geringen Kaufleute auf ihren Nahrungsschutz bedacht, auch sie verfolgten argwöhnisch jeden Eingriff in ihre Gerechtsame, damit keiner mit einer Ware handle, die ihm nach den Gebräuchen und Vorschriften seines Gewerbes nicht zustehe.« In: Heinrich Voelcker, *Die Stadt Goethes. Frankfurt am Main im 18. Jahrhundert*, S. 86.

6 Michael Stürmer, *Herbst des Alten Handwerks, Meister, Gesellen und Obrigkeit im 18. Jahrhundert*, München 1979, S. 273.
7 A.a.O., S. 276. Vgl. hierzu Harry Gerber, Otto Ruppersberg, Louis Vogel, *Der Allgemeine Almosenkasten zu Frankfurt am Main 1531–1931*, Ffm. 1931, S. 40 ff.
8 Arthur Richel, »Zeitungen, Zeitschriften, Bibliotheken und Leseinstitute«, in: Heinrich Voelcker (Hrsg.), *Die Stadt*, a.a.O., S. 256 ff., Friedrich Bothe a.a.O., S. 530, zur sozialen Kontrolle, Rolf Engelsing, *Zur Sozialgeschichte deutscher Mittel- und Unterschichten*, Göttingen 1973, S. 19.
9 Georg Ludwig Kriegk, *Die Brüder Senckenberg*, Frankfurt 1869, S. 54 f.
10 Vgl. die zusammenfassende Darstellung bei Rainer Koch, »Grundzüge der Frankfurter Verfassungsgeschichte bis zur Mitte des 18. Jahrhunderts«, in: Rainer Koch, Patricia Stahl (Hrsg.), *Wahl und Krönung in Frankfurt am Main*, Frankfurt 1986, S. 22 f., sowie ders., *Grundlagen bürgerlicher Herrschaft. Verfassungs- und sozialgeschichtliche Studien zur bürgerlichen Gesellschaft in Frankfurt am Main, 1612–1966*. Wiesbaden 1983.
11 Heinrich Voelcker, a.a.O., S. 97 f.
12 A.a.O., S. 78. Die Vorwürfe gegen den Rat lauteten im Jahre 1705 wie im Jahre 1770: »[...] der mit den Einkünften und Gütern der Stadt getriebene egoistische Missbrauch, die häufige Versagung der Justiz, die Käuflichkeit derselben und der Ratsstellen, von welch Letzteren eine einzige für bis zu 15,000 Gulden erkauft worden sei, ferner kostspielige Mahle auf den Aemtern, Willkürlichkeiten gegen die Bürger, Verfälschung der städtischen Einnahme- und Ausgabebücher, übermäßige Begünstigung der Juden, von denen man dafür Geld beziehe, und ein despotischer Übermuth.« G. L. Kriegk, »Bestechlichkeit im Deutschen Reiche (1705–1778)«, in: ders., *Deutsche Kulturbilder aus dem 18. Jahrhundert*, a.a.O., S. 22 f. Vgl. I. Kracauer, *Geschichte der Juden in Frankfurt am Main 1150–1824*, Frankfurt 1925–1927, Bd. 2, S. 200 ff., auch Friedrich Bothe, *Geschichte der Stadt Frankfurt am Main*, a.a.O., S. 358 ff.
Die Juden galten als Vertreter der neuen Ordnung des Geldes: alte Vorurteile, die Not, die Konkurrenz trieben die verschiedenen Formen des kleinbürgerlichen Antisemitismus hervor. Es gab in Frankfurt immer wieder Ausbrüche des Hasses gegen die im Ghetto durch das kaiserliche Recht, die Stättigkeit, geschützte jüdische Gemeinde. Der Antisemitismus taucht in allen Erhebungen der Handwerker auf. Vgl. Friedrich Bothe, a.a.O., S. 471–476.
Zur Geschichte des Fettmilch-Aufstandes insbes. Georg Ludwig Kriegk, »Der Fettmilch Aufstand 1612–1616«, in: ders., *Geschichte von Frankfurt am Main, in ausgewählten Darstellungen, nach Urkunden und Akten*, Frankfurt 1871, S. 237 ff. Mathias Weyn, *Die Reichsstadt Frankfurt vor dem Bürgeraufstand von 1612–1614*, Frankfurt 1980, Isidor Kracauer, *Die Schicksale der Frankfurter Juden während des Fettmilchaufstandes*, Frankfurt 1892.
13 Georg Ludwig Kriegk, *Geschichte von Frankfurt am Main in ausgewählten Darstellungen*, Frankfurt 1871, S. 237 ff.
14 Johann Wolfgang Goethe, *Dichtung und Wahrheit*, 4. Buch.
15 Rainer Koch, »Bürger, Beisassen, Fremde, Juden – Zur Herrschaftsordnung der Freien Reichsstadt Frankfurt am Main im 18. Jahrhundert«, in: *Wahl und Krönung in Frankfurt am Main, Kaiser Karl VII. 1742–1745*, Rainer Koch, Patricia Stahl (Hrsg.), Frankfurt 1986, S. 37 f.

16 Vgl. Friedrich Bothe, *Geschichte der Stadt Frankfurt am Main*, a.a.O., S. 478 f. 337 f.

17 Der Kontrast zwischen Pracht und Armut war gewaltig. Bei der Krönung Karls VII. (1742), so berichtet Bothe in der *Geschichte von Frankfurt am Main*, S. 502, »wurde eine Pracht ohnegleichen entfaltet. So hatte z. B. der Erzbischof von Köln fast 1400 Personen in seinem Gefolge, darunter 24 Meisterköche; dazu einen Marstall von 731 Pferden; er war mit 54 Schiffen angefahren gekommen, wobei ihn selbst eine ›artige Nacht‹ trug. Und ähnlich war es auch bei den übrigen Fürstlichkeiten. Wie früher, wurde wieder vom Rate befohlen, daß während der Wahltage alle, die nicht ein Handwerk oder ehrliche Hantierung trieben, namentlich fremde Bettler und Sieche, die Stadt zu verlassen hätten, widrigenfalls man sie in Ketten zur Zwangsarbeit anhalten werde. Im Umkreise von 5 Meilen durften keine Lebensmittel aufgekauft werden; vielmehr sollten alle auf den Markt gebracht und dort vom Marktmeister geschätzt werden, damit sie in »billigem Werte« verkauft würden. Für die Mahlzeiten bei Wirten und Gasthaltern wurden die Preise festgesetzt: drei Fleischgerichte, darunter gebratenes und gesottenes Hennen- ›oder sonst ander gut Fleisch‹, dazu Suppe, Gemüse, Käse und Obst, kosteten 36 Kreuzer, einschließlich eines Glases Bier; dreierlei Fische, Hechte, Karpfen, gebratene oder gebackene Fische, ebenfalls mit Suppe, Gemüse, Käse und Obst, 48 Kreuzer, eine Diener-Fleischmahlzeit mit Bier 12 Kreuzer.«
Den Zuwachs der Armen in der Stadt suchte der Rat mit Mitteln zu steuern, die die Hilflosigkeit gegen die Entwicklung deutlich machen: »Gegen liederliches Haushalten ging in der Weise vor, daß er die Schuldigen, ob Mann ob Frau ins Zuchthaus steckte, damit sie dort ihr Brot verdienten.« (Bothe, a.a.O., S. 500). Der Versuch, den Zuzug in die Stadt zu beschränken, wurde immer wieder durch neue Bestimmungen ergänzt, die sichtbar machten, daß so dem Übel nicht beizukommen war. Die Bürgerkollegien griffen zum Schutz der arbeitenden Bevölkerung zu den Mitteln, die schon in der Vergangenheit gegen Korn- und Holzwucherer angewandt worden waren. Das städtische Kornamt mußte Vorräte einlagern, um die Teuerung zu steuern. Auch Holz wurde eingelagert. Und man schuf ein eigenes städtisches Pfandhaus. (Bothe, a.a.O., S. 520).

18 Rainer Koch, Bürger, »Beisassen...«, a.a.O., S. 37.

19 Georg Ludwig Kriegk, *Die Brüder Senckenberg*, Frankfurt 1869, S. 44.

20 A.a.O., S. 46.

21 Karl Demeter, *Die Frankfurter Loge zur Einigkeit 1742–1966*, Frankfurt 1967, S. 87 ff. Reinhart Kosellek, *Kritik und Krise. Eine Studie zur Pathogenese der bürgerlichen Welt*, Frankfurt 1973, S. 41 ff.; Helmut Reinalter (Hrsg.), *Freimaurer und Geheimbünde im 18. Jahrhundert in Mitteleuropa*, Frankfurt 1986, S. 11; Helmut Reinalter, a.a.O., S. 35 ff.; Richard van Dülmen, *Die Gesellschaft der Aufklärer. Zur bürgerlichen Emanzipation und aufklärerischen Kultur in Deutschland*, Frankfurt 1986, S. 55 ff.

22 Johann Wolfgang Goethe, *Dichtung und Wahrheit*, 2. Buch.

23 Georg Ludwig Kriegk, *Die Brüder Senckenberg. Eine biographische Darstellung*, Frankfurt 1869, S. 23 f.

24 Heinrich Düntzer a.a.O., S. 42.

25 Georg Kriegk, *Die Brüder ...*, a.a.O., S. 229 f.

26 Johann Wolfgang Goethe, *Dichtung und Wahrheit*, 2. Buch.
27 Georg Ludwig Kriegk, *Die Brüder* ..., a.a.O., S. 267.
28 A.a.O., S. 288.
29 A.a.O., S. 41.
30 A.a.O., S. 157.
31 A.a.O., S. 79.
32 A.a.O., S. 99.
33 A.a.O. S. 100.
34 A.a.O., S. 102.
35 A.a.O., S. 103/104.
36 A.a.O., S. 105, S. 107.
37 A.a.O., S. 108.
38 A.a.O., S. 104 f.
39 A.a.O., S. 114.
40 A.a.O., S. 118 f.
41 A.a.O., S. 147.
42 A.a.O., S. 163.
43 A.a.O., S. 196.
44 A.a.O., S. 208.
45 Heinrich Düntzer, *Goethes Vorfahren*, a.a.O., S. 10 ff.
46 Heinrich Völcker, a.a.O., S. 54 f.
47 Friedrich Bothe, *Geschichte der Stadt Frankfurt am Main*, a.a.O., S. 511.
48 A.a.O., S. 511.
49 Elisabeth Mentzel, *Frau Rat Goethe*, a.a.O., S. 14.
50 Heinrich Düntzer, *Goethes Vorfahren*, a.a.O., S. 46; vgl. auch bei Düntzer, S. 44: »Die gedruckten Geschichtsbücher der einzelnen Reichsstädte sprechen freilich von diesem Zustand des sittlichen Lebens nur wenig, weil ihren Verfassern fast durchaus nicht, wie den Geschichtsschreibern der Monarchien und Höfe, Memoiren zu Gebote standen, die Acten und Urkunden aber natürlich hierzu kein genügendes Material liefern. Gerade deshalb ist es doppelt nöthig. Mittheilungen hierüber zu machen, wenn sich in der Geschichte irgend einer Stadt die Gelegenheit dazu findet. Dies ist in Betreff Frankfurt's der Fall, weil sich von einem der Brüder Senckenberg, dem Arzte, ein sehr ausführliches Tagebuch erhalten hat, welches eine lange Reihe von Jahren hindurch die lokalen Verfallenheiten und Sittenzustände so schildert, wie sie dem Schreiber auf seinem rein ethischen Standpunkte erschienen sind. Daß bei einem solchen Standpunkte die mit der Schilderung verbundenen Urtheile leicht schroff, einseitig und allzu scharf ausfallen, thut an und für sich der Zuverlässigkeit der Berichte keinen Eintrag, weil der Schreiber kaum einmal mit einem persönlichen Interesse in dasjenige, was er erzählt, verwickelt und jedenfalls ein ehrlicher und wahrheitsliebender Mann war. Uebrigens läßt sich manche seiner Mittheilungen auch vermittelst öffentlicher Actenstücke prüfen und durch dieselben ergänzen, welches Beides zu thun wir uns bestrebt haben.«
51 A.a.O., S. 47.
52 Elisabeth Mentzel, »Frankfurt in Goethes Kindheit«, in: Mentzel, *Der Frankfurter Goethe*, Frankfurt 1900, S. 10.
53 Elisabeth Mentzel, Frankfurt in Goethes Kindheit, a.a.O.

54 Ernst Beutler, »Das Goethesche Familienvermögen von 1687 bis 1885«, in: Ernst Beutler, *Essays um Goethe*, Zürich und München 1980, S. 393 ff.

55 Rudolf Glaser, *Goethes Vater. Sein Leben nach Tagebüchern und Zeitberichten*, Leipzig 1929, S. 4.

56 Heinrich Voelcker, »Handel, Gewerbe«, a.a.O., S. 119.

57 Heinrich Düntzer, a.a.O., S. 99 f.

58 Ernst Beutler, a.a.O., S. 394.

59 Vgl. die ausführliche Darstellung bei Ernst Beutler in: »Der Kaiserliche Rat«, in: Pfeiffer-Belli (Hrsg.), *Briefe...*, a.a.O., S. 18 ff.

60 Ernst Beutler, a.a.O., S. 20 ff.

61 zu Uffenbach.

62 Ernst Beutler, »Der Kaiserliche Rat«, a.a.O., S. 30.

63 Ernst Beutler, »Das Goethesche...«, a.a.O., S. 394 ff., vgl. auch Bothe.

64 Ernst Beutler, »Der Kaiserliche Rat«, a.a.O., S. 111.

65 Johann Wolfgang Goethe, *Dichtung und Wahrheit*.

66 Susanna von Klettenberg, An Lavater, 27. Aug. 1774, a.a.O., S. 281.

67 Vgl. die Auseinandersetzungen mit Wien um die Frankfurter Verfassungsreform im ersten Drittel des 18. Jahrhunderts.

68 Johann Wolfgang Goethe, *Dichtung und Wahrheit*, 7. Buch.

69 A.a.O., 1. Buch.

70 Ernst Beutler, »Der Kaiserliche Rat«, a.a.O., S. 395.

71 Johann Wolfgang Goethe, *Wilhelm Meisters Lehrjahre*, 11. Buch.

72 A.a.O., 11. Buch.

73 Johann Wolfgang Goethe, *Dichtung und Wahrheit*, 2. Buch. Goethe charakterisiert die Autoren der Vater-Generation: Von Loen schrieb »einen didaktischen Roman, dessen Inhalt aus dem zweiten Titel ›oder der ehrliche Mann am Hofe‹ ersichtlich ist. Dieses Werk wurde gut aufgenommen, weil es auch von den Höfen, wo sonst nur Klugheit zu Hause ist, Sittlichkeit verlangte; und so brachte ihm seine Arbeit Beifall und Ansehen. Ein zweites Werk sollte dagegen desto gefährlicher für ihn werden. Er schrieb: die einzig wahre Religion. Ein Buch, das die Absicht hatte, Toleranz, besonders zwischen Lutheranern und Calvinisten zu befördern. Hierüber kam er mit den Theologen in Streit.« (2. Buch) In diese Reihe kritischer Autoren gehört auch Karl von Moser.

74 A.a.O., 2. Buch.

75 A.a.O., 4. Buch.

76 A.a.O., 2. Buch.

77 Ernst Beutler, »Der Kaiserliche Rat«, a.a.O.

78 Heinrich Voelcker, a.a.O., S. 182.

79 Katharina Elisabeth Goethes Haushaltsauflösung.

80 Heinrich Voelcker, a.a.O., S. 184.

81 A.a.O., S. 194.

82 Vgl. die idyllische Darstellung bei Ernst Beutler in: »Der Kaiserliche Rat«, a.a.O.

83 Rolf Engelsing, *Der Bürger als Leser, Lesergeschichte in Deutschland 1500–1800*, Stuttgart 1974, S. 80.

83a A.a.O., S. 81.

84 Vgl. Gerd Mattenklott, *Melancholie in der Dramatik des Sturm und Drang*,

Stuttgart 1968. Das Thema der Melancholie, das in der Literatur um 1770 einen breiten Raum einnimmt, während zugleich Melancholie in Biographien und Charakterbildern beschrieben wird, gibt Mattenklott Anlaß, von einer besonderen realen Melancholie des Bürgertums zu sprechen, das sich zur Treue im Kleinen »verpflichtet, von jeder politischen Wirksamkeit ferngehalten war.« Mattenklott zitiert Tissots Darstellung des Lebens von Zimmermann, des Hausarztes der Familie Goethe. Zimmermann war ein bedeutender Arzt. Er schrieb ein mehrbändiges Werk über Melancholie und *Von der Erfahrung in der Arzneykunst* (1763–64). »In den Beispielsammlungen der Ästhetiken des 18. Jahrhunderts nehmen Beschreibungen des melancholischen Temperaments und seiner körperlichen Erscheinungsformen breiten Raum ein. Neben ihnen stehen Lebensbilder von Melancholikern wie Riedels ›Denkmal des Herrn Johann Nikolaus Meinhard‹ (1768)[10] und Tissots ›Vie de M. Zimmermann‹ (1797). – Verfangen sich die Deutungen der Melancholie in diesen Schriften und einer Fülle ähnlicher biographischer Literatur auch in pseudopsychologischem Obskurantismus, so handeln sie doch nicht nur von Melancholikern, sondern sind selbst – durchaus im Bewußtsein ihrer Autoren – wie Beschreibungen so zugleich Zeugnisse der Melancholie eines Bürgertums, das sich, zur ›Treue im Kleinen‹ verpflichtet, von jeder politischen Wirksamkeit ferngehalten sah.« (S. 17) Es bleibt bei Mattenklott aber folgendes Verhältnis unklar. 1. Was ist die psychologische Struktur der Melancholie? 2. Was bedeuten kulturelle Figurationen, die sich Melancholie nennen? 3. Welche verschiedenen Weltbilder und subjektiven Zustände werden darunter gefaßt? Am breitesten hat Jürgen Schings das Material zur Melancholietheorie des 18. Jahrhunderts ausgebreitet. Er stellt jedoch den Zusammenhang zur Empirie melancholischer Haltungen nicht her. Vgl. Hans Jürgen Schings, *Melancholie und Aufklärung, Melancholiker und ihre Kritiker in Erfahrungsseelenkunde und Literatur des 18. Jahrhunderts*, Stuttgart 1977.

85 Wolf Lepenies, *Melancholie und Gesellschaft*, Frankfurt 1969, S. 99 f. Lepenies interpretiert: »Erzwungene Hypertrophie der Reflexions-Sphäre, Ausschluß von der realen Machtausübung und der daraus resultierende Druck zur Rechtfertigung der eigenen Situation erzeugen Weltschmerz, Melancholie, Hypochondrie. Die Begriffe können gar nicht getrennt werden, weil sie in der Zeit als synonym gelten und nicht zuletzt daher jeder seine eigentümliche Färbung gewinnt.« (S. 86) Lepenies sieht einen unmittelbaren Zusammenhang zwischen politischer Machtlosigkeit und gleichzeitigem ökonomischen Wohlstand, er sieht hier die Ursache einer Handlungshemmung des Bürgertums, insbesondere in Deutschland. Er merkt an, daß es bei der Frage der Melancholie nicht schlicht um Sozialpsychologie geht: »Es soll verhindert werden, daß der Eindruck entsteht, es werde etwa das Bürgertum des deutschen 18. Jahrhunderts als melancholisch geschildert. Ob es das war oder nicht, spielt – ganz abgesehen von der Fragwürdigkeit derartiger Kollektivzuschreibungen – keine Rolle. Entscheidend ist, daß im Prozeß der Entwicklung und gesellschaftlichen Einordnung eine bestimmte, von der Macht (noch) ferngehaltene Schicht ihre Position als melancholisch *beschrieb*.« (S. 136) Auffallend ist, daß Lepenies die vermittelnden Institutionen außer acht läßt. Dieser Aspekt wäre zu präzisieren: Die Identitätsprobleme des Bürgertums entstehen, weil der Zusammenhang zwi-

schen der Idealbildung (und damit verbundenen Legitimationen und Selbstbilder) und Interessenlagen kollidieren.

86 Wolfram Mauser, »Melancholieforschung des 18. Jahrhunderts zwischen Ikonographie und Ideologiekritik – Auseinandersetzung mit den bisherigen Ergebnissen und Thesen zu einem Neuansatz«, in: *Lessing Yearbook*, 1981, Vol XIII, S. 270 ff. Was die Sozialpsychologie des bürgerlichen Charakters des 18. Jh. betrifft, kommt Mauser zu folgender These: Die Fähigkeit zur Reflexivität und zur lebenspraktischen Verwirklichung der autonomen Persönlichkeit gerät in Kollision mit den Zwängen des absolutistischen Staates, außerdem mit ständischen Vorurteilen, die die Würde der Person betreffen, aber auch mit Hindernissen, die die freie Entwicklung der bürgerlichen Geschäfte betreffen. Also in Politik und sozialer Identität und in Ökonomie stößt dieses Bürgertum sehr wohl an Außenschranken. Das allein ist jedoch nicht geeignet, etwa eine Wendung wie die zur Melancholie zu erklären, denn eine angemessene Antwort hierauf wäre etwa der Protest. Mauser argumentiert nun: Um eine Reaktion wie Melancholie als eine innerhalb des Kollektivs bedeutungsvolle Reaktionsbildung auszulösen, muß etwas hinzutreten, nämlich daß der Feind nicht nur außen, sondern auch innen zu lokalisieren ist. Dies hat man nach Mauser so zu verstehen, daß auf der einen Seite gesteigerte Selbstverwirklichungserwartungen (Autonomie, Glückseligkeit), auf der anderen Seite tief verinnerlichte Verpflichtungsstrukturen stehen, die sich aus traditionellen religiösen und staatlichen Normen, aber auch aus neueren vorwiegend leistungsbezogenen Tugendforderungen ergeben. Es wären dann also die Verbote *im* Individuum selbst, die zusammen mit dem Druck und den Beschränkungen von außen den eher utopisch Verwirklichung suchenden Strebungen entgegenstehen. Mauser schreibt: »Das primäre Bedürfnis der bürgerlichen Untertanen im 18. Jahrhundert lag – jedenfalls so weit Literatur es spiegelt – nicht im Bereich von Machtgewinnung und Machtausübung, sondern auf einem diesen Bestrebungen vorgelagerten Feld: auf dem der Autonomie des Individuums bzw. der Ich-Konstitution des einzelnen als autonome Instanz. Die Tatsache, daß die subjektivistische Zuspitzung schon im 18. Jahrhundert sehr viel Fragwürdiges enthielt, da sie für elementare soziale Verpflichtungen blind machte, braucht hier nicht weiter erläutert zu werden. Der Hinweis auf Autonomie und Ich Konstitution klingt abstrakt, meint aber sehr Konkretes.« (S. 265).

87 A.a.O., S. 275.

Bildung als Bemächtigung

1 Johann Wolfgang Goethe, *Dichtung und Wahrheit*, 6. Buch.

2 A.a.O., 1. Buch.

3 A.a.O., 1. Buch.

4 A.a.O., 1. Buch.

5 Elisabeth Mentzel, *Wolfgang und Cornelia Goethes Lehrer. Ein Beitrag zu Goethes Entwicklungsgeschichte nach archivalischen Quellen*, Leipzig 1909, S. 26.

6 A.a.O., S. 50.

7 Die Studie von Elisabeth Mentzel gibt einen ausgezeichneten Einblick in die Lebensverhältnisse des vermögenslosen gebildeten städtischen Mittelstandes. Auch die Perspektive weiblicher Berufstätigkeit als Schullehrerin oder Hauslehrerin wird in der ganzen deprimierenden Armut und Arbeitsüberlastung sichtbar. Zugleich erscheinen die bemerkenswerten Individualitäten und Schicksale – etwa Johan Henrich Thym, Maria Magdalena Hoff und andere.

8 Elisabeth Mentzel, a.a.O., S. 151.

9 Vgl. die Reflexionen in *Dichtung und Wahrheit* zum Thema der glücklichen Lebensumstände.

10 Georg Witkowski, *Cornelia die Schwester Goethes*, Frankfurt 1924, S. 29.

11 A.a.O., S. 30.

12 Johann Georg Schlosser.

13 Johann Caspar Goethe, *Reise durch Italien im Jahre 1740 – Viaggio per l'Italia*, übersetzt und kommentiert von Albert Meier, München 1986.

14 Der Brief lautet: »Was ich froh bin, wieder in Venedig zu seyn, ist unglaublich, weilen mich der Weg nach Rom und Napoli zwar viel Geld, aber noch 10 mahl mehr Verdruß gekostet. Und ich wundere mich, da es doch allen Reisenden gleich wie mir ergangen und noch ergehet, daß man denen Italienern ihre alten Mauern, worauf sich sich so viel einbilden, nicht lässet, und davor Frankreich, England, Holland und Niedersachsen alleine besuchet.... Genau gesagt ist es, daß man in ganz Europa vor sein Geldt nicht unbequemer und verdriesslicher reiset, als in besagtem Italien. Man bringt nicht mehr mit nach Hause als einen Kopf voller Curiosideten, vor welche man insgesammt, wenn man sie in seiner Vatterstadt auf den Markt tragen sollte, nicht zwey baare Heller bekäme.« (An Johann Philipp Strecker; Venedig, Juni 1740) Zitiert nach, Albert Meier, Nachwort zur *Reise durch Italien im Jahre 1740*, a.a.O., S. 488 f.

15 Albert Meier, a.a.O., S. 497.

16 Johann Caspar Goethe, a.a.O., S. 451.

17 Barbara Marx, »Zwischen Frauenideal und Autorenstatus, Zur Präsentation der Frauenliteratur in der Renaissance«, in: Hiltrud Gnüg, Renate Möhrmann (Hrsg.), *Frauen, Literatur, Geschichte, Schreibende Frauen vom Mittelalter bis zur Gegenwart*, Stuttgart 1983, S. 37.

18 Wie Albert Meier mitteilt, erbrachten die Untersuchungen Farinellis den Nachweis der von Johann Caspar verwendeten Literatur. Vgl. die Anmerkungen Meiers in: a.a.O., S. 575 f. (Nr. 453 und 463). Arturo Farinelli, »Dalle Lettere inedite del padre die Goethe (L'episodio milanese«, in: *Gerarchia* Vol 12 (1932), S. 179–189.

19 Johann Caspar a.a.O., S. 452 f.

20 A.a.O., S. 453 f.

21 Niklas Luhmann beschreibt die Spielregel unter expliziter Absehung von Macht und Psyche (in: N. Luhmann, a.a.O., S. 77); »Einmal Lehre und Literatur geworden, ist Verführung ein Spiel mit zwei Parteien. Es kann sich dann nur noch um ein durchschautes Spiel handeln, an dem man sich nur beteiligt, wenn man sich beteiligen will. Man unterstellt sich dem Code und seinen

Regeln, läßt sich verführen oder spielt zumindest eine Weile mit dem Feuer, wobei der Reiz nicht zuletzt darin besteht, daß das Spiel außer Kontrolle geraten kann, und auch dies: für beide Seiten.
Die Verschmelzung von Aktivität und Passivität auf beiden Seiten zu einem neuen Begriff von Passion bedeutet nicht, daß die Asymmetrie in der Beziehung der Geschlechter aufgehoben wird. Aber sie muß auf der Basis dieser Einheit von Aktion und Passion rekonstruiert werden, und das geschieht durch *zwei gegenläufige Asymmetrien*. Einerseits wird Liebe als *Kampf* charakterisiert: als Belagerung und Eroberung der Frau. Andererseits ist bedingungslose *Selbstunterwerfung* unter den Willen der Geliebten die Form, in der Liebe sich darstellt und ›gefällt‹.«
Luhmann hat eine präzise Analyse der Spielregeln vorgelegt – allerdings ohne die Differenz und den Konflikt zwischen den geschlechtsspezifischen Praxiszusammenhängen und geschlechtsspezifischen Traditionen zu berücksichtigen. Er hat die Einigungsregeln, wie sie in der Literatur (einer männlichen Kultur) überliefert wurden, vorgeführt. Der Ansatz kann vertieft werden zu den Perspektiven der beiden Parteien.
Grundsätzlich schließt der systemtheoretische Ansatz eine Konzeption aus, die Emanzipation als Bedürfnis und als historisch wirksame Tendenz anerkennt. Daher fehlt die Reflexion auf den Gewaltzusammenhang zwischen den Geschlechtern. Auch das Thema kollektiver Pathologie und unbewußt wirksamer Mechanismen ist ausgeschlossen. Stattdessen erscheinen die Einigungen nicht als Ergebnis von Konflikten und Interessen, die bewußt oder unbewußt partielle Bedürfnisse (z. B. der Männer) als allgemeine ausgeben. Die Systemerfordernisse scheinen sich in einer »objektiven Kultur« – ohne Subjekte und ohne Herrschaft – nach dem Prinzip des Experiments mit Trial und Error in immer neuen Codices fortzuschreiben (Handlungsspielräume, Lücken i. System werden ausgefüllt). Ansatzweise tauchen bei Luhmann die Konfliktstellen auf – etwa zwischen Liebe und Freundschaft, zwischen Intimität der Familie oder der familienübergreifenden Intimität, etwa der Salon-Kultur. Jedoch erfolgen die Ausgrenzungen der Alternativen dann nicht in der Perspektive des Konflikts (Analyse von Sinnzusammenhängen), sondern der Effizienz (Analyse von Formal-Strukturen), der Leistung für die Systemerhaltung und Ausdifferenzierung. Gerade die Geschichte weiblicher Bildungsprozesse und die Ausbildung der regressiven weiblichen Muster am Ausgang des 18. Jahrhunderts verweisen aber auf kollektive Pathologie (eine zusätzliche Unterdrükkung), sie erzeugen Dysfunktionen wie die Neurosen als Kulturmuster weiblichen Verhaltens im 19. Jahrhundert. Dabei macht Luhmann selbst kein Hehl aus seiner Antipathie gegen das Modell »Pamela«.

22 Johann Caspar Goethe, a.a.O., S. 454 f.

23 Zur Entwicklung des Liebesbegriffs im 18. Jahrhundert vgl. Paul Kluckhohn, *Die Auffassung der Liebe in der Literatur des 18. Jahrhunderts*, Tübingen 1966, passim.

24 Johann Caspar Goethe, a.a.O., S. 456.

25 A.a.O., S. 451.

26 A.a.O., S. 479.

27 A.a.O., S. 480 ff.

28 Albert Meier kommentiert etwas ratlos in dem Bemühen, seinen Autor zu retten (a.a.O., S. 495): »Besonders auffällig ist natürlich die Hilflosigkeit J. C. Goethes vor Kunstwerken. Nicht nur, daß er viele der auch damals schon weithin berühmten Werke gar nicht erwähnt (z. B. den Laokoon) – von größerer Bedeutung ist, daß kaum etwas anderes geboten wird als die trockene Aufzählung des Gesehenen, das mit stereotypen Urteilen wie »schön« oder »gut gemacht« quittiert wird. Goethes Vater bemüht sich weder um die genaue Beschreibung eins Werkes, noch äußert er je eine subjektive Empfindung, die über Billigung bzw. Mißbilligung des Motivs hinausginge. Dabei ist unübersehbar, wie sehr die Kriterien für seine Urteile vom Zeitgeschmack vorgegeben sind. Als wichtigste Aufgabe der Kunst gilt ihm die Nachahmung, die sachlich korrekte Wiedergabe der Natur (vgl. das Lob für die getreue Darstellung vieler verschiedener Tiere auf einem Gemälde in Venedig, ›Viaggio‹, S. 23). Diese Betonung des Handwerklichen erklärt auch die häufige Nennung von Preisangaben, die zumeist allein für den hohen Rang von Kunstwerken Zeugnis ablegen müssen.«

29 »Der Test, dem sie den Heimkehrenden (Odysseus) unterzieht, hat zum Inhalt die unverrückbare Stellung des Ehebetts, das der Gatte in seiner Jugend um den Ölbaum zimmerte: Symbol der Einheit von Geschlecht und Besitz. Mit rührender Schlauheit redet sie, als könne dies Bett von seiner Stelle bewegt werden, und »unmutsvoll« antwortet ihr der Gemahl mit der umständlichen Erzählung von seiner dauerhaften Bastelei: als prototypischer Bürger hat er in seiner Smartheit ein Hobby. Es besteht in der Wiederholung handwerklicher Arbeit, von der er im Rahmen der differenzierten Eigentumsverhältnisse notwendig längst ausgenommen ist. Er erfreut sich ihrer, weil die Freiheit, das ihm Überflüssige zu tun, ihm die Verfügungsgewalt über jene bestätigt, die solche Arbeit verrichten müssen, wenn sie leben wollen.« Max Horkheimer, Theodor W. Adorno, *Dialektik der Aufklärung, Philosophische Fragmente*, Amsterdam 1947, S. 93.

30 A.a.O., S. 575.

31 Ernst Beutler, »Der Kaiserliche Rat«, a.a.O., S 73.

32 Johann Caspar Goethe, *Reise*, a.a.O., S. 483.

33 Mario Erdheim hat die Ambivalenz des Aufsteigers in eine fremde Kultur sehr deutlich beschrieben. Vgl. das Kapitel »Adoleszenz in heißen Kulturen«, in: M. Erdheim, *Die gesellschaftliche Produktion von Unbewußtheit*, Frankfurt 1982, S. 340f.: »Robi, der aus einer Arbeiterfamilie stammte, entwickelte schon am Anfang seiner Gymnasialzeit ein ausgeprägtes Gefühl des ›Nicht-dazu-Gehörens‹. Zwar hatte er alles eingesetzt, um in diese Schule zu kommen – nicht die Eltern, wie bei den anderen Schülern, sondern er selber holte die Anmeldungsformulare ab, kümmerte sich um Prüfungsaufgaben zu Übungszwecken, weil ihm sein Lehrer keine geben wollte etc. – , aber dann, als er endlich in dieser Schule war, hatte er den Eindruck, nicht am richtigen Platz zu sein. Geradezu quälend war es für ihn, daß alle seine früheren Schulkameraden Lehrlinge geworden waren und er wegen seinem Status als Gynmasiast immer schwerer Zugang zu ihnen fand. Das Moment der ›Sprachverwirrung‹ tauchte mit der Gleichsetzung ›arm‹ = ›dumm‹ auf, und mit der Schlußfolgerung: ›Wer arm ist, ist es, weil er dumm ist.‹ Er war arm, also war er dumm; die

Eltern waren dumm. Es fiel ihm ein: ›*Ich habe mir schon oft gewünscht, daß ich, ja ich habe mir schon oft gewünscht, daß meine Familie, äh, meine Eltern einen höheren Intelligenzquotienten haben. Ich bin eben davon überzeugt, daß wenn meine Eltern auch nicht einen so hohen Intelligenzquotienten haben, kann ich kaum einen höheren haben. Ich habe das Gefühl, daß ich mich jetzt durch diese Schule hindurch büffle. Oder, bis hierher* (d.h. bis in die vierte Klasse; zwei Jahre fehlten noch bis zum Abitur, M.E.) *habe ich mich jetzt gebüffelt, jetzt kann ich nicht mehr weiter.*‹ (Er machte das Abitur und hat heute auch sein Hochschulstudium abgeschlossen.) Auf meine Frage, warum er denn glaube, seine Eltern hätten einen niedrigen Intelligenzquotienten, antwortete Robi: ›*Ich glaube aus dem banalen Gedanken, daß sie kein Geld haben.*‹ Ich machte ihn darauf aufmerksam, daß er damit sage: Wer arm sei, sei dumm. »*Früher war ich überzeugt von dieser Verbindung. Heute habe ich das eigentlich, habe ich das immer noch. Ich habe eigentlich noch nie so richtig, ich kann auch nicht richtig sprechen mit meinen Eltern. Und oder, wenn meine Mutter spricht, sagt sie immer, ... ich bin überzeugt, daß sie dumm ist, daß sie nicht helle ist, das ist gemein, aber wenn sie spricht, kann sie kaum etwas ausdrücken. Sie sagt immer: ›Gib mir das Ding.‹ Ihr Vokabular ist so klein. Bis sie etwas beschreiben kann, das geht so lange, oder etwas beim Namen nennen oder diese Zerstreutheit, und so. Es ist irgend so ein plumpes Denken und aus dem folgt irgendwie auch die Zerstreuung.*‹ Diese Gedanken machten ihm Schuldgefühle. ›*Ja, ich sage es eigentlich nicht gerne, es tut mir schaurig leid, daß ich es sage. Aber es ist jetzt einfach herausgekommen.*‹ Warum ihm das leid tue? ›*Gegenüber meiner Mutter. Daß ich so über sie spreche. Das finde ich schon, es ist eben trotzdem meine Mutter und ist schaurig lieb, oder?*‹« Im Schicksal des Arbeiterjungen Robi wird deutlich, wie die Abgrenzung von der Herkunftsfamilie mit unerträglichen Schuldgefühlen und Ängsten einhergeht, denn der Erfolg wird unbewußt als Entwertung und Verlust aller emotional bedeutsamen Bindungen erlebt. Die Erfahrung Johann Caspars, so können wir spekulieren, wenn wir seine ritualisierte Starrheit und seine Arbeitsunfähigkeit (eine unbewußte Weigerung, die Position der neuen Bezugsgruppe anzunehmen) in Betracht ziehen, hätte durchaus eine innere Verwandtschaft zu der von Mario Erdheim mitgeteilten haben können.

34 Johann Caspar Goethe, a.a.O., S. 483.

35 A.a.O., S. 482.

36 Rolf Engelsing, *Der Bürger als Leser*, a.a.O., S. 314/315.

37 Johann Wolfgang Goethe, *Dichtung und Wahrheit*, 8. Buch.

38 Cornelia Goethe, Brief an Caroline Flachsland.

39 Die Literatur, die Cornelia las, stammt von Autoren, die schon vom englischen Vorbild und vom Wandel der Einstellung bestimmt waren, der sich auch in Frankreich seit etwa 1750 geltend macht. Der Wandel ging auch in Frankreich in Richtung der Empfindsamkeit, das heißt auf eine Verschmelzung von Liebe, Zärtlichkeit und Ehe, sowie in Richtung einer Verinnerlichung der klassischen Idealrolle der Frau – ihrer Passivität. Dennoch blieb diese Literatur näher am Thema der Sinnlichkeit, und Kluckhohn bemerkt in seiner »Geschichte der Liebe« ausgesprochen mißtrauisch: »Ergeht das neue Gefühlsleben des 18. Jahrhunderts in England sich gern in moralischen Betrachtungen, die auf

protestantische Grundlage zurückweisen, so wirkt es sich in Frankreich ganz anders in der Darstellung starker Leidenschaft aus, die doch mit großer Bewußtheit verbunden ist. Es beleuchtet schlaglichtartig den Unterschied englischer und französischer Einstellung, wenn englische Moralphilosophen, und auch Rousseau einmal, den moralischen Sinn als den sechsten Sinn bezeichnen, eine Französin aber, die Marquise de Chatelet, die Liebe.« Für unsere Frage nach der Bildungsgeschichte des Mädchens Cornelia ist wesentlich, daß die Texte der französischen galanten Literatur (wirklich frivole bekam sie gewiß nicht in die Hände) das sexuelle Begehren in ein Sprachspiel hüllten, bei dem die »ars amandi« zugleich ein Spiel ist, und daß diese Phantasie ein aristokratisches Muster war, dem auch die Idealbilder des Vaters galten.

40 Johann Wolfgang Goethe, *Dichtung und Wahrheit*, 4. Buch.

41 Vgl. Die Darstellung der Erziehungsmethoden bei Rolf Engelsing, *Analphabetentum und Lektüre*, Stuttgart 1973, S. 39ff.; A. Leschinsky, P. M. Roeder, *Schule im historischen Prozeß*, Stuttgart 1976; Walter Hornstein, *Vom »jungen Herrn« zum »hoffnungsvollen Jüngling«. Wandlungen des Jugendlebens im 18. Jahrhundert*, Heidelberg 1965; G. Stephan, *Die häusliche Erziehung in Deutschland während des 18. Jahrhunderts*, Wiesbaden 1891. Was die Pädagogik und die Einstellung zum Kind betrifft, unterschied sich die kleinbürgerliche Familie wenig von der großbürgerlichen, solange das Kind Kleinkind war bzw. den ersten Unterricht erhielt. Vgl. Helmut Möller, *Die kleinbürgerliche Familie*, Berlin 1969, S. 250f.

42 Johann Wolfgang Goethe, *Dichtung und Wahrheit*, 1. Buch.

43 A.a.O., 4. Buch.

44 Ob der Vater ihre Arbeiten nicht sammelte oder ob sie zu jenen Päckchen Papier gehörten, die, mit Bändchen umwickelt, auf dem Speicher lagen und die Catharina Elisabeth in die Papiermühle trug, muß offen bleiben. Von Cornelia ist aus der frühen Zeit nichts erhalten, außer einer mit Bändchenstickerei verzierten seidenen Brieftasche für Johann Wolfgang.

45 Max Morris, *Der junge Goethe*, 6. Bde., Leipzig 1909, Bd. 1, S. 18ff.

46 Johann Wolfgang Goethe, *Dichtung und Wahrheit*, 9. Buch.

47 Die drei Mythen in den ersten 8. Büchern von *Dichtung und Wahrheit*: Der Neue Paris – Knabenmärchen, 2. Buch; Die Patriarchen, Josef: 4. Buch; Lucifer: 8. Buch.

48 Emil Staiger, *Goethe, 1749–1786*, Zürich/Freiburg 1952, S. 18.

49 Vgl. Rolf Christian Zimmermann, *Das Weltbild des jungen Goethe, Studien zur hermetischen Tradition des deutschen 18. Jahrhunderts*, München 1969. Zimmermann betont ebenfalls den Kommentarcharakter: Zum Lucifer-Mythos heißt es: »Ihn hatte kein biographisches Thema vorgesehen und er ist in der Tat mit dem Tenor kaum vereinbar, auf den Goethes Beschäftigung mit den mystisch-alchemistischen Büchern vorher gestimmt schien.«

49a Johann Wolfgang Goethe, *Dichtung und Wahrheit*, 6. Buch.

50 Rolf Engelsing, *Der Bürger als Leser*, a.a.O., S. 183.

51 A.a.O., S. 191.

52 Vgl. Helmut Kreuzer, »Gefährliche Lesesucht? Bemerkungen zu politischer Lektürekritik«, und Gerhard Sauder, »Gefahren empfindsamer Vollkommenheit für Leserinnen und die Furcht vor Romanen in einer Damenbibliothek«,

in: Rainer Gruenter, *Kolloquium der Arbeitsstelle 18. Jahrhundert*, Heidelberg 1977; Rainer, Gruenter, *Leser und Lesen im 18. Jahrhundert.*

53 Johann Wolfgang Goethe an Cornelia am 6.10.1765, in: Max Morris (Hrsg.), *Der junge Goethe*, Bd. 1, S. 112. Vgl. auch: André Banuls (Hrsg.), *Goethe an Cornelia. Die dreizehn Briefe an seine Schwester*, Hamburg 1986; hier finden sich die englischen und französischen Textteile von Goethes Briefen ins Deutsche übertragen. André Banuls Kommentar folgt den Linien von Witkowski und Beutler »Ernst Beutler und seine Vorgänger haben das Wesentliche gesagt über das ›Mädgen‹« (S. 12). Banuls macht sich entsprechend wenig Gedanken über die Bedeutung der Briefe für Cornelias Selbstbewußtsein. Er unterschätzt die aggressive Komponente und begeistert sich an der heiteren Seite. Engelsing charakterisiert die Bildung, die Johann Wolgang seiner Schwester Cornelia vorschlägt anhand des Bücherkanons, in Engelsing, *Der Bürger als Leser*, a.a.O., S. 314/315. Fügen wir hier an, daß der Lektürekanon, der Cornelia vom 16jährigen Bruder empfohlen wird, bis auf Kleinigkeiten (bis auf die auf Gellert verweisende Übung in »Natürlichkeit«), der des Vaters ist. Es handelt sich selbstverständlich um die Wiederholung dessen, was die Kinder zu Hause vorfanden: »Goethes Ratschläge für seine Schwester beschränkten sich aber nicht auf den modernen bürgerlichen Kanon, sondern ließen ihn im Grunde nur als Anhang zum älteren in französischer Form gelten, der für die kultivierte adelige und patrizische Oberschicht bestimmt und nicht bloß englisch-deutsch, sondern international war. In französischer Form: Goethe empfahl als geeignete Lektüre, was zu Betrachtungen und Notizen über das Gelesene anregte und darin schulte. Dagegen verwarf er, was ›sans remarque de morale, sans aucun sentiment‹ bloß ›de recits fidelles‹ bot, also volkstümliche Erzählliteratur war.« (Engelsing, S. 314 f.)

54 Max Morris, a.a.O., S. 113. Über Goethes Briefe aus Weimar als literarisch gestaltete Produktionen vgl. Albrecht Schöne, »Über Goethes Brief an Behrisch vom 10. November 1767«, in Herbert Singer, Benno von Wiese (Hrsg.), *Festschrift für R. Alewyn*, Köln 1967, S. 193 ff.; Albrecht Schöne versucht die Thematik von Gestaltung und wahrhaftigem Ausdruck zu fassen.

55 J. W. Goethe, *Dichtung und Wahrheit*, 6. Buch.

56 Zur psychischen Dynamik von Zwillingsbeziehungen vgl. Karin von Schlieben-Troschke, *Psychologie der Zwillingspersönlichkeit*, Köln 1981.

57 A.a.O., S. 159; vgl. auch den Brief vom 12. Oktober 1767, a.a.O., S. 117 f.

58 an Cornelia am 12.10.1765, a.a.O., S. 100.

59 an Cornelia am 6.12.1765, a.a.O., S. 109.

60 A.a.O., S. 114.

61 an Cornelia am 12. Oktober 1767, a.a.O., S. 175.

62 an Cornelia am 14. März 1766, a.a.O., S. 119 ff.

63 an Cornelia, a.a.O., S. 122 ff.

64 an Cornelia am 27. September 1766, a.a.O., S. 142.

65 A.a.O., S. 120. Ernst Beutler weigert sich entschieden, den aggressiven Ton gegenüber der Schwester wahrzunehmen. Er ignoriert vor allem die Abhängigkeit Cornelias. Siehe Ernst Beutler, »Die Schwester Cornelia«, in: Wolfgang Pfeiffer-Belli, a.a.O., S. 200; anders K. Eissler, in: *Goethe, Eine psychoanalytische Studie*, der verschiedentlich Ambivalenz und Aggression gegen die

Schwester hervorhebt. Vgl. S. 81 ff. K. Eissler deutet die Beziehung allerdings ausschließlich mit dem Muster der Inzest-Thematik.

66 an Cornelia am 11. Mai 1767, a.a.O., S. 156.

67 Die Kritische Theorie hebt die Widersprüchlichkeit der bürgerlichen Familie hervor. Sie ist sowohl Agentur gesellschaftlicher Einübung in Autoritätsverhältnisse als ein Zusammenhang von Schutz und Nähe; Horkheimer formulierte 1936: »Ebenso wie die anderen Elemente des gegenwärtigen kulturellen Zusammenhangs befindet sich die Familie [...] zum Ganzen nicht bloß in einem fördernden, sondern auch in einem antagonistischen Verhältnis. Wenn in der Blütezeit der bürgerlichen Ordnung das gesellschaftliche Leben nur unter den größten Entbehrungen für die Mehrzahl der in ihm befaßten Menschen sich erneuert hat, so war die Familie ein Ort, wo sich das Leid frei ausgesprochen und das verletzte Interesse der Individuen einen Hort des Widerstands gefunden hat.« Max Horkheimer, »Theoretische Entwürfe über Autorität und Familie, Allgemeiner Teil«, in: *Studien über Autorität und Familie. Forschungsberichte aus dem Institut für Sozialforschung*, Paris 1936, S. 63; vgl. auch Theodor W. Adorno, »Familie«, in: *Soziologische Exkurse. Frankfurter Beiträge zur Soziologie IV*, Frankfurt 1956, S. 122 f. Im gleichen Sinn interpretiert Habermas die Ideologie der bürgerlichen Intimsphäre als ambivalent – als Selbsttäuschung der Individuen wie als Aufforderung zur Humanisierung. Vgl. Jürgen Habermas, *Strukturwandel der Öffentlichkeit. Untersuchungen zu einer Kategorie der bürgerlichen Gesellschaft*, Neuwied 1962, S. 64 f.
Norbert Elias untersuchte die historische Herausbildung der bürgerlichen Intimität als Teil der Rationalisierungsprozesse der Herrschaft in Westeuropa, in: ders., *Über den Prozeß der Zivilisation. Soziogenetische und psychogenetische Untersuchungen*, 2 Bde., Frankfurt 1976, Bd. 1, S. 254 ff. Zum Gegensatz zwischen vorbürgerlicher Lebensführung und der Ordnung des »ganzen Hauses« vgl. seine Untersuchung der aristokratischen Lebensführung am Beispiel des französischen Adels des 17. Jahrhunderts: *Die höfische Gesellschaft. Untersuchungen zur Soziologie des Königtums und der höfischen Aristokratie*, Neuwied 1969, S. 480 ff.
Herbert Marcuse behandelt das Thema der Veränderung von familialer Autorität und Persönlichkeitsentwicklung in der modernen Industriegesellschaft unter dem Titel »repressive Entsublimierung«. Er hebt den Warencharakter der Sexualität, die Austauschbarkeit der Subjekte, die Atomisierung menschlicher Beziehungen hervor. Vgl. Herbert Marcuse, *Der eindimensionale Mensch. Studien zur Ideologie der fortgeschrittenen Industriegesellschaft*, Neuwied 1967, S. 76 ff. Die Veränderung der Autoritätsverhältnisse durch den Funktionswandel der Vater-Rolle untersuchte Alexander Mitscherlich in: *Auf dem Wege zur vaterlosen Gesellschaft*. Vgl. hierzu auch die Nachfolgeuntersuchung zu Th. W. Adorno et al., *Studien zum autoritären Charakter* (1949–1950) durch Michaela von Freyhold, *Autoritarismus und Politische Apathie. Analyse einer Skala zur Ermittlung autoritätsgebundener Verhaltensweisen*, Frankfurt 1971, insbes. S. 1 – 79 und S. 123–172; auch Beatrice Ceasar, *Autorität in der Familie*, Hamburg 1972; Klaus Horn, *Dressur oder Erziehung*, Frankfurt 1971 insbes. S. 55–116; Peter Brückner, *Zur Sozialpsychologie des Kapitalismus*, Frankfurt 1972.

68 Zur Kritik an der Ausblendung des weiblichen Lebenszusammenhangs aus der Perspektive der Kritischen Theorie vgl. Ulrike Prokop, *Weiblicher Lebenszusammenhang. Von der Beschränktheit der Strategien und der Unangemessenheit der Wünsche*, Frankfurt 1978; Jessica Benjamin, »Die Antinomien des patriarchalischen Denkens, Kritische Theorie und Psychoanalyse«, in: Wolfgang Bonß und Axel Honneth (Hrsg.), *Sozialforschung als Kritik*, Frankfurt 1982; Regina Becker-Schmidt, »Widersprüchliche Realität und Ambivalenz: Arbeitserfahrungen von Frauen in Fabrik und Familie«, in: *Kölner Zeitschrift für Soziologie und Sozialpsychologie*, Heft 4 1980; Seyla Benhabib in: H. Strueler, E. List (Hrsg.), *Feministische Kritik*, Frankfurt 1988.
Aufschlußreich zur Kritik an der Verabsolutierung des bürgerlichen Familienmodells in den Untersuchungen der Kritischen Theorie vor 1972: Ute Gerhard, *Verhältnisse und Verhinderungen, Frauenarbeit, Familie und Rechte der Frauen im 19. Jahrhundert*, Frankfurt 1978; Barbara Duden, »Das schöne Eigentum«, in: *Kursbuch* 47; Karin Hausen, »Die Polarisierung der ›Geschlechtscharaktere‹ – eine Spiegelung der Dissoziation von Erwerbs- und Familienleben, a.a.O., S. 161 ff.; Gisela Bock, »Historisches Fragen nach Frauen. Historische Frauenforschung. Fragestellungen und Perspektiven«, in: Karin Hausen (Hrsg.), *Frauen suchen ihre Geschichte. Historische Studien zum 19. und 20. Jahrhundert*, München 1983.

69 Hans Gerth, *Die sozialgeschichtliche Lage der bürgerlichen Intelligenz um die Wende des 18. Jahrhunderts*, Frankfurt 1933 (Diss.); Hans-Werner Engels, »Materialien zur sozialen Lage der Intelligenz in Deutschland 1770–1800«, in: Gert Mattenklott, Klaus R. Scherpe (Hrsg.), *Demokratisch - revolutionäre Literatur in Deutschland. Jakobinismus*, Kronberg 1975; Hans J. Haferkorn, »Zur Entstehung der bürgerlich-literarischen Intelligenz und des Schriftstellers in Deutschland zwischen 1750–1800«, in: B. Lutz (Hrsg.), *Deutsches Bürgertum und literarische Intelligenz 1750–1800*, Stuttgart 1974.
Für den Kreis, der hier zur Diskussion steht, ist die biographische Literatur aufschlußreich: Hermann Bräuning-Oktavio, *Herausgeber und Mitarbeiter der Frankfurter Gelehrten Anzeigen* 1772, Tübingen 1966, Roy Pascal, *Der Sturm und Drang*, Stuttgart 1959, S. 13 ff.; Helmut Prang, *Johann Heinrich Merck*, Frankfurt 1944, Max Rieger, *Klinger in der Sturm- und Drangperiode*, Darmstadt 1880; Wilhelm Dobbek, *Johann Gottfried Herders Jugendzeit in Mohrungen und Königsberg, 1744–1764*, Würzburg 1961; aufschlußreich auch: Elisabeth Mentzel, *Wolfgang und Cornelia Goethes Lehrer*, Leipzig 1909.

70 Eine systematische Darstellung der Frauenbildungskonzepte in der europäischen Aufklärung liegt nicht vor. Ich habe vorwiegend die folgenden Texte benutzt: Liselotte Steinbrügge, »Die Aufteilung des Menschen. Zur anthropologischen Bestimmung der Frau in Diderots Encyclopedie«, in: Brehmer, Jacobi-Dittrich et al, *Frauen in der Geschichte* IV, Düsseldorf 1983; Elisabeth Badinter, *Emilie-Emilie. Weiblicher Lebensentwurf im 18. Jahrhundert*, München 1983; Levin L. Schücking, *Die puritanische Familie in literatursoziologische Sicht*, insbes. Kap. V: »Das Zusammenfließen der aristokratischen mit der bürgerlichen Kultur«, Bern/München 1964; Elisabeth Blochmann, *Das »Frauenzimmer und die Gelehrsamkeit«*, Heidelberg 1966; Gerda Tornieporth, *Stu-*

dien zur Frauenbildung. Ein Beitrag zur Analyse lebensweltorientierter Bildungskonzeptionen, Weinheim 1979; Julius Hoffmann, *Die »Hausväterliteratur« und die »Predigten über den christlichen Hausstand«. Lehre vom Hause und Bildung für das häusliche Leben im 16., 17. und 18. Jahrhundert*, Weinheim 1959. Zur Widersprüchlichkeit der »weiblichen Gelehrsamkeit« vgl. Silvia Bovenschen, *Die imaginäre Weiblichkeit. Exemplarische Untersuchungen zu kulturgeschichtlichen und literarischen Präsentationsformen der Weiblichkeit*, Frankfurt 1980, insbes. S. 65–181.

71 Denis Diderot, »Über die Frauen«, in: ders., *Erzählungen und Gespräche*, Frankfurt 1981, S. 169 ff.

72 Rolf Engelsing, *Der Bürger als Leser*, a.a.O., S. 296.

73 A.a.O., S. 300.

74 Vgl. Elisabeth Blochmann, *Das »Frauenzimmer« und die »Gelehrsamkeit«*, a.a.O., S. 18 ff.

75 Percy Ernst Schramm, *Neun Generationen. Dreihundert Jahre deutscher Kulturgeschichte im Lichte des Schicksals einer Hamburger Bürgerfamilie (1648–1948)*, Göttingen 1964, S. 202 ff.

76 Zur Entwicklung der Moralischen Wochenschriften in Deutschland: vgl. Wolfgang Martens, *Die Botschaft der Tugend. Die Aufklärung im Spiegel der deutschen Moralischen Wochenschriften*, Stuttgart 1971; Marianne Gaus, *Das Idealbild der Familie in den Moralischen Wochenschriften und seine Auswirkungen in der deutschen Literatur des 18. Jahrhunderts*, Diss. 1937; Meike Sophia Baader, *Frauen als Heldinnen der moral-didaktischen Romane des frühen Bürgertums. Literatur als Faktor geschlechtsspezifischer Sozialisation*, 1985 (Dipl.arbeit, Universität Heidelberg).

77 Habermas charakterisiert die Moralischen Wochenschriften als das Medium, über das sich das neu entstehende bürgerliche Publikum konstituiert, vgl. J. Habermas, *Strukturwandel der Öffentlichkeit*, a.a.O., S. 56 ff., vgl. auch Wolfgang Martens, »Lektüre bei Gellert«, in: Herbert Singer, Benno von Wiese (Hrsg.), *Festschrift für Richard Alewyn*, Köln 1967, S. 193 ff.; vgl. auch den Überblick über Verbreitung und soziologische Gliederung der Leserschaft bei Wolfgang Ruppert, *Bürgerlicher Wandel. Die Geburt der modernen Gesellschaft im 18. Jahrhundert*, a.a.O., S. 128 ff.

78 Die Musterlisten der Damenbibliothek des Hamburger *Patrioten* untersucht Peter Nasse, vor allem die Auseinandersetzung des bürgerlichen Publikums mit der Alltags-Kultur, den gesellschaftlichen Einrichtungen, der Moral des Zusammenlebens, Peter Nasse, *Die Frauenzimmer-Bibliothek des Hamburger »Patrioten« von 1724. Zur weiblichen Bildung der Frühaufklärung*, Stuttgart 1976.

79 Wolfgang Martens, »Leserezepte fürs Frauenzimmer. Die Frauenzimmerbibliotheken der deutschen Moralischen Wochenschriften«, in: *Archiv für Geschichte des Buchwesens*, Bd. XV, Frankfurt 1975, S. 1171.

80 Das kulturelle Muster der neuen Weiblichkeit faßt Luhmann zusammen: »das Modell Pamela [ist] jene eigentümliche Erregung, die man erfährt, wenn man bemerkt, daß man sich entschlossen hat zu heiraten. Dem entspricht das Bild einer Frau, die vor der Ehe ohne jedes Sexualbewußtsein lebt.« in: Niklas Luhmann, *Liebe als Passion. Zur Codierung von Intimität*, Frankfurt 1982,

S. 159; vgl. die Darstellung des historischen Verdrängungsvorgangs des weiblichen Sexualbewußtseins im 18. Jahrhundert bei Pia Schmid/Christina Weber, »Von der ›wohlgeordneten Liebe‹ und der ›so eigenen Wollust des Geschlechts‹. Zur Diskussion weiblichen Begehrens zwischen 1730 und 1830«, in: *Journal für Geschichte*, Feb./März 1987. Tugend ist Sexualtabu plus Mütterlichkeit.

81 Wolfgang Martens, a.a.O., S. 1115.

82 A.a.O., S. 1152.

83 A.a.O., S. 1153.

84 A.a.O., S. 1157.

85 Zur geschlechtsspezifischen Polarisierung in der Erziehung vgl. Jean Jacques Rousseau, *Emile oder Über die Erziehung*, S. 393 und 408, Paderborn 1978.

86 Wolfgang Martens, a.a.O., S. 1172 f.

87 Rolf Engelsing, *Der Bürger als Leser*, a.a.O., S. 304.

88 A.a.O., S. 297, vgl. auch S. 305 f.

89 A.a.O., S. 310 f.

90 Es sind wunderliche Dinger, meine Briefe. Meta Klopstocks Briefwechsel mit Friedrich Gottlieb Klopstock und mit ihren Freunden 1751–1758, München 1980, S. 142.

91 Henry Fielding, zitiert bei Ruth Schirmer, Einleitung zu: Samuel Richardson, *Clarissa Harlowe*, Zürich 1966, S. 14.

92 Samuel Richardson, *Clarissa Harlowe*, a.a.O., S. 375 (Brief vom 12. Juni).

93 *Pamela* erschien 1740, *Clarissa Harlowe* 1748, *Sir Charles Grandison* 1753.

94 Denis Diderot, »Lobrede auf Richardson« (1762), in: D. Diderot, *Ästhetische Schriften*, Bd. 1, Frankfurt 1968, S. 404.

95 A.a.O., S. 406.

96 Vgl. die Darstellung bei Bengt Algot Sørensen, *Herrschaft und Zärtlichkeit. Der Patriarchalismus und das Drama*, München 1984.

97 Samuel Richardson, *Clarissa Harlowe*, a.a.O., S. 102 f. (Brief vom 20. März).

98 A.a.O., S. 212 f. (Brief vom 13. April).

99 *Meta Klopstocks Briefwechsel*, a.a.O., S. 431.

100 A.a.O., S. 434.

101 A.a.O., S. 15.

102 A.a.O., S. 12 f. (Brief vom 11. Dezember 1753).

103 A.a.O., S. 366 (Brief vom 5. März 1757).

104 A.a.O., S. 365 (Brief vom 19. September 1756).

105 A.a.O., S. 399 (Brief vom 9. März 1757).

106 A.a.O., S. 337 (Brief vom 7. November 1755).

107 Johann Wolfgang Goethe an Friederike Oeser 13.2.1769, in: Max Morris, *Der junge Goethe*, Bd. 1, S. 319.

108 Johann Wolfgang Goethe an Friederike Oeser 6.11.1768, in: Max Morris, a.a.O., S. 306.

109 Johann Wolfgang Goethe, *Dichtung und Wahrheit*, 6. Buch.

1 Samuel Richardson, *The History of Sir Charles Grandison*, Hrsg. Jocelyn Harris, London Oxford University Press, 1972 (3Bde), Bd. III, S. 246.

2 Vgl. hierzu die Anmerkungen der Herausgeberin Jocelyn Harris zur Melancholie, Band II, Fußnote zu S. 147, in: Samuel Richardson, a.a.O., Bd. II, S. 673.

3 Denis Diderot, »Lobrede auf Richardson«, in ders. *Ästhetische Schriften*, a.a.O., S. 416.

4 Die Figur der Lady Clementina war wohl die wirkungsvollste Erfindung, die Richardson im *Grandison* gelang. Die Anregung zu dem Einfall kam wahrscheinlich von einer Freundin Richardsons, Mrs. Delany, die ihre eigene Geschichte dem Autor erzählte, nämlich daß sie einen Mann, den sie verabscheute, geheiratete hatte, um ihre Eltern, die sie liebte, zufriedenzustellen (Introduction 9). Diese Problemlage benutzte Richardson für die Clementina-Geschichte. In dem nun zirkulierenden Manuskript hatte Lady Clementina das Interesse und die Begeisterung des Autors so sehr gewonnen, daß auch die Leserschaft über ihrem Schicksal die Anteilnahme an Ms. Byron nahezu vergaß. John Duncumb schreibt am 15. Oktober 1751 an den Autor, ob »Clementinas Leiden ein Ende gefunden haben, ob sie tot ist oder Schlimmeres.« Und die Antwort Richardsons vom 22. Oktober 1751 lautet: »Clementina's Fate is not yet come to my Knowledge. I have been hinder'd from enquiring after her; in other words, from pursuing her story. But I think she rises upon me. And as I know not what to offer next; being too irregular a scribbler to be able to write by a plan, I seem to be at a loss, to know what to do with her, or to fetch up Harriet again, and make her the principal Female Character.« Jocelyn Harris, die Herausgeberin des *Sir Charles Grandison*, teilt folgendes über die Lösung des Problems mit: Im Dezember 1751 schreibt Richardson an John Duncumbe: »Ich habe den Faden verloren und weiß nicht, wo ich ihn wiederfinden soll.« (Richardson an Duncumbe am 12.12.1751) Bis 1753 zog sich die Produktion in dieser Weise hin. Bevor er das siebente und letzte Buch des *Grandison* abschloß, hatte der Autor die übrigen sechs Bücher bis Dezember 1753 veröffentlicht und forderte seine Freunde auf, ihm Hinweise zu geben, sowohl was die erwartete Neuauflage (also noch bevor der Schluß überhaupt geschrieben war) als auch was den siebenten Band anging. Vor allem beabsichtigte er im 7. Band nicht nur eine Lösung der Frage, was aus Clementina, der allgemein nun Charles Grandison als Ehemann gewünscht wurde, werden sollte, sondern er beabsichtigte auch, hier auf die Kritiken an den ersten Bänden zu reagieren. Wir müssen bedenken, daß Richardson selbst Drucker war, daß seine Arbeiten in seiner eigenen Druckerei erschienen. Der lange hinausgezögerte 7. Band wurde im Gegensatz zu den anderen Bänden von ihm selbst gedruckt. (Die Tatsache, daß in den drei weiteren Auflagen gravierende Änderungen von Richardson vorgenommen wurden, die eine Anpassung an die Vorschläge aus dem Publikum bedeuteten, führte dazu, daß die große Richardson-Ausgabe von 1972 sich an die erste Ausgabe hielt.)

4a Samuel Richardson, *The History of Sir Charles Grandison*, a.a.O., Bd. 2, S. 158.

5 *Sir Charles Grandison*, a.a.O., Bd. 1, S. 158.

6 Vgl. Mario Praz, *Liebe, Tod und Teufel. Die schwarze Romantik*, München 1981, insbes. Kapitel III: »Im Zeichen des göttlichen Marquis«.

7 Samuel Richardson, *Sir Charles Grandison*, a.a.O., Bd. 1, S. 402.
8 Samuel Richardson, *Sir Charles Grandison*, a.a.O., Bd. 3, S. 403.
9 Samuel Richardson, *Sir Charles Grandison*, Bd. 3, S. 242.
10 A.a.O., S. 243.
11 A.a.O., S. 243.
12 A.a.O., S. 243.
13 A.a.O., S. 243.
14 A.a.O., S. 244.
15 A.a.O., S. 245.
16 A.a.O., S. 246.
17 A.a.O., S. 249.
18 A.a.O., S. 249.
19 A.a.O., S. 251. Wer Biddy ist, vermochte auch die Herausgeberin nicht mit Sicherheit zu sagen. Sie verweist auf ein Stück von Steele, in dem Biddy Tipkin die »zahme Häuslichkeit« angreift.
20 Vgl. hierzu die Darstellung der Bildung der Harriet Byron im ersten Band, S. 9 bis S. 13.
21 Samuel Richardson, *Sir Charles Grandison*, a.a.O., Bd. 3, S. 248.
22 A.a.O., Bd. 1, S. 430.
23 A.a.O., Bd. 1, S. 431.
24 Virginia Woolf, »Professions for Women«, in: diess., *The Death of the Moth and other Essays*, New York 1942, S. 236–238.
25 Samuel Richardson, *Sir Charles Grandison*, a.a.O., Bd. 1, S. 432. Das italienische Original lautet:

»Sonnet of Vincenzo da Filicaja
Qual madre i figli con pietoso affetto
  Mira, e d'amor si strugge a lor davante;
  E un bacia in fronte, ed un si stringe al petto,
Uno tien sù i ginocchi, un sulle piante,
E mentre agli atti, a i gemiti, all' aspetto
  Lor Voglie intende sì diverse, e tante,
  A questi un guardo, a quei dispensa un detto,
E se ride, o s'adira è sempre amante:
Tal per noi Provvidenza alta infinita
  Veglia, e questi conforta, e quei provvede,
  E tutti ascolta, e porge a tutti aita.
  E se nièga talor grazia, i mercede,
    O niega sol, perchè a pregar ne invita;
    O negar finge, e nel negar concede.«

26 A.a.O., Bd. 2, S. 346.
27 A.a.O., Bd. 2, S. 341.
28 A.a.O., Bd. 2, S. 333 f.
28a A.a.O., Bd. 1, S. 334. Wie die Herausgeberin anmerkt, bezieht sich die Sentenz »Love will creep, they say, where it cannot go« auf ein englisches Sprichwort.
29 A.a.O., Bd. 1, S. 335.
30 A.a.O., Bd. 1, S. 335.

31 Denis Diderot, »Lobrede auf Richardson«, a.a.O., S. 415.
32 Samuel Richardson, *Sir Charles Grandison*, a.a.O., Bd. 3, S. 250.
33 A.a.O., Bd. 1, S. 12.
34 Donatien De Sade, S. 222.
35 Samuel Richardson, *Sir Charles Grandison*, a.a.O., Bd. 2, S. 163.
36 A.a.O., Bd. 2, S. 166.
37 Vgl. die Anmerkung von Jocelyn Harris in *Grandison* 2, S. 673.
38 Denis Diderot, »Lobrede auf Richardson«, a.a.O., S. 416.
39 Denis Diderot, a.a.O., S. 416.
40 Die Verwandtschaft wird von Mario Praz deutlich hervorgehoben, in ders., *Liebe, Tod und Teufel. Die schwarze Romantik*, a.a.O., S. 96 f.
41 Samuel Richardson, *Sir Charles Grandison*, Bd. 2, S. 190.
42 Ebda, S. 190.
43 Ebda, S. 190.
44 Ebda, S. 192.
45 Ebda, S. 191.
46 Ebda, S. 191.
47 Ebda, S. 191.
48 Ebda, S. 193.
49 Ebda, S. 194.
50 Ebda, S. 192.

Zum Tagebuch der Cornelia Goethe oder: Gedanken zu einem ungeschriebenen Roman

1 Ernst Beutler, »Cornelia Goethe«, in: Wolfgang Pfeiffer-Belli (Hrsg.), *Briefe aus dem Elternhaus*, Zürich 1960, S. 216.
2 Johann Wolfgang Goethe, *Dichtung und Wahrheit*, 6. Buch.
3 Johann Wolfgang Goethe an Cornelia am 11. Mai 1766, in: André Banuls, *Goethe an Cornelia. Die dreizehn Briefe an seine Schwester*, Hamburg 1986, S. 55.
4 Georg Witkowski, *Cornelia die Schwester Goethes*, Frankfurt 1903, S. 277.
5 A.a.O., S. 278.
6 Wolfgang Pfeiffer-Belli (Hrsg.), *Briefe aus dem Elternhaus*, a.a.O., S. 907.
7 Johann Wolfgang Goethe, *Dichtung und Wahrheit*, 9. Buch.
8 Johann Wolfgang Goethe, *Dichtung und Wahrheit*, 9. Buch.
9 Klaus-Detlev Müller, Hrsg., *Das Theater des Herrn.*
10 *Diderot*, Stuttgart 1986, S. 427; A.a.O., S. 428.
11 Johann Wolfgang Goethe, *Dichtung und Wahrheit*, 3. Buch.
12 Johann Wolfgang Goethe, *Dichtung und Wahrheit*, 3. Buch.
13 Johann Wolfgang Goethe, *Dichtung und Wahrheit*, 3. Buch.
14 Johann Wolfgang Goethe an Cornelia am 11.5.1767, in André Banuls, a.a.O., S. 77.
15 Cornelia an Katharina Fabricius, Brief vom 23.12.1768, im vorliegenden Band S. 320.

16 A.a.O., S. 321.
17 A.a.O., S. 321.
18 A.a.O., S. 323.
19 A.a.O., S. 323.
20 A.a.O., S. 322.
21 Cornelia an Katharina Fabricius, Brief vom 11.3.1769, im vorliegenden Band S. 333.
22 Georg Witkowski, a.a.O., S. 277.
23 Cornelia an Katharina Fabricius, Brief vom 11.2.1769, im vorliegenden Band S. 330.
24 Cornelia an Katharina Fabricius, Brief vom 17.10.1768.
25 Johann Wolfgang Goethe, *Dichtung und Wahrheit*, 7. Buch.
26 Johann Wolfgang Goethe, »Prometheus«, in: Max Morris, *Der junge Goethe*, Bd. 3, S. 311.
27 Johann Wolfgang Goethe, *Dichtung und Wahrheit*, 13. Buch.
28 Cornelia an Katharina Fabricius, Brief vom 11.2.1769, im vorliegenden Band S. 330.
29 Cornelia an Katharina Fabricius, Brief vom 1.3.1769, im vorliegenden Band S. 332.
30 Cornelia an Katharina Fabricius, Brief vom 12.7.1769, im vorliegenden Band S. 346.
31 Cornelia an Katharina Fabricius, Brief vom 19.10.1768, im vorliegenden Band S. 276.
32 Cornelia an Katharina Fabricius, Brief vom 19.10.1768, im vorliegenden Band S. 277.
33 A.a.O., S. 277.
34 K. R. Eissler, *Goethe. Eine psychoanalytische Studie*, Bd. 1, S. 135 ff.
35 Ich zitiere hier nach der zweiten Fassung der *Leiden des jungen Werther* von 1787. Die in meinem Argumentationszusammenhang wichtigen Linien sind in dieser Fassung noch stärker sichtbar. Vor allem gilt das für die Einführung der Episode des unglücklichen Bauern als Verdopplung von Werthers Schicksal. Vgl. hierzu das Nachwort von Erich Trunz in der Hamburger Ausgabe Bd. VI, S. 564.
36 Jean Jacques Rousseau, *Emile*, 5. Buch (Fassung von Ludwig Schmidts, Paderborn 1978, S. 387).
37 A.a.O., S. 387.
38 Ulrike Prokop, »Emilia Galotti. Ein Drama über die Zerstörung der Wünsche«, in: H. König, A. Lorenzer et al., *Kultur-Analysen*, Frankfurt 1986.
39 Johann Wolfgang Goethe, *Die Leiden des jungen Werther*, Brief vom 12. Dezember.
40 Herbert Schöffler, *Die Leiden des jungen Werther. Ihr geistesgeschichtlicher Hintergrund*, Frankfurt 1938.
41 A.a.O., S. 16.
42 Johann Wolfgang Goethe, *Die Leiden des jungen Werther*, Brief vom 10. September.
43 Johann Wolfgang Goethe, »Hanswursts Hochzeit«, in: Max Morris, *Der junge Goethe*, Bd. V., S. 211.

44 Hans Schauer (Hrsg.), *Herders Briefwechsel mit Caroline Flachsland*, Bd. II, S. 99 ff.

45 Eduard Bibring, »Das Problem der Depression«, in: *Psyche* 1952, S. 81–101.

46 Samuel Richardson, *The History of Sir Charles Grandison*, Buch VII, Brief XLIII, Bd. 3, S. 403.

47 Ovid, *Metamorphosen*, Epos in 15 Büchern, übersetzt und herausgegeben von Hermann Breitenbach, Stuttgart 1970, S. 94 ff.

Zu den Abbildungen

Die Abbildungen in diesem Band hat, mit wenigen Ausnahmen, das Freie Deutsche Hochstift, Frankfurter Goethe-Museum, zur Verfügung gestellt. Die Ausnahmen sind: S. 52 (Zeichnung), Universitätsbibliothek Göttingen; S. 57 (Stich), Universitätsbibliothek Göttingen; S. 59 (Stich von J. Krauß), Stadtbibliothek Frankfurt am Main; S. 62 (Ölgemälde), Otto Hauck, Frankfurt am Main.
Die Briefe von Cornelia Goethe befinden sich im Besitz der Universitätsbibliothek Leipzig.
Die Photographien hat Ursula Edelmann, Frankfurt am Main, hergestellt.
Wir bedanken uns herzlich bei den Personen und Institutionen, die uns Bilder und Dokumente zum Gebrauch überlassen haben.